下部　密　战

乔长官请客

揆诸历史，八年抗战，千磨百劫，亿辛万苦，孰能一言尽之。

花开了、花落了、下雨了、下雪了……宇宙倏忽人生，漫长之八年过去，中国人民抗日战争，终于全面胜利。

但凡活过来的中国人，必能深深体验到，八年之中所经历的每个日子，是何等的艰难困苦。为了这个胜利，中国民众付出了太大的代价。后人若能穿越时空，身临其境，于喧天的锣鼓声中，必定能听到全国百姓那种喜极而泣的心声；于热烈的鞭炮声中，必定能听到无数抗日英雄在天之灵的欢呼。自然界的鲜花以阳光调色，以雨露滋润，胜利的欢笑从来都是用生命培育，用血泪浇灌。期望中国的后生们，永远记住这个关于抗日救国的数字：中华民族付出了三千万余生命的代价！

民国三十四年（1945）八月十五日（农历七月初八），日本天皇颁布国书，宣布无条件投降。这一天，保定秋高气爽，晴空万里。劫后余生的市民们欣喜若狂，张灯结彩，自发举行了盛大的庆祝活动。付浩声的剧社重新聚拢，义演三天，精诚奉献大戏，以示庆贺。付浩声首场献演一出别开生面的新戏《万家欢》。付浩声喑哑了八年的嗓子，重新响遏行云。保定观众久别重逢，演出盛况恰如《保定时报》翌日报道：票友戏迷如饮甘露，喝彩声声若春雷滚滚，掌声叠叠似锣鼓阵阵……

民国三十四年（1945）九月十二日（农历八月初七），在举城欢庆的锣鼓声中，万众注目之下，但见池峰城将军一身戎装，乘坐美式吉普车，以国民党第十一战区驻保定全权代表的身份，面带微笑，频频向民众招手致意，威风凛凛地进入了保定。

保定老百姓自发涌上街头，夹道欢迎国军入城。市民们万分惊讶地看到，被日本鬼子关押了整整“八年”的穆柏枫先生，重见天日。但见老先生被人左右搀扶，颤巍巍地走上街头，满脸欢笑地汇入了欢迎国军的人群。唉，穆老先生八年间吃尽苦头，能死里逃生，其痛苦遭遇，难以备述。市民们蜂拥上前，致以亲切问候，众人感喟：穆老先生老而弥坚，真可谓宁移白首之心，不坠青云之志。满头苍苍白发的穆柏枫当即热泪长流，连连打揖躬谢：“同喜同喜，同喜之日啊！”

行文至此，却有分教：笑脸同感喟对接，悲泪与喜泪交流。

当日，奉军政部长何应钦将军命令，保定成立国民政府保定警备司令部；奉军令部命令，重庆派来“督察专员”乔运典中将，视察并督办北平、天津、保定三地战后军政事务；重庆政府派驻保定的接收特派专员向秉奎中将①，与乔将军一路同行，也威风八面地到任了。

翌日，是个阳光明媚的好天气，池峰城将军不顾鞍马劳顿，即在大舞台举行了保定抗战胜利庆祝酒会，乔运典与向秉奎两位将军陪坐两旁。池将军即席发表了热情洋溢的讲话。与会的保定军政要员弹冠相庆。酒会上还传出一个让人惊讶而又高兴的消息，保定隐藏最深的大汉奸“掌柜”一众，在仓皇逃往北平的途中，被已然“反正”的胡景山、龙成立率领易县保安团击毙了。“掌柜”多年神出鬼没、首尾不见，几乎没人知晓此贼的庐山真面目，今日真相大

① 前第九战区副司令长官。

白，此恶贼竟是原保定行署副秘书长苑金华。当年保定沦陷后，行署秘书长车士行等纷纷落水，变节附逆，苑金华却不知下落，市井传闻此人避难去了外埠，谁能想到呢，这个王八蛋竟悄然藏匿于保定，隐身幕后，殚精竭虑地为日本人出谋划策，千方百计地祸害保定民众，手段惨毒可恶至极，实该投畀豺虎。而今此贼被击毙，真是罪有应得，天理昭昭啊！

庆祝酒会第二天，乔运典将军不及歇息，即以私人名义，宴请当年“童子军”部分成员，以及军统与中统的抗战有功人员。

乔运典今年四十七岁，眉清目秀，皮肤细腻，身材挺拔，彰显着其一向养尊处优生活无虞的精神状态。再看他间杂了几根白发的背头，适当抹了发油，乌亮夺目，梳理得一丝不苟，若走在街中，必定是鹤立鸡群，妥妥的神人一枚。

今日乔运典将军却是一副休闲的样子，西服革履，皮鞋锃亮，手持文明棍，轻松步入宴请会场。左右跟随着一众被宴请者，皆是一脸荣耀的神色。荣耀这东西从来都很势利，它总是一副得意扬扬的表情站在胜利者一边。能跟胜利者在一起，自然也有了荣耀。能跟乔长官一同吃饭的人，当然更是荣耀无比了。

可惜呢，客人的名额有限。就餐人员名单如下：

东家：乔运典。

主陪：向秉奎（临时有紧急公务未到）。

副陪：乔瑞霖。

（此时乔瑞霖任乔运典将军办公室主任，上校军衔。乔长官果然清者自清，举亲不避嫌，无所顾忌地将自己的堂妹堂而皇之地调到身边任要职。）

客方：共计二十人：

肖寒冰（中统抗战有功人员代表，时任中统保定站上校站长）。

杨以轩（抗战有功人员代表，时任战后保定首任警察局局长）。

谢诚（乔运典旧部代表，时任保定警备司令部特别行动处上校副处长）。

马凯旋（军统有功人员代表，时任军统局保定站站长）。

顾也正（军统有功人员代表，时任军统局保定站副站长）。

季钧（同上）。

梅立春（军统有功人员代表）。

梅可心（同上）。

曹正汉（同上）。

唐行一（抗战有功人员代表，请假未到）。

梅天凤（乔运典学生代表）。

李天曼（军统在日伪潜伏优秀特工代表）。

葛云梁（同上）。

虞世通（同上）。

尤万里（烈士后裔代表，其父尤万声将军为乔运典将军同窗好友，在台儿庄战役中殉国）。

余下从略。

细心考量这份名单，可看出，乔运典以“私人名义宴请”名副其实。宴请的客人，一半多是乔运典的学生，再就是他认定的自己人。某些对他表面客气，实则不即不离或敬而远之的，一概不在名单之内。

就餐地点很牛——曹氏公馆院内的“曹家茶楼”。曹氏公馆，那是什么地方？高端场所，一般二般的闲杂人等肯定进不去。远的不提，只拣近的说道两句，这里曾是日军驻保定宪兵队司令部。现在的“字号”：国民政府保定市府军政招待处。大声念念，能吓出你三身冷汗！乔运典将军在此下榻，并在此临时办公，还能在此请客，足见其身份贵重。

秋高气爽，曹家茶楼张灯结彩大摆酒宴，主客如约而至，心情若天气一般晴朗。简单寒暄一番之后，便众星捧月般与乔运典将军合影留念，再之后即进入宴会。一向崇尚西方文化的乔运典，今天请大家吃自助餐。可以想象，气氛一定很热烈，吃得一定很寡淡，绝对谈不上舌尖上的幸福。

乔运典只预备了西式焖面、空心面、面包、甜点、薄饼、炸薯条、沙拉、牛排羊排和烤肉，及凉拌西红柿等几样中国小菜与水果。饮品为啤酒、红酒、果酒、苏打水。若其中某些饕餮之徒真动了心思，好不容易赶上一回乔长官请客，接到请柬之后，便诚心实意地饿了一天一夜或两天两夜，空一空肚子——腾出了地方儿，准备到此大吃二喝、大快朵颐，大大解馋一回，到场肯定傻眼：大鱼大肉？没有！白酒？没有！想象中很丰满，到场后真骨感。有这么请客的吗？你乔长官是中国人吗？

宴会开始，乔瑞霖主任首先代表乔运典将军，礼节性地讲了几句，赞扬了乔运典将军以及诸位来宾在八年艰苦抗战中建立的伟大功勋。之后，由肖寒冰和尤万里代表与会人员发言，各自陈述了在抗战中作出的杰出贡献。最后由乔运典作了概要式总结性讲话，乔运典特别表扬了中统保定站在抗战期间立下的功勋，重点表扬了军统保定站在抗战期间对日伪进行的有效打击。并把军统保定站在抗战中的战果统计如下：

获取情报数：三百零九次；突击杀敌次数：八十七次；击毙敌伪数：三百八十八人；俘虏敌伪数：二百五十九人；炸毁敌机动车辆：三十九辆；破坏敌仓库：十六个；破坏敌铁路公路桥梁：十八公里……

乔运典在一片热烈的掌声中结束了讲话。之后，乔瑞霖即起身宣布：宴会开始。

宴会结束后，乔运典的副官张乃至悄悄留下了李天曼与葛云梁，低声告诉他们说乔长官要单独接见，请二位去乔长官办公室等候。李天曼与葛云梁面面相觑，不知道乔运典有什么要紧的话要说，疑神疑鬼地随着张副官去了。

待乔运典送走了客人回到办公室，李天曼与葛云梁忙起立敬礼。

乔运典点头笑道："二位坐吧。"

李天曼、葛云梁欠身致意，小心翼翼地在乔运典下首端正坐了。

乔运典哂笑道："我了解二位的情况，二位能在日寇穷途末路之际，见机行事弃暗投明，你们的确精明过人呀。我希望今后能与二位真诚共事。”

“多谢长官厚爱。”

“敬请长官训示。”

“不过么……戴笠局长对二位过去的所作所为，仍有顾忌呀！”

李天曼、葛云梁相视一愣，登时醒悟，乔运典分明是雨后送伞卖人情。策反李天曼本是戴笠的安排。葛云梁“反正”的事儿，李天曼也向戴笠汇报过。乔运典并不知情，冷不丁儿横插一杠子，连哄带吓，卖乖而已。李天曼欠身，颔首伸眉：“属下心知肚明，多谢长官爱护。”

葛云梁也忙躬身道：“多谢长官提醒。长官日后但有吩咐，我们不惜赴汤蹈火。”

乔运典点头：“你们明白就好。局长那儿么……”欲言又止，意味深长地看了二人一眼。

李天曼、葛云梁相觑不解，表情有些惶恐了。

乔运典皱眉：“话说到这里，我索性不再隐瞒，局长曾对我说，二位都是危险人物。‘危险’二字，两位明白吗？”

乔运典说得缓慢，音阶音量完备，仿佛每个字都经过深思熟虑，认真咀嚼后，才从牙缝儿里挤出来。

李天曼怔了一下，旋即讪笑道：“快刀都危险。”

乔运典神情肃然：“刀若锋利，自然杀人快捷，割破自己却也便当。对吗？”

李天曼郑重说道：“这刀么……却掌握在乔长官手里么。”

乔运典“扑哧”笑了：“我握着的刀，也曾割破过我的手。尽管如此，我仍喜欢使用危险的手下，正如我喜欢使用锋利的快刀。”

葛云梁胁肩谄笑道：“我们就是长官手里的快刀呀！”

乔运典低头叹道：“但仍有人提示乔某，二位这两把快刀不可靠呢，建议我借督察专员便宜行事的权力，挑剔个茬口儿，杀了两位，以除后患。”

李天曼、葛云梁一时目瞪口呆。

乔运典看着这二人，当即摇头："乔某爱才，岂能自毁长城？"说着话，他起身打开文件柜，取出个布包，在桌上解开。竟是一堆亮眼的金条。

葛云梁心里清点一下：二十根。

乔运典扬眉笑了："乔某为人向来义气相许，豪迈相见。二位都乃军统俊彦，踌躇满志的年纪，日后若不想听命于乔某，乔某绝不勉强。几根条子不多，二位拿去，权当交个朋友吧，或相忘于江湖，或相濡以沫，便要看缘分如何了。"

李天曼、葛云梁一时不知如何作答。

乔运典脸色郑重下来："倘若二位今后愿意服从于乔某，便是作了乔某潜藏的两把快刀，必有宝刀出鞘之日。在此期间，乔某决不会让任何人伤害你们！如何？"

李天曼、葛云梁听得明白，彼此相顾，同时站起，朝乔运典深深鞠躬。

李天曼叹道："乔长官如此厚爱，我二人不敢不从命。"

葛云梁感激道："乔长官，您这样说了，就是对我二人有了再造之恩。今后我们虽身在军统，心中必唯乔长官马首是瞻！"

乔运典满意地笑了："那好，咱们说定了。二位先去吧。"

李天曼、葛云梁当即立正，同声说道："谢长官。"二人即转身走了。

乔运典看着李天曼、葛云梁的背影，又看看桌上的二十根金条，兀自点头笑了，他笑得非常自信，这二人已成了他埋在军统系统里的两颗不定时引爆的炸弹。

顾也正的心思

顾也正以学生和军统保定站上校副站长的双重身份，参加了乔运典的宴会，与宴会的热烈气氛截然相反，顾也正的心情十分抑郁。唉，提不起，他以天津站站长的身份，代理了近两年军统保定站站长职务。抗战胜利了，上峰就算闭着眼睛论功行赏，也理应把他的“代”字去掉，或让他回天津站继续当站长。谁能想到呢？天津站已走马换将。他在保定出生入死辛苦忙活了小两年，到了也没能扶正。唉！背时呀！换句话说，顾也正费劲巴力地刚找到了进门的钥匙，人家突然把锁换了。

顾也正不郁闷谁郁闷？唉！顾也正？典型的名不副实，改名吧，顾也“副”！

顾也正一肚子不服气，理所当然呀！宴会结束后，顾也正对马凯旋说，场面太过礼节，他没能喝尽兴，邀请马站长到街中再“找补点儿”？马凯旋欣然同意。他心下明白，顾也正找他喝酒只是个说辞，他必是想一诉心中郁闷。

二人走到街中，随意拣了家小酒馆，简单要了几样小菜，便对饮起来。

几杯酒下肚，顾也正斜睨着马凯旋，讪笑道：“马站长，咱们也算多年的交情了。我炮仗脾气，直情径行惯了，心里不愿搁事儿，可否与站长讨论几句？”

马凯旋点头笑道：“说吧，我听着呢。”

顾也正侃侃而谈：“一说，特工资格。当年徐飞扬老师创立‘保定童子军国术研究社’，我最先被徐老师挑中，为‘童子军领头羊’。民国十八年，我自育德中学毕业，考入黄埔军校，同年加入国民党，毕业后分配至南京市党部任职。军统之前，顾某便加入了复兴社。当年先后追随贺衷寒先生、戴笠先生鞍前马后，没功劳也有苦劳。这站长的位置，你我二人谁比谁更有资格？”

马凯旋点头称是：“论资格么，我自然不如你老顾。”

顾也正点点头：“二说，特工资历。抗战八年，顾某多次亲临战场出生入死。只说童子军叛徒戴征罪大恶极。军统两次派人行刺都未得手，顾某只身冒死去了，一击成功。由此赢得戴先生褒奖。先后任天津站副站长、站长，又奉调保定站代理站长近两年，使得屡遭日伪破坏近乎风雨飘摇的军统保定站于逆境中重振，再唱大风。顾某不必自吹自擂，这站长的位置，你我谁更有资历？”

马凯旋竖指赞道：“我更不如你老顾。近两年来，你老兄身先士卒、冲锋陷阵。于保定支撑起军统一片天下，舍你其谁！”

顾也正得意一笑：“三说，特工资本。当年……算了，不说了！”顾也正兀自摆摆手，突然没了再说的兴趣。

（顾也正当然还有第三个理由，或是给马凯旋留面子，或是顾也正不便说出口。谈歌替他说了吧，我顾也正是上过黄埔军校的。你马凯旋不就是一个从社会上招揽的闲散人员么，怎么一来二去骑到我头上来了？）

马凯旋身体后仰，淡然笑道：“老顾呀，你心里还有什么话，只管都说出来么。”

顾也正摇头叹道：“不想再说了，虽然这两条你都不如我，但你的职务职位却排在我前边了。奉调保定站代理站长近两年。顾某虽未建大功，也并无大错呀！为何却降为保定站的副站长了？诚如市井所言，抗战胜利，阿猫阿狗都要论功行赏。似顾某这般越活越回陷，见人矮半截儿，所为何来？马站长别误会，咱二人是同事，私下是朋友，我并非嫉妒你。我只是想不透这件事，顾某到底是哪一步没赶上，才步步赶不上了？”

马凯旋直起身子，喟然叹道：“老顾呀，作为朋友，你能推心置腹说出这番话，马某非常感动。我认真说一句，同在一面青天白日大旗之下共事，论能力，我比不得你老顾超拔；论志向，我更不如你老顾健朗。我掌管保定站这些年，虽不至于说昏庸无能，也多是因人成事罢了。扪心自问，我或是比你老顾世故了些。由此去说，你没想透一个道理呀！”马凯旋这番巽辞听得顾也正也笑了。

顾也正拱手道：“顾某愿闻其详。”

马凯旋淡然说道：“你多年跟随戴局长鞍前马后，无可置疑是戴局长面前的红人。但你与中统如肖寒冰等人，关系暧昧，来往稍嫌密切，也是事实吧？当年冯书恺暗中拉拢你老顾调二厅一事，至今提及，仍然众说纷纭。戴局长眼里从不揉沙子，说得再直白些，戴局长的性格么，从来都是一饭之德必偿，睚眦之怨必报。保定距离北平过近，向来敏感。你风头强势且锋芒毕露，军统上下对你颇多议论，你或许也听到过一句半句，说你老顾只会做事不会做人，只知道自己是谁，总看着别人碍眼，从不知道别人是老几。戴局长会怎么想？平心而论，戴局长是把保定站交给你放心呢，还是交给马某放心呢？”

顾也正听得愣怔了。他沉默了片刻，缓缓点头：“如站长这样说，确实有理，还是交给你马站长……戴局长才放心。”

马凯旋点点头：“老顾呀，这就是上峰把我安排在你前边的理由，并无其他。我读过些闲书，有些许心得，历朝历代，提拔干部，多与水平无关，与资历无干。其中奥秘千层，滋味百般，细究起来，让人尴尬至极啊。”

顾也正沮丧地摆手：“唉，算了算了，不提这个了。人比人得死，货比货得扔。”

马凯旋摇头笑道：“错！人比人得活着，货比货得留着！”

顾也正点头讪笑：“说得是呢，我突然想起个笑话，给站长说说？”

“说来听听。”

“说，玉皇大帝聘请孙猴子当了弼马温，孙猴子高兴了没几天，却发现这个弼马温就是个马夫的差事，级别不高，且无油水，就不高兴了。”

“可说也是，孙猴子嫌官小，岗位也不好，也就是个马夫么。”

“孙猴子想不通，闹情绪，想找最高领导玉皇大帝谈谈。”

“他怎么说的？”

“他不曾去呢，太白金星便知道了，老先生与孙猴子是好友，当即把孙猴子拦下了。”

“太白金星怎么说？”

“太白金星说，小孙兄弟呀，你刚刚参加工作么，领导就派你管马匹，活儿么，不累。薪水么，也还说得过去，这就算不错了。你看看太上老君李老头儿，跟着咱们大领导鞍前马后辛辛苦苦多少年了？工龄长，资格更是没得说，人家参加工作的时候，你小孙兄弟还尿炕呢。可怎么样呢？老李现在不是还烧锅炉么！且不说烧锅炉这破活儿，整天价烟熏火燎，又脏又累没油水，可还总得加班加点，还从来没有加班费。坊间有民谚：官场顺心不顺心？想想太上李老君。兄弟呀，比比李老头儿，你就知足吧！”

马凯旋听得呵呵笑了：“这笑话真有点儿意思呢。”

顾也正苦笑：“是吧。”

马凯旋道：“老顾，借着你说的这个笑话，我再劝一句，遇不顺之事，理应反求诸己。子曰：‘言寡尤，行寡悔，禄在其中矣。’”

马凯旋看看顾也正，继续说道：“老顾你别着急，照着孔圣人这番话去做，依你的能力，或迟或早，你的位置一定会安排到我前边。拣近的说吧，不日战事一起，你仍是国家栋梁之材，所谓闻鼙鼓而思良将，你必当大用。”

“站长是说……还要打仗？”

“老顾揣着明白装糊涂呢？蒋委员长乃正统天子，卧榻之侧，岂容他人酣睡？与中共一战，已箭在弦上。”

顾也正当即拱手：“我明白些了。马站长，多谢指点迷津。如古人讲，善仕不如遇合。论私，我们是朋友，刚才的话顾某多有唐突，有几句或是说得过头儿了，莫计较！今后有什么事，只管吩咐属下！”

马凯旋扬眉一笑：“老顾呀，我们既然是朋友，彼此还计较什么呢。眼下还真有一件迫在眉睫的事儿。”

顾也正忙问：“什么事儿？”

马凯旋道：“易县胡景山、龙成立率领伪保安团‘反正’，二人也以‘反正’身份参加了诸多公开场合的活动。”

顾也正吃了口菜，放下筷子：“这我知道呀。”

“唉，横生枝节了，二人因与前去收编的几位长官没谈拢，竟被那几位糊涂长官上报，保定市府认定他二人是汉奸，不予接纳。二人一怒之下，便拉着队伍上了望阳山。乔长官已命令保定警备司令部，明日派兵剿灭。这二人都是我们的老朋友，于公于私，我们不能袖手旁观呀！”

顾也正怒道：“乱搞么！他们怎么会是汉奸呢？当年这二人确属奉命潜入日伪，还是赵元初具体布置的，戴局长当年也有承诺。只是赵元初猝然去世，就无人直接证明这二人的卧底身份了。可戴局长应该出面证明呀！”

马凯旋摆摆手：“哎呀，老顾你天真了呢，戴局长日理万机，哪里能记得这等小事，就算他记得，这二人又不是他的心腹爱将，他顾得上关心吗？保定现有乔长官一手遮天，戴局长与乔长官私下一向不睦，他肯蹚这道浑水么？”

顾也正皱眉：“乔长官怎么说？这二人可都是他的学生呀！”

马凯旋苦笑摇头：“乔长官说他二人确属汉奸。乔长官不认汉奸学生呀！”

顾也正惊讶了：“乔长官也糊涂了？他该知道这二人当年是奉命卧底呀！重庆给这二人发过委任状啊！”

马凯旋唉声叹气：“唉！委任状一直保存在赵司令那里，赵司令已作古，委任状便没有了下落。世态炎凉，多是拔一毛利天下而不为，谁愿意给他们做这个证明呢？”

顾也正恨恨地顿足：“天地良心，他们的确是赵元初派遣的卧底呀！前些日子他们还劫杀了外逃的‘掌柜’，他们怎么能是汉奸呢？这二人岂不成了大庙里的冤枉鬼了！”

马凯旋叹道：“他们击毙‘掌柜’的事儿，被乔长官认定为杀人灭口、弃帅保卒。唉，你说得是，是庙都有冤死鬼！”

“马站长，咱们得出头说话呀。毕竟咱们……”

“当然要说话，我们得好好想想，怎么劝解咱们的乔老师，他正在气头儿上，若劝不动，这二位的汉奸帽子便是戴定了。”

顾也正苦脸摇头：“唉，只怕是咱们说不通的。”

马凯旋表情渐渐肃然：“我本想去易县找龙成立、胡景山面谈，此事拖延不得。可不巧，后天北平站要我去汇报工作，不敢缺席。就辛苦你老顾一趟，明天你跟随乔长官派遣的征剿队伍去易县，见到这二人，一定劝说他们暂且远遁些日子，躲避一下舆论，切不可烂摊子烂拆，意气用事激化事态。他们当年卧底的身份，我们心里都清楚，上峰终归会有个说辞。总之，你无论怎样周旋转圜，也要把此事办好。随你行便宜之权吧。”

顾也正点头：“行！我去一趟。但愿乔瑞霖不要从中裹乱。”

马凯旋听得皱眉：“乔瑞霖……你担心她会在胡景山、龙成立的事上做手脚？”

顾也正冷笑：“不仅是这个，乔瑞霖一直想重回军统。我更担心她看上你这个站长的位置了。”

马凯旋摇头：“你放心，她搬不动我这个位置，戴局长绝对不会让乔家兄妹插手军统。不过你倒是提醒我了，乔瑞霖挤入军统的希望一旦落空，一肚子火气无处发泄，怕是要在龙成立与胡景山的事情上找茬口儿，落井下石就在所难免了，咱们不说牝鸡司晨的话，这女人也真是太疯了！”

顾也正恨道：“疯？我再告诉你件新鲜事儿，为保证乔长官出入安全，乔瑞霖最近招募了几个特工。”

“哦。”马凯旋端起茶杯。

“你知道其中招募了哪个？”

“哪个？”马凯旋饮了口茶。

“‘一丈青’，就是当年中村手下那个日本女杀手。”

“什么？”马凯旋一口茶险些喷了，惊讶问道：“为什么？”

“鬼知道为什么，反正乔瑞霖有用场。”

马凯旋目瞪口呆。从一个日本杀手，转行到乔长官身边当了特工？这其中必定有一段马凯旋想不出的空白，好像一本书当中有几页被撕掉了。这其间会有什么不为人知的内容呢？

顾也正讥讽地笑道：“这有什么奇怪的。想必站长也听说了，连岗村宁次这等罪大恶极的甲等战犯，私下都是委员长的座上客！诸如何应钦、汤恩伯这些大员，见了岗村也都一概彬彬有礼、谦恭有加呢。‘一丈青’算什么？也就小小不言了。”

马凯旋顿时无语。

艰苦卓绝的抗日战争刚刚结束，中国的最高领袖，私下竟然能与双手沾满中国民众鲜血的战争罪犯同席对座，笑逐颜开举杯畅饮？除了说委员长……胸襟开阔，这其中的真相谁能知道？无论真相如何，马凯旋深深明白，这时代的希望显得太少，而失望却显得过多了。

杨昆平

《保定市志》记载：民国三十四年（1945）八月，晋察冀边区行政委员会任命刘秀峰为保定市长。建立保定市委，王进学任书记，杨昆平仍任特委书记（掌控地下组织），准备进城接收日伪投降。但因国民党政府下令阻止，八路军的接收工作遭日伪拒绝。而后中共保定市委撤销，成立中共保定工作委员会。时任中共保定市委秘书的张天心，在中华人民共和国成立后曾写过回忆文章《抗战胜利后二三事》，文章中写道：国民党政府下令日伪不接受八路军受降的事件，暴露出国民党要与中共翻脸的端倪，当时却没有引起党内同志足够重视。张天心在文章中毫不隐讳地指出：当时党内一些同志对国民党抱有幻想。

客观地看待这个历史段落，抗日战争胜利使中国共产党得以暂时休整，党内许多同志，的确有了船到码头车到站的思想。有资料显示：中共保定特委的一些同志认为，和平民主新阶段已经到来。这种思想更多来自基层，一些党员竟然亮明身份公开活动。是啊，终于赶走了日本人，接下来就应该国共两党和平建国了，有点儿和平想法，也顺理成章。

时任保定特委书记的杨昆平对局势十分清醒，对党内出现的和平思想忧心忡忡。他率先反对诸多党员参加社会活动时公开身份。杨昆平以他与国民党多年打交道的经验，认为蒋介石不会与共产党和平共处。他在一次会议上呼吁，要求大家不要忘记“四·一二”的教训。他建议特委作出紧急决议，禁止党员公开身份参加街头活动。

杨昆平的思想却遭到了批判。

杨昆平后来回忆，当时河北省委的领导对他的思想与行为总结为“过于敏感保守”“小脚女人跟不上形势”，不能正确理解我党在抗战之后，要更为广泛地开展群众工作。省委为此召开会议，严肃批判杨昆平等人的“落后保守”思想，以消除影响。

受挫后的杨昆平，奉命带着工作组去阜平县搞土改。

那天，梅天凤送杨昆平一路到了城外。

此时，梅天凤已遵照上级指示，解散了杂戏游击队，暗中将游击队归建了晋察冀军区。梅天凤按杨昆平指示，回到了保定，公开身份仍是杂戏魔术艺人。她眼下正着手准备恢复“梅氏杂戏魔术社”，只是开业资金还多无着落，招聘杂戏艺人也尚未开始。梅天凤暂时奔走于各杂戏班子，与人搭班演出。

那天，梅天凤穿一身湖蓝色粗布衣服，打着几块补丁。杨昆平见状笑道：“天凤呀，你也是个知名艺人呀，怎么好意思穿这衣服上街呢？”

梅天凤笑道：“没钱买呀。”

杨昆平摇头笑道：“别蒙我，你最近辛苦搭班挣钱了。”

梅天凤笑道：“钱是组织的，我可不敢乱花。”

杨昆平笑了：“我批准了，你做两身好行头吧，工作需要。”

二人说笑了几句，梅天凤问道：“杨书记，或是不该问，除了你直接领导我之外，还有谁知道我的身份？”

杨昆平郑重说道：“天凤同志，难为你了，你的中共党员身份很少人知道，你千万不能暴露。组织上需要你利用你的社会职业关系，做更多的工作。所以，你暂时还不能公开真实身份。”

“明白了。”

“再有，你与军统保定站的人多有来往，那里是个狼窝。稍有疏忽，就可能陷入绝境。切记不可大意。”

“记住了。”

“还有什么事情吗？”

梅天凤说道：“眼下我着手重新开张‘梅氏杂戏魔术社’。我想借此机会，吸引一些有进步思想的艺人参与进来。再有，我想利用与马凯旋等人的关系，开一个‘梅记车行’。挣钱倒在其次，主要是想将‘兄弟社’中那些经过考察、表现好的人组织起来，日后肯定能用得上。”

杨昆平点头称赞：“好！你想得长远。道虽迩不行不至，事虽小不为不成。你孤军作战，辛苦呀！你想过再做做梅可心的工作吗？”

梅天凤摇头：“可心受马凯旋影响过深，不易说动。大姐的工作么，我却可以做，她虽在马凯旋手下工作多年，但她似乎不问政治。我想探探她的口风。”

杨昆平摇头笑道：“立春的事，你就不要插手了。”

“放弃她？”

“我不是那个意思。总之，你不要过问梅立春的事儿了。”

“知道了。”

“保重，天凤同志！”

“杨书记保重！”

杨昆平走了。

梅天凤哪里知道，梅立春于抗战前便已成为中共保定地下组织的特情人员，奉命打入军统保定站卧底。梅立春代号“武松”。当年她的直接联系人是赵元初。现在杨昆平则是梅立春的唯一联系人。

八年抗战中，梅立春踏实工作，在军统保定站颇有人望，很受马凯旋重视。用“倚重”二字也不为过。

马凯旋重新接任保定站站长后，着手调配整合站内人员结构。此次调整，为军统保定站成立以来幅度最大的。中华人民共和国成立后，曹正汉曾发表署名文章《我在军统保定站的片断回忆》。

（曹正汉口述，于晓记录整理。刊登于《保定文史资料》第147辑。以下简称《回忆》。）据曹正汉回忆，马凯旋于民国三十四年（1945）十月与顾也正、季钧研究决定后，报重庆军统局批准，又经北平站核准，调整人员如下：

一、梅立春（女）任电讯室主任。晋升中校军衔。

二、吴数任保定站秘书。晋升少校军衔。

三、梅可心（女）任行动队队长。晋升少校军衔。

四、曹正汉任行动队副队长。晋升少校军衔。

五、李天曼（女）任特别行动组组长。晋升中校军衔。

六、葛云梁任特别行动组副组长。晋升少校军衔。（《回忆》一文中特别说明：因为李天曼、葛云梁特立独行、唯我独尊的性格，二人在保定站的人际关系紧张，说白了就是不合群。马凯旋煞费苦心，将二人从行动队“拨离”出来，专门为其成立了特别行动组，直属站长领导。其实，这个特别行动组，编制就他们夫妻二人。后顾也正任站长，才为他们配置了十余个属下。）

七、萧家广（女）任情报组组长。晋升中校军衔。

八、虞文通任情报组副组长。晋升少校军衔。（《回忆》一文中揭秘：萧家广属于“归队”。萧家广于抗战初期，即被代号“秋风”的军统特工赵之间秘密发展加入军统，代号“松树”。“秋风”牺牲后，因二人单线联系，萧家广这棵“松树”与军统组织一度失联。抗战胜利后，由重庆军统局查档后出具证明，萧家广调军统保定站任职。因为萧家广当巡警多年，熟悉保定地理，马凯旋即任命萧家广为保定站情报组组长。虞文通则属于“引进”。抗战期间，虞文通与军统保定站关系密切，多次援手。马凯旋与顾也正、季钧商议后，上报重庆军统局批准，军统北平站备案，录用虞文通为保定站在编特工。考虑到虞文通的“大发车行”，是一个不可小觑的社会“眼线”，虞文通仍然留在站外，对内的身份是保定站情报组副组长。）

九、卫德义任后勤科科长。晋升中校军衔。（《回忆》一文中叙述：卫德义是个“老”军统。卫德义原是天津三中国语教员，抗战初期投笔从戎，参加了军统。因其年纪大，学问大，为人正直，在军统站很受尊重，但尊重归尊重，卫德义一直没得重用，虽在抗战中屡次立功，却提拔到少校军衔就停止了。马凯旋重掌保定站之后，因为保定站在抗战中损失惨重，即向上峰请求调配干部，卫德义在这个时候被调入保定站。马凯旋看其忠厚老实，且年纪大了，便申报卫德义晋升中校，任命为后勤副科长，后任命为后勤科长。马凯旋对卫德义一向很尊重，称其卫老科长。马凯旋万没想到，卫德义后来竟让他大跌眼镜——卫德义在军统天津站时，就已经被中共天津地下党策反。到保定站后，即归属中共保定地下党领导。)

十、甄广宁任行动队副组长。晋升上尉军衔。

十一、严之虹（女）任电讯科译电组组长。晋升上尉军衔。(严之虹，即嫣红，她当年在钱如雪戏班的时候，钱如雪曾给她起过一个“胭脂红”的艺名，本意想让“胭脂红”学一个丑旦，谁知天不假年，钱如雪突然暴死，胭脂红想登台演戏的人生计划，随之成了泡影。嫣红投奔马凯旋之后，即做了马凯旋的交通员，或是为了纪念钱如雪，她便用了这个艺名的谐音。抗战胜利后，她跟随梅立春学习电讯业务，做了保定站的电报员。马凯旋万万没有想到，这个工作踏实，认真负责的严之虹，后来竟会让他目瞪口呆。后边再说。)

马凯旋去北平开会前，即找梅立春谈话，宣布任命梅立春为军统保定站电讯室主任。

梅立春立正敬礼：“感谢站长栽培！梅立春必定恪尽职守，报效党国！”

即双手接了委任状，继而又摇头笑道：“站长，我行吗?”

马凯旋笑了：“你是抗战前的老资格，你若不行哪个行？委任状你都接了，怎么又说这话呢?”

梅立春笑道：“站长，我不说‘敬谢不敏’的话了，我只是‘度德量力’心中忐忑，怕是难以服众啊。”

马凯旋叹道：“知足者富，强者有志。你们梅家姐妹，论能力都是出类拔萃的，只是你的进取心比可心稍显逊色。但你的人际关系很好。不瞒你说，我私下征求意见时，站里没人提出什么，多是称赞之语。”

说到这里，马凯旋不禁摇头叹道：“只是这些年，你与孙馀鑫一直唱牛郎织女，为国舍家也真难为你们了。”

（马凯旋通过北平站了解到，孙馀鑫与梅立春多年分居，孙馀鑫一直东奔西走做贩酒生意，抗战时期，也经常在八路军的根据地出入，但并无通共迹象。他后在北平开了一家小酒馆。丧子之后，孙馀鑫悲痛万分，与梅立春的感情日趋冷落，梅立春偶尔到北平开会，孙馀鑫也避而不见。孙馀鑫又娶了个年轻的二房。二太太名叫苑月平，生了一个女儿。小酒馆的生意还算好，孙馀鑫的日子很美满，这事梅立春知道，心里必定不是滋味。唉！孙馀鑫只看新人笑，不闻旧人哭，马凯旋心里很为梅立春难过，果真应了那句老话：痴心女子负心汉。后来，马凯旋才知道真相，孙馀鑫真正的身份是中共地下情报员，二房太太苑月平，则是孙馀鑫的助手，与孙馀鑫假扮夫妻而已，那女儿是苑月平侄女，苑月平的哥嫂在抗战中牺牲，带着侄女好掩护身份。马凯旋得知真相后，当即感觉石破天惊，苦笑自己一直被蒙在鼓里。）

梅立春稍稍皱眉，摆了摆手：“站长，不说孙馀鑫了，这些年我一个人生活也习惯了。特工这个行当，家庭或是个羁绊，如果没有了，还更能投入些。我这人能力虽然一般，但工作从不马虎。此次提职，当然是我所愿了。”

马凯旋笑道：“立春，当年在育德中学读书时我就发现，你外表虽温和柔弱，骨子里却极要强。记得参加童子军之后，徐老师带我们训练体能，你一直不甘人后，总是遥遥领先。今日说起，当年恍如昨日啊！”

梅立春叹道：“是啊，我常常想起徐老师！”

提到徐飞扬，两个人一时都有些伤感。

马凯旋看看表，笑道：“不说陈年往事了，任命的事我也说完了。我明天往北平开会，今晚想去看望一下付大哥，他北平若有事儿，便捎着替他办了。我刚看了今天的报纸，付大哥今晚上演新戏呢，我想着买票去捧捧场，你也一同去？”

梅立春登时欢喜：“好呀，好久没听付先生的戏了，耳朵都痒痒了，听说他的剧社很是火爆。”

“等付大哥散场，咱们请他吃个夜宵。”

“站长请客？”

“当然我请，你陪一下么。”

“白吃么，我愿天天陪着。”

“唉，付大哥也难呐，他一家人八年离散，他弟妹颜若仙现在在北平，前几天回来一趟，可付浩强却不在人世了。”

（见缝插针，补白两句颜若仙：此时的颜若仙已再嫁，丈夫是北平的大商人张嘉轩，儿子付小强也改名张小仙，世间人情薄如纸，恩爱夫妻也是如此，人走茶凉，付浩强在颜若仙心里，或就是一碗凉茶了。颜若仙已成了北平的名角。张嘉轩有钱有势，颜若仙的日子当然滋润。颜家姐妹见面，必定有一番嘘唏。得知付浩强病故的消息，再得知侄子改名的事情，付浩声必定有一番伤感。此段文字，细细写来必定痛楚非常。谈歌一笔带过作罢。要交待的是，颜若仙有一个跟包儿，名叫杜大宝。谁能料到，这个杜大宝平日里不声不响，却是个穿着马甲的王八蛋，后来竟给付浩声惹了一个天大的麻烦。后边再说。）

梅立春眼里有了泪花儿，摇头叹道：“抗战虽说胜利了，可多少人家再难团圆？付浩强只是沧海一粟罢了！”

马凯旋转了话题：“不说这些难受的事了。我听说穆柏枫先生今晚也去给付大哥捧场，咱们会会老先生如何？”

梅立春登时高兴了：“穆先生也去？那太好了，多年不见他，一直想登门探望，但总感觉冒昧。今天真是个机会呢。”

胡景山、龙成立

秋天当然是收获的季节。民国三十四年（1945）的秋天，却成了胡景山、龙成立感觉最倒霉心情最失落的季节。

近日，他二人带领易县保安团击毙了保定外逃的汉奸“掌柜”一众，当然是有功之臣。之后二人参加了易县抗战胜利庆祝大会，也参加了易县抗战胜利庆祝宴会，他二人还等着政府接收大员论功行赏呢。可他二人却听到了街中流言，他们或要被政府认定为汉奸了。

哥儿俩“被”汉奸了？岂不是笑话吗？二人起初还没当回事儿，这年头儿谣言满天飞，以讹传讹的假消息多了去了。可是这消息很快就被确认了。保定市府宣布：胡景山、龙成立所部，是保定周遭最后的汉奸队伍。二人听得脑袋发蒙，即火速派人去向市府说明情况。谁曾想到，保定市府根本不容他们辩解，干脆利落一句话：放下武器向政府投降，听从发落。

唉！遇到如此乌龙政府，浑身是嘴也说不清了。这一逼二逼，就苦逼得胡景山、龙成立带着三百余人枪的队伍，上山拉杆子了。

唉，于多种因素绞合纠结的作用加持之下，于波诡云谲、朝三暮四的血雨腥风之中，注定了胡景山与龙成立诡异乖戾的命运。

得鱼忘筌，过河拆桥，用完就扔——历来是中国官场的弊端。流风所至，真让这哥儿俩扼腕长叹。

顾也正虽然了解真相，可他也没辙。当年给胡景山、龙成立布置卧底任务的赵元初已经死了，旁人证明又不能作数，戴局长肯定不会为这两个小人物具结作保。最要命的是，这二人的委任状不知下落，那是唯一能证明他们身份的证据。顾也正设身处地替这两个倒霉蛋想过，当年布置他们去卧底的是赵元初，赵元初出示的委任状总不是他自己印的吧？重庆军统局总有底子吧？一查不就清楚了么。

唉！有谁能出于爱心去给他们二位查这个？这种没头儿没尾儿

当间儿缺页的破事烂事海了去了。顾也正非常明白，日寇投降后，百废待兴，大家都忙得一团糟，都为各自的前程奔走活动，没有谁关心这二位冤不冤。都忙着呢！除非管档案的是这哥儿俩的丈母娘。

有道是，谁冤枉，谁举证。哥儿俩没证据，就过不去这道坎儿，那……就自认倒霉吧。

顾也正匆匆赶到易县望阳山下，他是随着部队来的——乔运典派来了保定警备司令部的一个整编团，千余人的部队，全部美式装备。

团长姓李，李团长当即在山下排兵布阵准备进剿。唉，如果干将起来，胡景山、龙成立的三百余人枪，肯定不是对手。怀着恻隐之心的顾也正，赶紧找李团长，他坚持只身上山先与这二人谈判。

顾也正也是有身份的人物，李团长当然给面子："行，顾副站长先去谈，谈不拢，也别废话了，最多一个时辰，我就把这股汉奸队伍收拾干净了！"

胡景山、龙成立见到顾也正，就像两个告状无门的冤鬼突然遇到了包青天，顾不及寒暄，便大呼冤枉。他们不厌其烦，再次向顾也正陈述：当年他们与乔瑞霖一同去重庆述职，动身之前，赵元初暗中找他们，传达重庆密命，并出示了重庆颁发给二人的委任状。赵元初当时说，他二人已被特高课盯上了，日军特务机关想乘二人撤职后情绪低落之际对他们进行策反。赵元初叮嘱他二人，去往重庆途中，一定要作出情绪沮丧的模样，但凡日伪特务上前接触而后策反，二人便顺水推舟，乘机打入日伪内部。他们卧底后的首要任务，就是全力寻找一个代号叫"掌柜"的保定汉奸，弄清"掌柜"的真实身份。但是他二人没料到，日军特高课并没有让他们回保定，而是派遣二人先去了北平，后又随小林业四调至保定。小林业四死后，二人逐渐不再被信任，最后发落到了易县。这些年来，他们虽然事倍功半，但他们的确是潜入日伪的军统特工呀，其间也给重庆提供了许多情报，最终也将"掌柜"击毙了呀。怎么玩儿到最后，他们竟然"被"汉奸了呢？重庆肯定有委任状的底子，干嘛不派人去查查？政府如此不负责任，将错就错，指鹿为马，就不怕寒了党国战士的忠义之心吗？这桥段……也太狗血了吧？

顾也正十分耐心（实则耐着性子）地听他们详细诉说完了，当即对他们蒙受不白之冤表示深切同情。继而软硬兼施，要求他们放弃抵抗，去面见乔运典长官。顾也正用力拍着胸脯，信誓旦旦地保证他二人无虞，奉劝他二人立刻悬崖勒马、适可而止，要坚信乌云遮蔽不住太阳，纸里包不住火炭，黑的白不了、白的黑不了，不可一误再误，总之……如何如何。顾也正说得口干舌燥。

二人听得感激涕零，却还是半信半疑，再追问顾副站长拿什么保证他们的人身安全？顾也正只好摊开底牌，亮出底线："两位兄弟，就算退一万步，到保定之后，暂时冤枉了二位，二位就不能忍忍吗？大丈夫能屈能伸，最多关上你们两三个月，我和马站长你们总信得过吧？就冲着咱们是多年的战友加兄弟，就冲着咱们当年都是童子军的情谊，我们也得亲自去重庆一趟，无论多么费时费力，无论多么曲折麻烦，我们也得帮二位查到档案底子。到那时，你们的真实身份不就大白于天下了？谁还敢说你们不是抗日英雄？再说得乐观些，奖金肯定少不了，那青天白日勋章，你们不得一人一块呀？岂不是羡煞人也？"

顾也正说到这个份儿上，才算彻底打消了这二人的疑虑。

民国三十四年（1945）十月，感觉不辱使命的顾也正伴着送爽的秋风，心情大好地带着胡景山、龙成立顺利回到了保定。

而此时马凯旋正坐着一辆美式吉普车，十万火急地赶回保定的途中。他感觉车轮转得飞快，几乎要脱离车身飞出去了。

马凯旋在北平站开了五天会，会议主题是工作汇报与今后的工作部署，会议气氛热烈而严肃，但马凯旋始终关注着胡景山、龙成立的消息，他不知道顾也正是否按照他"行便宜之权"的嘱咐，圆满地处理了这件事。会议结束时，他通过北平站得到了顾也正已将胡景山、龙成立带回了保定的消息。马凯旋立时顿足长叹："顾也正呀顾也正，你果真是个糊涂人！你应该让这二人去重庆呀，回保定等于自投罗网了呀！呀呀！”

马凯旋明白，顾也正把两只棘手的“刺猬”抛给了乔运典。

乔运典会怎么办？

马凯旋心中还曾抱有一线希望，毕竟胡景山、龙成立与乔运典有师生之谊，乔运典若能念及这个情分，二人性命尚能保住。可乔运典能把这个人情送与顾也正吗？戴笠当年算计乔运典之时，顾也正暗中倒向了戴笠一方。乔运典心如明镜，他能不记这个仇？马凯旋知道，自己这一线希望已经近乎奢望。他太了解乔运典睚眦必报的性格了。

再则，乔运典与龙成立之间还横亘着一道仇恨鸿沟——当年龙成立夺走了乔运典心爱的女人金小叶。乔运典岂能不公器私用，借机报复当年的情敌？顾也正把龙成立这二人带到保定，即等于把这二人如鱼肉般，放到了乔先生的案板上，只待“乔大厨”手起刀落了。

顾也正，你真是个货真价实的“菜鸟”！

马凯旋一路颠簸赶回保定时，已经日上三竿。他来不及回宿舍换衣服，便匆匆去了曹氏公馆。

乔运典正在曹氏公馆主持会议。行署各处室的负责人都束手束脚地站着。乔运典给下属开会有个习惯，他端然坐着，下属一概重足而立，之后乔运典挨班儿问话。

乔运典曾解释说，如此是为了与会者聚精会神，防止有人开会打盹儿。

但手下却从中看出了等级、高调、恩威、被崇敬，这是一种权力气质。乔长官要求的是声音、动作的绝对统一，把所有人的头脑集中起来，频繁敲打，把每个人的尊严与权利编排进绝对服从的轨道——乔运典很享受这一切。

顾也正也站在里边，一脸疲惫的样子，应该是辛苦出趟差，还没歇过劲儿来呢。

乔运典见马凯旋进来，点头说了声辛苦，简单问了几句北平会议的情况，便让马凯旋入列。之后，便让副官带胡景山、龙成立进来。

胡景山、龙成立满脸惶恐之色，迈着碎步进了会议室。

乔运典哈哈笑了：“两位贤契，一别如雨，想不到，见面却是如此尴尬的情景。”

乔运典伸手示意二人入列，二人便惶恐不安地在乔运典对面站了。

乔运典兀自摇头，讥讽地笑道：“两位贤契呀，何苦弄成今天这样一副狼狈样子呢？这让我如何处置你们？日本人都投降了，你们为虎作伥多年，罪孽深重且不必提，只说你们如何还不识时务，还要负隅顽抗呢？”

胡景山忙上前半步，申辩道：“央请老师‘秦镜高悬’，我们不是汉奸……”

龙成立也忙说道：“老师，我们当年的确是奉命卧底……”

乔运典的脸色登时暗了下来，摆摆手，冷冷地打断了他们：“胡景山，龙成立，今天要你们来此问话，不是听你们狡辩，而是我问什么，你们回答什么！”

胡景山、龙成立面面相觑，立时尴尬无语。是啊，他们当年都是乔运典爱护有加的学生，师生之间促膝谈心的亲热场景，恍如隔世。比时此刻，乔运典则成了铁面无情、高高在上的长官。可是他们呢？却稀里糊涂“被”汉奸了，而且不容置疑。端的是白云苍狗，何至如此啊？

乔运典“哼”了一声，阴阴地冷笑道：“你们自说自话当年奉命卧底，可拿得出凭证？赵元初已作古，逝者不能开口。时至今日，戴局长也没给你们具结作保，无凭无据无缘由，你们拿什么说你们是奉命卧底？说！给我个说得过去的证据！”

乔运典“啪啪”拍响了桌子。

屋中的空气登时紧张如绷紧的弓弦蓄势待发，充满了诸多不确定。

龙成立、胡景山埋下头，不敢再说一句。

乔运典四下环顾，稍稍舒缓了口气："当然了，二位曾是我的学生，我对你们的为人还大概了解，我也仔细想过，一么，你们击毙了潜逃的大汉奸'掌柜'，大快人心，总算是功劳一件；二么，你们再三声称是奉命卧底，抑或确有其事，只是眼下找不到证据。这个么，我要派人再认真调查，但愿还你们个清白。可你们心怀鬼胎拉着队伍上山，公然对抗政府，让我怎么为你们说情？你们真是不争气！"说到这里，乔运典再次用力拍打着桌子。

胡景山感觉那一声声拍打，分明敲在了自己的脑袋上。赶忙说道："老师能体察学生，学生感激不尽。"

龙成立也道："洗清冤枉之后，学生愿意卸甲归田，安心做政府的子民，便是……"

乔运典摆摆手："我刚才说过了，你们自称奉命卧底，现在苦于没有证据。没有证据么，谁也不好硬办你们的汉奸罪。话虽这样说了，我却也犯了踌躇，如何让你们尽快解脱呢？"

龙成立急忙谢道："感谢老师仁慈。若不是顾副站长指点，我二人尚在迷津之中呢。"

乔运典"哦"了一声，抬眼笑道："顾副站长如何说的？"

胡景山瞄了一眼顾也正，欠身回答："顾副站长讲，我二人若是放弃抵抗回到保定，老师必定会给我们指一条富贵之路。"

马凯旋立时如芒刺在背，心头泠泠渗出一层冷汗。

他实在想不到，胡景山脑子进水了？怎么能把顾也正的话端出来？一句话，常常就铸成大错。胡景山蠢呐！

马凯旋看了看一旁站立的顾也正。顾也正则是一脸得意。马凯旋心中倏忽一叹：老顾呀老顾，你也是猪脑子！

乔运典稍稍一怔，哈哈笑了，继而斜眼看着顾也正："顾副站长，你是这样说的吗？"

顾也正上前一步，微微笑道："属下觉得，胡景山、龙成立言之凿凿，且异口同声，奉命卧底之事可予采信。便带他们来见长官。

还望长官斟酌定论。”

乔运典笑问：“顾副站长，你以为这二人当年确系奉命卧底？”

顾也正点头道：“学生的确是这样想的。”

乔运典“哦”了一声，转眼看看龙成立，皱眉道：“成立呀，还记得金小叶吗？”

龙成立怔了一下，脸登时飞红。当年乔运典南下，把情人金小叶当宝贝般托付给龙成立，龙成立却把持不住，享用了乔运典的福利。无论如何，这件事乔运典肯定是记恨的。

龙成立一时无言答对：“我……与她……”

乔运典摇摇头，讥讽地笑了：“真所谓痴心女子负心汉，果然如是。那个当年让你心猿意马、魂不守舍的女人，你得手之后，或是很快就喜新厌旧、弃之如敝屣了吧？”

乔运典说到这里，嘴角流露出一丝戏谑的微笑，他抬手击掌：“出来吧！不是冤家不聚头，不管多么难堪，总是要见上一面的！”

乔运典话音未落，屏风后边款款走出了一个年轻女子。

龙成立大吃一惊：“金……小叶？”

金小叶哼了一声：“亏得龙组长还记得我。”

龙成立不敢对接金小叶怨恨的目光，通红着脸埋下头去，喃喃道：“唉，我……”

金小叶抬手指着龙成立，四下环顾，怒声道：“诸位长官，我金小叶当场指认龙成立就是卖国求荣的汉奸，所谓奉命卧底潜伏，纯属凭空杜撰，子虚乌有！”

龙成立大惊失色：“金小叶，你不能血口喷人！乔长官，你千万不可听信金小叶的污蔑之词呀！”

金小叶柳眉倒竖，尖声怒吼起来：“龙成立，你抵赖不了！”

乔运典仰起头呵呵地笑了，摆了摆手：“好了，小叶，你暂且回避吧。”

金小叶刀子般的目光，狠狠剜了龙成立一下，转身进了里间。

乔运典看看茫然不知所措的龙成立、胡景山，却打住了话题。

他淡然摆手笑道：“今天就先说到这里吧。看你二人今日神色恍惚，言语失措更无章法，或是日前被国军围困之下，如惊弓之鸟，心神疲惫所致。暂且回招待所好生歇息两日。”说罢，即侧身吩咐：“张副官，派人带他们去歇了吧。”

龙成立、胡景山如蒙大赦，忙躬身谢了，转身随着张副官走出门去。

乔运典似乎疲倦了，即挥挥手，宣布散会。

马凯旋刚要转身出门，乔运典却喊住了他：“马站长，你且留下。”

马凯旋转过身来，很有分寸地低了低头。乔运典抬头示意侍卫搬过张椅子，微微笑了：“放歌呀，会都散了，你就别拘谨了，随意坐吧。”

“谢老师。”马凯旋欠身在乔运典下首坐了。

乔运典还未说话，张副官进来报告：“乔主任求见，有要事报告乔长官。”

马凯旋怔了一下，忙起身道：“乔主任有事来，我回避了。”

乔运典摆手笑道：“不必，我的事情是从不瞒你的，坐么。”即对张副官道：“请她进来。”

乔瑞霖身着军服，快步走了进来。

乔运典上下打量了乔瑞霖几眼，点头笑道：“乔主任，你穿这身上校军服真精神呀。还别说，这美国人设计的军装的确精致耐看，不似咱们设计的军服傻大笨粗。你有什么要紧的事儿吗？”

乔瑞霖立正敬礼：“属下有急事报告长官，都写在信里了。”说罢，双手递上一封信。

乔运典接了看过，转手递给马凯旋：“马站长，乔主任反映民意，要求杀掉胡景山、龙成立，她讲的是斩草除根的道理。乔主任办事，一向比顾也正果敢呢。”

乔瑞霖看看坐在一旁的马凯旋，点头致意，随即说道：“长官有事，我先告辞。”

乔运典点点头："你去吧。"

乔瑞霖转身走了。

马凯旋注意到，乔运典的目光瞬间变得温柔，毫不隐讳地看着乔瑞霖的背影，一直看到乔瑞霖消失在门外。

乔运典有一次酒后生发感慨，曾对马凯旋透露心声。乔运典出身于一个大家族，亲戚众多，他却唯独喜欢这个堂妹乔瑞霖，二人性格，多有暗合。乔瑞霖女生男相，做事刚断决绝，少有妇人之仁，为人心机很深，少有勿施于人的常态。只是她过于刚愎自用，乔运典略有遗憾。如果乔瑞霖能再成熟些，他就要努力活动一番，推荐乔瑞霖去南京或上海做中统站长，做中统的一方诸侯。

马凯旋看罢乔瑞霖的信，心中阵阵发冷，乔瑞霖分明是要顾也正难堪。若杀了胡景山、龙成立，人们会如何看待顾也正？他摇头说道："乔主任讲得虽有些道理，却不甚确凿。试想，如果这样做了，世人会怎样议论老师呢？"

乔运典眉头一皱，"哦"了一声，看着马凯旋："放歌继续说。"

马凯旋迎着乔运典的目光，郑重说道："学生恳请老师，在处理胡景山、龙成立的事情上，还要三思而行。"最后四个字，马凯旋说得很慢，似乎期望这四个字能在空气中多滞留一会儿。

乔运典缓缓点了点头："放歌可谓要言不烦啊。"说罢，抬手看了看表，兀自笑了："哎呀呀，这都过晌了，放歌呀，你留下陪我吃午饭，咱们边吃边聊。"

顾也正

顾也正没滋没味地用过午餐，闷闷不乐地回到办公室。他费劲巴大地将龙成立和胡景山带回保定，本以为立了功，没料到乔运典却是这么个阴阳不定的态度。顾也正脑子乱糟糟地想不出个所以然，便打电话给梅立春，想听听梅立春的看法。

当年在育德中学读书时，顾也正就很欣赏落落大方的梅立春。之后奉调保定站，便与梅立春接触多了，就有了更深的了解。这个不爱说道的漂亮女人，却很达观，遇事多有独到见识。二人一直保持着很友好的同事关系。

梅立春来了。顾也正寒暄两句，便说了龙成立、胡景山的事。

梅立春笑道："顾副站长怎么想的？"

顾也正皱眉道："我还能怎么想，两人投降了，本着委员长的一旦投降既往不咎的原则，他们便是政府的子民了。他们也是乔长官的学生么，乔长官还能痛下狠手？再说了，眼下虽然还找不到他们当年奉命卧底的证据，但大家心里都清楚呀。"

梅立春却摇头："顾副站长这样理解，怕要有池鱼之祸了。"

顾也正怔住："你这样想？"

梅立春肃然说道："属下不揣浅陋，斗胆说一句，劝降胡龙二人，只是顾副站长一厢情愿罢了。"

顾也正目光迟滞："一厢情愿？什么意思？立春啊，咱们是老同学，私下是朋友，这屋里就我们两个人，请你知无不言。"

"属下就直言不讳了。"

"讲。"

"且不说胡景山、龙成立，先说顾副站长，难道你看不出？因你过于精明强势，过于开风气之先，这才引发了上峰猜忌。所谓木秀于林风必摧之，行高于人众必非之。且说抗战胜利了论功行赏，顾副站长呢，不升反降，还不有所觉悟吗？"

顾也正听得愣了，怔怔地看着梅立春。

梅立春继续说道："顾副站长此次逞口舌之利，说动龙成立、胡景山到保定，表面看，你是为邀宠上峰，顺风人心。其实，顾副站长着意保定站站长的位置很久了，借别开生面之举，循序渐进，意在最后取而代之。是不是？"

顾也正赶忙摆手道："立春，可别这样猜测顾某呀。"

梅立春笑了："顾副站长，刚才你让属下知无不言，那么，也请顾副站长以口对心，不要藏掖躲闪。"

顾也正脸微微红了，干干地笑道："真人面前不说假话，我的确有意保定站站长的位置。”

梅立春皱眉道：“属下女流之辈，虽侧身军统，难免目光短浅，下边的话若说得离题，还请顾副站长谅解。若揣度顾副站长心理，你或对马站长多有不服。”

顾也正长叹一声：“你说得是，我一直心中疑惑，戴局长如何会选择马站长。”

梅立春道：“顾副站长私下多与马站长比较？”

顾也正点头：“自然比较过。”

梅立春笑道：“我猜测顾副站长与马站长有三比。这其一，无论统率天津站或保定站，顾副站长一向独断专行，振臂一呼属下争相效命，拼死向前。后代理保定站站长，也是如此。而之前马站长掌控保定站，行事多为犹豫不决，属下颇多微词。比不上顾副站长。”

顾也正满意地点点头：“这个属实。”

梅立春莞尔一笑：“这其二，抗战胜利，接收大员尚在途中，顾副站长已着手惩治汉奸，且手段雷厉风行，举城百姓莫不称赞。而政府中人包括马站长，却等因奉此，不见动静，从而人心失望。马站长也比不上顾副站长。”

顾也正点头笑道：“说得是。”

“其三么，顾副站长见机行事之能力有目共睹，保定站无出其右。此次乔长官派兵征剿龙成立、胡景山，两军阵前，顾副站长单刀赴会，兵不血刃，仅以三寸之舌，说动胡龙二人顺风而降。马站长若在现场处置此事，怕是不行。”

顾也正哼了一声，脸色微微变了：“仅这三条，顾某能力已远在马站长之上，为何戴局长偏偏提拔马凯旋为站长？马凯旋为人耿直，我并不怀疑他花钱活动贿赂。我就是弄不懂，上峰莫非果真昏庸如此吗？”

“属下话还没说完，马站长也多有顾副站长不及之处。”

“嗯？”

“予以一言，唯顾副站长图之。”

“说来听听。”

梅立春侧身轻轻“咳”了一声：“当今乔长官，南京红人，正在意气风发之际，戴局长言谈话语也要礼让三分，行为举止也要退避三舍。乔长官此次督察保定政务，持有尚方宝剑，独断保定乾纲。保定军政要人，莫不唯唯诺诺。而顾副站长自恃戴局长面前红人，则处事多有自主，便有了分庭抗礼之嫌。如龙成立、胡景山之事，我妄猜乔长官之私见，本应该在战场上剪除。顾副站长却自作主张，不经请示自行带回保定，如同将两块烫手的山芋扔到乔长官手上。此事若由马站长处置，必然不是这个结果，他或就地处决这二人，或唱一出《华容道》，暗中将二人放走，任凭这二人远江湖或去重庆，也未可知。总之，他不会让乔长官进退维谷。此为顾副站长不及马站长之其一。”

顾也正愕怔了下：“你接着说。”

梅立春顿了顿，继续说：“乔长官乃朝中新贵，门生众多，前呼后拥，热血青年多以货乔长官为幸事。虽然如此，乔长官却仍然全国张网，收罗党羽不一而足，可说是气焰万丈。即使如此，官场中人也大都心如明镜，乔长官比不得戴局长根深蒂固，手下人才济济死士如云。保定才俊如顾副站长，向来唯戴局长马首是瞻，对乔长官多是敷衍塞责公事公办。而马站长对乔长官恪尽职守闻风而动，敬之而不远之，深谙乔长官之心。此为顾副站长不及马站长之其二。”

顾也正听得发呆，点头道：“立春继续。”

梅立春淡雅一笑：“乔长官每每差遣马站长或调查或巡案，马站长一贯放低姿态，等因奉此事事谨慎，言必称乔长官；顾副站长则大张旗鼓敢作敢为，先斩后奏的事也并非一件两件。此为顾副站长不及马站长之其三。”

顾也正仰靠在椅背，皱眉望着天花板，不发一言。

梅立春道：“只此三不者，顾副站长再思再想，戴局长会提拔谁当站长？再说得透彻些，揣度戴局长眼下对乔长官的避让态度，戴局长能放任下属不看眼色、自作主张、我行我素，开罪他戴局长目前都不愿，或说不能得罪的乔长官吗？”

顾也正听得心头一阵乱，摇头长叹道：“唉！如你所言，居心不净，动辄疑人，人自无心，我徒烦恼。戴局长的确对我有些放心不下呀！其实，那天马站长对我说过这个话题，只是不如你言之深切，更入木三分！”

梅立春笑了：“因为马站长与人处事，从来礼让三分，不会像属下这般出言无状。”

顾也正沉吟了片刻：“胡龙二人之事，我该如何处置呢？”

梅立春摇头皱眉：“这事很棘手，乔长官或是尚在犹豫，但派兵征剿之事，却能看出乔长官对这二人动了杀心。且不管这二人如何下场，顾副站长眼下怕要大祸临头了。”

顾也正一愣：“怎么讲？”

“乔长官杀这二人，必以汉奸罪名之。若如此，顾副站长岂能躲过通敌之罪？”

顾也正呆若木鸡：“那……怎么办？”

“白天人多眼杂，顾副站长今夜去一趟招待所，说动胡龙二人，切要他们明天一早，赶去面见乔长官，自请死罪。如此或许还能启动乔长官的恻隐之心，此二人或尚有活命的机会。顾副站长也可洗去通敌嫌疑了。”

顾也正摇头道：“如此出尔反尔，我如何向他二人开口？”

梅立春或是说得累了，转头看向了窗外，她看着疲软的太阳渐渐西斜，兀自叹了一声：“此计怕也为时已晚，乔长官杀这二人的心思，或是已经定下了。”

顾也正霍地站起身来，顿足道：“顾某迂腐，误听他人之言，怕是真要误了龙胡二人的性命。我真是一个蠢……”他没说完，又颓然坐下了。

起风了。隔窗去看，忧心忡忡的秋风，迟迟疑疑扫荡着院中落叶，落叶时而卷起，显得被动惆怅。

梅立春看着满脸沮丧的顾也正："或许还有最后一搏。"

"说!"

"您给戴局长发急电，戴局长但肯出面，事情当有转机。"

"这……恐怕不行。"

顾也正摇摇头。戴笠的脾气他知道，下属惹了麻烦让他擦屁股，他肯定万分恼火。他断不会为两个小小不言的人物出头，与乔运典计较。

梅立春皱眉："要么，顾副站长再找马站长商量一下?"

顾也正点头："走！找站长去。"

马凯旋办公室的窗子敞开着，他正心事重重地看着窗外。或是老天爷也郁闷?黄昏的空气不清爽，显得有几分污浊而滞重。即将坠落的太阳无精打采，蓦然看去，恰似一颗正要下锅，却不小心打飞了的鸡蛋黄，一片模糊悬浮在西天。马凯旋感觉这景象，如同此时自己灰蒙蒙的心况。

但听有人敲门喊报告，马凯旋回过神来："进来!"

顾也正、梅立春前后走进来。

马凯旋笑道："哦。顾副站长，梅主任。两位请坐吧。"

顾也正不及寒暄，便开门见山："龙成立、胡景山的事，我想与站长商量。"

"顾副站长请讲。"马凯旋嘴上说着，眼睛却看看梅立春，心头闪过一丝疑虑，你跟来干什么?你也掺和到顾也正的麻烦里了?

顾也正叹口气："我真后悔了，不该把龙成立、胡景山带回保定。梅主任也是这样看。"他看了梅立春一眼。梅立春默不作声。

马凯旋"哦"了一声，眉头皱了起来。他沉思片刻，对梅立春说道："梅主任请回避一下。"

梅立春起身立正："是!"转身欲走。

顾也正忙拦住，笑道："不必不必。梅主任是站长老部下了，我们三个也是老同学了，龙成立与胡景山的事情，不用避讳。"

马凯旋摇摇头，皱眉道："老顾呀，现在我们要谈公事了，不是同学聚会。"

梅立春浅浅一笑，转身去了。

顾也正心里登时有了几分不快，他嘿嘿讪笑："马站长，看不出，你也有官威呀，梅主任毕竟是你的心腹爱将呀，你这样……"

马凯旋转身关了窗子，拉上了窗帘，回过身说道："老顾呀，你先别扯些乱七八糟用不着的，说正事吧，龙成立、胡景山已经命在旦夕了，你有什么主意？"

"站长……也这样看？"

"今天上午开会，乔长官的态度你没看出来吗？"

"我看乔长官只是发了通邪火，并没过多指责他二人呀。"

"行了行了，老顾，你如果真这样想，此刻就不会坐在我这里扯闲淡了。"

"佩服，站长果然把顾某看透了。我刚与梅主任议论此事，她的看法与站长如出一辙，乔长官肯定不会给龙胡二人活路。的确是我好大喜功，害了他二人。"顾也正连连叹气。

马凯旋摆手："别讲这些了，说说吧，你有什么主意？"

"刚才梅主任点拨我，让我给戴局长急电。若戴局长出面，这二人当能有救。"

"不行。"

顾也正点头："我也觉得不行。"

马凯旋道："道理明摆着，龙成立、胡景山虽是戴局长旧部，当年也的确是奉命诈降，但眼下却是乔长官的囚徒。你急电戴局长出面，设身处地去想，他也是为难。你要他如何做？出面，则势必与乔长官反目，戴局长眼下必不想如此局面；不出面，则寒了下属人心，戴局长也不想如此结果。你已经把这两只刺猬扔给了乔长官一回，你急电戴局长，等于再把这两只刺猬丢给了戴局长。戴局长心中能不恼恨你？戴局长什么脾气你不知道？一怒之下，轻则发配，把你调到个偏远地处，终老不毛之地；重则囹圄，找你个贪污腐化的罪名，关上你十年八年，让你生不如死！”

顾也正呆了，他的确没有想到这一层。他呆望着马凯旋：“那这事……该如何处置？”

马凯旋轻声说道：“我有一计，或是可行。”

“站长快说！”

“你明日面见乔长官，建议他尽快处决这二人，并且你亲自执行，既能邀宠，也可洗去你私通汉奸之罪名。如何？”

顾也正盯着马凯旋，怀疑自己听错了：“你说什么？”

马凯旋也看着顾也正：“眼下只有这一条路。”

顾也正连连摆手：“不行不行！我与这二人有过约定，岂能失言呢？那不是人干的事儿！”

马凯旋点头笑了：“我也不想顾副站长这样。”

顾也正急道：“站长不要再戏弄顾某了，我没心思开玩笑。”

“我有个稳妥之策。”

“可别再逗我了，说吧。”

马凯旋再次放低声音：“如果你的确想救这二人的性命，你可组织手下心腹兄弟，蒙面直接闯入招待所，将龙胡二人强抢出来，听凭他们远遁。待日后他们卧底之事真相大白，这二人自然洗清了冤枉，谁还小视？你那些参与此事的兄弟，你且重金遣散，待事过境迁，再聚拢回来么。”

顾也正听得心下骇然，连连摇头：“哎呀，若让乔长官知道了这活儿是顾某干的，岂不是糟糕透顶，他杀我可如同捏死只蚂蚁般容易。不可行不可行！”

马凯旋冷冷地说：“天知地知你知我知。乔长官怎会知道是你顾副站长所为？”

“还是不妥。没有不透风的墙！”

“老顾呀，你本是个决断的性格，为何犹豫不决了呢？”

顾也正沉吟良久：“马站长，你让我再想想。”

马凯旋揶揄地笑了。

顾也正看着马凯旋，问道：“为何发笑?”

马凯旋道：“老顾，我还没说完呢。”

“讲呀。”

“退一步说，如果被乔长官得知此事你是幕后，你当即赶去重庆。时下重庆正忙于回迁南京，百废待兴，用人之处多多，戴局长必定能给你安排个更好的差事。若我猜得不错，昆明、广州、香港这些肥水横溢之地，必有位置虚席以待。”

顾也正还是摇头：“此计大出顾某意外，你得容我好好想想。”

“你老顾还担心什么?”

“我既吃不准乔长官，也吃不准戴局长呀!”

“老顾呀，若论私，我们与乔长官应该亲近，毕竟师生一场。但这只是我们一厢情愿。乔长官有私而更私，比如，乔长官现在视乔瑞霖如掌上明珠，若你我二人与乔瑞霖比较，你怎么看?”

“若与堂妹比较，我们这些学生就狗屁不是了。”

“说得是。若论公，我们跟随戴局长多年，我们在军统的威望，虽不至高但也不偏下。戴局长对你老顾，虽不会另眼看待如毛人凤，却必定爱护有加。你如此算计乔长官，戴局长或是脸上显露不快，心中必定暗喜。依他恩怨分明的性格，他怎么能不妥善安置你呢?”

“我听得糊涂了，自古官场之争变幻莫测。我总也拿不准，戴局长怎么会为我这样一个小人物，去开罪乔长官呢。”顾也正呆呆地看着马凯旋。

马凯旋扑哧笑了：“乔长官与戴局长台面上和气，私下每每抵牾，早已势如水火。乔长官倚仗委员长对其一时看重，便狐假虎威，三年来对军统步步紧逼，至今却仍不能稳操胜券，这内中必是有了败象。所谓一鼓作气，三鼓而衰。戴局长退避三舍，待机而动，乃是退中有进。便应了那句话：伏久者飞必高，开先者谢独早。我若看得不差，时下乔长官虽表面风光，炙手可热，却也是七月流火，逐显寒凉了。”

顾也正听得点头。

马凯旋凑近顾也正，悄声道："我再告诉你个秘密，你知道戴局长为什么不让你任保定站站长，也不让你回天津任站长吗？"

顾也正沮丧道："理由你那天不都讲了吗？梅主任刚才也说破了这些。顾某无言答对！"

"唉！真对不住你老顾了，梅主任或是就事论事。而马某那天的议论，却是牵强附会敷衍塞责。抗战八年，军统保定站的工作可谓艰苦卓绝，不说马某费了九牛二虎之力，只说你老顾，代理站长近两年，也是闪展腾挪出生入死。为何胜利之后论功行赏，你老顾却不升反降呢？这若是戴先生的本意，也就罢了，即应了我那番敷衍之语。可这却不是戴局长本意，而是戴局长对你老顾爱护有加呀！"

顾也正惊讶："你说什么？"

马凯旋笑道："马某知道些底细。抗战胜利前夕，戴局长已知委员长要派乔长官督察平、津、保三地军政事务。你老顾在戴局长眼里，始终是一把锋利宝剑，不可多得之将才。戴局长深知，若让你出任保定站站长，或回任天津站站长，你性格爽直倔强，与乔长官必定有一番争斗。重庆站站长林岐峰的事儿，想必你知道。"

"我知道。"

"知道多少？"

"我与老林很熟，当年曾在南京共事三年。这人能干，很得戴局长信任，可惜因贪污被人举报惹怒了委员长，被关押了。"

"错。老顾你果然不知内情。真相是，只因一件普通案子，林岐峰与乔长官争执不下，吵得一塌糊涂，乔长官颜面挂不住，以他睚眦必报的性格，当即私下秘密调查林岐峰。你想，官场混久了，谁没有些把柄？乔长官一纸检举信捅到了委员长那里。委员长看罢大为光火，直接下令撤职并展开调查。结果，林岐峰以贪污罪被关押了。林岐峰跟随戴局长多年，奋不顾身出生入死，深得戴局长信任。可戴局长也爱莫能助，只能眼睁睁看着林岐峰锒铛入狱，而束手无策。你想想，戴局长怎能让你重蹈林岐峰覆辙呢？只好降你一级，副站长么，便少了与乔长官接触的机会，这等于把你这柄利剑入鞘归匣了。待重新起用你之时，必定是你老顾锋芒毕露之日呀!”

顾也正听得呆了，他起身拱手，长叹一声：“戴局长对顾某恩重如山，顾某却心胸狭窄，对不住了!”

马凯旋笑了：“老顾呀，说破此事，你便心无杂念了。好了，你回去精心准备人手，两天之后，准备抢人吧。”

顾也正点头：“我现在就手痒了。这两天我先去踩踩点儿。守卫招待所的是乔长官的卫队，中看不中用。收拾他们，应如砍瓜切菜。请站长也去看看乔长官，别有什么变化。”

马凯旋摇头：“不会有什么变化。乔长官这几天正在为难，如何处理那两块烫手的山芋呢。”说罢，他伸手拉开了窗帘。

但见月光失色，天阴得重了，风刮得更紧了，天际处传来隐约的雷声。院中几只路灯四散着昏黄无力的灯光，干枯的落叶在路灯下摇曳起舞。

顾也正皱眉：“这年头儿，夏天干旱，秋天多雨。站长读书多，这是什么征兆?”

马凯旋意味深长地笑了：“老顾呀，但凭苍天忙下雨，谁知老娘快嫁人。”

乔运典“决断”

令人心情抑郁的阴雨接连下了两天，终于停了。藏匿了两天的太阳，终于挣破云层露出了笑脸。

马凯旋所料不错，乔运典这两天很难熬，他为如何处理龙成立和胡景山犯了嘀咕。此时，乔运典正与人密议，待最后敲定如何处置龙成立、胡景山。

他们商讨的地点在曹氏公馆乔运典办公室的里间。

张副官坐在办公室的外间，准备随时侍奉茶水和点心。

张副官名叫张乃至，大个子，国字脸，相貌堂堂，乃直隶热河人氏，这年二十九岁。

民国三十年（1941）秋，他在北平街头摆摊儿卖瓜子儿。因与两个日军士兵争执价钱，两个日军士兵当下要抓张乃至进宪兵队。双方正在撕扯，乔运典正巧路过（从重庆来北平收集情报），当即拔枪击毙了那两个日军，救下了张乃至。由此，张乃至便扔了瓜子摊儿，跟了乔运典。张乃至买卖人出身，行事谨慎，精明干练，逐渐成了乔运典的心腹。此次随行平津保，任乔运典副官，晋升中校军衔。

张乃至端坐在外间，他计算着时间，再有一刻钟，他便进去续茶，两刻钟之后，他再进去添水果和点心。里间谈话的，除却乔长官，还有乔瑞霖主任，以及一位很神秘的老先生，乔长官称他为“行云先生”。房间的隔音不好，里间的谈话声不时传出。张副官听得真切。

里间传出了乔运典有些为难的声音：“行云先生，这两天我正考虑，是否放胡景山、龙成立一马？若严加惩处，外边必定飞短流长，他们毕竟是我的学生呀。”

（以下桥段转述，全为录音格式。）

行云：“乔长官或是想，路径窄处，留一步与人行；滋味浓时，减三分让人食？”

乔运典（大笑）：“哈哈！行云先生果然目光锐利，说到了乔某心里。”

行云：“乔长官，老朽只怕你君子做不成，恶人也做不好呢。”

乔运典：“请行云先生明示。”

行云：“乔长官，我们是多年的老朋友了。老朽便再说几句朋友话，为官者，不可乘喜而轻诺，不可因醉而生嗔，不可乘快而多事，不可因倦而鲜终。总之一句话，为官者，应一以贯之。”

乔运典：“行云先生的意思，还是要杀掉这二人？”

行云：“予以一言，唯君图之。乔长官当断则断，留下他们必有后患。后患呀！”

乔运典：“话是如此说，但是，他二人如果能真心归顺我……”

行云：“即使他二人真心归顺，那也只是二人的权宜之计。他们毕竟是戴笠的红人。”

乔运典：“但顾也正已答应过他们了。”

乔瑞霖：“顾也正既然答应保全这二人性命，何必再求告大哥宽恕这二人呢？好人他已经做下了。大哥还需做好人吗？大哥若宽恕了这二人，这二人是感谢大哥你呢，还是感谢顾也正呢？”

乔运典（叹气）：“唉！顾也正么，毕竟也是我的学生么，他或许想为我博取个大仁大义的名声？”

行云：“哼！他果然是这样想的吗？”

乔运典：“顾也正至少是这样说的呀。”

行云：“乔长官过于偏爱顾也正了吧。他虽然是你的学生，别忘了，他更是戴笠的爪牙。还记得他当年帮戴笠算计你的事儿吗？当然了，在乔长官这里，顾也正或是个仁和义气的性格，或如庄子曰：‘孝子不谀其亲，忠臣不谄其君，臣子之盛也。’顾也正果真如此吗？乔长官不会知道，顾也正昨天夜里找老朽问计，吞吞吐吐说出了一个胆大包天的想法，乔长官绝对想不到，顾也正在密谋什么？”

乔运典：“他想干什么？”

行云（冷笑）：“他企图以非常手段，带人硬闯招待所，抢走龙成立、胡景山。”

乔运典（惊讶）：“什么？他真是吃了豹子胆了？我这就派人找他过来问问……”

行云：“且慢，若找他来，我如何当面为乔长官做证？”

乔运典：“对不起，行云先生，我一时愤怒，失态了，失态了。我权且记下这笔账了！”

乔瑞霖（冷笑）：“大哥，你还能相信顾也正吗？顾也正与胡景山、龙成立是一伙死党，已经昭然若揭了呀！”

乔运典“哦”了一声：“你继续说。”

乔瑞霖：“现在大哥有两难，若放了胡景山、龙成立，保定官员必定认为这是顾也正从中斡旋的结果，而不知道这却是大哥的仁慈之心；若要杀了他二人，保定人定会鄙视大哥为官残暴，而更衬得顾也正仁义正直。老实说，顾也正的确把两只烫手的山芋交给了大哥。这样置大哥于尴尬两难的地步，说是无心，怕也有意啊。即如此，大哥便只有二取其一，若做，便要做绝。也好让保定一众官员明白，大哥乾纲独断。”

乔运典问：“行云先生，瑞霖这个看法如何？”

行云：“乔主任讲得入木三分，伐柯伐柯，其则不远啊。”

乔运典（冷笑）：“现在的保定，当家的是我乔运典，而不是他顾也正、马凯旋之流。”

行云：“好！”

乔运典：“行云先生，我已经明白该怎么做了。今天就说到这里吧，行云先生也累了，早点歇了吧。瑞霖，你送行云先生回去。”

行云：“不必，老朽不想外人知道我与乔长官的交情。”

乔运典（笑）：“行云先生不必过于谨慎吧？”

行云：“并非老朽一时吴牛喘月，老朽习惯这样了。”

乔运典：“行云先生做事谨慎，面面俱到，乔某佩服。只是从后门出去，委屈先生了。”

乔运典（喊）：“张副官。”

外间的张乃至急忙起身立正应道：“在！”

乔运典从里间走出来，低声道：“乃至啊，你引行云先生由后门出去，暗中陪同。”

张乃至点头：“属下明白。”

“去吧。”

（读者或是疑惑：“行云”？这又是哪一个见不得光的神秘人物？这谁呀？暂不剧透，后边再说。）

一夜无话。

太阳东山再起之时，张乃至拿着乔运典手谕，带着行署十几名士兵，匆匆去了招待所。他一脚踏进院门，带班的守卫搭着一张笑脸迎了上来：“张副官，有何吩咐？”

张乃至望了一眼客房：“那俩人干什么呢？”

守卫忙说：“军统顾副站长刚来了，正在会客室跟那二人说话呢。”

张乃至“哦”了一声，点了点头，便集合了院内十几个守卫的士兵。随后整了整衣领，大步走进会客室。

龙成立和胡景山正与刚刚来访的顾也正说话。

顾也正两天来过两次，昨天是来踩点儿。他很谨慎，今日又是来踩点，探查招待所的守卫或有什么变化。按照与马凯旋商议的办法，他决定今夜行动抢人，事先却并不通知龙成立、胡景山，以防二人神色不宁露出马脚。三个人刚刚寒暄了两句，张乃至就推门闯了进来。

三人登时愣怔了。

张乃至不看三人，目光四下打量，一边高声说道：“传国民政府平津保督察专员乔运典将军手谕。龙成立、胡景山听读。”

乔长官手谕？龙成立、胡景山慌忙起身立正。顾也正也急忙一旁束手站立了。他悄然打量着满脸严肃的张副官，心生疑惑，乔长官的什么手谕呢？倏忽间，他突然有了一种很不好的预感，顿时提紧了心。

张乃至面无表情，看了看龙成立和胡景山，即掏出手谕高声念道：“经查，龙成立、胡景山二人，多年附逆，卖国求荣，助纣为虐，祸及地方，殃及百姓。保定市民义愤填膺，皆曰可杀。现绑赴刑场，验明正身，执行枪决，以儆效尤……”

张乃至读完乔长官手谕，看着呆若木鸡的龙成立、胡景山，冷声问道：“二位，最后还有什么话要说吗？”

龙成立、胡景山面面相觑，一时没醒过味儿来。站在一旁的顾也正则脸色苍白，急忙抢身上前，皱眉问道：“张副官，这……是怎么回事？”

张乃至淡淡地看了顾也正一眼：“顾副站长，这是乔长官签字颁发的命令，张某并不知内情。”说罢，大喊一声：“来人！”

几个士兵走进屋来，五花大绑了龙成立和胡景山。

龙成立跳脚怒道："乔长官无权这样？处置我们也要经过军事法庭……"

张乃至冷冷说道："乔长官有话，紧急状态之下，特事特办。结果报军事法庭存档即可。"

胡景山愤怒地看着顾也正，咆哮如雷："顾也正，乔长官为何这样做？你们不守信义，我们当初讲的……"

顾也正万万没有想到，竟然是这样一个猝不及防的变化。他心中登时叫苦不迭，他已布置妥当，准备今晚抢人，乔长官竟然提前动手了。他一时茫然不知所措，眼睁睁看着胡景山和龙成立被士兵推搡到院里去了。他猛然醒悟过来，他跑到院子里，大喊一声："张副官，枪下留人。容我见过乔长官，问个究竟。"说罢，顾也正大步跑出了招待所。

胡景山颤抖着声音嘶喊道："顾也正，你回来，你不要去找乔运典，我有一个重大秘密要告诉你……"

龙成立冷眼看着惊恐万状的胡景山，摇头苦笑："胡兄呀，死即死矣，何必如此作态呢。"说罢，龙成立横眉问张乃至："在哪儿执行？"

张乃至头一歪，示意去后院。

两个士兵端着枪头前走了，龙成立大步跟在后边。胡景山却瘫软了，被两个士兵架到了后院。

龙成立走到后院，后院很宽阔，也肃静，十几间客房，空无一人。龙成立知道，自从他与胡景山入住之后，招待所一律停止接待，这里成了囚禁他二人的"临时监狱"。

龙成立最后看了一眼天空，今天的天气很好，阳光明媚，万里无云。他突然想到，六年前，他送乔运典秘密离开北平那天，似乎也是个晴朗温和的天气。再追忆到十九年前，他参加童子军那天，与乔老师在学校操场漫步的光景。当时乔老师笑容可掬，似乎也是个晴朗无云的天气？

龙成立面对着士兵的枪口，他或许想到了，他今年三十六岁，乔运典四十七岁。

金小叶已经回到了乔运典身边，当年她与龙成立的爱情早已经烟消云散。而乔老师对他龙成立的仇恨却穿越时空依然强烈。爱情不会永恒，永恒的是仇恨。有智者或是深有体会地说过：男人之间因女人引发的仇恨，超越政治、超越民族、超越尊卑、超越伦理，一旦结下，便越积越深，不死不休。

龙成立留在人间最后一句话，只说了三个字："金小叶……"

枪响了……龙成立或许能感觉到这一天的白昼非常短暂，似乎在一瞬间就进入了无尽的黑夜。

（金小叶，生卒年不详，河南开封人，上海艺术学校音乐专科毕业。抗战前夕在北平街头演唱抗战歌曲，被乔运典看中，选到身边做宣传秘书。抗战爆发后，乔运典仓皇南下，将金小叶托付给龙成立照看。之后，龙成立与之同居。龙成立奉调保定后，金小叶独自南下，曾多次参加重庆抗日演出。抗战胜利后，随乔运典到保定。据行署工作人员讲，处决龙成立、胡景山那天上午，金小叶曾到保定"丽人美容院"整过头发，之后再未抛头露面。）

顾也正发疯似的跑出招待所，向曹氏公馆飞奔而去。顾也正没有想到的是，他在曹氏公馆门前被拦下了。公馆的街门紧闭，一排士兵持枪横在门前。

顾也正急道："你们快去通报，我要见乔长官！"

苻班的士兵说道："顾长官，乔长官有令。他今天谁也不见。"

顾也正急道："我有急事！"

苻班的士兵皱眉："传乔长官的话：就是天塌下来，我也不见人！"

顾也正呆住了。他完全明白，乔长官并非谁也不见，只是不见顾也正。乔长官绝不会再给他顾也正讲话的机会。龙成立、胡景山的确死定了。

顾也正心情颓丧极了，他抬眼望去，曹氏公馆后边便是行署招待所，乔运典枪毙犯罪官员，常在招待所后院执行。有人曾建议，刑场设在行署招待所，委实有些不妥。也与风水不合，很不吉利。乔运典却一笑置之，不改初衷。顾也正也曾疑惑不解，他今天却恍然大悟了，乔运典此举用意颇深，他意在于告诫保定官员，行署距离地狱，只是几步之遥。谁也不可稍有疏忽懈怠。

顾也正清晰地听到了几声枪响，他埋下头，痛苦地闭上了眼睛，恍惚间他又依稀听到胡景山焦急的声音："顾也正，你回来，你不要去找乔运典，我有一个重大秘密要告诉你……"

顾也正心中叹息，或许胡景山真把一个秘密永远带走了。

（后人对这个事件多有解读，看法比较集中的版本：乔运典本来不想杀胡景山、龙成立，因为这二人都是他的学生，而且向他表示了顺从。同是学生身份的顾也正，也在其中斡旋。我们不能把乔运典理解为病态杀人狂。穿越时空猜想一下，乔运典的心情应该十分矛盾。面对戴笠越来越夺目的光彩，乔运典心里难免有了些酸酸的滋味。保定的干部当中，乔运典原本是喜欢顾也正的，他们毕竟有着师生之谊。可这其中有个不可解决的麻烦，顾也正是军统的人，而且还是戴笠的红人。在乔运典眼里，顾也正代表军统，也就代表戴笠，他绝不允许顾也正的光彩越来越强烈，这是僭越，这是嚣张。这种情感上的隔阂，已经超出上下级的从属关系。乔运典杀龙成立和胡景山，就是要给顾也正一个信号——你们军统说话并不作数，保定是我乔运典的保定。由此去想，金小叶的事情倒在其次了。戴笠鞭长莫及。

或是如此？谈歌后来才知道，上述解读虽然头头是道，却一概离题万里。乔运典杀龙成立、胡景山的真正目的，竟然是为了保护一个巨大的阴谋。什么阴谋？还是不剧透。后边再说。）

顾也正很明白，事情还没有结束。乔运典不会轻易放过他顾也正的。

两天后的上午，乔运典再次以督察专员的身份，于曹氏公馆召集保定军政会议。能容纳百十人的会议室，与会者站成了三排。乔运典端坐着，神态安详地听取各个部门简明扼要的工作汇报，他时而点头，时而插话，会场气氛十分和谐。

汇报结束后，乔运典没有像往日那样作总结性讲话，他鲜有的沉默了。他的目光在与会者中缓缓巡视着，乔运典的目光平静而温和，可当他看到顾也正的时候，乔运典的目光突然变冷了。顾也正也静静地看着乔运典，乔运典感觉自己冷冷的目光，被顾也正的目光轻轻地接住了。

这是举重若轻的一接。乔运典感觉自己的威严在顾也正身上显得微弱无力了。顾也正的目光有了些隐隐挑衅的味道。乔运典心里动了一下，心脏似乎被什么坚硬的东西刺了一下，他感觉到一阵疼痛的痉挛。他耳边响起“行云”的一句话：“天下为官者，最愚笨之事，乃是养虎遗患。”他看着顾也正，你真的变成大老虎了吗？一股按压了许久的怒火瞬间被点燃，在乔运典心中猛烈燃烧起来。

乔运典凭空怒吼起来：“顾也正，出列！”

乔运典的咆哮声震动着会议室，人们惊得呆了。就算是顾也正私自受降龙成立、胡景山，这也是为了政府和乔长官的面子啊。且这二人的脑袋已经落地，乔长官为何还这样震怒呢？

马凯旋站在顾也正身后，心中重重地一叹。

遗憾呀！顾也正如果提前一天行动，那么今天……唉！现在想什么都没用了，龙成立、胡景山已成为历史人物，眼下的关键是顾也正如何摆脱乔运典的追究。马凯旋暗中祈祷，顾也正呀，你千万要小心翼翼，做出恭顺的表情，宁过之而不可不及，万万不可顶撞呀，乔长官正在气头上，怒火之下，真敢把你烧成齑粉。

顾也正默默出列，看着乔运典。他不再说话，一副听凭发落的样子。

人们都屏着呼吸。会议室内，一时静若坟场。

乔运典冷笑一声：“顾也正，龙成立、胡景山的汉奸身份，早已证据确凿。你身为军统保定站副站长，竟然为之说项求情，我办你个通敌之罪，你服不服？”

顾也正立正：“报告长官，属下愿接受任何处罚！”

乔运典舒缓了一下口气：“说来听听，你怎么看待这件事？”

顾也正立正报告：“报告长官，属下从无通敌之念，确有失察之责，而今追悔莫及，请长官严厉处分就是。”

哎呀，顾也正这分明在是争辩呀。马凯旋的心登时提了起来。

马凯旋万没想到——估计谁也没想到，乔运典却呵呵笑了。他微微点头：“好，好！顾也正，不愧是我的学生，果然倔强得很呀。”

马凯旋稍稍松了口气，不提防乔运典点了他的名字：“马凯旋，出列！”

马凯旋出列立正报告：“报告长官，请训示！”

乔运典轻轻摆了摆手：“谈不上训示，你们是军统的人，自有戴局长管教，乔某不想越俎代庖。不过，我作为平、津、保三地的军政督察专员，还是要提醒几句。马凯旋，你身为保定站站长，顾也正的工作如此粗疏，你也有渎职之责呀。军统保定站当汲取此次教训，下不为例。若再教不改，当严惩不贷。勿谓乔某言之不预。”

马凯旋立正：“属下自当铭记！”

乔运典挥挥手：“散了吧。”便起身率先走出会议室。

似乎乔运典刚才的咆哮声犹在耳畔，与会者心有余悸，悄然鱼贯而出。马凯旋与顾也正走在最后，二人相视，同时摇头苦笑。

(顾也正不会知道今后的日子里，还要发生什么样的事情。我们现在叙述此事，当然是一种后来人的目光和语言。或许顾也正没有警觉乔运典今天的反常，他或是简单地把乔运典的愤怒与斥责，误会成上司对下属的严格要求。如果顾也正能预先知道乔运典已经对他心怀提防，那么，顾也正就不会等到一年之后，才彻底与乔运典反目，也就更不会进行那一场血腥的屠杀。保定作家刘振川先生，擅长写民国时期的保定人物，掌握顾也正的资料较多。刘作家曾告诉谈歌，此时的顾也正已经感觉到了危机四伏，只是他羽翼未丰，暂时不敢造次罢了。刘作家的观点：人么，多是有野心的，大旱望云霓，只是时机成熟与否而已。一个侍应生若逮着机会，也想做大堂经理，朝中大臣如果有机会，也想篡位夺权，天性使然。顾也正并非池中之物，觊觎之心，早已有之，乔运典焉能不知。是不是这样？历史已经不能回答。后人只有猜测。刘振川先生的分析是否合情入理？读者见仁见智。)

处决了龙成立与胡景山，乔运典即离开保定，去北平、天津督察政务了。不承想，这一走，他竟然躲开了一场麻烦事。

接收大员和“绑架案”

该说说薛永春了。

薛永春带着他的“永春剧社”颠沛流离了八年，终于身心俱疲地回到了保定。当年风光旖旎的“永春剧社”只剩下了十余人。高阳回不去了——“永春剧场”早被日本人一把火烧成了废墟。薛永春想在保定驻脚。

薛永春喘息未定，即倾其积蓄，租下了位于保定小北门处的六和剧场，临时招募演员，精心安排剧目，准备粉墨登场。薛永春急着要开戏呢。唱戏的不开场，上哪儿吃饭去呀。唉！都是日子逼得紧呀，想当年挥金如土夜夜笙歌，浪漫主义情怀过分而且任性的薛大头，于今却恨不能一分钱掰成两半用。浪漫主义已然山穷水尽，现实主义也算到了极致。

可薛永春万万没想到，永春剧社刚刚开了两天戏，就被市府安排了活儿：永春剧社“被”义演十天。换个说法儿，薛永春的剧社刚刚在保定落脚，先被“绑架”了十天。

曹正汉和梅可心从报上看到了消息，知道薛永春带着剧社回来了。

二人当即兴冲冲地来“六和剧场”看戏捧场。散了戏，二人去后台见到了正在卸妆的薛永春。

曹正汉与梅可心面面相觑，都愣住了。

梅可心直咧嘴：“薛大头呀，刚才台上真是你呀？你怎么瘦成这样了？换了个人儿似的。”

薛大头抱着曹正汉、梅可心哈哈乐：“哎呀呀，曹兄弟，梅姑娘，都想死我了，可算见到你们了。瘦点儿好呀，我这是想登台呢……”说着话，就哽咽了。

无怪曹正汉和梅可心惊讶，薛永春竟已变得精瘦，扣了口锅似的大肚腩，已无影无踪。豆芽菜似的身子，顶着那颗硕大的脑袋，有些支撑不住的样子。当年一双小眼睛，总是闪着快乐活泼的光芒，竟然也变得暗淡无神了。

曹正汉心中一酸，摇头叹道：“看得出来，你老薛这些年不容易呀！”

薛永春揩了把眼泪，摆手笑道：“彼此彼此，都不容易么。老曹呀，多年不见，你也变老了呢。倒是可心姑娘，还那么俊俏。”

梅可心嘴一撇：“薛大头还是会奉承人，我都成老太婆了。”

薛永春自嘲地笑了：“我会奉承人？我薛大头要是会奉承人，也不至于潦倒成这个样子，唉……”说着，眼泪又淌了下来。

曹正汉叹气：“老薛呀，别伤心，日本鬼子被打跑了，咱们慢慢就好了。”

梅可心也陪着伤感道：“是呢是呢，慢慢就好了……”

三人嘘唏了一番。薛永春转了话题：“老曹兄弟，可心姑娘，你们看我租赁的这剧场怎么样？不过，门前可没敢再摆狮子了。”

曹正汉一怔：“为什么？”

薛永春咧嘴：“你不记得了？我第一次见你，你竟然把我门口的那尊石狮子掀了起来，扔出十几步远，没吓死我。”

曹正汉摇头笑道：“老薛，还记恨着当年那点儿破事儿？”

薛永春摆摆手：“唉！我哪儿是记恨，我是服死你这一身的好力气了。”

梅可心疑问：“大头哥，我们刚才看戏的时候，听旁边的戏迷悄声议论，说你不想再演了？又想离开保定了？怎么回事儿？”

薛永春的脸色登时如霜打了一般，暗淡下来。他怔了片刻，重重叹了口气：“真是惹不起呀，你们说说，我才刚挣了两天的饭钱儿，也不知道哪个使了坏心眼儿，竟然向上边推荐我，给北平来的接收大员

‘义演’。我他娘的接连义演了一个星期，我这剧社一点进项也没有，真得喝西北风了。你说这叫什么事呀？我惹不起呀，我也不敢惹！”

曹正汉皱眉问：“哪个大员？是不是姓黄？”

薛永春摇头：“我也忘了姓什么了，好像姓黄。你认识？”

曹正汉摇头：“不认识。”

薛永春苦笑：“也是，眼下接收大员多如牛毛，谁知道谁是哪一路的神仙。”

梅可心讪笑：“那就义演吧。你真是惹不起呢。”

薛永春眼睛一瞪：“再义演几天，我这剧团就真得喝西北风了。”

曹正汉皱眉：“那你咋办？”

薛永春“哼”了一声：“惹不起我还躲不起吗？只跟你们俩说，我再演一场两场的，就带着剧社重走江湖了。”

“好容易安顿了，又走江湖？辛苦啊！”梅可心皱眉。

“十几口子人呢，总不能这样饿死！”薛永春眼里又有了泪花儿。

曹正汉叹了口气，爱莫能助地拍了拍薛永春的肩膀：“唉，老薛呀，这世道，难为你了。你若重走江湖，老曹不拦你，只是你要保重！”说罢，掏出一张银票，递给薛永春。

“你……这是干什么呀？”薛永春连忙躲闪。

“拿着拿着，这是我积攒下的薪水，不多，干净。杯水车薪顶不了多大事儿，你就接个短儿吧。”说着，曹正汉将银票硬塞到薛永春手里，就转身走了。

梅可心从挎包里掏出十几块银圆：“大头哥，保重！我也没带多少出来，就这么多，你可别笑话！”也硬塞到薛永春手里，一路追着曹正汉去了。

薛永春一手捏着银票，一手握着银圆，呆愣了一下，猛地醒过来，追出门去。

曹正汉、梅可心已经不见影儿了。

薛永春喃喃地：“老曹……好兄弟，可心好妹子呀……”他声音渐渐哽住，颓然蹲在地上，泪如雨下。

[民国三十四年（1945）八月，国民党政府制定了《行政院各部会署局派遣收复区接收人员办法》。根据这一办法，国民党先后向各大中城市派出特派员或接收委员，接收敌伪资产，统称为“接收大员”。而这些人的所作所为，多是中饱私囊，被民众称为“劫收大员”。《保定往事》记载，保定抗战胜利后的“接收”过程，经历了三个时期：

自八月底到九月中旬，是各种“特务与地痞流氓乱抢”的时期。他们抢汽车、抢金条、抢房子、抢物资，凡是有点儿钱财的人家，无不心惊胆战。向秉奎派人查抄伪保定市长汤铭心的财产，最大的保险箱一经打开，其中贵重物品，顿时被抢光。戴笠得知后，大发雷霆，指示马凯旋调查清楚。马凯旋写调查报告并拍了照片，发给戴笠。为此，向秉奎特派员后被撤职办罪。

自九月二十日保定市政府成立到十一月二十三日保定敌产处成立，为“合法抢夺”时期。市府与警备司令部规定各接收单位，要有市政府接收委员会许可，车辆出入保定四个城门都要有通行证明，乱抢变成了“合法”抢夺。

自保定敌产处成立至1946年春节前后，为“承认抢劫合法化”时期。如顾也正带着保定军统站行动队，抢劫了三百一十八根金条，两千六百块银圆，报敌产处批准，以发奖金的名目报账。许多人抢来的房子及高档家具，经敌产处认证，均以托名委托保管了事。这个时期，军统是保定最大的接收单位，首先派员接收日本人经营的“亚和商社”；其次接收了日军驻保定司令部。传说有数百根金条交给了督察专员乔运典，但敌产处无案可查。

唉！揆诸史料，不禁让人掷书长叹，八年来，中国人吃尽了苦头，好不容易迎来了胜利。而胜利给他们带来了什么呢？市井坊间有了议论：除了拆不掉的铁路、搬不动的房屋、拆不了的工厂，都被接收大员抢光了。接收大员是“五子登科”：房子、票子、车子、金子、女子。史料记载的“狗血桥段”多多，这些“接收大员”鲸吞公帑，近乎有恃无恐。

史料记载：当时保定一些没钱的小汉奸，成了重点打击对象。一些有钱有门路的大汉奸，为了“更正”身份，争先恐后地花钱送礼，乱钻门路活动通融。接收大员向秉奎将军自然成为首选目标，向将军的胃口很开阔，来者不拒，一概通吃。礼尚往来么，你给我送钱送东西，我即给你“地下抗日特工”的身份，这些汉奸摇身一变，成了“有功之臣”。就连李二愣、郭子桥这两个民愤极大的汉奸，因给向将军送了礼，也以“地下抗日工作者”的名义，被向秉奎安排到了警察局，当了巡长。一时间，汉奸们给向秉奎及市府诸要员送礼行贿，蔚然成风。送礼得送硬货呀，什么金银啦、美元啦、古董啦，总之什么值钱送什么。

马凯旋不断收到市民举报，检举接收委员会的工作人员目无法纪、乱捕乱抓、敲诈勒索，搞得人心惶惶。前几天，这伙人晕了头，竟然跑到穆柏枫家里搜查，被愤怒至极的穆柏枫挥着拐杖赶了出来。这伙人知道闯了大祸，当即连连道歉，抱头鼠窜。市井一时传为笑谈。

如此乌烟瘴气，马凯旋十分郁闷。谈歌行文至此，也有九分郁闷。]

唉！如此毫无城市秩序的保定城，薛永春和他的剧社肯定是唱不下去了。唉！重新走江湖，也是条生路呢。

在这种乱哄哄的日子里，城市治安肯定要离谱得出问题了。

民国三十五年（1946）一月三日上午，保定警察局接到报案：保定“产业大王”莫得民遭人绑架。据目击者说，莫先生早晨散步时，被一辆美国的别克拦截。从车上跳下两个持枪的青年男子，向莫先生出示了逮捕证，随即对莫先生说：“奉命逮捕汉奸莫得民。”莫先生的两个保镖，被人用枪逼着，动弹不得，眼睁睁看着莫先生被架上汽车，扬长而去。两个保镖惶惶地回家报信，莫家登时急塌了天，当即向保定各行政单位打听此事，皆说不知。莫家这才恍然明白：哎呀！老爷子被人绑架了！

此事传开，北平、天津、上海多家报纸发布了这一消息。由此，中外纷传，舆论哗然。穆柏枫老先生不顾年迈体弱，拄着拐杖，率领莫家十几口人，到警察局催案。此事还传到了正准备还都南京的蒋介石那里。

正忙着搬家的蒋委员长立时大发雷霆，亲自下令给保定军政两方，限期破案。

莫得民是个颇有影响的人物，否则怎么会惊动蒋委员长？莫家在保定数代经商，到莫得民一代，已有纺织、玻璃、建材、面粉、铸铁、医药、运输等十余处企业。抗战前，莫得民曾任保定商会的副会长，因与会长赵至孝闹得“楚河汉界”，关系紧张。莫得民一怒之下，关闭了一些企业，南下去了广州，后辗转到了重庆。抗战期间，莫得民多次捐款给政府，蒋委员长亲自召见过两次，无限风光，享誉一时。

抗战胜利后，莫得民回到保定，准备重振家族企业。如此一个声名赫赫的人物遭绑架，老蒋脸上肯定挂不住。他下令限期破案，自是想找回点儿面子呢。

限期？如何一个限期？《保定传说》记载：蒋介石只给了保定政府十天时间。乔运典得知此事，惊出一身冷汗。他暗自庆幸，之前他督察北平军政事务，躲开了这起案件。冥冥之中，犹有神助。总之不用他擦屁股了。

总裁震怒，谁敢怠慢？河北省警察署长陈仙洲亲自上阵督办，军统北平站协办。鸡飞狗跳忙活了半个月，却也只抓了几个小蟊贼，破案毫无进展。多家报纸竞相披露侦破无果，舆论一时哗然。坊间传说，戴笠被蒋介石喊去，狠打了几记耳光，劈头盖脸臭骂了一通。

在破案无果的尴尬情况下，走马换将，蒋介石把侦破任务转交给了军统局。戴笠慎重考虑后，亲自将此事交办给了马凯旋。

马凯旋接到命令，当即与顾也正、季钧商议办法。季钧建议，应先到莫家拜访，一则抚慰莫家人，二则顺便深入了解案情。马凯旋摇头否决了，他认为，莫家过度失望，对政府已采取了不合作态度，拜访必是徒劳，就连穆柏枫这样的社会贤达，也不平则鸣，对政府颇有微词，更对警察局鄙视，莫家恶劣情绪可想而知。

马凯旋去省警察署拜见了署长陈仙洲，了解了案情的进展情况之后，悄然找来虞世通，让他暗中召集“兄弟社”的一些精干弟兄，密切关注莫家周围的熟人动向，但有异常情况，立即报告。之后，马凯旋又私下找了一趟梅天凤，拜托其通过一些杂戏艺人在市井坊间秘密查寻。最后，他命令萧家广，带领保定站所有外勤人员，轮班休息，根据莫得民保镖提供的线索，昼夜在城中搜查那辆别克轿车，与那两个持枪的年轻绑匪。

马凯旋没想到的是，他刚展开侦破行动，莫得民竟被家人重金赎回了。

保定站得到消息，登时松了口气。许多人觉得，莫得民毫发无损的回来了，莫家家大业大，损失了点儿赎金，只是小小不言的事。侦破可以结束了，能够向上交差了。而马凯旋却不肯停手，他再次叮嘱虞世通，再次拜托梅天凤，再次命令萧家广：诸位同人，谁都不能松懈，继续查访。马站长赌气似的，一定要捉拿绑匪归案。

仅过了两天，虞世通就提供了一条重要线索：手下的一个“风筝”眼线向他报告，警察局副局长匡正翰近期暴富，匡正翰的小老婆刘瑞英，近日戴上了贵重的金项链和宝石戒指，总在街中招摇，匡正翰的手下也频繁出入酒楼、茶社、妓院。

马凯旋由此联想到绑匪所乘的那辆别克轿车，以及绑匪的年龄、身材和使用的手枪，随即重点怀疑匡正翰参与了此案。他当即派季钧诱捕了匡正翰的小老婆刘瑞英。

季钧把刘瑞英带到刑讯室，连哄带吓，还没真动刑呢，刘瑞英就尿了裤子，吐了实话。的确是匡正翰带人绑架了莫得民。顾也正立刻亲自带人逮捕了匡正翰。匡正翰却拒不认罪，死活不肯招供，咬牙扛着。

季钧认为到此就算结案了。匡正翰拒不认罪？好办呀，大刑伺候。马凯旋却说不能结案，他认为匡正翰身后还有人，他让虞世通派“兄弟社”的人去酒楼、茶馆等公共场合散风儿，威吓参与作案者尽快自首，既往不咎。马凯旋胸有成竹，自信不日便见成效。

这天上午，马凯旋悠闲地坐在办公室，喝茶、看报、等消息，却兀自想起一件事儿，他喊来秘书吴数，派吴数带人去警察局羁押所抓捕一个名叫郭宝的看守。

吴数皱眉：“站长，抓人是行动队的事呀，我一个当秘书的……”

马凯旋呵呵笑了：“这件事儿么，只能派你吴秘书去。”

吴数疑惑：“这人犯了什么事儿？”

“甭问那么多了，你抓他来见我。”马凯旋含糊其辞。

“是！”吴数转身去了。

临近中午，吴数还没回来，季钧却兴冲冲地跑来报告马凯旋，一个名叫张金奎的来自首了。马凯旋登时有了兴趣：“哦，我们去看看。”

张金奎是保定税务局副局长，缘由是想走共同富裕之路，打麻将结识了匡正翰，后来贪图发财，更愿意跟着赌友匡正翰一同走“先富起来”的道路，脑袋一热参与了绑架。但看到这事情越闹越大，他发财的愿望与生活热情同时“崩盘”了。他思前想后，既为了摆脱眼前天天被人盯梢的窘境，也为了摆脱明天要被逮捕的命运，更为了保证自己的脑袋将来仍然长在自己的脖子上。他也没跟哥们儿商量，就偷偷地跑到军统保定站自首了。

张金奎说出了这起绑架案的背后主使。这起惊动了蒋委员长的绑架案，就此告破。

谁能想到？这起绑架案的背后主使竟是莫得民的妻舅岳天森。岳天森时任保定市政府副秘书长。他被捕后先是硬挺了几天，后来终于熬不住，全招了：他干这件缺德事儿，缘由是赌博欠了一屁股债，债主逼得紧，情急之下，便串通匡正翰、张金奎等一帮赌友绑架了姐夫莫得民。马凯旋仔细查阅了岳天森的供词，发现有几个地方含糊其词。他怀疑岳天森背后还有同伙，他与顾也正、季钧商议之后，决定再审岳天森。

可是审不成了，岳天森在狱中突然暴死。警察局的尸检报告显示，岳天森是被人下毒害死的。

下毒的是谁？下毒的幕后主使又是谁？难不成线索彻底中断了？

戴笠三天两头督促案子进程，马凯旋只能心有不甘地结案了。

民国三十五年（1946）二月五日，惊动朝野的“莫得民遭绑架案”，在保定法院开庭审理。三月十八日，第三次开庭，当庭判决主犯匡亡翰等五人死刑。三月二十五日，经河北省高等法院核准，主犯匡亡翰等五人，即验明正身于当日枪决。主犯岳天森因在看押期间“病殁”，不再追究刑事责任。

之后一个月，因自首并检举他人被从轻判了十年徒刑的张金奎，竟也被改判枪决。

[张金奎之死，说来是个笑话。本来当局已认定张金奎自首，且检举岳天森有功，即量刑十年。张金奎在拘押期间，患了急性肺炎，随即保外就医。张金奎治好了病，却不想回去了（换了谁也不想回去）。他便给法院使了钱，法院得人钱财，与人消灾，也就睁一只眼闭一只眼了。张金奎要是就在家里猫着，也就无人追究了。可是张金奎却是个馋嘴的，到街中下了两回馆子，第二次吃完了还不想回家，跑到茶馆去听大鼓书，不巧被《保定时报》的记者看到了，当即在报上写了文章，质疑这件事。这下就引起了保定民众的愤怒，一个参与了绑架案的家伙，怎么能逍遥法外呢？政府这不是包庇吗？得，舆情强烈，上边就一路追查下来，接受了张金奎好处的法官们，当即被一体解职。张金奎即被改判死刑。唉，听听大鼓书也能害死人呀！坊间有了新的“金句”：张金奎出门儿听大鼓——没看皇历。]

案子结了。莫家的六十万赎金，保定警备司令部却只发还了十二万。理由十分荒唐，警察局办案亏了资金，只能从赃物中截留扣除。这是什么逻辑？

发还赎金时，警方拍照，报社发了消息。国民政府还发来贺电，戴笠专程到保定，当面传达蒋介石的批示：“明赏不费，明刑不暴。”为了贯彻落实蒋介石的批示精神，戴笠当场宣布：军统保定站全体在册人员，各记功一次。在此基数上，凡参与办案人员，再记功一次。并奖励了保定站八万银圆。事后听说，这八万银圆也是出自截留的莫家赎金。

保定站名利双收，马凯旋却高兴不起来，他对顾也正、季钧苦笑道："你们说说，这案子破得值不值呢？莫家破财不免灾。莫得民受了场惊吓，赎金还让人截留了。再想戴局长传达蒋委员长的话：'明赏不费，明刑不暴。'真有些自欺欺人之嫌了。"

季钧恨恨道："我还听说了，黄山明这个狗屁接收大员，刚刚走马上任，板凳还没坐热乎呢，就从中捞了不少！"（史料记载："接收大员"向秉奎将军因贪污逆产被撤职，重庆钦点国民政府采购部监察署署长黄山明将军接替向秉奎。）

马凯旋皱眉："黄山明？他也分了一杯羹？凭什么？"

季钧哼了一声："凭什么？就凭他是接收大员呀，市府也得上赶着巴结他。"

顾也正讥讽地笑道："细想想呢，分到黄山明手里的，绝对不止一杯羹吧？"

马凯旋颓丧地叹道："真成了《红楼梦》里的葫芦案了。"说罢，他又无奈地摇摇头："真想不到，当年那个只会拍马屁，啥也干不了的黄山明，竟能出息到这份儿上。接收大员？少将军衔？真是要刮目相看了。"

顾也正骂起来："他娘的什么世道，这个小王八蛋竟然春风得意，抗战八年，老子枪林弹雨，才混了个上校，这小王八蛋靠着溜须拍马竟然当了将军？"

季钧讥讽地笑道："顾副站长莫生气，从来同行不同利。黄山明在高层跑了几年腿儿，当个少将不稀奇。常言道，宰相府里无闲士，门房也是七品官。哪儿像咱们这些苦命人儿呀，在底下撅着屁股死干活儿，哪天脑袋掉了，也未必能追认个少将。"

顾也正唾了口唾沫："真他娘的不公平！"

季钧冷笑："不奇怪，小人得志的时代么。"

三人正在义愤填膺地说着话，吴数一脸疲惫地进来了，进门先拿起桌子上的公用茶杯喝了几口，才抹抹嘴报告："报告站长，我带人又找了快半个月了，找了个一溜八开，也没逮着那个郭宝。这人或是听到了什么风声，早跑了吧？”

这些日子，吴数一直带人抓郭宝，可总是抓不到。他也不知道这个郭宝到底犯了什么事儿，马站长也是有一搭没一搭的，好像也不大上心。吴数心里一直稀里糊涂的。他说了两次请站长换人干这事儿，他一直做文案，没干过这抓人的差事。可是马站长总是嘻嘻笑：“吴数呀，你也别太当个事儿，你总在办公室坐着，也该上街透透气么。”

马凯旋看着一脸苦相的吴数，笑道：“跑了？你怎么知道他跑了？”

吴数端起茶杯又喝了两口：“我听他街坊说，这人早跑了。说是跑到口外去了。”

马凯旋“哼”了一声，点点头：“和尚跑了，庙还在呀。我教你个法子，你去给他家的亲戚朋友左邻右舍传我的话，如果郭宝不回来，马凯旋就杀他全家。他如果回来，事情还有个商量。”

吴数惊讶：“站长，真……杀呀！”

马凯旋闭着眼睛恨恨地说：“真杀！”

顾也正与季钧听得面面相觑，马站长真要杀……谁呀？

黄山明

士别三日，当刮目相看。这句话用在黄山明身上，有点儿不合适。怎么不合适？不是刮目相看，而是得“抠”目相看——你得把眼珠子抠出来，洗干净了，涮涮，再擦擦，再安回眼窝子里“相看”。看完之后，你能惊讶得“诈尸”——这还是当年那个黄山明吗？

怎么不是呢？就是当年那个屁颠儿屁颠儿跟在马凯旋屁股后边跑来跑去的黄山明呀，当年是“联络员”，现在还是“员”——接收大员，国民党在保定的清查逆产委员会“特派员”。

彼一时，此一时，时下马凯旋是上校军衔，黄山明则是少将军衔。风水轮流转，该着马凯旋屁颠儿屁颠儿跟在黄山明屁股后边跑了。马凯旋想跑吗？

当然想！他做梦都想——把黄山明从保定“赶跑”！黄山明实在是作恶多端！

黄山明奉调保定接替向秉奎职务之后，做事却比向秉奎有过之而无不及。简言之：更黑！黄山明下榻处与办公地点都在曹氏公馆。因向秉奎突然被撤职查办，保定最大的受贿对象顿时成为“空白”。众多的行贿者一个个成了没头苍蝇，乱飞乱撞。听说黄将军继任，总算是抱着猪头找到“庙门”了。曹氏公馆一时热闹如赶集“开市”。众多汉奸特务，对黄山明大行贿赂之道。黄山明收了大礼，既不请示，更不研究，自行“质量认证”这些人为“曲线救国”的“地下工作者”，任其招摇地方。

如李二愣、郭子桥，因行贿了向秉奎，进了警察局当上了巡长，两位仍想努力“进步”，听说新“大员”黄山明上任，二人紧急磋商之后，各自倾其所有，忍着心疼肉疼，孤注一“送”，竟由黄山明电话推荐，二人在保定警察局当了侦缉队正、副小队长。

再如贾谊清①，在日伪时期当过保定伪税务局稽查处处长，其间横征暴敛，铁定汉奸无疑。他给黄山明送了二十根金条（一说三十根），便被黄山明“质量认证”其为打入日伪内部的军统情报员。贾谊清当即“华丽转身”，在自家门前挂起了招牌，自封“抗日司令”，接收日军枪支数百，搜罗散兵游勇地痞流氓数十人，接收大量日军物资和日侨财物。一时闹得满城风雨，舆论哗然。

更为荒唐的是，原保定军统特务刘亚符，被捕后即叛变投敌，曾出卖杀害军统行动队员数人。抗战胜利后，被列入惩治汉奸名单。此人因给黄山明送了礼，竟然出入公共场所，自说自话为军统保定站站长。而且网罗了一些地痞流氓，竟在水井胡同七号院（马凯旋住宅隔壁）“挂牌”，成立了军统保定站。一天二日，这还了得？

---

① 保定涞水县人。

马凯旋有些蒙，当即直接电报戴笠局长，落实此事真伪。戴笠极为震怒，立即下令缉拿刘亚符。刘亚符当即被马凯旋下令逮捕，之后被枪决。

黄山明却恼了，直接打电话给戴笠，说刘亚符抗战潜伏有功，军统保定站滥杀无辜，挟嫌报复，公器私用，扬言要同戴笠打这场人命“官司”。据说戴笠愤怒至极，却无可奈何。看样子，果然是神仙撞见了大头鬼，神通广大的戴局长也拿黄山明这个鸟人没办法。但看黄山明那副气焰嚣张的样子，分明是蒋介石眼里的“大红人儿”呀。

外人看来，黄山明当年曾是马凯旋的手下，马凯旋有提携之恩，二人的私交应该不错。错！隔年的皇历念不得。富易妻贵易友——钱多了换老婆，身份大了换朋友。此时军统保定站站长马凯旋，在春风得意的黄山明将军眼里算老几？可谓小小不言的“毛毛雨”。

此时的黄山明何止是春风得意，简直是“旋”风得意——找不着北了，都让人“抠”目相看了。查阅坊间词典：黄山明完全一个妥妥的彪悍的存在。若说此人现在走红，肯定不对。此人正在一路蹿红，抵得上二次投胎。

黄山明是如何飞黄腾达的呢？谈歌从庞杂的史料中查找出了些许脉络：

乔瑞霖那年被免职，即到重庆述职期间，恰逢北平站因遭受日军破坏而严重减员，戴笠下令由保定、天津两地调人充实北平站，经乔瑞霖推荐，黄山明即由保定站奉调军统北平站，任外勤情报组组长，晋升少校军衔。

这期间，黄山明有了一次到重庆出差的机会，他办完了差事，即去看望了帮衬过自己的老上司乔瑞霖。乔瑞霖或是念在黄山明对她忠心耿耿的份儿上，便带着黄山明出席了两场酒宴，黄山明由此认识了不少人，其中就包括戴笠。黄山明为人机灵会说话，现场被戴笠看中，戴笠亲自出面安排，黄山明出任军统北平站行动组长，晋升中校军衔。

黄山明回北平后，不负戴笠所望，孤身潜入北平伪水务局，刺杀了伪水务局局长张平路，引起日伪极大恐慌。人怕出名猪怕壮，黄山明由此引起了中统北平站站长曲海的关注。

此时，中统北平站因屡遭日军打击，组织力量非常薄弱，曲海便想着借鸡生蛋，把黄山明挖过来为己所用，就暗中与黄山明建立了联系，以任命黄山明为中统北平站副站长并晋升上校军衔的优厚条件，劝说黄山明“跳槽”。黄山明开始心猿意马，最终经不住诱惑，脱离军统到了中统。黄山明此举，令戴笠大为恼火，即下令平、津、保三地军统站，不得再与黄山明发生任何工作联系。

（军统与黄山明至此绝交。）

黄山明到中统后，工作很是卖力，一时成为中统的红人。也合该黄山明发财，民国三十三年（1944）春，他暗杀了一个想移居德国的日本富商，缴获了许多细软，黄山明将其全部“匿下”。他用匿下的一批名贵字画，走通了宋家与孔家的门路，很快奉调中统重庆总部。之后，虽然中统北平站不断有人举报黄山明贪污缴获，但上边却没人追究。

黄山明从此被飞快提拔，民国三十四年（1945）五月，黄山明被任命为国民政府采购部监察署署长，少将军衔。传说，黄山明办完了保定接收大员这趟肥差，回去就要晋升中将，而且职务上还要被提拔重用。坊间更有传言，黄山明已经通过宋子文与宋美龄搭上了关系。如此说，黄山明哪里还把戴笠看在眼里。

黄山明上任伊始，当然要摆个长官“姿态”，选了个日子（肯定看了皇历），即全天包下保定望湖春饭庄，摆了几十桌酒席，宴请地方闻人政要。宴请对象五花八门：有国民党官员，有共产党和其他党派人士，也有社会贤达人物，还有社会闲杂人等。黄山明酌情分配指标，军统保定站分到两个名额，马凯旋与顾也正出席了宴会。

宴会就是个场面，很快结束。

大家起身散场，黄山明的副官走到马凯旋面前，笑道：“马站长，黄专员请你留一下。”

马凯旋已认识了这个名叫周志满的副官。

马凯旋看了看顾也正，皱眉问周副官："我一个人？"

周副官点头道："是呀。"

顾也正讪笑："马站长，你跟黄专员叙叙旧。我先走了。"

马凯旋被引到一个雅间，黄山明已在里面端坐了。

见马凯旋进来，黄山明点头微笑，却并不起身，只伸手示意："马站长，坐吧。"

马凯旋立正敬礼："谢专员。"即在黄山明下首坐了。二人分别多年，马凯旋还是第一次近距离观察这位年轻的上司当年的下属。记忆中黄山明那张红扑扑的脸庞不见了，现在的一张脸则是青里透白，白里泛青，一副酒色过度的样子。

黄山明笑道："马站长，你可是我的老上司了。当年承蒙你提携，黄某铭记在心，这一次，黄某到保定公干，还望马兄多多帮衬呢。"

马凯旋笑道："黄专员，太客气了。现在你是国民政府在保定的全权代表，钦差大臣。如有公务差遣，在下必定效命。属下不才，一定唯黄专员马首是瞻。"

黄山明微微抬了抬手："哈哈，好说，嗯嗯，好说呢。"

马凯旋感觉黄山明居高临下的态度有些"滑稽"。

黄山明笑道："不过呢，马站长也不必太客套。毕竟你当过黄某的上司么，情分二字，抹杀不去呀。黄某那时初出茅庐，一介书生，所谓十有九人堪白眼，百无一用是书生。回想起来，兀自颇多感慨呀！"

马凯旋摆摆手，呵呵笑道："不提不提，黄专员当年龙游浅水，一时之困而已。时下不是已经一飞冲天了吗？"

黄山明得意地笑了笑："黄某今日之风光，也确属来之不易呀，八年抗战，黄某不能说身经百战，却也是出生入死，曾经三次战场负伤……"

马凯旋微笑着打断了黄山明："不，黄专员，是两次。第三次，应该是民国三十三年秋，你睡着了，从车上跌下来，磕破了头，不能算是战场负伤。黄专员误记了。”

黄山明登时有了些尴尬。

他“哦”了一声，淡然笑道：“马站长说的是，我或许记忆有误了。”旋即抬抬头，收了笑容：“说正事吧。马站长，我听说你的手下，不大配合此次查封逆产的工作，或虚与委蛇，或敷衍塞责，或拖延滞后。马站长还要多多训导手下，当恪守职责努力工作，不要耽误了国家的大事呀。”

马凯旋皱眉道：“黄专员，查封逆产自然重要，但属下认为，还是慎重些好，查封逆产，惩处汉奸，说起来痛快淋漓，实际做起来却是千头万绪，‘厘清确凿’，有大量的细致工作。一些人还要仔细甄别，不要弄出错案。比如……”

黄山明脸上有些不耐烦，摆了摆手，打断了马凯旋的话。他张张嘴，却似乎瞬间忘记自己想说什么了，他稍稍怔了一下，旋即笑了：“马站长，我记得你是行医出身吧？”

马凯旋点头：“是。”

黄山明轻蔑地摇摇头，揶揄道：“看来马站长还是不改当年的职业习惯呀。你是医生，只知道救人。我是搞政治的，却是懂得救国。我此行保定，责任重大，对待汉奸，就要严惩不贷。查封逆产，绝不能心慈手软。马站长身为军统一员，当要进入角色，收起当年行医开处方的思维方法。所谓医生论政，怕是要被人引为笑谈呢。好了，今天就到这里。咱们改日再细谈吧。”讲罢，不待马凯旋再说什么，黄山明已站起身，岸然走了。

马凯旋没想到，这场谈话竟会是以这样一个结果收场，登时瞠目结舌。他刚才还想找个话题问问黄山明，抗战时期失踪的青铜鼎有无下落。还没开口呢，却招来了黄山明一番奚落。马凯旋窝了一肚子的火气。

马凯旋怏怏回到站里，顾也正和季钧已经等候多时，先后向他报告了黄山明放纵手下扰乱治安的情况。

黄山明此次来保定，共带来五个副官，何学义、周志洪、韩伟、谷浪、齐东河。除却何学义终日跟随黄山明左右，不大抛头露面，余下四个人则是狐假虎威，在市区内到处搜查捕人，极尽敲诈勒索之能事。昨天夜里，周志洪或是敲诈上了瘾，以致昏了头，带着几个特务，竟然跑到季钧家去勒索，周志洪说季钧是汉奸，要季钧立刻交出金条来，否则就抓到警察局去。季钧气得脑袋发蒙，拔出手枪顶到了周志洪的脑门上，差点儿搂火。周志洪这才知道遇到了硬茬子，连声说“找错门儿”了，带着人跑了。

季钧苦笑：“站长，真是乱了王法，没一点儿规矩了。”

顾也正冷笑：“昨夜敢上季副站长家勒索，今晚保不齐就要到马站长家揩油呢。”

马凯旋皱眉：“顾副站长说得是，连季副站长家都敢上门敲诈，百姓何以为堪？我早晨得知消息，尚友明掌柜也被抓了。我本要向黄山明陈说这事，可他连听也不想听！”

尚友明是保定经营棉布的著名商人，市井坊间有“保定棉布大王”之称，抗战时期，他多次向抗日部队捐资捐物，颇有影响，日军恨之入骨，列入特高课暗杀名单。尚友明索性躲到了乡下，抗战胜利后才露面。

季钧惊讶：“什么？尚掌柜是抗战有功的人呀，他也获罪？”

顾也正摇头叹气：“匹夫无罪，怀璧其罪。尚掌柜有钱才有罪。”

季钧骂道：“这事儿也太王八蛋了吧？”

马凯旋苦笑道：“真正的理由么，应该是某些王八蛋恼恨尚掌柜不送礼。”

正在说话，但听门外一阵脚步响，梅可心怒气冲冲地推门进来，向马凯旋报告，张永成被黄山明手下的齐东河抓了。

马凯旋惊讶道：“什么？抓了张永成？”

梅可心便说了事情原委。

百丈岩独立支队被国军整编后，张永成被编入一百三十七旅，任少校营长。张永成手下有个连长名叫吴有伟，因托人给上峰送了厚礼，被提拔当了团长。吴有伟却是个小人，十分记仇。因着过去被张永成打骂过，当了团长之后，开始整治张永成，百般刁难不算，还找碴儿关了张永成两回禁闭。张永成气得够呛，官大一级压死人，张永成无奈之下，愤然“托病”退伍了。退伍后的张永成在保定西大街开了个小酒馆（张永成当年开过“聚英店”，辛苦转了一圈，又回到了原点），按说从此应该平安无事了。无事了？你不找事儿事儿找你呀。那天，张永成上街采买，跟一个漂亮女人走了个脸对脸儿。这女人名叫李淑琴，抗战期间，她男人参加夜袭队，被张永成抓住杀了。现在李淑琴正跟黄山明的副官齐东河姘居着。李淑琴认出了张永成，却没跟张永成说话。李淑琴回去便向齐东河告了张永成一状，说当年张永成杀人灭口。齐东河便带人抓了张永成。齐东河让人私下给张永成递话，只要他肯掏钱，就会看在他抗日有功的分上，予以保释。张永成却坚决不肯破财免灾，就被关押了。

马凯旋听罢皱眉：“这伙人也……过于嚣张了吧，什么人也敢动？张永成抗战时期立过功，虽说退伍了，可声望还在。他们也不怕惹出民愤吗？”

梅可心“哼”了一声：“昨天他们还抓了一个探家的军官呢。”

季钧皱眉：“怎么回事儿？”

梅可心恨道：“这个军官名叫赵家轩，似乎是个营长，从北平回唐县探家，随身带着几根金条，刚在保定下车，就被谷浪搜出来没收了。”

顾也正火了：“凭什么没收？”

梅可心道：“赵家轩当然不干了，两下里吵闹起来，赵家轩就被抓了。军队得知消息就派人过来证明赵家轩无辜，官司打到了黄山明那里。”

马凯旋笑问：“黄山明怎么说？”

梅可心冷笑：“黄山明却硬说赵家轩的金条是逆产，应该没收。并说赵家轩有日本特务嫌疑，需要继续关押审查。黄山明这样说了，军队也无可奈何。”

季钧拍着桌子骂道："这成什么样子了？老百姓骂到骨头里去了，'想中央，盼中央，中央来了更遭殃'。"

梅可心怒道："站长，不用你出面，我现在就往上告他们。"

马凯旋摇摇头，又摆摆手："行了行了行了！可心呀，难道就我们明白？别人都是傻子、瞎子？"

梅可心急道："那也得赶紧救张永成出来呀！"

马凯旋皱眉："救？怎么救？你出个主意。"

梅可心白了马凯旋一眼："我要有主意，还问你当站长的呀。"

马凯旋安抚道："可心放心，他们暂时还不能把张永成怎么样，你得容我想个办法。张永成也是我朋友，我跟你一样急。"

"唉！"梅可心泄气地坐下了。

（马凯旋、梅可心此时还不知道，这个赵家轩与赵元初有关系呢，要说起来，还真是一段故事。谈歌暂不剧透，后边再说。）

顾也正摇头叹气："唉！赵家轩算什么？张永成又算什么？昨天上午，黄山明的副官何学义，还抓了一个宣传《总理遗训》的人呢。"

马凯旋奇怪："宣传《总理遗训》怎么了？"

顾也正苦笑道："市府后街有一个老汉，姓陈，退休了。据说曾是原民国政府的秘书，老汉养了一只八哥，昨天一早带着在街中遛弯儿。只要人朝它鞠躬，这鸟儿便扬头言语，竟然能将《总理遗训》一字不漏地背诵下来，洋洋洒洒，丝毫不差，有标点的地方，还会停顿换气。"

马凯旋惊讶："还真有这样的奇鸟儿？我抽空得去看看。"

顾也正摆手："你看不着了。"

"怎么了？"

"别提了，正赶上何学义也早起遛弯儿，他刚听了两句，便拔枪打死了那只鸟儿。何学义硬说那八哥儿讥讽政府，扰乱市井。他的手下还当场把陈老先生抓了，押到警察局去了。你们说，宣讲《总理遗训》怎么就是讥讽政府了？这叫什么事儿呀？"

马凯旋长叹一声：“真是一群浑蛋。”

梅可心“呸”了一声，骂道：“这个挨千刀的黄山明也太自负了。”

马凯旋冷笑：“可心你说错了，一个人如果内心充满了自卑，往往就会变成世间最自负的人，比如黄山明。”

顾也正摇头：“我有时也很奇怪，一些人平常还看不出有什么张扬的脾气，还常常有些过分巴结，过分弱势。可一旦当了官，就变得颐指气使、飞扬跋扈起来。我没事儿瞎琢磨，这帮王八蛋都是什么东西变出来的呢？”

马凯旋苦笑道：“这些人么，说不得呢。当年我在江湖上行医，曾在河南内江县衙内见到过一副对联。上联：得一官莫荣，失一官莫辱，莫说一官无用，地方全靠一官；下联：吃老百姓饭，穿老百姓衣，莫道百姓可欺，自己也是百姓。这副对联，治人治于人两面都讲到了，真有些味道。”说罢，他看看表，笑道：“不说黄山明了，几位都别走，我今晚请几位吃饭喝酒。”

季钧笑了：“站长难得请回客，别是有什么喜事了？”

顾也正讥笑道：“莫不是黄专员单独接见了马站长，马站长心花怒放了？”

马凯旋点头笑了：“顾副站长说得好，马某很是受宠若惊呀！”

梅可心疑惑：“你们说什么呢？什么心花怒放？什么受宠若惊？”

“解救”张永成

梅天凤很快知道了张永成被抓的消息。梅天凤不知道张永成被关押的地点，便匆匆来找季钧打听。季钧苦着脸说他也不知道。

梅天凤急了：“不知道你去打听呀！”

季钧双手一摊：“打听容易，可是打听到了，你也进不去呀！”

梅天凤火了：“怎么个进不去？”

季钧皱眉道：“我听说，黄山明私自建了两个看守所，无论军统、中统、市府，还是警备司令部，都无权过问。对外说是审查

‘甄别’汉奸，其实就是关押了一些不肯送礼的人。我听说黄山明日夜派人看管，探监放风一概不许。你怎么能进去呢?”季钧再次无奈地摊开两手。

梅天凤冷笑道：“咱们花钱呀，花了钱总让见面吧?”

季钧摇头苦笑：“我在军统干了这么多年，花这路冤枉钱，还是第一遭。”

梅天凤讥讽地笑道：“季副站长就慢慢适应吧，看这乱哄哄的世道，你花冤枉钱的时候肯定少不了。行了行了，你快派人去打听吧。”

季钧点头：“好了。你听信儿吧。”

季钧的手下当天就打听到了。张永成被关押在西城外的市府“第二仓库”，即原来的“顺风客栈”。

“顺风客栈”是个车马店，自清末至今已开了三代，掌柜姓冯。当年一些深夜到保定进不了城门的车辆，即在这里过夜或打尖。黄山明到保定后，“质量认证”顺风客栈是日伪活动场所，当作逆产没收了，冯掌柜也以汉奸嫌疑被羁押，家里急忙花钱疏通，才得以释放。之后黄山明将这里改建成了看押所。院墙加高，拉上了铁丝网，门前有士兵站岗。对外称市府“第二仓库”。

看守“第二仓库”的士兵，共三十七人，一个排的建制，是黄山明从保定警备司令部借调到这里值勤的。排长姓霍，是个老兵油子，季钧通过熟人联系上了他，季钧邀霍排长中午进城吃个便饭。霍排长欣然来了，梅天凤以张永成妹妹的身份一同陪吃。酒酣耳热之际，梅天凤塞给霍排长一根金条。霍排长连句客气话都没说，呵呵一乐，接过来就熟练地装兜儿了。霍排长当下答应让他们兄妹见面，时间定在熄灯之后。霍排长再三叮嘱，此事千万不能声张，若让上边知道了，他就得挨枪子。

当晚，霍排长带梅天凤和季钧进了“第二仓库”。梅天凤和季钧各提着一盏马灯，走进张永成的房间。

昏黄的马灯照见张永成一脸惊讶的表情：“哎呀，你们怎么来了？”张永成宽大的身影被马灯映在墙上，摇摇晃晃，十分夸张。

季钧笑道：“朋友落难，不来看看怎么好意思呢。”

梅天凤皱眉看着遍体鳞伤的张永成，低声骂道：“这群王八蛋。”

张永成笑道：“天凤姑娘放心，我也就是受了点儿皮肉之苦，姓黄的还不敢把我怎么着。”

季钧讥讽道：“老张呀，你可别小看这帮狗日的，他们从你身上讹不出钱来，是不会放你出去的。”

张永成“哼”了一声：“不放老子出去？老子就在这儿住着了，安生吃一辈子牢饭罢了。”

梅天凤也“哼”了一声：“你想得美，安生吃牢饭？这是什么地方？比当年的日本宪兵队还厉害，能吃人呢。”

张永成冷笑：“吃人？他们也不怕被人骨头噎死？”

季钧讥笑道：“他们噎不死。他们得连你的骨头一块嚼了咽了。”

张永成唾了口唾沫：“他们莫非还敢杀了老子不成？”

季钧皱眉：“这还真说不准。”

正说着，霍排长从门外跑进来催促：“两位，快点儿吧，我真怕长官查夜呢。我这眼皮子直跳，别出事儿呀。”

季钧笑道：“快了快了，再说几句。”说着话，掏出两块银圆塞给了霍排长。

霍排长把银圆装进兜里，低声道：“快点啊！”就慌着出去了。

梅天凤问：“老张，这里关押的，除了你，还有别的朋友和熟人吗？”

张永成摇头：“没见过。”

梅天凤点头道：“你再忍耐一两天，我们想办法把你弄出去。”说罢，对季钧道：“咱们走吧。”

梅天凤和季钧走出来，霍排长从黑影里迎过来，着急地说：“两位快走吧。别赶上查夜，那个姓周的副官可邪性了……”

梅天凤意味深长地笑道：“霍排长，我们过几天还来。”

霍排长吓坏了，连连摆手：“可别，可别来了。你们快走吧！”

梅天凤与季钧回到城里。在街中分手时，季钧皱眉说了一句：“天凤，我知道你的心思，我不问，也不拦着，不过你真得谨慎些。”

梅天凤笑道：“谢谢季副站长关心，关心则乱，我乘乱再向你借几只短枪用用？”

季钧沉吟了一下。

梅天凤讥讽道：“别跟我说不行，我可知道季副站长管着保定站的军械库呢。”

“几支？”

“八支。另加三百二十发子弹。”

“行。还用什么？”

“季副站长好人做到底，再搞一辆没有牌照的卡车。”

“行。用人吗？”季钧又旋即摇头笑了：“这个我就不操心了，你有办法的。”

“明天傍晚，太阳落山之前，请季副站长把枪和子弹送到‘伯伦不归’酒馆，卡车么，送到东大街西口儿。”

“好，我准时交货。”

“散了吧。”

“你也快歇着，都后半夜了。”季钧转身走了。

梅天凤皱眉望着季钧的背影渐渐消失在暗夜里，她突然有点儿后悔，觉得刚刚张嘴向季钧借枪借车有些冒失了，这些东西，自己费点事儿也能搞到。这样莽撞求助季钧，是否有悖杨昆平的指示呢？

前天晚上，杨昆平向梅天凤讲了当前的形势，国民党不断在八路军根据地制造摩擦，蒋介石暗中调兵遣将，国共两党的关系破裂在即。内战爆发不可避免。杨昆平指示梅天凤，要做好长期潜伏的准备。梅天凤说，梅可心近来总劝说自己参加军统。杨昆平分析说，这应该是马凯旋的想法，看来目前马凯旋等人对梅天凤还没有戒备。杨昆平叮嘱梅天凤，要利用这些有利条件，开展情报工作。但一定要掩护好自己，不能被人看出破绽。

今天晚上的事儿，会不会引起季钧的疑心呢？

梅天凤不愿再想，经验告诉她，但凡行动之前，注意力分散是大忌。先把张永成救出来再说别的吧。

梅天凤已想好了营救张永成的办法，但她没向杨昆平汇报这件事。她怕一旦汇报，杨昆平很可能出于多种考虑而阻止她。梅天凤多年后回忆，当时她认为营救张永成是她的私事，与工作无关。抗战时期，她多次与张永成并肩作战出生入死，这是战友加兄弟的情感。张永成身陷囹圄，她梅天凤怎能袖手旁观。

一定要救他出来。

怎么救？谈歌替梅天凤想过，黄山明要金条，梅天凤没有；要银圆，梅天凤也没有；要古董，梅天凤更没有。总之，梅天凤没东西送给黄山明。即使有，梅天凤也不会给。

那还怎么救？

一个字：抢！

两个字：硬抢！

没有资料显示梅天凤自凌晨到下午如何具体落实的营救方案。黄昏的时候，“伯伦不归”酒馆门前，早早挂出了打烊的牌子。梅天凤临时组织的一批精干“抢”手，由“伯伦不归”酒馆的后门鱼贯而入。

这批“抢”手果然都是抢手人物。

且看“抢”手名单：梅天凤、梅可心、曹正汉、葛云梁、虞世通、萧家广、郑放羊、强大水。

季钧也在预定时间，把手枪、子弹、卡车送到了预定地点。

梅可心笑道：“二姐，看你找的这帮人，岂不是成了军统地下保定站了吗？天无二日，马站长若知道，鼻子真要气歪了！”

葛云梁笑道：“接着可心姑娘的话再说，天凤姑娘就是地下军统保定站站长了呀！”

虞世通与萧家广相视一笑。

萧家广转身看着梅天凤，摇摇头：“天凤呀，你要小心些呢。”

梅天凤一怔，皱眉问萧家广：“大姐，六妹哪里做错了么？”

萧家广看看虞世通，低头不再说。

梅天凤疑惑不解，又看看虞世通："虞二哥，我……"

虞世通皱眉："六妹呀，大姐要你小心些，她是担心有人要生吃了你呀。"

"生吃了我？谁？"

虞世通与萧家广绷不住，同时哈哈笑了。

虞世通道："六妹呀，怕是马三哥要生吃了你呀，哈哈！"

众人都哈哈笑了。

众人说笑了一阵，梅天凤四下环顾，拱手说道："感谢诸位兄弟姐妹，义气天纵，豪情干云，敢冒政法条文之不韪，前来捧天凤这个场子，天凤感激不尽，大情不谢。天凤有言在先，今夜劫狱救人，势如虎口拔牙，虽然颇多凶险，但不能有任何闪失，必须一击得手。仓促举事，秘不外泄，除我等之外，仅天神详知，绝不可外传。事后但有败露，天凤一人承担后果，与诸位绝无干系！"说罢，肃然向众人躬身拜了。

众人谁也不再说笑，当场一阵无语。

众人心中咆哮已经响起，房间内却落针可闻。

是呢，梅天凤今日所为，确系为朋友两肋插刀之举，已将生死置之度外。彼此都是至爱亲朋，还能说什么呢？开工吧！

曹正汉爽声说道："天凤不必再说，行动吧！"

梅天凤却摆手笑道："曹五哥不急，有道是'皇上不用疲工'。天凤已备下一桌酒席，诸位请进雅间开吃，酒足饭饱，即着手干活儿！'

因了梅立春与梅可心都在军统保定站任职，"伯伦不归"酒馆，现在只归梅天凤一人经营了。梅天凤后来说，她选在这里吃饭，别有深意，劫出张永成之后，黄山明必定要求全城警力大搜捕，而他们曾在这里吃饭，便有了不在现场的证据与证人。

吃酒席永远是让人高兴的事儿，众人鱼贯进了雅间。

梅天凤却没有充足时间让大家吃得酒足饭饱，大家刚吃了片刻，梅天凤看了看窗外天色，已见暮云叆叇，即让众人起身离席（事后有人向梅天凤“举报”，看见曹正汉起身时嘴里仍在大嚼大咽，还顺手抄了个肘子揣进怀里）。大家悄然从后门出去，径直去了东大街西口儿。但见一辆卡车已停在那里，街中行人稀少，大家依次上了卡车，都戴上了面罩。卡车轰然发动，直奔西城门而去。

人急车快，出城之后，片刻工夫便到了“第二仓库”门前。

两个站岗士兵持枪过来盘查，未及近前，已经被郑放羊飞过来的两块石头击中，两个士兵的脑袋登时血花四溅，如两口袋没能立稳的土豆，双双扑通倒下了。

郑放羊飞身跳下车，打开了街门。

卡车似一只愤怒的猛虎，轰隆隆径直开了进去……

这些蒙面人不仅救走了张永成，并且好人好事做到底，干脆放走了关押在此处的所有“嫌犯”，其中包括因两根金条获罪的赵家轩营长。赵家轩挤身上前，拉住了梅天凤的手。匆匆说道：“谢谢了！我问个事儿……我爹赵……”

梅天凤皱眉喊道：“兄弟，快跑路吧。有什么事以后再说。”

赵家轩听得怔了下，旋即道：“好好！来日方长。”赵家轩掉头就跑了。

（唉，梅天凤匆忙了，赵家轩也过于匆忙了。其实，赵家轩如果能对梅天凤讲出这个“事儿”来，他的命运或是另一个天地了。唉……多少事儿——从来悔？暂不剧透，后边再说。）

这些人大都心如死灰，哪想到还能逃出生天。喜出望外之下，自然感激涕零，纷纷向这伙犹如天降的蒙面人鞠躬致谢。为首的蒙面人却摆摆手，让他们火速离开这“虎穴狼窝”之地，各自“潜逃”，各自保重。众人如脱网之鱼，匆匆四下散了。

黄山明带着何学义等人匆匆赶到时，但见“第二仓库”一片狼藉。“人犯”已跑得光光。看守所三十七名看守士兵，被打死十六人，重伤九人，被击打至昏迷不醒七人，五花大绑被破布塞了满嘴关进车库三人，二人被从院内扔在了墙外，生生摔死了。

准确地说，这场灾难是黄山明给他们带来的。如果黄山明不建这样一个“第二仓库”，也就不会调来这三十七名看守“仓库”的士兵，这三十七名看守士兵，也就不会或死或伤或残疾。

黄山明简直气疯了，他并不在乎被劫走了多少人，即使劫走了一个，也是在挑战他黄山明的权威。

苏醒过来的七个人中有霍排长。

（霍排长名叫霍长贵，河北枣强人，后在清风店战役中被俘，参加解放军。中华人民共和国成立后复员，在保定铸铁厂当仓库保管。他回忆当时的情景，仍然心有余悸。他说，当时他假装昏迷，才躲过这一劫。唉，霍长贵毕竟是个老兵痞子，见多识广，经验多多，见势不妙，赶紧趴在地上装死。）

霍排长如实向黄专员报告，他们的确不知道这几个蒙面人是何方神圣，他们为什么要劫走全部“人犯”。这些“人犯”都是来自五湖四海，共同被黄专员视为“敲诈”目标，关押到一起的。这些“人犯”应该素不相识，怎么会被蒙面人一同劫走？霍排长及其手下想破了脑袋也想不通……为什么？

现场留下的唯一线索，就是那辆没有牌照不知来路，已经撞得稀烂的卡车。黄山明当即怒冲冲地给警察局局长杨以轩和警备司令部打电话，要求他们沿着这辆卡车的重要线索，立即全城大搜捕，必须捉拿这几个蒙面人和那些被劫走的“人犯”，并要求他们以市府的名义，立即张贴悬赏缉拿布告。

卡车当天就找到了车主——警备司令部后勤运货车。事发下午，卡车出城去东郊拉白菜，回城途中，一棵树不知被谁砍倒，横在路中间，司机与副手无奈下车，骂骂咧咧地清理路障，树还没搬动，他们先被动了——有个蒙面人突然从路旁闪出，出手如电，司机与副手先后被打晕。醒来时，他们发现自己已经被绑在路边的树上，嘴里被塞满了擦车的破布，身边是一群横躺竖卧“皮开肉绽”被野蛮装卸的大白菜，卡车牌照被拆下扔在白菜堆上，而卡车早已无踪影……

就这些。

警备司令部在张贴布告的同时，派出了两个营的兵力，全力配合保定警察局，在保定城内挨家挨户搜查，鸡飞狗跳地折腾了两天，蒙面人一个也没抓到，逃走的“人犯”，也无一……不漏网。

真成了无头案？那悬赏缉拿的布告也白贴了？

天下从来没有无头案，或是被侦察不彻底，或是作案者不露马脚，或是无人指证。也没有白白张贴的悬赏缉拿布告，想发点儿意外之财的哥们儿从来不绝——梅可心被人告发了。

告发梅可心的是个中年男人，名叫罗本西，保定思罗医院的外科医生。①

罗医生那天晚上下班，骑车回家，路过东大街西口儿，无意中看到了停在那里的一辆卡车，正在诧异，但见几个蒙面人上了卡车，其中有一个蒙面蒙得晚了点儿，被罗本西看到了真面目。哎呀，这不是梅可心吗？这位赫赫有名的姑奶奶，大半夜蒙着面去哪儿呀？后来见到布告，罗本西登时明白了，梅可心必定是缉拿对象。

罗本西犹豫了两天，告不告呢？

多一事不如少一事，谁愿意招惹麻烦得罪人呢？可是有奖金呀！世上谁怕钱咬手呢？那就多一事不如多两事、三事了。端的是，发财的激情在罗本西医生心中如种子般生长，疯狂成长为参天之树。

罗本西医生遵循不领赏就等于出门丢了钱的理念，告发了梅可心。罗本西告发之后，即领了奖赏，唱着小曲走出警察局。他此时还不知道，世上的钱有时真咬手呀，不出二十四小时，他就后悔得肠子都青紫了。合理合法领回家的奖金，不仅“咬手”，而且“要命”！

黄山明第一时间得知了消息，当即命令何学义副官，带着保定警察局的干员，秘密抓捕梅可心。黄山明心中按捺不住得意，这下可有你马凯旋好看了。

---

① 思罗医院，美国人建的。现为保定市第一医院。

正是傍晚时分，梅可心正坐在保定“好味道”餐馆里，与强大水、郑放羊喝酒呢。梅可心讥笑强大水那天绝对不是闹肚子，肯定是听说劫狱，临时“尿了”。

强大水委屈地说：“可心姑娘，不，梅队长，我强大水是那样的稀松软蛋吗？可那天就是拉得我稀松软蛋了呀。好汉架不住三泡稀，我那天拉了可有十泡呢。”

郑放羊呵呵笑道：“大水兄，你都拉成那样了还能计数呀？”

强大水苦着脸表白：“那就比十泡还要多。”

梅可心认真打量强大水，点点头：“差不多得有十泡，你是有点儿瘦了。”

郑放羊讥笑道：“大水兄，你也太不禁拉了！”

三人正在说笑，但听一阵嘈杂的脚步响。梅可心兀自扭头去看，但见一群警察拥了进来，为首的竟然是何学义。几个警察的眼睛盯住了梅可心。

梅可心倏忽一惊，警觉到了些什么。她即低声对强大水、郑放羊说：“你们赶紧走，多半儿是冲我来的。”

强大水犹豫：“队长……”

郑放羊皱眉：“我……”

梅可心低声骂道：“你们傻呀，赶紧去报个信。”

郑放羊与强大水起身溜到了一边。

梅可心迎着警察们站起身，笑吟吟地走过去。

何学义也看到梅可心了，踱着步子过来，讥讽地笑道：“梅队长，好安逸呀！”

梅可心负手而立，呵呵笑道：“何副官，怎么闲了？也想喝两杯了？”她听说过，这个姓何的副官有来头，是何应钦的本家堂侄。与黄山明还是拜把子的兄弟。

何学义打量了梅可心身后的餐桌，立时沉下脸：“你跟谁喝酒呢？”说着，目光四下搜寻。

梅可心也四下去看，强大水、郑放羊已经不见了。

梅可心皱眉道：“甭看了，都走了。何副官这是找谁呀？”

何学义哼了一声：“找你！来呀，铐上！”

梅可心登时恼了：“他娘的，凭什么铐我？”

何学义冷笑：“凭什么？有人指证你劫狱……”

梅可心瞪眼：“劫狱？”

何学义点头：“对。劫狱。”

梅可心皱眉：“谁说的？”

何学义摆摆手：“先不说了，到地方让你自己说。有人跟你对质！”说罢，转身吼那些警察：“磨蹭什么？铐上！下她的枪！”

一个瘦警察犹豫着上前，朝着梅可心欠身陪笑：“可心姑奶奶，我们也是不得已……”

梅可心不在意地笑了：“兄弟，姑奶奶我是个讲理的人儿，不会让你们为难的。”说罢，摘了腰里的手枪，扬手扔给了警察，再伸出双手并了：“戴上吧。”

瘦警察始终陪着笑脸：“真是对不住了。”即战战兢兢上前，给梅可心戴上了铐子。

何学义走近了些，掂着手里的枪，打量着梅可心，色眯眯地笑道：“梅可心，还别说，你这小模样儿，长得还真是不错！我说么，你这样的党国败类怎么还能被提拔呢，还中校军衔？真令人意味深长呀！”

梅可心眉头皱紧，“呸”的一声，啐了何学义一脸唾沫：“滚开！”

何学义没提防，被梅可心啐了满脸。他赶紧掏出手帕擦了擦脸，立时大怒，扬手打了梅可心一记耳光，破口骂道：“你个臭娘儿们还挺横！”

梅可心冷笑一声，扬眉问道：“姓何的，你还没结婚吧？”

何学义怒道：“老子结不结婚，关你屁事！带走！”

梅可心哈哈笑了：“我是想告诉你，你打了姑奶奶，姑奶奶就能让你断子绝孙！”话音未落，但见梅可心身形一晃，即腾空跃起，闪电般向何学义踢出一脚。

众人只听何学义异常痛苦地“哎呀”一声，就似一条破口袋飞了出云，又“扑通”一声跌落在院子里。警察们慌忙拥上去，但见何学义双手捂着裤裆，窝在地上，脸色青紫，呼吸困难。

梅可心款款走到院子里，分开人群，低头看了看缩成一团的何学义，便得意地仰头笑了：“姓何的，怎么样？姑奶奶说话算话，你敢打姑奶奶，姑奶奶就让你断子绝孙！”

何学义圆睁着两眼，愤怒地瞪着梅可心，张着嘴似乎想喊些什么，却疼得一句话也说不出来。

警察们醒过神来，忙上前围住了梅可心。

为首的警察陪笑道：“可心姑奶奶，不不，梅队长，我们也是奉命，奉命，请关照。”

梅可心冷笑：“咱们走吧！”

“谁也走不了！”话音未落，但见虞世通大步走了进来，左右傍着郑放羊和强大水。身后跟着一群年轻的汉子，手里拿着斧头和棍子，但见斧头闪亮，棍子晃动，呼啦啦围住了警察们。

何学义挣着身子，艰难地喊起来：“不……能让他们走……打电话，给黄专员……”

却没人理会他了。

梅可心看看虞世通，嘿嘿笑了：“虞经理，多谢援手，欠你个人情！”

虞世通笑道：“可心呀，别客气。”说罢，看看梅可心腕子上的锁铐，虞世通冷冷地对警察们说：“谁干的？打开！”

却无人吭声。

虞世通登时恼了，吹了声口哨，但见四条蝮蛇闪电般地从虞世通的袖口钻出来，凶凶的蛇眼四下环顾。

那个瘦警察急忙笑道：“虞经理，莫急莫急！我来开。”上前给梅可心打开了手铐。

梅可心伸展了一下双手，朝着警察们笑了：“把枪还我呀！”

那个瘦警察忙招手，一个警察上前，双手捧着枪，递还了梅可心。

谁也没提防，梅可心接了枪，猛地转身，对准了仍然躺在地上的何学义："王八蛋，跟阎王爷去说吧……"

何学义登时面如土色，失神的目光颤颤地盯着梅可心。或是此时他才知道，他的确招惹了一位不应该招惹的姑奶奶。

说时迟那时快，虞世通飞身上前，伸手拨开了梅可心的枪，但听凭空"砰砰"两声枪响，梅可心打空了。

梅可心勃然大怒，杏眼圆睁："虞世通，你想干什么？"

虞世通没搭理梅可心，走近前，看了看躺在地上的何学义，皱眉对警察们说："还愣着干什么？赶紧着，送何副官上医院。"说罢，回身低声对梅可心说道："可心呀，暂且忍耐一下，你可别把这小麻烦弄成'大麻烦'了。虞二哥求你了，我的小姑奶奶！"

梅可心怔了怔，醒过味儿来了，点点头："谢虞二哥提醒。"即走上前看着面如土色的何学义，嘿嘿笑道："姓何的，姑奶奶一枪打偏了，算你命大，姑奶奶从不打第二回。快去医院吧，兴许姑奶奶功夫不到火候，你还有救，不会绝后呢。"

虞世通大喝一声："还不快走！"

警察们被喊醒过来，急忙拥上前，抬着何学义匆匆上了汽车。汽车发动，隆隆声消失在夜色中。

虞世通回过身，摇头对梅可心笑道："可心呀，没戏唱了，咱们也走吧。"

梅可心冷笑一声，摇摇头："不行，虞二哥，应该还有场好戏唱呢，我得等着黄山明那个王八蛋过来，当面问个清楚，到底是哪个狗娘养的陷害我。"说罢，转过身，不再理会虞世通。

虞世通无奈地摇头苦笑，走到一边去了。

梅可心耐心等了一个时辰，黄山明也没有露面。

虞世通看看表，走过来笑道："可心呀，咱们还是走吧，姓黄的肯定不来了。"

"二哥怎么知道？"

“我能掐会算！”虞世通呵呵笑道。

“二哥会掐算什么？”梅可心摇头嘻嘻笑了。

“指证你的人改口了呀！”

“你真掐算出来了？”

“算错了我请你吃饭，总行了吧？”

“那……咱们走？”

“快走吧。”

虞世通果然“能掐会算”，罗本西真的改口了。

傍黑儿的时候，罗本西匆匆跑到警察局，点头哈腰陪着笑脸告诉警察：他上次说了假话，他是贪图悬赏的奖金，诬告了梅可心。他既没有见到什么卡车，更没见到梅可心，他那天晚上根本就没上街，他在家陪老婆孩子吃饺子呢。说完了过程再说动机：他之所以陷害梅可心，是他曾经热烈地追求过梅可心，却屡遭拒绝，很是伤了自尊，所以心怀怨恨，伺机报复，才闹出这么一场视法律如儿戏的糊涂事！请警察局“谅解”。说罢，掏出领走的赏金，双手递上，如数奉还。

实事求是地说，财迷心窍的罗本西一开始稍显糊涂，后来却一点儿也不糊涂了。罗本西在警察局告发梅可心的时候，虞世通安排在警察局的眼线，在第一时间向虞世通报告了。虞世通当即派了两个手下，作为兄弟社的特使，火速去了罗本西家，以串门儿拜访的方式，与罗医生“认真而坦率”地交换了意见，“真诚”希望罗医生能够“自觉自愿”地到警察局“改口”，并诚恳希望罗医生全额退还“领到手没捂热乎儿”的政府赏金。罗本西经过两位特使“简明扼要”的思想教育，当即诚恳地承认了错误，并向梅可心女士表示诚挚的歉意，央请两位特使代为转达。双方意见很快达成一致，并做了口头纪要。会谈结束后，罗本西医生就匆匆赶去警察局改口了。

以上是罗本西改口的由来。

谈歌写得“过于客观”报道，忽略了太多细节，显得有些不真实了。

其实，虞世通派去的两个手下，哪儿有什么说服教育水平。若说简明扼要，却是千真万确。他们简要地对罗本西说道：“你他娘的睁大眼看看，我们是兄弟社的，你他娘的不去警察局改口，你和你的老婆孩子都得死光光！”之后又补充一句：“你他娘的别想着逃走，实话告诉你，我们会紧紧盯着你们全家！你们就是变成苍蝇，他娘的也飞不出保定城！”

兄弟社是什么？城匪呀！罗本西相信老母猪不会上树，同样相信兄弟社绝对不会说到做不到。罗本西还能说什么？快去改口吧！

警察局登时急了，局长杨以轩的脸都气白了，姓罗的你真是王八蛋呀，你拿警察局当猴耍呀？先关起来再说！

关押了罗本西，杨以轩便惶惶地打电话向黄山明报告。

黄山明接了电话，差点儿犯了“气迷心”：“什么？诬告？姓罗的肯定受到了威胁，给姓罗的上刑，一定让他说实话，一定要撬开他的嘴，到底是谁威胁他了？威胁他的肯定就是劫匪。我等你电话。”

两个小时过去了，黄山明桌上的电话欢快地响起来，肯定是警察局打来的，罗本西说实话了。黄山明兴冲冲地拿起电话，不料却是马凯旋打来的。

马凯旋在电话里愤怒异常，声音里似填充了饱满的火药，他大声质问黄山明：“黄专员，你凭什么派人抓捕梅可心，你黄专员有什么证据？”

黄山明笑呵呵地回答：“马站长，稍安勿躁。你是当医生的出身，自然懂得气大伤身的道理。证据么，肯定有。两个小时之后，不，用不了两个小时，我会当面交给你。再见。”不待马凯旋再说话，黄山明心平气和地挂断了电话。

半个小时之后，杨以轩的电话来了。

行呀，效率蛮高么！黄山明欢喜地接了电话，杨以轩小心翼翼地报告黄专员，罗本西太屄了，也太不禁打了，给……打死了。

黄山明差点闹了心脏病，破口骂了一句脏话，便摔了电话。

（写到这里，谈歌评点几句：无论罗本西医生事先如何财迷心窍，但为了老婆孩子的人身安全，他坚持改口到最后一息，不失为一个爱家的好男人呀。有高人讲过，人生所谓烦恼，也就十二个字：放不下，想不开，看不透，忘不了。罗本西医生算是放下了、想开了、看透了、忘记了，也就死定了。）

唯一指证梅可心有嫌疑的罗本西死了，再抓梅可心就真没理由了。

黄山明还是找出了理由，何学义副官被打伤了，总要有个说法儿呀。

何副官不仅是何应钦将军的堂侄，还是他黄山明的拜把子兄弟，如此窝囊地被梅可心打成了重伤，岂能黑不提白不提了，他黄山明的面子往哪儿搁？

马凯旋却以强硬的态度告诉黄山明：“何副官先动手打人的。而且在场许多警察可以做证。黄专员的手下在公众场合，无端动手打人，黄专员要先给个说法！”

黄山明跟不可理喻的马凯旋没办法交涉，当即怒冲冲打电话给乔运典，要求乔将军以平津保督察专员的身份，严肃处理此事。

何学义以受害人与证人的双重身份，也在医院直接给乔运典打电话提供了证言。事后，据何学义身边的医生与护士说，何学义与乔运典通电话时，口气之狂妄，令人惊讶。

何学义恨恨地说：“乔专员呀，别说这区区的保定城了，就连重庆那些有头有脸的人，也得给我何某三分面子呀。这个姓梅的娘儿们算是哪路的大神仙？真是让我大开了眼界。你说什么？打狗看主人？军统在我眼里算个狗屁！等我出了院，一定要亲自收拾了这个臭娘儿们，我能让她生不如死，我让她至少有八种死法儿。乔专员你信不？什么？你说八种少了点儿？那就十种！哈哈哈哈，乔专员呀，你说怎么样呢？哈哈！”

可以想见，与何学义这样一位无知无畏的“衙内”对话，乔运典必定张口结舌，无言以对。乔运典窝了一肚子气，当即打电话给马凯旋，痛斥马凯旋放纵手下，惹是生非。他要求马凯旋迅速调查清楚此事，向黄山明道歉。

出乎乔运典意料，一向顺从唯唯诺诺的马凯旋，此次竟然一反常态，语气相当强硬，一口咬定是黄山明及其手下无理取闹，乱捕乱抓，扰乱社会秩序。马凯旋还反过来要求乔长官主持“公道”。他马凯旋不怕与黄山明打这场官司，哪怕打到委员长那里。（马凯旋如此“雄起”，大大出乎乔运典意料。唉，乔运典是过于自信了。马凯旋已忍耐太久，打个比方，马凯旋辛苦盖房，乔运典则暗里拆墙。可以想见，马凯旋在乔运典的阴影下工作，是怎样一种糟糕万状的心态。虽然没有证据显示，马凯旋是否就在此时，选择了走与乔运典决裂的道路，但可以肯定的是，之后马凯旋发展到与黄山明生死较量的地步，马凯旋以非常手段，挑战了乔运典的权威底线，马凯旋的恶劣情绪才得到真正缓解，大约那时，马凯旋才可以保持良好的工作心态了。暂不剧透，后边再说。）

乔运典说不通马凯旋，又给梅可心打电话。乔运典在电话里语重心长地劝导：“可心呀，你与这样的无赖拼命，值得吗？这个何副官是有背景的，何应钦的亲侄呀，你真要惹出大事来，老师也救不了你呀。听老师一句劝，你赶紧去找何副官道个歉，多大点儿事，你弯弯腰能怎么了？什么？你宁死不弯腰？好了好了，那老师我就不再多说了。”

顾也正执行“密令”

乔运典出面也没能给黄山明挽回面子。

黄山明继续找面子下台阶。他一封检举信，把军统保定站告到了委员长那里。

真是合该黄山明不走运，此时委员长携夫人外出视察，正与各地方大员商议“回都”南京以及战后“重建”等诸多事宜，忙得很，哪里顾得上黄山明手下挨打的狗屁烂事。即使有人把何学义先生先打怀孕了再打流产了，委员长时下也没工夫过问。

只能由委员长侍从室处理此事了。

戴局长作为军统局的最高领导，被等因奉此的委员长侍从室喊去问责，当场被问成了丈二和尚，他敷衍了几句，便脑袋蒙蒙地回到办公室，即给军统北平站打电话，用公事公办的口气，要求他们调查保定站站长马凯旋及其下属，到底惹了些什么麻烦？无事不强加，有事不袒护。

马凯旋早晨一上班，就接到了北平站转达戴局长指示的电话，并说到了黄山明的“第二仓库”被劫一案，北平站也没有深究细问，含糊其辞浮皮潦草地扯了几句，便挂了电话。

马凯旋放下了电话，独自苦笑，北平站如此敷衍了事，证明戴局长正偷着乐呢。看样子戴局长与乔运典反目在即。他思忖着给顾也正、季钧打个电话，找他们过来说说这件事。

顾也正这几天总是见不着人影儿，吴数前几天曾向马凯旋报告，他偶然见到顾也正与中统保定站站长肖寒冰在一起喝酒，二人的样子挺亲热，挺神秘。马凯旋有些纳闷，顾也正干吗跟肖寒冰拉扯到一起了呢？

马凯旋刚拿起电话，吴数却进来报告，郭子路、任雪儿从北平来了，求见马站长。

马凯旋忙放下电话，欢喜地笑了：“快快请他们进来。”

吴数皱眉道：“站长，他们可是有身份有任务呢。”

马凯旋疑问：“什么身份任务？”

吴数提醒：“他二人现在是北平站派驻在保定的调查员。奉命调查黄山明的‘调查室’被袭击并劫走人犯的案子，站长不避嫌吗？”

马凯旋呵呵笑了：“行呀，吴数成熟了，能替马某发愁了。没事，快请他们进来吧。”

郭子路、任雪儿走进马凯旋办公室。彼此一番寒暄过了，马凯旋仔细打量着郭子路夫妇。抗战胜利前夕，他们夫妇调回军统北平站，分别没一年呢，任雪儿没什么变化，郭子路却已有了不少白发。

马凯旋暗自慨叹岁月催人。

寒暄过后，郭子路开门见山，说了他们夫妇此行的任务：专程调查黄山明“调查室”被人袭击并劫走人犯的案子。

马凯旋干笑了一声：“这件事已经嚷嚷得满城风雨了，二位说说看，能是什么人干的呢？”

任雪儿摇头：“暂时还看不出。”继而又点头：“但能肯定，是咱们自己人干的。”

马凯旋惊讶：“为什么这么说？”

任雪儿道：“蒙面人若不是咱们的人，不会留活口的。”

马凯旋皱眉：“不是说死人了吗？”

郭子路点头道：“黄山明在报告中说，死去的十六个人，都是在抵抗中被打死的。不能算杀人灭口。”

马凯旋问：“你们勘查过现场了吗？”

郭子路道：“我们重新勘查过了。与保定警察局的勘察结果没多大出入。警察局仍继续发布对被劫人犯的通缉令。”

任雪儿皱眉道：“还有，那个罗医生后来改口，在刑讯逼供时被打死，没有了人证，梅队长应该暂时没事儿了。但黄山明仍然咬住不放，坚持劫匪就是保定站的人。”

马凯旋冷笑一声：“黄山明是狗吗？乱咬。岂有此理。证据呢？”

任雪儿皱眉道：“证据么，说来也站不住脚。有两个看守是被扔出墙外摔死的，一个负伤的士兵目击了当时的情况，那两个看守是被一个蒙面人只手捉起，轻松扔到墙外去的。所以黄山明认定此人就是曹正汉。全保定城，有如此力气的，应该只有曹正汉。”

马凯旋讥讽地笑了：“雪儿呀，黄山明孤陋寡闻，你们二位总不能刻舟求剑吧？市井坊间，力大无穷的平民壮士多了去了，凭什么认定就是曹正汉？真是少见多怪。再则，发案时，曹正汉参加了保定站一次特别行动，有不在现场的证人证明。此事，我已向警察局杨以轩局长说明了。”

任雪儿无奈地说道：“黄山明硬咬住说，曹正汉是作案之后才去参加行动的。”

马凯旋“哼”了一声：“我可以给曹正汉做证。按照保定警察局勘查案发现场后锁定的案发前后时间，曹正汉当时与我马凯旋在一起。黄山明是不是怀疑马某也去劫他的‘第二仓库’了？”

任雪儿摇头苦笑：“这个么，黄山明还不至于。”

郭子路看了任雪儿一眼，任雪儿会意，她笑道：“马站长，先不说黄山明的事了，其实，我们专程调查‘第二仓库’，也就是所谓黄山明‘调查室’被袭击的案子，只是个对外的说头儿。”

马凯旋不解：“对外的说头儿？什么意思？”

郭子路笑道：“我们专程来找马站长，真是有件要紧的事。这件事暂时保密，马站长一个人知道就是了。”

马凯旋笑了：“什么事儿？”

郭子路收了笑容，放低了声音：“戴局长说，有人在保定藏有秘密，让我们二人暗中协助顾副站长查访一下。”

“什么人？什么秘密？”马凯旋心中一动，皱眉问道。

任雪儿摇摇头：“这个么，戴局长含糊其词没说清楚，似乎他说不大清楚，或是他也不想说得过于清楚。只是我们还是隐约猜到了……”

马凯旋皱眉：“你们猜到了什么？”

任雪儿与郭子路对视了一眼。郭子路道：“这件事儿应该牵扯到了乔长官。”

马凯旋惊讶：“乔长官？与这事有关？”

任雪儿依然摇头：“我们只是感觉，具体的，还说不清楚。”

马凯旋笑了：“子路，雪儿，马某懂规矩，不方便说的话，不要对我讲。”

郭子路忙摆手表白：“站长，我们不是这个意思。我们想说的是，这件事儿，为什么戴局长不告诉马站长，却暗中交办给了顾副站长？或是戴局长另有深意？我们私下知会马站长，只是让站长心中有数才好。”

“谢谢你们!”马凯旋诚恳地说道。

“这是应该的。”郭子路笑道。

马凯旋看看表，摆手笑道：“咱们先不说这些烂事儿了。今天我请你们夫妻二人吃饭。”

郭子路忙笑道：“哪能让站长请客呢?我们请站长吃饭!”

任雪儿也笑道：“岂不是坏了规矩，哪有上司请下属吃饭的呀?”

马凯旋笑道：“你们见外了不是?咱们曾经是同事，一直合作愉快。私下我们是朋友，我虚长两位一岁，论年纪，我总能滥竽充数个老兄的称呼吧，这客必定是我请了呀!”

任雪儿笑道：“我们嘴笨，说不过站长，那就让站长破费了。”

马凯旋笑道：“雪儿呀，什么叫破费?客气了，你跟我有些外道了。”

任雪儿笑了：“好了，不外道，狼吞虎咽，狠狠吃站长一次。”

马凯旋倏忽想起了什么，抱歉地笑了笑：“不过呢，马某的确有些贸然了。我见了二位只顾欢喜，竟忘了之前已有了个约定，也在今日中午。这样，我与二位畅饮几杯，还要去那边应酬敷衍。唉，差遣之中身不由己。马某礼数不周，请两位原谅啊!”

郭子路笑道：“马站长百忙之身，理解，理解。”

任雪儿呵呵笑道：“马站长只管买单，万事大吉。”

马凯旋听得哈哈笑了：“那就依雪儿了。咱们走吧?”

“走。”

“走。”

三人说说笑笑地走出大门。时至中午，天气很好。云淡风轻，一轮温暖的太阳笑容可掬地悬在空中。马凯旋的司机把车缓缓开过来停下。

马凯旋上前打开车门，对郭子路、任雪儿笑道：“二位，请!”

郭子路立时惶恐不安，连连摆手：“哎呀，站长，你可别吓着我们呀。你快请上车。”

任雪儿笑道：“站长呀，你乱了规矩，我们还敢去吗?你快请上车吧！”

马凯旋摇头笑道：“二位总归是保定站的客人么。那就恕马某失礼了。”即先上了车。

马凯旋刚才听了郭子路、任雪儿的话，内心顿时有些紧张了。如果说，乔运典果真在保定藏有什么秘密，那么，戴局长必定是吃准了，这才暗中命令顾也正调查的。再细想想，戴局长必定是准备与乔运典彻底翻脸了。马凯旋深知戴局长的为官之道，没有必胜的把握，惯于见招拆招的戴局长，决不会先出手。相比之下，乔运典也并非等闲之辈，若论用计用狠，或是更胜一筹。谁输谁赢？天知道。乔运典能在保定藏有什么秘密呢？以至于惊动了戴局长？

一行三人坐车去了望湖春饭庄。

酒楼掌柜吉旺年听到店外汽车声，赶忙迎出来，眯着一双小眼睛，拱手笑道：“哎呀，马先生，您可是稀客啊！多年不见，您还是那样精神抖擞。”他下意识地看了看马凯旋的双腿。

马凯旋笑道：“劳吉掌柜惦记了。这腿么，还真好利落了。倒是要说说你呢，多年不见，依旧满面红光呀！”

吉旺年忙摆手，低声笑道：“马先生说笑了。这八年是什么鬼日子？活下来就不容易了。”

马凯旋讪笑：“说得是。吉掌柜活下来了，也活得滋润呢。你或是梦游了一场？”

吉旺年登时飞红了脸，陪笑道：“您这可是拐着弯儿骂我呢。”

马凯旋摆手笑了：“马某可没那意思。”

说笑着，吉旺年一路引马凯旋三人上二楼，进雅间坐了，先给马凯旋沏了壶茶，听马凯旋报了菜单，便欠身退出去了。

任雪儿看着吉旺年的背影，低声道：“马站长，这个吉掌柜不寻常呢，当年跟日本人也混得很熟。黄山明没有找他的麻烦？”

马凯旋笑了：“黄山明跟他好得很呢，能找他什么麻烦？”

任雪儿疑问：“以他的身份，与黄山明怎么能……扯到一起呢？”

“世人结交需黄金，黄金越多交情越深。你说怎么扯不到一起呢？”马凯旋讥讽地笑道。

“我看这个吉掌柜当年在日本人那里很是吃得开，就有了汉奸的把柄呢。”任雪儿冷笑。

郭子路摆手：“雪儿呀，你多疑了，吉掌柜跟日本人熟络，未必有什么罪恶，他也是为做生意吃饭么。”

马凯旋点头称赞：“子路说得透彻呀。所谓汉奸，大概有两种，第一种是给日本人卖命残害中国人的汉奸，称其汉奸名副其实。这种人要严惩不贷。另一种是给日本人干活儿的，他们都是下层民众，干活儿只为了糊口。我们总不能说街上那些人力车夫，只要拉过日本人，就是汉奸吧。这个吉掌柜，我了解些，胆小得很。生意人么，一贯擅长拉拢巴结，说到民族爱国，他未必多么热血，但若说他甘为汉奸，为虎作伥，却也真有些牵强了。”

任雪儿脸微微红了，低头笑道：“站长说得深刻。”

马凯旋却笑了：“子路呀，你知道的，你哥哥郭子桥和李二愣，这两个残害保定百姓多年的汉奸，眼下却颇受重用。你怎么看？”

郭子路摇头苦笑：“我也真是无话可说了。”

任雪儿恨道：“这两个人渣给日本人当走狗，作恶多端，百姓都恨透了，当年我和子路还险险毁在郭子桥手里呢。真是想不透，郭子桥竟然被政府留用了，两个王八蛋还当了侦缉队队长和副队长，这还有公理可讲吗？站长，要不要我们出面抓他们？”

马凯旋摆手苦笑：“雪儿，还真动不得，这二人眼下可是黄山明专员的红人。子路，郭子桥没找过你吗？”

郭子路皱眉道：“找过几次，可我都没见他。”

任雪儿投向郭子路意味深长的一瞥，冷笑道：“你还敢见他？他真敢接着诬告你是共党呢。”

郭子路厌恶地摆摆手，像驱赶一只苍蝇：“不说他了，恶心！”

马凯旋收了笑容，说道：“话说到这儿，我倒想起一个人来，你们要注意些。这人名叫水则厚，曾是个绸缎商人，在天津曾开过店铺，后来说是赔了，来保定开了家小饭馆。我观察此人不简单，直觉认定他是共产党，你们要关注些。”

任雪儿皱眉：“我知道此人，当年他与光和商社的中村，来往密切。此人莫非真是共党的情报员？”

马凯旋点头：“我觉得应该是。时下国共两党同床异梦，局部摩擦不断，虽然美国人从中调停，但天不二日，我猜度，反目成仇已为时不远。对水则厚这等人，我们当要早些掌控，但有变故，当即抓捕，以除后患。马某绝非杯弓蛇影。”

任雪儿称赞：“马站长未雨绸缪，目光高于我们呢。”

马凯旋摆手笑道：“雪儿莫奉承我了。”

三人说着话，冷拼热炒就陆陆续续地上桌了。一坛陈酿也启封了，浓浓的香气在雅间里飘散开来。

马凯旋笑道：“佳肴美酒在眼前，不顾人间闲杂事。二位，动筷子！”

任雪儿打量着满桌子的菜，惊讶道：“马站长，你放胆让我们吃这么一顿，你这个月的薪水就要赤字了吧！”

马凯旋摇头笑道：“放胆？不至于不至于，雪儿夸张了。”

郭子路斟了一杯酒，起身笑道：“马站长请客向来如此排面，我是见怪不怪了。马站长，我们先敬您一杯。”

夫妻二人站起，欠身向马凯旋敬酒。马凯旋忙举杯站起：“哎呀，客气了！”

“干了！”

“干了！”

“干了！”

三人说说笑笑吃了一会儿。马凯旋抬手看表：“对不住二位了，方才已说过，之前还有个约会，不好爽约。遗憾呢，一肚子的话还没对你们说完呢。你们慢用，我先告辞了。”

郭子路忙起身道：“是我们对不住了，打扰马站长了。”

任雪儿也起身笑道：“站长快去忙！”

马凯旋摆手苦笑：“马某身不由己啊。你们慢用，之前我让司机把钱押到柜上了，你们还要什么尽管要，我先走一步。哎呀！二位都别动了，不用客气！”

马凯旋匆匆下楼去了，他忙着去赶个场。

马站长请客

马凯旋之前定了今天中午在“一品香”吃饭。他做东，宴请梅家三姐妹。理由么，因为何学义一事，为梅可心压惊。并约定饭后去梅三娘和赵元初的墓地祭拜。

马凯旋匆匆赶到“一品香”，进了包间，梅家三姐妹正在边吃边说笑，一桌饭菜已吃得七七八八，一片狼藉，一坛陈酿，大概也所剩无几了。见马凯旋进来，梅立春、梅可心急忙起身立正敬礼。

马凯旋笑道：“立春、可心，不必这样。今天马某私人宴请，不拘礼，快请坐。”又看看没跟他打招呼的梅天凤。但见梅天凤满脸通红正一手举着筷子一手端着酒杯，旁若无人地又吃又喝。

马凯旋讪笑道：“天凤呀，三哥迟到了，理应罚酒。”

梅天凤头也不抬，继续大嚼大咽，含糊不清地说道：“三……哥……来了呀！”

马凯旋坐下，梅立春与梅可心也随之坐下。

梅天凤放下筷子，掏出手帕揩揩嘴巴，目光迷离地笑了：“三哥呀，先不说酒了，你这客请得……心不诚。我们都饿得前心贴……后心了，左等你不来，右等……你还是不来。对不住，我只能先喝先吃了，这可怪不得……大姐和可心呀，她们当属胁从不问。三哥怎么才到呀？你别拿公务繁忙说事儿。”说罢，眼光木木怔怔地瞪着马凯旋。

马凯旋笑道：“天凤喝多了与我也是心有灵犀啊，我还真是公务繁忙，刚接待了从北平来的两位公差，草草陪了两杯酒，就赶紧到这儿来了。我这两下里都不讨好了。那边儿冷落了，这边儿得罪了。这样吧，此次不算，我改日再请一顿，以表歉意如何？”说罢，他自斟了一杯酒：“我先自罚一杯。”便仰头饮了。

梅可心呵呵笑道："好呀！一顿变两顿了。马站长，你说话可要算话呀！"

马凯旋笑了："马某从不食言。"

梅立春抬手看表，即对马凯旋道："站长，电讯室有几封电文还没译完，我得先走了。"

马凯旋摆手："立春呀，我已安排吴数替你干活儿了。"

梅立春难为情了："哎呀，这怎么好意思。"

马凯旋笑道："浮生难得半日闲。今天请你们姐妹三人吃饭，就是想多坐会儿么。"又看看梅天凤："天凤最近忙些什么呢？"

梅天凤似乎酒醒了些，呵呵笑道："多谢三哥惦记了。我就一门心思……把娘留下的杂戏社，重新振作，招募些同行。'梅氏杂戏魔术社'东山再起，三哥以为如何？"

梅天凤浑身酒气，一脸豪迈。

梅可心歪头笑道："二姐说得气宇轩昂，说得我也心动了。我也真想去演魔术了。"

梅天凤摆手："不行！可心现在何等身份？堂堂保定站行动队队长，马站长的手下……干将。你要报效党……国，一展平生……之愿！"她接连打着酒嗝儿。

马凯旋端了杯茶递给梅天凤，微微笑道："天凤这话该说给自己听听呀。抗日胜利了，国家百废待兴，正是用人之际，你也该干点儿大事呢。以你在抗战中展露的才干，大家都希望你加入军统呢。于公，你报效党国；于私，你们姐妹三人也可天天相守。立春，你说是不是？"

梅立春道："马站长讲得自是有理，天凤或是别有所想？"

梅天凤淡然一笑："谢三哥好意。大事？杂戏在我心里……就是大事，就是我的……人生大事呀！"

"真的？"

"千真……万确……"又打了个酒嗝儿。

马凯旋看着一脸认真的梅天凤，点头叹道："抗战八年艰苦卓绝，功成身退不求显耀，现在似天凤这样的人不多见了，先有唐行一，再有梅天凤。令人敬佩！”

梅立春附和道：“我也羡慕天凤与唐先生的通达呢。”

梅天凤端起茶杯喝了两口茶，压了压酒嗝儿，醉眼蒙眬地看看马凯旋，又看看梅立春，摆手笑了笑，似乎醒了几分酒意，郑重说道：“三哥，大姐，可别给我戴高帽子，天凤哪比得了唐先生呀，那才算真正飘逸潇洒的性情中人，令人景仰。我自知不是混官差的料，或如庄子所说，‘夫鹄不日浴而白，乌不日黔而黑’。天生的。你们说是不是？‘大惑者终身不解，大愚者终身不灵。’天凤就是这么一个不解不灵的笨人，抬举不得！”

马凯旋笑道：“‘知其愚者，非大愚也；知其惑者，非大惑也。’天凤，你不让我们给你戴高帽子，你也不该妄自菲薄么！”

梅天凤拱手笑道：“行了，快饶了我吧，我再次谢过三哥好意，你就不要硬赶鸭子上架了。”

马凯旋摇头苦笑：“真说不通你。”

梅天凤笑道：“说点儿别的吧，军统今非昔比，由暗处搬到了光天化日之下，三哥现在是威风八面的一方长官了。若猜得不错，似我这等给官不做、扶不起的阿斗太少，而找你求职要官的人，一定很多吧？”

马凯旋苦笑：“你真说对了，几天前，我一个没出五服的堂弟，也来找过我呢，堂叔还专意给我写了封推荐信，你们猜推荐他去哪儿？”

“去哪儿？”梅天凤笑问。

“堂叔推荐我这堂弟去管市场。”

梅立春皱眉：“你答应了？”

“我在这封信上批了六个字：保定商人何辜？”

梅天凤怔了下，随即哈哈大笑：“说得是，说得好！保定商人何辜呢？”

“想不到，堂弟仍不识时务，说既然管理市场去不了，他想到警察局当巡长。他向我表态说，他干上几年巡长，建功立业之后便解甲归田。”

梅立春笑道：“站长如何说？”

“我说兄弟呀，你何必绕这么大弯子？你最终不就是想解甲归田么，我送你八个字：现在就走，回家种地！他看着无望，悻悻走了。临走他给我也放了一句话，也是八个字。”

梅可心好奇：“八个什么字？”

“六亲不认，必无结果。”

姐妹三人彼此看看，失声笑起来。

马凯旋长叹一声：“蝇营狗苟从来不绝呀。”

梅立春道：“冒昧问站长一句，我们与你交往这些年了，似乎感觉站长没什么乡愁，没见站长回过老家呢。”

马凯旋感慨：“我是心有乡情愁不得呀！”

梅可心皱眉：“站长这话有些惆怅，什么意思？”

马凯旋长叹一声，独自饮了一杯酒，随口吟诵：“我有所念人，隔在远远乡。我有所感事，结在深深肠。乡远去不得，无日不瞻望。肠深解不得，无夕不思量……”

梅立春听得怔了下，忙举杯起身道：“都是我不好，提起了乡愁二字，惹得站长伤感了。站长莫念白居易了，我先自罚一杯。”

梅立春一饮而尽。

马凯旋呵呵笑了：“立春，不能怪你说这乡愁二字。这两个字的确沉重呢。”

梅可心皱眉：“如何沉重？站长说来听听。”

马凯旋叹道：“你们有所不知。当年我在保定开诊所，曾托一个本家叔父将我一笔积蓄带回村里，嘱咐叔父用这笔钱扩建村里的学堂，充实些教学设备，叔父满口答应。你们猜结果如何？”

梅立春疑问：“能如何？”

“此事被村里一个劣绅得知，竟拉拢我叔父将这笔钱吃喝玩乐挥霍一空，学堂扩建的事就搁置了。后来，为鼓励县里多出学子，学有所成报效国家，我又将行医所得的一笔钱，悉数捐到县里，为充实奖学金之用。这笔钱却被县长挪用了，听说是他自家盖房子使了。嘁！及之民国二十四年秋，家乡遭逢大涝，周遭近乎绝收，我匆忙将刚积攒下的一笔钱，汇到村里作救济之用。可后来听说，这笔钱都被村里的劣绅私下瓜分了。由此，我对家乡对宗族情感日趋淡漠，对家乡的亲戚逐渐敬而远之了，以致我落下一个刻薄寡恩的坏名声。”说到这儿，马凯旋摇头苦笑。

梅可心听得错愕：“人心如此不古，难怪站长冷淡他们！”

马凯旋收了笑，似不经意问道：“我问天凤、可心一件事。可否对我讲实话？”

梅可心与梅天凤面面相觑，二人茫然不解。

“黄山明的‘第二仓库’，是不是你们砸的？”

梅可心与梅天凤相视一愣，二人再看梅立春。

梅立春的目光却转向窗外。

窗外的太阳渐向西去，挪移之际，带起一层暗云悄然涌动，一派雨象。

早春二月，正是干旱天气，但愿这景象不会虚张声势。

梅天凤独自迎了马凯旋的目光，讪笑道：“三哥怀疑我们？”

“你们先回答我。”

梅可心漫不经心地拿起筷子，拨拉桌上的残汤剩菜，咂嘴咂舌：“今天这桌饭，我比较喜欢这道鱼。大姐二姐，你们喜欢吗？”

梅天凤笑道：“味道不错，只是么……稍微咸了些。”

梅立春摇头笑了：“我吃着不咸呀！”

马凯旋说道：“现场摔死了两个人，目击者说，是直接从墙里扔到了墙外，可见作案者力气很大，超出常人。”

梅可心皱眉：“二姐说得是，鱼就是咸了些。”

梅立春点头：“别的菜都还可以。”

梅天凤笑道：“可心呀，站长请客，你就别挑三拣四了。”

马凯旋继续说道：“黄山明怀疑曹正汉参与了此事，你们认

为呢？'

“大姐二姐，你们会做这道鱼吗？”

“不会。”

“我也不会。”

马凯旋提高了声音：“你们最近见过张永成吗？”

梅天凤伸直胳膊打了个哈欠：“三哥呀，我真是喝多了……见晕啊。”

梅立春看看表：“我也应该回了，不能再辛苦吴数了。”

梅可心也伸了个懒腰，嘻嘻笑道：“吃饱了，喝足了，谁也不服了。咱们走吧？”

马凯旋也笑了：“好了，既然你们不想说，我也不再问了。你们刚才说什么？这鱼咸了？我怎么没吃出来呢？”

梅可心却凑近前，低声问道：“站长刚才说起了张永成？张永成怎么了？”

马凯旋摇头：“可心听错了吧？我说的是张文远。”

梅可心疑惑：“张文远？哪个张文远？”

“张文远就是《坐楼杀惜》那个小白脸儿呀。”马凯旋呵呵笑道。

“站长喜欢小白脸儿？”梅可心坏坏地笑了。

梅立春皱眉：“可心，跟站长正经点儿！”

梅天凤似乎酒醒了，立时嚷嚷起来：“三哥，梅可心这等不懂事，你当站长的要严加管教呀！”

马凯旋意味深长的目光，逐一看了看梅家三姐妹，无奈地摆手笑了：“没事儿，这儿不是办公室，可心随便说。”

梅可心得意地仰天大笑起来：“站长开明，开明站长呀！”

祭　拜

吃罢饭，太阳已渐西斜，马凯旋陪着梅家姐妹去赵元初、梅三娘的墓地祭拜。四人到了墓地，天色已向黄昏。

当年在此处匆忙安葬赵元初，坟墓十分简陋。抗战胜利后，梅家姐妹将梅三娘迁到这里与赵元初并骨，曾稍事修葺。三姐妹却没有想到，几个月没来，赵元初、梅三娘的坟墓竟修得气派了。自然是马凯旋做的了。

三姐妹惊讶之际，梅可心问："站长，何时修葺得这样好了？"

马凯旋讪笑："你们看旁边是谁的墓呢？"

三姐妹转身看去，距离赵元初、梅三娘的墓地百余步，是天津银行董事长张启发的父亲张克占地十余亩的墓。但见那处坟茔在金色夕阳的沐浴下，更显得豪华气派，堂皇夺目。

梅立春摇头苦笑："这张启发真算是个名人了。那些年他帮着日本人做了许多坏事，可他也帮过国共两党不少忙。可谓一边作恶，一边行善，脚踏几只船，而且都是顺风顺水呢。"

梅可心恨道："说他是汉奸也并不为过。"

马凯旋讥讽地说道："张某人经营有道，是个通天人物呀！据说跟孔家还是亲戚呢。中央还有要人为他撑腰说话，夸奖他是深入敌后的党国英雄。我那天过来看了墓地，便打电话给他，彼此说话还算客气。"

梅立春笑道："怎么个客气呀？"

马凯旋笑了："我只问他给令尊修墓花了多少钱。他告诉我花了一万大洋而已。我就向他借钱给赵司令、梅师傅修墓，他当然知道是怎么回事。于是，比照着他爹的墓地，把赵司令和梅师傅的墓地重新修了。钱的事儿，却也再没跟我提过。"

梅立春苦涩地笑笑："站长呀，你还真行。"

梅天凤叹道："惭愧，这件事我们做儿女的没办好，却难为三哥了。"

梅可心悻然点头："让张启发这种人放点儿血，也属应该。他也是真惧站长。"

马凯旋摇头笑了："张启发未必怕我。我想，他大概是害怕赵司令和梅师傅半夜出来逛街，去他家串门儿，寻他喝茶聊天儿吧！"

梅家姐妹被逗笑了。

梅可心哼了一声："我娘与赵司令未必闹鬼，却是姓张的心里一定有鬼呢。"

梅天凤点头："可心说的差不多。三哥，你不能查查他？"

马凯旋恨恨地摇头："似这种油滑人物，且后台铁硬，我位卑言轻，岂能奈何得了。"说罢，他看看赵元初的墓，不觉叹道："与之观照，赵司令曾是军阀，但多是除暴安良。他做官十几年，管辖过多处地盘，带过万余人枪的军队。他却没有私人积蓄，没有置田产，没有留下任何遗产。在这个混浊的近乎肮脏的世道上，却是稀有的清廉。直让吾辈景仰之余，多生感慨呀！"

四个人缓步走到赵元初、梅三娘的墓前，凄怆的目光四下看去。正是早春季节，春意尚不及盎然，草木颜色仍然灰蒙。

马凯旋喟然长叹："早春无雨旱二月，前贤在此又一年啊。"

梅立春已然满脸泪水，她颤巍巍上前訇然跪倒，凄怆地喊了一声："娘……"

四人就在墓前跪拜了。

如人生谢幕，夕阳最终沉入了地平线。暮云渐渐四合，大地沉默于苍茫颜色之中。真是个，家家有情终识路，平原无处可招魂。晚风悠悠，似乎低声诉说：墓中埋葬的只是一段逝去的英雄岁月，和一段永远不会消失的儿女情长。

（岁月无痕。如果说人生如戏，墓中的两位前人只是戏中的角色而已，他们已经落幕，无论这出戏曾经如何悲壮，如何轰动。）

马凯旋叩头倒地，苍凉的声音在暮色中颤颤响起："赵司令，梅师傅，我们来……看你们了……阴阳两隔，你们在那边还好吗……"说到这里，马凯旋已然悲咽。

梅天凤的泪水夺眶而出，她五体投地，号啕痛哭："娘呀！赵叔叔呀……"

梅立春、梅可心本已泣不成声，却不防被梅天凤一声"赵叔叔"哭得心痛再如刀割，禁不住随之放声悲号："赵叔叔呀……"

此情此理此景，三姐妹藏匿积蓄了多年的悲情，终于随着隐忍压抑了多年的苦泪，一如泄闸的洪水，汹涌而下。

梅家三姐妹的哭声让马凯旋听得心胆俱裂，恍惚间，梅三娘与赵元初的笑声又在他耳边轰然炸响。

呜呼哀哉，世间已无梅三娘！

呜呼哀哉，世间已无赵元初！

呜呼哀哉……

从梅三娘、赵元初的墓地回来，马凯旋与梅家姐妹在街中分手。他径直去了办公室，处理了几份文件。时近半夜，马凯旋有了些困意，刚说要歇息，值班的吴数却笑嘻嘻进来报告，郭宝回来自首了，已被关押，问站长如何处理。

马凯旋登时有了兴致："这大半夜的跑来自首？还让人睡觉不了？"旋即冷笑一声："带他过来！"

片刻工夫，郭宝战战兢兢地进来了，脸色煞白如纸，见到马凯旋就扑通跪下了。

（之前马凯旋墓地"跪"得肃穆，此处郭宝"跪"得滑稽！）

马凯旋站起身，伸了个懒腰，再走到郭宝跟前，讥讽地笑笑："郭宝呀，没想到吧？当年你老人家虐待我时，我曾说过韩安国死灰复燃的故事，竟然真应验在我老马身上了。说吧，你不姓郭，你想改姓什么？"

郭宝连声道："我姓王八蛋！姓王八蛋！"说着话，便跪在马凯旋脚下用力磕头，"咚咚"如捣蒜一般，额头登时磕出血来。

马凯旋"哼"了一声："行了，先别磕了。我也是为难呢，你替我出个主意，我怎么处理你呢？"

郭宝惶恐不安地说："马爷，您杀了我，我也没得说。"

马凯旋皱眉："你不怕我杀你？"

郭宝叹气道："马长官，我真不怕你杀我，我是怕你杀我全家呀，我爹都快七十了，我娘卧病在床。你还是杀了我吧。"

马凯旋讥讽地笑道："看不出来，你还挺孝顺？"

郭宝咧嘴说：“不孝顺还叫人吗？”

马凯旋笑道：“听说你被警察局开掉了？”

郭宝羞愧地低头：“因勒索犯人，被人检举了。”

马凯旋点头笑道：“我找人问过，你小子还的确是真孝顺，你爹娘常年闹病，你还是独子，也无兄弟姐妹帮衬。你入不敷出，钱上着急，难免勒索犯人。”说到这里，马凯旋猛地拍响了桌子：“可是你想过吗？你有爹娘，犯人就没有爹娘了吗？难不成，犯人都是从石头缝里蹦出来的？”

郭宝一哆嗦，又赶紧磕头：“小子该死！”

“你是该死。可是你死了，你爹娘怎么办？”

“这……”郭宝登时落泪了。

马凯旋沉吟了一下，淡然问道：“你想在哪儿谋个职？”

“不敢妄想。”

“问你话呢！”马凯旋怒声喝道。

郭宝苦着脸说道：“如果长官能开恩，我还是回羁押所当看守吧。”

“嗯？”

“我……也不会干别的呀！”

马凯旋点头：“那好，你明天去上班吧，我等一下给警察局打个电话。”

郭宝惊讶道：“您真放了我？”

马凯旋挥挥手笑了：“快滚吧！好好干，今后别再炸刺儿了。”

“谢谢长官。长官还有什么吩咐吗？”

“快走吧，你不怕我一会儿改了主意？”

“哎呀，您老人家可别改……呀！”郭宝脸都吓白了，站起身就走。

“站住！”

“您……真改主意……呀？”郭宝差点坐地上。

“好人做到底，我再给你两块大洋，给你爹娘抓药去吧。”

“不……敢……啊！”

“拿着！”

“谢谢长官！”郭宝赶紧接了大洋，倒地叩头。

“行了行了，快走吧！你长个记性，往后别再干恶事儿了。”

“长官这话，我到死也不敢忘了。”

“快滚吧。”

郭宝再次鞠躬，便急忙转身跑出门去了。

马凯旋“援手”顾也正

顾也正已经多天不露面了。马凯旋问过郭子路，郭子路也说近几天没见过他。马凯旋放心不下，正想打电话找季钧，让他派行动队的人出去找找，顾也正却回来了。

顾也正进了马凯旋办公室，一脸疲惫不堪，在马凯旋对面坐了下来，话也不说，点着一支烟闷闷地吸着。

马凯旋仔细打量着顾也正，哈哈笑道：“老顾呀，神龙见首不见尾，你这几天忙什么呢？背地里干什么私活儿呢？”

顾也正抬眼看看马凯旋，苦笑着摇头：“我干什么私活儿呀？我跑了跑外勤，检查了几个交通站。唉，有道是当差不自在呀！”他打了个长长的哈欠。

马凯旋意味深长地笑道：“哎呀老顾，你果然是累呀，里里外外，你肩上的担子可不轻松呀！”

顾也正对接了马凯旋锐利的目光，终于摇头苦笑了，叹了口气：“站长你别可怪我，我知道你耳目众多，此事瞒不过你，我……”

马凯旋连忙摆手：“老顾老顾，莫说莫说，我什么也不想听。我只知道你老顾这几天辛苦跑了跑外勤！”

顾也正苦笑：“站长呀，你这是何必，我今天不再躲闪，实话实说，戴局长要我私下替他查一件东西。”

马凯旋不说话，眼睛望着天花板。天花板上一只苍蝇孤单地飞来飞去。

顾也正掐灭了手里的烟，哂笑道：“站长，你不想知道戴局长让我给他找什么东西吗？”

马凯旋仍然盯着天花板：“我说老顾呀，你说这天气还不热呢，也没见下雨呀，怎么这天花板就有了水渍呢？怪不怪？”

顾也正撇撇嘴，自顾说下去：“此事与乔长官有牵扯，我正不知道如何是好呢？”

马凯旋把头扭向窗外：“老顾，你说咱们的后勤科，是不是有猫腻呀？这房子粉了一次花钱不少，可……”

顾也正苦笑一声，起身走近了，摆了摆手：“站长你就别乱扯了，我没说完呢。戴局长把这事儿交给我，我真是弄不成呀。”

马凯旋像是没听着，皱起眉头自语道：“真不像话了！我得查查后勤科的账。”说着，就拿起电话拨通了：“吴数，到我这儿来一下。”

顾也正苦笑道：“站长呀，我可是……”

马凯旋抬眼看看顾也正，呵呵笑道：“老顾呀，你刚才说什么呢，我一句都没听清。”

顾也正再也按捺不住，用力拍了一下桌子，火冒冒地嚷起来：“马站长，马凯旋，我顾也正拿你当朋友才说这番话的，你……”

马凯旋忙摆手：“你坐下慢慢说，你早上吃什么了？哪儿来的这么大的火气？”

吴数敲门进来：“站长，有什么吩咐？”

顾也正怒声道：“没吩咐，你走吧！”

吴数呆呆地看着马凯旋：“站长……”

马凯旋摆摆手：“吴数，你先去吧。没事了。”

吴数疑惑地看看顾也正说：“你们这是……”

顾也正大喊一声：“吴数！”

吴数马上立正：“到！”

顾也正怒吼一声：“我命令你，滚回你自己的办公室！重复一遍！”

吴数应道："是，属下滚回自己的办公室！"说罢，依然站着不动。

顾也正恼了："你为什么还不滚？"

吴数高声应答："顾副站长还没有训示属下，什么时候滚。"

"现在就滚，立刻滚！滚！"

"是！属下立刻滚蛋！"吴数急忙转身走了。

马凯旋起身关上房门，摇头笑起来："老顾你这人呀……人家吴数招你惹你了？"

顾也正无奈地看着马凯旋，深深叹口气："站长，你这是诚心躲避我呀……"

马凯旋收了笑容，沉吟了片刻，摇头叹道："老顾，我不聋不瞎也不傻，何尝不知道你想对我说什么。只是，这是戴局长交给你的任务，我怎么好斗胆过问呢？再有，此事若牵扯到乔长官，马某怎么敢蹚这浑水呢？"

顾也正急道："站长呀，我真是拿你当朋友，才与你商量这件事呀，或是戴局长搞错了，乔长官能有什么秘密藏在保定呢？"

马凯旋低声说："老顾你想过没有，戴局长这次秘密差遣你办这件事，必定涉及重大机密。否则，戴局长为什么单独给你一人下密令呢？且不论戴局长对你如何信任，这其中或有戴局长一些私事，不便公开呀。"

顾也正怔怔听着，一时呆住了。

马凯旋顿了顿又说道："你细想呀，如果其中都是公事，戴局长即使派你亲自去做，也必定会通过我这个站长，至少命令我全力配合你，免得你身单势孤。而他却没有，只让你单枪匹马暗中调查这件事，说明了什么？此事或与戴局长'个人'有关联呀！我怎么好破裤子乱伸腿呢？"

"或是戴局长过于谨慎了？才让我一个人……"

"我知道你很难办，手底下连个人都没有。"

"难为站长能理解呀。"顾也正叹气。

“这样吧，什么事情我也不过问。我只把曹正汉、强大水几个交给你，任你差遣，够用吗？”

“曹正汉、强大水……他们肯听我的吗？”

马凯旋严肃道：“你是第一副站长，他们怎么敢不听话。我一会儿亲自找他们，派他们随你执行秘密任务，要他们完全听从你的调遣。纪律只有一条，只带耳朵不带嘴。”

顾也正当即感激了：“感谢站长，你对顾某真是……”

“哎呀，你刚刚说过，咱们是朋友。不过，你老顾跟我藏掖着些什么呀，这可不像朋友了呀。”

“我……藏什么了？”

马凯旋起身坐在了桌上，凑到顾也正耳边，低声问道：“老顾哟，你总到‘桔子胡同’去，找谁呀？”

顾也正不好意思地点头笑了：“我去见一个老朋友，我们结识多年了，若遇到麻烦事，总习惯去找他商量。”

“哦。你这朋友是男的女的？”

“站长别乱想，这朋友可不是女人。”

“哈哈，是女人又如何？顾副站长若‘金屋藏娇’，也属于私生活。只要不被人捅到上边去，我马某人绝不干涉。”

“不过么，我这位朋友却向我提供了一个线索。”

“哦？什么线索？”

“对不起站长，我不便说。”

“你这朋友是中统的吧？肖寒冰吧？”

“站长，你不问这事好吗？希望站长理解。”顾也正很是尴尬地苦笑。

“对不起，马某多嘴了。言归正传，如果你这位朋友真提供了有价值的线索，你所需人力物力，我会一路开绿灯。”马凯旋重新坐回了椅子。

“站长如此支持，顾某感激不尽！”顾也正忙说道。

“少来吧。”马凯旋挥手哂笑：“快忙你的去吧。”

顾也正有了曹正汉、强大水几个跟随，调查起来果然省力多了。

没过几天，曹正汉向顾也正提供了一个重要信息：李天曼和葛云梁与乔长官走动得比较密切。而且乔长官离开保定前，曾几次单独找李、葛二人秘密谈话，他二人或许知道些什么。“顾副站长可否从这二人身上打探些线索？”

顾也正思忖过后，便让曹正汉避开李天曼，先单独试探一下葛云梁。

曹正汉便在望湖春饭庄定了个雅间，打电话邀葛云梁出来喝酒。

葛云梁很是欢喜，颠颠儿地来了。二人见面，嘻嘻哈哈玩笑了几句，曹正汉就大大方方点菜，还要了两坛陈年枣酒。

葛云梁有点不好意思了：“曹兄弟，别这么铺张，老葛穷命，喝点儿酒就挺高兴的。别弄得太败家了呀。”

曹正汉笑道：“难得跟你老葛喝一回，咱们总得喝好了呀！”

说着话，冷拼热炒就上来了，两坛酒启了封，二人便开始喝了。

葛云梁两碗酒下肚，舌头竟有些硬了，他摆手笑道：“不行了不行了，曹兄弟呀，我真是喝不动了。”

曹正汉知道葛云梁“装蒜”呢，依葛云梁的酒量，火候还差得多，便嘻嘻笑道：“老葛，慢慢喝么，又没人跟你抢。刚才你喝急了。”

“好，慢慢喝。”

“老葛呀，咱们是兄弟吗？”

葛云梁立时瞪眼了：“怎么不是，咱们可是磕头拜把子的兄弟呀！”

“可你老葛总对不起我呀。”

“哎呀，曹兄弟，当年咱们是有点儿……那个了，我老葛在日本人手下当差时，也多有得罪，我自罚一碗。”葛云梁端起酒碗，一饮而尽。他将碗放在桌上，擦了擦嘴，讪讪地笑了：“可我后来不是反正了么！承蒙马站长不计前嫌，现在咱们又在一个锅里搅饭勺子了，咱们又是好兄弟了呀！曹兄弟，你可不能跟哥哥记仇呀……”

“我不是说这个，喝酒!”

“喝!”

葛云梁又喝了半碗，抹抹嘴：“那你到底想说什么呢?”

“我想说的是，你老葛有乔长官这个靠山，也给我引荐引荐么。你不能吃独食呀。”

葛云梁摆了摆手：“这事，虽然不大，却也不好说呢。”

“怎么个意思?”

“其实，乔长官主要是看中了李天曼，我算个什么呢?也就是个‘搭头儿’，麻将牌里的混混儿。你要真想投靠乔长官，还得李天曼出面去说呀。”

“李天曼是你老婆呀，你跟她说一声，她还能不答应吗?再说了，我平常也没得罪过大嫂呀。”

葛云梁摇头苦笑：“兄弟呀，不是这么个事儿呀，我跟李天曼是夫妻不假，可我们这种夫妻，跟平常百姓那种‘米面夫妻’不一样呀。”

“怎么不一样?”

葛云梁撇了撇嘴：“唉!我也就是跟你曹兄弟说句实话，要说疼爱我，这女人没得挑剔。可她是个特务呀，她那双杏眼，可惜了呢，我都不敢对视。她天天盯着我，就跟盯贼似的。她那心眼儿跟筛子似的，多!又像装进了牛皮口袋，严实!里边有什么事儿，她是一个字儿也不肯透给我呀。乔长官看中她，早想收她作心腹。你猜怎么着，这女人心里根本就没看上，表面上敷衍得滴水不漏，恨不得马上给乔长官当跟包儿，真事儿似的，那乔长官傻乎乎的真还就相信了。嘁!”

葛云梁掏出烟，叼在嘴上。曹正汉赶忙划着火柴，凑近前给点上了：“你说李天曼不是乔长官的心腹?”

葛云梁吐了个烟圈儿，“哼”了一声：“根本就不是!屁都不是!我给你举个例子吧，就说上回，咱们跟着天凤摆了黄山明那王八蛋一道，我知道，天凤姑娘让我参加，这是信任我老葛，我很感激，一个字也没跟李天曼说。你猜怎么着，李天曼鬼精，当天就知道我参加了，可她只是敲打了我几句，就再也不提这事儿了。乔长官后来给她打电话，细问这个事儿，李天曼就在电话里跟乔长官装糊涂，一问三不知。我就在她身边呀。这娘儿们！”

“你的意思是说，你老婆虽然不会害我，但也绝不会向乔长官推荐我？”

“对，她绝对不会。怎么说你也得叫她一声嫂子呢，是不？”

“哎呀，看来这事儿我还真不能找你，你帮不上呢。”

“曹兄弟，你那点小心思也别瞒我了，你也别费这个劲了，你想接近姓乔的，是什么意思？你不说我也知道。”

“你知道什么？”

“曹兄弟，咱们可是拜把子兄弟呀，老葛这辈子就你这么一个磕头兄弟，你让我说句实话吧，你外表鲁莽，却是个人精，眼睫毛都会说话。我早看出来了。”

“老葛呀，你别诈我，你看出什么来了？”

葛云梁脸上突然没了醉意，他站起身，悄然走到雅间的门前，猛地拉开门，疑神疑鬼地伸头去看。

门外什么也没有。

葛云梁轻轻关上门，又坐回椅子上，低声笑道：“曹兄弟，你与强大水还有郑放羊，这两天总跟着顾也正满街乱跑，东张西望，你们是找什么东西吧？你们到底找什么呢？你总不能对我说，你的老婆走丢了，你满世界找老婆呢。嘿嘿，我可知道你还没老婆呢。”他哈哈笑着，随手把烟屁股摁在烟灰缸里了。

曹正汉心里一惊：“老葛，你什么意思呀？”

“什么意思？你想接近乔长官，是想从他那里找东西吧？”

“老葛……”

“其实呢，我也知道你请我喝酒是为啥，你别不爱听，当官的那些狗屁事，你操个屁的心呢？关你屁事？关我屁事？”

“老葛呀，你……”

“但你找我，我总得帮忙不是？谁让咱们是兄弟呢？”

“老葛你还算义气。”

“嘿嘿，曹兄弟，老葛有点儿小聪明，眼神儿么，也不差，平时用处不大，要紧的时候还真管用。哥哥告诉你，我老葛早盯着顾副站长呢，他与中统的肖寒冰最近总在一起嘀嘀咕咕，一脸神秘，像惦记上谁似的。两人还去过一次曹家茶楼，干什么去了？”

“喝茶？”

“狗屁！就是找东西么，而且是找乔长官的东西。我猜他们肯定奉了什么人的命令，不然的话，就是再借他们几个胆子，他们也不敢暗中做这种事儿。嘁！就这两个人，一个比一个猪脑子，就他们这样瞎撞，就是找到明年正月十五，狗毛也找不到。”

“老葛呀，你接着说接着说。酒喝多了，你喝点儿茶。”曹正汉忙欠身给葛云梁倒了杯热茶。

“喝什么茶呀？嘁，喝酒！我刚刚喝上劲儿！”

“好，喝酒！”曹正汉忙又给葛云梁斟酒。

葛云梁喝了口酒，笑道：“我有句话，曹兄弟听了别生气。”

“说。”

葛云梁悄声说道：“有人怀疑你是共产党。”

曹正汉惊讶：“有人怀疑我？谁？老葛呀，你当年反正的时候就怀疑过我，结果呢？我现在不还是军统吗？”

“不瞒你说，我和李天曼都怀疑你，而且一直怀疑你。你别急，冲着我，冲着李天曼是我老婆是你嫂子，她也不能把你说出去。咱俩可是八拜之交的兄弟呀。你听明白了吗？如果你真是共产党，我劝你还是早点儿脱离得好。如果让马凯旋怀疑上你，真没你好果子吃。就他那个狠劲儿，敢当下摘了你的脑袋。你信不？”

“说完了？”

“完了。”

“你看我像共产党吗？你们两口子都什么眼神儿呀？”

葛云梁讪讽地撇撇嘴：“嘁！兄弟你就别装了呀。不仅你是共产党，梅天凤也是。不过你们放心，老葛知道里外反正面，我跟天凤姑娘也是好朋友，人家当年可真帮过我呢，而且闹日本的时候，我老葛也的确做过几件对不住你们的事儿，现在想起来，还很后悔呢。无论你俩是中国共产党，还是外国共产党，我跟谁都不会说，跟乔运典、马凯旋、顾也正就更不会说了。来，喝酒！”

曹正汉笑了：“老葛呀，你是不是看谁都像共产党呀？我看你们两口子呀，手里整天拿着个锤子，看谁都像钉子，是不是？”

“行了行了，我刚才什么也没说，你什么也没听见。这总行了吧？咱们喝酒吧！”葛云梁端起酒碗，眯起一双小眼睛，又是一副醉意沉沉的样子了。

“老葛呀，你还没说完呢，你说顾也正找什么东西呢？”

葛云梁嘻嘻笑了，放下酒碗，低声道：“曹兄弟，你真想知道？”

“想呀。”

“那好，哥哥告诉你去哪儿找，让兄弟你立一功。”

葛云梁欠身凑到曹正汉耳边：“你知道有个叫何云龙的人吗？”

“何云龙？干什么的？”

“做生意的。”

“做什么生意的？”

“这……我……可不知道……了。”葛云梁突然没有了精神，脑袋一耷拉，就趴在了餐桌上，片刻工夫，鼾声就响起来了。

曹正汉兀自笑了，他知道这是葛云梁惯用的把戏，事情点到为止，若不想再说，必定会装作喝多了，然后就假装睡着了。

曹正汉心里明白，葛云梁刚才已经把自己想知道的都说了。无论葛云梁如何不是东西，他对自己还是讲几分义气的。

曹正汉心中有了些微微的暖意，他目光复杂地看了看仍然趴在桌上打鼾的葛云梁，便喊伙计结了账，然后起身走了。

他料定，或是他刚刚走出饭庄的大门，葛云梁就会醒来，而且会清醒如初地把余下的酒喝光，然后唱着小曲儿踱着方步，踌躇满志地离开。

梅可心“请客”

梅可心一早打电话给大姐二姐，晚上请她们喝咖啡。地点：保定南大街五十五号——新月咖啡馆，八号桌。时间：晚上八点。

梅立春答应了。梅天凤也答应了，只是梅天凤很快又后悔了。因临近傍晚的时候，梅天凤突然接到通知，上级派人与她接头。接头地点：南大街五十五号——新月咖啡馆，十号桌。接头时间：今晚八点。

简单点说，梅可心请客与梅天凤接头，赶在了同一时间、同一地点，只隔着一张桌子。这种巧事，或许一万年也赶不上一回，偏偏就让梅天凤赶上了。

撞点儿了！

而且这不仅是巧事，还是麻烦事，更是危险事。

梅天凤没有取消这次接头，梅天凤绝对不是喜欢凑热闹或找刺激，因为她已来不及通知接头人，换接头地点和时间了。

唉，干吗要定在这里接头呢？

当年保定的西餐馆很少，咖啡馆也不多见。《保定传说》记载：保定第一家咖啡馆开办于民国三年（1914），字号“时尚咖啡馆”，经理是天津商人苗圃元。

苗圃元早年曾跟随李鸿章办过外交，懂洋文，喜欢异国风情。更因民国初年，保定乃是官僚军阀、文人贤达聚集之地。精明过人的苗圃元或是想，内中必有学贯中西的高雅之士，自然喜欢咖啡这一口儿，或又想了，若开风气之先，生意必是不错。苗圃元由此开办了“时尚咖啡馆”。

事情果然如其所愿，保定人图新鲜，没尝过的都想尝试一下，喜欢的自然时常光顾。“时尚咖啡馆”立时成了保定街中一道风景，虽不能说顾客摩肩接踵，却也生意兴隆。保定一些商人看得眼热心急，见“钱”思齐，纷纷效仿，十余家咖啡馆、咖啡厅、咖啡店、咖啡屋种种，先后开张。

殊不知，自古同行不同利，这十余家咖啡店，多是经营不善，昙花一现，即先后关门了。只有“时尚咖啡馆”“午夜咖啡厅”“多美咖啡馆”坚持到了抗战前夕。

保定陷落后，苗圃元出于爱国热情，愤然关了“时尚咖啡馆”。

抗战胜利后，“时尚咖啡馆”才重新开业。此时苗圃元已经去世，经理是他的儿子苗子和。苗子和或是想百尺竿头更进一步，重新开业不久，便将咖啡馆更名为“新月咖啡馆”。

抗战期间，或是日军喜欢咖啡的原因，保定的咖啡店又陆续增加至十余家，一些茶社和饭庄也与时俱进，增加了咖啡服务。日久自成习俗，一些有钱人逐渐喜欢上了这种味道“怪怪”的饮料。

抗战胜利后，一些咖啡店仍然存在。因咖啡乃洋货需进口，且国内咖啡爱好者已数量可观，咖啡一度成为紧俏商品，咖啡价格逐渐提高，咖啡成了高消费品，普通劳动者不敢问津，有钱人家也收敛了爱好，各家咖啡馆顾客逐渐稀少，大都惨淡经营。与梅天凤接头的人选择在这里见面，或许是觉得这里清静些？

梅可心请两个姐姐喝咖啡，却不是闲情逸致。

因梅可心受了马凯旋的委派，要再次动员梅天凤加入军统。

梅天凤却迟到了半个多小时，她带着街中的一个“小跑儿”，匆匆赶到了“新月咖啡馆”。

一进门，伙计马二年就笑呵呵地迎上来。（因“仙艺茶社”在抗战期间，接待过大批日伪人员，被向秉奎调查后认定为逆产而查封。雇员四散，马二年便来“新月咖啡馆”当了伙计。）

马二年鞠躬道：“梅师傅好。”

梅天凤笑道：“你认识我？”

马二年嘻嘻笑道：“梅师傅乃保定名人，小子怎么能不认识呀。只是今天是第一次与你说话。你知道吗？当年我还跟令堂大人在仙艺茶社交谈过呢。她老人家真是神人呢……”

梅天凤倏地想起，这伙计名叫马二年，当年就是他在街中嚼舌头，活龙活现地说梅三娘和一个白胡子老道藏匿了青铜鼎，由此才导致日军全城搜捕梅三娘。

梅天凤冷笑一声："你叫马二年吧？"

马二年登时受宠若惊："哎呀！你认识我？"

"我不认识你，却是早知道你的鼎鼎大名呢，你是不是每天吃饱了撑的，就在街中胡说八道呀？无怪有人喊你长舌妇呢。你小心些吧，不定哪天被人当街割了舌头，可就成哑巴了！你信不信？"

马二年登时尴尬，结巴道："梅师傅，我……"

（马二年别抬杠，人家梅天凤跟你讲的老实话，做人得知道什么叫守口如瓶。你要是总学不会该闭嘴就闭嘴，总有一天你就真张不开嘴了。）

梅天凤瞪了马二年一眼，便带着"小跑儿"走进餐厅。

梅天凤目光四顾，见到一个穿便装的女人很像李天曼。她心下一紧，再看，那女人倏忽不见了。

或是看错了？

梅天凤在远处张望了一下十号桌，见空无一人，稍稍放下心来，便款款去了八号桌。

（事后得知，与梅天凤接头的人，名叫留聚才，公开身份是安国药材商人，真实身份为中共保定敌工部副部长，他通知梅天凤接头，是要对其传达上级指示，要求梅天凤立刻组织地下武装，以应对国民党越来越高调的反共形势。留聚才是个细心的人，他预定十号桌，是因为十号桌临街，隔着窗子看得真切。谁知道呢，留聚才如此细心，这个接头的时间和地点还是选错了，他哪能想到，梅可心请客也选在了这里。而且，保定军统站李天曼也接到内线报告，今晚有共党地下情报人员在新月咖啡馆接头。李天曼便带人早早来了，埋伏在四周，守株待兔。留聚才却根本没进咖啡馆。留聚才在中华人民共和国成立后回忆说，他险险撞到了敌人的眼皮底下。幸亏梅天凤同志机警，故意迟到了。按照约定，留聚才在接头人到来之前，即在街口观察咖啡馆内外动静，留聚才等了一分钟，看梅天凤不到，即知道情况有了变故，当即取消接头，转身走了。他若进了咖啡厅，后果不堪设想。

《保定人物》记载：留聚才，保定市人，1909 年生，1931 年参加革命，曾任高阳县红军游击队第三大队政委，参加了“高蠡暴动”，暴动失败后，任高阳县委书记。抗战期间，任高阳县游击队大队长，中共保定敌工部长。中华人民共和国成立后，任保定公安局副局长、河北省公安厅副厅长。1957 年因病逝世。)

梅可心早等得心焦，见梅天凤到了，她皱着眉头，一脸不高兴：“二姐呀，你怎么才来呢？你看看表，你晚了都快一个钟点了！”

梅立春担心地问：“天凤，没事吧？”

梅天凤挨着梅可心坐下，笑道：“没事儿没事儿，我的手表坏了，误点了。这破表总是慢，想换块新的吧，次的呢，看不上，好的我也买不起，也真舍不得花钱。可心呀，你这块表不错么，我看看。”说着话，就伸出手去摸。

梅可心急忙躲闪，歪着头说道：“哎呀呀，快行了快行了，二姐要看到眼里，我就真拿不回来了。”

梅天凤嘴一撇：“小气！”

梅立春笑道：“可心呀，你二姐逗你玩呢，看你猴急的。”

梅可心讪笑道：“二姐什么人呀？逗我玩儿？哼！她要拿到手里，就敢弄假成真了。”说到这儿，她看看站在一旁的“小跑儿”，讥笑道：“二姐气派呀，咱们姐妹三人喝咖啡，你怎么还带个跟包儿呀？”

“哪是跟包儿呀？这是我从街中雇的‘小跑儿’。”

“哎呀，你都能雇人跟着了，这么气派，还买不起一块手表？”

梅天凤笑道：“什么气派不气派呀？我不习惯喝咖啡，我今天带来了两样好东西，让‘小跑儿’给我拿着呢。”

梅可心顿时来了兴致：“我看看，我看看，二姐带什么好东西来了？”

梅天凤招招手，一旁的“小跑儿”欢快地走上前，将手里的包袱放到桌上。

梅天凤掏出一块银圆递给“小跑儿”：“辛苦小兄弟了，没事儿了，走吧。”

小跑儿欢喜地接过银圆，转身跑了。

梅天凤解开包袱，却又有一层包袱，再解开，竟是两坛老酒。酒坛有历史了，坛子上的颜色已然斑驳。凑近了去看，一股泥土的气息迎面扑来。

梅天凤笑道：“这两坛酒得来不易，据说已窖藏了上百年。”

梅立春听得愕然，再凑近了细打量，缓缓点头：“果然是老酒。你从哪儿弄到的？”

梅天凤笑道：“大姐不愧是孙家的媳妇儿，懂眼呢。这是两坛正宗的‘直隶烧锅’。保定沦陷那年，直隶烧锅酒坊被日本飞机的炸弹毁了，酒窖里仅剩了这两坛酒，被我买下了。你们看看泥封标识。确是咸丰七年的老酒。”

梅可心摇头讥笑：“二姐此话不实。直隶烧锅我喝过呀，味道一般，百年前的又能如何？南瓜放上一百年也还是南瓜味儿，也不会变出糖炒栗子味儿呀！”

梅天凤哈哈笑了：“什么南瓜呀栗子呀？直隶烧锅的字号已有两百年历史。这两坛酒真有一百年了呢。咱们尝尝，你就嘴服心服了呀。”说罢，即动手打开了其中一坛，坛中的酒香登时飘散出来，在咖啡馆里四下洋溢。

香气浓烈，喝咖啡的顾客都被吸引过来观看。

梅天凤心里怔了一下，其中果然有李天曼和两个军统便衣。

梅天凤招手笑道：“李队长也在这儿呀，快来坐，既然赶上了，李队长就是有口福呢，快坐么！”

梅立春忙起身笑道：“李队长一起喝两杯吧。真正的百年老酒，味道肯定不错。”

李天曼识趣地笑了：“梅主任，真是好酒呀，我坐在那边已经闻到了。只是你们姐妹小聚。我哪能打扰呢。谢了，回见。”便带着两个便衣转身走了。

梅可心看着李天曼的背影，撇撇嘴："晦气，怎么碰上她了？"

梅立春摆手："可心呀，李队长没招惹你，你对人家客气些。"

梅天凤笑了："大姐、可心，你们看我还带什么来了？"说着，再打开一个小包袱，解开看，却是三包小吃。

梅可心欢喜得直拍手："哎呀，八宝菜①、五香蚕豆、白洋淀烤小鱼儿。这可都是我爱吃的呀！二姐，刚才是我小气了，这块手表送你戴吧。"说着就要摘手表。

梅天凤忙拦住梅可心，哈哈笑道："快行了，你也太好哄了，给你点儿吃的你就摘手表？"

梅立春起身斟了三杯酒，笑道："来，咱们喝吧。"

梅天凤、梅可心急忙端起酒杯，三姐妹一饮而尽。

梅可心咂咂嘴巴，惊讶地叫了一声："二姐，果然是好酒呀！胜过你家的'孙氏窖藏'了。"

咖啡馆的掌柜和伙计们，已经看得目瞪口呆。坐在纯正的咖啡馆里喝陈年白酒？这也不对路呀？还自带小吃？稀罕事儿呀！

三姐妹便饮将起来。

梅立春少喝多吃不说；

梅天凤多喝少吃少说；

梅可心多喝多吃多说。

梅可心三杯酒下去，便推心置腹了："二姐呀，你看不出吗？我们马站长对你可是一往情深呀！他对谁这么有耐心过呀？你就听妹子一句劝，放下重建杂戏社的事儿吧，到保定站来。大姐呀，你别光吃不说话呀，你也劝劝二姐。"

梅立春摇头笑道："可心，站长可没给我派任务呢。"

梅天凤揶揄地笑了："你们站长这么好，可心就嫁给他么！"

梅可心皱眉噘嘴："二姐呀，我可跟你说正经的呢。别打岔。"

梅天凤笑道："好了好了，不逗你了。喝酒喝酒！"

---

① 核桃仁、花生米、杏仁、黄瓜等混成腌制的保定传统酱菜。

三姐妹酒量果然惊人，一坛酒很快就喝完了。

梅可心咂嘴咂舌地称赞："二姐，天下果然有好酒呢，快快，打开第二坛呀。"说着话，就欠身去捉那坛酒。却被梅天凤拦下了。

梅天凤只手抓了那坛酒，看着梅可心，笑道："还喝？"

"当然喝了。"

"不说南瓜栗子的话了？"

"哎呀，二姐呀，别逮住理不让人呀！"

梅天凤呵呵笑了："好，那我不说你了。这坛酒……"但见梅天凤抓着那坛酒的坛口，高高举起，手一张开，那坛酒就直落到地上，摔了个哗啦碎响，满地流淌着浓烈的酒香。

梅立春、梅可心立时惊得呆若木鸡。

惊得咖啡馆里的人们纷纷围上来，嗅着四溢的香气。

梅可心惊讶道："二姐你……"

李天曼闻声也跑了过来，怔怔地看着梅天凤。

梅立春皱眉摇头："天凤呀，你这是暴殄天物啊！"

围观的人们发出一片惋惜之声。梅天凤却视若无睹，只是看着满脸疑惑的梅立春、梅可心淡然微笑。

梅立春皱眉："你傻笑什么呀？喝多了？"

梅天凤坦然笑道："大姐、可心，我们已经喝过一坛了，足矣。人生在世，何必贪得无厌呢？第一坛酒我们已喝得荡气回肠，这第二坛酒若是喝醉了我们，第一坛的无穷美味，便荡然无存了。如此说开去，第一坛即是独一，第二坛便是无二。若一味滥饮，而不知滋味，将来回忆今日，必定是个尴尬。大姐、可心，对吗？"

梅立春听得愣怔，渐有所悟："天凤讲得或是在理呢。"

梅可心却摇头苦笑："二姐呀，你这可都是歪理啊……"

李天曼若有所思地点点头："天凤呀，你是说……"

梅天凤转身笑道："我是说，人间诸端事，总要有个余地，才能长久呀！不说了，美酒醉生梦死，我果然是喝到了佳境呢。告辞！"梅天凤浅浅一笑，飘然起身。

但见她优雅地摆一摆手，摇曳生姿地走出了新月咖啡馆，消失在雾气浓厚的长街中了。

（浅浅一笑，风情万种，此一刻，梅天凤并非最美丽，却百媚超人。）

梅可心呆呆地看着梅天凤走了，她怎么也想不透，二姐为什么一定要摔了那坛美酒呢？

马二年怔怔地看着梅天凤推门走了，倏忽间猛醒过来，一路追出店门到了街上，满街夜雾缓缓游动，哪里还看得到梅天凤？

马二年扯开嗓子，凭空喊道：“梅师傅，当年我拜见过令堂梅三娘老师傅，她竟然能猜出我兜里装着什么，你能猜出吗？我兜里装了什么呀？”

浓郁的夜雾中，但听梅天凤冷冷的破空之声：“马二年，你别嚷了，你兜里装着一只怀表。”

马二年伸手掏出兜里的怀表，惊得呆住了：“天呀，你……也是个神仙啊！”

李天曼也走出咖啡馆，望着满街的夜雾。

她一时有些怅然若失，兀自微微点了点头，又想起梅天凤刚才的几句话，喃喃重复：“第一坛即是独一，第二坛便是无二。”

两只箱子

顾也正万万没想到，曹正汉这么快就打听到了乔运典“秘密”的藏匿之处。乔运典竟然将“秘密”藏在了保定北大街一家字号为“来去典当”的当铺里。

“来去典当”的掌柜，名叫何云龙，是个三十多岁的大胖子。国字脸，粗眉毛，大眼睛。目光却茫然混浊，总是无精打采的，若偶尔“如炬”，又似乎什么都逃不出他的视野。

何掌柜常年穿一件灰布大褂，像个笑口常开脾气随和的生意人，但仔细再看，你又会觉得，此人什么都像，随便说他是干什么的，绝不会有人怀疑。其实，每个行业都有何掌柜这样八面光的人呀，无论“四时八节”，一概是平平凡凡的模样，普普通通的装束，客客气气的笑容。

何云龙①，曾用名：张富、李富。他加入军统较早，曾是戴笠手下红人，很受戴笠器重。抗战爆发后，何云龙出任军统北平站副站长，负责情报工作。一次行动中失手被捕，本着少受“皮肉之苦”的原则，当即投靠了日本人。因其无耻能干，颇受日军重用，曾在日军特务机关管理资料及财务。民国三十四年（1945）春上，何云龙眼看日军大势已去，即潜逃到保定，改名换姓在北大街开办了“来去典当”的当铺。抗战胜利后，向秉奎、黄山明两位接收大员先后都收过何云龙的“四知金”，两位大员都“质量认证”何云龙为“打入敌伪内部”的卧底特工。谁都别生气，查逆风声渐渐加急，何云龙却平安无事。

顾也正没有惊动郭子路夫妇。顾也正秘密调查了“来去典当”的人员情况之后，私下重金买通了当铺的伙计林阿毛。林阿毛本着“拿人钱手软嘴也软”的原则，如实告诉顾也正，何云龙曾送给乔运典两只皮箱，这两只皮箱被乔运典存入了保定银行的保险箱。而保险箱的钥匙，乔运典则以六万银圆的价格，又送回了何云龙的“来去典当”。皮箱里究竟装了什么？竟然存放到了银行的保险箱？顾也正判断，乔运典的“秘密”就是它了！

如何能将“秘密”拿到手呢？顾也正面临两件难事：

一、银圆。从“来去典当”赎出那把钥匙，需要六万银圆。顾也正虽然当下拿不出六万银圆，他却可找到制假高手，伪造一张可以乱真的假银票，也能蒙混过关。

二、当票。当票伪造不了。何云龙自家的当票，闭起眼睛瞎摸，也能知道真伪。当票在乔长官手里，大体估计一下，顾也正想借来用用，乔长官不会同意。

情急之下，顾也正只能“非常不好意思”地雇用了江湖高人，

① 江西南昌庐山湖口人。

暗中去了北平乔长官的官邸，没经乔长官同意，“私取”了那张“来去典当”的当票。

（私取也，就是偷。谈歌也没有查到详细史料，于是不好乱写“私取”的情节与细节，读者只有自己合理想象了。）

然后，顾也正派强大水化装成乔长官的副官，拿着当票和伪造的银票去“来去典当”赎那把钥匙。强大水没想到，虽然手续齐全，却被“来去典当”的伙计拒绝了。伙计并非识破了假银票，而是坚决不肯成交。当即争执起来，何掌柜只好出面了。何云龙心平气和地对“乔长官的副官”解释道：“按照事前约定，要赎这把钥匙，乔先生必须亲自到场，或持有乔先生的亲笔信，并加盖印鉴方可。”

拿着当票和银票赎不出来东西？还得亲笔信加盖印鉴？举凡天底下的当铺，国内国外都算上，有他娘的这种规矩吗？

怎么办？顾也正只能另辟蹊径。

何谓蹊径？来硬的！

当天子时，顾也正仍旧瞒着郭子路夫妇，集合了曹正汉、强大水一干人，砸开了“来去典当”的后门，抢身进去，当下绑了正在熟睡的何云龙一家，威逼利诱之下，迫使何云龙交出了钥匙。

待到天大亮，何云龙带着顾也正、强大水几个人，去保定银行取出了那两只皮箱。皮箱取出之后，银行专门处理此事的职员，被强大水用枪逼着，一路随何云龙回了“来去典当”。强大水一干人即在当铺内翻箱倒柜，搜刮了许多金银细软，做了个十分逼真的抢劫现场。再之后，顾也正给强大水等人下令，即将何云龙一家及当铺三个伙计，并与那个倒霉的银行职员全部灭口。最后，顾也正将事先预备下的汽油、煤油，匆匆在当铺内四处泼洒，随后，一把火烧了“来去典当”。

《保定传说》记载了《保定时报》翌日报道：昨天上午，保定北大街32号“来去典当”当铺突然起火，火势凶猛，但无遮拦，火光烧红了天空。左邻右舍，皆为城池之鱼。紧急之下，城中消防队全部出动，临到现场，却力不从心，因火势过猛，消防队五辆水车，仍是杯水车薪，势如以火救火。火势蔓延，烧到午后三时，方才被消防队扑灭，半条街几成废墟。后经警察局现场勘查分析，作案者事先投放了煤油与汽油，以助火势。端的是火上浇油。所幸，火灾发生在白天上午，日上三竿之时，断无鼾睡之人，左右邻里，仓皇逃出，无一伤亡。再经保定警察局现场勘查，现场共发现何云龙掌柜及妻孥与店员尸体共计九具，其中三具尸体因烧焦而面目不清，无法辨认。有待保定警察局尸检证明……

（写到此处，谈歌感慨，顾也正真是个难为呀，做好事嘀嘀咕咕，做坏事痛快淋漓。为了区区两只皮箱，抢也就抢了，却要杀人灭口，纵火焚尸毁迹，这事儿办得也太豁边了。）

保定警察局紧急出动警力，勘查现场，全力侦破这起杀人纵火案。

完事大吉，顾也正心花怒放，美滋滋地提着两只皮箱回到办公室，随即给戴局长打电话，报告乔运典的“秘密”已经找到，装在两只皮箱里。戴局长大喜，着令顾也正火速将两只皮箱押解到重庆，不得迟误。再嘱，此事严格保密，顾也正只身来渝，不得走漏半点消息。

顾也正满口答应，放下电话，再仔细端详两只皮箱，终于按捺不住心中好奇，打开细看了一下，两只皮箱竟然装满了卷宗，共计一百六十七件。顾也正好奇地翻阅了卷宗，登时心跳如鼓，先吓出了一身热汗又吓出了两身冷汗。老天爷，难怪戴局长如此情急惦记，所有卷宗，一概是抗战时期，国民政府中一些达官要人与日寇暗中往来的秘密信件。书信内容，林林总总，谄媚讨好者有之，出卖情报者有之，走私物资者有之……

顾也正不敢再看，急忙锁了两只皮箱，匆匆打点行装，准备即刻起程，奔赴重庆。

顾也正临出门，却兀自想想，总应该知会马凯旋一声才是。

（是呢，马站长在人员调配上可算帮了大忙，事儿办完了，总要知会人家一声才合礼数。顾也正却不曾想到，正因为他讲究了这么一个礼数，才使他免去了一场杀身大祸。)

顾也正兴冲冲地走进马凯旋办公室，呵呵笑道："站长呀，事情办完了，干脆利落。我这就去重庆，当面向戴局长交差了。"

马凯旋起身拱手笑道："老顾呀，你此行必定荣耀加身，马某先行恭贺了呀！"

顾也正忙摆手笑笑，诚恳地说道："站长呀，顾某不敢贪功归己有，站长确是功不可没呀。若不是你为顾某派遣了几个得力手下，顾某万难成功呢。"

"何时起程？我为你饯行！"马凯旋呵呵笑道。

"谢站长美意了，时间紧，来不及了。我这就得动身赶去北平乘飞机了。我刚与戴局长通了电话，听他的口气，仍在着急呢，着令我火速带了这两只皮箱，只身去重庆。"

马凯旋立时听得满脸疑惑："什么？我没听错？你是说戴局长……就让……你一个人去重庆？"

顾也正得意地点点头："是啊，并叮嘱我千万保密，不得走露半点风声。当然了，对站长你讲没事的。"

马凯旋的脸色登时白了，目光变得灰暗，直直地看着顾也正，颓然坐下，无力地摆了摆手："顾副站长，山高水低，一路保重，恕不远送了。"

顾也正刚要转身出门，回头看到马凯旋奇怪的表情，皱眉问："站长，你话里有话？"

马凯旋长叹一声："老顾呀，我就直言不讳了，你……死定了呀。"

顾也正登时错愕："站长……何出此言？"

马凯旋摇摇头："唉！你且稍坐，听我细说。"

顾也正满脸疑惑地锁上门，回身坐在马凯旋对面："站长请讲。"

马凯旋叹了口气："老顾呀老顾，且不说你一向孟浪，你果真还是个粗心马虎呀。你想没想过，戴局长让你只身去重庆，为什么？必定……这两只皮箱里边，或装着事关戴局长的极为重要的东西。

再往深里想，或装着事关委员长或委员长左右亲信的东西。再思再想，或装着……罢了，马某不敢再想。”马凯旋沮丧地摆了摆手。

顾也正呆呆地看着马凯旋：“站长……你说下去呀！”

马凯旋倏忽目光如炬，凑近了顾也正，盯着顾也正的眼睛：“你贸然将这两只神秘的皮箱交给戴局长，皮箱内若无重大机密，却也罢了。倘若真装有什么要命的秘密，戴局长会如何想你？倘若戴局长想利用这两只皮箱中的内容，做些什么文章，必是绝密。而你老顾却是这两只皮箱由来的唯一知情者。试问，你老顾自以为与戴局长同心同德？”

“不敢妄想。”

“二人不能同心，岂能同行？”马凯旋冷笑一声。

“这……”顾也正的脸色也渐渐变了。

“古人讲，三人者不可守秘。若两人谋事，一人当殉。你细想，戴局长会怎么对你？”马凯旋斜眼看着顾也正。

顾也正感觉心脏似关在笼子里的兔子，突突乱跳：“哎呀呀，我……确没有想到这一层呀！”

马凯旋长叹一声：“老顾呀老顾，枉你聪明过人，却是聪明到头反要被聪明耽误了。你邀功心切，自在情理之中，更可说理所当然。但是，若是搞错了起承转合，不能顺理成章，这立功之事，从来都是个凶险呀！”说到这里，马凯旋的目光变得忧虑重重，呆呆地看着顾也正。

顾也正沉吟了片刻，皱眉道：“那我便提着两只空皮箱去见戴局长，就说‘来去典当’皆付之一炬，戴局长至多骂我个办事不力，但‘秘密’消失，从此去了戴局长一个心腹之患，戴局长今后必定梦稳神安，顾某毕竟也算立了一功。站长，这样如何？”

“哎呀！这只是你老顾的一厢情愿，戴局长的心思，果真如你所想？你且如实对我讲，你开箱验过箱内的东西没有？”

“我没有……打开过呀。”

“你果然没有打开过？”

“真没……有!”

“姑且就算你讲的是实话，你从没有打开过这两只皮箱。可谁能证明呢？瓜田李下，你老顾择得干净吗？”马凯旋冷笑了一声。

“这……”

“如此说，你老顾就有了杀身之祸。”

“站长，这如何是好……”顾也正的额头上涔涔冒着冷汗，几乎要晕倒。

“老顾呀，如此跋前疐后，时下你已进退无路。若向后，你已得罪了乔长官；若向前，你必见疑于戴局长。两下里没得了退路。无路者，死路也，你可谓步入绝境了啊!”马凯旋仰头望着天花板的角落。

“莫非我真是……死路一条了？”顾也正感觉“如临深渊”。

“以马某多年见识及经验，确实如此。”马凯旋慢吞吞说道。

“站长呀……”顾也正欲哭无泪。

马凯旋长叹一声：“老顾呀，勿怪我直言，你外表聪明，却是内心愚蠢呀!”

顾也正满头大汗，一只手帕早揩得湿透。他困兽般倏地起身，背剪双手，在屋内来回踱步，神情好似一只突然迷失了方向的老鼠，惶惶然左顾右盼却不知归路。他忽地停下，苦着脸走到马凯旋面前，摊开双手，悲怆地说道：“站长……不可坐视呀，你我朋友一场，你给顾某指条生路吧!”

马凯旋沉吟了半晌，缓缓说道：“老顾，眼下情势刻不容缓，你或许只能冒险投机一试，取巧而脱身。就看你造化如何了。或是老天开眼，万死之中，你尚可觅得一条生路。”

“站长快请指教!”顾也正心急如焚。

“你立刻回去，即将两只皮箱之中所有内容付之一炬。你再用些值钱的古玩字画种种，重新填满两只皮箱。之后赴渝。你见到戴局长即说，何云龙就交出了这两只皮箱，你不敢贸然打开，请戴局长当面验过。我猜想，戴局长开箱看过，心下固然疑惑，却无法取证对证。除却责骂你老顾办事不利、买椟还珠、糊涂愚蠢外，戴局长别无他法。”

“古玩字画？”

“何止古玩字画？两只皮箱重新填充内容，必须找些值钱的东西，才好假戏真唱，搪塞过关。”

“可……我去哪儿找这些值钱的东西呀？”顾也正摊开双手。

马凯旋嘿嘿笑了，鄙视着顾也正：“如此生死关口，你老顾若是哭穷，我就管不了啦，你是舍财还是舍命？两者必选其一。”

“……明白了。”

“只是么，逃过此劫，你或是还有一劫。”

“还有一劫？”

“你想么，乔长官那里，得知此事，必定不依不饶，警察局也必定要追查到底。但凡得知线索，也必定穷追不舍，若万有一失，最终落实到你老顾身上，你将如何？”

“我……”

“若真到了那般地步，老顾呀，无论乔长官如何重刑伺候，你一定咬死一句话：此事你一无所知！”

“明白了。”顾也正如醍醐灌顶。

“我不再多讲了，时间紧急，你且去准备行装吧。唉！”马凯旋兀自摇摇头，颓然地坐在了椅子上，闭上了眼睛。

顾也正当即回家，翻箱倒柜，找出了他多年积攒的古玩字画金条，忍着心痛肉疼，装满了两只皮箱，只身去了重庆。

顾也正后来回忆，当他将两只皮箱交到戴笠手上时，戴笠当即屏退左右，连忙打开，看到两只皮箱里全是字画珠宝，登时怔住了，他满脸疑惑，大失所望地追问顾也正：“顾也正，就是这两只皮箱吗？”

顾也正肃然回答：“报告局长，何云龙在属下逼迫之后，就交给了属下这两只皮箱。再无其他。”

戴笠破口骂道：“顾也正呀顾也正，你果然颟顸到家了呀，这分明是何云龙的偷梁换柱之计，你竟然被他算计了呀。唉，我真是看走了眼，你怎么这样蠢笨呢？果真是偷鸡不成蚀把米！何云龙现在哪里？”

顾也正沮丧地说：“属下性急，眼见两只皮箱到手，便杀他全家……灭口了。”

戴笠顿足骂道：“我好悔呀，竟然将这个重要差事交给你这样一个白痴浑蛋。滚出去！快滚！我不愿再见你！”

领导让滚，顾也正只能滚了。

万幸呀！亏得之前马凯旋那番提醒，顾也正有了些许心理准备。否则，被戴局长如此劈头盖脸一顿臭骂，顾也正能郁闷得疯掉。唉！为领导尽心尽力办事儿，却落了个吃力不讨好，热脸儿贴上了冷屁股，伤不起呀！

顾也正怏怏地回了保定。

“来去典当”横遭抢劫，被焚尸灭迹的消息传到北平时，乔运典正笑逐颜开地在与几个朋友共进晚餐——在“全聚德”吃烤鸭。众人大快朵颐之时，副官张乃至匆匆走进来，附在乔长官耳边，报告了这个消息。

乔运典听得如五雷轰顶，满嘴正嚼得香甜的鸭肉，“噗”“噗”吐了个干净，但看他猛地起身，愤怒地掀翻了餐桌。

这件事情的线头儿多，有点儿纷乱，且倒推一下，谈歌给读者理理清楚。

乔运典由保定来北平督察前的某个晚上，“来去典当”掌柜何云龙贸然登门求救。乔运典对何云龙多有了解，抗战前，乔运典与何云龙曾有工作交往。何云龙叛变后，因掌握军统秘密甚多，日军北平特务机关对其格外重视，一度任命何云龙为日军情报处资料组副组长。抗战胜利前夕，何云龙见势不妙，即“悄然席卷了日军特务机关的现金，潜逃到保定，化名‘张富’，开办了一家‘来去典当’

的当铺"①。抗战胜利后，眼见汉奸们送礼成风。何云龙随行就市，即向有过几面之交的向秉奎将军行贿，被向秉奎认定为“潜伏日伪内部”的特工人员。何云龙算是松了口气。天知道，何云龙这口气只松了半截儿，向秉奎就被撤职查办了。一朝天子一朝令，新来的黄山明跟何云龙素不相识，以“公事公办”的态度，重新审核对何云龙的身份认定。何云龙为了免灾，只得重新打点。谁知道黄山明却是个欲壑难填的“脾气”，屡次敲诈勒索何云龙，手法重复且老套却毫不厌烦。三番五次之后，何云龙真吃不住劲了，心想如此没完没了被黄某人敲诈，必定坐山被“敲”空。无奈之下，何云龙思前想后，赶紧向老熟人乔运典求援问计。何云龙没空着手。求人办事，总要有见面礼呀。何云龙给乔运典带来的礼物是两只皮箱。这两只皮箱不寻常，里边装的竟然是国民政府一些达官贵人与日寇的来往信件。乔运典当场验过之后，如获至宝。本着收了礼物当然要办事的“公平公正”原则，乔运典立刻当着何云龙的面儿，给黄山明打了电话。乔运典说，何云龙是他的亲戚，还请黄专员悉心照顾。

黄山明当即满口答应，乔长官放心，何先生平安无事。

何云龙放心离开之后，乔运典即将此事急电报告了委员长，请示可否立即将这两只皮箱解往重庆。认真考虑之后，委员长即电示乔运典。大概的意思是，保定至重庆，无论水路陆路，毕竟遥远，押解途中，关山阻隔，恐有变故。若飞机押运，虽然迅速，却也唯恐走漏风声，横生枝节。且国民政府正在回都南京，诸事繁忙，有所不顾。这些信件暂且存放保定为好。待时局稍稳，即可将这批书信秘密解送南京。

（写到此处，不禁想起古人曹孟德官渡之战后，当众焚书的故事。两下里比较，委员长的好奇心绝对甩出曹孟德五条街；而胸怀开阔度则远逊于曹先生了。）

委员长如此吩咐，乔运典心领神会。这种事儿，知道的人当然

---

① 摘自《保定风物志》。

越少越好。哪个上峰也不想下属知道，自己掌握着手下的几多秘密啊。随后，乔运典秉承指示，精心安排，将两只皮箱存入保定银行，钥匙押在“来去典当”当铺。

此为万全之策，一切按部就班。谁知半路杀出个程咬金，“来去典当”竟突遭抢劫，更遭火灾。这两只皮箱便没了下落，或是被抢走了？或是在大火中被悉数烧毁了？若是后者，一番心痛过了，便也只能悻悻作罢。如是前者，传扬出去，必定要被媒体曝光，真相大白于天下，那种局面……将如何收拾？

乔运典登时抓耳挠腮心急火燎，一时无计可施了。

乔运典当即给保定“行云”打电话，烦请“行云”先生暗中帮助查访此事。“行云”当即满口答应，乔运典心绪稍安。

第二天一早，乔运典即由乔瑞霖等人陪同，匆匆赶往保定，下车未及喘口气儿便到现场查看，“来去典当”已烧成废墟，什么模样也看不出来了。

乔运典呆若木鸡，半晌说不出话来。

杨以轩等人现场汇报，此案暂无线索。

乔运典悻悻然回到下榻处，即打电话再与“行云”联系。

“行云”在电话里说，经他仔细查访，此案凶暴残忍，似突然却不偶然，保定军统站脱不了干系。乔运典听罢，当下电话报告了信件全部失踪之事，并在电话中直言不讳，此次抢劫纵火一案，当是军统中人所为。

仅据谈歌查阅的史料“推断”，戴局长真是个冻豆腐——难办（拌），顾也正果然成了鸡肋，杀之确有不忍，不杀则有后患。戴局长左思右想，刚刚决心操刀，不承想，却摩肩接踵来了一帮劝事儿的。有人说，顾也正有功劳也有苦劳更有疲劳，杀了他，必失人心；有人说，戴局长带过兵，没有钱，谁肯上前卖命？顾也正一不图钱，二不图利，铁心赤胆为你办了这件为难差事，虽然操之过急过分了些，却情有可原，谁办事儿还总拿尺子比量着——可丁可卯呀；还有人说，顾也正杀伐决断，分明妥妥将才一枚，将来必有大用场，戴局长不可自断臂膀呀；更有人——传说为毛人凤，说情说得邪乎，夜观天象，顾也正乃忠良行为，杀之不祥，局座若一味逆施倒行，八字之内，恐有报应……凡此种种，如此讲情者纷至沓来，戴局长犹豫不决了。

他当下给保定站马凯旋挂电话，征询意见。马凯旋竟也为顾也正求情。舆情如此，戴局长才算悻悻作罢。可……总要找个台阶下呀。戴笠思考再三，即派顾也正出国考察。

这番惊险过后，顾也正擦擦冷汗，即打点行装，怏怏地“出国考察”了。

临行前，马凯旋邀请顾也正吃饭，单独为之饯行。地点选在了保定莲池门外的“莲池酒家”。

“莲池酒家”不大，食客向来稀少，店内十分清静。市井传言：或是因地傍风景之处，餐馆掌柜妄自尊大，自以风景招客为是，不顾忌“一分利撑死，九分利则饿死”的生意信条，自主提高酒水菜肴价格，所以，大多顾客望而却步，少有问津。

马凯旋与顾也正进了“莲池酒家”。四下环顾，果然食客稀少，二人选一张临窗的餐桌，相对坐下。马凯旋即喊伙计，伙计欢喜得应声跑过来。

马凯旋点了几个冷拼热炒及一坛陈年枣酒。

顾也正看看马凯旋，一时黯然无语。

马凯旋却也无语。

片刻工夫，冷拼热炒端上桌。二人即对饮举箸。三杯闷酒喝过，顾也正率先打破沉默，沮丧地说道：“马站长，果真是曹营之事不好办呢，我这些日子真有了退意。记得我曾劝过唐行一，大丈夫当世则出世。可是现在想来，顾某固然豪气了，却少年不知愁滋味，真是应了那句戏文：初闻不解语中意，再思已是语中人。唐先生才真是个明白人呀！”

马凯旋点头叹道：“说的是，唐行一何等精明人物，马某枉为其师，却百不及一呢。”说罢，即摆了摆手笑道：“不说唐行一了，老顾呀，你这个结果就很不错了，祸兮福兮？你能侥幸脱身，已是命大福大造化大了，念佛吧。就不要再牢骚满腹了啊。”

顾也正叹道：“真是做梦也想不到，戴先生会这样冷面对我呀。自当年加入军统，顾某刀口上舔血，惊惊险险近二十年岁月过去，却落的这么个仓皇出国的结果，犹如一场大梦惊破呀。”

“老顾打住吧，过分伤感了呀！不好，不好！”

“南京的朋友告诉我，缘于你马站长在戴局长面前说了顾某的好话，戴局长才能网开一面，才能放我一马呀！”

马凯旋微微摇头：“老顾谬奖了，马某岂有回天之力？却是你广结善缘，戴局长面前，你许多朋友说了许多好话，马某只是帮了两句闲腔而已。不提不提。”

顾也正感慨道：“成人之美，却不事声张。站长呀，你确是君子笃行，君子风范了。我只是奇怪，你与戴先生说了些什么呢？”

“想听吗？”

“想听啊！”

马凯旋笑了：“我是这样说的，属下知道局座喜欢美国的吉普车。戴局长说，是。我继而说道，局座喜欢美国吉普的越野能力，就不能抱怨它省不省油。如同局座养了一只凶猛的藏獒，就不能指望它像母鸡一样下蛋啊。戴局长听罢，以为然。”

顾也正听得愣怔，旋即笑起来。旋即又收了笑，感叹道：“马站长，此番说辞大俗大雅，高雅且趣味，通俗又易懂。放眼军统之中，只有你说得出口呀！”

马凯旋笑笑：“老顾，我跟戴局长见面不多，却多有工作联系。直言不讳，戴局长是个爱说谎的人，却不喜欢听谎话。比如……”

马凯旋看着顾也正，欲言又止。

“你的意思……我说谎了？”

“确实。”

顾也正怔住。

马凯旋淡然说道：“比如，你与你那个神秘的朋友说过些什么？

我猜想，你必定对戴局长避而不谈，你却不曾想过，必是他出卖了你呀！老顾呀，军统中统两家，并非如你所想，黑白分明，势如水火。其实呢，暗通秦晋者多多，两边讨好者频频，而你并没有把你朋友的话告诉戴局长，你或以为戴局长蒙在鼓里，其实呢，戴局长何等身分人物，前后左右，耳目多如过江之鲫。他掌握的肯定比你认为的要多得多啊。你见戴局长之时，若不和盘托出，自然就是对戴局长讲了谎话。"

"我……"顾也正脸色微微红了。

马凯旋摆手叹道："我却与你相反，我也不喜欢听上峰谎话，却对上峰从不说谎话。"

顾也正木然地看着马凯旋："站长请讲。"

马凯旋笑了笑："这个么，就是戴局长信任我的底线。"说罢，马凯旋环顾四下里的餐桌，笑道："老顾，我考考你如何？"

"考我？考我什么？"

"你说说看，这家餐馆装潢气派，名声在外，也算得上保定城里的上等馆子了，可为什么，这里的餐具都是残缺的呢？"

顾也正听得疑惑，即看看自己手里的酒杯，果然有一个残口，再看盛菜的盘子，也都有残缺。他喃喃道："奇怪了呀。"即皱眉起身，四下里去看各张桌上餐具，皆是如此。

马凯旋摆手笑了："别看了，都是这样。"

顾也正摇头苦笑："食客们也太不注意了，总要爱惜些么。话说回来，这餐馆的掌柜也小家子气了，只顾提高菜肴价钱，为何不换些新餐具呢？饭店气派，这点儿小钱竟也舍不得花销？果真是有钱买马，无钱置鞍呀。"

马凯旋摇头笑了："老顾你没看明白么，其实呢，这真不是食客的缘由，这些餐具之残缺，却都是店家有意而为之。"

顾也正愕然："掌柜自己弄残的？"

"对了。"

"为什么？掌柜的有病呀？"顾也正疑惑不解。

“店家也是无奈，因为总有些爱小的食客，用餐之后，即将餐具窃走己用了。”

顾也正怔了一下，恍然大悟，即哈哈笑道：“掌柜聪明，食客并不会因餐具残缺影响食欲。而那些爱小的食客，却会因为餐具残缺，便打消了行窃的念头。”

马凯旋点头道：“你说对了。掌柜如此做法，或是暗合了庄子无用即有用的道理。我从中体会，为人处世也应该是这样，总要有些残缺才能长久呀。”

顾也正皱眉沉吟了一下，旋即点头笑了：“站长观察得仔细，毫厘不爽。细想起来，若论思虑细致，我是不如你马站长呀。”

马凯旋笑笑，即从身后拿过一个袋子，递给顾也正：“老顾呀，你出国考察，偶尔必定会有思乡之情萌动，我确也没有什么好送你的，昨天，付大哥给我送来两坛多年窖藏的龙头赖茅，我就借花献佛送你一坛，也就顶了我应该送你的礼物了。”

顾也正急忙欠身，双手接过，感慨叹道：“站长，你好人好报，这辈子，竟能有一个疼爱你的付浩声大哥。你真是前世修来的福气，令人羡杀呀！”

马凯旋叹道：“若说付大哥，他对马某，真乃视若一母同胞，关心备至呀！”说到此，眼睛里登时有了晶亮的泪花儿。他一时撑不动心潮起伏，转眼去望窗外。

窗外景色诱人，但见蓝天白云，艳阳天气。

哦，当令不改景色，又要到草长莺飞的时节了。

梅氏杂戏魔术社挂牌

民国三十五年（1946）春节过后，梅天凤以走亲的名义，去易县八路军根据地参加保定特委召开的工作会议。特委书记杨昆平在会上讲话。杨昆平说，在美国的调停下，国共双方虽然下达了停战令，但国民党军队仍在各根据地继续制造摩擦，特委指示，保定周遭各八路军根据地，要提高警惕，严阵以待，粉碎国民党破坏和平的各种阴谋行动。

散会后，与会人员跟随杨昆平考察了根据地民兵组织。杨昆平告诉与会人员，将来我党的斗争策略，仍以毛主席提出的农村包围城市的方针为主导，但城市中的地下工作，却比以往更为重要，因为我们最终将占领城市。杨昆平又分别告诫梅天凤等几个在城市潜伏的同志，要掩护好身份，发展队伍，培养骨干。

梅天凤回到保定第三天，“梅氏杂戏魔术社”正式挂牌开张。开张之前，“梅氏杂戏魔术社”已四处张贴了海报，并在报纸广播做了广告：定于开张之日于保定大舞台奉献演出，以展示“梅氏杂戏魔术社”的崭新阵容。

（《保定传说》记载：“梅氏杂戏魔术社”重新开业时，除去招来梅三娘旧班底的十余名艺人入社，梅天凤又招收了十余名江湖艺人入社。社内共计艺人三十五人。相较保定其他杂戏社，“梅氏杂戏魔术社”阵容已颇为强大。新入社的艺人中，有一个名叫南雨鸾的年轻漂亮女子。南雨鸾自说自话，她从江苏跑马卖解一路过来，原想去北平，途经保定，却是走乏了腿脚，便不想再走，听说“梅氏杂戏魔术社”招录演员，便来一试身手。梅天凤后来回忆说，当年她随梅三娘走江湖，知道江苏的南家杂技，小有名气，抗战时期，南家因参加抗战，被日军灭门了，不想还留下了一个南雨鸾。南雨鸾的拿手好戏是手彩魔术，梅天凤仔细看了表演，认为南雨鸾表演谙练，便收下了。再看南雨鸾举止言谈老实稳重。梅天凤颇为称心，便让她做了社里的主牌。）

“梅氏杂戏魔术社”开张之日，美国花旗银行驻保办事处襄理梅格斯，也拨冗前来祝贺，并送了一份不薄的礼金。

（《保定传说》记载：梅格斯一直是梅氏魔术的追捧者。梅格斯还有一个身份，他是美国情报局在中国的情报员，这一个身份，军统了如指掌。这就给梅天凤平添了一份“人身”保险。梅天凤当行出色，保定同人必定生发羡慕嫉妒恨。哎呀，恨也白恨，梅格斯也算是“梅”字辈的，人家来中国，就乐意找姓梅的呀！）

保定诸多社会贤达闻讯赶来祝贺，更让梅天凤高兴的是，久不露面的穆柏枫老先生竟然也在其中。市井皆知穆柏枫身体欠安，一向深居简出，此次到场祝贺，给“梅氏杂戏魔术社”平添了许多光彩。马凯旋原本要来祝贺，却被市府临时喊去开会，梅立春则赶上在电讯室值班，二人分身乏术，委托季钧与梅可心，带着曹正汉、萧家广、李天曼、葛云梁等人，送来礼金，并献花致贺。

“梅氏杂戏魔术社”挂牌之际，值逢保定警备司令部降为乙种（民国政府之等级制度，按甲乙丙丁分类，详细说来麻烦，读者若有兴趣，可自己查阅相关书籍）。池峰城司令去职，河北省政府保安处长乜子彬兼任保定警备司令。乜子彬当年热烈追捧过梅三娘的魔术，上任伊始，听到了“梅氏杂戏魔术社”重新开张的消息，乜子彬兴冲冲地赶来献花捧场。乜司令率先捧场，必有轰动效应。乜子彬此举给“梅氏杂戏魔术社”带来了一时荣耀。保定军政要员自然不甘落后，纷纷赶来道贺。

乜子彬看罢演出，即带着一干官员与梅天凤喝茶闲谈。乜子彬对梅天凤笑道：“梅经理，我听说过，你在抗战中率领杂戏游击队奋勇杀敌，真是立了大功的呀。称你是巾帼英雄，当之无愧。乜某想不明白的是，依你的功劳，理应在政府谋个显赫职务呀，怎么就给政府埋没了呢？梅经理若有何想法，乜某必当力荐。这可不是客套话。”

梅天凤忙欠身，拱手笑道：“谢乜司令了，抗战嘛，乃大势所趋，人心所向。如蒋委员长当年所讲：地不分南北，人不分老幼，皆有抗战守土之责。弱女子虽是个艺人身份，打日本却是理所当然，应有之义。当年只知舍命向前，从没想过之后弄个一官半职。而且大姐、小妹都在政府当差，天凤若再挤进政府吃官饭，就有凑热闹之嫌了。再则，天凤在江湖卖解多年，疏忽散漫惯了的，并非天凤不识抬举，的确有自知之明，不适合做公差呢。再次感谢乜司令一番美意了。”

“梅经理说的可是真话？”

“长官不信？”

“信则信了，却还是有些想不透。”

“哪些？”

“我适才说过了，梅经理的确在抗战中立过大功。向上之心，人皆有之。梅经理怎么能安心做杂戏这门辛苦营生呢？”

“回司令的话，我喜欢做我喜欢的事。如此而已。”

“梅经理就想演杂戏？”

“是的。”

乜子彬讪笑：“人生在世，有人想做英雄豪杰，有人想要高官厚禄，简言之，有人求名，有人求利。梅经理所求何在？”

“乜司令，世上英雄豪杰太多，以致拥挤不堪。也应有几个似我这样，就想做小事的人吧？”

乜子彬怔了怔，点头赞叹：“乜某今日开眼了，像梅经理这样的心胸，确是不多见呢！”

乜子彬起身告辞走了，随员也忙跟上走了，只留下了季钧和保定站的一干人。

季钧望着乜子彬的背影，打趣笑道：“天凤呀，如适才乜司令所说，你内心果然是波澜不惊？”

梅天凤眼睛一瞪：“季副站长，啥意思呀？我可没招惹你。”

季钧摆手笑道：“天凤，我没有什么意思。”

梅可心皱眉道：“二姐，乜司令一番好意呢。你刚才怎么……”

梅天凤看了看梅可心，叹了口气：“可心呀，你和大姐不想再吃杂戏魔术这碗饭，我不拦着你们。可咱娘留下的东西，不能让咱姐妹三人全丢了吧？每每想起，总是熬心呢。”说到这里，梅天凤的眼睛湿了。

梅可心见状，心里登时有了些凄婉。萧家广在一旁给梅可心丢了个眼色。

梅可心会意，赶忙笑道：“二姐呀二姐，我们也没说什么呀。你别多心么！”

曹正汉笑道：“今天是好日子，不提旧事了吧。”

梅天凤转而摆手笑道：“不提了不提了。季副站长，你们刚看了我们的演出，观感如何？”

季钧笑道：“可以说是精彩纷呈，各显所长。前几天曾听马站长夸奖，‘梅氏杂戏魔术社’新近加盟了一个名叫南雨鸾的女艺人，年轻漂亮且手法精湛。今日看了，的确别开生面，马站长的夸奖果然不是虚言呢。”

梅天凤笑了：“季副站长，你如此传话，说马站长如何夸奖，我却听出些味道了。马站长或是看中人家了？或让天凤从中为马站长给南雨鸾捎个暖和话儿？”

季钧摇摇头，意味深长地笑道：“天凤呀，你心里知道的，马站长是心在花而不在柳呢。说得再明白些，他确是情属凤而不羡鸾呀。”

梅天凤听得皱眉：“季副站长，你怎么说着说着就把我绕进去了？”

萧家广在一旁哂笑：“天凤呀，果然是花随水流？”

梅天凤看了一眼萧家广，嗔怪道：“大姐，你怎么也跟着起哄呢？”

梅可心却“扑哧”笑了：“二姐呀，今日马站长不在场，我就直言不讳几句，你与我们马站长好似光天化日之下唱《三岔口》，彼此看得明白无误，可都假装摸着黑儿呢。”

众人都笑了起来。

梅天凤恼了，狠狠瞪了一眼梅可心：“你不能不胡说呀？”

梅可心撇撇嘴：“哎呀，被人说破了心事，总是不自然呢。我说得对吗？季副站长。”

季钧笑笑：“可心，我刚才只是为人说项，我真没听清楚你说什么呢。”说着，抬手看看表，便对梅天凤拱手说道：“天凤呀，你这里开张大吉，我们几个本想代马站长请你们社里一体吃个饭，以示庆贺，无奈我们真抽不出这个工夫儿，站里还有一摊子事呢。只有改日了，先告辞了。”

梅天凤点头笑道：“季副站长不必客气，你们去忙公事吧，改日我请你们几位吃饭。”

梅可心笑：“二姐只请我们几个？别忘了还有马站长呀。”

萧家广推了梅可心一把，笑道：“别贫嘴了，快走吧。”

众人匆匆随着季钧走了。

梅天凤送到街上，看着季钧几个远去的背影，心头顿生疑惑，刚才这几个人强说强笑，分明都有些心不在焉。保定站最近出什么事儿了？

梅天凤并不知道，军统保定站正在秣马厉兵，磨刀霍霍，剑指黄山明。

马站长“调查”黄专员

马凯旋秘密部署调查黄山明。

外表看，由于马凯旋接到了太多告发黄山明贪赃枉法的举报。其实，马凯旋旨在积累口实，他解决黄山明的决心，早已暗中下定。他着令梅立春、吴数等人，逐条整理了举报者提供的线索，命令季钧组织人手，根据这些线索，全面展开对黄山明的调查。很快，调查有了重大结果。黄山明不仅贪污受贿数目巨大，而且枉法滥杀无度。试举一例，黄山明清查伪保定副市长高国新的资产时，借机霸占了高国新的小老婆梁某，并勒索梁某六十根金条，之后梁某失踪。再举例，黄山明清查伪河北省警察署长郑事军时，因勒索心切，仅审问了半天，便将郑事军拷打致死。凡此种种，不一而足。

季钧初步获得证据的同时，与马凯旋商议决定，准备秘密“收审”黄山明的几个副官。

马凯旋运筹帷幄，正要节节胜利，不承想杀出个程咬金。乔运典突然回到了保定。

乔运典下车伊始，估计气儿还没喘匀，张乃至副官便给马凯旋打来电话：乔长官为黄专员之事，于曹氏公馆邀见马凯旋站长及季钧副站长。保定站各科室负责人也一并到场。

马凯旋有些“蒙圈”。他之前预想，乔运典必定坐视保定站展开调查及最后处理黄山明的全过程，即使将来官司打到他那里，乔运典也会佯装糊涂。他绝不会蹚这“浑水”。没料到，乔运典不仅没有坐视不管，反而半截横插一杠子，而且乔运典开诚布公，他专程为黄山明而来。

这是怎么了？

马凯旋找来季钧商量。季钧皱眉：“乔长官猛然间插手过问，分明有了态度，我们如何应对？”

马凯旋叹道：“黄山明并非人莫予毒，他应该是听到了风声，惶恐不安之下向乔长官求助了。我们大意了，只鉴于流水，没鉴于止水呀。”他想了想，对季钧道：“这样，你带各科室负责人去见乔长官，先听听他的口气，我暂且回避一下。”

“这怎么行？乔长官……”

“怎么不行？”

“站长不到场，乔长官必定震怒！”

“一鼓作气再而衰三而竭。”马凯旋笑了。

“站长要避避乔长官的锐气？”季钧恍然笑了。

“说得直白些，先挫挫乔长官的气焰。”

“站长总要说个借口。”

“借口嘛……可说我腿疾复发，行动不便。”

“这……太牵强了吧？”

“虚则虚之，实则实之，若不牵强些，怎能显出搪塞的味道。”马凯旋意味深长地笑道。

“懂了。”

这下轮到乔运典发蒙了，马凯旋竟敢“托病”不来见他。

乔运典心中冒火，当即要对季钧发作，却又按下了火气。他硬着目光，看看站在面前的季钧，又看看季钧身后的梅立春、李天曼、萧家广等人，讥讽地笑道：“哦？马站长的腿病复发得好快啊。我听人说，他昨天还在街中健步如飞呀！”

季钧欠身陪笑道：“回长官，真是不好说呢，人有旦夕祸福啊。”

乔运典颔首：“讲的是，确实不好说。昨怜破袄寒，今嫌紫蟒长。因嫌纱帽小，致使锁加杠。人间的事嘛，忽晴忽阴，骤冷骤热，天有不测风云呢。季钧呀？”

“在！”

“捎句话儿给马站长，乔某望他善自珍重。”

“是！”

乔运典又看看梅立春：“梅立春，你有什么要说的吗？”

梅立春立正敬礼：“报告长官，属下没有什么要说的。季副站长说过的话，就是属下要说的话。”

乔运典登时结语，梅立春竟然这般无理讲话，看样子眼前这些人还真是管不了了！他强压怒火，用慈祥的目光看看李天曼，笑问：“李天曼，你有什么话要讲吗？”

李天曼上前一步，立正说道：“梅主任刚才说的话，也就是属下要说的话。”

乔运典暗暗咬牙，将一口恶气狠狠咽回了肚里，他摆了摆手：“今日就到这里，都走吧。”

众人异口同声：“是！”即转身走了。

乔运典强压愤怒，看着这几个人鱼贯而出的背影，顺手抓了桌上的茶杯，猛地举起，却又缓缓放回了茶几。

他听到了脚步声，待要转身，黄山明已从里屋走出来了。

刚才乔运典与季钧几个的谈话，黄山明听得一清二楚。

乔运典颔首笑道：“坐吧，黄专员。”

马凯旋没有猜错，乔运典突如其来，横插一杠子，缘于黄山明的求助。

前几天，黄山明的几个副官先后向他报告，季钧正带人四处搜集他的情况，黄山明是个机灵人儿，马上明白马凯旋要对他采取行动了。黄山明有些后悔，他低估了马凯旋的承受能力。换句话说，黄山明有些后悔自己过度趾高气扬，且逞一时口舌之快而招惹了马凯旋。黄山明尽管敢于面对马凯旋竭尽讽刺挖苦之能事，但他内心深处，仍然忌惮这位曾经的上司。黄山明很了解，给人文质彬彬印象的马凯旋，其实是个心狠手辣的强硬角色，或者说是个疯子一般的存在，惹急眼了，真敢拉着你一起跳河投井。黄山明当年随其鞍前马后，多有心得。

自己此行保定，一旦有把柄被马凯旋抓住，马凯旋定能抱着同归于尽的态度，与之纠缠到底不死不休。黄山明的确有些含糊了，很想立刻飞回重庆，远离保定这个是非之地，远离魔鬼一般的马凯旋。可是，接收工作尚在尾声，行百里者半九十，他能用个什么办法，怎么样一个体面说法，才能够抹去这最后“十里地”，尽早离开呢？（黄山明甚至想过装病回重庆住院）黄山明思前想后，无论他用什么理由提前退场，都会给重庆那些政敌留下话柄。黄山明也不好意思向重庆求助，事情若被说破，堂堂一个将军，竟然被一个区区校官整治得如此狼狈，必定招人耻笑。自家颜面何在？

无奈之中，黄山明想到了乔运典。乔运典的性格，黄山明略知一二，乔运典喜欢举手之劳卖人情，习惯与人一升记人一斗。倘若乔运典以督察专员与老师的双重身份出面，一物降一物，马凯旋或能收敛？唉！有病乱投医，偏方治大病。试试吧。

（大病者，马凯旋也；偏方者，乔运典也。）

乔“偏方”接了黄“有病”的求助电话，当即满口答应。乔运典知道，心高气傲的黄山明一定是被马凯旋抓住把柄纠缠住了。黄山明若不放下身段求援，乔运典必定袖手旁观。他内心也非常讨厌这个骄横一世的黄山明。此时黄山明央求到他的门前，乔运典却乐得卖个人情。这件举手之劳的事办完了，黄山明肯定感激涕零。乔运典从此便多了一个对他感恩戴德的朋友。乔运典便揣着稳操胜券的心情，匆匆到了保定。马凯旋能怎么面对他呢？只能唯唯诺诺，恭敬不如从命。乔运典却万万没有想到，对他一向既恭敬又从命的马凯旋，这次的“见面礼”竟然是让乔运典撞了一个“托病不来”

的软钉子。乔老师“撞”得有点儿疼，有点儿蒙，有点儿说不清。

黄山明即在乔运典下首欠身坐下。他看着乔运典微微铁青的脸色，顿时明白了，乔运典这“偏方”没啥疗效。唉，事情不会像乔“偏方”承诺的那样容易了。黄山明顿时陷入一种怅惘的、飘浮的、幽深又悠长的、迷迷糊糊没方向也没道理的、糟糕无助的情绪中了。他还有了一种“晌午觉睡过头儿”之后，那种大梦初醒一时不知身在何处的惶恐茫然。黄专员，有点儿烦。唉，这次第又怎一个“烦”字了得？

乔运典看看神色忧虑的黄山明，却哈哈笑了：“黄专员不必担忧，马凯旋惧怕乔某，不敢露面呢。我想这样，明天我做个东，邀你与马凯旋吃饭，当面把话说开，你看如何？”

黄山明含糊地问：“怎么个说辞呢？”

乔运典颔首笑道：“我邀他出来吃饭，他必定答应。我临时借故不到场，只你二人，推杯换盏之际，你放下身段，说上几句软和话儿，马凯旋还能怎样？必定会就坡下驴了。唉，不是乔某话多，黄专员在保定这些日子，定是招惹了他。他才会寻衅找碴儿呀。冤家宜解不宜结，你多说些软话，他就不好再与你作对了。老实讲，马凯旋虽是个君子性格，还是个疯子脾气，但更是个要脸面更要场面的人。当年你在他手下做过事，没有大交情，也总有个小情谊么。只要喝过几杯酒，你们就会尽弃前嫌，重归于好了。”

黄山明苦笑：“真若乔长官所说，也就是了。”

乔运典讥讽地笑道：“黄专员这是信不过呢，我这就给马凯旋打电话。”说罢，拿起电话，接通了马凯旋。

马凯旋在电话里仍然是乔运典熟悉的那种谦恭顺从的口气，乔运典别扭了半天的心情，瞬间舒畅了许多。

乔运典用爱护的口气问道：“放歌呀，听说腿疾复发了，找医生看过吗？”

马凯旋道：“谢乔长官惦记，不妨碍的。”

“说起来，你是积劳成疾呀，多爱惜些身体么。差事总是干不完的呀！”

“多谢乔长官体恤，属下不敢懈怠。”

扯了几句闲话，乔运典转入正题：“你也知道了，我此次来保定，是为了解决你与黄专员之间的矛盾。我多少问过了，你二人或有些言语纠纷，算个什么呀？我是个和事佬的脾气，你们二人，一个是我的学生，一个是我的朋友，都是红脸汉子，兄弟阋墙总是不好。将来外御其侮总还要共事。兄弟既翕，和乐且湛。放歌你说对吗？”

“乔长官教训的是。属下自当铭记。”

“你能这样说，我很高兴，这样吧，明天我做东，邀你二人喝场酒，酒桌上把事情挑开，当面锣对面鼓，都是老爷们儿，我就不信有什么说不到一处的。如何？”

“谨遵乔长官吩咐。”

“那好，就定在明天晚上六点，北大街‘曲河人家’楼上雅间。我可听说过，那家馆子的鱼头炖得别有味道呢。”

“乔长官不愧为美食方家。”

“说不上说不上的。明晚六点，不见不散。”

“属下准时到。”马凯旋爽快答应了。

电话的声音很大，黄山明在一旁听得清楚。看着乔运典放下电话，黄山明欣然笑了：“还是乔长官的面子大呀！”

乔运典欣然笑道：“如我刚才所说，明晚我临时推托有事，只有黄专员与马站长喝酒，并无第三人打扰。黄专员一定要放下身段，与马凯旋将这顿酒喝好。余下的么，就不用我操心了吧？”

黄山明欠身笑道：“明白，晚生再次谢了。”

乔运典摆手笑道：“什么晚生呀？乔某岂敢？承受不起呀！黄专员口误了，请收回。”

黄山明淡然笑道：“乔长官乃是前辈，黄某确是晚生呀。不打扰前辈休息了。晚生告辞。”

乔运典看得出，黄山明此时心情舒畅，目光中的忧虑颜色尽扫，笑吟吟地下楼走了。乔运典也起身下楼送至街门，但看黄山明的汽车远了，方才微笑着转身回来。唉，黄山明是个细心人儿，或要在倒车镜中观察着他呢。

乔运典转身上楼，脸上的笑容却全然褪尽，目光又重新变得忧虑了。乔运典心中有数，黄山明过于乐观了。依乔运典对马凯旋性格的了解，事情不会轻松地按照黄山明的逻辑推演下去（写到此处，谈歌忽生感慨，人生若姜，老而弥辣。乔运典见识深刻。此时的马凯旋，早与当年那个江湖游医判若两人。马凯旋已经从根本上变成了为领袖为党国效忠的国民党高级特务。严肃的信念，使马凯旋的性格变得弹性甚少，他敢于筑堤决坝的性格，必定具有了高度刚性的金属般结构。如同资本家是人格化了的资本，马凯旋也已经变成了马凯旋化的特工。换句话讲，马凯旋已经基本完成了从学生、医生、特务外围、特务骨干、军统高级特务这样一个心理人格的过程塑造。马凯旋所有的历史，都已变成他的人格背景，他人格形成的某些历史因素，只能在他潜意识中偶尔发挥些作用罢了。人还在，心去了。马凯旋这种时而如绵时而如铁的个性，必定要在他处理黄山明的全部过程中，惊心动魄且“淋漓尽致”地款款展开。）

翌日傍晚，马凯旋坐车到了“曲河人家”。他在餐馆门前下车，习惯地左右看看，随即走进餐馆。进门时，他习惯地抬手看看表，差两分六点。刚要举步上楼，却听柜上伙计喊：“是马凯旋先生吗？”

马凯旋转身微笑：“我是。”

“您的电话。”

马凯旋即到柜台接了电话，竟是乔运典打来的。

乔运典在电话里讪讪笑道：“放歌呀，实在抱歉，真是不巧，适才我刚要动身，警备司令乜子彬横插了一杠子，非要请我吃饭，还有几个市府要员作陪，我实在推不脱了。只能你与黄专员共进晚餐了。我近日必定补上一顿。哈哈！”

马凯旋笑道：“长官公务繁忙日理万机，应酬自然多。属下十分理解。但请长官放心，属下一定与黄专员推心置腹，敞开心怀，不醉不归。”

乔运典笑道：“我就知道么，你是个一点就透的聪明人。好了，祝你们喝得开心愉快。”乔运典挂了电话。

马凯旋放下电话，兀自笑了。他自然明白，乔运典爽约应在其计划之中，既卖了人情给黄山明，也躲了口舌干净。无论马凯旋与黄山明这场酒喝得如何沮丧尴尬，也与乔运典概无关系了。

马凯旋再看表，六点过两分。他欣然上楼。

黄山明快步迎出了雅间，拱手笑道：“马站长如约而至，黄某久候了。”

马凯旋忙立正敬礼：“报告黄专员，属下迟误两分钟，让专员久等。抱歉了！”

黄山明笑道：“不妨不妨。”即伸手礼让：“马站长请。”

马凯旋忙侧身谦让：“属下不敢，专员先请！”

黄山明呵呵一笑，率先进了雅间，马凯旋跟着进去，二人相对坐了。

马凯旋抬眼四下打量，雅间很宽绰，一张八仙餐桌放在当中。四壁墙面粉刷一新，挂了几幅字画，再细看，大都是本地书画名家的墨宝。其中有一幅吴昌硕的牡丹图，是仿品。笔墨之间能看出仿家十分精心，或因过于精心，便显得拘谨了。马凯旋兀自想起一句话：丹青难写是精神。果然如是了。

一个瘦削的伙计敲门进来，满脸堆笑：“二位用点什么？”

马凯旋摆手笑道：“不忙呢，我们先聊几句，待会儿喊你。”

伙计欠身出去了，轻关了门。

马凯旋搭眼看看稍显局促的黄山明，淡然笑道：“黄专员，适才乔长官打来电话，因也司令临时请客，乔长官推辞不过，只好参加那边了。原定的小酌，只剩专员和属下了。属下事先说下，乔长官不来，自然属下请客，黄专员可随意点菜。”

黄山明忙摆手：“哪里哪里，当然黄某请客！”

马凯旋笑了：“专员别客气，属下请客，确有理由，一么，属下此时给黄专员接风洗尘，虽说像正月十五贴门神，晚了节令，却总归是补了上下礼数。二么，属下今日尽地主之谊，确因还有些事情，想当面求证于专员。也就应了礼下于人，必有所求这句古话。”

黄山明笑道：“马兄客气了。”

马凯旋摆摆手：“黄专员客气了。属下记得黄专员下车伊始，先是称属下为老上司，继而称属下为前辈，现在称属下为马兄。今日到此小酌，理应先更正了称呼，属下才好开口讲话呀。”

黄山明尴尬地笑了：“马……站长客气了，哈哈。”

马凯旋颔首笑道：“老上司么，陈年旧事了，不必提。前辈么，马某自不敢当，也不必提。称属下马兄，不大像么，更不必提。黄专员还是称属下老马或马站长，属下或自称马某。如何？”

黄山明局促地摆摆手：“呵呵，马站长开玩笑呢，但有什么话，马站长请直言不讳。”

“黄专员如此诚恳说了，马某就开门见山了。”

“请讲。”

马凯旋目光如炬地看着黄山明：“保定站频频接到举报，黄专员纵容齐东河等一干手下，四处敲诈勒索，且日渐加剧，搞得民怨沸腾。最近又接到举报，黄专员若干手下竟与几个日本女人有染？身为党国干部，如此任性胡为，成何体统？”

黄山明不屑地摇摇头：“马站长呀，这或是你们小题大做了。此事么，我也听过一句半句的，虽说有伤风化，但细究起来，有什么呀？日本人糟蹋了多少中国女人呀？也算是一报还一报了。而且这几个日本娘儿们也是想赚点儿外快，我的手下，也只是为了雪耻泄愤而已，总归可以理解么。”

马凯旋点头：“勉强理解。”

黄山明又呵呵笑道：“我昨天听齐东河说，他们哥儿几个那天喝得多了，硬把一个日本女人给弄哭号了，完事后，他们径直拍拍屁股扬长而去，却连钱也没给人家呀。我劝他，咱们中国爷们儿得讲厚道，你们怎么也得给人家扔下仨瓜俩枣呀！是不？”黄山明说到这里，情不自禁地仰头色笑起来。

马凯旋鄙视了黄山明一眼，讥笑道："黄专员手下有胆有识有气派，风月场也不忘精忠报国呀！"

黄山明依然乐不可支地笑个不停，摆手道："行了行了，马站长，我们还是说点儿别的吧。此事的确有些无聊透顶呢。"

"黄专员竟然也知道无聊透顶？此事我就不再提了。但请专员约束手下，此类事以后不能再发生。眼下总有外国记者在街上即兴采访，若让他们拍了照片，发在报纸上，我担心你手下的那几张脸，不再光彩照人了呀！"

"哎呀，还有照相的吗？这可不行！我得警告他们了。"

"此事打住。按专员刚刚说的，咱们就说点别的吧。"

"请说。"

"黄专员及其手下，这些日子收了多少赃钱？"

黄山明一怔："赃钱？"

"赃钱！"

黄山明恼了："马站长不可凭空胡说！"

"胡说？"马凯旋冷笑了一声，从兜里掏出一叠纸，放在餐桌上，推给了黄山明。

黄山明惶恐地瞄瞄马凯旋，抓起那叠纸，匆匆翻阅，脸色渐渐变得苍白，满头冒汗了："马站长，这……"

马凯旋讥讽地说："黄专员奉命率人来保定处置接收事宜，本该尽心尽力，完成国家使命。而黄专员呢？却巧立名目，率属下疯狂敛财，贪污敲诈无度，殚其地之出，竭其庐之入。如此丧心病狂，尔等肝胆俱在，政府脸面何在？"

黄山明目光慌乱了一下，下意识地捋了下头发，随即恢复了镇定。他"哼"了一声，拍响了桌子："马站长，这都是对我的诬陷！"

马凯旋冷声笑了："诬陷？黄专员说马某诬陷？"

黄山明倏忽间却冷静下来，他大度地摆摆手，呵呵笑道："马站长，且听黄某解释下，因有些附逆者多有通融之词，黄某严格查封逆产，必是引发了敌意，才招惹了这些诬告，舆论对黄某或也多有误会呀。望马站长斟酌再议，且莫听一面之词。”

马凯旋顿时提高了声音：“黄专员呀，通融之论，入于汪氏之笔，则为奸说；查封之言，出自黄专员之口，则为欺世！”

黄山明听得有些发蒙：“马站长此话……”

马凯旋摆摆手：“黄专员，马某绝非苛刻，如上事实确凿，央请专员率领属下，立刻清退全部贪污索贿之所得财产。重复一句：必须全部清退。马某保证不再追究。马某此谓通牒！”

黄山明夸张地张大了嘴：“通牒？”

马凯旋点头：“最后通牒！”

黄山明听罢，讥讽地摇头笑了：“马站长呀，你这真是欲加之罪，何患无辞了。”

马凯旋看看表，呵呵笑了：“黄专员，有些对不住了。今日说定马某请客，你我二人只顾逞口舌之快，却忘记酒菜上桌了呀。”说罢，转身朝门外喊了一声：“伙计，点菜！”

门轻轻开了，伙计闪身进来，哈腰笑道：“先生，你吩咐。”

黄山明摇摇头，讪讪苦笑了：“马站长适才这一番话，直让黄某心里阵阵添堵，这顿酒真是喝不下去了。对不住，黄某先告辞了！”说罢，即起身出门去了。

但听到楼梯一阵乱响。

马凯旋看看木然发呆的伙计，起身笑道：“店家小哥，我请的客人走了，今日就吃不成了呢，只好改日再来叨扰宝号了。”说罢，摸出一块银圆，点在桌上：“不好意思，小哥拿去喝茶吧。”说罢，出门去了。

身后传来伙计欢喜的声音：“谢先生的赏钱了！”

马凯旋自信稳操胜券，黄山明这些鼠窃狗偷之辈，能有多大的胆子呀？马凯旋料定，黄山明听了他的最后通牒，必定收敛，退回大部分非法所得。黄山明曾在军统工作过，自然知道军统雷厉风行的整人手段。黄山明退赃后必定仓皇离开保定。

马凯旋很快就要后悔，他高估了黄山明，这种贪婪无度的角色怎么能悬崖勒马呢？黄山明为保住到手钱财，绝不接受马凯旋的“哀的美敦书”。当天晚上，黄山明便着手反击。他先给已回重庆治病的何学义打了电话，黄山明要求何学义，立刻去何应钦部长那里告状，控诉军统保定站与日伪余孽勾结，阻碍接收工作。何学义当即满口答应。黄山明放下电话，也顾不及面子上好看不好看了，又给总裁侍从室的哥们儿发电报，字字血泪，遥遥哭诉军统保定站马凯旋与日伪余孽勾搭，无事生非寻衅滋事，阻碍接收公务。并附电数份冒名市民的证明，证明极力夸奖黄山明奉公执法得罪了小人，招致报复。

黄山明的“绝地反击”很快有了效果。

先是军统北平站来电，传达戴局长指示：告诫马凯旋全力配合黄山明专员，协助做好保定的清查逆产工作。如无确凿证据，不可生事。之后，国防二厅越过军统局，直接紧急电示军统保定站：若“干扰”接收事宜，当严惩不贷。紧接着，保定市府秘书处打来电话，有人举报军统保定站若干人员，不顾法纪，一味“破坏”接收工作，要求马凯旋站长整肃站内纪律，不可放纵属下。

恶人先告状？黄山明呀，你真是给脸不要脸呀。马凯旋当即命令保定站行动队，马上对黄山明一干人，监视居所，暗中控制，调查期间，黄山明及其属下一概不得擅自离开保定。

季钧心里有些发毛了：“站长，咱们还干吗？上边可发怒了呀！”

马凯旋不在意地笑了笑：“上边？你是说戴局长？国防二厅？你别忘了，咱们的最顶头的上司，是委员长。是党国！”

马凯旋已从北平站转发重庆的电文中，看出了端倪。戴局长浮皮潦草等因奉此的指示，意味深长，直可让马凯旋浮想联翩。官样文章的佯装口气，分明是放纵保定站，任其惩治黄山明。

民国三十五年（1946）三月十九日清晨，马凯旋匆匆走进办公室，想问一下有关齐东河、韩伟的最新索贿证据。他还没拿起电话，电话丁零丁零地响了，马凯旋忙接了电话，是吴数打来的。马凯旋只听了几句，眼前便登时一黑——吴数向他报告了一个消息，一个让他瞬间感觉天塌地陷的消息。

戴笠死了。①

马凯旋两眼渐渐迷蒙发直，颓丧地坐在了椅子上。他眼前空空如无一物，心中则一片茫茫然不知所措。

黄山明或许会想，戴笠死了，马凯旋没了靠山，必定知难而退，不再纠缠。唉！黄山明却不明白，但凡被马凯旋盯上，你就甭想再安生。无论马凯旋的能力或能耐如何，马凯旋超乎常人的品质可这样表达：舍生忘死，追求一种特立独行的做事风格。具体落地到黄山明的事情，马凯旋必定是一击不中再击之，再击不中又击之，直到将其击倒在地——这给黄专员带来了要命的麻烦。

《保定传说》记载：民国三十五年（1946）三月底，马凯旋从南京为戴笠治丧回到保定，来不及歇脚，即命令行动队对黄山明及其手下提高调查级别：采取非常措施，日夜跟踪监视，一旦有异常立即逮捕。马凯旋忧心忡忡地告诉季钧、梅立春、萧家广，如再不能解决黄山明及其手下，怕是没机会了。马凯旋参加葬礼期间，得知了一个重要信息，黄山明与郑介民交情不浅，郑介民若出头为之讲情，黄山明必能安然躲开保定站调查。而且黄山明已放出风声，他不日将奉调南京。

季钧听罢皱眉："站长呀，有句话不知当讲不当讲。"

"说吧。"

"咱们……就放过黄山明吧。黄山明真是寡妇生孩子——上边有人呀！何止一个郑长官呢？因了何学义，至少何部长也是他黄山明的靠山呀！说白了，黄山明就是一些权贵的姨太太呀！咱们动不了啊。"

---

① 戴笠乘坐的飞机于民国三十五年（1946）三月十七日在南京西郊戴山失事，机毁人亡。两日后，保定站方得到消息。

马凯旋苦笑："你说的是，无怪坊间传有政府官员臣妾论。黄山明这类人物，就是姨太太作风，对主人揣摩奉迎，谄媚希宠；对同侪排挤倾轧，争风吃醋；对属下则作威作福。"

季钧叹道："似黄山明这种姨太太，从来不绝呢。"

梅立春恨恨地说："属下不同意季副站长刚才所说，黄山明及其手下若不整治，老百姓怎么能服气？他们贪污受贿这么多，马蜂窝越捅越大，连警察的薪水都敢挪用呀！"（梅立春所说属实，《保定志》记载：黄山明曾挪用保定警察局财政拨款十三万元，致使保定警察局拖欠半年薪水，保定警察局干员两次罢警。）

萧家广皱眉说："站长离开的这几天，十几个被黄山明敲诈过的证人，都先后失踪了。最后取证已变得非常困难。"

马凯旋冷笑："或许黄山明认为，灭口了这些证人，我马某人便成了缘木求鱼、暴虎冯河？最多就给是他找找麻烦，最终却是奈何不了他的。他做梦呢？他的麻烦大了！"

（杀人灭口，销毁证据，人莫予毒的黄山明看上去无懈可击，但他没有想到，崩溃将在他自认为最得意的那一刻到来。黄山明生命的暗处，保定站那一双双如炬的眼睛不舍昼夜地紧紧盯着他，等待他出现最后的错误，再找他最后的麻烦。这最后上场的麻烦，将要威胁到黄专员的生命。由此，黄山明的动人故事，即以喜剧开头，以悲剧结束。）

马凯旋回来第二天，便以军统保定站站长的身份，请黄山明专员"喝咖啡"。黄山明却坚决不来。黄山明又惶惶地给乔运典打了求助电话。乔运典即打电话给马凯旋，邀马凯旋吃饭。

乔运典也没想带谁去，他在电话里特别强调，这次吃饭，只是他与马凯旋。也就是说，乔长官"单独"请马站长吃饭。

两人单独吃饭，那总得说点儿什么呀！不能两个人见面寒暄没几句，即埋头苦"吃"，之后抹抹嘴儿说"拜拜"。唉！乔长官肯定有话说，肯定要说话，肯定要说黄山明的"话"。

马凯旋，准备接招儿吧！

乔运典将吃饭地点定在了刚刚试营业的保定酒店（位于保定北大街七十八号，今保定市莲池南大街北市区医院北侧）。这家酒店由莫得民先生于抗战胜利后，自行投资并设计建造。所谓酒店，即吃住一体的服务性场所。保定酒店为四层，一楼为餐厅，二楼、三楼为住宿区，四楼为办公区，确为当年保定城标志性建筑。那年间餐饮服务业还没有星级评选条例出台，仅就服务质量及硬件设施来说，保定酒店出类拔萃，确为保定周遭第一流的酒店。

马凯旋如约而至。果然只有乔运典独自到场，并无他人陪同。

出乎马凯旋意料，这顿饭竟然吃成了“马拉松”，将近五个小时。更出乎马凯旋意料的是，乔运典在饭桌上有的没的说了个一溜八开，却又似乎什么也没说。有关黄山明的事，更是只字未提。席间，乔运典滔滔不绝，但也只是拉家常叙友情，忆往昔峥嵘岁月，感将来远大前程，人生苦短，白驹过隙，各自珍重，身体第一……

乔长官话语密集，自顾引经据典，洋洋洒洒，上下五千年，环球八万里，天上一脚，地下一腿，东说葫芦西说瓢，马凯旋几乎插不上嘴，只有干听的分儿。只听得马凯旋莫名感慨，更喝得晕晕乎乎、一塌糊涂，酒散时已是半夜。马凯旋腿软得迈不动步子，便陪乔运典在酒店歇了。

歇了就是睡觉。当然是每人一间房，二人都不是民工身份，绝对不会挤在一个房间里睡通铺“抵足而眠”。马凯旋晃晃悠悠地进了给他预定的房间。他脱了外衣，刚要去盥洗间方便，忽听到一声细细的呻吟，他登时醒了三分酒意，回头张眼去看，但见一个美貌动人的年轻女子，像一条剥干净的嫩葱，赤条条摆在了宽大的双人床上。女子的目光如蛇似藤，扑将上来，紧紧缠在了马凯旋身上。马凯旋一时恍惚，怀疑自己遇到了七仙女。他感觉很像做梦，即使劲摇了摇头，又咬咬嘴唇，疼！很现实。

马凯旋再看一眼床上的裸体美女，登时感觉酒往上涌，喉咙干燥，呼吸急促，心跳加快……果然……酒是色媒人呀。马凯旋瞬间明白了，乔运典请他喝酒的奥妙，就要出现预期效果了。

马凯旋费力地咽了口唾沫，目光移向窗外。窗外黑暗，似一个深不见底的大口袋。马凯旋感觉自己，已经被人装进了这只黑暗的口袋里。他朝着黑暗，强颜欢笑：“你……怎么来了？”

细弱如天鹅绒般的声音甜甜地笑了：“马站长认识我？”

“咱们见过面吗？你叫……”

“嘘……我现在的名字叫余晚秋。”

“哦，余晚秋？很好听。晚秋小姐认识乔长官？”

“自然，乔长官让我今夜侍奉马站长。”

“为什么？”

“因了小女子爱慕马站长已久。”

“爱慕已久？小姐这话牵强了吧？”马凯旋讥笑道。

“良辰美景，马站长就不要佯装正人君子了……”

马凯旋听到了余晚秋下床的声音，随后，两只嫩藕般的手臂，又从背后款款抱住了马凯旋，那张勾魂摄魄的香脸儿，软软搭在了马凯旋肩上。

“良辰美景？”马凯旋闻到了那销魂夺魄的脂粉气息，他的身子电击般颤动了一下，感觉嗓子里顿时火辣辣的。

他使劲咽了口唾沫，轻轻挣脱了余晚秋，摇头笑道：“小姐说的么，还不完整，良辰美景奈何天，赏心乐事谁家院。对吗？”

“站长说的是了，谢子曰：天下良辰、美景、赏心、乐事，四者难并。”

马凯旋惊讶了一下，看着窗外笑了：“小姐是个读书人？”

“读书人不敢当，书么，小女子潦潦草草读过几本。君子色而不淫，马站长为何不敢转过身来？连看我一眼的勇气也没有吗？”

“非礼勿视而已。小姐请自重。”

“非礼勿视？晚秋亦晚，阅历浅薄，却也少见正人君子呢。”余晚秋松开马凯旋走回床前，倚着床头，端起桌上的红酒，抿了一口，眼睛继续盯着马凯旋，她微微探出舌头，将沾在唇上的酒舔到嘴里。

马凯旋终于回过头，看了一眼这个风情万种的女子，但见她纤细的腰肢，丰满的臀部，那一对似斟满酒的杯子，美妙颤动的乳房。

马凯旋收回目光，微微哂笑道：“余晚秋？我姑且就叫你这个名字吧，的确是个好听的名字。晚秋小姐，有道是，人非草木，孰能无情？饮食男女，马某当然正常。我不是麻木之人，我不隐瞒，此时欲望之火，正烧得我周身躁动难挨。眼见晚秋小姐玉体横陈，如空谷幽兰，既清且艳，我一介凡夫俗子，怎能不心头撞鹿，跃跃欲试？仅从内心讲，以我对你的仰慕之情，只想将小姐顷刻拥在怀中，如胶似漆化为一处，百分之百愿意与小姐成就那番好事。晚秋小姐，你如何看不明白呢？小姐理应知道，若论男女之事，我的体会么，男人本就是个性欲动物，而女人则是个情感动物。再说一遍，此时我心头焦渴当如干柴烈火，虽有心仪已久的女子，却也很难顾及了。”

佘晚秋微微笑了：“马站长果然性情中人呀。”

马凯旋摇头：“此乃人性而已，无可厚非。若把我比作一个雪人，此刻便是被小姐放在火炉上烤呢。我怎敢再多看小姐一眼？或在那一瞬之间，我一旦把持不住失了分寸，日后回想起来，必定要懊悔交集呀！晚秋小姐，我说明白了吗？你穿上衣服吧，别着凉。”

余晚秋听得一时怔住，旋即苦笑道：“今日见识了，马站长果然是个柳下惠呀。”

马凯旋摇摇头：“我不是柳下惠。再说一遍，论及饮食男女，我很健全。晚秋小姐，我若再坚持下去，确是件很困难的事儿了。希望你我下次见面，不再像今夜这样尴尬。我很敬重你。你我都把今晚的事情忘了吧。再见！”说罢，马凯旋匆匆穿上外衣，开门走了出去，随手轻轻关上了房门。

余晚秋呆呆地看着马凯旋走出去，不禁长叹一声，泪落了下来。

墙上的一个暗门被缓缓推开了。

乔瑞霖款款走出来，兀自摇了摇头，苦涩地笑道：“若非我置身现场，断是不敢相信，此生能见到这样的男人，也真算是奇遇了。”说罢，她看看身体赤裸的余晚秋，轻轻摆手：“你也穿上衣服走吧。”

余晚秋当即变得恭顺，欠身应道：“是。”

马凯旋走出保定酒店，四下环顾，已是夜深人静，清风但悠远，街中且无人。他仰天长长吁出一口气，顿然感觉清醒如初，浑身的酒意已无影无踪。马凯旋兀自摇摇头，淡然笑了笑，即扬长而去。

（唉，写到此处，谈歌感慨。

马凯旋是个读书人，却更是一个书生性格。读书人自古只有两种，一种称作书生，一种叫作文人。书生者，意气也，就是只认死理儿，恪守道德，空谷幽兰，讲究慎独，从不逾矩，快意恩仇，视死如归；文人者，无行也，多是指浪漫主义，拈花惹草。即使那些文不加点、才思敏捷的角色，也多有惹是生非却又胆小怕事之辈，平日里争抢风头花样翻新，动荡岁月无耻之徒则层出不穷。一般说来，文人常见的吟风弄月、怜花惜草等种种诗情画意的习性，与马凯旋这般书生性格概不搭界。即使刚才余晚秋如何千娇百媚予以勾引，也不大容易让马凯旋这样一个具有伦理底线的书生，出现激情越轨的情况。在那一刻，马凯旋的文化背景将会具体地走到前台，断不会做出一般轻浮文人的选择与行动。很难吗？对马凯旋而言，却也很容易！）

第二天一早，乔瑞霖将马凯旋的昨夜表现报告了乔运典。乔运典听得惊讶，嘴巴都张大了：投怀送抱的漂亮女人……他都不要？他马凯旋是什么神仙变的呀？

乔运典把这事打电话告诉了黄山明，乔运典告诫黄山明，眼下之计，还是躲避一下为好。黄山明听得喏喏，放下电话，即考虑如何尽快离开保定。他知道，“浑不吝”的马凯旋已在保定为他张开了大网。黄山明若想光天化日之下，哼着小曲儿离开此地，已近乎不可能。想到此，黄山明当下惶恐，也顾不得脸面不脸面了，即刻给委员长侍从室的哥们儿再次打电话，紧急请求侍从室派员接他离开保定。理由么，侍从室派员莅临保定，即对黄山明在保定的接收工作，给予正面评价。说起来，黄山明此举纯属无理要求不着调。哪儿有最高领导的办公室，不远千里，专程给区区一个保定接收专员做评价的呀？全国有多少接收大员呀，侍从室诸位即使长出十条腿，都跑断了也评价不过来，而且侍从室也管不着这壶醋钱呀！可自古熟人好办事，黄山明跟侍从室的人早就吃喝玩乐混成了铁哥们儿，就这么点儿小事儿，又没出大格。侍从室当下答应了。只是说这几天委员长派活儿太多了，哥儿几个一天到晚忙得四脚朝天不拾闲儿。黄兄再稍等几日，他们一旦忙完了，便“第一时间”去保定，高接黄兄回重庆。如何？哈哈！

黄山明这下心里总算踏实些了，他即吩咐手下整理所有斩获，该装箱的装箱，该打捆的打捆，重庆派员一到，他即刻离开保定。

马凯旋后来回忆说，假如当时黄山明仅带着几个狗屁下属，轻装简从，拍拍屁股立马滚蛋，马凯旋也不好阻拦。黄山明毕竟根子太深，且后台多多，挨个儿摸摸脑袋，哪个都不是善茬儿。马凯旋也投鼠忌器，不好过多得罪，也只能咬牙切齿放黄山明走。但是黄山明太贪了，他想把贪污索贿敲诈的东西一起打包带走，据说仅古玩字画就装了五卡车。

搬家公司呀?!

这就触了马凯旋心中那条坚硬且不可逾越的底线。

不行！

马凯旋肯定不能放任黄山明“跑路”。

马凯旋与黄山明明争暗斗之时，中共保定特委正在保定西部山区的解放区召开紧急会议。会议分析了当前的形势并调整了对国民党的斗争策略，蒋介石时下已亮出刀枪，在多个解放区寻衅滋事破坏和平局面，已为国人耳闻目睹。会上，保定特委检讨了前段时间对杨昆平的错误批评，并自我批评了之前对国民党抱有幻想的右倾主义思想。

梅天凤在会议讨论时做了发言，她对目前的和平景象实在不敢相信，她表示不能继续对国民党的和平承诺寄予厚望，提醒同志们要汲取民国十六年（1927）的惨痛教训。之后，她建议与会同志尽快发展地下武装，以适应瞬息万变的时局。大多数与会者赞同梅天凤未雨绸缪的建议。

《保定志》记载：此次会议为期两天。会议接近尾声，杨昆平参加了会议，他私下听取了梅天凤关于将杂戏社建成武装组织的汇报，当即反对。杨昆平的反对意见主要有两点：

一、杂戏社成员成分复杂，多数人未经考察，不好放手使用。且大多艺人具有双重性，有社会经验，文化素质较高，但斗争性远不及工人农民坚决。时下形势与抗战时期不可同日而语，有些艺人对国民党的反动性认识不足，因正统思想作怪，个别艺人对国民党仍抱有好感。由此考虑，梅天凤组织杂戏社建立地下武装，条件尚未成熟。

二、梅天凤能够潜伏至今，效果来之不易，仍要继续潜伏，以备将来不时之需，如无意外，不能提前暴露。

梅天凤后来回忆说，她当时没想到，杨昆平会反对她在保定市建立武装组织的建议。她更没想到，她参加会议的短短几天时间，“梅氏杂戏魔术社”竟发生了变故，从而证明了杨昆平的反对意见具有“前瞻性”。

会议结束，梅天凤急匆匆赶回杂戏社。社里的情况让她目瞪口呆，杂戏社竟然“分裂”了。

最近入社的十七名艺人负气退社走了，并推举南雨鸾为班主，另起炉灶，成立了“南派杂戏社”。昨天已在西大街租房子挂牌开张了。

为何闹成了这样？

说来荒唐，此次反目，竟然缘于一只烧鸡。

梅天凤去开会的当夜，“梅氏杂戏魔术社”夜场演出结束后，大家照例一同吃夜宵，吃过夜宵就该歇了。合该出事儿。魔术艺人刘二能①，吃到最后，竟当众拿出一只烧鸡啃了起来。新入社的艺人边

---

① 河北景县人，艺名小摸天儿。

小春[1]看得眼馋，问刘二能从哪儿弄来的烧鸡。刘二能随口说了一句：“厨子给的。”其实，烧鸡是刘二能自家掏钱从街中买来的。本是句玩笑话，边小春却当真了，当即找厨子张大林要烧鸡。张大林是个倔驴脾气，本就看着油嘴滑舌的边小春不顺眼，认为边小春纯属没事找事儿。张大林也不解释，只说了两个字：“没了。”边小春认定张大林偏心眼儿，当下就跟张大林争吵起来。吵得激烈，唾沫已解决不了问题，两个人就动手了。边小春打了张大林一拳。张大林挥起炒勺，将边小春的脑袋砸破了。之后就演变成混战，杂戏社老艺人与新入社的艺人势不两立地加入了打斗。惊动了左邻右舍赶来劝架，东边拉了西边扯，总算劝住了。边小春则嚷着退社，新入社的艺人立时响应，南雨鸾夹在当中正为难，却又被退社艺人推举为“班主”。

南雨鸾只好站在了新入社艺人一边。

换言之，南雨鸾被“绑架”了。

南雨鸾得知梅天凤回来的消息，当夜便来找梅天凤。她直言不讳地说了自己的“难处”。她对“梅氏杂戏魔术社”一向心存感激，此次“违心”顺从那十几个艺人另起炉灶，只是唯恐伤害了与他们的义气，希望梅天凤多多体谅。

梅天凤点头叹道：“人在江湖，义气当先。雨鸾做得对呢！”

“只是……对不住梅师傅了，更对不住社里了呀！”

“话也不能这样说，你的心思我知道，人生在世，多是身不由己。我知道你是个老实人，你也委屈呀。”

南雨鸾欠身一揖：“多谢了！梅师傅宽宏大度，雨鸾今生难以望其项背了。有什么嘱咐我的吗？”

“若说嘱咐，只一句，咱们是朋友。雨鸾日后若有什么难处，只管回来找我，梅天凤自当全力以赴！”

南雨鸾登时热泪盈眶，再起身一揖：“多谢梅师傅了！”

---

① 天津人。

梅天凤忙搀住南雨莺，粲然笑道："雨莺妹子，客气了呀！"

梅天凤送南雨莺出了街门，但看南雨莺渐渐消失在夜色里。

梅天凤心中倏忽一叹，论及聚拢艺人们的心气，自己确不及娘的心胸与谋略呀！

（唉！世间再无梅三娘……）

黄山明最后

黄山明躲了。他竟然从萧家广的眼皮底下"失踪"了。

萧家广懊丧地向马凯旋报告。

马凯旋讥讽地笑道："黄专员毕竟在军统干过，咱们盯人的办法套路，他如数家珍呢。萧大姐，阎王跑了咱们抓小鬼儿呀！"

萧家广当即带人四下寻找黄山明的四个副官。不料想，这四个小鬼却更为狡猾，一时全都没有了踪影。萧家广梳理线索，随即想起了齐东河的姘头李淑琴，李淑琴必定与齐东河在一起，这女人喜欢打扮，必定不甘寂寞，总要出来或买衣服，或整理头发。若抓住李淑琴，必定能找到齐东河。

萧家广当即重新布置，在各大理发店设了埋伏，果然不出所料，没出两天，萧家广便在"丽人理发馆"抓住了正在烫发的李淑琴。匆匆带到站里，还没吓唬几句呢，李淑琴就尿了裤子，乖乖带着萧家广去抓了齐东河。

马凯旋亲自审讯齐东河，却没有过分为难。他只告诉齐东河，黄山明罪行累累，齐东河只是胁从，只要抓住黄山明，胁从者一概不问。

齐东河半信半疑地问："马站长说话算数？"

马凯旋笑道："齐副官，马某现在代表军统与你谈话。军统说话能不算数吗？你若供出黄山明，我保证你立功受奖。"

齐东河说道："马站长快人快语，齐某就全说了吧。黄专员化名住进了保定酒店。他叮嘱我们，只待重庆来人，我们便可抛头露面了。"

“他还说了什么？”

“他催促我，找原伪市府参议员肖凤德，索要一只元代青花瓷瓶。再找原伪水利厅厅长狄玉明，索要一张明代祝枝山的花鸟扇面。”

马凯旋苦笑摇头：“黄专员果真喜欢古玩呢？”

齐东河撇嘴：“值钱的东西他都喜欢。”

马凯旋皱眉：“你去找过吗？”

“找过两次了，肖凤德躲了，不肯露面。狄玉明则赌咒发誓，死说活说就没这张画。”

“若真没有怎么办呢？”马凯旋好奇地问一句。

“能怎么办？黄山明饶不了我呀！”齐东河双手一摊。

“你带我们去找黄山明吧。”

“行！”

马凯旋看看萧家广与梅可心，笑道：“你们二位跟齐副官去一趟吧，请黄专员过来‘喝茶’。”

黄山明已经化了装，身穿斜纹绸长衫，嘴唇上贴着一抹假胡须，戴一副高级水晶眼镜，以北平富商的身份住进保定酒店。他一日三餐皆在此，足不出户不露面。黄山明只待几天后重庆派员过来，他就欣然迎接了。马凯旋纵有天大的胆子，敢直接从重庆派员身边，将他黄山明抓走吗？黄山明届时便能大摇大摆地回重庆述职了。

齐东河带着萧家广、梅可心进门时，黄山明正在照着镜子，精心梳理着油光水亮的头发，仔细端详着看，他头也不回地问道：“齐副官，那张画儿拿到手了？我早说过么，就狄玉明那孙子，你要不给他点儿颜色，他就……”

黄山明突然哑了，他从镜子里看到，萧家广与梅可心前后脚进来了。

萧家广讥讽地笑道：“黄专员，你可离开我们的视线好几天了，随心所欲玩够了吗？”

黄山明木呆呆地看着萧家广与梅可心：“你们……”

梅可心上前扯下黄山明嘴唇上的胡子，歪着头打量黄山明，哂笑道：“黄专员呀，你这是准备拍电影呀还是演话剧呢？可你硬要打扮成这把年纪，角色么，也不大像呀。”

萧家广变了脸色：“带走吧！”

黄山明被秘密押到了保定站，暂且关在禁闭室。

马凯旋想了想，决定还是再与黄山明敞开思想，谈一次。

马凯旋与黄山明对面坐了，他开门见山：“黄专员，把你请到这儿来，原因不言自明。我实话实说，保定站仍在整理有关你和你手下的材料，逐一落实证据。但你还有最后一次机会，你们退回全部非法所得。保定站即刻放你走，至于其他小小不言的事儿，实话实说，马某不再追究。”

黄山明不耐烦地说：“马凯旋呀，我也实话实说了吧，我没动国家一分钱，就算我跟汉奸们要过几个小钱儿，几张破烂字画，又怎么了？又能怎么了？就算你马站长吃饱了撑得非要较劲，非要认真计较个‘真章儿’，也不过区区几件小事儿么。黄某自会向上峰检讨，也犯不着你小小的保定站过问黄某！”

马凯旋讥笑道：“你真就这么认为吗？你认为你所有的敲诈勒索，都是区区小事吗？”

黄山明兀自挺直身体，让自己的视线与马凯旋“平齐”了，他冷笑一声：“你别跟我用公事公办的口气，冠冕堂皇的话我也会讲，我说得比你还好听。你马凯旋放眼全国去看，嘁！哪个接收大员不是这么搞钱呀？”

“黄专员，别的地方马某管不着，只管保定。直白说吧，你犯到我手上，只能自认倒霉了。一句话，你退赃不退赃？”

“没的赃，也没的退！”

“你不认罪？”

“哼！我何罪之有？”

马凯旋看着黄山明，心中兀自动了恻隐之情，这个人当年鞍前马后跟过他，还算聪明能干，抗战期间也算勇敢，为何变得这样不可理喻了呢？他暗自叹了口气，缓缓站起身，语调怜惜而凄凉地说道：“黄山明呀，不知死而贪，是为无知。知死而贪，是为无畏。看样子，你真是要无所畏惧地贪污到底了？我实在想不出，你竟能于东躲西藏之时，依旧贪婪无度地四处勒索敲诈。马某本想你退回赃款赃物，保定站再将你的罪恶具结重庆，随你上峰处置。现在看来，你这人神通广大。保定站即使将状子具结重庆，也必定有人保你过关，到时候你定安然无事。说来道去，如你这般祸国殃民的败类，若不杀了，如何向保定民众交代？如何向党国交代？如何向委员长交代？”说罢，马凯旋摔门而去。

但听到黄山明在他身后怒吼：“杀我？想杀我？马凯旋呀，你乌纱帽小了点儿吧？你以为我黄山明是吃素的？你知道我身后的人是谁吗？等我把剑亮出来吓死你！”

马凯旋百般滋味地回到办公室，季钧尾随进来。

季钧皱眉道：“站长……”

“有事？”

“站长，我之前对你说过，黄山明的事，不妨到此为止吧，我们睁一只眼闭一只眼，两下里就算相安无事了。”

马凯旋沉吟片刻，摇头叹道：“季钧呀，不行呢！任何一个国家，如果都讲睁一只眼闭一只眼，都讲人情世故，都讲官官相护，都讲得饶人处且饶人，必然坏人道长，好人道消。我问你一句，这个国家是不是就要完蛋了？”

“站长……”

“季钧，你不要再劝了，我知道你的心思，多是为我着想。此事不再议，你继续负责落实黄山明等人贪赃枉法的证据，但凡证据确凿，我会亲自处置黄山明。事后上峰若追责下来，我一个人承担，与保定站但无干系！”

（谈歌插话：马凯旋并非蛮干，他心里还有一张底牌，这张牌虽然不是戴笠那样的王牌，却也是一张大牌。唉，到底是不是大牌，很快便会见分晓。）

仍在马凯旋预料之中，乔运典再次出面干涉了。只是这一次亮相，不同以往，乔运典没有了心平气和的态度，他以督察平、津、保三地军政事务专员的身份，威严“莅临”军统保定站，更以公事公办的口气，当面训示了马凯旋及保定站全体干员。

乔运典戎装崭新，他端坐在军统保定站的会议室里，佩戴的中将军衔十分亮丽，晃得众人眼晕。他冷眼看着站在面前的马凯旋和季钧，咳嗽了一声，颔首说道：“马站长、季副站长，以黄山明的官阶及特殊身份，军统保定站无权关押。以保定站目前所提供的证据，更要逐一落实，确凿之后，方可具结重庆，经国民政府审核后，才可度量是否定罪。总之，黄山明眼下虽有嫌疑，也应由我这个督察专员收审。明白吗？”

马凯旋与季钧当即立正敬礼，异口同声答道：“是！”

“我要带走黄山明。黄山明仍秘密关押在保定站吗？”

马凯旋疑惑道：“长官如何知道？”

乔运典冷声问：“马站长敢说保定站都唯你马首是瞻吗？”

“不敢，保定站当然要唯乔长官马首是瞻。”

“你知道就好。”

“属下尚有疑虑。”

“讲！”

“嫌疑人黄山明由长官提走，看押期间，若……”

乔运典咳嗽了一声，摆手打断马凯旋的话，冷冷笑道：“马站长，你是担心黄山明跑了吗？多虑了！黄山明若在审查期间跑了，乔某顶罪便是。”

“属下不敢。”

“哼，量你也不敢！”

“乔长官何时提走嫌疑人黄山明？”

“现在。”

“不知乔长官将嫌疑人关押至何处？”

“保定警备司令部。马站长总该放心了吧？”

“属下当然放心。只是，我们若提审嫌疑人，核实……”

“你们可以随时提审。不过，提审过后，不可在保定站滞留，要立即送回警备司令部。”

“明白了。”

“还有什么？”

“没有了。”

“办理移交手续吧。”

马凯旋办理了移交手续，黄山明转交保定警备司令部看押。

乔运典起身走了。

马凯旋与季钧惶惶然送到门外。

二人土灰着一张脸，但看乔运典的车子一路远去了。

马凯旋看看身旁的季钧，讥讽地笑问：“季副站长，是你向乔长官通风报信的吧？”

季钧登时急了：“站长，此话从何说起？”

“不是你吗？”

“天打五雷轰呀……”

马凯旋苦笑道：“对不起，我错怪了，上一次也是有人给乔长官通风报信。看来，黄山明之事，保定站反应不一呀！”

季钧怒道：“站长，我一定查出这个吃里扒外的东西……”

马凯旋摇头：“算了吧，人各有志。身在曹营心在汉，自古不乏其人，得允许啊！”

季钧心有不甘地说道：“不管谁告密，也很容易弄个水落石出，既然到了这个上不来下不去的地步，咱们还是查查吧！”

马凯旋摆手，灰然笑道：“查什么？攀龙附凤，人之常情。”

季钧皱眉：“乔长官会怎样？就这么带走了，黑白不提了？”

马凯旋抬头望天：“他还能怎样？执白守黑？执黑守白？或是执黑守黑了。”

季钧苦笑：“乔长官终于把这块宝贝带走了。”

马凯旋也笑了：“宝贝？到乔长官手里，这块宝贝很快就变成刺猬了。咱们等着看吧。”说罢，转身走了。

马凯旋又想错了，黄山明不会变成刺猬，乔运典更不会感到扎手，乔长官自有办法。

黄山明被抓的消息传开，当然大快人心。但没容市井坊间笑出声来呢，让人意想不到的事发生了。黄山明在警备司令部只待了一天？或许半天儿？或许根本就没去，就直接住进了曹氏公馆，并且一连数天，不断有人宴请。

乔运典因公务繁忙，仅陪了黄山明两天，就回北平了。为黄山明安全考虑，乔运典临行前，从警备司令部调来十几个宪兵，在曹氏公馆门前站岗值勤。

总而言之，被平津保督察专员接手关押的黄山明，一点也不像关押了，更像是领导外出视察呢。这位仁兄也太拿村长不当干部了，他四处放言，马凯旋区区一个上校站长，根本就处理不了他黄山明。有一回接受宴请后返回途中，黄仁兄或许喝多了，竟然夸下海口：“杀我？要蒋委员长亲自下令才行。他马凯旋算什么！等着我杀他吧！”

耳闻目睹这般奇观，人们纷纷向马凯旋质询，黄山明到底有没有罪恶？马凯旋惊呆了。这个贪赃枉法的黄山明，关押期间还敢如此嚣张，人莫予毒？你黄山明也太自信过头了吧？

骂归骂，马凯旋内心很惶惑，难道这是自己与黄山明及黄山明身后一群人斗法吗？马凯旋很“绝望”地发现，黄山明背后力量之强大，已超出他的想象，抑或铜墙铁壁也不过。但马凯旋不想放弃，既然举报没用，证据没用，逮捕没用，被乔长官带走“关押”也没用，马凯旋只剩下一个“有用”的选择：杀！

马凯旋不再犹豫，决定杀掉黄山明，必须让所有贪赃枉法者明白：贪污受贿，敲诈勒索，就是找死！

季钧很为马凯旋担心。季钧看在眼里，近一年来，马凯旋的性格变了，变得危险、偏执、激烈、孟浪、莽撞、顽固不化、刚愎自用。

马凯旋心中的世界，似乎是一个对立的世界，不是对，即是错；不是黑，即是白。

唉，人至察则无徒。站长，今后谁还敢跟你玩儿呀？

怀着不能袖手旁观领导落水的情感，季钧继续诚恳地劝说：“站长，当下的情势不是过去了。戴先生归西了，没人给咱们撑腰了，保定站的风水不在了，以往强悍的控制力不复存在了。一旦出了事儿，上边也没人替咱们出头说话了呀！”

马凯旋冷笑：“季钧呀，难道我们只能听之任之？”

季钧忧心忡忡：“我是劝你再谨慎些。我听说重庆近日有了议论，郑介民可能要当局长，站长也知道，郑介民与黄山明交情不浅，站长能有什么好果子吃呢？”

（《保定传说》记载：马凯旋与郑介民并不陌生，二人有过两面之缘。第一次见面，抗战期间，马凯旋到重庆开会，马凯旋会上的发言，引起郑介民的关注，会下，郑介民与马凯旋交谈，很赏识这个年轻人的才学。按说，有了这样一个良好开端，马凯旋应该乘势而上，与郑介民的交往必定能够深入。可马凯旋没有继续走动。抗战胜利后，郑介民到北平参加国共调停，途经保定，到保定站视察，与马凯旋再次见面。郑介民参观了保定站收缴的逆产展览，看上了其中两张古画。郑介民当下没说什么，当晚住在保定，让秘书找马凯旋索要那两张画。马凯旋却拒绝了，“若登记入册前，郑长官需要，但可拿走。可现已入册，马某不敢私取”。秘书怏怏回复了，郑介民由此对马凯旋心存芥蒂。）

马凯旋点头：“这消息我已经听说了。但我总不能为了个什么郑长官，就未雨绸缪而一改初衷吧？事到如今，只能怨黄山明的命苦了，谁让他撞到我枪口上了。黄山明不是说过么，杀他，得委员长亲自下令。马某人算什么，他还想杀我马凯旋呢！”

马凯旋当即着令萧家广、曹正汉，以提审查证的名义，将黄山明从曹氏公馆提出，押到保定站。再着令保定站全体干员，进入一级戒备状态。发布命令后，马凯旋安然坐下，对季钧笑道：“季钧，我与你打赌，最多十分钟，乔长官必有电话过来。”

季钧摆手苦笑：“我不打这赌，站长是乔长官肚里的蛔虫。”

不出马凯旋所料，不到十分钟，乔运典便打来了电话：“放歌呀，我听说你动了杀心？哎呀，你太孟浪了！收手吧！我之所以强行把他从保定站带走，为什么呀？就是怕你脑袋一热来这么一手呀！黄山明背后权贵很多，你惹不起呢。现在形势就是这样不堪，多是以火救火、以水救水。我给你打这个电话，并非以督察专员的身份训示你，而是以你老师的身份开导你呀！”

马凯旋笑道：“乔长官如此说了，属下就敬以老师称呼了。学生愚笨，能做到矜而不争群而不党。学生与黄山明从无工作嫌隙，也无个人恩怨，只是他破坏党国事业且不知悔改，学生只得以国法制裁了。冒昧问老师，那些出头为黄山明讲情的，收了多少钱？”

“现实从不按照个人的理想进行呀！”乔运典不接这个话头儿，自顾说自己的。

“学生斗胆猜想，老师收的或是金条？”

“放歌呀，你区区一个军统保定站站长，官阶不过上校，你还真是牛呀！”乔运典讥讽地笑道，仍不接马凯旋的话头儿。

“老师呀，山不在高，有仙则名，水不在深，有龙则灵。官不在大，牛气就行！学生说的对吗？”马凯旋自嘲地笑了。

“……说的也对呢。”乔运典无奈地说。

马凯旋叹了口气：“老师呀，谁人不爱子孙贤？谁人不爱千钟粟？奈何五行，没有这般题目……老师，还有别的事吗？”

“你真的不回头了？”

“请老师理解学生，允许学生套用老师当年的一句话，能使之谓之师，听信之谓之长。恕学生不能让老师满意了。”

“你到底想怎样处理？”

“老师请看明天《保定时报》的头版消息。”

“哼！你了解黄山明背后的势力吗？”

“学生略知一二。”

“他们会对你下手的呀！”

“学生知道。”

“你……切要小心些呀！”乔运典的声音突然软了。

“谢谢老师！”马凯旋心头倏忽一热，眼睛便湿了。他终于听到了——乔运典最后这一句关心之语，确是发自内心深处。乔运典、乔长官、乔老师，对他马凯旋确是有感情的啊。

电话那边沉默了，马凯旋握着话筒耐心等候。似过了几十年那么漫长。

乔运典终于干涩地说了一句：“再见吧。”即挂了电话。

马凯旋缓缓放下了电话，如释重负。

萧家广、曹正汉进来报告，黄山明已经带到。

马凯旋点头：“押进来吧。”

黄山明戴着手铐，一脸不屑地走进来。

马凯旋淡然点头：“坐吧。”

黄山明哼了一声，在马凯旋对面坐下，岸然看着马凯旋。

马凯旋打量了一番黄山明，点了点头，用平淡的声音说道：“黄山明，我今天要枪毙你。”

黄山明看着马凯旋的目光，惊讶了一下，凭他对马凯旋的了解，马凯旋说的是真话。

黄山明脸上的傲慢表情顿时一扫而光，当即声泪俱下，扑通朝马凯旋跪下了：“马站长，你就饶了我吧！”

黄山明彻底害怕了。唉！晚了点儿呀！你作恶多端，足够马凯旋枪毙八个来回了。唉！黄山明枉与马凯旋相处了多年，他只知马凯旋是个爱较真儿的书生性格，却不知马凯旋绝非咬文嚼字的书生那般迂腐，这是个浑不吝的倔强书生，是个放下笔就敢拿刀砍人的书生，对待奸恶之人，此书生绝不会像谦谦君子般行事。

黄山明的目光软弱、无助、悲哀、可怜……

马凯旋冷眼看着黄山明，摇头叹道：“黄山明呀，你应该知道，我与你从无私怨，只是国法如天呀！”说罢，他淡淡地喊了一声：“来人！”

已在门外等候的曹正汉，应声推门走进来。

马凯旋淡定如常："带出去，执行吧。"

曹正汉上前将哀号着的黄山明拖出去了——黄山明已经瘫软如泥了。

（人若到了这般田地，得鹿失鹿都是梦啊。说直白些，其实也没什么过不去的，只是你再也回不去了。）

马凯旋拉开抽屉，取出手枪，吹了吹枪口，起身跟了出去。

鉴于黄山明身份特殊，他是被秘密枪决的，军统保定站只将消息以简报的方式送给了《保定时报》。《保定时报》当天即在报眼位置刊登了。当天的《保定时报》一时洛阳纸贵。黄山明伏法的消息，立刻家喻户晓。那些给黄专员送了礼，却还没来得及办事儿的各色人等，算是赔了，钱和东西算是白送了。估计去趟南京，找到黄山明的家里跟他老婆追讨，也不会有结果。打掉牙往肚子里咽吧。

杀了黄山明，马凯旋着令萧家广与梅可心，将她们二人的手下，一概交与齐东河指挥，由齐东河负责抓捕韩伟、谷浪、周志成。

萧家广与梅可心大惑不解，赶忙找马凯旋问疑。

萧家广皱眉："站长将此事交给齐东河，就不怕他们结伙跑了吗？"

马凯旋笑了："小人党而不群。黄山明这棵大树倒了，猢狲效应立马呈现。我就不再辛苦你们二位了，累了这么些日子，你们也歇歇吧。"

梅可心仍然怀疑："齐东河能够尽心尽力吗？"

马凯旋冷笑："此人除尽心尽力之外，还要打起十二分精神呢！"

让马凯旋说中了，齐东河接受任务之后，积极主动四下布控，并亲自带人在保定西门外，辛苦蹲守了一天两夜，周志成三人化装混出西城之时，被齐东河抓获了。

周志成咬牙骂道："姓齐的，你真不是人！变得也太快了点儿吧？怎么窝里反了？"

谷浪怒吼："你真拿着哥们儿的脑袋去领赏吗？你不得好死！"

齐东河则讪笑道："几位呀，对不住了，齐某没办法呀，如古人所说，箭在弦上，不得不发啊。"

韩伟则泄气地说："还啰唆个什么劲儿呀，总归兄弟一场，送个人情给老齐算了！”

齐东河拱手笑道：“谢了谢了！还是韩兄通情达理呀！来呀，都绑了！”

这三人被五花大绑，押到了保定站。马凯旋亲自验明了三人身份，当即监押了。随后皱眉问齐东河：“老齐呀，数目对不上啊，还差一个呢！”

齐东河忙道：“马站长，一个不少啊。”

马凯旋摇头笑了：“你再想想，是还差一个呀！”

齐东河想破脑袋也没想出来，最后满脸水土不服的表情，弱弱地问道：“站长的意思……差我？”

马凯旋抚掌笑了：“老齐是聪明人，正是差你呀！”说罢，喊一声：“来人！”

梅可心、曹正汉带人走进来，曹正汉上前绑了齐东河。

齐东河急道：“马站长，你不能过河拆桥呀！”

马凯旋口气和蔼地安抚道：“老齐呀，不杀你是不行的。保定城被你们几个折腾得乌烟瘴气，马某只能借你的脑袋，安定一下民心了。”

齐东河伸着脖子嚷起来：“马站长，你说话可不能不作数呀，你说过的，胁从一概不问呀！”

马凯旋讥讽地笑道：“老齐呀老齐，亏得你还当过兵呢，不知道兵不厌诈这个词儿吗？军统更是行家呀。”

齐东河跳脚骂道：“马凯旋，你真是个……”

马凯旋轻轻挥手，淡然说道：“押下去吧。”

齐东河被曹正汉推出去了，门外响着他嘶哑的骂声：“马凯旋，你小人一个，我做鬼也不会放过你……”

齐东河与谷浪、韩伟、周志成一同被枪毙了。齐东河或许做梦也没想到，所谓立功受奖与死亡竟然如此零距离。齐东河耷拉着脑袋被带到刑场时，周志成三人都厌恶地朝他吐唾沫……

枪毙了齐东河四人之后，马凯旋即以军统保定站的名义，公函致平、津、保三地军政督察专员乔运典将军，具禀详报。并另附报告两份。

报告一：详陈枪毙黄山明、齐东河、韩伟、谷浪、周志成之理由。

报告二：查张永成、赵家轩等十六人皆无罪过，因被黄山明敲诈不成而非法关押。呈请撤案，概不追究。

乔运典当即签字回复：准。

(行文到此，谈歌补充一个情节，枪毙了黄山明及齐东河等人之后，保定工商界一片欢呼，许多深受黄山明盘剥敲诈的工商业主，纷纷燃放鞭炮庆贺。更有一些人兴高采烈地跑到军统保定站，要求面见马凯旋站长。其中一个工商业主，姓李，竟在军统保定站门前坐等了一天一夜。值班的无论怎么劝说，李掌柜就是不肯走，一定要面见马站长。第二天清晨，马凯旋上班，听值班的说了，认为这个李掌柜必有什么冤屈，立刻接见。李掌柜进来之后，却什么也不说，只是定睛看了看马凯旋，再深深鞠了一躬，即转身走了。马凯旋急忙追出去："怎么走了？你什么事也没说呀？"李掌柜回头一笑："我没事，我就是想看看你，看一眼就走。"马凯旋事后苦笑："并非马某有多少人拥戴，只能说明黄山明作恶多端，民愤太大了。")

饶是个杀人容易收尸乱。兔死狐悲，与黄山明结交日久的那些权贵岂能罢休，岂能轻易放过马凯旋？替马凯旋想想也胆寒。马凯旋却淡定自若。

前边说过，马凯旋还有一张大牌。这张牌即毛人凤。毛人凤此时为军统局副局长，毛人凤接任局长，应该没问题。也就是说，传言郑介民接替戴笠，马凯旋不大相信。

读者看明白了吗？马凯旋在押宝。政治往往就是"押宝"。马凯旋此时还不知道，这"宝"他……押错了。军统局已开始重新洗牌，他心中的那张大牌将要轮空，转瞬之间就没用了。

白云苍狗。此后的日子，马凯旋会相当难熬。

马凯旋被撤职

凡有一枯，必有一荣。戴笠死了，顾也正却时来运转，奉命提前结束“考察”，堂而皇之地回国了，而且直接去了重庆，参加军统局召开的紧急会议。开什么会呢？保定站站长马凯旋不去，却让副站长顾也正参加？再明白不过，顾也正开始走红甚至“蹿红”，马凯旋被“晾”了起来。

顾也正从重庆开会回来，即向马凯旋传达会议概况：郑介民继任军事委员会调查统计局局长；毛人凤任副局长。

马凯旋大感意外，目瞪口呆。唉！怪谁呢？只怪马凯旋师心自用，看错了行情押错了宝。

马凯旋颓丧地坐在椅子上，伸手向顾也正：“给我一支烟。”

顾也正惊讶：“站长，你不是早戒烟了吗？”忙递烟给马凯旋，又凑近前为马凯旋点着了。

马凯旋深深吸了一口，徐徐吐出，迷离地望着眼前的烟雾，摇头苦笑：“老顾呀，你准备接班吧。”

“站长……你说什么呢？”

“我的好日子不多了，数天儿嘛，怕是不行了，数时辰吧。”

“站长……”

马凯旋哂笑：“结局已经注定，一两日之内，必见分晓。若再说得紧迫些，重庆处分马某的明传电文，已在途中。”

“站长为何这样说……”

“老顾，黄山明非一般人物。先说私，黄与郑交情深厚，人人皆知郑夫人还是黄山明的干姐姐。仅说这层关系，郑家夫妇就对马某磨牙已久。郑某人上台，能不找后账吗？再说公，黄山明堂堂党国高级干部，少将军衔的接收大员，马凯旋一个上校说杀就杀了？事先连个报告都没有？仅此一条，我马凯旋就应被军法从事！”说罢，马凯旋掐灭了烟，扔进烟缸，站起身说道：“老顾你记住！我杀黄山明之时，你尚在国外，你一概不知情，千万不可乱扯，免得离题万里。再则，我此时处境尴尬，不方便找季钧沟通，免得招人猜忌，给季钧招惹麻烦。你一会儿转告季钧，马某十分抱愧，杀黄山明之事，皆是马凯旋刚愎自用，季副站长被冷落闲置，俨然成了花瓶摆设。保定站全体干员，也皆在马凯旋独断专行之下，昏昏然概不知内情。郑局长处理马某的同时，必定要派员调查，你再叮嘱季钧，临场多说无益，听从命令即是，切莫叠床架屋，唯恐言不及义，旁出枝节，连累无辜。”

顾也正听得肃然也茫然，只能呆着一张脸连连点头。

马凯旋抬手哂笑：“你去找季钧吧，我独自待一会儿。”

顾也正后来回忆，他当时不以为然，觉得马凯旋反应过度，郑介民虽接任军统局长，但郑介民自年初被任命为军调处执行部国民党方面代表，眼下正忙着与共产党代表叶剑英唇枪舌剑地谈判呢。郑介民分身乏术，怎么能顾及马凯旋的事儿呢？

但是，顾也正很快就知道了，郑介民接下来的迅猛动作，皆在马凯旋预料之中。郑介民接任局长后第一件事，即着手解决马凯旋。

据悉，郑介民虽然身在军调处，但遥控指挥着军统局日常工作，他借当面向蒋介石汇报的机会，百忙之中，召开了一次军统局工作会议。传说，郑介民在会上拍响了桌案，指名道姓痛责保定站马凯旋昏庸无能、尸位素餐、是非不清、刚愎自用、滥杀无辜，确属天怒人怨。军统局本着不枉不纵刮骨疗毒的纪律原则，着令北平站立即逮捕马凯旋，押送重庆军事法庭受审。

后有人讥笑，郑局长亲自主持召开的第一次会议，竟专为处理区区保定站的马凯旋，可谓高射炮打蚊子，或说杀鸡用了宰牛刀。散会之后，有人悄悄打电话，第一时间将消息告知了马凯旋。马凯旋当即打点行李，准备就审。

但谁也没有想到，郑局长的命令竟然迟迟没能执行，以至于后来……泡汤了。

为什么？火也点了，锅也支了，刀也磨了，就等着切马凯旋这盘肉了，怎么没动静了？

总归有人理解马凯旋，总归有人抱不平，总归有人与郑局长唱反调。郑介民报复马凯旋之事传开，有仗义执言者愤愤不平，找到蒋经国，陈说马凯旋冤情。蒋经国听罢深以为然，当即找国防部，陈情力保马凯旋。蒋经国说："我了解过，枪毙黄山明之过程，马凯旋稍显急躁，黄氏之证据，未曾全部落实确凿，马凯旋责任是有的，处理匆忙是有的，滥杀却是不成立的。"

蒋公子出面作保且理由充足，郑介民还能说什么？前边讲的那些义正词严公事公办的威风话儿，权当废话吧。于是，剧情在"命令与废话"悄然转换之间，马凯旋柳暗花明侥幸脱身，不用去重庆受审了。但是死罪可免，活罪难逃，军统局处理马凯旋的最终结果下来了：撤销马凯旋军统局保定站站长职务，降职为一般情报员使用。军衔由上校降为少校，薪水待遇随之调整。

端的是有人欢喜有人愁，顾也正升任站长。

顾也正新官上任不忘旧情，打电话邀马凯旋在"莲池酒家"小酌，共进晚餐。

马凯旋赶到"莲池酒家"，顾也正已先到了，且刚点了几样冷拼热炒和一坛陈年枣酒。马凯旋落座，不及寒暄，酒菜便端上桌了。顾也正欠身斟了两杯酒，摇头苦笑："老马呀（职务变了，称呼即变），可记得数月前，你我曾在此地小酌？"

马凯旋四下环顾，颔首笑道："记得呢，顾站长奉命出国考察，我曾在此为顾站长饯行嘛。也是坐的这张餐桌。真巧呀！顾站长邀我到此，是否有'旧地重游，物是人非'的味道呢？"

顾也正摇头摆手："错！顾某哪会有这种小人得志的想法？邀你老马在此小酌，图的是个清静。"

马凯旋拱手："说者无意，顾站长听者有心。抱歉了！"

顾也正讪笑："老马呀，军统局上上下下，都知道你能言善辩，一张利口胜过苏秦、张仪。顾某笨嘴拙腮，可不敢招惹你呀！"

马凯旋哂笑："马某落魄，眼下惶惶然如漏网之鱼，岂敢在站长面前逞口舌之利，顾站长杯弓蛇影了。"

顾也正举起酒杯："老马，我今日不想与你斗嘴，请你喝酒，只因你我私交甚笃，我只想借一杯薄酒，浇你心中之块垒，并无其他。你此劫过去，必有后福。干了！"顾也正率先仰头饮了。

马凯旋听得倏忽心热："谢顾站长惦记。马某已几起几落，多入败局而不沮丧，或是习惯使然？此番大难不死，已属侥幸，岂敢再有非分之想。"也举杯饮了。

顾也正哂笑："虽说胜固可喜，败也欣然，但这次嘛……你败得也太不值了。好了，事情都过去了，不去想了。"

马凯旋摇头："还没过去呢。黄山明那盘棋已经完了，马某这盘棋只是刚开局。飞相支士，卒子还不曾过河，郑局长岂能与马某和棋？残局还在后边。"

顾也正讥笑道："你老马别揣着明白跟我讲糊涂话，我知道，蒋经国先生已为你出头讲话了，降职降级，只是给郑局长找个台阶。用你曾送给顾某的话，再回赠你老马，不日你必定异军突起，更有大用。"

马凯旋摆手笑了："说不上，马某怎比顾站长吉人天相。这回仓皇落马，必定一蹶不振了啊。"

顾也正转了话题："忘问你了，黄山明赃款赃物全部追缴回来了吗？"

马凯旋沉吟了一下，皱眉说道："绝大部分嘛，都应悉数追缴了。小小不言的嘛，因不想再伤神费力，也就罢了。但那只青铜鼎还没有下落，我曾怀疑被黄山明藏匿了，他却至死也没承认呀。"

顾也正讥笑："那只青铜鼎嘛，或许早被姓黄的送礼了。不提这件事了，喝酒，喝酒！"又伸筷子给马凯旋夹菜。

马凯旋忙抬手拦了："顾站长，如此恩宠，马某消受不起！"

顾也正放下筷子："我可听说了，如今保定站前站长备受冷落，连开水也没人给打了？除却吴数、梅可心、曹正汉几个对你老马依然如故，竟连季钧、梅立春、萧家广也见面躲闪，唯恐避之不及了？人情如纸薄，可见一斑啊！"

马凯旋笑道：“顾站长误会了，季钧、梅立春就是这性格，不烧热灶，也从不烧冷灶。抑或担心给马某招惹麻烦吧？”

顾也正叹道：“真他娘的人情如纸薄啊，今日应在了你老马身上，又算有了一番见证。”

马凯旋淡然说道：“顾站长，人生如集市，有市则来，无事则去。古人早比我们看得明白。马某又何必烦恼不解呢？”

顾也正摇头苦笑：“我就是骂骂糊涂街而已。人生冷暖世态炎凉，顾某经过的呀。我遭戴局长臭骂之时，鬼都不上门了。你看，我刚当了站长，请客吃饭的都排上大队了。这人呀，也真没意思呢。来，喝酒！”

二人说着喝着，夜便深了。

顾也正抬手看表，摇头笑道：“老马，果然是酒逢知己千杯少，这都快半夜了呀。行了，散了吧，明天还一堆烂事等着呢。”

马凯旋看看站在一旁的伙计正哈欠连天，便起身笑道：“真是散了吧。且不说咱们喝不动了，伙计也在心中暗骂呢。”

顾也正付了账，二人走出饭馆，即在街中分手。马凯旋回了办公室。

马凯旋被撤职后，搬出站长室，重新分配了办公室。按他此时职务，应与众人合用办公室。因为顾也正吩咐，所以马凯旋仍是独自一间办公室。

马凯旋刚进门，吴数就尾随进来了。吴数摇头笑道：“有道是，不在其位者不谋其政也，老师何必再辛苦加班呢。”

马凯旋迎着吴数的目光，朗声说道：“有道是，位卑未敢忘忧国。吴秘书不也在加班吗？”说着就笑了，问一句：“这几天站里的情况怎样？”

吴数皱眉摇头：“还能怎样？但说人人自危也不为过。顾站长上任伊始，三把火烧得真旺盛，骂这个吼那个，谁敢懈怠？葛云梁昨天上厕所工夫儿长了点，被顾站长骂了个狗血淋头。昨天中午，强大水、郑放羊两个不长眼的，被犯案家属请去吃了一顿饭，不知哪个嘴快的向顾站长报告了，这两人被顾站长骂得休无完肤，还骂得特别难听！连姨姥姥的全挂上了。”

马凯旋笑道：“严格要求属下，理所当然。顾站长没错。”

吴数哂笑：“严格要求？他顾站长可不似老师那般以身作则呢。葛云梁昨天偷偷告诉我，他亲眼见案犯家属，给顾站长送礼，拎着个包包儿，里边叮当作响，不是金条是什么？”

马凯旋摆手：“不说这些闲话了。时下若比较起来，顾站长还是个能干事儿的人。比起那些只收钱不做事的人物，要强得多嘛！”说罢，又笑了：“吴数呀，眼下我这儿清静，耳朵就聋了。还有什么新鲜趣闻，说来听听，并非马某多事儿，好奇而已。”

吴数笑了：“真有件新鲜事儿，市参议员高业增你认识吗？”

马凯旋讥笑：“认识。这人向来官迷心窍，路人皆知。听说他要竞选市府副市长，或是正忙得上蹿下跳，肯定辛苦呢。”

“唉，他这下甭想了。”

“哦？怎么了？”

“他最近跟一个妓女过于热乎了，他老婆打翻了醋坛子，昨天上午跑到市政府去告状了，揭发高业增贪污受贿。高业增追到市府，这一对男女竟在市府撕扯成了一团。谁也没想到，那个妓女也跑来告状，说高业增敲诈妓院……”

“我听糊涂了，两个女人怎么都……”

“说来是个乱套，只因那个妓女听说高业增心有旁骛，又跟别的妓女相好上了，便恼了，醋海翻腾之下，怒冲冲地跑到市府举报高业增，说高业增敲诈勒索妓院，还曾雇用流氓把老鸨子与几个妓女一体脱光，吊起来痛打。听来又恶心又吓人呀！”

马凯旋恨道：“唉，党国官员如此堕落不堪，国将不国呢！”

吴数讪笑：“还有件更新鲜的事儿呢，警察局长杨……”但听有人敲门，打断了吴数。

马凯旋起身开门，却是梅可心、曹正汉前后匆匆走进来了。

梅可心急火火地说：“报告站长……”

马凯旋挥手叱喝：“梅队长，我说过几次了，我已不是站长，你们总这么喊来喊去，岂不是要马某好看吗？”

梅可心愣怔了一下，旋即笑了：“站长别见怪，你永远是属下心中的站长呢。”

（梅可心并非阿谀，说的是实话。马凯旋虽不是站长了，但威严仍在，让人从心底敬重抑或畏惧。顾也正虽然取代了马凯旋，但察其内心，仍存着一种对前任说不出口的畏惧感。在保定站干员的眼里，马凯旋仍保持着一种慑人心魂的力量，使得任何人都不敢对其生出丝毫冒犯、亵渎之意。这力量当是一种气。什么气？正气？义气？傲气？侠气？勇气？血气？或一个真正男人的浩然之气？）

马凯旋摆手：“别废话了，什么事？”

梅可心欲言又止，她气哼哼地看了看曹正汉。

曹正汉皱眉说道：“我们去了保定师范，抓了几个煽动学生罢课的嫌疑分子，怎么处理？我跟可心有了争论。”

马凯旋反问：“你怎么说呢？”

曹正汉摇头：“时下国共毕竟仍在和谈，我们还不好明火执仗对共党动手，理由也不大正当。可心却说……”

梅可心瞪了曹正汉一眼，怒声说道：“你说话讲究点儿行吗？什么叫明火执仗？什么叫不好动手？共产党煽动学生闹事，至少是扰乱公共秩序的罪过，抓他们理由正当，而且证据确凿！什么叫嫌疑分子？分明就是共产党！我来找站长评评这个理。”

马凯旋皱眉道：“曹副队长或一时糊涂了呀，梅队长说的有道理。时下国共虽在和谈，但对整天闹民主的共产党分子，必须采取有效的遏制手段。马某再提醒你们一句，但凡共党闹事，一律抓捕，不必事先汇报，更不必请示顾站长！去吧。”

梅可心与曹正汉先后点点头，便转身出去了。

吴数看马凯旋神态有些疲倦，赶忙说道：“老师早点儿歇了吧。”也转身走了。

马凯旋看看表，想付浩声应散了“夜场”，便拨了电话。他想与付浩声聊几句闲天儿。这些日子，付浩声但能得空，便请马凯旋吃饭聊天。所谓兄弟情深，马凯旋再次感觉到了这句话的温暖。

付浩声接了电话，哈哈笑道："放歌兄弟，还没歇呢？"

马凯旋笑道："这些天闲呢，不跟付大哥说上几句，真睡不着。"

二人说笑了几句，付浩声说："我明天没戏，放歌若不忙，我们骑马出去兜风打猎，解衣般礴，大碗饮酒如何？我早想散散心了。放歌选个去处？"

马凯旋心里登时热了，唉！付浩声哪天没戏呀？他又是一个视戏如命的性格。所谓兜风散心，只是为了他马凯旋。马凯旋不好说破，爽声笑道："何去何从，全依大哥了！"

"传闻伊阳岭多有狼虫出没，且风景宜人，咱们去看看？一旦有猎获，必定喜出望外啊！"

"小弟唯大哥马首是瞻了。"马凯旋笑道。

"那就说定了。再有……若天凤姑娘不忙，也一并去？三人聚拢，会更热闹些呢！"

"我明天一早便告诉天凤，她一定高兴不及呢！"

马凯旋挂了电话，但觉一阵困意涌上来，便合衣躺了。蒙眬间，倏忽回到了风雪邯郸道上，初遇付浩声的情景，兀自历历在目……

三人行走伊阳岭

南雨鸾一干人突然退社，"梅氏杂戏魔术社"猝不及防折损了一些生意，预定的三个演出合同随即作废，梅天凤在《保定时报》刊登道歉并退票的"启示"，舆情一时嗟叹不已。"梅氏杂戏魔术社"随后在城里贴出文告，同时在《保定时报》刊登启示："梅氏杂戏魔术社"诚聘杂戏艺人。梅天凤此举只为挽回"梅氏杂戏魔术社"的面子，她最近的心思并不在杂戏社，而是放在了"梅记车行"。却应了那句俗话儿，人若走了背运，总是触霉头。"梅记车行"的生意竟也不顺当，陆续接了几笔生意，也先后都赔了。

梅天凤正在沮丧，马凯旋却一大早打来电话，邀她去伊阳岭打猎。梅天凤欣然应允。散心谁不愿意呀?

事先约定，于西城门外聚齐。梅天凤、马凯旋各自骑马，肩背猎枪先后到了，马凯旋还带了一只牛皮袋子，装了几斤枣酒。二人未及寒暄，付浩声也如时到了。但见付浩声骑一匹枣红马，不仅背了一管猎枪，还背着弓箭，身后紧跟了一只威猛的黑色猎犬。

梅天凤认出这只猎犬，它名叫“追风”。抗战胜利前夕，唐行一从山中“拣”来一只小狗，唐行一退伍之前，将狗送给了付浩声，付浩声十分喜爱，为它起名“追风”。两年光阴荏苒，“追风”已长成庞然大物。

梅天凤看得眼亮，喝彩一声：“付大哥威风凛凛呀!”

付浩声拱手笑道：“天凤姑娘更是光彩照人啊!”

马凯旋呵呵笑道：“付大哥今日神采飞扬且兵器齐全，这一趟狩猎，必定斩获多多啊!”

付浩声笑道：“放歌兄弟，天凤姑娘，浮生难得半日闲。我三人今日信马由缰放浪山野之间。狩猎者志在猎，而不在物，但求心情开朗。若偶有所得，今晚野炊小酌添趣，两位意下如何?”

马凯旋笑道：“陆夫子有诗云：衣上征尘杂酒痕，远游无处不销魂。今日是也。”

梅天凤摇头笑道：“付大哥话是如此，我却听出了弦外之音，付大哥志在必得呢，这客便是请定了啊!”

付浩声爽声笑道：“天凤姑娘说到付某心里了。走着!”说罢，扬鞭策马急驰而去。

马凯旋、梅天凤紧随其后。“追风”则一路紧跟着付浩声，吠吠奔驰。

人急马快，一个多时辰，三人赶到了伊阳岭下。

但看河滩开阔，伊阳河水哗哗作响东流而去。三人寻了浅处，依次打马过河。

又走上片刻，已见弯弯山道起起伏伏，如一条“草绳”于山中盘绕。拓了目光去看，漫山遍野，绿色茵茵，正是草长莺飞时节。

马凯旋心情一时舒爽，兴趣渐渐盎然，对付浩声和梅天凤笑道："两位，赛赛脚力如何？"

梅天凤哂笑："三哥一向温文尔雅，今日为何突显豪气了？"

付浩声笑道："放歌心血来潮，付某自当奉陪。赛嘛，当赛出个输赢，或是赌个东道？"

马凯旋点头笑了："输者嘛，便操刀晚餐。怎样？"

梅天凤笑道："一言为定！"

三人各自策马扬鞭，沿着山道向岭上一路跑去。只听碎碎的马蹄声于山间骤响起来。"追风"一路暴叫，在山谷中阵阵传响，听来荡气回肠。

三人跑了半个多时辰，一路率先的马凯旋猛地带住了坐骑。他摆手笑道："认输了，久别沙场，真是不济了。"

付浩声勒住坐骑，哈哈大笑起来："放歌兄弟，你分明是羞臊我和天凤，你率先跑在前边，怎么还说认输呢？"随之竟用了京腔京韵念白："饶是个醉里挑灯看剑，梦回吹角连营……马作的卢飞快，弓如霹雳弦惊。看贤弟一路领先，英雄气概，直如往常呀！"

梅天凤拍掌笑了："哎呀哎呀，付大哥说的真比唱的还好听呀。而且句句还都是实话。"

马凯旋摇头笑道："天凤，这句句实话却是听不得呀，辛弃疾不知马凯旋何许人也，马凯旋更做不成'马弃疾'呀！"

"追风"突然朝着山谷深处吼叫起来。

马凯旋道："付大哥，'追风'提醒呢，今晚野餐还缺下酒菜，我去看看。"就要扬鞭。

付浩声呵呵一笑，挥手拦了马凯旋，仍然是京腔京韵的念白："两厢闪开了！有道是，万军之中，取上将军首级如探囊取物，若张翼德也；山谷之间，获区区几只猎物，轻松平常，如付浩声耳。区区小事，何劳贤弟出马，岂不是杀鸡用了宰牛刀？贤弟呀，你与天凤姑娘，且于路旁稍事歇息，但看付某手段，一路寻找猎物去了！"说罢，哈哈大笑，即调转马头，飞奔去了山谷。"追风"一路跟去了。

梅天凤看着付浩声渐渐没进了山谷，不禁点头赞叹："付大哥真正是个'马作的卢飞快'啊！"

马凯旋也点头笑了："我几次说过，付大哥入错了行当呀，他当年若行武带兵，以他的气概，必定是个'白马银枪'的大角色。天凤，下马歇歇吧？"

二人翻身下马，在山路上信步走着。山风悠悠，阳光像一条柔软的丝带，温温地追着他们的身影，风中夹带着泥土和草木混在一起的味道，十分好闻。

梅天凤瞅了马凯旋一眼，哂然笑道："三哥，看你神情抑郁，又招惹了什么麻烦吧？"

马凯旋笑道："麻烦嘛，无外乎黄山明，招惹也就招惹了。此时黄山明无论于地下怎样骂我，一句我也听不到了。"

梅天凤笑道："黄山明含'恨'九泉，他那些狐朋狗友却'仇恨眼前'呢，如郑介民之流，岂能让三哥轻松欣然？三哥啊，人有非上之所过，谓之'正士'。可这个正士嘛，自古以来不好当呀！"

马凯旋慨然点头："说的是，但不好当却总要有人当呀！不说这些了。付大哥邀我们出来，是要我们于山水之间，舒展一下心情……"他突然端枪，瞄向一只匆匆跑过的野兔，枪响了，却打空了。马凯旋摇头苦笑："唉！枪法也生疏了。"

梅天凤笑道："三哥并非枪法生疏，而是心不在焉呀。"

马凯旋笑了："说的也是。"便收了枪："天凤呀，一直没问过你，最近社里生意如何？听说出了些变故？"

梅天凤皱眉："南雨鸾带人另起炉灶，社里便势弱了，而且车行的生意，近来也不好做。"

马凯旋听到"南雨鸾"三个字，稍稍一怔，旋即点头："唉，各行各业一本经，多是本本念不清。各有各的难处了。说到车行的生意，你为何不找虞二哥帮帮忙呢？"

梅天凤摇头笑了："我与虞二哥嘛，情谊归了情谊，生意却是生意。或许虞二哥还不高兴我的'梅记车行'好呢。自古同行不同利，同行从来是冤家嘛。”

马凯旋摇头：“天凤你多心了，虞世通未必这样。”

梅天凤笑道：“说笑而已。三哥别给二哥传闲话呀。”说着话，她不经意抬眼，向远处望去，远处是郁郁葱葱的青绿。梅天凤闻着路边的金银花香，又转身问道：“天凤直言不讳了，军统局的辛苦差事，三哥还做得下去吗？”

马凯旋听得有些诧异：“天凤这样说，什么意思呢？”

梅天凤叹道：“旁观者清，而今三哥身在保定站，情势必定尴尬。都知你心高气盛，你能忍耐一时，可这一时会有多久呢？有道是，良禽择木而栖，三哥未必要在军统这棵树上吊死吧？”

“你继续说。”

“我没旁的意思，只是为你眼下的处境担忧呢。”

“清者自清，浊者自浊。我从来问心无愧。天凤你信吗？”

“我信！但是门前冷落，三哥也能等闲视之？”

“人情如纸薄，不足为奇。”

梅天凤摇头笑道：“三哥，不足为奇？‘不足者’为奇也？”

马凯旋登时有了兴致：“这番见解别开生面，说来听听？”

“三哥的性格一向追求完善大美。所谓金无足赤乃是常理，三哥的追求，却反了常情常理，三哥在军统便要输定了。”

“党国为重，诸事随缘吧。”

“三哥到底怎么想的？”

马凯旋看看梅天凤，兀自提高了声音：“天凤呀，如你所说，我并非不知就里。但无论如何，军统局乃国家之军统局，而非戴笠、郑介民、毛人凤等人的私家店铺。马凯旋只知为党国效力，虽肝脑涂地，也在所不惜。却并非想成为某家店铺的伙计。这是真话！”他的声音里凭空添了怒气。

“话虽这样说，可你们党国机关的内幕，哪一处不是店铺气象？哪一处不是一时之掌柜一时之伙计呢？”梅天凤冷笑。

“天凤说的是，我也知道这些。”马凯旋收敛了怒气，目光避开梅天凤，茫然看着远山。他感觉自己有些失态了，刚才不该动怒呢。这些年来，他一直深深爱着梅天凤，周围都看得明白，只是疑惑马凯旋这么个干脆性格，为何面对梅天凤之时却总是羞涩当头，不肯挑明呢？唉，只因为马凯旋并不知道梅天凤心底处，对他到底是怎样一种情感。刚才梅天凤一番话，虽然没有说到情感，但句句皆是关爱，马凯旋感觉到了温暖。这种关爱来自心中所爱之人，马凯旋尝到了那种甜美的味道。

山谷中的丛林里，响起了两声枪响，随之传出“追风”狺狺的狂吠声。

梅天凤欢喜地笑了：“付大哥一定发现了猎物。”

马凯旋笑问：“天凤，你看付大哥这条“追风”，比狼如何？”

梅天凤略有诧异：“我记得三哥说过，你不喜欢狗，喜欢狼？怎么个道理？”

“我讨厌狗，喜欢狼。”

“与狗比较，三哥或更喜欢狼之凶猛？”

“不是如此，狗常常为一块骨头互相争夺撕咬，一块骨头就能考验出狗的情感。狼不会，狼不会在内部争勇斗狠。狗要看主人的眼色行事，狼却不会。天凤不喜欢狼吗？”

梅天凤讪笑道：“三哥说得深刻，天凤听来醍醐灌顶。”

马凯旋的表情瞬间变得冷酷了：“狼的品质，不仅狗不能及，更为诸多人所不能及。比如，狼不会背叛。”说着，马凯旋看了梅天凤一眼，继而提高了声音：“人，却极容易背叛，背叛妻子、背叛丈夫、背叛朋友、背叛国家和民族等。狼却不会放弃群体。人间多见弃婴，狼群却从无弃儿。人群里从未间断争斗，以致骨肉相残。狼群从不会自相残杀……”马凯旋突然停住了，似乎不愿再说，目光投向了山野。

梅天凤怔怔地看着情绪愤懑的马凯旋，她一时不知道应该说些什么了。

山中的风渐渐地硬了起来，空中几片阴云悄然漫上来，一时雨象初显。但听山谷中传来了“追风”狺狺的叫声。

马凯旋突然笑道："'追风'是唐品直送给付大哥的呢，你近来见过唐品直吗？"

梅天凤轻轻摇头："一直没见过，却听人说起过，唐先生一直在乡间行医。"

马凯旋慨叹："唐品直活得洒脱啊。或如前贤所讲，弃事则形不劳，遗生则精不亏。"

梅天凤脱口赞道："唐先生确是一个看破了红尘的人物！"

马凯旋笑道："看破了固然洒脱。倘若我们都一概看破了人生，于国家也是件'恐怖'的事情呢！"

梅天凤摇头："三哥，看破了并非恐怖，或是'苍凉'呢？"

马凯旋笑了："之前我们还议论过，知其愚者，非大愚也；知其惑者，非大惑也。"

梅天凤笑了笑："记得还有一句：大惑者，终身不解；大愚者，终身不灵。"

马凯旋怔了怔，旋即点头："天凤比我多明白了一层呀。"

梅天凤讪讪笑道："三哥说笑呢。我阅世阅人，哪比得上三哥通盘通透呢？"

马凯旋声音稍显疲倦："你话藏机锋，可我就这么个顽固性格，的确总让大家担心。每每想起，心中兀自抱愧呀！"

梅天凤点头："三哥知道就是了。"她看着马凯旋，心中渐渐有了沮丧，她还能说动这个人吗？

一阵马蹄声骤响，二人抬眼去看，但见付浩声飞马而来，付浩声坐骑上搭着野兔、山鸡等猎物。

付浩声扬声笑道："两位，今晚野炊，有下酒菜了呀！我要亲自操刀！"

乔运典的"帽子戏法"

民国三十五年（1946）五月五日深夜，顾也正接到了由军统局北平站传达的郑介民局长签发的密令：假仍在停战令有效期间[1]，即刻开始秘密对平津保区域内共产党全面剿灭。

顾也正不敢懈怠，赶紧与季钧商议部署对中共保定地下组织成员秘密抓捕行动。部署尚未完成，新近擢升二级上将出任国防部[2]高级参议的乔运典，突然莅临军统局保定站指导工作。

乔运典此行乃新任军统局局长郑介民亲自邀请。此时郑介民虽为军统局局长，但他还有另一个身份，军调处执行部国民党方面代表。他正忙于跟共产党方面代表叶剑英“针尖对麦芒”地紧张“谈判”。秘密剿灭平津保三地中共组织，乃绝密要紧之事，郑介民本应现场指导。因脱身乏术，郑介民思前想后，便央请正于北平视察的乔运典代他督办此事。

乔运典当即应允，第一站先到了保定。

（行文匆忙，见缝插针，交代几句此时的乔运典。

乔运典与戴笠多年来的明争暗斗，随着戴笠的死去而结束。乔运典曾心有余悸地说过：“戴笠就要扼住我喉咙的时候，他却死了，我侥幸逃生。”但在戴乔这场争斗之中，乔运典也大伤元气。五月初，经蒋介石批准，擢乔运典晋升二级上将，出任国防部高级参议，免去其平津保军政督察专员之职。这个任命明升暗降。乔运典始料不及，自知已经失宠。随后，乔运典旧部也多被中统或郑介民渐渐拉走。唉！人生果然如集市，哪里热闹哪里去。

史料记载：乔运典很识时务，上峰对他逐渐冷淡，他不好继续邀宠，也不想在军统与中统这两盘菜里再搞些什么名堂，只能宝刀入鞘伺机再动。百无聊赖之际，乔高参应了北平市市长熊斌（湖北黄安人，1894—1964 年）之邀，往北平“视察”。“高参”算个啥职务？其实就是个摆设，视察什么呀，不过找个名目，游山玩水罢了。）

---

① 即 1946 年 1 月，在美国马歇尔的调停下，国共双方下达了 1 月停战令。

② 国民党军政部于 1946 年 5 月撤销，改设国防部。

乔高参正优哉游哉地于北平各处“视察”，坊间传出消息，因冯玉祥将军力荐熊斌（乃西北派），熊市长不日将奉调南京，于国防部任职。乔运典却看出了“机会”，便在北平“盘桓”，四下活动，准备竞选北平市市长。此次应郑介民之邀来保定，即为建功邀赏，为其“竞选”活动铺路。

乔运典单独听取了顾也正的部署，摇头哂笑：“动静太大，恐多有不便。你想想，时下民众对共党抱有好感者多多，保定站若在光天化日之下抓捕，定要招惹民众反感，若再激出民变，上峰必定怪罪，那便是节外生枝‘徒增’麻烦了。”

顾也正皱眉问道：“老师如此说，岂不是成了动辄得咎吗？投鼠忌器，跋前疐后，这活儿还怎么干呀？”

乔运典笑了：“我来之前，先去见了行云先生……”

行云先生？何许人也？顾也正一脸茫然地看着乔运典。

“哦，我扯远了。”乔运典自知失言，摆摆手：“我的一位老朋友，他给你们保定站想了个办法，我认为行之有效。”

“老师请讲。”

“时下美国人仍在调停，国共两党仍在停战时期，或可以打一张和平共处的‘面子牌’，由乔某这个政治上边缘了的人物出面，找个由头儿，宴请中共保定的头面人物，他们碍于面子必定赴宴。你则带人暗中埋伏，可在宴会上一举抓获。”

顾也正摇头笑了：“摆鸿门宴？他们能来吗？”

乔运典则冷笑：“所谓兵不厌诈常用常新，他们肯定来，比如杨昆平。”

顾也正犹豫：“政府时下正跟共党谈判，要是搞出……”

乔运典摇头讥笑：“你何时变得书生气了？共党一直为党国心腹之患。你这样做了，就是为总裁分忧，就是为党国建功立业。还彷徨什么？”

顾也正忙说：“老师讲的是。”

乔运典笑道：“我与你打个赌，如果你们此次抓住几个中共保定的头面人物，郑局长的功劳簿上，必定给你大大记上一笔，你受奖晋升必是理所当然。”

顾也正点头：“学生明白了。”

乔运典起身在屋中踱步，阴阴地笑道：“鸟无头不飞，蛇无头不行。抓了他们的领头羊，中共保定地下党必定群龙无首。重刑之下，若再搞出一两个向忠发或顾顺章来，那么中共保定地下党岂不是可以一网打尽了吗？”他突然转身，肃然说道：“若诱饵大些，杨昆平必定现身！”

“杨昆平能出面吗？”顾也正疑惑。

“我了解此人，抛开政治立场不谈，此人还真是个精明强干的人物，且勇敢无畏事必躬亲，从不躲闪艰难险阻，确是保定站心腹之患。剪除此人，乃保定站当务之急。”

“可是，怎样才能让此人现身呢？”

乔运典含蓄地笑了笑：“我刚说过了，要找个由头儿。”

“什么样的由头儿？”

“保定警察局目前关押着十几个共党分子，多是共党骨干。我的朋友说，共党一直在设法营救，不惜重金行贿，还拜托过市府的几个糊涂要员。我们何不将计就计？人家想睡觉，你就送个枕头嘛。我可央请一位中共信得过的清高人物，去找市府那些受贿的要员，托他们给中共保定特委捎话，乔某愿意出面斡旋，保释在押的中共分子。乔某要求与中共保定特委负责人当面讲讲条件。以杨昆平负责的性格，见此机会，必定答应与我会晤。”

“那他若派人……”

“以杨昆平事必躬亲的性格，交与别人，他岂能放心？”

“那会面的时间、地点？”

“当然要由中共信得过的人物来决定。”

顾也正皱眉：“可去哪儿找中共信得过的人呢？而且，中共信得过的人物，咱们能信吗？”

乔运典笑道：“放心了，我自会安排妥当。”

顾也正竖指称赞：“老师果然运筹帷幄啊。”

（《保定党史》记载：抗战胜利后，国民党暗中破坏了中共保定地下组织数个交通站，连续抓捕了一些同志，其中有保定特委秘书长何时鹏、保定敌工部长苗长江等人。中共河北省委命令保定特委展开营救行动，其中方法之一，即重金贿赂保定市府的官员，由他们出面，保释这些同志。乔运典被“行云”指点，利用了这个“由头儿”，邀请杨昆平见面，商谈保释这些同志的具体条件。）

托人给杨昆平送出消息之后，乔运典便去天津了。临行前顾也正担心：“老师布了局，如何又走了？杨昆平一旦有回信怎么办？”

乔运典笑道：“杨昆平这条鱼太大，不会轻易上钩，总要犹豫三五日。我借此空闲，且代郑局长去天津站一趟，督办一下那里的剿共任务。杨昆平一旦有回信，自会有人通知我，立刻回来便是了。”

顾也正感慨：“老师为党国辛苦奔波，令我等晚辈惭愧啊！”

四天后，中共保定特委给了回话，同意派代表与乔运典见面商谈保释条件。会面时间、地点，由中间人临时决定。

乔运典接到电话，匆匆赶回保定，准备与杨昆平见面。顾也正为安全起见，给乔运典派了个随从。这随从乔运典认得，是当年加入过“青抗军”的甄广宁。

乔运典笑道：“小甄兄弟，真想不到呢，一别经年，你竟也参加了军统。”

甄广宁欠身笑道：“多亏了顾站长栽培呢。”

乔运典亲热地拍拍甄广宁肩膀：“好好干，必定前途无量。”

中间人当天传话过来，会面地点定在北大街神农茶社。乔运典即按时去了。不出他所料，杨昆平果然来了。乔运典微笑着在门外拱手相迎：“杨先生大名鼎鼎，乔某早已如雷贯耳，更乃私淑经年，今日得见真人，实为三生有幸啊！”

杨昆平拱手笑道：“乔将军言不及义了，乔将军乃不世出国家之栋梁人物，杨某寸木岑楼，望之项背久矣。喜闻乔将军古道热肠，出面斡旋此事，杨某不胜感激了。”又看到甄广宁，略显惊讶地说道："这位小兄弟原来是……"

乔运典稍稍诧异了下："你们认识？"

杨昆平笑道："自然认识，当年这位小兄弟在街上拉车，我多次是他的主顾嘛。"

乔运典"哦"了一声笑道："杨先生或是没想到，这位小甄兄弟，现任军统局保定站行动队上尉副组长。"

杨昆平忙拱手笑道："恭喜！恭喜！"

甄广宁敬礼："杨先生好。"

乔运典侧身笑道："杨先生，请！"

杨昆平忙侧身笑道："乔将军请！"

乔运典微微一笑，不再谦让，率先走进包间。

杨昆平随后跟进，但见包间内一桌酒席已然摆好。二人相对落座，乔运典举杯笑道："杨先生，为国共两党和平建国，干一杯！"

杨昆平举杯笑道："为乔将军深明大义。干杯！"

二人饮罢一杯。

乔运典笑道："若翻旧账嘛，当年乔某与贵党一度势不两立，彼此视若仇寇。但八年抗战下来，乔某却明白了许多道理。中国人不能再做兄弟阋于墙的傻事了。乔某奉行和平建国宗旨，出面为贵党斡旋此事，也在情理之中呀。"

杨昆平笑道："难为乔将军了。"

乔运典突然微微皱眉，苦笑道："杨先生稍候，真对不住了，乔某有些内急。唉，当年顶风尿三丈，而今顺风也湿鞋呀。这上了年纪嘛，就招人笑话呢……"即起身离席。

甄广宁忙跟上了乔运典。

乔运典皱眉问道："甄广宁，你跟着我干什么？"

甄广宁悄声说道："保驾。"

乔运典摇头笑了："不用。"

甄广宁为难道："顾站长叮嘱不离长官左右。我……"

乔运典皱眉："你……"

杨昆平哂然笑了：“乔将军但可放心去吧，甄兄弟不必如此紧张。”说罢，喊了一声：“都带进来吧！”

只听房门“哐当”一声被撞开，季钧在内的十几个军统特务，被五花大绑地推搡进来。他们身后，竟是一群持短枪的便衣汉子。其中一个汉子上前，举枪瞄准了目瞪口呆的乔运典。

乔运典瞬间明白了，保定站提前埋伏在茶社周围的特工，都被杨昆平手下缴械了。

甄广宁也立时拔出手枪，瞄准了杨昆平。

杨昆平笑道：“甄上尉，你就这样对老朋友吗？”

乔运典气急败坏地瞪着季钧：“季钧，这是怎么回事？”

季钧苦脸无言。

杨昆平笑道：“你们也太心急了些，如此一个尴尬场面，耽搁了这一桌好酒好菜了。”

乔运典旋即呵呵笑了：“杨先生呀，肯定是误会了。”

杨昆平点点头，呵呵笑道：“或是‘误会’了？上一次贵党冯书恺先生就与杨某闹过这样一场‘误会’了。想不到，这‘误会’‘故技重演’了呀！”

乔运典尴尬地看着杨昆平，双手一摊：“总归是误会了，杨先生想怎么着？”

杨昆平笑道：“时下虽然国共和谈没什么进展，但仍在停战时期。乔将军高瞻远瞩，想必知道应该怎么办吧？”

乔运典一时哑口无言。

杨昆平朝乔运典拱手笑道：“且不说误会不误会的事儿了，虽然这桌酒菜诱人胃口，却因乔将军身体不适，杨某也只好暂且告辞，改日再邀了。”

杨昆平出门走了，那群便衣汉子也随之去了。

乔运典看着杨昆平的背影，一时茫然不知所措。

乔运典兀自回过身，看看满脸沮丧的季钧，怅然叹道：“功亏一篑，还招得杨昆平耻笑了。”

季钧皱眉：“杨昆平怎么会有准备呢？莫非走漏了消息？”

乔运典苦笑：“只怪我师心自用，低估了杨昆平。当年关云长单刀赴会，尚有准备，周仓令旗舞动，必有援兵到场。杨昆平人中龙凤，怎会轻易上钩呢。”

季钧沮丧地摇头：“唉！”

乔运典看看站在一旁发愣的甄广宁，突然问道：“甄广宁，你刚才为何要跟着我如厕呢？”

甄广宁立正说道：“报告将军，只因共党狡猾多端，属下为保卫将军安全，只能寸步不离将军左右。”

乔运典拍拍甄广宁的肩膀，哈哈笑了：“好！”

季钧问：“接下来怎么办？”

乔运典恨道：“他杨昆平躲得过初一，却躲不过十五。姑且让他们再得意几日吧。我想，眼下局势正酝酿着突变，不日党国必定有断然措施，会对共党采取公开抓捕的行动，咱们也不必画蛇添足，这样大费周章了。”

季钧一脸茫然不解。

乔运典哂然笑道：“我与你打个赌吧，国共两党和谈，一月之内必定破裂。拔刀相向已成定局，一场恶战就要开始了！”

[诚如乔运典所言，民国三十五年（1946）六月二十六日，由美国人调停的停战期刚刚过去，国民党30万人的军队便在湖北、河南两省交界宣化店地域，突然对共产党6万名中原部队进行“围剿”（史称“中原突围”），长达三年的全国内战就此展开。中国共产党领导的八路军、新四军，更名为中国人民解放军。]

民国三十五年（1946）六月底，国民党河北省政府由北平迁往保定，为保证省政府所在地“纯净政治空气”，随即着手对中共保定所有组织与人员进行“清除”。七月一日，蒋介石批准，国民党军事委员会调查统计局更名为国防部保密局。三日后，郑介民以国防部第二厅厅长（郑于六月五日出任国防部第二厅中将厅长，主管情报工作）兼任保密局局长，着令全国各地保密局工作站，把消灭中共组织作为首要任务。保密局保定站闻风而动，当即下令，对保定区域内的共产党秘密搜捕。

史料记载：截至1946年十月份之前，由于民众对内战的强烈反对，国民党政府抓捕共产党及倾向共产党的群众的行动，尚有些投鼠忌器，不敢明火执仗。国民党河北省政府对保定周遭中共组织的破坏程度还不甚严重。到了十月份，情势发生了“变化”——民国三十五年（1946）十月，晋察冀解放军为配合张家口保卫战，出击平汉线北段国民党军队，接连攻克望都、徐水、容城、定兴，并一度攻入保定市郊。战争局势使国民党河北省当局极为震惊。即以整肃市内“治安”为由，敌军、警、宪、特联合在保定城内，对中共保定组织进行了公开大搜查、大逮捕。

（《保定市志》记载：在这场大逮捕中，中共地下党员及无辜群众千余人被捕。师专党支部、农职党支部、女师党支部等诸多党支部遭到破坏，大多党组织被迫停止活动或转移出城。党的城市工作受到严重损失，保定笼罩在“白色恐怖”之中。中共保定工委后来检讨，抗战胜利后，保定城市工作一度十分活跃。由于对国民党残暴统治和血腥镇压认识不够，在和平与速胜思想影响下，在组织上编制编队发生了“横”的关系，忽视了秘密工作的重要性与保密性。许多党员在社会活动中公开露面，宣传我党政治主张，过度强调进行民主斗争。如组织小学教师反饥饿、反甄审斗争、抵制反苏游行等活动都不同程度地暴露了一些党员和进步群众。在这次大逮捕中，因党员身份而被捕的仅占百分之二十，受牵连的则达百分之五十；由职业问题被捕的占百分之十五；已暴露但存侥幸“心理麻痹”没能及时转移而被捕的占百分之二十五。中华人民共和国成立后，梅天凤回忆，大逮捕之后，中共保定工委痛定思痛，及时总结经验教训，再次强调内线工作必须贯彻“保存力量，隐蔽精干，长期埋伏，以待时机”的方针，重新强调了地下工作严格遵守的保密制度，及内线关系守则。重申“单线”联系，严格限制“横”的关系，隐蔽安全关系，撤出危险关系。重新建立站脚点，发展市郊党组织作为城市建党的跳板。由此，地下工作开展得更加隐蔽，更加策略，使得遭到破坏的地下党组织，逐步得到恢复和发展。）

保密局保定站在这场大搜捕行动中，颇动了一番脑筋。

季钧亲自带队，伪装成土匪，以绑票方式抓捕共党及嫌犯。站长顾也正认为，用这个办法抓捕混进政府中的共党更加行之有效。保密局的人都有公开的职务身份，有省市政府核准的佩枪的证件——可以带枪进出省市政府机关，万一抓捕失手，或抓错了人，招惹笑话不说，还会造成恶劣影响。莫如装扮成黑道儿模样，抓捕嫌犯。如证据确凿，则放弃绑票的办法，公开逮捕。

梅可心等还研究出一套“强拉上车”的抓捕办法。办法很简单：两个特务将被绑架者强拉至汽车旁，车内特务打开车门，车外的特务，一人用手枪抵住被绑架者腰背，一人猛击其小腹，被击者势必弯腰，正是一个上车姿势。特务随之压住被绑架者的脖颈，向车内推搡，车内的特务则强拉，被绑架者即进入车内。这一套动作，仅在一分钟内便可完成。

这套手法渐渐被特务们练习得更加熟练准确，即使被绑架者高喊狂呼，也只需十几秒就能将其绑架上车。即使被绑架者的同事朋友发现，也来不及阻拦，特务们已开车跑了。

国民党特务的暗杀和绑架手段，可谓花样百出。《保定往事》记载：保定师范学校教授贾顺才先生，因在课堂上抨击了国民党，即被特务盯上。贾教授喜欢古玩，闲暇时常到古玩店游逛。忽一日，保定“羽轩斋”的伙计给贾顺才打电话，说有一批玉石，要送到府上请贾先生过眼，贾顺才欣然应允。片刻工夫，便来了几个伙计，抬着一只箱子进了贾府。半个时辰之后，几个伙计抬着箱子出来了。之后，贾顺才先生便失踪了——多年后，某保密局的特工在台湾写回忆录，提及此事，揭开了谜底，他们进屋后支开佣人，将贾教授打晕，装入箱子里抬出来。后将贾教授带到保密局，秘密杀害。唉，如此恶劣行径，可见一斑。（后因郑介民大加称赞，保定站这些林林总总的无耻办法，在北平、天津、上海等地逐步推广。）

保定站在抓捕行动中不断摸索“窍门”，又研究出一个“软”绑架办法。即在大庭广众之下公开绑架却不露痕迹。他们事先踩点儿——侦察被绑架者往返路线，将汽车停在附近，当被绑架者经过距离汽车不远处，先由一个特务迅速上前，于背后两手蒙住被绑架者双眼，并以大拇指猛力掐在两耳根下的命门部位，使之无法挣脱。另一特务随之上前，紧握被绑架者双手，两个特务同时哈哈笑道：“你猜我们是谁啊？”过往路人误以为是朋友之间开玩笑。而被绑架者在懵懂之间，已被特务连拉带推弄进汽车。

李天曼、葛云梁更为不露声色，他们不用汽车，雇辆人力车竟也能将人抓捕。即事先准备一条橡皮管，一头装有铁砂。先由一个特务接近被绑架者，背后猛击其头部，看其被击晕倒地，便立刻飞逃。葛云梁、李天曼便装作被绑架者亲友，上前搀扶起被绑架者，一面大喊抓凶手，一面叫来人力车（事先埋伏在附近），诈称送往医院急救或说送其回家，即把人抓回来了。葛云梁曾用这个方法绑架了育德中学许老师（一说姓曲），正遇到许老师和三个学生路过，葛云梁便让其中一个学生去通知许老师家属去保定医院。这个学生便赶紧去了，葛云梁便将许老师与留下的两个学生都带到了军统保定站。

多年后，梅天凤在回忆录中，叙述了一个情节：当时河北省府参议员万元之老先生同情中共，即被保密局保定站列入逮捕名单。杨昆平指示，要确保万先生安全。中共保定地下党与万元之的联系人是梅天凤，梅天凤受命负责将万元之转移到城外。梅天凤策划了具体方案，万元之到大舞台观看“梅氏杂戏魔术社”的演出，即到后台改扮为演员，再由地下交通员护送到城外。万元之并不知道已被列入保定的抓捕名单，他去剧场的路上，已被李天曼带人跟踪。季钧还派了梅可心、曹正汉等配合李天曼的抓捕行动，欲将与万元之接头的中共地下党一体逮捕。

梅天凤在后台化妆时，萧家广笑嘻嘻地走进来。

梅天凤扬眉笑道：“大姐怎么有空了？”

萧家广笑道："想你了，过来看看六妹。"

梅天凤嘴一撇："大姐呀，你能想起我？说好听的哄我呢？"

萧家广笑道："为啥不想？有道是'飞流三千尺'呀。"

梅天凤倏地一怔，没想到萧家广会这样说话。杨昆平之前告诉她，若遇紧急情况，有人会以这句接头暗语与她联系。想不到，接头人竟然是萧家广，萧家广竟是自己的同志？梅天凤一时有些意外和激动。

她不动声色地笑了笑："大姐果然有学问，出口成章呢。我也听过一句呢，'门泊万里船'。"

萧家广笑了："六妹真是才女呢，我不识'庐山真面目'啊。"

梅天凤伸眉一笑："谁知'依稀是何年'呢？"

萧家广低声惊讶道："天凤呀，想不到我要联系的人是你呀！"

梅天凤扑上去抱住了萧家广，激动地说道："大姐呀，想不到你也是……"

萧家广悄声说："时间紧，闲话不说。万元之老先生已被李天曼盯住了，我刚看到李天曼、葛云梁带着十几个特务进了剧场，梅可心、曹正汉带人守在街中。咱们要赶快想办法让万先生脱身。"

梅天凤惶惶地说："这怎么办呢？他们已经到了后台……"

萧家广断然摇头："后台肯定出不去了，我进来时，已有特务布控了。"

"那……"

"兵行诡道，想办法让万先生与接送的由正门出去。"

"怎么出去？李天曼肯定在正门张网以待呢。"

萧家广想了想："先搅乱了场面，再让他们乘乱跑出去。"

"怎么个搅法儿？"

"……这样吧，咱俩假装吵架翻脸，从台上打到台下，闹哄哄之时，观众必定争相跑出剧场，万元之便可乘机逃走了。"

梅天凤皱眉点头："也……只好如此了，怕瞒不过李天曼呢。"

"顾不得许多了，先搅闹起来再说。谁负责护送万元之？"

“五号交通站的同志，我这就去告诉他们。”

一串铃声响起，“梅氏杂戏魔术社”的演出开场了，剧场内座无虚席。因演出事先已在《保定时报》刊登了广告，喜爱梅氏魔术的观众蜂拥而至。率先上场的刘二能与两个魔术艺人正在表演帽子戏法，三人都扮成了小丑模样，场内笑声不断。李天曼、葛云梁带着十几个特务在场内四下里布控了。他们四下里张望，寻找万元之。

却听到后台有了吵嚷之声，且争吵声越来越激烈，台上三个演员诧异地停下了演出，但见梅天凤怒冲冲地与萧家广撕扯着冲上台。立时引得全场惊讶了。

梅天凤破口骂道：“萧家广，你给我滚出去！”

萧家广冷笑一声：“梅天凤，有胆子你再说一遍？”

“你滚出去，怎么了？滚！”

“梅天凤，我今天给你留足了面子……”

梅天凤大喊一声：“萧家广，接招吧！”话音未落地，梅天凤已腾空一脚，向萧家广面门踢来。

萧家广侧身闪过：“你还敢动手？”说话之时，萧家广也腾空而起，旋风般向梅天凤踢出了几腿。

剧场内登时大乱，观众纷纷站起，目瞪口呆地“观摩”这一场突如其来的“精彩”打斗。后台正在扮装的艺人们闻声也拥上台来，不明就里地傻傻呆看。李天曼急忙命令特务们四下寻找万元之。

片刻工夫，梅天凤与萧家广竟由台上打到了台下，二人不时将剧场的桌椅板凳抄起，向对方掷去，桌椅板凳登时满场乱飞起来，一些观众当下就“见红”挂彩，高声痛叫。观众们见势不妙，哪还敢再看热闹，立时抱头鼠窜，争相拥挤着跑出剧场。

李天曼叫苦不迭，特务们被人群挤得自顾不暇，哪里还能找到万元之。葛云梁拔枪放了两响，本想维持秩序，殊不知此举乃是抱薪救火。观众们顿时惊慌失措，更加疯狂地向外拥挤。

李天曼无奈地看看葛云梁："老葛呀，你添什么乱啊？"

葛云梁哂笑："你看嘛，这二人总归不打了嘛。"

的确如此。梅天凤和萧家广似乎被葛云梁的枪声震住了。二人当即停下，呆呆地看着空荡荡的剧场，再看看李天曼、葛云梁。

李天曼走上前，看看梅天凤与萧家广，讥讽地笑道："萧组长，梅经理，你二人这场架打得真是个时候呀！"

萧家广笑道："李组长今天可赚了，没花钱却看了场好戏。"

梅天凤冷脸问道："李天曼，你什么意思呀？"

李天曼"哼"了一声："梅经理，我奉命在剧场抓人，你们无故闹事，人犯乘机跑了。我就是这个意思。"

梅天凤"呸"了一声："放屁呢？你们抓人与我梅天凤有什么关系？你们放跑了人犯，你跟你们站长说去，跟我梅天凤说得着吗？"

李天曼登时愣住了，在她的印象中梅天凤是个温文尔雅的性格，今天怎么这样疯泼，张嘴就开骂呀？

但听一阵脚步匆匆响，梅可心、曹正汉大步走进来，梅可心皱眉看看李天曼，转身问梅天凤："二姐，怎么回事儿？"

梅天凤冷笑道："梅队长呀，你评评理嘛，李队长抓的人跑了，却跟我这儿说三道四，你们保密局就这么个出息呀？"

梅可心点头笑了，转过身冷眼看着李天曼，讥讽地说道："李队长，这是想找碴儿呀？你睁大眼看看，这位是谁？梅天凤，大名鼎鼎的抗日英雄，从没当过汉奸……"

李天曼一时哑口无言了。

葛云梁忙上前劝道："可心呀，你就别添乱了。"便给曹正汉丢了个眼色。

曹正汉也忙上前劝道："行了，都消消气儿……"

梅可心登时提高了声音："曹正汉，你滚一边去！葛云梁，你给我听着，你们两口子要真有本事，明天就把保密局保定站盘下来，开个夫妻店，重新雇伙计。今天可不行，保定站还轮不着你们发横呢！"

梅天凤转身看看萧家广，突然笑了："萧大姐，你说得对呢，咱们总是结拜的姐妹，刚刚小妹一时愤怒，失礼了。这里先赔个不是了。"便朝萧家广躬身一揖。

萧家广急忙搀了梅天凤，笑呵呵地拱手还礼："适才大姐急躁了呀。还望六妹包涵了。"

梅天凤哈哈笑道："大姐，六妹请你喝酒。"

萧家广点头："走着？"

"走着呀！"

二人携手并肩走了。

（适才大打出手，转眼称姐道妹。这是演"三岔口"呢？唉！果然演戏的是疯子，看戏的是傻子呀。）

梅可心斜眼看了看李天曼，对曹正汉道："老曹，咱们走。"

剧场里只剩下李天曼、葛云梁和十几个特务。

李天曼恼怒地跺脚骂道："一帮浑蛋啊！"

葛云梁摇头苦笑："说的是呢，这梅家三姐妹可是'浑蛋一锅煮'，咱惹不起呢。"

李天曼皱眉："老葛呀，你说她俩这场架打得奇怪不？刚打完了就说说笑笑地一块喝酒去了？这不是演戏是什么呀？"

葛云梁摇头苦笑："天曼呀，你是真不知道还是装不知道，这梅天凤、梅可心从来就这样儿，一会儿刮风转眼下雨，简直神经病。你可别跟她们一般见识。"

李天曼一脸疑惑："那你说萧家广呢？"

葛云梁无奈笑道："萧家广跟梅天凤是结拜姐妹呀，还有马凯旋、虞世通、曹正汉呢，除了马凯旋咱不能说，其他几个向来一个鼻孔出气。他们人多势众，咱们犯不上招惹呢！"

李天曼点头："萧家广这人有些味道呢，我之前或是看浅了她呀！"

葛云梁双手一摊："我说天曼呀，你又不是不知道，萧家广尼姑出身，女光棍一个，奇怪得很呢！"

“我不是这个意思……”

葛云梁摆手说：“行了行了，听我一句，现在马凯旋不是站长了，顾站长虽然对咱们还算不错，可人家毕竟是……不说了，快走吧。抓共党又不是咱家的买卖儿，抓不着就拉倒吧！”

李天曼泄气地摇摇头，跟着葛云梁走了。

行文到此，补述一笔，在保密局为时两个多月的大搜捕中，竟出了一个意外枝节。梅可心抓捕“苗记烧坊”的掌柜苗泉水时（苗泉水的侄子苗玉广是中共保定地下交通员，保密局由此怀疑苗泉水为中共地下党），竟意外抓获了李成贵——就是那个给日军引路，从而制造了孙家村血案，后来逃之夭夭的李成贵。

李成贵当时一路逃到保定，因他当年与苗泉水有些交情，即给了苗泉水一些钱，改名苗玉平，以苗泉水堂侄的身份，在苗泉水的烧酒坊当了伙计。苗泉水被梅可心抓捕后，误以为李成贵的事儿犯了呢，当即交代了李成贵。于是，梅可心顺手抓了李成贵。尽管李成贵改名换姓，还用烟头生生给自己烫了一脸麻子，最后还是被抓了。

梅可心破口骂道：“李成贵！你这样东躲西藏，又是改名换姓，又是烫一脸麻子，就能睡得安稳吃得香甜？”

李成贵灰灰地叹口气：“梅队长，别再说了，我知道会有这天。”

“你知道你的下场吗？”

“我做的那些事儿，应该千刀万剐。”

李成贵与苗泉水一同被押到了保定站，顾也正则命令梅可心将与共党无关的李成贵交给警察局处理。

梅可心坚决不同意：“站长，凭什么？”

顾也正耐心说道“我们的任务是抓共党，李成贵这种漏网汉奸，应该交给警察局呀。”

“这个人不能交给警察局，我得把他交给孙家村。”

“交给孙家村，为什么？”

“站长明知故问，这个汉奸对孙家村犯了罪，当然要由孙家村的老百姓处置。”

顾也正摇头：“不行！一定要交给警察局！”

“我要是不交呢？”

顾也正火了，拍响了桌子：“你敢不交？”

梅可心也使劲拍着桌子：“我就是不交！顾站长你能把我怎么样？大不了我不干了！”

“你……”

“顾站长，你现在就下令，把我梅可心除名呀！”

“你以为我不敢除你的名？”

梅可心冷笑一声，凑到顾也正眼前，恶狠狠地说道：“顾站长，你别以为我胆子小，不敢干出些什么不好的事儿来！”

顾也正气急败坏：“梅可心，你……”

季钧闻声走进来，忙给梅可心使眼色，对顾也正说道：“站长，我有重要情况汇报，梅队长暂且回避一下。”

“走了！”梅可心摔门去了。

“什么情况？”顾也正皱眉问季钧。

季钧摆手：“我能有什么情况？我是让梅可心赶紧走。”

“季钧，你……”

“站长忘了？我已被她绑过一回了！”

“季钧呀，我们当时已经替她圆过一回场了。”

“那站长就再圆一回场嘛。”

“你……”

“站长呀，你们真要闹起来好看？就为一个漏网的汉奸？值得吗？”

“这……”

“孙家村跟李成贵有血海深仇呢，站长就顺一回民心吧！”

“唉！那就随她去吧。说实话，李成贵这种狗汉奸，怎么杀都不为过呀。”

“可不嘛，这等小小不言的事儿，站长就睁一只眼闭一只眼吧。”

李成贵被梅可心押到孙家村执行枪决。枪决李成贵的时候，行刑的梅可心或是心有旁骛，手一偏，竟没能打死李成贵。不待梅可心补第二枪，孙家村的乡亲们争相扑上来，用手中的剪刀或菜刀，生生把李成贵给“凌迟”了。真是应验了李成贵的话：千刀万剐。

梅天凤被“整风”

民国三十五年（1946）入冬时节，保定周遭的解放区开始了整风运动。

梅天凤打着杂戏社跑马卖解的幌子出了保定，奉命到阜平参加整风运动。她却没想到，整风期间，她竟然被人揭发出了“问题”。有人举报梅天凤，说她与国民党保密局的诸多特务来往密切，还有个别领导怀疑梅天凤，认为她极有可能是保密局打入中共保定地下组织的“卧底”。

这也太没边没沿了？梅天凤委屈、别扭、愤怒之下，跟前来谈话的领导谈崩了。唉，梅天凤乘兴而来，败兴……也回不去了——梅天凤被隔离审查了。与她来往密切的几个人也逐一被审查。

负责审查梅天凤问题的领导名叫于亚群。于亚群曾与梅天凤一起工作过。梅天凤在保定二师读书时，于亚群在保定二师做学运工作，二人同在一个党支部，都归白悦农直接领导。于亚群对梅天凤应该是信任的。但当于亚群听取了几个检举人反映的情况后，三人成虎的效应立刻出现了，于亚群对梅天凤也产生了怀疑。简言之，于亚群也开始怀疑梅天凤是特务。

梅天凤坚决不肯认倒霉，她愤愤地吵嚷起来：“老于呀老于，我梅天凤是什么人，难道你不清楚吗？我是特务？你凭什么怀疑我是特务？”

于亚群皱眉：“梅天凤，你的情况么，我本来是清楚的，可听了一些同志的反映，也并非都是捕风捉影啊。梅立春、梅可心与你是姐妹关系，你们来往密切，还算正常。但你跟马凯旋是什么关系？还有你跟季钧、曹正汉那些军统特务是什么关系？抗战时期你们都一同做过什么？现在又是怎样一种来往？他们知道你共产党员的身份吗？他们策反过你吗？这些问题，你都必须逐一说清楚。”

梅天凤怒冲冲地瞪着于亚群：“你让我怎么说清楚？我承认，八年抗战期间，我跟马凯旋、季钧、曹正汉，跟军统许多人，曾多次在一起打过日伪汉奸。这有什么错吗？那时可是抗日统一战线呀！我跟他们为什么不能来往？我从来也没有向他们暴露过共产党员的身份！你怀疑我跟国民党特务同流合污了？你怀疑我梅天凤暗中被策反了？老于呀，你干脆枪毙我算了！”

于亚群恼怒地拍了一下桌子：“梅天凤，你要端正态度！我现在是代表组织审查你呢！”

梅天凤无奈地摇摇头，摊开双手：“好，我端正态度，我接受审查。但是我与马凯旋他们的确没什么特殊关系呀！你们要搞什么名堂啊？”

“梅天凤，你端正态度！”

“我就这态度！”

“你……”

“还是那句话，你赶紧枪毙我算了。你就是枪毙了我，我也不是特务！”

“梅天凤，我不妨给你说句实话，起初我也不大相信你会是特务，可有人检举你啊，而且还不是一两个人检举你，大家的检举也不是没有根据呀！”

梅天凤呼地站起，也乒乒乓乓拍响了桌子：“于亚群！你这是什么话？有人检举我，你就怀疑我是特务了？再多几个人检举我，你就认定我是特务了？那好呀，我也找几个人一起检举你！我们检举你于亚群是特务，是不是你也得接受审查呀？”

“你检举我？”

“对！我现在就检举你于亚群是隐藏的特务！是大特务！”

"你……混账话！"于亚群勃然大怒。

不欢而散。

梅天凤继续被审查。

于亚群于"文化大革命"初被打倒，被当作国民党特务审查，颇是吃了些苦头，"文化大革命"后彻底平反。于亚群后来苦笑说："想不到呢，我也尝到被当作特务审查的滋味了。"

阜平的整风为期一个月，梅天凤却不到二十天即提前结束审查，匆匆赶回了保定。为什么？因为杨昆平派给了梅天凤一个"紧急"任务，杨昆平以"党性"作担保，梅天凤结束了审查。梅天凤不承想，这个任务在具体执行中，竟然出现了诸多意想不到的麻烦，险些让中共保定地下组织遭受到"毁灭性"的破坏。

马凯旋复职

民国三十六年（1947）二月，国民党军与解放军正在各个战场激烈作战之时，南京政府的人事格局竟也悄然发生了变化。乔运典竟被国防部下派到华北剿总司令部任高参（身份由中央干部变为地方干部）。之前国民党政府调何思源任北平市长，乔运典因竞选北平市长无望，情绪一度消沉晦暗，或是无颜再回南京，随即向国防部告病假，在北平闲住了。此次乔运典突然被就近下派华北剿总，他人出乎意料，乔运典却心知肚明。调整人事格局，他从此被排挤出南京政府。换句话说，他已彻底"失宠"。乔运典却没有上任，他气定神闲，继续向国防部告病假，且找了个求"名医"看病的理由，去了上海。

乔运典临行那天，嚣张了多日的凛冽北风悄然偃旗息鼓，天气晴好，场面却十分冷清，只有顾也正、马凯旋、梅立春等几个学生赶到北平车站送别。

乔运典满脸云淡风轻，呵呵笑道："这么多年了，乔某醉灯看剑，梦吹鼓角，一刻不得安宁呢。回头再看，竟大有沧桑之感了。能有如此一个看病机缘，那便是万缘放下，从此知身是幻，悟世无常，外不着相，内不动心了。有道是，荣枯本无常，何必使尽帆，能入世者，也能出世。此言从来不虚也。”

众人抚掌迎合，春风和畅，笑逐颜开。人们却都看得出，乔运典虽谈笑风生，但他的目光苍白、虚弱且孤独，掩饰不住他心情的灰暗低落。

人事格局仍像重新洗牌一般不断调整。更让人无从想到的是，乔运典前脚刚刚离开，顾也正竟奉调保密局北平站站长，军阶擢升至少将。

有分教，霉运当头金失色，好运迎面铁生光。顾也正走了多年的背字儿，今日竟如咸鱼翻身了。他喜气洋洋地大摆宴席请客，保定市府与保密局保定站更是先后摆了两场庆贺酒席，为顾将军饯行。顾也正即神采飞扬地走马上任去了。

出人意料的事一桩接一桩，顾也正前脚刚走，已在保定站打杂多日的马凯旋，竟然官复原职。此事突兀骇怪，难道郑介民通过自我批评，通过吾日三省吾身，通过认真学习“人至察则无徒”的古训，或良心发现，或恍然大悟，觉得自己对不住马凯旋了？或是马凯旋脑袋开窍，与时俱进，给郑介民送什么大礼了？嘁，想也别想，郑介民没自省，马凯旋也没送礼。马凯旋复职，是因为郑介民与毛人凤的矛盾激化。

郑介民执掌保密局，毛人凤心生妒恨，二人一直如“姑嫂勃谿”明争暗斗。某次会议上，二人竟当众争执起来。争执必无好言语，争吵得面红耳赤之际，陈年旧账狗撕羊皮，话题扯出了乔运典与黄山明，毛人凤便将乔运典当年与郑介民合谋诬告，并二人合力包庇黄山明贪污受贿的事情，倾箱倒箧“一锅端”了出来。毛人凤嘴快，不及郑介民反驳，又历数郑介民打击报复下属之劣迹，并举马凯旋为生动鲜活事例，控诉郑介民打压抗日有功之士。郑介民气得“体如筛糠”，会议不欢而散。

毛人凤仍不肯罢休，一鼓作气将此次会议“成果”直接向上汇报了。结果二人被各打五十大板。

而后，郑介民当即着令马凯旋恢复职务与军衔，填补了顾也正奉调后保定站的空白。后来得知，顾也正奉调后，郑介民已决定让季钧继任站长，而且郑介民已派人给季钧透了风声，先卖了顺水人情。殊料横生变故，季钧落了个肥皂泡儿空欢喜。如此说来，这官场之中，真乃一时风雨一时晴，晨穿皮袄午穿纱，也没个准儿啊。

马凯旋复职几天后，郑介民到北平视察工作，马凯旋依例前去汇报。散会之后，郑介民留下了马凯旋谈话。郑介民虽年届五十，但保养得很好，皮肤细嫩，举手投足，颇有贵族气派。

马凯旋后来回忆，他当时认为郑介民的态度应该是想缓和一下彼此的关系，却没有料到，郑介民的谈话很不友好，咄咄逼人且刻薄寡恩。

郑介民淡而无味地说道："马站长，你官复原职，要认真工作，要汲取过去的教训。"

郑介民的广东口音很重，马凯旋必须认真听才能听明白。

马凯旋点头："在黄山明的事情上，属下知道长官很有些意见，属下也没办法改变长官的看法，但马某在黄山明案件上，的确是出于公心。"

郑介民冷冷地说道："我不仅有意见有看法，直截了当地说吧，我还很生气。黄山明有错，但错不至死。你杀他，就是沽名钓誉！"

马凯旋摇头说道："长官误会属下了，此事与沽名钓誉无关。黄山明贪赃枉法无度，恣意败坏党国声誉，且民愤极大。杀他乃属下职责所在。"

郑介民嘲讽地看了看马凯旋："马站长，你不要以为复职了，我就不敢再撤你了！换句话说，你以为我不敢把你关起来吗？话说得再明白些，我取你的性命易如反掌，你相信吗？"

马凯旋淡然点头："属下相信，长官可以这么做。但是长官现在不会这么做。"

"为什么？"郑介民的脑袋左右歪了歪。

"长官现在是保密局最高长官，无端杀掉马某难以服众。对吗？"

马凯旋的表情不卑不亢。

郑介民讪讪的笑容僵住了，他怔了怔，端起茶杯呷了一口，打了个嗝儿。

马凯旋谦恭地笑了笑，继续说道："我知道，属下这个人很让长官们讨厌，长官并不喜欢我这个人，但是属下依旧相信长官的雅量。"

郑介民"哼"了一声："实话实说，虽然我很不喜欢你这人，但我还是了解你的为人，你对党国事业还算是忠于职守。若你杀黄山明藏有私心，我才不管什么雅量不雅量，即使有什么大人物为你讲话，我也会杀你，以儆效尤。你信吗？"

马凯旋点头，安静地说道："属下当然相信。属下却更愿意相信，属下与长官都是忠诚于党国的人。"

郑介民呆了片刻，摆摆手："好了，就这样。你先去吧。"

唉，这人要不对眼了，相处起来，就驴唇对不上马嘴，真费劲。马凯旋心情兀自有些灰暗，在这样一个大上司的手下做事儿，难了去呀！

郑介民离开北平不久，保密局原郑州站站长卢南星，遭人举报挪用办公经费，郑介民破口大骂："垃圾！"卢南星当即被降级调至保定站任副站长。

卢南星当年是红人，少将军衔。卢南星曾经是何等气焰熏天，哪把郑介民、毛人凤等人看在眼里。谁料戴局长突然死了，郑介民接任，卢南星的好日子算是到头儿了。挪用几个经费算什么事儿呀？你郑局长就不贪污了？你少挪用了？

马凯旋并非看人下菜碟的性格，隆重地给卢南星安排了接风酒宴。卢南星感激莫名，顿发感慨："久闻马站长谦谦君子，今日相见，果然如沐春风呀！"

马凯旋笑道："卢将军乃保密局前辈，马某三生有幸，得卢将军辅佐，还望卢将军奖掖后学，不吝赐教啊。"

马凯旋尊重卢南星并非客套。实事求是地说，从复兴社的一个小特务，一步步被提拔，军阶升至少将，与卢南星作战勇敢，不怕牺牲有关。抗战年代，卢南星身先士卒铲除日伪，战功卓著，有目共睹。但干得好未必运气好，一朝天子一朝臣的效应从来不爽。戴笠死后，这效应立竿见影，卢少将被郑局长找了个借口，分配到保定这样一个“不三不四”不成体统的工作站，当了一个羞于对人提起的破副站长。唉，老卢呀，先忍了吧！

天行健，君子以自强不息；运气亏，卢南星退出“内卷”，暂且“躺平”。

马凯旋认为，以卢南星当年刚愎自用的性格，必定会在保定站干出些成绩，以正视听。马凯旋曾感慨：“世上本无垃圾，所谓垃圾，多是放错了地方啊！”

但是，马凯旋很快对卢少将失望了，而且失望透顶。马凯旋是个极其负责的性格。卢南星的性格比马凯旋多出了一个字——极其不负责。卢南星到保定站还没几天呢，保定站就都知道了——卢副站长浩然巾下还有一个爱好：请人吃饭。自马凯旋给他安排了接风宴之后，卢南星一连回请了五天，保定站从上到下，一个不落全请到了。马凯旋不胜其烦。马凯旋开始还以为卢南星过于客气，后来才知道，此公彻头彻尾就是个“吃货”。

再一年后，毛人凤接任保密局长，马凯旋、季钧、卢南星到南京开会，卢南星除却开会，天天泡在饭局里，请吃的人竟然五花八门，有上峰、同僚、文人、商人、地痞流氓，甚至还有舞女。传说卢南星有一回喝多了，竟然当众高声唱诵《牛山四十屁》诗句：“春叫猫儿猫叫春，听他越叫越精神。老僧亦有猫儿意，不敢人前叫一声。”或唱得来了兴致，又唱诵道：“才说炎天忽又寒，看来看去世情难。不如做个呆人罢，做个呆人岂不安？”在座者登时愕然。

马凯旋得知后摇头叹息：“无怪乎外面流言蜚语，卢副站长果然就是个‘吃货’呀！马某师心自用，当初真是看走眼了！”

季钧哂笑：“保密局干脆再成立一个直属吃饭局，卢南星当局长，肯定出色。”

唉，马凯旋和季钧都迂腐了，人生在世，吃饭从来不是“小事”。卢南星在饭局里吃得风生水起，已经吃出了人生三味。真让马凯旋、季钧这些对党国尽心效命的人感到悲哀透顶啊！

卢南星洞察保密局已多年，他奉调保定站后便清醒地意识到了，自己官场失败的原因就是幼稚，这些年算是白干了、白瞎了、白活了。所谓忠诚、信仰、勇敢、正直根本没有市场。要想获得成功，只能学会察言观色，不断进步，提高自己的人生台阶。由此，那个勇敢的卢南星死去了，一个投机的政客诞生了。

卢南星感觉自己活明白了，他遇事开始退缩躲避、胆小怕事、极其自私、敢于无耻。哀莫大于心死的效应出现了，卢南星认定自己彻底“没戏”了。回想这些年，自己有努力没魅力，有智商没情商，有想法没办法，有思路没门路，有措施没实施，有志气没运气，有能耐没忍耐，有手艺没手腕，有关系没联系，有信仰没信息，有酒量没能量，有舞台没后台，有人脉没人缘……他感觉自己就是一个走了背运的倒霉蛋。在此思考的基础上，他逐步变成了国民党中的败类。没有廉耻，何谈敬畏之心？面对上峰，他敢于表演，信心满满，说瞎话从不脸红。私下则将“吃喝玩乐”奉为宝典。

渐渐地，马凯旋不再给卢南星派遣差事。卢南星却乐得清静无为，有时站里开会，他也不来，逐渐成了保定站一个可有可无的角色。或正是由于卢南星如此嚣张地混日子，最后竟给他带来了杀身之祸。后边再说。

民国三十六年（1947）十月，保定绥靖公署随河北省政府迁往北平，乜子彬辞去兼职。保定警备司令部为战时需要扩大了编制，成立了参谋处、总务处、军法处、巡查处和秘书室。警备司令部着令，军法处及巡查处，全力配合保密局保定站的工作，为方便工作，警备司令部聘请马凯旋为这两个处的顾问。唉！就算马站长“有心”顾问，也没工夫了。他刚复职就接到北平站顾也正站长的命令：“封锁”晋察冀共匪区域的“商贸”活动。

众所周知，中共晋察冀根据地在抗战期间逐渐拓展壮大，国民党一直将其视为心腹之患，对晋察冀根据地的控制与封锁，一向虎视眈眈。史料记载：抗战胜利后，即使在国共重庆谈判期间，国民党对晋察冀解放区的“清剿”行动也从没放松过。所谓卧榻之侧岂容他人酣睡。

民国三十六年（1947）四月，中央工委刘少奇、朱德等到达西柏坡，整顿晋察冀军区军事并开展土改工作。朱德亲自指导晋察冀军区组建晋察冀野战军，并将野战军指挥机构与军区分开。杨得志任司令员，罗瑞卿任政治委员。中央交给晋察冀部队的主要任务：配合东北野战军牵制华北敌军，使华北敌军不出关或少出关增援东北。

蒋介石看出了这步棋，为争取主动，他命令华北剿总对晋察冀区域的中共部队进行“清剿”。华北剿总则细化命令，对晋察冀解放区进行军事打击的同时，实施经济封锁。保密局北平站下令北平周遭各保密局单位，对出入“匪区”的生意人，要严加盘查。

马凯旋复职之初，恰逢华北剿总下令对“匪区”商业封锁。保定站迅即对保定周遭的商家重新逐一进行登记，凡在“匪区”有经商历史的商人，一律拘押审查。此举一时令商家纷纷歇业，避之不及。马凯旋没有就此止步，着令保定周遭各县，凡与“匪区”有过往来的商家，一律审查。遇反抗者，格杀勿论。

如此情景之下，保定商业凋敝一时。保定商会会长谢汉业“托病”不出。这天，保定商会副会长钱菘文①召集保定周遭各县的商会代表开会。钱副会长苦着脸看着众人，唉！国军何真意？欲辩已忘言……不知说什么好了。是呢，十几天来，已有三十几个商铺的掌柜被逮捕了。

钱菘文哀声叹道：“没办法呀，谢会长病倒了，只好由钱某出头主事儿。可钱某眼下也是戴罪之身啊。只是考虑到我还得硬着头皮支应着商会的差事，保密局这才没有抓我进去蹲号子呀。”

---

① 完县五里岗人。

商贾们纷纷苦叹。有人低声骂道：“什么破政府呀？从有秦始皇说起，也没听说哪个朝代对买卖人找碴儿呀！”

“可说是呢，‘六合木材行’的刘掌柜，只是去阜平县进了趟货，就硬给抓了。罪名是通匪。”

“昨天晚上，‘枣林醉’酒坊的周掌柜也被抓了。他到曲阳县进了几缸枣酒，保密局硬说他与‘匪区’有贸易活动。”

此时有人说道：“解决此事却也简单，咱们商会可以去找抓人的保密局呀，说明情况，将被抓的同人保释出来！”

找保密局？说明情况，保释出来？这是哪个没睡醒的糊涂蛋说梦话呢？保密局是讲理的地方吗？众人搭眼去看，说话的却是完县药材商人唐行一。

钱菘文摇头讥笑：“唐掌柜说得好轻巧，那保密局是个阎王殿，谁敢去呀？还不等咱们张嘴呢，就得给抓起来关了。”

有人叹气：“唐掌柜真是闭塞呀！你没听人说过吗？保密局有九九八十一套刑具，件件都能让人感觉生不如死，后悔被爹娘生出来。”

唐行一微微笑了：“钱会长若信得过，唐某可以去一趟。”

钱菘文疑惑地看着唐行一：“唐掌柜，你跟‘匪区’也有些瓜葛呀！万幸眼下还没人揭发你，你……就别自投罗网了！”

众人登时纷纷苦笑起来。有人戏谑道：“唐掌柜，你早年从军已丢了只胳膊，是不是还想把脑袋丢到保密局呢？”

有人好言相劝：“唐掌柜，可千万别去招惹那些特务呀！”

唐行一四下环顾，欠身道：“承蒙钱会长关怀，多谢诸位同人友爱。唐某不才，却还没有愚蠢到要去送死。不瞒谢会长和诸位同人，唐某于保密局保定站还有两三个熟人，与唐某还算有些交情，唐某若找他们通融通融，应该管用。唐某不仅不会死，或许还能把被抓进去的商家都保释出来。”

此言一出，与会的商贾们都惊讶了。

钱菘文错愕道：“唐掌柜，你真能……”

唐行一点头：“都说保密局如狼窝虎穴，唐某岂敢玩笑。”

钱菘文惶惶地起身，朝唐行一深深一揖：“那就有劳唐掌柜代表保定商会各位同人，辛苦一趟了。”

商贾们随即纷纷起身，向唐行一鞠躬致意。

唐行一忙还礼：“诸位，唐某承不起。”

唐行一当即以商会代表身份，径直去了保定站。

唐行一在保密局门口通报了“商会代表”的身份，站岗的赶忙进去通报了。

马凯旋诧异了一下，便冷冷笑了：“看不出呢，他们还真有胆子，还敢派代表来。来了几个?”

“就一个。”

“让他进来吧。”

唐行一进了门，轻轻咳嗽了一声。

马凯旋放下文卷，抬眼一看，登时怔了：“品直?”

唐行一上前深鞠一躬：“学生唐行一，拜见老师了。”

马凯旋忙起身过去，一手握住唐行一的手，一手抓住了唐行一那只空空的袖子，惊讶地笑道：“品直呀，你从天上掉下来的？这两年多你真是‘神龙首尾不见’呀！只听说你经商了，却见不到你人影儿。总想去找你见个面，说个话儿，可我这公务缠身，哪有个闲暇呢。快坐快坐!”

二人相对坐下。马凯旋先沏了杯茶，唐行一忙欠身接过。

唐行一笑问：“自徐水别过，老师一向可好?”

马凯旋摇头苦笑一声：“起起落落，一言难尽啊。”

唐行一点头：“学生也听说了一些，官场自古是非纠结多多，好在老师乃愈挫愈勇的性格。天降大任于斯人这句古话，必定应在了老师这里。”

马凯旋摆手：“品直呀，别讲笑话了。说说你吧，你的药材生意做得还好吗？你还行医吗?”

唐行一道：“学生怎能忘记老师的传授，行医乃是根本。药材生意，是为了行医用药方便，学生日后一旦有家眷，也便是个家计了。”

马凯旋听罢点头：“回想抗战年代，你运筹帷幄，屡见功劳。而今悬壶济世，医者仁心，竟还能在商言商，想你的生意，也一定会做得风生水起。你可谓行行出色的人物呀！”

唐行一忙摇头：“老师如此说，学生便无地自容了呀！”

又说笑了几句，马凯旋皱眉问道：“品直此行，专程为那些商贾而来？”

唐行一颔首笑道：“自身难保，遑论其他。学生是来投案的。”

马凯旋疑问：“投案？怎么讲？”

唐行一点头：“刚才讲了，学生时下做药材生意，生意么，低买高卖而已，为了赚钱，走南闯北免不了。政府布告中所谓的‘匪区’，学生曾多次往返，自忖必是犯了‘通匪’条款，特来投案，央请老师秉公处理。”

马凯旋愣怔了一下，哈哈笑了：“品直呀，你做药材生意，自然要南来北往各地采购。不必瞒你，此事我早已知道。世间的事情各有因果，‘通匪’之论也当因人而异。你莫说到‘匪区’采购药材，你就是到‘匪区’聚朋会友，也在情理之中。人人皆知你向来义气处世，中共方面也有你许多朋友。这一情况我了然于胸，品直切不要杯弓蛇影呀！”

唐行一讪然笑道：“恕学生再冒昧说一句，学生此时并非杯弓蛇影，政府却好似站在八公山上了。”

马凯旋收了笑：“品直为何这个说法儿？”

唐行一端茶呷了一口：“生意人么，自古无外乎赚钱二字。政府禁令，但凡商贾往来‘匪区’做生意，便是繁荣‘匪区’市场，视同资助‘共匪’。若以眼下时局而言，此禁令或有些道理。但若细心梳理，保密局目前所抓捕的大多商贾，其往来‘匪区’的生意，概是在政府下令之前所为。如此不容辩解，一律拘押，保密局就不讲道理了。”

马凯旋哂笑："依品直之言，当如何呢？"

唐行一缓缓放下茶杯，诚恳说道："学生斗胆犯颜一句。政府时下与中共'决战'，正在胶着状态。人心向背而最后安天下者，必是能收服人心、化戾气为祥和者。政府或急于封锁中共经济，率尔操觚，颁布禁令，不问青红皂白，拘押商贾。如此雷霆手段，必定要牵累市场。于政府置想，此举当属权宜之计，初衷么，无可指责。但政府会心甘情愿因小失大惹动民愤吗？若一味持续强硬拘押，必加剧人心惶惶，但凡商贾们罢市抗议，政府有何对策？那时为安定民心，必是要以非常手段杀鸡儆猴。老师身处前沿，学生担心到那时，老师或要被一些'没心没肺'的政客架到火炉上烤了呀！"

马凯旋听得点头感叹："品直呀，两年不见，你更是长了几层见识呀，直让马某由衷佩服，深感自愧不如呀！"

唐行一忙欠身说："学生莽撞，一时口无遮拦出言无状。老师见谅。"

马凯旋哈哈笑了："出言无状？品直呀，你若再一味谦恭，反显得我矫情无状了呢。"即点头说道："你适才所言，我深以为然，我这就放了那些商贾。"

唐行一起身，向马凯旋鞠躬如仪："学生代这些人谢老师了。"

马凯旋摇头："品直总这般客套，倒叫我不好说话了。快坐吧。"他看看表，笑道："今晚我找个饭庄摆上两桌，喊季钧、曹正汉、梅立春、梅可心姐妹，还有几个，总之是你熟识的朋友，他们也总在惦记你呢！"

唐行一忙说："老师不可以，不可以呀！"

马凯旋疑惑："为什么？莫非其中有人与你不睦？"

唐行一摇头笑了："老师误会了，这些人皆是旧交，抗战期间多是出生入死，绝无嫌隙，学生思念之情，也是与日俱增。只是，学生此次来找老师，只是人情往来，若说出去我来找老师的真实意思，唯恐妨碍老师名声，有失官箴了。"

马凯旋怔了怔，点头道：“细想么，你说的也是。”说罢，他笑道：“品直，将来想做些什么？”

唐行一摇头：“将来么，也只是结婚生子，为生意奔忙，从而潦草一生罢了。”说到这里，唐行一或是想到了那种画面，不禁哑然失笑：“老师或能想象学生讨价还价、锱铢必较的庸俗样子了？”

马凯旋也哈哈笑了：“你认真的样子么，我是领教过的。”

唐行一即起身告辞。马凯旋起身相送，一直依依送到街中。

唐行一笑道：“老师公务在身，敬请留步吧。”

马凯旋点头叹道：“品直呀，你记着常来坐坐，免得我惦记。”

唐行一郑重说道：“学生也这样想了。学生陟岵陟屺，但望老师保重！”说罢恭敬一揖，转身走了。转眼间，唐行一汇进了街中的人流，如一条鱼儿游进了川流之中。

马凯旋心中一阵莫名感喟，不觉低声叹道：“唐品直啊……”

季砚民之死及“连锁反应”

马凯旋后来才明白，他复职之时，中共保定地下党组织针对保密局保定站展开了“以变应变”的武装斗争措施，以有效打击保定站持续的搜捕行动。总之，保定站被中共地下组织盯上了，保定站由此必定麻烦多多，刚复职的马站长，不大好干了。是呢，无论是谁，但凡被对手“惦记”上，从不是什么好事儿。

（既然作了对手，就得有随时“谢幕”的准备。从古到今，莫不如是。）

中共保定方面也许并不知道，马凯旋也“惦记”上了保定中共组织，而且已构想并设计了与之斗法的策略。马凯旋这个策略的出笼，是出于对军统保定站目前人员状况与工作状态的忧心考虑。

顾也正主政保定站期间，马凯旋坐冷板凳。顾也正热衷于跑上层却疏于管理工作，保定站干员纪律逐渐松懈，工作质量直线下降，工作状态则如“放羊”。如电讯科夜间值班人员，竟然打开了麻将。

再如葛云梁搞起了“黄金”买卖，曹正汉、强大水等人还入了“股份”。虞世通常驻大发车行，他的生意更是五花八门，据说暗中与共党还有生意往来。

这些问题还在其次，马凯旋断定保定站有共产党的“卧底”，而且不止一个，但要甄别也并非易事。但凡卧底，必有一个早已洗白的身份。如此推想，马凯旋对保定站大多人员有了警觉。如何抛开这些暂且不好使用的干员，从而达到清除中共保定地下组织的目的，马凯旋有了个思路。他复职后思考了几天，做的第一件事就是给顾也正打了个电话。

这个电话既非祝贺顾也正高升，也非知会他本人已复职。马凯旋向顾也正借人。

马凯旋在电话里听到了顾也正踌躇满志的笑声：“马站长复职开工，顾某当然支持，无论借人借钱，统统一路绿灯。说吧，借谁？”

“借潘景耘。”

“可以，什么时候去？”

“现在。”

“那好，我现在就派他去你那里报到。”

“潘先生在北平逍遥自在惯了，乐意来保定这小地方吗？”

“他敢不去？但有犹豫，军法处置！再让他带几个人过去。生面孔，行动方便。”

“多谢顾站长支持马某。”

“马站长呀，你我同事多年，且私交甚厚，就不必客气了。”

马凯旋煞费苦心借调潘景耘，是为了更有效、更便捷、更有把握破获保定中共地下组织，力争一网打尽，不留后患。

潘景耘何许人也？《保定文史资料选辑〈第五十九辑〉》记载：潘景耘，直隶安肃（今徐水县）人。1905 年生。保定育德中学毕业，民国十七年（1928）参加中国共产党，曾任中共地下交通员、交通站长、保定敌工部长、保定特委副书记。民国三十四年

(1945）春天，潘景耘到北平开会，在街中吃饭时被军统北平站秘密逮捕，随即叛变。潘景耘从事中共地下工作多年，由交通员做到保定特委副书记，掌握保定地下组织诸多情况，他叛变后，当即交代了北平两个交通站，使之遭到军统秘密破坏（逆天呀，抗战尚未胜利，军统即同室操戈，绝对助纣为虐）。抗战胜利后，潘景耘擢升上校军衔，仍留在军统北平站，先后担任电讯室主任、总务处长、行动队副队长。

马凯旋借调潘景耘，目的就是利用其熟悉保定中共地下组织情况的“优长”，梳理时下保定地下组织的活动规律，之后捕杀，并借势清理保定站内部可疑分子。马凯旋相信，潘景耘一旦到位，必定大有收获。

《保定传说》记载，潘景耘相貌平常，个头儿不高，身材精瘦，平常寡言少语，表情木讷，但为人处事却十分机灵。他擅长易容，混迹街头不惹人注意，他枪法很好，还有一副好身手。坊间传说，潘景耘想杀谁，谁就别想在他枪下逃生。他叛变投敌后，却多在幕后活动，很少抛头露面。中共保定与北平的地下组织欲除掉此人，多次设计，却均未得手。马凯旋借调此人到保定，的确对保定中共地下组织产生了威胁。更严重的问题是，马凯旋悄然行事，保定地下组织对潘景耘尚无一点儿提防。

真让马凯旋猜对了，潘景耘不想被借调到保定。但潘景耘却不能不来，并非军令如山，他有把柄握在顾也正手里。潘景耘当过北平站总务处长，他是个吃喝玩乐的脾气，每天下班后便在酒楼歌厅泡着，基本不在家吃饭，每月的薪水，除了养家哪儿够开销呢。潘景耘穷则思变，靠山吃山，他任总务处长期间，大概贪污了十几万经费，被人举告总局，新任局长郑介民大怒，责令彻查。眼看潘景耘就要被“双规”，竟是天不灭曹，顾也正接任北平站长。初来乍到正是用人之际，顾也正便将此事压下了，将潘景耘私下训斥一番，调其到行动队当副队长了。潘景耘感激涕零，由此对顾也正言听计从。他岂敢不来。

潘景耘被借到调保定之后，并没在保定站露面，他观察两天之后，便带着几个特务在古莲池门口租了一家店铺，开了一处“吴记缸炉烧饼铺”。潘景耘自称“吴掌柜”，单独跟马凯旋联系。联系的方法很简单，马凯旋打电话叫“吴掌柜”送缸炉烧饼。

“吴掌柜”果然立竿见影起作用了，几天后，“吴掌柜”在古莲池的一个“死信箱”，收到了一张纸条。①

“吴掌柜”在“死信箱”收到的这张纸条，向马凯旋传递了一份重要情报：

共党特派员季砚民不日来保定，与593团秘密接触。行云。

唉！这个幕后人物的情报从来不虚。此次情报，的确为中共保定地下组织的绝密行动。“行云”怎么知道的呢？

民国三十六年（1947）早春，中共保定敌工部部长吴邦鉴到易县开会。散会后，吴帮鉴匆匆赶往涞源县，迎接山东省委特派员季砚民同志到保定指导工作。殊料吴部长途中遇到雨夹雪天气，马车因了路滑跌进了深谷，吴邦鉴部长当即牺牲。此时远在阜平县的梅天凤，正在审查期间，突然接到由杨昆平代表保定特委发来的命令，由梅天凤同志代替吴邦鉴同志赶往涞源县，接洽季砚民特派员并引路到保定。这就是梅天凤突然提前结束审查的原因。

梅天凤后来才知道，季砚民特派员千里迢迢赶到保定，是为了具体指导国民党部队驻保定593团的暴动计划。

---

① “死信箱”是特工传递情报、接受指令、领取奖赏和放置小型工具的存储装置，分为固定式、可携带式、活动式等几种。固定式“死信箱”实际上就是一个经过挑选的无人交接点。挑选“死信箱”是一件复杂而责任重大的工作。第一，要尽可能不被发现；第二，位置必须容易让来取情报的人识别；第三，设立“死信箱”的地方，必须是特工随时都“有理由去”的地方。设置在城市中的固定式“死信箱”，往往设在公园、咖啡馆、酒吧、栅栏内侧、影剧院座椅下、墓碑缝隙内、厕所水箱里等几乎无人问津之处。总之，那些就在我们身边、每天都能看到但又“熟视无睹”的东西最容易被特工利用作“死信箱”。

（季砚民时任山东省委副书记，此次被河北省委借来作为特派员，是因季砚民曾当过教员，国民党593团团长聂瑞星曾是季砚民的学生。聂瑞星对保定中共地下党表态说，他只相信季砚民先生，只有季先生到此，他才能具体研究起义事宜。唉，说起来，这位聂团长也是个不吃饺子吃馄饨——死认一呀！

《保定风物》简略记载：季砚民，男，1904年生，湖南长沙市人，长沙师范毕业，1929年加入中国共产党，曾任红四军方面军团政委、延安粮食委员会副主任、山东省委副书记兼任山东省委军事部长……）

季砚民初到保定，必定两眼一抹黑，除了聂瑞星谁也不认识。反过来说，中共保定地下党谁也不认识季砚民。山东省委当然知晓这个情况，出发前给季砚民派了一个向导张可，假扮季砚民妻子。可谓精心安排。

此次由熟悉保定地理的张可同志作向导，陪同季砚民同志来保定，应不会错。换言之，季砚民在保定的行动，只靠一个向导张可。按常理讲，虽有了张可作向导，季砚民也应在涞源县等接应他的同志，之后再动身去保定。性格决定命运的格言再次应验，季砚民却是个“风风火火”的性格，他久等接头人不到，便不想再等，便带着警卫员和张可动身赶往保定，因担心引人注目，季砚民临时决定走小路，便与前来接应他的梅天凤走了个两岔。季砚民没想到，他这种急躁性格，当即有了糟糕效应，他们一行在匆匆入城的时候，即被潘景耘的手下发现，潘景耘亲自带人一路追踪到西大街旅馆。

杨昆平派梅天凤赶往涞源迎季砚民时，已做了梅天凤遇不上季砚民的准备，为确保万无一失，又派出保定工委的交通员鲁汉，在预先约定的西大街旅馆等候季砚民。当鲁汉与张可接洽之时，潘景耘带着特务们出现了，瞬间交火，季砚民的警卫员当场牺牲，潘景耘两个手下被老鲁击毙。但寡不敌众，季砚民与张可、鲁汉被捕了。

潘景耘当即通知季钧带人打扫了现场，将季砚民三人押到了保定站，立刻提审。真泄气呀！张可被捕两天后竟受刑不过叛变了。

张可交代了季砚民的真实身份。马凯旋听了喜出望外，他要亲自审讯季砚民，撬开季砚民的嘴巴，问出中共保定地下组织的详细情况。马凯旋却没料到，手下的特务们太性急了（太积极了），季砚民持续两天两夜被严刑拷打而不得片刻休息，心脏病发作，猝死在了审讯室。

季砚民突然死了，马站长预想的美好前景，登时一片“空白”，瞬间变成了泡影。

马凯旋表情木然地坐在办公室，他一时有些回不过神儿来，有一种功亏一篑的沮丧。怎么就没想到季砚民会心脏病发作呢。正在懊丧，季钧进来报告：“接应季砚民的交通员很顽固，弄不下来呀，站长要不要亲自审一下？”

马凯旋摆摆手：“季副站长，我有些累了，你继续审吧。”

季钧答应一声，转身要走，马凯旋却随口问了一句：“那交通员叫什么名字？”

“鲁汉。”

“鲁汉？”

“这人曾经是‘兄弟社’成员。”说到这里，季钧兀自笑了：“若说起来，这个鲁汉还是站长的熟人呢。”

“熟人？”

“站长当年给他治过伤。”

马凯旋恍然笑了：“想起来了。我当年的确给他治过枪伤。我见见这人，亲自审一下。”

马凯旋站起身，却又坐下了：“这样……把鲁汉带到这儿吧。”

半支烟的工夫儿，遍体鳞伤的鲁汉被季钧带着两个特务架来了。马凯旋轻轻抬手示意，鲁汉被两个特务架到椅子上坐下。

马凯旋上前，仔细看了看鲁汉。多年不见，他对鲁汉这双眼睛仍有深刻印象，这是双绝不会屈服的眼睛。马凯旋再看看鲁汉手上的铐子，淡淡说道：“去了吧。”

一个特务忙上前给鲁汉解了手铐。马凯旋看看季钧，笑了笑：

“我单独跟鲁先生聊聊？”

季钧会意，带着两个特务转身出去了。

马凯旋回身坐了，身体向后靠了靠，森然笑道：“我应该称呼鱼先生呢，还是称呼鲁先生呢？”

鲁汉喘息了一下，语气坦然地说道：“称呼我鲁汉吧。”

（鲁汉、鱼悦然，两个名字都能见证其一生的神秘。）

“鲁先生，咱们多年不见了呀。”马凯旋站起身，给鲁汉倒了杯茶，又递了一支纸烟。

“真是多年不见了。”鲁汉接过纸烟，马凯旋凑近为他点着了。

“当年我曾误会过鲁先生。”

“过去的事不必提了。”

“鲁先生为我父亲保守过秘密？会是什么秘密呢？”

“你都知道了？”鲁汉徐徐吐出一缕烟来，斜眼看了看马凯旋。

“舅舅告诉过我，家父并没有死，也就是说，我爹还活着！”

“你舅舅？”

“魏宪臣大夫，当年与鲁先生同在家父的‘马氏诊所’共事，鲁先生应该熟识吧？”

“哦，是了，魏宪臣魏大夫。”

“是的。但舅舅并不知道家父出事的详情，还望鲁先生如实相告。事先说明，马某这个请求，与审讯无关。”

“唉！……当年令尊所为，实属无奈。”鲁汉怔了一下，轻轻摇头，继而叹了口气。

“马某央请鲁先生讲讲吧。”

“那年在‘马氏诊所’我不讲令尊的事情，确有诸多原因。现在么，我可以如实告诉马站长了。”

“鲁先生能如此，马某万分感谢！”

“不必谢，我应该的。”

“我父亲真的没有死吗？”

“马站长想呢，令尊何等通达之人，他怎会为区区一个赌约，就自杀呢？端的是，知子莫如父，知父子不如呢。”鲁汉摇头苦笑了。

“我的确不太了解父亲。”马凯旋惭愧点头。

“令尊没有死，那具下葬的棺材里并没有令尊。”

“真的？”

“真的！”

“那棺材里是……”

“麻正林。”

“麻正林？”

“麻正林死了。”

“他怎么死了？”

“被人杀了。”

“谁……杀的？”

“我和令尊把他杀了。”

“你们……为何要杀麻正林呢？”马凯旋紧皱眉头，目光如炬。

此时他眼中的鲁汉，好像一只受了重伤动弹不得的猛虎，更像一只关进笼子里的猎豹，相当危险却不乏魅力。

鲁汉深深吸了口烟，缓缓吐出，皱眉回忆道：“这件旧事，说来却话长。当年麻家在保定城内有些势力，财大气粗却为富不仁。麻其言也在保定挂牌行医，因其医术不如令尊，便生了嫉妒之心。令尊曾医好麻其言的中风，按说呢，见贤思齐，且有救命之恩，麻其言理应消褪了心中的嫉妒，与令尊结为好友才为明智之举。谁知麻其言却恩将仇报，仍暗中思谋如何将令尊赶出保定……”

说到这里，鲁汉掐灭了手里的烟蒂，丢在脚下踩熄了。马凯旋再递给鲁汉一支烟，为鲁汉点着了。

鲁汉深深吸了口烟，继续说道：“麻家少爷麻正林与令尊打赌之事，本就是麻家父子设下的一个圈套，目的就是借此羞辱令尊，让令尊威信扫地离开保定。令尊何等聪明呀，麻家所思所想，令尊洞若观火。他早知道麻家在保定恃强凌弱，民愤极大，令尊与我暗中商议，借着打赌输了，商量赔偿的由头儿，让我邀麻正林出来商量价钱，除掉麻正林。之后令尊假装颜面扫地而自杀，偷梁换柱将麻正林的尸首装入棺材，于郊外深埋了。此举也算是为民除害吧。”

马凯旋点头“哦”了一声。

鲁汉惬意地笑了：“令尊诈死之后，麻其言怀疑麻正林失踪是令尊所为，便加怒于你。你曾对我说起，有人在邯郸追杀你，我想应是麻其言派人所为。后又有人在你保定的诊所行刺，也必是麻其言派遣。我得知此事后，便想伺机结果麻其言性命。却不料，这老贼旧病复发，一命呜呼了。可谓报应啊！”

（如此一波三折，听来石破天惊！）

马凯旋听得骇然，愣怔片刻，缓缓欠身拱手：“我曾疑惑多年，今日方得拨云见日，感谢鲁先生啊！”

鲁汉摇头笑了：“不必谢，这是我与令尊的事儿，与马站长无关呀。冒昧问一句，马站长与令尊有过联系吗？”

马凯旋缓缓摇头，轻声叹道：“鲁先生可知道，寸草春晖这四个字，实在沉重啊！子欲养而亲不待，乃人间憾事，我也菽水承欢而不得呀！”

鲁汉“哦”了一声：“对不住了，我不该问的。”

“鲁先生，咱们不说这个了。你……打算怎么办呢？”

“马站长想说什么？”

马凯旋将烟蒂按在烟缸里，怅然问了一句：“听说鲁先生身手很好，为保护你的上级，转瞬之间，竟能打死我们两个训练有素的特工。但问鲁先生，你杀过多少人？”

鲁汉迎着马凯旋的目光：“我不知道。”

“不知道？”

鲁汉点头：“一般来说，杀人犯会记住自己杀过多少人。我不是杀人犯，我是战士。”

马凯旋听得怔了一下，随后淡然说道：“鲁先生，我很想让你同我们合作，这抑或是妄想。我已了解你的性格，也知道了我父亲当年为什么信任你。”

“既然知道，马站长就不必多说了。”鲁汉淡然笑笑，掐灭了手里的烟。

“说的也是。我一方面希望鲁先生就范，另一方面也知道这是万无可能的事。所以，我不想再与鲁先生浪费时间。”

“马站长或许还想说点什么吧?”

“是呢……”马凯旋顿然无语，他一时不知道自己再说些或该说什么了。

（端的是，彼此无真意，“欲辩已忘言”。）

马凯旋默然间又取出一支烟递给了鲁汉。

鲁汉却摆摆手。

马凯旋缓缓把烟装回烟盒，稍稍沉默了一下：“我知道鲁先生乃沧州故里，家里或有什么事情……需要马某出力的吗？但请吩咐。”

鲁汉顿了顿，摆手说道：“说来话就多了。我只有一妻一女，抗战起时山河破碎，老家遍遭轰炸，妻女或是遇难，或是已然逃离，早不知消息了。不劳马站长惦记了。”（鲁汉有一女，名叫鱼秀儿。后来有了一段当行出色经历，后边再说。）

马凯旋黯然“哦”了一声。

鲁汉淡然笑道：“鲁某时下只孤身一人，了无牵挂。”

“明白了。”

“我可以走了吗？不大好意思，这几天下来，我很缺觉，困得要紧。”

“那……鲁先生去歇了吧。”马凯旋转身朝门外喊了一声：“来人!”

季钧推门走进来。

马凯旋淡然说道：“季副站长，请把鲁汉先生单独关押，不必再用刑了。另外，让鲁先生好好睡一觉，不要打扰。”他转身问鲁汉：“鲁先生，两天时间，能睡够吗?”

“足够了。养足精神便可上路了。”鲁汉微笑道。

马凯旋也淡然笑了：“好的。季副站长!”

“在。”

“后天早起，劳烦季副站长派人去一趟得胜楼，叫上一桌好菜，再去北大街的‘顺风酒坊’买一坛窖藏30年的‘老枣酒’。账么，一概记在我马凯旋名下。待鲁先生睡醒之后，有劳季副站长代我请鲁先生饱餐一顿，然后……就送鲁先生上路吧。”

“……是。”

鲁汉点头：“谢马站长了。”

马凯旋敬重的目光再次看了看鲁汉，欠身致意：“鲁先生，后天我就不送了。一路好走！”

“谢了！”

季钧便喊进两个特务，架着鲁汉出去了。

马凯旋闭上眼睛，但听了季钧关门的声音，便颓然坐在椅子上。再仰头睁开眼睛，静静地看着天花板，目光一时迷离，茫然不知所驻。

此时的马凯旋“心潮逐浪”般思念着马浮白。他猜测，父亲一直不见他，必是有什么理由不见他。但是，父亲会有什么不可说不可解的理由不能见他呢？马凯旋百思不得其解。

（谈歌设身处地想过，此时马凯旋心中必定十分凄楚，却也糊涂：你杀了父亲之好友鲁汉，你父亲心中必定愤懑，从而更不想见你了呀！马凯旋若能念及，心中必定愈加苍凉。端的是，自古忠孝不能两全。）

季砚民死了，马凯旋却不想放下这条线索。他找潘景耘、季钧紧急磋商后续手段。潘景耘竟想了个李代桃僵的办法，马凯旋、季钧听罢，当即赞同。

按照潘景耘的设计，马凯旋亲自挑选了年龄与季砚民相仿的行动队特务姜家骧扮作“季砚民”，之后由张可带路寻找中共联络点，“季砚民”与中共地下组织联系。一旦假季砚民接触了保定地下组织，以其特派员的身份，必能知晓保定地下组织首脑人物的行踪。马凯旋随后结网，一举抓捕。

决定之后，马凯旋与潘景耘、季钧再次认真研究了张可的口供与细节。季砚民虽与保定地下组织不熟悉，但季砚民有一个特征却会有人知道，季砚民是湖南长沙人，有浓重乡音。姜家骧却讲一口原汁原味的保定话，怎么行呢？季钧去警察局查阅了户卡，按图索骥抓来了两个湖南长沙人，一个菜贩，一个牙医。马凯旋将这二人与姜家骧关进保定站的一个房间，让姜家骧学讲湖南长沙话。

紧张“补习”了两天，马凯旋与季钧“面试”并“听试”了姜家骧与两个“家教”之间一场湖南口音的对话，马凯旋还算满意。他回到办公室，再仔细想了想，即皱眉对季钧道：“季副站长，为保证此次行动绝密，除你、我、姜家骧与张可之外，不能再有任何知情者。明白我的意思吗？”

季钧点点头：“明白，我已安排这两个人离开保定。”

“去哪儿啊？”

“让他们回老家，永远别回来了。”

“他们老家是哪儿啊？”

“湖南长沙呀！”

“长沙？不对吧？”

“站长，不会错呀，他们教姜家骧说的是长沙话啊！”

“不对呢，这二人的老家应该是‘西天’！”

季钧怔了一下，为难地说：“站长，这……”

马凯旋也皱眉：“我也不愿如此。古人讲，大行不顾细谨。你说呢？”

季钧心下登时一寒，急忙点头：“明白。”转身出去了。

片刻工夫，季钧回来报告：“那两个人在回老家的路上了。”

马凯旋兀自摇摇头，喟然长叹：“季钧呀，说起来，也真是个白云苍狗。我曾是个治病救人的医生，命运使然，我却干上了杀人不眨眼的勾当。你……相信地狱天堂的说法吗？”

季钧哑然。

马凯旋一时无话，转身看着窗外。起风了，尖利的风打着口哨儿，渐渐强势起来。

季钧声音干涩地说道："站长，不必自责了。你刚才说过，大行不顾细谨……"

马凯旋摆手打断了季钧："季钧，我们杀人是为了党国吗？"

季钧骇然："站长怎么了？"

马凯旋皱眉问："你说说看，党国真要求我们总这么杀人吗？换言之，我们为什么要杀这些根本不是共党，而且十分无辜的人呢？这两个人……就这样让咱们给杀了，咱们杀得对吗？"

季钧苦笑："站长，你今天是……"

"昨天，你给鲁汉行刑，还……顺利吗？"

"还好。鲁汉很安详，他是酒足饭饱之后才上路的。"

"他睡好了吗？"

"之后长睡不会醒，他肯定会睡好的。"季钧哂笑。

马凯旋突然摇头："不说这个了，走吧。"

二人走出门来，马凯旋左右看看，低声说道："季副站长，三天后，你带站内几个精干的外勤，秘密跟踪张可与姜家骧，不许透露一丝风声，你要认真调度，切实安排，力争一举成功，绝不可行百里半九十。"

"是！"

"老潘的工作很出色，你要全力配合他！"

"明白！"

三天后，"季砚民"特派员，由张可带路去了保定地下组织第三地下交通站。一场精心策划冒名顶替的大戏就此开锣了。但看上场的诸个角色如何表演吧。

保定地下组织第三交通站为保定特委设立的紧急交通站，位于保定西大街的"恒祥干鲜果店"。掌柜三十多岁，是交通站的负责人，名叫朱宇明。朱宇明与张可对上了接头暗号，朱宇明热情接待了季砚民与张可。寒暄了几句，季砚民便命令朱宇明，通知保定地下组织诸位领导，即刻赶到交通站开会，季砚民要传达河北省委的紧急指示。

朱宇明是个老交通员，经验颇多，他感觉这件事情过于突兀，却只能执行命令。错愕之间，他多了个心眼儿，违了常例，先去找了上线梅天凤。

梅天凤已从涞源县回来，她沮丧地向杨昆平汇报，没能接到季砚民。杨昆平也感觉奇怪，季砚民去哪儿了？在西大街等候季砚民的鲁汉也失去联系了。杨昆平当即去了天津，向上级汇报季砚民的情况。他临行前命令梅天凤严密注意各交通站的动向。梅天凤正要赶往各交通站问情况，朱宇明突然来找她，说季砚民已到保定，住进第三交通站，季砚民要求立即召开会议。

梅天凤听罢深感骇然。按规定朱明宇绝对不能贸然来找她，朱明宇违反纪律，确因有了深深的疑虑。梅天凤听朱宇明说完，皱眉问道：“老朱呀，之前市委对集会有过严格命令，除紧急情况外，近期内不得召集任何会议，只能由各联络点传达任务。你对特派员讲了吗？”

朱宇明摊开双手，苦脸道：“怎么能不讲呢，反复讲了呀！可季特派员说现在就是紧急情况，他坚持开会，要立即传达省委的紧急指示呢。”

梅天凤思忖片刻：“这样，你立刻带我去见季特派员。”

“什么名义呢？”

“用市委交通员的名义。”

梅天凤跟着朱宇明去见季砚民，不承想却被特派员的“妻子”张可挡驾了。张可说季特派员一路辛苦，感了风寒正在休息，不宜打扰。再有，为保证季特派员的安全，除去保定市委的负责同志，特派员不方便会见别人。交通员若有什么话，但对她讲。

梅天凤怏怏不乐地回来，内心却有了更深的疑惑。可杨昆平已去了天津，她无法向上级汇报自己的怀疑。她当机立断，命令朱宇明尽量拖延执行季砚民的命令，她尽快通过其他渠道联系市委，建议中断这次集会。

梅天凤却没想到，朱宇明刚走，城隍庙街交通站派人来通知梅天凤，今晚八点市委在城隍庙街联络点召集会议，省委特派员传达省委紧急指示。

梅天凤猜想，季砚民感觉到了朱宇明的犹豫，情急之下派张可通过其他交通站，向市委负责同志发出了开会的通知。

梅天凤登时无措了。正在绞尽脑汁想方设法，萧家广匆匆来找她了。

梅天凤心下一惊，若无紧急情况萧家广不会来见她。不及寒暄，梅天凤就问："大姐，什么事？"

萧家广急道："半小时前，虞世通告知我，今晚八点有行动，要我多派人手，随他赶往城隍庙街抓捕集会的共党。天凤呀，你赶快通知上级，取消今晚的会议。再有，城隍庙联络点肯定暴露了，赶紧让那里的同志撤离！"

"你说什么？"梅天凤大吃一惊，保密局今晚八点去城隍庙街抓捕，那今晚八点的会议暴露无疑了。可怎样通知上级呢？杨昆平偏偏去了天津呀。

萧家广急道："杨昆平不在，你去找仲达人同志呀！"

梅天凤搓着手，在屋里转圈儿："我没有与仲达人联系的方法呀。而且我想，仲达人同志今晚肯定也要去城隍庙街呢。这可太糟糕了！"

仲达人是中共保定地下组织负责组织工作的领导，今晚开会，他肯定参加。

保密局为何这么快就知道了消息？季砚民与张可有可能出了问题，或者某个交通站出了叛徒，或混入了保密局特务……

情况紧急且事关重大，梅天凤强迫自己冷静下来，她认真想了想，摇头疑道："大姐，这个季特派员奇怪呢。"便说了季砚民与张可的疑点。

萧家广听罢点头："一个上级领导，说召集开会就开会，怎么能这样冲动？为何对危险如此不敏感呢？天凤呀，还有什么？"

梅天凤又把张可的疑点说了，她惶惑地看着萧家广：“大姐，肯定不对了。我现在回想，那个张可说话像是背台词，也就是说，她见什么人说什么话，好像事先都已演练好了。”

“非常可疑了！”萧家广跺脚。

“我感觉现在有双眼睛正暗中盯着我们，我心里很慌。不瞒大姐，我从来没有过这种心里没底儿的感觉。”

萧家广皱眉道：“天凤呀，如果是我们多想了呢？特派员是省委派来的领导呀！我们怎么能轻易怀疑呢？再大胆去想，如果这次会议，是上级故意暴露，是有意为之，就是为了给保密局设一个诱饵呢？”

梅天凤沉吟片刻，决然说道：“大姐的话我明白，如果是上级有意为之，故意暴露，从而设局，我们莽撞阻止了这会议，就是给上级找了天大的麻烦。可再细想想，这种可能究竟有多大呢？而且预先杨昆平同志并没给我透露半点儿呀！我想，上级布饵的可能几乎没有。我们只能阻止这次会议了。如果我们稍有犹豫，走错了一步，后果就是灾难性的！无论如何，必须阻止这次会议。如果日后出了问题，我个人承担全部责任！”

萧家广缓缓点头：“你都这样说了，还能让大姐怎么说呢？既然我们怀疑这个季特派员，这个特派员就成了危险，就对咱们的组织有了致命威胁。我们现在怎么办？你说吧！”

“大姐赶快回保密局，你出来过久，难免引起虞世通怀疑。今晚大姐随保密局行动，见机行事便可。”

“那你……”

“情况紧急，为确保特委安全，我马上通知各下线，赶往各交通站通知今晚会议已经暴露的消息，阻止大部分同志与会。我则亲自破例去联系仲达人同志，如联系不上，我定要找到他的联络员，通知仲达人同志不能到会。”

“如果你找不到老仲，也找不到他的联络员呢？”

“如果真是那样，仲达人同志如时去城隍庙交通站参加会议，他必定路过莲蓬胡同。我带几个同志，预先去莲蓬胡同附近埋伏了，拦住老仲同志。”

“可是……如果敌人也去埋伏了，怎么办？”

“大姐放心，我就是拼死也要掩护老仲同志安全离开。还是那句话，出了问题，我梅天凤负责！”

“天凤呀，你去会有暴露的危险呀！”

梅天凤凛然笑了：“大姐呀，自我入党那天起，暴露的危险如影随形，每天都会有。但我从来没有怕过。”

梅天凤说得轻松，萧家广却听得血脉偾张：“妹子……”

梅天凤道：“大姐保重！”

萧家广点点头：“妹子小心些！”即匆匆走了。

真是千钧一发啊，梅天凤找到了仲达人的联络员小陈，却没能通知到仲达人，小陈疑惑地说，仲达人没有接到开会的通知，仲达人同志昨天随杨昆平同志去了天津。

仲达人没在保定。梅天凤当即松了口气，她便带人去莲蓬胡同预先埋伏了。

萧家广回到保定站，虞世通笑呵呵地在街门口迎住她：“大姐去哪儿了？”

萧家广笑道：“街中转了转，二弟闲了？”

虞世通摆手苦笑：“闲不下呀！我奉命值班呢。站长有令，自现在起，保定站许进不许出。凡外出者，登记后，还须当面向站长说明情况。大姐回来就别出去了。”

“二弟，又出什么事了？”萧家广哂笑。

“站长有令，大姐今晚在站里值班。”

“让我值班？”

虞世通四下看看，凑近萧家广说道：“大姐，看不出不对劲儿呀？站里今天太反常，又站岗又登记的，会不会与今晚的行动有关呀？或是怀疑上谁了？”

“不知道呀！”

“肯定不对，站里肯定怀疑上谁了，不会是大姐你吧？”

“怎么讲？”

虞世通左右看看，即悄声说道：“大姐想呀，站长本来让我通知大姐你参加今晚的行动，刚才又让我通知你，今晚留下你值班。什么意思呀？”

萧家广瞪了虞世通一眼：“二弟，你今天怎么疑神疑鬼的？值班就值班么，我乐得轻松呢。”说罢，转身走进院子，径直去了自己的办公室。

萧家广关上房门，点了支烟，她倏忽间想明白了。自己或许已经暴露，虞世通或许并不知情，虞世通只是为马凯旋传话，试探她萧家广反应如何。萧家广匆匆去通知梅天凤的时候，马凯旋或许就暗中派人跟踪了。萧家广送出的情报不会有假，马凯旋只是用这个真情报设了个圈套，干脆说，马凯旋是给她萧家广设了个圈套，虞世通或许也是套中人，马凯旋打草惊蛇，用眼前情势逼迫萧家广或虞世通去通知中共地下组织，引中共行动小组赶往城隍庙街，保密局预先在莲蓬胡同设下埋伏，从而一举消灭之……想到这里，萧家广一时心乱如麻。

夜幕渐渐降临之时，院子里传来特务们集合的脚步声。萧家广透过窗子去看，行动队出发了。萧家广百思无计，怎么办呢？

莲蓬胡同有南北两个出入口，萧家广分身乏术，她不知道梅天凤带着队伍会在哪个入口拦截仲达人。萧家广情急之下，当即给保定站后勤科长卫德义打电话，萧家广用暗语紧急通知卫德义，立刻赶往莲蓬胡同南口，通知梅天凤撤走。

萧家广匆忙之间没有考虑到，此时保定站的电话已经全部被监听。卫德义放下电话匆匆出去，即被两个特务跟踪了。

杨昆平事后分析：萧家广一向机警过人，若非事发仓促，关系到保定市委领导的安危，她绝不会违背组织原则，紧急启动卫德义。卫德义与萧家广同在保密局卧底，上级对二人有严格规定，为长期潜伏避免暴露，非到紧急关头，二人不能发生直接联系。萧家广此次破坏规定与卫德义接头，可见萧家广万分着急之心态。

萧家广悄然走出值班室，纵身翻墙到了街中，匆匆去了莲蓬胡同。她此时想，假若季砚民有问题，自己中午去联系梅天凤已被跟踪，此时行动队的特务们必定兵分两路：一路去隍庙街抓捕提前到会的同志；另一路则在莲蓬胡同外围埋伏，等着陆续前来开会的同志们入网。萧家广与卫德义要分别赶到莲蓬胡同南北出入口，鸣枪示警，通知梅天凤带行动队脱网。

（马凯旋后来回忆说，这件事情的起因并非针对萧家广，主要考虑李天曼当晚参加行动，李天曼与萧家广不和，才留下萧家广值班。真正起因乃是马凯旋已怀疑保定站内有共产党卧底，重点嫌疑人包括虞世通。马凯旋想通过“季砚民”这个诱饵，既抓捕了与会的保定共产党负责人，又挖出在保定站卧底的共产党。马凯旋以虚则虚之实则实之的方法，将真实情报告知虞世通，但看虞世通如何表现。但是马凯旋万没想到，打驴惊了马，卧底竟然是萧家广，还有卫德义。此时马凯旋……或如五雷轰顶。）

萧家广赶到了莲蓬胡同北口，夜色中看到一辆人力车要进入胡同，萧家广定睛细看，但见胡同口已经悄然拥进了一群特务，为首的正是李天曼。网已经悄然张开，萧家广顾不上什么了，拔出手枪向特务们射击。

（笔下情节紧张匆忙，谈歌且交待一下地理位置。

查民国时期保定城市地图，路通南北的莲蓬胡同北口对过，是路通东西的羊肉胡同。谈歌分析，梅天凤此时已带人在羊肉胡同口埋伏了，听到枪声暴响，梅天凤探头去看，但见萧家广持枪向特务们射击。梅天凤顿时明白，敌人已布了埋伏，萧家广以鸣枪的方法警告他们立刻撤退。梅天凤咬咬牙，带着十几个行动队员迅速撤了。）

萧家广突然开枪，虞世通和李天曼猝不及防，都被打愣了。瞬间醒悟过来，萧家广已经放倒了几个特务。虞世通急忙命令特务们还击，李天曼则由侧面包抄过去。

正在激烈交火，卫德义听到枪声便由南口跑到了北口，向包抄萧家广的李天曼几个开枪了，浓郁的夜色中，枪声响成了锅中的爆豆，尾随卫德义而来的两个特务，从卫德义身后开枪了，卫德义腹背受敌，一时躲避不及，身中数枪扑倒在地（后人感慨，卫德义卧底多年，谈何容易。若非情况紧急，断不会如此暴露牺牲）。萧家广大喊一声，纵身过去救助卫德义，却中弹倒地。虞世通带着特务们跑过来，虞世通惊讶地看着倒在血泊中的萧家广，登时心如刀割，痛苦地伏下身去："大姐呀，难不成你是……"

萧家广吃力地笑笑："二弟，你设下的圈套？"

虞世通惶然摇头："我没想到是……大姐你呀。"

萧家广淡然笑了。

虞世通厉声喊手下："快找车来，送萧队长去医院。"

萧家广苦笑："不必了……我突然想明白了一件事。"

虞世通呆呆地看着奄奄一息的萧家广："……大姐要说什么？"

萧家广憾然说道："当年我在白云庵落发修行，因心性不定犯了戒律，被逐出佛门。适云师太临别赠我四句偈语：无泽而枯，有芳自荣，得龙当盛。失火则亡。我还俗后在育德中学当了校工，经媒妁之言，与校工申玉泽先生订婚。喜事未办申先生却突然病故。当时我犹如五雷轰顶，万念俱灰。正在凄怆之时，我遇到了警察局的尚建芳副局长，被他招募当了警察，在保定荣耀一时。后经于振龙先生介绍，秘密加入了军统，也算人生盛景。感慨适云师太之言果然灵验。最后一句'失火而亡'，我一直忐忑在意。平日里，连点燃火烛也很小心，想不到呀，今日却应验在了这里：卫德义，字火工。卫火工之死，也谓之失火呢……"

虞世通皱眉问道："火工？失火？大姐……是什么意思啊？"

萧家广笑而不答。

"大姐……"虞世通忙伏下身凑近了去看，萧家广脸上表情十分松弛，笑容浅浅地浮着，一似睡熟了的孩童，天真如初。

萧家广已没了呼吸。

虞世通怆然起身，兀自摇头长叹：“大姐呀，会是报应吗？当年……你舍命救了我，今天我却莽撞杀了你……”声音顿时哽咽，泪就簌簌地落下来了。

是呢，当年赵之间和萧家广联手救出了虞世通，赵之间因此而丧命。想不到多年过后，萧家广竟死在了虞世通手上。

[《保定人物》记载：萧家广，女，1905 年生，保定完县（今河北顺平）人，中国共产党党员……

《保定人物》记载：卫德义，男，1907 年生，天津人，中国共产党党员……]

随着城隍庙抓捕未果行动失败，萧家广的死讯也传到了保定站。季钧气急败坏地跺脚吼道：“站长啊，做梦也想不出呢，萧家广竟然是共党！卫德义也是共党！这……”

马凯旋摇头叹息：“很可惜，咱们精心安排的这场好戏，刚开演，就草草收场了，或者说被人‘砸了’场子。只是没想到呀，砸场子的竟是萧家广和卫德义。果然是谋事在人成事在天。”

季钧皱眉：“咱们的计划很周密呀，怎么会出纰漏呢？”

“世上从没有十全十美的周密计划，事情总在悄然之中变化，谁能料到下一步会发生什么。什么都有可能发生！这次失败再次告诫我们，只有经验老到的共党特工，才会把冒险当作正常，把险棋看成机会。萧家广、卫德义真不可小觑呀！”

“我还是百思不解，站长说虚则虚之实则实之，以真诱饵钓大鱼，本是要虞世通登台亮相，怎么让萧家广搅了局呢？”

马凯旋看了季钧一眼：“是啊，我们本是分头给虞世通和李天曼布置的任务，怎么让萧家广知道了……”

“奇怪呀。”

马凯旋“哼”了一声：“奇怪吗？一点儿也不奇怪。共党蛰伏在我们内部，神经绝对敏感，绝不会轻易暴露。要想引蛇出洞，我们必须制造温度。这次的温度，或是不够，或是过火了，萧家广与卫德义大出意料地跳了出来，让我们猝不及防。我相信，保定站潜藏的共党卧底，绝对不只是一个萧家广，一个卫德义。”

“站长还是怀疑……”

“不是怀疑，是肯定。”

“站长……”

“经验告诉我，但凡干我们这个行当，最头疼的事，就是我们看似熟识周围所有的人，却未必真的熟识。我们不得不时刻从熟识的背后，用陌生的眼光，重新审视所有的人。讽刺的是，卧底却总是站在我们背后，嘲笑着我们的愚蠢。多年来，共党蛰伏在我们内部的人，必定不少，缘由我们过分自信。而且，我们习惯关注明处的共党，对我们身旁的‘朋友’‘同事’却熟视无睹，习焉不察，当真相呈现在面前，当萧家广、卫德义这等害群之马跳将出来之后，我们才会出一身冷汗。对吗？”

“站长说得深刻。”

“除了萧家广、卫德义，保定站肯定还有共党，虞世通的‘兄弟社’肯定也有共党。”马凯旋冷冷笑了一声。

“萧家广手下五个人，都是从‘兄弟社’招募来的，那这五人……”

“萧家广是共党，那这五个人必定也逃不了干系。”

“我立刻去……”

“我已派梅可心抓了他们。”

“站长动作迅速。”

“季副站长，你想过没有，萧家广身后会不会还有人呢？换句话讲，萧家广只是台前人物，真正通风报信的人，却还藏在后边……”

季钧怔了：“站长，你还是怀疑虞世通……”

马凯旋摇摇头：“我没有这么说。这件事，虞世通虽然‘暂时’没有嫌疑，但并不能说他完全没有了嫌疑。”

“站长……”

“我安排在车行的线人，前天报告，虞世通曾两次在车行秘密会见共党交通员。”

“有这事？”季钧惊讶了。

“也许虞世通并非通共，而是另有想法，此情况须落实缘由。虞世通现在哪里？”

“他正处理萧家广的后事呢。”

“哦，我也要去送送萧家广才是。”

“站长也去……”季钧不解。

“你或是听说过，当年我们结拜过，私下论，毕竟……不说了吧。我一会过去，送送这位萧大姐。唉！人情世理，马某自然不能免俗。”

“站长通达。”

“再有，城隍庙行动失败，姜家骧、张可这两张牌没大用了，撤回来吧。张可暂留在侦缉队，她毕竟对共党活动熟悉，还能派上些用场。要立刻抓捕聂瑞星。”

“是，我立刻带人去。”

“不，我去抓聂瑞星。你立刻带人去大发车行，配合虞世通，对‘兄弟社’重要成员逐一甄别。凡是与萧家广有过来往的，无论是谁，都要重新审查甄别，不可马虎。”

“如果怀疑虞世通，那……”

“你盯紧些吧。有人提醒我，车行里的许多人都有共党嫌疑，虞世通不会那么干净，他若是共党，必定会露出马脚。”

“是。”

“对了，季副站长，明天我去北平开会，听取总裁关于战争局面的分析，之后讨论。估计要去上一周左右。我走这几天，由你全权处理站内大事小情。你一定要小心谨慎，随时保持与潘景耘的联系，破获保定共党的事，还要多多倚重他。”

“明白。”

马凯旋看看暗夜如墨的窗外，感慨道：“季副站长，即使天黑了，我们的心里也要亮着才是啊！”说罢，他拉开抽屉，取出手枪，对季钧说道："分头行动吧！"

"……是！"季钧便匆匆去了。

（《保定史料》记载：马凯旋精心策划的假"季砚民"行动，被中共保定地下组织识破之后，聂瑞星及部下12人被保密局保定站抓捕，后被押到北平秘密处决。

聂瑞星，男，湖南长沙人，1912年生，1932年入伍于冯玉祥的部队，抗战胜利后，任国民党华北战区593团上校团长。1947年4月初，与中共地下组织联系，准备秘密起事，泄密后被捕，同年被杀。）

大发车行暂时歇业，保定站当天夜里便派员进驻。季钧带队，虞世通协查，对大发车行所有在册人员，逐一审查甄别，陆百川等9个与萧家广经常联系的"兄弟社"成员，被季钧下令一体逮捕，带回保定站审讯。两天后，由保定站拉回9具血肉模糊的尸体。大发车行一片骇然。

虞世通一张脸阴的能滴出雨来，他看看放在车行院子里的尸体，当即吩咐账房，去街中的棺材铺购买了9口枣木棺材（保定旧俗，枣木一则材质有硬度，二则谐音"早"托生的意思）。再派人通知死者家属前来认尸，之后装棺拉走。之后整整一天，大发车行的院子里，但听死者家眷悲声号啕。一条街听得心如锯扯、惶恐凄怆。

傍晚时分，失魂落魄的举丧者装殓了尸体，刚要把棺材拉走，却被警察局侦缉队队长李二愣、副队长郭子桥上门拦下了。他们来与虞世通商量，要将死者开棺，当街暴尸三天，吸引共党现身。

虞世通听罢，冷脸问道："李队长、郭副队长，这是上边的意思，还是你们二位的主意？"

李二愣凑近些，胁肩谄笑道："我们为虞队长考虑……不，跟虞经理商量。"

虞世通皱眉："商量？二位队长没看到吗？虞某这车行都成棺材铺了，再暴尸三天，你们还嫌我这里晦气不重吗？嘁！"

李二愣摊开双手，皱眉道："虞队长，咱们都是吃官饭的呀……”

虞世通伸手揪住了李二愣，再劈手揪住了郭子桥，与此同时，两只蛇头闪电般从虞世通的袖口蹿出来，但看吐出的蛇信子凭空摇曳，几乎舔到了这二人的脸上。这二人登时变颜变色，冷汗惶惶地冒了出来。

郭子桥白着一张脸，声音像一只被割断喉咙的公鸡：“虞……队长……”

李二愣的五官也登时挪了位，连连摆手，鬼叫道：“虞……经理……”

虞世通摇了摇头，讥讽道：“虞某今天没心气儿，真是懒地说话，可你们上门了，我总也得说几句，就凭你们两个街头小混混儿，本就是三流货色、过街老鼠，却偏偏喜欢装大流氓，穿西装，戴礼帽，还喜欢半夜三更戴着大墨镜，满街乱走，也不怕一脚踩空，摔折了腿？今天吃多了？还敢不知高低地跑到我这儿来谈斤论两？还敢腆着个脸跟我说什么‘都是吃官饭的’？啊呸！你们也不怕烫了嘴？不怕风大闪了舌头？区区两条蛇就把你们吓成这个熊样？你们也配吃官饭？也配到我这儿破裤子乱伸腿？赶紧走！”

虞世通猛地松了手，郭子桥、李二愣瘫软在地上。

郭子桥擦擦满头冷汗，爬起来，欠身赔笑道：“虞队长，我们可不是这个意思，商量么……”

虞世通猛拍桌子骂起来：“我车行里的事，跟你们有什么好商量的！”

李二愣也爬起来，连忙欠身拱手：“虞经理误会了，我们真心为你考虑呀……”

虞世通冷笑道：“谢二位了，大发车行的事，虞某当家，用不着别人伸六指儿挠痒痒，吃饱了撑的多一道。虞某这两天心情不好，惹恼了我，我敢就地挖个坑把二位队长活埋了，信不？”

“信，信！。”

“信……信！没虞队长不敢干的！”

“滚！”

李二愣与郭子桥看着满脸怒火的虞世通，相互看了看，忙点头哈腰，惶惶地退了出来。他们知道虞世通的真实身份，保密局保定站的侦缉队长，他们惹不起呢。

卫德义是天津人，抗战后期由天津站调配到保定，保定站即通知保密局天津站，请他们联系卫德义家人处理后事。天津站回话，卫德义家人不知下落，后事由保定站酌情处理。于是，卫德义便在保定西门外燕落坡的“义地”厝葬了。

料理萧家广的后事却出了些麻烦。萧家广死之后，保定站即派人通知了萧家。萧家或是怕受牵扯，推托因萧家广曾经出家，即不能再入偏坟①。此时马凯旋去了北平开会，保定站由季钧主持日常事物。季钧听了萧家的回话，无奈之下与虞世通商量后，想比照卫德义在燕落坡“义地”厝葬萧家广。

未及成行，完县白云庵两个尼姑专程拜访保定站，传白云庵现任住持妙悟的话，前住持适云师太有遗嘱，萧家广寄籍白云庵，仍属佛家弟子，应回白云庵安葬。季钧当即满口答应。于是，萧家广便葬到了白云庵。

萧家广下葬之日，梅天凤、曹正汉也去送行。

棺材送到白云庵山下，不及入土，突然狂风大作，伏兵般出现的乌云，漫天密布，后来竟然下起了冰雹，冰雹过后，暴雨如注，送葬者心下愀然。早春天气，如此奇异天象，多疑不吉之兆。却见前来唪经迎棺的妙悟住持，当即在雨中站立，高声口占一绝：

菩提明镜台，
无端惹尘埃，
前后三界外，

---

① 保定西部山区有风俗，凡未结婚，或被人休回的女子，死后葬入祖坟之外的地方，谓之偏坟。

如去也如来。

妙悟念罢，即双手合十低眉入定。片刻工夫，但见雨过天晴。众人心下登时坦然自若，暗忖妙悟住持此诗或是感动了上苍。[《保定传说》记载：妙悟此诗后在保定坊间传开，吟诵一时。后被保定针线胡同老秀才张银通（满城井上村人）先生刻碑，置于保定莲池，后被毁。可惜了。]

萧家广落葬。

（谁也没有想到，三个月后，一个大雨之夜，萧家广之墓被人打开，尸体不翼而飞。此事十分离奇骇然，至今仍为保定不解之谜。）

送葬的人陆续走了，梅天凤与曹正汉留在了最后，二人在萧家广的坟前重新祭拜了。梅天凤缓缓站起，抚摸着萧家广的墓碑，茫茫暮霭之中，她似乎听到了萧家广的呼声：杀虞世通，报仇！

梅天凤仰天喊道："萧大姐，我一定杀了虞世通……"喊罢，泪水夺眶而出。

曹正汉听得直皱眉，默默走过来，目光呆呆地看着梅天凤，轻声问了一句："天凤，虞二哥他……"

梅天凤怒吼："虞世通一定要死！"

曹正汉张了张嘴，却什么也没说出来。

梅天凤对虞世通动了杀机，绝非意气用事，因上级已有指示，要求以"兄弟社"内哄的假象，除掉虞世通，瓦解"兄弟社"的力量。梅天凤很理解上级意图。时下"兄弟社"气焰嚣张，在马凯旋与虞世通的改造下，"兄弟社"几乎变成了保密局的"便衣队"，马凯旋还把强大水与郑放羊安排到大发车行任襄理，协助虞世通管理"兄弟社"。马凯旋很看重大发车行，大发车行几乎成了保定站的顺风耳和千里眼，在虞世通的直接指挥下，盯梢、侦察、绑架、协助保定站搜捕中共保定地下组织，给中共保定地下组织造成了很大的损失。若能以"兄弟社"内哄的名义除掉虞世通，不仅能使马凯旋对"兄弟社"猜忌，还可加剧"兄弟社"内部混乱，便能收到移祸江东一石二鸟的效果。

正当梅天凤要展开行动时，上级却把任务派给了别人。

心情有些沮丧的梅天凤事后才明白，上级得知虞世通已被马凯旋怀疑，便利用这个时机，重新制订了行动计划。这次行动计划制订得十分周全，虞世通难能逃脱。虞世通做梦也想不到，他不仅被中共地下组织盯上了，还被保密局盯上了，两处的刀锋都暗中指向了他。

这天傍晚，虞世通正在车行理账，接到了富通粮行掌柜曲方先的电话。曲方先的口气很急，说一宗生意有了些麻烦，要当面商量，要虞世通去“猪八戒”餐馆碰头儿。

《保定传说》记载：曲方先是保定清苑县小李庄人，幼年时曾入剧社学戏，后嗓子倒仓，便在街中卖菜谋生，凭着一张能说会道、曲意奉承的巧嘴，渐渐有了名声。坊间夸奖此人口舌之利，能把天上飞的鸟说得“扑啦啦”掉到热锅里，能把水里的鱼说得“嗖嗖”蹿上岸来。市井给曲方先起了个绰号“俏嘴八哥”。后经人推荐，曲方先进了大发车行做了帮办。那时虞世通刚由赵元初推荐进了大发车行，曲方先跑外场交际，虞世通做二掌柜，两人多有业务商量，一来二去很是投机，某次酒后激情助推，便拜了把兄弟。曲方先脑筋灵活不肯久居人下，干了没两年已有了些资本，便自立门户开了家运输社，由此与已做了大发车行大掌柜的虞世通少了来往。保定陷落后，曲方先看着生意不好做，索性关了运输社，拉着几个手下参加了皇协军，当了个排长。后被日军看中，调到保定“东洋棉行”警备队任小队长。[①] 曲方先甘当亡国奴，在“东洋棉行”积极肯干卖力气，颇得日本人赏识。某次夜间运输，赶上了风雨天气，曲方先却不偷懒，照常押车赶路，雨急路滑，马车翻进了沟里，曲方先

---

① 史载：保定沦陷后，日军驻北平司令长官部，为执行日军陆军总部交付的《华北的植棉计划》，实现“农业的中国，工业的日本”最终侵略目的，于 1939 年在保定成立“东洋棉行”总部，抢夺统购保定周边的棉花。

的腿很不争气地摔断了。本不是疑难杂症，却赶上个马虎医生，接骨不到位（或是成心），曲方先走路成了“地不平”，不方便再出外勤。因其开过店铺懂经营，即在“东洋棉行”做了内勤股长。抗战胜利后，曲方先以汉奸罪被保定警察局逮捕。后行贿，交保开释，在东大街开了家“富通粮行”。他依仗与虞世通是结拜兄弟，便找上门来联络。虞世通不计前嫌，便与曲方先做生意。曲方先的一些货物运输，都交给了大发车行。曲方先门路广，颇为虞世通挣了些钱，逐渐成了大发车行的业务大户。虞世通由此与曲方先走动得愈加密切。

到底什么生意有了麻烦？曲方先电话里或是不方便说，虞世通也不好细问，便匆匆去了“猪八戒”餐馆。

（《保定饮食史话》记载：“猪八戒”餐馆曾是保定城内一家颇有名气的老字号，开业于清咸丰五年。原来的字号为“塞外羊杂汤”，由察哈尔人张大力（有说张志利）开办。最初是一家经营羊杂碎的小馆子，并做一些水晶羊蹄、凉拌肚丝之类的东西，生意一般。张大力去世后，其子张玉桥接手，或是考虑由塞外购入羊肉食材路途遥远，成本过高，便改做猪肉食材的生意，将制作羊肉的一些手艺移植过来。比如水晶猪蹄、凉拌猪肚、焦炸肥肠、糟熘猪心等。保定夏天较为干热，食客大都不喜欢热炒，张玉桥则以花椒、大料、茴香、桂皮等五香，调制酱油、酒、盐、糖，再加葱、姜、蒜、辣椒等配成一锅卤汤，以卤汤炖猪耳、猪脸、猪蹄、猪心、猪肝、猪肚、猪肠、猪皮等“八件”以及鸡蛋、鸭蛋、豆腐干、面筋之类，炖熟晾凉之后，随时切来上桌，方便可口、颇受欢迎。后经人提议，干脆改字号为“猪八件”。后到同治年间，又被改作“猪八戒”。如此俗字号，竟然一下子蹿红。曾国藩、李鸿章、荣禄、袁世凯等清代名人，都曾到这里光顾，且多有称赞。

据考，“猪八戒”餐馆原来位于保定裕华路，庚子年间，义和团运动，被一把火烧了。“猪八戒”搬迁到莲池胡同，民国年间生意也仍然火爆，中华人民共和国成立后划归保定饮食公司管理。公私合营后，改为“大众餐馆”。从此，保定餐饮业，再无“猪八戒”。或是乘凤归去？谈歌玩笑一句。）

虞世通径直去了莲池胡同，走进“猪八戒”餐馆。他四下看去，却没有见到曲方先。多半曲方先临时有事儿绊住了脚，等会儿吧。虞世通选了张靠窗的桌子坐了。伙计熟识，赶忙搭讪着沏了壶茶端上来，虞世通喝着茶水，闲看着窗外。

日近黄昏，长庚星显得明亮刺目，虞世通一时有些心神恍惚。这些日子，他感觉到马凯旋对他有了戒备，派强大水与郑放羊到车行做襄理，等于马凯旋在大发车行放了两双眼睛盯着他。虞世通很气恼却无可奈何。他时常后悔当初来保定站当差，自古官饭不好吃啊。他经常怀念在赵元初手下做事的日子，那真是痛快淋漓啊。

（此处再提赵元初，虞世通伤感，谈歌笔下也伤感。）

虞世通枯坐了一会儿，曲方先还是没来，他想着先走了，下回再约曲方先，抬头却见梅可心进来了。

梅可心也看到了虞世通，嘻嘻笑道：“虞二哥，好闲呀！”

虞世通笑道：“久没见了，可心也得闲了？”

梅可心笑道：“走到街上，肚里乱叫，进来吃些东西，竟遇到二哥了，巧呢。”

虞世通点头笑了：“真是巧呢。快坐吧，二哥请客。”

梅可心欢喜地笑了：“哎呀，真是有福之人不用忙呢，让虞队长破费了呀。”

二人对面坐了。梅可心点了几个菜，虞世通要了一壶酒，二人喝了几杯酒，闲扯了几句，酒足饭饱之后，虞世通付了账，便各自散了。

虞世通没见到曲方先，怏怏不乐地回到车行，手下赶忙汇报说，曲先生刚才打来电话，说临时有事绊住了，去不了了，要虞队长明天一早去军校演操场会面，商量“华先生”那宗生意。

“华先生”是个暗语，曲方先说的是一批走私违禁药品。曲方先行事一向诡秘，虞文通也从不问来路，只管与曲方先做生意赚钱。梅天凤后来回忆，赵元初之后，大发车行的生意就放开了。虞世通胆子太大，从不管什么违禁不违禁，只要挣钱就做。虞世通有保密局的身份，即使是违禁生意，也不会有什么麻烦，但曲方先为什么要在军校演操场说这事儿呢？虞世通还是有些疑惑了。几天前，曲方先为了一批违禁药品，先预付了虞世通十根金条定金，这是从来没有过的事儿，曲方先从来都是货款两讫，从不预付定金。曲方先是个“锱铢必较”的小气人，拔一毛而利天下的事儿从来不做。

虞世通给曲方先打了个电话，接电话的是曲方先的伙计。伙计说，曲先生出去了。

虞世通稍稍有了些警觉，联想到曲方先那十根金条的定金，或许这宗生意真犯了大忌讳？如果马凯旋知道了这件事，或是要引起些麻烦。但危险的信号在虞世通的心里只是一闪而过。虞世通或是想，就算是马凯旋知道了，也不能把他虞世通怎样。这两年保定站办公经费不足，没少从大发车行拿钱。现在强大水、郑放羊都在车行任职，如果出什么事儿，这二人也是挡风的门板。想到这里，虞世通心下释然了。

按时间推算，虞世通与梅可心在“猪八戒”餐馆对饮的时候，“吴掌柜”悄然到了保定站，央请门卫打电话给季钧副站长，他要的“缸炉烧饼”送来了。

季钧接了电话怒道：“我什么时候要吃烧饼了？让他走！”

门卫陪笑道：“属下没说清楚，是吴掌柜送的缸炉烧饼。”

季钧一拍脑门，恍然笑道：“真是我该打，我都忘了。快请吴掌柜进来。”

挎了一篮子烧饼的潘景耘，走进季钧的办公室。季钧颔首笑道：“吴掌柜辛苦了。快请坐吧。”

潘景耘把一篮子烧饼放到桌上，讪笑道：“季副站长，不趁热尝尝吗？”

季钧摆手苦着脸道：“哎呀，我都要忙死了，可没心思品尝吴掌柜的手艺啊。请坐吧。”

二人相对坐了。季钧笑道：“吴掌柜来此，必有指教。”

潘景耘摆手：“季副站长客气了。我此来，确是有话说。”

“请讲。”

“大发车行的共党分子清除干净了吗？我是问，除了那死了的九个人，还发现其他人了吗？”

“还在继续甄别。站长去北平前有嘱咐，季某不敢懈怠。”

“最近虞世通与商人曲方先有些生意，季副站长知道吗？”

“这个……”

“曲方先的身份，季副站长知道吗？”

“就是个见钱眼开的商人么。”

“不是那么简单。”

“吴掌柜的意思是……”

潘景耘刚要说话，梅立春匆匆进了季钧的办公室，惶惶的表情要说什么，待看看旁边的潘景耘，欲言又止。

季钧笑道：“梅主任，有什么事尽管说吧。这位是吴掌柜，自己人。”

梅立春对季钧说：“季副站长，马站长安排在大发车行的眼线张占贵紧急报告，虞世通在‘曲阳茶楼’与共党接头，洽谈什么事情。”

季钧听得一怔，张着嘴，一时合不拢：“……这怎么可能？他……也太肆无忌惮了！”

潘景耘皱眉疑道：“他还不至于如此明目张胆吧？”

梅立春皱眉：“我也觉得不大可能，可是……”

潘景耘若有所思：“仅据我了解，虞世通目前正同曲方先做生意。那么，曲方先是否也与共党做生意？或者说，虞世通是通过曲方先与共党做生意？”

季钧急问：“张占贵呢？”

梅立春道：“他跟踪虞世通去了‘曲阳茶楼’。”

潘景耘看看季钧："季副站长，这事情是不是……"

季钧拍案吼道："虞世通就算只是单纯与共党做生意，那也是通共！这个党国败类呀，胆子也太大了！'曲阳茶楼'是已被我们监视的共党接头地点，他竟然敢去那里洽谈生意！"

潘景耘疑问："季副站长，你想抓虞世通？"

梅立春望着季钧，有些犹豫："季副站长，虞世通……毕竟是保定站的元老人物，如果……"

季钧一脸不屑的表情："嘁！他算什么元老，抗战时期乃国家用人之际，用他就是抓只兔子过年，马站长也是将就材料。"

梅立春仍然摇头："但是……他手上毕竟沾满了共党的鲜血，若说他私通共党，这……很难让人相信呀！"

潘景耘讥讽地笑道："梅主任呀，时下局势么，党国危艰，人心不古，虞世通这等人渣，难说能保气节。若说他是个老牌中共，是潜伏在保定站的中共卧底，或许真有些冤枉他了。但他通共却是有的，如季副站长所讲，他与共产党做生意就是通共，若用时下一些变节分子的话说，虞世通是要给自己找退路呀！"

梅立春仍然犹豫："可眼下马站长不在，我们……"

季钧道："梅主任，不瞒你说，马站长早就盯上虞世通了。他去北平开会之前，还叮嘱我要密切监视此人。"

"是否再调查核实一下？"梅立春用求助的目光看看"吴掌柜"。

不待潘景耘说话，季钧果断地摆手："不用了，如张占贵所说，虞世通暗中通共是肯定的了。"

梅立春摊开双手："但萧家广可是虞世通击毙的呀！"

"嘁！丢车保帅的把戏，遮人耳目罢了。"季钧冷笑。

"我们现在就抓他？"梅立春问道。

季钧讪笑道："所谓耳听为虚，眼见为实。那咱们不妨先去'曲阳茶楼'看个究竟吧。"

季钧与梅立春、潘景耘去了"曲阳茶楼"。

张占贵正伸着脖子等得着急，见到季钧几个来了，颠颠儿迎过来。

季钧皱眉问：“他还在吗？”

张占贵朝楼上努努嘴，便引了季钧三人上楼。

几个人悄然进了虞世通隔壁的雅间。众人透过窗帘，见昏暗的灯光下，有三个人相对而坐，虽然只看到虞世通的背影，却分明听到了虞世通爽朗的笑声。

虞世通道：“那咱们就说定了，明天一早，军校演操场交接。”

与虞世通对坐的是一个中年汉子，声音十分苍劲：“虞经理，此事慎重些为好。马站长虽然不在，可季钧也……”

又听到了曲方先的冷笑声：“贵党不必多虑，季钧他奈何不了虞经理。”

“毕竟是犯忌的事呀？虞经理果然不怕。”

“我虞某跟你们共党做生意，也不是一天两天了。我想保定站也早有耳闻，他们为什么不敢动我呢？你们知道保定站这一年得花我多少钱吗？说来道去，他们是舍不得动我这棵摇钱树呀！”虞世通哈哈大笑起来。

“也是这个道理呀！”

几个人又听了几句，便悄然下楼。

季钧让张占贵留下继续监视。

季钧走到街角，已是掌灯时分，暮色如潮水般在街中悄然涌动。

季钧看了看潘景耘和梅立春，皱眉道：“两位怎么想？”

梅立春摇头叹道：“果然是耳听为虚眼见为实，刚才我的确听得声声入耳，看得真真切切呀！”

（有图有声有真相，绝对没打马赛克！）

潘景耘问季钧：“怎么办？”

季钧道：“抓！梅主任，马上通知行动队！”

潘景耘摆手：“季副站长且慢，依我看，待明天早晨他们接头时，季副站长亲自出马，抓他个人赃并获，看虞世通还有何话讲。季副站长便是大功一件。”

“季副站长……”梅立春欲言又止。

季钧皱眉：“梅主任有话说？”

梅立春思索道：“此事还应详查究竟，季副站长若亲自出头抓捕，万一有个差池，不好交代呢。”

“梅主任的意思是……”

“属下考虑，此事委派他人去办为好，若有差池，或虞世通另有隐情，季副站长见到马站长也有个搪塞。”

季钧点点头：“梅主任想得细致周全呀。好吧，此事由梅主任负责。”

“我？”梅立春皱眉。

“梅主任知道的，行动队里许多人与虞世通关系复杂，我不放心，还是你带人去吧。”

梅立春有些担心地问：“抓捕时若遭遇反抗……”

季钧怔了一下，转身看看街中越来越浓郁的夜色，咬牙说道：“虞世通如果拒捕，格杀勿论。”

季钧的身影朦胧，声音冰冷，凭空令夜色中充填着腾腾杀气。

梅立春怔怔地看着季钧，又看看潘景耘。

潘景耘点头：“当断则断！”

季钧冷环眼怒睁，冷冷地看了梅立春一眼，抬高了声音：“马站长不在家，一切由我做主。但有什么差池，我完全负责！”

此时的虞世通并不知道季钧已对他动了杀心，虞世通过于自信了。这自信来自他性格形成的历史，更因他眼下是保定站有足够分量的人物，一向我行我素人莫予毒。而丰富多彩的历史舞台，多为此类人物安排突如其来的情节，举凡好戏连台且彩头不断的角色，都随时会因被人“拆台”或自己“垮台”而毁于一旦。

有道是，习惯捕蝉的螳螂，大多不会提防身后危险的黄雀。虞世通一个通共的“证据”已经悄然落到了季钧手里。虞世通的生命即将于军校演操场终结。

虞世通之死

军校演操场之变开始了。

几个在抗日战争中浴血奋战，各自有着独门绝技且当行出色的特工，绝对想不到他们将先后扑倒在军校演操场的血泊之中，就此生命终结。

（行文至此，谈歌笔下的浓烈血腥气味，渐渐弥漫开来——悲兮痛兮？优兮劣兮？生兮死兮？这一个因猜忌引发的拼死夺命事件，挟着由始至终的凶猛戾气，赫赫然走进了军校演操场。）

东方既白之时，一只“嗡嗡”飞着的苍蝇停落在虞世通的鼻子上，从虞世通的鼻尖爬到鼻梁再爬回鼻尖，虞世通蒙眬中挥手驱赶，苍蝇又飞到了他的前额，接着又飞到他的嘴上，虞世通几番挥之不去，无奈只好翻身坐起，穿衣下床。（查阅史料，虞世通应该是个务实、自律、刻板、干脆、手起刀落从不拖泥带水的人。梅可心后来回忆说，自萧家广事件之后，从不相信怪力乱神的虞世通，情绪一反常态，遇事总是有些心慌意乱，他私下对梅可心讲过，他总感觉有什么不好的征兆，或是要出什么不好的事情。总感觉黄雀在后。总有“鬼跟上”的疑惑？）

窗子灰灰蒙蒙地亮了，虞世通打开窗帘，哦，下雪了。仲春当令，应是细雨绵绵的时节，竟然飘飘大雪突如其来？反常呀！但看银妆素裹修饰着天地，银铃般的风声，在吐绿的枝条上空空鸣响，毫无分寸地撕毁着雪中的静默。

虞世通洗漱之后，车行的厨子已听到动静，给虞世通端来早点。虞世通边吃边给曲方先打了个电话，却无人接听。曲方先或是已去了军校演操场？

虞世通草草吃过，吹了声口哨，藏伏在床下的四条毒蛇闪电般蹿出，倏忽间钻入虞世通的衣袖。（骇人！）

虞世通打开衣柜，拣一件黑色风衣披了，走出门去。

虞世通衣袂飘飘，大步走在寂静的街中，积雪很厚，一路踩出闷闷的声响。虞世通倏忽间想起当年，跟随赵元初于风雪中行军的情景，那是野天野地的大风雪，嚣张而放肆，漫天的雪花狂啸，翻飞的雪粒子流矢般锥在脸上，“烫烫”地生疼。踏在脚下，发出吱吱嘎嘎金属般的硬响。这保定城里的雪，没有那种尖利，没有那种硬度，却多了一种生意人的和气，轻盈飘舞曼妙可人。踏在脚下，响着噗噗苏苏的声音，像一锅凉了的白米饭。

虞世通走进侦缉队，不经意看了一眼侦缉队的黑漆大门，他突然第一次感觉这两扇门很怪异，像一副安静竖着的棺材板，无论走进来或是走出去，都像走进了一座古墓。虞世通进了办公室，又给曲方先拨了个电话，还是没有人接听。虞世通挂了电话，喊来几个特务，一路去了军校演操场。[军校演操场已经几度破败。民国二十六年（1937）冬天，山口一郎兴高采烈地在此过生日，群“贤”毕至之时，竟遭突袭。山口心有余悸，将这里改造成露天军需库，圈了高高的围墙，并拉了电网。日本投降后，国民党保定驻军曾规划，将此处改为训练靶场，不及动工，黄山明捷足先登，把此处作为收缴逆产的露天仓库。黄山明死后，马凯旋以保密局的名义，没收了演操场，当作了保密局的训练基地。但是保密局并非天天训练。虞世通看到商机，说动马凯旋，将这里改造为大发车行的货栈，每月支付保定站租赁费用。保定站入不敷出久矣，由北平站转拨给保定站的经费十分有限，马凯旋乐得有些额外收入，欣然同意了。]

随着一阵硬梆梆的脚步声，军校演操场的大门，在涩重的声响中打开。虞世通带着几个侦缉队特务，鱼贯而入，大门随之关上了。

军校演操场中间是一处院落，院子四周是丈余高的青砖墙，墙上拉着铁丝网，十几个值班站岗的士兵正四下巡走。这里便是存放重要货物的露天仓库，虞世通与曲方先交易的货物大都存放在这里。虞世通走进院子，左右看看，见那沿着墙根巡逻的十几个士兵，都是陌生面孔，或是警备司令部派来值岗的。

曲方先怎么还没来？虞世通停下脚步，在晨光中伫立，他脸色微黄，显得精神倦怠。他昨夜噩梦连连，没睡好，察觉到自己近来身心有些纠结疲惫，却又说不出个所以然。

随着沉闷的声响，操场的大门重又缓缓洞开了，或是曲方先来了。虞世通转身去看，却惊讶了，淡淡的晨光中，但见梅立春只身一人，款款走了进来。

“立春……你怎么来了？”

梅立春淡然笑了：“梅立春奉命前来执行公务。”

虞世通一怔，旋即笑道：“执行什么公务？妹子是电讯主任，怎么一大早出外勤了？”

梅立春摇头讥笑：“难得呢，虞队长还能喊我一声妹子，不知萧大姐倒在虞队长枪口下的时候，虞队长是否也喊了一声大姐呢？端的是旧年皇历看不得，金兰弟兄值几何？说书先生讲过，义气当先的秦二哥坐视单五弟被杀，也是气定神闲呀。只说虞二哥枪杀萧大姐之风采，也是不让古人秦叔宝呀！”

“立春，萧大姐是共党呀！”虞世通没想到，梅立春竟然见面就提起了萧家广，他顿时有些尴尬发窘，赧然摇头，苦叹了一声。

梅立春冷笑：“虞队长，共党是你死敌吗？”

虞世通微微皱眉：“立春啊，共党不应与政府作对，所以共党就是乱党，政府必须戡乱。萧大姐岂能例外？”

“虞队长能依旧称呼萧大姐，梅立春就循例再称呼一声虞二哥了。”

“立春一大早来此，到底有何公干？”

“虞队长一早来这里，又有何公干？”梅立春笑问。

虞世通道：“我来等曲方先。”

“虞二哥不知道，却是我假曲方先之名，邀虞二哥到此。”

“你邀我来……那曲方先……”虞世通一时蒙了，满脸疑惑。

“曲方先已经被我拘押了，换句话说，我绑架了他。”

“绑架？”虞世通惊讶：“立春，你绑架了曲方先？”

梅立春脸上有了冷意：“立春且问一句，虞二哥与曲方先做了多少黑心生意，赚了多少昧心钱？”说着话，大步走进院子，虞世通忙跟了进去。

梅立春四下打量，伸手掀了货堆上的苫布，但见一堆麻包上的印字赫然在目：大米。梅立春淡然一笑，扯起一只麻包，扬手抛起，扔到了虞世通脚下。但听“扑通”一声闷响，麻包摔得裂缝，争相涌出的白米四下里惊散。

（一麻包白米应有二百斤，梅立春只手抛起，又见当年神力抛猪景象。）

虞世通惊了一下，随即尴尬地笑了：“立春啊，大家各司其职，你这个电讯主任管不到这一块吧？”

梅立春哼了一声：“城里正闹粮荒，你们囤积居奇，高价倒卖，真是奸商无良，人神共愤！”

虞世通脸上登时飞红，连连摆手：“此事呢，曲方先自有来路，你不必追究了。”

梅立春灿然笑了：“虞二哥不必解释，立春今日并非为此事而来，却是另有公干。”说到这里，她收了笑容：“我受上峰差遣，前来抓捕虞世通，此乃身不由己，还望虞二哥见谅。”

虞世通惊讶：“抓捕我？为什么？就因这些粮食？”

“我刚说了，并非因为此事。”

“那为什么？”

梅立春毫无表情：“你通共。”

“我通共？”虞世通怔了一下，随即摇头冷笑。

“季副站长有你通共的证据。”梅立春声音里溢出了凛然寒气。

虞世通无奈地摇头：“明白了，季钧要抓我。好吧，我不为难妹子，我跟你去见季钧，我倒要看他有什么证据。”

梅立春轻轻摇头，微笑道：“季副站长想见虞队长，但我却不能让虞二哥去见他。”

虞世通诧异了：“为什么？”

梅立春爽朗地笑道：“我若让二哥去了，当面与季副站长对质，二哥通共的事情必定是子虚乌有，水落石出之后，我岂不是白忙活了吗？”

虞世通疑惑地看着梅立春：“那你的意思是……”

梅立春说：“我刚刚只说了一则，还有二则没讲。”

“二则？”

“二则，二哥杀了萧大姐，萧大姐是梅立春志同道合的姐妹，我岂能让她含恨而去？我必须杀你，为之报仇！”

虞世通怔了一下：“萧大姐……志同道合？”他旋即恍然大悟，点了点头：“我明白了，立春啊，你……也是共党吧？”

“我没这样说，随虞二哥怎么想吧。”

“人心难测，我真没看透。”虞世通摇头苦笑。

梅立春悠然一笑：“的确人心难测，依照二哥这个意思，我也没看透呢，且不说萧大姐，虞二哥竟然与曲方先是朋友。我真就奇怪了，曲方先是名副其实的汉奸，抗战期间认贼作父，坊间皆曰可杀。虞二哥向来疾恶如仇，为何与此贼做了朋友，而且是好朋友？由此说开，奸人之朋友，必定奸人也。杀虞二哥，也就是除恶务尽理所当然了。”

虞世通张张嘴，却什么也没说出来。

因下了雪，仲春清晨的军校演操场，冷气萧然，显得愈加空旷寂寞。虞世通渐渐有些伤感，周身血液在伤感中渐渐凝固，好像不再流动，瞬间如“瓷”人。遥想当年，同和轩饭庄几个结拜的兄弟姐妹，舍身抗战勠力同心，何等的意气风发。而后抗战胜利，却因政治因素，几个义结金兰的兄弟姐妹，竟一夜之间没了当初的义气，取而代之的是仇恨、猜忌、阴谋、陷阱、血腥……虞世通一时感觉力不从心，无话可说了。

虞世通搞不明白的是，萧家广、梅立春为什么要与政府作对呢？萧家广已经死在他的枪口下了，梅立春此时又来与他搏命。这让虞世通感觉通身疲惫，他就要迎来一场没有感情、没有温度、你死我活的血腥搏杀。念及此，虞世通仰头长叹一声，弥天而来的巨大痛苦顿时席卷了他的周身。

（行文至此，且揣测一下虞世通此时的心态。谈歌相信，当虞世通走进这场朋友反目的厮杀现场，应该是一种极度纠结的心境。政治上的矛盾在结义兄弟之间蔓延展开，虞世通不可能不死。虞世通已明了梅立春的共产党身份，梅立春一定会杀他为萧家广报仇。换句话说，无论如何，虞世通都必须死。可是，虞世通能够引颈就戮吗？想到萧家广依旧未散的在天魂魄，虞世通应该十分尴尬为难，却又必须迎难而上。）

虞世通痛苦而复杂的目光渐渐变得坚定不移，他冷冷地看着梅立春，今天的结局，必定是你死我活。梅立春必须死！但是虞世通不相信梅立春会是只身前来。

梅立春淡雅一笑："虞二哥，还想说些什么吗？"

虞世通没有回答，他抬眼望了望天空。太阳像一条刚刚苏醒的鱼儿，缓缓从东方的云层中一路游上来。厚厚的云层如梦醒时分，一片片淡化开去。天，完全放晴了。

虞世通摇头："不想说什么了。立春既然亮明了身份，必定要在此动手，结束虞某性命。"

梅立春微微点头。

虞世通岸然说道："立春可曾想过？虞某断不会束手就擒，性命攸关，生死相搏，必定要取你性命。虞某自知必胜，却不知立春有几分胜算？"

梅立春没有回答，淡淡地看着虞世通，她很熟悉面前这个男人，这个男人应该自信。这是一个身经百战的男人，必定有百倍自信。

虞世通看着沉默的梅立春："立春啊，你若不想说，虞某却想再问一句，我等这般情同手足的兄弟姐妹，不期走到拔刀相向的地步，你之前想到过吗？"

虞世通如炬的目光，倏忽变得痛彻了。

梅立春心中一阵凄凉潮水般涌上来，她摇摇头："之前何曾想到，萧大姐竟死在你的枪下……只应了那句老话，道不同者不相为谋。"

虞世通点点头，用干涩的声音说道：“你说的是。此一时彼一时，虞某杀人，只是为党国效力，从来问心无愧。杀萧大姐，杀立春妹子，皆是同样道理。”

梅立春讥讽地笑了：“虞二哥说得慷慨，世间之事，皆乃看情势而为之。但是，‘情势’二字，却也空泛得很，势就不消说了，所谓看情，莫如看清，所谓看清了，也就看轻了。虞二哥此时豁然开朗，夕死可矣。”

虞世通笑道：“立春说得深奥，虞某多是听不大懂，却听明白了一句，看轻了，缘于看清了。或许，立春杀我之前，向我亮明身份，也是看轻了？”

梅立春哂笑：“之所以亮明我与萧大姐志同道合的身份，只是不想让虞二哥至死蒙在鼓里。”

虞世通怔了一下：“难为你了，立春杀得了虞某吗？”

梅立春“哼”了一声：“坊间哪个不知虞二哥手段厉害，梅立春就是吃了豹子胆，也不敢单刀赴会。”说到这里，梅立春高喊一声：“进来吧！”

但听“咣”的一声，操场大门被撞开了，再听一阵急促的脚步响。

虞世通转身去看，只见六个壮汉大步而来，到近前，为首的竟是强大水与郑放羊。

强大水与郑放羊冷眼看着虞世通。

虞世通惊讶地道：“强大水？你们……怎么来了？”

强大水正色道：“我们奉命随梅主任前来抓捕虞队长。”

虞世通呵呵笑了：“抓我？你们搞错了，你们应该抓梅立春，她是共党。”

梅立春微微笑了，笑得云淡风轻。

强大水鄙薄地看着虞世通：“老虞呀，你就不要贼喊捉贼了，你才是共党的卧底。识相些，跟我们回去见季副站长。”

虞世通嘿嘿冷笑道：“梅主任，看来你失算了，我真得去见季副站长了。”

梅立春不屑地“哼”了一声：“虞世通呀，你走得出这演操场吗?”

虞世通讥讽地笑道：“你拦得住我吗?”说着话，拔出手枪瞄向梅立春，他身后的十几个侦缉队员也亮出了手枪。

强大水、郑放羊与四个随从也先后拔枪，瞄准了虞世通。

军校演操场内，两支荷枪实弹的队伍呈对峙状态相互瞄准蓄势待发。

摧人魂魄的“腾腾杀气”随即在军校演操场内四散开来。

(情节紧张，场面有些混乱。谈歌先梳理在场人员。梅立春这方，有强大水与郑放羊带了四个侦缉队员，共计七人；虞世通则带来了七个人，其计八人。虞世通以八人对七人，再加上他身上四条训练有素的毒蛇，他有把握完胜这一局。换句话说，双方没有动手，虞世通已经稳操胜券。但虞世通忘记了，在操场巡逻的十几个值岗士兵，却不是置身事外的局外人。)

强大水嘲讽地看着虞世通：“虞队长，你枉在江湖闯荡多年，却还是不上道呀。就你带的这几个破人舞刀弄枪的想干什么?你们这是在跟保密局保定站‘掰腕子’，你们赢得了吗?”

虞世通恨恨地骂道：“强大水，你立功心切，竟然黑白不分了!”

郑放羊在一旁嘿嘿笑道：“虞队长别误会，不是我们要难为虞队长，我们是奉季副站长的命令，前来协助梅主任，带虞队长回站里呀。”说到这儿，他看看强大水。

强大水却怒目圆睁，对着郑放羊大声喊道：“郑放羊，你少跟他客气，我们就奉命缉拿虞世通归案，但若反抗，格杀勿论!”

虞世通怒吼道：“强大水，你就是个无耻下作的小人，你自到了大发车行，我待你不薄，可你为了邀功求宠，三番五次在马站长面前诬告我，怂恿马站长对我仇恨猜忌。此时你不抓捕共党梅立春，却对虞某落井下石，岂不是共党的同谋?”愤怒已使得虞世通面目赤红了，他四下高呼：“哨兵!”

梅立春却淡淡地说："虞队长，九分人算一分天算。你百密一疏，失算了。"

虞世通瞬间呆住了，十几个哨兵冲过来，虎视眈眈地端枪瞄准了虞世通。

虞世通回过神儿来，疾呼道："哨兵，错了！抓拿共党……"

梅立春冷冷地道："虞队长，别喊了。"

虞世通四下环顾，跺脚吼道："你们胆敢抗命不遵？马站长是饶不过你们的！"

唉！虞世通哪儿知道呢，看守军校演操场的哨兵昨天夜里就被梅立春解决了。这十几个哨兵都是保定中共敌工部的行动队员。

梅立春大喝一声："虞世通，你作恶多端，屠杀无辜，以致杀了与你结义的萧大姐，今日又公然拒捕，我们只能奉命行事，就地处决。"话音未落，她已从袖中摸出一颗药丸，电光火石般向虞世通直击过去。

虞世通也同时开枪了，梅立春闪开身，左臂中了弹，虞世通则中了如飞矢般击来的药丸，药丸在虞世通当胸破碎。虞世通登时脸色大变，他闻到一股香气迸发出来。这香气如勾魂索命，虞世通顿时惊恐万状。但见那四条闪电般蹿出待扑向梅立春的毒蛇，竟然转而扑向了虞世通。伤不起呀，四条被虞世通精心训练多年的毒蛇，竟然反噬主人。

迄今为止，虞世通无比信赖自己常年随身携带的这四条毒蛇。这四条经年累月与他耳鬓厮磨的毒蛇，比任何凶猛的保镖更让对手害怕。虞世通绝对不会想到，他竟然命丧于这四条毒蛇。

梅立春的神奇药丸从何处得来的？虞世通不会知道。博览群书的徐飞扬曾告诉梅立春，虞世通的毒蛇虽凶狠异常，却有致命弱点，其不能闻松香与沉香的复合气息。若闻到，立时就会丧失记忆，奋力扑向香气生发之处。虞世通深知自己这个死穴，日常多是小心翼翼。可他万万没有想到，梅立春会用这个秘方算计了他。

虞世通厉声惨叫着，向前踉跄了两步，便扑倒在地，而后奋力挣扎了几下，当即气绝身亡。

问世间，谁能刀枪不入，谁能百毒不侵？

多年来，因毒蛇在身一直令市井坊间毛骨悚然的虞世通，竟然如此下场。强大水与郑放羊面面相觑，看得目瞪口呆。

梅立春闪开身形，但看那十几个荷枪实弹的哨兵冲上前来射击，子弹如飞蝗般射向了强大水和郑放羊及那些特务。强大水、郑放羊尚未回过神来，便和那些特务先后应声倒地。说起来，这二人可算做了糊涂鬼，他们到死也不会明白，季钧让他们跟随梅立春来缉拿虞世通，为何梅立春要杀掉他们呢？

梅立春仔细检查了现场，最后看看倒在雪地里的虞世通的尸体，已经开始僵硬，血污浸染了大片积雪。梅立春兀自叹了口气，摇摇头，朝那十几个哨兵摆摆手，旋即转身走了。周围的那十几个哨兵，也迅速撤离。

梅立春刚刚走出军校演操场，曹正汉气喘着一路跑来，满脸惊惶地说道："立春，出事了！"

"怎么了？"

"曲方先跑了。"

"什么？"梅立春大吃一惊。

曲方先跑了，梅立春必然暴露。梅立春当即说道："曹正汉，你带人去追杀曲方先，务必解决此人。"

曹正汉答应一声，匆匆去了。

"吴掌柜"之死

马凯旋事后"复盘"虞世通事件，认为问题大都出在了"时间"上。他如果能早回来半天，或者梅可心早半个时辰听到季钧要除掉虞世通的消息，虞世通就不会死了。可是，马凯旋却在北平多耽搁了一天。梅可心听到这个消息也晚了一个钟点。

梅可心清晨起来，看到下雪，便抄近路去保定站的食堂吃早饭。她刚打了饭，却听人说了一嘴，梅立春奉季钧的命令，带强大水、郑放羊去捕杀虞世通了。梅可心听得心跳如鼓，惶惶扔下早餐，匆匆地去找季钧。

季钧正在雅间吃早饭，还不及打招呼，梅可心劈头就问："季副站长要杀虞世通？"

"是。他若拒捕，就地处决！"

"凭什么？"梅可心大吼一声，起脚踢翻了餐桌。

"梅可心，你疯了？"季钧猝不及防，惊慌地跳将起来，掸着身上的饭汤，怒声吼道。

"说！为什么捕杀虞世通？"

"他是党国的败类，共党的卧底、内奸！不该杀吗？"

"凭什么认定他是内奸？"

季钧只得耐心解释："梅可心，你且听我说，马站长安排在车行的眼线，监听了虞世通的电话，他昨天晚上与共党通电话，他去了'曲阳茶楼'与共党接头……"

梅可心大吼一声："虞世通是清白的！"

季钧疑惑："你凭什么说他是清白的？"

梅可心摊开双手，跺脚喊道："季副站长，你们都是浑蛋呀！你们中了共党的离间之计呀！虞世通昨天傍晚怎么可能在'曲阳茶楼'呢？我傍晚时分明见到他了呀。"

"你见到他了？在'曲阳茶楼'？"

"啊呸！曲阳茶楼？你们见鬼了吧？那个点儿虞世通正在'猪八戒'呀，他请我喝酒吃饭呢，差不多两个小时呀！"

"什么？'猪八戒'？"季钧有些发蒙："可我……亲眼见到虞世通在曲阳茶楼与共党接头，我也亲耳听到他与共党说话了呀。这……"

梅可心无奈地摇头叹气："季副站长呀，你真是个傻蛋呀！让我说你什么好呢？你与虞世通相处多年，你不了解他吗？就算他是共党卧底，以他的谨慎性格，怎么可能大马金刀地去'曲阳茶楼'接头呢？我能肯定，你们看到的绝对不是虞世通与曲方先，你们看到的只是两个扮作虞世通与曲方先的人。这很简单，保定戏班子诸多，随便从三流草台班子找出两个人，就可以扮作他俩，人皮假面更不需要几个钱。”

“可是声音却是他们的呀！”

梅可心冷笑一声：“那是有人用腹语术替他们讲话呢。所谓形神具备，那也是你们心疑之下，已经先入为主，怎么能看得清楚呢？你们傻呀？”

季钧彻底呆了。

梅可心顿足道：“季副站长呀，你向来聪明绝顶，怎么能如此糊涂，那是共党陷害虞世通。虞世通杀了那么多共产党员，共产党早对他恨之入骨，才设计呀，你派出的那个张占贵如果不是个笨蛋，就是共党的卧底，才引你们上钩。那腹语，怎么能听不出来呢？江湖上许多人都知道的。你们怎么就想不到呢？”

“可心……我是亲眼看到的呀！”

“季副站长知道，我是学魔术出身，我娘从小教我们，人的身体最不可靠的，就是自己的眼睛和耳朵。很多时候，我们看到的未必是真的，我们听到的也未必就是真的。所谓‘眼见为实’，有可能是假的。所谓‘听得真切’，往往是假得逼真。”

“那什么……才是真的？”

“心。”

“心？”

“季副站长呀，你心里的感觉才会是真的。”

季钧顿足道：“如你所说，我果然傻了，这种简单的反间计我怎么就看不出来呢？”

“正因为简单，才让季副站长疏忽了呀！”

“我好糊涂呀。我虽与虞世通不和，但绝对不会下作到公报私仇呀……可心，我们赶快去演操场，拦住梅立春！”

军校演操场再次打开，季钧、梅可心风风火火地带人跑进来，却被眼前的景象惊得呆住了。但见操场上遍地横尸……郑放羊与强大水倒在血泊之中……虞世通的身体已经僵硬……他身旁是四条被子弹打断了身子的蝮蛇。

梅可心脸色惨白，扑过去大叫一声："虞二哥呀……"

季钧匆匆走上前，皱眉看了看虞世通与强大水等人的尸体，再看看操场上横七竖八的尸体，沮丧地摆了摆手，让手下抬走这些尸体……

虞世通暴死当天，马凯旋回到保定。他得知的第一个消息就是虞世通被杀了，强大水与郑放羊也被杀了。火拼之中，在场的侦缉队悉数丧命，万幸梅立春"铩羽而归"。

马凯旋如雷轰顶，听完了季钧汇报，立时跺脚破口骂道："季钧呀季钧，你真是蠢笨到家了呀！仅凭这点儿证据，你就动了杀心？"

季钧埋着头，低声叹道："站长呀，真如孔夫子所说，所信者目也，而目犹不可信。眼见未必为实啊。谁能想到，共党竟然玩起了腹语的把戏，狡猾呀！"

梅立春左臂吊着绷带，上前说道："站长，此次行动是我去执行的，若有错，理应先处罚我。"

季钧忙摆手道："此事怨不得梅主任，事前梅主任多有疑虑，是我与吴掌柜最后决定的。我接受处分。"

马凯旋摇头叹道："季副站长啊，此事你派梅主任去也就是了，你如何又派强大水、郑放羊跟了去呢？"

"虞世通过于凶猛，我担心……"

"你派别人还不至于搞成这个样子，你偏偏派了强大水与郑放羊，强大水与虞世通素来不和，临场必定动了杀心呀！"

马凯旋沉默片刻，兀自摆摆手，喟然长叹道："说到底，此错由我而起，只怪我思虑过度，害死了虞世通，如此自折羽翼，非天不佑我，实属我昏庸无智，马某愧对党国，真是该死啊！"叹罢，马凯旋泪如雨下。

马凯旋亲自主持厚葬虞世通，请北平站准予烈士待遇，并派季钧专程慰问虞世通家属，按同级最高标准抚恤。但有其他困难，保定站尽力解决。

（《保定传说》记载：1947 年，中共保定地下组织，利用腹语术，对国民党保定站实施了反间计，借保定站内部的矛盾，除掉了国民党特务虞世通。行文至此，说几句腹语。腹语乃杂戏一种。腹语并不是真的用肚子说话，任何人都不可能用肚子来说话。而是经过了一定的专业训练之后，改变了发音方式。平常人们说话的时候，基本是靠唇齿舌共同运动声带肌肉挤压声带，声带主动震动从而发出声音。但是在说腹语的时候，嘴唇纹丝不动，甚至是在嘴唇闭合的状态之下，腹部用力，将气息在腹腔调和，打击声带的特殊部位，声带被动震动，形成的一种特殊发音技巧。近年腹语流行于欧美等国家，是一种颇受各年龄段观众喜欢的特殊表演形式。腹语起源于古中国，后流传到古埃及，距今已有三千多年历史。中国史书上，也多有腹语表演记载。遗憾的是，而今能表演腹语的中国艺术家几乎没有。腹语表演时，演员一般操纵一具木偶，两者之间依据故事情节展开对话，通过表演先后的时间差，以不同的语音、语调，紧凑流畅地表现故事内容。

《清稗类钞》中有几段关于腹语的记载，抄录如下：“有所谓关肚仙者，亦巫属，一曰讨亡，亦曰关亡，妇女能之，俗谓之为灵姑。相传鬼于生前负人之钱，则入其人腹中。其人藉鬼之力，为人招致亡魂，人必以钱酬之，偿满宿债，则鬼自去。其实屏气诡为，非疾也，藉诡言以求食耳。”再有，“康熙时，淄川有灵姑者，能于人前请仙。问病者应服何剂，所遇何邪，游魂何地，空中能答之。谓服某方可愈，禳何神可瘳，魂在某处可返，言之凿凿，不假于昏夜，不假于暗室，当面捣鬼，群皆敬而信之。细测其声之所自来，则不在空中，不在口中，而乃在其人之胸以上喉以下也”。）

虞世通死后，潘景耘却没了下落，张占贵竟也不见了。（《保定抗日战争英雄谱》记载：张占贵，河北阜平人，中共地下交通员，经梅立春介绍，被保密局招募，后暴露撤离，加入保定城市游击队。中华人民共和国成立后，张占贵曾任阜平商业局行政副科长，1954

年病故。)

“‘吴掌柜’能去哪儿呢?”马凯旋疑惑。

季钧皱眉:“我担心这二人被共党绑架了。”

马凯旋摇头:“‘吴掌柜’一向谨慎,应该不会出事。”

季钧疑道:“侦缉队有人曾看到,‘吴掌柜’与曲方先在南大街‘乐和酒家’一同吃饭,两人后来跟着一群人走了。”

马凯旋怔了一下,旋即点点头:“‘吴掌柜’或许办什么事儿去了?他跟曲方先也有生意往来么。”

可是,三天过去了,“吴掌柜”仍然音讯全无。马凯旋亲自去了两趟“吴记缸炉烧饼铺”,也没见“吴掌柜”的影子。那个曲方先也一直没有消息。马凯旋渐渐沉不住气了,他不敢再继续乐观地想下去了,或许“吴掌柜”真出了意外。保定站当即通知保定警察局,在保定城内各街道布警设卡,仔细搜寻,活要见人,死要见尸。

半个月之后,“吴掌柜”被找到了,同时被找到的还有曲方先。只是他们都不能说话了。他们都死了。侦缉队在保定南大桥河运码头的仓库里的一只木箱里,发现了二人的尸体。在场的侦缉队登时呆住了——这二人的脑袋被割走了,两只狗头被很细致地缝在两个人的脖腔上。在另一只箱子里,发现了两条狗的尸体,脖腔上缝着曲方先和潘景耘的脑袋,同样缝得很细致。

事情的确有些骇然,谈歌且说说原委:

曲方先被梅立春“羁押”在东大街一家客栈里,交由两个锄奸队员看守。曲方先自知凶多吉少,苦思脱身之策,他突然想到,客栈外有一个“吴记缸炉烧饼铺”,是“吴掌柜”开的分号,卖烧饼的是“吴掌柜”的一个眼线。曲方先当即贿赂了客栈伙计几个小钱,要伙计去给他买两个缸炉烧饼,叮嘱伙计要买那种夹咸菜马肉的。两个锄奸队员也相信曲方先真饿了,心一软,便同意伙计去买烧饼。客栈伙计便去了。

卖烧饼的伙计听客栈伙计说了“夹咸菜马肉”的暗语,当下报告了潘景耘。潘景耘便带人匆匆赶来,打死了两个锄奸队员,解救了曲方先。本来，曲方先应该随潘景耘去保密局保定站，便算安全大吉。那样的话，梅立春便会暴露，虞世通也不至于暴死。

可曲方先却是个“馋嘴”，他已经被绑了一天一夜，身上冷得紧，肚子里饿得“慌张”，急着要吃肉喝酒。他便带着潘景耘去了南大街的“乐和酒家”，这家的烤鸡很对曲方先的胃口。

潘景耘精明一世，却疏忽了一时。他没有想到，梅立春正派人十万火急地追杀他们，只仗着自己带的几个手下，都是一等一的特工高手，认为可以出入无忧。于是，他们四平八稳地坐在“乐和酒家”的餐厅里，大快朵颐，乐不思蜀。满街灯火之时，他们才打着饱嗝儿剃着牙，准备起身回保定站，却被正在四下里苦苦寻找他们的郭子路发现了。

端的是得来全不费工夫。郭子路喜出望外，带人上前，当即抓了曲方先、潘景耘，那几个一直让潘景耘放心的手下，哪里是郭子路的对手，三下五除二也一并被抓了。

郭子路当夜便把这一干人押送到了城外。走在路上，满天星光，忙了大半天儿还没顾上吃饭，肚子空空如也的郭子路却十分愉快。他大概想象不出吃饱喝足的潘景耘、曲方先此时是什么心境。

郭子路将潘景耘、曲方先及几个随从交给了锄奸队。之后不久，侦缉队就找到了现场。到底是谁把此二人的脑袋割下，换作了狗头？历史上并没有记载。

北平出事儿了

中华人民共和国成立后梅天凤回忆，中华人民共和国成立前夕的保定地下工作可谓云谲波诡。潘景耘虽然一度怀疑“梅氏杂戏魔术社”，但他不及动手，即被锄奸队灭口了。马凯旋似乎并没有怀疑梅天凤，但很快发生了另一件事，梅天凤感觉“梅氏杂戏魔术社”被盯上了。

那天，梅天凤奉命护送两个过路的同志去了易县，第二天傍晚才回来。一进门，几个杂戏艺人就苦着脸围上来，说社里的账房霍玉珍，昨天晌午上街买菜时，遭人绑架了。绑架者留下话，要“梅氏杂戏魔术社”赶紧拿出十万大洋，赎人！

霍王珍原是天津街中讨饭的孤儿，那年梅三娘到天津演出，霍玉珍一路追着“梅家班”讨饭吃，梅三娘看着心疼，就收她进了杂戏班子。

霍玉珍聪明伶俐肯吃苦，几年过去，成了梅家班的蹬技演员。可惜后来上台时，不慎摔断了腓骨，便改行了，跟着账房学记账(霍玉珍聪明，不识字却识数)。梅三娘死后，霍玉珍便在街中卖菜度日。抗战胜利后，梅天凤重建“梅氏杂戏魔术社”，霍玉珍便寻回来当了账房。她是社里的老人儿，绑匪盯上她，或是看上了她账房的身份。

“十万大洋？”梅天凤听得直咂舌：“绑匪不知道行情吧？给他们捎话，霍玉珍是给社里管账的，让他们问问霍玉珍，‘梅氏杂戏魔术社’就算砸锅卖铁，勒起肚子一年不吃不喝，趁不趁十万大洋？”

话是这样说，梅天凤却真担心绑匪撕票，即刻派人四下里筹钱，又选了能说会道的杂耍演员李天才，按照绑匪留下的地址去谈“票价”。李天才去了小半天儿，跑回来传话，说经过一番讨价还价，绑匪改口要五万大洋。

梅天凤听罢笑了：“这么说，价钱还有个商量？你再去给他们送话儿，社里太穷了，五万也没有。你说梅天凤要见他们，当面说说，到底是哪路的冤家，找到我梅天凤头上了。”

李天才再去交涉，绑匪的票价又降到一万大洋，梅天凤依然不同意，绑匪又降价……如同集市上争斤掰两，反复交涉了十几回。结局很搞笑，最终“梅氏杂戏魔术社”出了一百大洋，绑匪当即放人。

霍玉珍被放了回来，梅天凤忙迎到了街中。但看霍玉珍踉跄地下了马车，梅天凤急忙上前扶住：“玉珍姐……他们……打你了？”她惊讶地看到霍玉珍脸上青一块紫一块，还有鞭子抽的道道伤痕。

霍玉珍目光有些惊慌，勉强笑道：“没事儿没事儿，我骂了他们，他们气得发疯，动手打了我几下，没大碍。天凤呀，让你担心了，大家也跟着担心了呀！”

梅天凤叹道：“玉珍姐，说来道去，只怪咱们穷呀，不然你也不会吃这多苦了。”

李天才跺脚骂道：“这帮人都什么眼神儿呀？愣把咱们当财主了？”

众人安慰了一番，梅天凤便让霍玉珍去歇了。

李天才第二天对梅天凤说，霍玉珍苦可吃大了，昨天晚上有两个女艺人看到霍玉珍换衣服，真正是遍体鳞伤。

梅天凤听罢一怔，恨道：“这伙绑匪什么来路？真是不通情理呀。我记住他们了！”

梅天凤心下却起了“疑惑”，无论哪一路绑匪，都是看重“票”儿的，绑了之后小心侍候，财神爷么！为什么绑了票还带打的呢？

梅天凤一开始就感觉这次绑票的情节很搞笑，从十万大洋降到五万大洋，一路硬是降到了一百大洋，绑匪似乎在跟‘梅氏杂戏魔术社’开玩笑呢。梅天凤后来才明白，这“玩笑”背后却阴森可怕。因为绑票的幕后推手，竟是国民党的特工：“狼”。

（后面详说这个桥段。）

马凯旋最近比较乐观。潘景耘虽然死了，保定站的工作却是取得了进展。

《军统在保定的活动》一书记载：马凯旋利用潘景耘的情报，迅即对中共保定地下组织采取了一系列行动，保定地下党的许多组织，先后遭到了不同程度的破坏。而且马凯旋与保定中共地下党都没有料到，在毫无征兆的情况下，猝然之间的一场“事变”，使得中共北平地下党和保定地下党组织，近乎遭到灭顶之灾。

《中共保定党史》记载：1947 年 9 月，由于叛徒李政宣①叛变，

---

① 北平电台台长兼报务员。

中共北平市委的几个负责人，以及地下“一号”情报员谢士炎①、丁行等五人被捕。保密局局长郑介民闻之大喜，亲自坐镇北平处理此案。因事关重大，郑介民请示蒋介石，蒋介石即下令，押谢士炎一行五人到南京受审。叛徒制造的恶果继续一路高度“发酵”，中共保定地下党恶梦连连，宁自然也被叛徒出卖被捕。

李政宣的交通员名叫周水根，周水根通过宁自然联系杨昆平，周水根被捕后跟随李政宣叛变，宁自然即遭周水根出卖被捕。因宁自然涉及中共保定地下党负责人杨昆平等，杨昆平仍未抓到，马凯旋请示郑介民后决定，将宁自然羁押在保定受审。

《保定故事》叙述：宁自然是一个天才，因为家境贫寒，兄弟姐妹多，他念了几天学堂，即辍学，不及成人即投奔了舅舅马长江。那年马长江刚被育德中学解聘，尚失业于家中枯坐，便让宁自然去街中打工。打工虽然辛苦，宁自然却总要抽出时间，到保定城内各书店看书。当年保定西大街有一家“开明书店”，店面很大，宁自然总来这里读书。书店经理名叫尹培君，是个很和善的文化人。尹经理很爱惜这个贫穷爱学的孩子，便让宁自然挑拣些喜欢看的书，送给他。宁自然欠身致谢：“谢谢你的美意，书但凡看过便记住，我就不需要了。你只要允许我天天来此读书就行。”尹经理惊讶，当下要宁自然背诵昨天读过的书。宁自然当即背诵，如开闸放水，十行俱下，竟然一字不差。尹培君听得目瞪口呆。中华人民共和国成立后，尹培君每每回忆这个情节，仍然赞不绝口。

谈歌相信这个世界上不乏宁自然这样的天才。这种人物过目不忘的聪明劲儿，既与囊萤映雪无涉，也与科学记忆法无关，绝对是与生俱来的。宁自然做地下情报工作时，从来不用笔记，无论什么样的图纸，只要他看过一遍，转身便可复制，屡试不爽，从不出错。抗战期间，接过宁自然情报的马凯旋也说过，宁自然到了城外，从

---

① 国民党保定绥靖公署少将处长，1947 年 2 月由叶剑英介绍秘密加入中国共产党，成为中共秘密情报员。

来都是口述。这样的情报员，从来不用担心敌人的盘查与搜身。民国三十三年（1944）春天，宁自然被组织上派到日军司令部做厨师，宁自然做的一手好菜，给值夜班的日军司令部人员做宵夜，在汤里下了蒙汗药，结果所有值班人员都睡了，宁自然则打开日军司令部的保险柜，取出文件，仔细看过了。第二天，这些值班人员醒了，抓捕了所有后勤人员，所幸文件没有被窃走。但是，日军仍然怀疑文件被复制了。过了两天，宁自然出城买菜时被抓了，日军让他把衣服脱光，从头到脚搜查了一遍，也没找出东西。宁自然笑呵呵地出城了，到了根据地，把日军的扫荡计划和兵力部署都逐一报告给了八路军。之后，根据宁自然提供的情报，八路军对日军的军火库逐一进行打击，无一遗漏。当时八路军总部首长夸奖宁自然："小宁同志的一双眼睛，顶过一百部照相机呀。"

宁自然被捕后，受尽严刑拷打，却什么也没有说。

马凯旋最终没能从宁自然嘴里得到他想要的东西。

马凯旋皱眉看着遍体鳞伤昏死过去的宁自然，摆摆手说道："季副站长，此人不必再审了。这是一个靠信仰与准则活着的人。真正有信仰的人，身体是没有痛点的。"

宁自然醒过来，表情木然地看着面前的马凯旋。

马凯旋皱眉说道："自然啊，我们是老朋友了，到了今天这种场面，我无话可说。"

宁自然闭上了眼睛说道："马站长，咱们就不用费事了吧？"

马凯旋点点头，长叹一声："唉！自然兄弟啊，对党国而言，你有罪；对个人而言，你没有错。人生在世，无论信仰，人品至上。孔曰成仁，孟曰取义，唯其义尽，所以仁至。自然如此，如此而已。"

《中共保定党史》记载：民国三十七年（1948）五月二十五日，伤痕累累的宁自然，拖着重铐重镣，被押到保定南河坡刑场执行枪决。周围是无数观看的市民，目光复杂地远远望着这个宁死不屈的年轻人被处死。这个世界上，人生能够被毁灭，但许多人不能被打败；肉体可以被夺走，但真正的信仰者不会被征服。宁自然即如此。

［《保定人物》记载：宁自然（1912—1948 年），男，河北保定人，1937 年加入中国共产党，曾任中共保定地下组织情报员……］

谢士炎等五人被押往南京后，以泄露军机罪被杀害。史料记载，军法处置之前给谢士炎等五人定的共谍罪。但蒋介石认为如果承认共谍打入了国军高层，将使得党国颜面尽失。名之以含混不清的泄密罪，既可找到台阶，也能震慑军政官员。

（史料记载：谢士炎于 1948 年 9 月就义，年仅三十六岁。临刑前赋诗云："人生自古谁无死，况复男儿失意时。多少头颅多少血，续成民主自由花。"

谢士炎，又名光熙，字上达，湖南衡山县人，出身于国民党陆军将官门第，其叔伯兄弟 9 人毕业于军官学校，其中六人为国民党高级将官。谢士炎先考入国民党工程兵学校，后入陆军大学第十四期，毕业后，出任第三战区步兵团团长，曾率团击溃日军一个旅团，歼敌两千余，以战功升任少将，其时不到三十岁，被誉为国民党能文善武的年轻将领。

行文至此，谈歌想到了于亚群先生的话，似谢士炎这类人物，肯定生活优越，他们能够长期从事这种压力巨大且危险系数过强的情报工作，除却信仰支撑，没有别的了。

谈歌感慨，精神与肉体，人之一生总在其间闪展腾挪，输赢的最高形式或最终的较量，信心战胜肉体之痛，信念战胜灵魂之痛，信仰战胜死亡之痛。谢士炎即是，宁自然即是。）

因谢士炎的案件，保密局下达了暗杀命令。一些有通共嫌疑的国民党军官陆续被暗杀，国民党政府则嫁祸给共产党。

这年十月，河北省政府由保定迁至北平。

（写到这里，谈歌感觉国民党河北省政府十分搞笑，自抗战前后，火烧屁股似的，总是在北平、天津、保定三地搬来搬去，真不知几次搬迁费是国家拨款还是自筹资金，也不知道那年代有无搬家公司。）

顾也正

《保定掌故》记载：民国三十七年（1948）九月下旬，郑介民在北平召开的“破获共匪谍报案表彰会”，会议主旨，表彰此次破案中的有功人员。马凯旋作为代表当然参加了会议。会上，马凯旋见到了顾也正，联想到潘景耘在保定殒命，马凯旋心中十分愧疚，私下向顾也正道歉。

顾也正摇头叹道：“马站长，你保定站工作失误，折损我北平站一员大将，你得有所赔偿呀。”

马凯旋忙问：“如何赔偿，望顾站长明示。”

顾也正本是句玩笑话，没想到马凯旋却如此认真干脆，顾也正一时却说不出什么了。他沉吟了一下，便嘿嘿笑道：“既然马站长这样开明，顾某就得好好想想，散会之后，我请上几个人，陪马站长吃个便饭，酒桌上说吧。”

马凯旋摆手笑道：“顾站长不必破费，应该马某做东。”

顾也正摆手笑道：“哪有云游僧人请住持吃饭的道理，顾某就略尽地主之谊么。”

顾也正请马凯旋吃饭，并非“有朋自远方来，不亦乐乎”的周到礼数，也非答谢在保定站时马凯旋对他多有照顾，而是顾也正想同马凯旋联手做些生意。

翻检史料，抗战胜利后，国民党从中央到地方，各省市各部门都热衷于做生意，有了一番抗战胜利新气象。如诸多政要，把生意做到了国外，再如蒋、宋、孔、陈四大家族的亲朋好友，更是生意红火，做得风生水起。一些基层干部望尘莫及，则退而结网，就地取材，或是在一些商家入股，或是委托亲属出面开店铺。顾也正想与马凯旋商量，两人联手，在北平与保定做些倒卖药材的生意。

其实，顾也正没这个脑子，主意是北平站电讯室主任沈淑晖出的。沈主任眼看着政府大员都忙着挣钱，自家岂能落后。她想到了距离保定城很近的安国药材市场，自然就想到了与顾也正交情不浅的马凯旋。

沈淑晖精明呀！

（写到这里，读者感慨良多，但想抗战时期，顾也正等人抗击日寇，英勇战斗，一往无前，视死如归。可抗日战争才刚刚胜利几天呀，顾也正等便变得贪婪无度。前后想想，这人生真乃白云苍狗啊！）

《军统人物名录》有沈淑晖条目：沈淑晖，女，1912年生，祖籍江苏南通。其祖父沈于襄曾任宣化府同知，民国时期任直隶省参议员。沈淑晖毕业于直隶省立第四女子师范学校①。后考入上海艺术学校学习服装设计，未等毕业，就参加了戴笠在上海举办的无线电训练班。沈淑晖是训练班“班花”，追求者自然摩肩接踵。据说有某男同学苦苦追求不成，竟割腕自杀。班主任丁仁承是留法大学生（海归），年长沈淑晖五岁，丁仁承自视甚高，眼光更高，左挑右挑挑花眼，至今未婚，冷不防天上掉下个“沈妹妹”，丁仁承一眼看中，惊若仙女，岂能放过。坊间传闻，丁老师得近水楼台之便利，总找沈淑晖同学单独复习功课，很快把沈淑晖复习到了床上。沈淑晖毕业后，二人结婚。新婚不久，抗战开始，沈淑晖调军统天津站任上尉译电员，顾也正时任天津站站长，为方便工作，军统指定二人假扮夫妻。谁想到，这对孤男寡女正值干柴烈火年纪，没两年呢，就弄假成真、如胶似膝了。

沈淑晖后来表白，她主要嫌弃丁仁承个头矮小，其貌不扬。顾也正大个子，英俊潇洒。唉，就怕人比人、货比货，人比人得死，货比货得扔。顾也正是高富帅，丁仁承是矮穷矬。沈淑晖是知识女性，性格泼辣，我的爱情我做主，我想劈腿就劈腿。沈淑晖中场决定换人，公开弃“丁”投“顾”。此事成了当年军统局公开的秘密。丁仁承时任军统河南开封站站长，得知被同僚戴了绿帽子，当然气愤不过，怒气冲冲地告到了戴笠那儿。据说，戴笠愤怒之下，还扇

① 今河北省宣化区第四中学前身。

了顾也正两记耳光。

顾也正挨了耳光，屁也不敢高声放一个，当面接受批评，背后却坚决不改，依然劈腿如旧。是呢，顾也正精明强干，勉从虎穴栖身，过着刀口上舔血有今天没明天的特工日子，容易吗？不出大格就算了，你丁仁承自家篱笆扎不牢，怪谁？

可是丁仁承不肯罢休。托关系告到了上峰，最后以保定站遭严重打击为由，调顾也正去保定站代理站长。

几个月后，沈淑晖与丁仁承终于离婚，回归“公共风景”，追求之人自然不在少数，可沈淑晖仍然情有独钟顾也正。去年，顾也正的老婆病死，顾也正晋衔少将，奉调北平站任站长。上任没几天，天津站沈淑晖奉调北平站。

按说，当了多年“小三”的沈淑晖理应就此扶正，可是不行，之前戴笠执掌军统时有严格规定，夫妻二人不可在一个单位工作。也就是说，如果二人结婚，顾也正或沈淑晖就必须调走一个。据说，郑介民私下“指导”顾也正，你们相好多年了，何必在意那一张婚姻证明呢？

听人劝吃饱饭，顾也正就没有再结婚，沈淑晖依然留在北平站任电讯室主任。沈淑晖抗战时期多次立功，本应提拔为副站长，顾也正怕闲话，只给沈淑晖晋衔上校，没有提职。但是北平站上下都知道，北平站的许多事情，都得沈淑晖主任当家。

表彰会散后，顾也正邀请好了马凯旋，就先回了北平站。

北平站气象一新，趁着顾也正这几天忙开会，沈淑晖为其重新装修了办公室。顾也正四下观看装修一新的办公环境，脸上洋溢着满意的笑容。是呢，风水轮流转，现在北平站管辖天津站与保定站。顾也正心中有了一种滑稽的感觉，想起与马凯旋共事近两年，自己唯唯诺诺，小心翼翼。现今我顾也正平步青云，坐上了保密局北平站站长的位子，你马凯旋感受如何呢？顾某找你做点儿生意，你受宠若惊才对呀。

顾也正背抄手踱出了办公室，等候马凯旋的到来。

他站在院子里，抬头望天，太阳燃烧如火炭般升起一人高，颜色红得正浓。炽烈阳光下的顾也正，立刻感觉身体里充满了力量。是啊，红日东升，恭喜发财。一向清高的马凯旋必定不会拒绝此次联手做生意的事儿，顾也正转过身，用炽热的目光看着身旁的沈淑晖。

“站长，今天请客，饭桌上马凯旋会如何说呢？”沈淑晖若有所思地问道。

“沈主任，你想马凯旋还能怎样？他必定是满口应承么。”顾也正自信地呵呵笑了。

沈淑晖刚要说话，只听一阵脚步声。转身去看，却是值班的副站长兼办公室主任裴寂革。

裴寂革走近前立正：“报告站长，刚刚保定站马站长来电话，向站长告假，他不来赴宴了。”

顾也正、沈淑晖相视一怔。

顾也正皱眉问：“为什么？”

裴寂革道：“马站长说，保定站出了一件事，他要回去处理。”

沈淑晖怒道：“分明是借口么，站长看不出么，马凯旋不愿意与咱们合作呀。裴主任，你去打电话，要他立刻过来。”

裴寂革为难地说：“我想，马站长已经在回去的路上了。”

顾也正看了一眼裴寂革，摆手道：“你先去吧。”

裴寂革转身走了。

顾也正望着裴寂革的背影，他很欣赏这个年轻人。裴寂革原是育德中学物理教员，军统抗战前，在保定办特工训练班，招募其当教员，后来留在北平站工作了。此人性格文静、平稳，不事张扬。当年顾也正在保定站时，裴寂革两次奉命巡查保定站事务，都是顾也正接待。二人言语投机渐谈渐深，遂渐成了密友。顾也正但有重大行动，多有裴寂革参与谋划。换句话说，北平站内除了沈淑晖，裴寂革是顾也正最为信任的一个了。

（提请读者注意，裴寂革却是个有“故事”的人物。后边还要说到。）

沈淑晖皱眉："站长，你好像不在意马凯旋来不来呢？"

顾也正摆摆手："那倒不是，我刚刚想起来了，我今天早上得到一个消息，保定站遇到了一个麻烦。确切地说，是马凯旋遇到了一个大麻烦。"

"怎么个麻烦？"

"保定站抓了一个共党嫌犯。"

沈淑晖撇撇嘴："唉，这算什么麻烦呀？不就是抓了个共党么。保密局哪天不抓人呀，少见多怪。"

"你不知道呀，这个人与马凯旋却是牵心扯肺呢。"

"那还抓个屁呀？放了就是。"

"问题是，这人不是保密局抓的呀。"

"谁抓的？"

"党通局。"顾也正皱眉道。①

"党通局插手了，什么人物呀？"沈淑晖皱眉问。

"付、浩、声。"顾也正一字一顿，之后默然无语。

"付浩声？怎么会抓了他呢？"沈淑晖顿时惊讶了。

唉！大名鼎鼎的付浩声怎么被党通局抓了呢？

付浩声被捕

付浩声不是共产党，之所以被捕，是因为史茂新。史茂新是保定铁路机务段中共地下组织负责人。缘于中共北平情报站暴露，北平、保定两地的中共地下组织遭受了沉重打击。但凡被叛徒出卖的同志悉数被捕，负责铁路工运的史茂新也在其中。出乎意料，史茂新被特务们押送的时候，竟悄然打开了手铐，打倒了押送的三个特务，钻胡同跑了。

三个精明强干的特工呀，闹着玩呢？竟然被一个戴着手铐的共

---

① 中统于1947年四月改组为党员通讯局，简称"党通局"。叶秀峰（1900—1990年）出任局长。

党放倒了？是史茂新身手过人？抑或这三个特务太过笨蛋？这件事儿一时在坊间广为流传，最后传成了笑话，甚至传成史茂新塞了几个小钱儿，特务们当场放人的民间故事。

这些夸张逗乐的民间笑话激怒了保定站。一向倍加爱惜保定站“自身羽毛”的马凯旋气蒙了，当即发狠话，悬赏抓捕史茂新，如遇反抗格杀勿论，以正视听。

曹正汉与葛云梁各自带人在南大街一带搜捕史茂新。

葛云梁听曹正汉说过这个史茂新。当年曹正汉在车站货场扛大个儿的时候认识了史茂新，二人交情一直不错。葛云梁担心曹正汉抓到史茂新会徇私情放人，便私下提醒曹正汉：“曹兄弟，做事稳妥些么。”

曹正汉皱眉：“老葛，你什么意思啊？”

葛云梁嘿嘿笑了：“你知我知。”

杨昆平得知了消息，当即下令，要各交通站的同志在城内四处给保定站打电话，说发现了史茂新，要求领赏金。

一时间，保定城内的旅馆、饭店、菜场、影院、出租房都有了史茂新的影子。保定站的特务们一时疲于奔命。

季钧骂道：“这要累死人呢。”

马凯旋冷笑道：“季副站长呀，共党既然喜欢热闹，咱们就配合着，把戏一直演下去。史茂新肯定藏起来了，共党也未必知道他藏在哪儿了。咱们就看谁着急吧。让弟兄们再辛苦几天吧。”

季钧皱眉私下叹息：“站长虽然棋高一筹，但我总感觉，共党好像是在拿我们开涮呢。”

过了两天，史茂新仍然没有下落，马凯旋却接到通知，要他去北平参加郑介民亲自主持的“破获共匪情报站表彰会”。马凯旋临行前再三叮嘱季钧：“季副站长，有关史茂新的消息，宁可信其有，不可信其无。凡有举报，保密局特工必须到场。此人是保定工人运动的大头目，太过重要。抓住他，对我们下一步捣毁共党工会组织，十分有用。”

马凯旋如此叮嘱，季钧哪敢怠慢，再次要求保定警察局全力配合搜捕史茂新的行动。

季钧还重新调整了行动队人员，将曹正汉调离抓捕史茂新的行动。

李天曼问季钧："为什么这样做？"

季钧说："我了解过，曹正汉与史茂新有些交情，我担心他徇情私放。"

李天曼把季钧的话告诉了葛云梁，葛云梁邀曹正汉出来喝酒，告诉了曹正汉，让他小心季钧，此人疑心太重。真是隔墙有耳呢，这几句竟被盯梢的特务听到了，立马报告了季钧。

季钧当下找来葛云梁，冷笑道："葛队长，你这耳朵尖，嘴也快呀！"

葛云梁忙欠身笑道："季副站长，葛某哪儿做得不当，请多指教。属下是个直肠子，你说字儿话我真听不明白。"

"我说字儿话了？你还是直肠子？啧啧！"季钧摇头哂笑："老葛呀，谁不知道你有一百五十个心眼儿、五百个转轴儿呀！说吧，你都对曹正汉说了些什么？"

"我说季副站长怀疑他了。"

"你……"季钧没想到葛云梁这般直爽。

葛云梁嘿嘿笑了："季副站长应该知道，我与曹正汉是同事，更是多年的兄弟，既然是兄弟，必是有情分么，提醒一下，有什么不对吗？如果说，兄弟之间，遇到事儿了，连个醒儿都不提，没事儿人似地站在岸上，抄手看着哥们儿落水，这兄弟就是王八蛋吧？季副站长也不喜欢王八蛋吧？嗯？"

季钧登时哑了。

葛云梁白眼翻了季钧一下："季副站长若没旁的事儿，属下先走了啊。"说罢，即转身走了。他一路还吹着口哨，挑衅似地扬手打了两个响亮的榧子。

季钧瞠目结舌，好半天才缓过神，拍着桌子破口骂道："这保定站都是些什么流氓王八蛋呀!”

正在保密局缉拿史茂新无果的时候，党通局却得到了史茂新的消息，有人举报，史茂新藏匿在付浩声家里。

谁能想到呢，举报人竟是颜若仙的跟包儿杜大宝。

颜若仙前些日子到保定演出，演出结束便回了北平，杜大宝本也应跟着回去。可那几天杜大宝不知道吃错什么了，拉开了肚子，拉得稀里哗啦，浑身像抽去了筋骨，就在保定吃药调养，在付浩声家住着。杜大宝病好之后，也就该回北平了，临行前他去了趟街中，为颜若仙采购一些土特产带回北平。史茂新的通缉令已经张贴了满大街，杜大宝自然看到了。他知道史茂新这个人，这人前几天夜里躲到了付浩声家中，还是杜大宝开的街门。

杜大宝看到有赏钱，还不少。他心头的贪婪瞬间被激活了，他便想举告付浩声。可杜大宝多了个心眼儿。他知道保密局的马凯旋与付浩声是金兰之交，举告了也是白举告，传到颜若仙耳朵里，他必定还会遭到严厉惩治。他思来想去，便悄悄找到党通局保定站，举告了付浩声。

很多人都知道，抓人杀人这种“脏活儿”，是保密局的本职工作，党通局的工作重点是搞情报。对抓捕共党，党通局一向都是“搂草打兔子”的态度。可近一段时间，党通局却突然对抓捕共党的事情格外关注，有了极大积极性。什么缘由？因为北平情报站被保密局破获，引起党通局高度重视。新任局长叶秀峰认为，党通局在清除共党的工作上，逊色了保密局一筹，在蒋介石面前失了脸面。他当即要求党通局在破坏共党组织方面的工作，要有声有色有突破，更要有收获（工作给谁干？你懂的）。党通局北平站紧急落实叶长官指示，还当即派了党通局北平站副站长白世维，来到党通局保定站坐镇督察。

这几天，白世维与站长卓英久研究讨论，该如何打开侦破保定中共地下党的缺口，二人正苦思无计，却得到了付浩声秘藏共党的举报。卓英久喜出望外，当即亲自带人去逮捕付浩声。

（卓英久，1902年生，河间十里铺村人。翻检史料，对卓英久记载不多，《保定掌故》一书却有卓英久父亲卓秋雨的一些传说。卓秋雨，光绪年间举人，因清朝晚期取消了科举，卓秋雨便断了进士的念想。卓秋雨即弃文经商，后在天津开过典当行。卓秋雨是个与时俱进的性格，卓英久儿时，卓秋雨便让其抛开四书五经，读新学堂。卓英久南开大学毕业后，卓秋雨与党通局前身的中统局长徐恩曾有些生意上的交情，即让卓英久进了中统天津站。卓英久从电报员做起，后来做到中统天津站电讯室主任，后调任中统保定站站长。1948年底，国民党撤逃保定，卓英久去了北平。中华人民共和国成立前，卓英久去了台湾，之后下落不详。也有传说，卓英久到台湾后，政府精简机构，被裁员。后做生意，因为走私一案，被枪决——笔者不知真伪，特录于此，仅供读者参考。）

季钧晚些时候，才从行动队副队长刘长青那儿知道了党通局去抓捕付浩声的消息。

季钧顿时错愕："什么……党通局要抓付浩声？真的假的？"

刘长青道："不会错，党通局有我一个小老乡，是行动队的。我刚才正在街上跟他说话呢，话刚说了半截儿，他就给人匆匆叫走了，说是要去抓捕付老板，说付老板窝藏了共党史茂新，被人举报了。"

季钧大吼起来："谁让党通局到咱们的地面上抓人的？你们行动队都是干什么吃的？干吗不拦着他们？"

刘长青为难地说："党通局的事儿，咱们管不了啊……"

季钧扬手打了刘长青一个耳光，骂道："党通局给你们发薪水吗？浑蛋！走，跟我去付老板家！"

季钧带人匆匆去了付浩声的家。季钧是个讲交情的人，且不说抗战期间，付浩声对保定站多有接济帮助，马凯旋与付浩声更是过命的结拜交情。季钧深知付浩声在马凯旋心中的分量，如果付浩声让党通局抓走了，受些皮肉之苦倒在其次，以眼下局势，党通局随便找个罪名，便能结束了付浩声的性命。季钧疑惑的是，史茂新会躲在付浩声家里吗？

史茂新的确在付浩声家里躲藏过，但早已离开了。付浩声如何认识史茂新？缘于史茂新也是个戏迷，当年曾到付浩声家里拜望。付浩声很喜欢这个性格直爽的铁路工人，二人有了些来往，便渐有了些交情。史茂新在街中被特务追得急，一时紧迫，望门投止，便跑到了付浩声家里，付浩声便把他藏了一夜。第二天，付浩声利用戏班子出城演出的机会，把史茂新藏在戏箱里转移出城了。（中华人民共和国成立后，史茂新曾任保定火车站党委书记，他每每回忆这件事，都相当后悔，叹息说：是我匆忙草率了，给付先生带来了杀身之祸呀！）

季钧来晚了一步。党通局已抓了颜若兰、付云雁，去了大舞台剧场。

付浩声正在大舞台剧场排戏。大舞台剧场被党通局的特务们围得水泄不通。一帮特务破门而入，付浩声刚刚走下舞台，两个特务就上前要铐付浩声。

付浩声怒声喝道："干什么？"起脚踢翻了两个上前要动手的特务。

卓英久走上前，讥讽地笑道："付老板，任你武艺超群，今天也是插翅难飞。"

"敢情你们是来抓我的？"

"废话，若要抓别人，我们找付老板干吗？"

"你们为何抓付某？"

"因为你通共，再说明白点儿，你窝藏了共匪史茂新。"

"证据呢？"

"到了党通局，自然有证据。"

"我若不去呢？"

"付老板若反抗，休怪我们格杀勿论。"

卓英久一挥手，几个特务围上来，端枪逼住了付浩声。

付浩声冷笑："格杀勿论？如长官说来，付某今日死定了？"

卓英久摇头："付老板若束手就擒，我们还有商量。"

付浩声哈哈笑了："束手就擒？付某岂是任人宰割的性子。"

卓英久冷笑："那我们只好给付老板收尸了。"

付浩声哼了一声："收尸？"即朗声说道："有道是，若士必死，伏尸二人，流血五步，天下缟素。今日是也。若取付某的性命，尔等先拿命来！"话音未落，付浩声已腾身而起，一把便揪住冲在前边的特务，只一扬，那特务便飞了出去，摔出丈外，七窍流血，趴在了地上。

只见付浩声闪展腾挪再一记冲拳，真是快如闪电，另外一个特务被付浩声一击，重重撞到了墙上，似泥皮般跌落下来，一动不动了。

特务被唬得脸白，这是什么功夫呀？真是吓人！

惊慌失措之下，卓英久开枪了，付浩声躲闪不及，胳膊受了伤，但是他的腿下丝毫不减速度，腾身飞起连环脚，踢翻了两个特务，如同踢翻了两棵白菜。[上面一段叙述文字，并非谈歌演义，谈歌的确是在一篇口述的回忆录中读到的。口述者，赵正文（河北饶阳人），当年是党通局保定站的一个特务——中华人民共和国成立后被捕入狱，因罪恶不大，判了十年徒刑，刑满释放，回乡务农。赵正文是现场的目击者。他说，他曾经看过付先生的戏，曾想付先生只是台上表演的功夫，花拳绣腿罢了。他万万没有想到，世间果然还有如此凶猛的搏击手段，与他在军统受训时学过的搏击，真是不可同日而语了。]

满场看得目瞪口呆。

几乎要退到门口的卓英久皱眉摇头，兀自大声喊道："付浩声，你今天若拒捕，你的老婆孩子也活不了。"他招了招手，几个特务押进来了颜若兰和付云雁。

颜若兰泪流满面，凄怆地喊了一声："浩声呀……"

付云雁抢上前来，凄婉地喊道："爹啊……"

付浩声顿时怔住了，他上前抱住付云雁，脸色苍白地看着颜若兰，又看看付云雁："你们……"

卓英久讥讽地笑道："付老板，不想一家人横尸街头吧？"

付浩声点了点头："好吧，我跟你们走。"

两个特务急忙上前，惶恐不安地给付浩声戴了手铐。

卓英久冷笑一声："带走！"

付浩声一家被带到党通局关押了。卓英久随即给杜大宝发了赏钱，杜大宝拿上钱开溜了。

（《保定传说》记载：杜大宝，河北清苑县人，自幼学河北梆子，参加县"清苑戏社"，工花旦。保定沦陷后，与孪生兄弟杜二宝一路南逃，杜二宝途中病死。杜大宝也正赶上嗓子倒仓，顿时声音嘶哑，别说唱戏了，张嘴要饭都不利落了。之后四处流浪，辗转到了北平，一次看戏的机会，拜识了颜若仙，颜若仙看杜大宝武功不错，便留他在戏班子做了跟包儿。颜若仙那次到保定演出，杜大宝自然跟着去了。颜若仙也不会想到，杜大宝先是在保定拉肚子，后来就出卖了付浩声。杜大宝举报付浩声之后，再无下落。直到"文化大革命"开始，清理阶级队伍，杜大宝才浮出水面。原来，杜大宝领了赏钱回到北平，或是心怀鬼胎，恐怕在颜若仙面前露馅，便席卷了颜若仙交与他保管的一些细软跑路了，即改名换姓去倒腾生意，不料赔了个底儿掉。此时全国已经解放，杜大宝便冒名顶替了早已病殁的孪生兄弟杜二宝，回原籍务农了。因为杜家兄弟出去时年纪尚小，村里人也没有认出。"杜二宝"便安顿下来。"文化大革命"当中，因他偷窃生产队里的粮食，还有反动言论，被贫下中农揭发后遭批斗，惊慌之下，便交代了自己是杜大宝不是杜二宝。至此，杜大宝以历史反革命罪判刑入狱，两年后，杜大宝在狱中病死。）

季钧在付浩声家扑了空，就匆匆去了大舞台，又晚了一步。季钧便去了党通局，直接去找卓英久。

卓英久皮笑肉不笑地说："季副站长无事不登三宝殿，说吧。"

季钧道："听说卓站长抓了付浩声？"

卓英久点头笑道："保密局消息果然灵通，正是。"

季钧对卓英久说："卓站长，此人还是我们带走吧。"

卓英久哼了一声，白了季钧一眼："季副站长，你说话也不怕风大闪了舌头？我们抓的人凭什么交给你们保密局？"

季钧道："付浩声本是我们保密局监视的对象，卓站长半道儿横插一杠子，不合适吧？"

卓英久摇头："季副站长，你这话儿听着刺耳呢，党通局就不能抓共党了吗？"

季钧皱眉："卓站长真不给面子吗？"他心中腾起一股无名火，他很想冲上前，一把捏住卓英久的脖子，把他从窗户扔出去，他甚至感觉到了掐住卓英久脖子时的快感。

卓英久讥笑道："真是对不住了，我如果给了你季副站长这个面子，党通局就失了面子。党通局没了面子，等于丢了党国的面子。对吗？"

季钧点头冷笑："久闻卓站长铁嘴铜牙，今日领教了。这事儿就算楚弓楚得吧。告辞！"

"不送！"

季钧悻悻然走出了党通局。是啊，中统、军统结怨久矣，卓英久岂能卖人情给保密局呢，他必定知道付浩声与马凯旋的交情深厚，他必定要给马凯旋难看呢。季钧一时苦思无计，便给在北平开会的马凯旋打了电话。唉！马站长能怎么办呢？有什么主意么？季钧也暗自替马凯旋发愁。

当天下午，马凯旋风尘仆仆地赶回来了。喘息未定，便阴着一张能滴出水的脸，径直去了季钧的办公室，迎头与郭子路走撞个对脸也没说话。

郭子路看着，便跟过来，站在门外听见了马凯旋愤怒的声音。

"季副站长，你相信付浩声是共党吗？"

"我怎么会呢……"

"季副站长，并非马某偏袒付浩声，若说付大哥有同情共党的思想，我还相信，可他能是共党吗？但讲南京高层，多少高官达人与共党交情深厚，多少党国元老与共党暗通秦晋？他们算不算共党？

怎么没有人去抓呢？”马凯旋乒乓五次拍响了桌子。

“站长，息怒。”

“季副站长，你让我怎么息怒？谁都知道，付浩声是我马凯旋的大哥，平白无故被人栽赃，先不说我这脸面……”

“站长，付先生确实藏匿过史茂新，不仅有人举告，而且，付先生也承认了啊……”

“也承认了？哼！屈打成招的事儿还少吗？”

“站长，你不必出面，我再去找卓英久，与他交涉此事。”

“我出面不出面都一样，我与卓英久素来不和，卓英久当然知道付浩声与我的关系。若去找他，他更要借机刁难，付大哥怕是更要多吃些苦头了。”

季钧皱眉摇头：“能有个什么办法呢？”

郭子路敲门进来，对马凯旋说：“对不起，我刚在门外听了几句。站长，我也知道了这事，我有个办法，或许可以试试。”

马凯旋看着郭子路：“子路说来听听。”

郭子路道：“听说北平党通局派来的督察专员是白世维，我与此人当年一同参加过清除张敬尧的行动，之后又多次联手锄奸，我还救过他一次，由此说来，还算有些交情。我去找白世维说说这事，看看能不能将付先生移押过来。”

马凯旋点头道：“这或许是个办法呢。子路呀，那就辛苦你一趟吧。”继而又叹道：“子路，至少也要把付大嫂和孩子先带出来，母子二人不能待在那个鬼地方呀！拜托了！”

郭子路点头：“明白了。”

郭子路去了党通局保定站。党通局北平站派来的督察白世维看到郭子路，惊讶地起身迎上来，哈哈笑道：“哎呀！郭兄啊！你是从天下掉下来的吧？”

郭子路拱手笑道：“白兄，一别如雨，兔走乌飞，果然岁月如梭啊。”

白世维与郭子路相对坐下，白世维亲手给郭子路倒了杯茶，感叹道：“郭兄，真如白驹过隙，每每想起我们一同刺杀大汉奸张敬尧，恍如昨日，屈指数来，竟然十五年过去了。郭兄近年如何？”

郭子路呵呵笑道：“郭某依然如故，出息不大。却是比不得白兄了，竟然由一个昼伏夜行的刺客，华丽转身，成了威风八面的督察专员，真乃士别三日，令人刮目相看了。”

白世维摇摇头，苦笑道：“不瞒郭兄，打打杀杀的日子，我真是感觉累了，当年许多同道多是改行了呀。”

郭子路端起茶杯，呷了一口，点头叹息：“记得当年除张行动，曾有一位侯先生参加，现在也不知去向了。”

白世维叹道：“我也没有侯先生的消息，或许八年抗战之中，牺牲了呢。”

（查阅史料，这位姓侯的杀手，乃江湖侠士，是王天木的朋友，曾参加了刺杀张敬尧的行动。最后不知所终。对不起，此人的名字，谈歌没查到。或许，姓氏也是假的。）

郭子路讪笑道：“侯先生即使为国捐躯，如今也是让人忘却了。我却想不到呢，当年的王天木、陈恭澍乃英雄好汉，却先后被捕变节，致使北平站、上海站一度瘫痪。抗战胜利后，上峰却极力为这二人开脱，转眼却成了地下工作者，成了有功之臣。此事令人齿寒，实在难以服众啊。说句泄气话，党国可叹，也可笑呢。”

白世维忙摆手笑道：“郭兄不必认真，猪向前拱，鸡往后刨，各有门道，咱们不说这个了（莫谈国事）。说正题吧，老朋友找我，必定有事吧？”

“白兄，我来找你，只想问一句，付浩声的案子，为什么不让保密局接手呢？即使你们捉了人，移交保密局，功劳也是你们党通局的么！”

“实不相瞒，有人举告，马站长与这个付浩声交情颇深，瓜田李下说不清呀，党通局如此做，也是为了马站长避嫌么。”

“白兄，小弟也直言相告，我此次来访，就是想与你们交涉，将付浩声一家移交保密局审讯。”

白世维立刻摇头："这个断然不行，郭兄呀，此案已呈报叶秀峰局长，若移交保密局，还须请示叶局长。"

郭子路皱眉苦笑："白兄乃督察专员，这么一件事儿，还要请示叶局长？白兄必是敷衍搪塞郭某吧。"

白世维满脸愕然："郭兄，此事白某的确为难。"

郭子路摇头笑了笑，放下茶杯，起身说道："看来，白兄不肯给郭某这个面子了？"

白世维沉吟了一下，说道："郭兄且慢，这件事儿么，你还真是给我出了个大难题，这样吧，我让卓英久把付浩声的老婆孩子交给你，你回保密局也算有了个面子。郭兄，我只能做到这一步了。"

郭子路拱手讪笑："那就多谢白兄了。"

白世维苦笑摇头："郭兄呀，也就是你出面呀！"

郭子路直接将颜若兰母子带去了望湖春饭庄，先要了一桌饭，再到柜上给马凯旋打了个电话。不一会儿，马凯旋匆匆赶来了，身后还跟着季钧、任雪儿几个。马凯旋欠身施礼："大嫂啊，马凯旋无能，让你们遭罪了。"

颜若兰眼睛一红："放歌兄弟，此事赖不着你呀！"

郭子路道："马站长，大嫂和孩子都还没吃饭呢，一定饿了。还是边吃边说吧。"

马凯旋忙点头："好，先吃饭。大嫂快坐。"

这顿饭自然吃得无滋无味。

颜若兰一直摇头叹道："马站长，付浩声怎么会是共产党呢？"

马凯旋宽慰道："大嫂放心，事情会搞清楚的，付大哥必定安然无事。"

吃完饭，马凯旋吩咐任雪儿，带颜若兰、付云雁回保定站歇了。

马凯旋愤愤回到办公室，颓丧地坐下，他朝跟进来的季钧长叹一声："我们对不住付大哥呀！"

季钧皱眉："站长，我还是拿不准，付先生会是共党么？"

马凯旋摇摇头，口气坚决地说道："我跟你说过多次了，付大哥绝对不是共党，最多只能说，付大哥或是受了共党的蛊惑，但他绝对不会是共产党!”

季钧疑惑：“那他藏匿史茂新……”

马凯旋无奈地摆手：“唉，人生这一辈子呀，如果常走夜路，就难免碰上鬼，付大哥如是。他为人忠厚，讲义气重承诺，从无防人之心，多是成人之美，一些巧言令色之徒，必定是揣摩以逢，以售其奸。”

“那颜若兰……”

“放了。”

“这……刚从党通局转押过来……”

“放了!”马凯旋眼睛一瞪。

(真恼了。)

“是！马上放人。”

马凯旋没料到，颜若兰却坚决不肯走。她担忧付浩声，要求见付浩声一面才肯放心。

马凯旋无奈，再找来郭子路，说了颜若兰的意思。马凯旋欠身拱手：“子路啊，只能再劳烦你了。”

郭子路急忙道：“站长，你客气了。”

郭子路又去了一趟党通局，见了白督察，郭子路提出保密局因了共党一案，要求提审付浩声，之后按时再押送回来。

白世维推不开情面，讲好付浩声只能去半天时间。卓英久不好拒绝白世维，当下派了两个特务，押着付浩声，随郭子路去了保密局。

马凯旋早在门口等候，放眼去看，只见付浩声戴着手铐，衣服污损，全无了平日的潇洒气概。他上前握住了付浩声的手，兀自摇头低叹了一声：“付大哥，你吃苦了。”

付浩声爽声笑道：“放歌兄弟，愚兄如此不堪，见笑了。”

马凯旋也笑了：“付大哥还没到当锏卖马的时候么，何出此言呢?”即递个眼色给季钧。

季钧走上前，对押送的两个特务说道："打开手铐。"

两个特务面面相觑："这个么……"

季钧瞪眼骂道："眼瞎了？这是保密局，打开！"

两个特务忙上前给付浩声打开了手铐。

季钧掏出几块大洋，塞到其中一个特务的手里："你们去歇着吧。走的时候叫你们。"

那两个特务欣然接了银圆，转身走了。

马凯旋引付浩声到办公室坐下，季钧端茶上来。

付浩声苦笑道："放歌兄弟，你们这是何必？"

马凯旋笑道："付大哥，大嫂要见你一面，才肯放心回家啊。"

付浩声怔了一下，点点头，起身道："难为兄弟了。我这就去见她。"

马凯旋忙拦住付浩声，呵呵笑道："大哥，你这副模样，不好与大嫂见面呢。你总得先去洗个澡，理个发，总要换身衣服啊。"

马凯旋随即带着付浩声理发洗澡之后，穿戴一新，去见了颜若兰。

颜若兰疑惑地看着付浩声，问道："你这是……"

付浩声哈哈笑道："若兰呀，我没事儿呀，党通局就是问我几件事，过两天问完了，我便回去了。"

"真能回去？"颜若兰目光狐疑。

"真的。"付浩声满脸真诚。

"爹不骗人？"付云雁疑惑地问了一句。

"小雁呀……"付浩声摇头笑了。

马凯旋满脸笑容："大嫂，小雁，你们都看见了，付大哥真没事吧，你们先回吧，有我马凯旋在，付大哥肯定无事呀！"

"马站长，浩声真的没事？"颜若兰疑心道。

"大嫂呀，真的没事。"马凯旋哈哈笑道。

付浩声眼里有了泪光，强笑道："若兰呀，你快带孩子回吧。"

颜若兰疑惑着带上付云雁走了。

季钧走进来，皱眉对马凯旋说：“站长，卓英久来要人了。”

马凯旋怒道：“他还怕人丢了吗？”

付浩声笑道：“马站长，我就回去了。”

“大哥……”

“别为难了。”付浩声即起身走出去了。

马凯旋默默跟着付浩声走出门，眼看着付浩声大步上了党通局的车。汽车一道烟儿似的开走了。

马凯旋站在院子里，表情冷酷，状若雕塑。

秋风一阵阵吹过来，马凯旋一时心如刀割。

颜若兰之死

任雪儿开车送颜若兰、付云雁回家。到了秀水街付宅，颜若兰母子下车，任雪儿宽慰了几句，便开车回去了。

颜若兰刚要进门，却听有人轻声喊：“小雁”。

母子二人寻声转身去看。梅天凤从街角闪身走出来。

付云雁高兴地叫了一声：“天凤姑姑。”

梅天凤快步走过来。

颜若兰苦笑：“天凤呀，也惊动你了。”

梅天凤拉着付云雁的手，皱眉说道：“大嫂，是马三哥给我打电话，他担心你到家有特务来捣乱，让我过来照应一下。”

颜若兰点头叹道：“难为马站长了。”

梅天凤说：“我们先去吃个饭吧。”

“不饿呢。”

“还是吃点儿吧。”

梅天凤就带着颜若兰母子去了秀水街的“全和饭庄”。

颜若兰悄声说道：“天凤呀，咱们身后有尾巴。”

梅天凤笑了：“大嫂好机警，我看到了。却不像是党通局的特务，倒像是二厅的。”

颜若兰恨道：“反正是特务，都是一个门里出来的狗，都是狗！”

梅天凤“扑哧”笑了：“那倒是。”

颜若兰疑惑：“这帮狗特务，怎么还盯着我呢？马站长不是说付浩声没事了吗？”

梅天凤摇头皱眉：“时下还看不出。”

颜若兰叹了口气：“我却看出了，他们不会放过浩声的，马站长和浩声都是安慰我呢。”

“大嫂，咱们先吃饭。”

梅天凤买了三碗面，三人埋头吃着。

颜若兰吃完了，放下碗：“天凤呀，我有句话想跟你说呢。”

梅天凤放下筷子：“大嫂说。”

颜若兰不好意思地笑了：“我说了你可别恼，我知道你多年来心里边一直装着浩声，女人看女人看得清楚，我为这个跟你生过气。我知道，浩声命里是有女人缘儿的。”

梅天凤顿时尴尬了：“大嫂，咱们不说这个……”

颜若兰摆摆手：“你先听我说，别怪我小心眼儿，女人么，都是这么个心性，如果自家的男人没有女人喜欢，也是个窝囊的事儿。可如果外边真有女人喜欢上了，也真是个上火的事儿啊。妹子呀。我说得对不？我不管你们有没有那个事儿，你们的心思我看得明白呢。”

梅天凤脸色飞红了：“大嫂呀……”

颜若兰坦然笑了：“妹子呀，我这人肠子直，有口无心的，过去说得过火，对不住你了，你就别记着了。”

“大嫂……”

“天凤，我得托你一件事……”

“大嫂说，别说一件，就是十件百件……”

颜若兰点头，把付云雁拉过来：“小雁啊，这些日子你先跟着天凤姑姑吧，娘有事顾不上你。”

付云雁看着颜若兰，迟疑了一下，点点头。

颜若兰道：“天凤妹子，我就把这孩子托付给你了。”

"大嫂放心。"

"万一我有个三长两短，你就……"

梅天凤脸更红了，急忙拦了："大嫂，你千万别这样说。"

颜若兰说："我是说呀，我如果再被这帮东西绑架了，他们就会拿我去威胁浩声呢。"

梅天凤急道："大嫂，你听我说……"

颜若兰站起身拦住梅天凤的话头儿："天凤妹子，就这样了，你带着小雁先走吧，我担心狗特务一会儿找麻烦。哎呀，快走吧，别让我着急了。"

梅天凤重重的目光望着颜若兰："大嫂……保重！那我带孩子走了。"

"走吧！"颜若兰重重地点点头。

三人走出了饭店。梅天凤领着付云雁，别过颜若兰，含泪走了。

颜若兰看着梅天凤和付云雁走远了，就转身回家了。是啊，小雁跟着梅天凤走了，颜若兰便少了一份牵挂，她现在要做的是，得让付浩声没有了牵挂，她不能因为自己毁了付浩声的名声。

（行文至此，谈歌掷笔喟叹，天下所有真正热爱自己丈夫的妻子，都会这样想啊。）

颜若兰回到家里，稍稍平静了一下心绪，便支上锅点了灶火。转身再去抱柴火的工夫儿，一群特务就找上门来了。

果然让梅天凤猜着了，既不是党通局的特务，也不是保密局的特务，而是国防二厅的特务。

谁能想到呢，马凯旋徇情私放了颜若兰母子，党通局倒没有追究这件事，国防二厅的冯书恺却掺和进来了。

（冯书恺怎么来了？真是个冷锅冒热气，他干吗没头没脑地横插这么一杠子？冯书恺于中华人民共和国成立后被捕，交代了这件事的缘由。马凯旋私放颜若兰母子，党通局也不愿再管，可是暗中却有人惦记着梅三娘留下的那块匾额。谁？李天曼。李天曼相信，那块匾额就在付浩声家中，但她惹不起马凯旋，不好自己出面，李天曼便找冯书恺帮忙。因为上次误抓李天曼的事，冯书恺一直欠着李天曼的人情，便答应出头替李天曼来办这件事。)

冯书恺跟在手下的后面走进门来，他看到颜若兰正坐在灶台前拉风箱，灶上支着一只铁锅，盖着锅盖。冯书恺打量了颜若兰几眼："你就是颜若兰？"

颜若兰斜了冯书恺一眼："你没有走错门。"

冯书恺四下看看，扬脸儿说道："我们今天来，有一件事找你。"

颜若兰并不抬头，拉着风箱讥讽道："长官何事找草民？"

冯书凯道："颜若兰，我听你说话也是个爽快人，那我就开门见山了。你今天得交出那块'神州神彩'的匾额。"

颜若兰扬眉笑了，继续拉着风箱："这位长官，你找错门了，那块匾额是梅家的，怎么会放在我付家呢？换句话说，就算是在我家里，我也不能给你。"

"为什么？"

"我先问长官一句，你与这块匾额有什么渊源？长官不像是杂戏中人啊？长官喜欢杂戏？"

冯书恺摇摇头，神情怪怪地笑道："这个么，你就不要问了。颜若兰呀，你也不用抵赖，那块匾额就藏在你家里。梅三娘已经死了，你还替她保存这块破牌子，有什么用？你痛快交出来吧，我不会亏待你的。"

颜若兰哼了一声，愤然站起身："长官就别费什么心思了。我说过了，那东西不在我家里。就算在我家，也给我藏起来了。你们找不到！不信你们就搜呀！"

冯书凯冷笑道："那好，我也不搜了，你跟我们走一趟吧，到了地方你就会告诉我们了。"

颜若兰发火了："你们不就是想拿我胁迫付浩声吗？瞎了你们的心思……"

冯书恺喝道："闭嘴！你与付浩声都是共匪！"

颜若兰冷笑："共匪？我们怎么就成共匪了？这保定城里谁不知

道，我们家就是唱戏的，我们是招你们了，还是惹你们了？还是你们被共产党吓蒙了，吓得出门找不着北了？就疯狗似的到处乱咬？把卖酒的给说成卖醋的，把放羊的给说成是割草的，把曹操说成了刘备，把关公给说成了秦琼，一通乱点戏单子啊！你们这王八蛋政府还讲不讲理了？”

冯书恺恼了：“少废话，赶紧把匾额交出来……”

冯书恺突然紧张了，他嗅到了一股呛人味道，煤油！他四下去看，这煤油味儿是从哪儿冒出来的呢？

颜若兰冷笑一声：“交？屁话，我能交给你们吗？老娘这就走了，下辈子老娘做个男人，好好收拾你这样的狗东西。”说罢，伸手拉住了冯书恺，抬腿踢翻了灶台上的铁锅。锅顿时翻了，竟然是一锅煤油，只听“砰”的一声，便遍地燃烧起来。

冯书恺猛醒过来，顿时惊恐万状，疯狂挣脱开颜若兰，鼠窜着奔出屋去了。

颜若兰哈哈笑道：“你也怕呀……”

院子里的特务们惊吓得狂奔出来，只看颜若兰站在烈火中，似一尊五彩菩萨。

颜若兰在烈火中粲然归天。

[付浩声家住保定秀水街（甲）三十二号，这一场冲天大火，（甲）三十二号院成了废墟，却留下了人间绝唱。多年后，谈歌曾去（甲）三十二号院旧址去寻访凭吊。秀水街（甲）三十二号院已经踪迹皆无，但见一片高楼大厦拔地而起，一阵不识归路的风儿悠然刮过……谈歌似看到颜若兰的影像若隐若现……]

付浩声或是没有看透颜若兰。

让我们记住颜若兰！[《保定传说》记载：颜若兰，女，（1907—1948 年），祖籍北京通县。民国时期知名河北梆子演员。民国知名河北梆子演员焦玉环之女，著名河北梆子演员付浩声之妻。]

付浩声之死

几乎出乎所有人的意料，就在马凯旋想方设法让党通局将付浩声移押至保密局却无望的时候，党通局竟然主动把付浩声转押到了保密局保定站。季钧得到消息十分高兴，即对马凯旋说：“站长，这下可好了，付先生由咱们看押，可以不受罪了。”

马凯旋摇头冷笑：“错，党通局打的是移祸江东的算盘。他们知道我与付大哥交情甚笃，便要用我的手杀掉付大哥。歹毒呀！”

季钧皱眉摇头：“不会吧。”

马凯旋淡淡地说道：“若我们用尽办法，或贿赂，或钻营门路，找到能与卓英久说上话的头面人物，将付大哥从党通局移押过来，付大哥自然无事；若卓英久主动要求移押付大哥，付大哥必定在劫难逃。”

“有这……可能吗？”

“必定不会错。北平站或南京，两日内必有电示，着令我们杀掉付大哥。”

季钧疑惑：“这……”

马凯旋仰天叹道：“破除生死须齐物，谁向穹苍问事由？”

果然不出马凯旋所料，当天晚上，南京来了电示，命令马凯旋杀掉付浩声。在电文说，付浩声这等人物，不仅有共党嫌疑，更颇有民声。杀掉他，可以起到震慑人心之作用。

为何竟是这样一个结果？却是因付浩声的案子经过了一番“云谲波诡”层出不穷的人事纠葛。史料记载：北平的傅作义得知党通局保定站抓捕了付浩声的消息，直接给叶秀峰发电文，请求叶秀峰下令将付浩声移押到北平审讯。傅作义并同时给保定代市长冯慕云打了电话。冯慕云是傅作义的老同学，傅作义直言不讳，说付浩声是他的朋友，请求冯慕云多加看护，不要让付浩声在党通局受罪。

冯慕云当即回答傅作义，一定不会让付浩声先生受罪，并表示全力救援。

叶秀峰则回电，断不会伤害付浩声的性命。

此时，得到消息的颜若仙，匆忙拜访了傅作义，恳请傅将军出手相救。或是为了安抚颜若仙，傅作义又给叶秀峰发了第二封电文，再次为付浩声开脱。殊不知这第二封电文，竟把付浩声困滞在保定了。叶秀峰何许人也，聪明得紧。傅作义第一封电文，他没有太在意，觉得或是有人托到了傅作义门下，傅只是表示一个姿态，敷衍人情。而傅作义的第二封电文，叶秀峰感觉到了付浩声在傅作义心中的分量。叶秀峰既不想开罪傅作义，也不想将付浩声移押北平。他想了个移祸江东的办法，直接电令党通局保定站卓英久，速将付浩声移交保密局保定站关押，并将消息电告了傅作义。傅作义将消息告知了颜若仙。傅认为付浩声移押保密局保定站，应暂无性命之忧，之后移押北平徐图之。颜若仙却仍旧放心不下，再恳请傅作义另给毛人凤发封电报，为付浩声求情。傅作义与毛人凤并无交情，但碍于颜若仙一再恳求，当即给毛人凤发了一封电文。毛人凤接到了傅作义的电文之后，当即复电，请傅将军放心，一定保证付先生的人身安全，不日移押北平。毛人凤随后给保定站发了急电，着令马凯旋从速杀掉付浩声，以绝后患。

毛人凤为什么坚持从速杀掉付浩声呢？史料中有两个猜测：一则，毛人凤断定付浩声是共产党，理所应当除掉，以儆效尤；二则，毛人凤担心付浩声一旦被傅作义接到北平，付浩声的共党言论，必会动摇傅作义抵抗共党之决心。若细细分析，两个猜测，皆有可能。

颜若仙绝对想不到，她恳请傅作义给毛人凤发的这封电文，竟成了付浩声的催命符。毛人凤不仅给保定站发了急电，而且亲自打电话问讯马凯旋态度："我曾闻马站长与付浩声有金兰之谊，不离不弃，情若手足。私下窃想，若让马站长杀他，于心何忍？"

马凯旋冰冷地说道："报告局座，属下与付浩声确是情谊深厚。但付兄待我乃是私交，而今我对付兄则是公义，私交如何胜过公义？付兄触犯国家政法，自当按律处置。局座不必多虑。"

处决付浩声之前的一个夜里，心情极度晦暗的马凯旋去了城西的“泰和看押所”（保定市薛留营村西，1952年拆除。今保定供电局位置）。去之前他吩咐两个特务到街中找一家好馆子，多加钱喊厨师起来，做一桌酒菜送到“泰和看押所”。

泰和看押所的前身是“泰和车马店”。日伪时期，即被日本宪兵司令部征用，改造成为收押犯人的临时牢房。抗战胜利后，军统保定站接收了这里，变更为特殊嫌犯的关押所。什么是特殊嫌犯关押所？其实就是马凯旋给犯错的特务们自设的家法囚禁之地。特务或其家眷亲属犯了过失，便被关押在此面壁思过。付浩声被移押到保密局保定站之后，便被马凯旋送到这里来了。

马凯旋来到了泰和看押所，心中十分凄凉。是啊，他之前绝对不会想到，付浩声竟然被关押在这里，而且还是他马凯旋亲自关押了付浩声。唉，人间之事，多是白云苍狗呀！

马凯旋走进泰和看押所，付浩声正在监号里练功。俗语讲，拳打卧牛之地，虽监号狭窄逼仄，但却不妨碍付浩声劈拳踢腿。付浩声被关押在党通局的几日里，白世维因了郭子路的人情面子，暂时没让卓英久给付浩声上大刑，付浩声便能每日坚持练功。听到监号开启的笨重响声，付浩声回身看到了马凯旋，便停下运动迎了上来，淡然笑道：“放歌兄弟来了。”

马凯旋声音苍白地说道：“大哥，坐下说话吧。”

二人便在床板上并排坐了，马凯旋侧身打量付浩声。昏暗的灯光下，付浩声脸色很憔悴，仅仅几天的囚禁生活，竟让这个宁折不弯的强壮汉子，变得枯萎了。马凯旋心中一阵隐隐的痛苦，兀自感觉愧疚难当。

马凯旋干涩地笑笑：“付大哥，小弟半夜来此，算是不速之客了吧？”

付浩声侧过身来笑道：“放哥兄弟突然来此，或有什么事情吧？”他端详着马凯旋，皱眉道：“你气色不好，不舒服吗？”

马凯旋用灰灰的目光看着付浩声：“没什么，或是稍感了风寒。”

他转身对门外说道：“把酒菜端上来吧，我与付大哥饮几杯。”

两个特务拎着两个提盒进来，再搬进两把凳子一张桌子，将一壶酒和十几盘冷拼热炒摆在桌上，便折身出去了。

付浩声起身上前，看着满桌的酒菜，表情却木然。

马凯旋站在一旁尴尬地笑道：“困滞在这种糟糕的地方，大哥的胃口想必也糟糕了。叫了几样，不知道合不合大哥胃口。”

付浩声淡淡地笑道：“仅在党通局待了四天，又在这里待了两天。牢饭吃得还算入口，我是个苦出身，胃口向来健壮，好酒好菜岂能吃不出滋味？”

“大哥说笑了。请吧。”

“好。请！”

二人在桌前相对坐了。

付浩声盯着马凯旋，问道：“由党通局转押到保密局，牢房还不及住暖，放歌兄弟半夜过来请客。或许有什么喜事？要放我出去吗？”

马凯旋黯然摇头：“不是。”

付浩声“哦”了一声：“有些明白了，放歌兄弟是来结果我性命的吧？看这桌酒菜颇为丰盛，是付某于阳间的最后一顿饭？”

马凯旋沉默了一下，勉强笑着摇头：“付大哥，我怎么能杀你呢。”

付浩声凄然一笑：“放歌兄弟，你应该杀我呀。杀了付浩声，放歌的属下省却了伺候付某的麻烦，自会高兴。放歌的上峰检验了放歌的忠诚，也会高兴。付某那些同行从此少了一个抢彩争风的角色，更会高兴。如此好事，放歌何乐而不为呢？”

马凯旋良久无语，之后黯然长叹：“大哥啊，你为何卷入政治之中了呢？这其中机关太过凶险。而今国共拔刀相见，天下战火不断，两党对阵，你死我活。大哥你……”

付浩声讥讽地笑道：“放歌说的这些，与付某何干？付某只是个粉墨登场的戏子，经年累月沉溺于锣鼓声中，却也知道‘通情达理’

这四个世间大字。付某无党无派，政府却将付某拘押在此，此乃政府为难付某，而非付某难为政府。”

马凯旋黯然无语。

付浩声笑道：“再说，世人有目共睹，共产党如雨后春笋一般逐渐声势浩大，或说民众亲近共党，更可说共党亲近民众。时下民众反政府之势，已是烈火燎原不可向迩。人心向背自古而然。付某以草芥身躯，当要顺应潮流，而不是逆潮流而动。付某如此说来，对吗？”

马凯旋点头：“大哥说的是，可这一切又与大哥何干呢？大哥并非共党，但大哥为何执意帮助共党呢？”

付浩声皱眉说道：“放歌呀，为兄只是个卑微伶人，没念过多少书，仅多年于舞台上学了些戏文，虽说戏文多为装饰之语，却也有警世铭心之用。你刚刚问起，我为何要执意帮助共党？我何尝不知帮衬共党就是大逆，就是与政府作对。放眼去看，海内之士芸芸众生，在所谓政府压迫之下，抗议发愤之徒绝迹，慷慨悲咤之声不闻。莫怪愚兄出言无状，尔等名为官僚士人，实则棺材死人不若。付某每念及此，多是百感交集，舞台之上，也时常凄然泪下，几近失声。”

马凯旋摇头：“大哥或是受共产党蛊惑过深了。”

付浩声呵呵讥笑道：“此话若反过来讲呢？放歌兄弟或是受国民党蛊惑过深了呢！”

马凯旋登时无语。

付浩声突然起身，舒展了一下双臂：“放歌兄弟，其实人这一生，很短的，白驹过隙并非夸张之词。当年母亲把我写的字给达子鼓师父，师父曾对我讲过一番人生道理。师父说，人一生，二十岁之前，要考虑如何上场，上场之后如何精彩。六十岁之后，则要考虑如何下场。师父又说，上场但要精彩，可谁也不可能一生精彩。”

马凯旋静静听着。

付浩声郑重说道：“所以，要考虑下场得体面，不能下场得狼狈。我私下窃想，六十岁之说，并非绝对界定，人生无论何时退场，都要退得体面。当年有一个钱如雪，那真是上场精彩纷呈，退场也体面尊严。可这实属不易，并非人人都能做到的呀！”

马凯旋疑惑：“钱如雪？”

（此时再提钱如雪，读者想必感喟莫名。）

付浩声的目光顿时亮了：“对！钱如雪！”

马凯旋皱眉：“我记得大哥与她多有仇恨呢。”

付浩声爽声笑了：“放歌呀，你或是想不出呢，渐至后来，我却与她有了姐弟之情谊。钱大姐一生，敢恨敢爱，真正称得上一个巾帼不让须眉啊。时光若能倒流，我真想回去与她同台唱一出气象万千的大戏。那必定是一番血脉偾张酣畅淋漓的景象啊。”

马凯旋听得委顿了，哀声叹道：“大哥知道吗？我也很想回去，回到永年去……那才是你我兄弟人生最好的时光啊。”

付浩声呵呵笑问：“如何放歌不回去呢？”。

马凯旋悲苦地摇头：“大哥问得好哇，可是我……回得去吗？”

付浩声怔了一下，声音立时变得颓废：“……放歌说得对，你回不去了。同样，付某也出不去了呀。”

彼此说动了心事，二人相对枯坐良久无言。

马凯旋终于长叹一声：“大哥呀，每每念及当年那个大雪飘飘的天气，马凯旋即要冻毙荒郊之际，却被大哥路遇援手的场景，恍惚就是昨日之事啊！”

付浩声却摆手笑了：“悠悠已久，我真是想不起了呢！”

马凯旋愣怔了片刻，旋即点头：“付大哥，我们喝杯酒吧。这杯酒算兄弟向大哥谢罪了。”

付浩声点头笑笑，端起酒杯，仔细盯着马凯旋，似在认真观赏一幅图画：“放歌啊，你知道吗，其实为兄并不恨你。兄弟你是个讲原则的人。”

马凯旋肃然点头：“大哥所言不差。凯旋有信仰，是国家的公民，要保卫国家。凯旋相信江湖道义，更相信国家至上。”

“说得好。道义是永远的，无论是国家还是江湖！”

付浩声点头称赞一句，便转了话头：“但是敢问兄弟，国家视民如草芥，民视国家如寇仇。又如何讲？”

马凯旋张张嘴，声音却一时涩住了，无语间摆摆手，便转过身去，泪就涌下来了：“……大哥啊，不要再说了，凯旋并非草木……是知道的。”

付浩声笑了：“兄弟知道就好。”说罢，他端起酒杯，细心端量了一下，便仰头慢慢饮尽。而后将酒杯轻轻放在桌上，便安静地端坐在桌前，似乎静等着马凯旋起身离开。

马凯旋看着付浩声，但见付浩声目光如炬，只默默看着马凯旋，再无一句话。

马凯旋读懂了付浩声的目光。付浩声是在赶他离开。马凯旋心中一时大颤，他不敢继续对接付浩声的目光。他一时似身有重负，他吃力地站起，沉沉地转过身，缓缓向外走去。他瞬间感觉到脚下这几步路，好像走了一百年，方才艰难地走出了牢门。

正在门外悄然等候的季钧，默不作声地迎上来。

马凯旋看着季钧，不觉之间，两行清泪兀自凄然洒落下来。

马凯旋似是对季钧说又似是喃喃自语：“旅泊成千里，栖遑共百年，穷途唯有泪，还望独潸然。……悠悠苍天，何薄于付浩声这样一个正人君子呢？”

马凯旋木呆呆地走出了泰和看押所。夜风丝丝地吹卷过来，预兆着明天仍是个干燥的天气。囚于此地的付浩声，还能度过人生最后几个夜晚呢？马凯旋一无所知，但马凯旋知道，付浩声的人生已进入倒计时。

曹正汉和几个特务在门口肃然等候。

马凯旋脸上登时收了悲怆的颜色。他冷冷打量了众人一眼，硬声喊道：“曹正汉！”

曹正汉立正：“在！”

马凯旋冷声说道：“你负责调集行动组，封锁泰和看押所。任何人任何理由，都不得踏进一步。但有强行进入者，格杀勿论！”

曹正汉答应一声，转身走了。

马凯旋呆呆地坐车回了保定站办公室。季钧随后跟来，提着一只重重的皮箱，放到办公桌上：“站长，这是我的一点儿私房钱。付大嫂不在了，站长找到付先生的孩子交给他，将来的日子还长呢。”

马凯旋打开箱子，却是满箱子的银圆，五根金条压在上边。

季钧苦笑：“五百大洋五根金条。我只能拿出这些了，虽然我不像站长那般廉洁自律。”

马凯旋叹道：“季钧呀，如此一个纲常沦丧的世道，谁又能洁身自好，纤尘不染？万花丛中过，片叶不沾身？你已经很不错了呀。”

季钧摊开双手：“说来可怜，弟兄们都笑话我，家里跟个破窑似的，比共产党还共产党。实话实说，这些是我多年来奔命积蓄的一半，我自己也要留下一半过日子呢。想起付大哥当年舍命掩护我们，季某真是愧对万分呢！”

马凯旋皱眉道：“眼下政府饬令整顿金融，金圆券银圆券搞得鸡飞狗跳。你敢藏银圆金条？若让人举告了，这都得兑换呢！”

季钧虎下脸骂道：“他娘的，这糊涂政府还有没有天理了？老子辛苦玩命儿干了这些年，才挣了这点儿小钱，到头来，还都得换成擦屁股纸似的金圆券银圆券？今后让我们吃什么？吃屎呀？谁敢找我来，老子就敢拿机关枪突突他。不信就试试！”季钧愤怒地吼起来。

马凯旋忙摆摆手：“算了算了！消消火儿吧！”

季钧泄气地坐下了：“国家搞成这个王八蛋样子，真是操蛋呢。”

［无怪乎季钧愤懑异常，前民国银行职员酾是凡先生，于中华人民共和国成立后写过一篇文章《民国银行二三事》，收入《保定往事》一书。酾氏文章中以保定为例，给1933—1948年国民党政府的金融政策算过一笔账，民国二十二年（1933）初，保定教育局得到了热心家乡教育的海外华人单悦杰先生（祖籍保定清苑县）一笔捐助，银圆五十万元。约定存入两家银行，只用息，不动本，用于保

定学子教育奖励。两家银行规规矩矩地照办。后来法币政策实行，折合法币五十五万元；保定沦陷后，法币二元兑伪币一元，折合伪币二十五万元；抗战胜利后，伪币二百元兑法币一元，折合法币一千二百五十元；金圆券颁行后，法币三百万元兑金圆券一元，折合金圆券四毫一丝；金圆券二元对银圆一元，折合银圆二毫零五；前后十五年间，绕了一个大圈子，五十万银圆变成零点零二五银圆，近乎等于零了。真是一个荒唐透顶的笑话了。]

民国三十七年（1948）十月二十六日中午，保定站马凯旋站长再次接到电话，被要求立即处决共党付浩声。马凯旋不能再拖延，当即执行命令。

马凯旋已经几夜无眠，放下电话，便去街中取了给付浩声定做的衣服。之后，他拿着衣服去了泰和看押所。他要与付浩声见最后一面，之后他要送付浩声上路。

夕阳西下之时，马凯旋灌了铅似的双腿，涩滞迟拙地走进了监号，双手将新衣裳躬身递给付浩声。付浩声淡然一笑，颔首欠身接了。

马凯旋一时五内俱焚，深深埋下头，退出了监号。

付浩声换好衣裳，即大步走出监号。果然是一身崭新亮眼的衣裳，白色的杭州绸缎是马凯旋专门从保定最大的“瑞德祥”绸缎庄买的。款式是请保定最好的裁缝刘万明师傅赶制的。刘万明后来才知道，他做的竟然是付浩声老板上路的衣服。刘万明感慨地说，鬼知道他马站长是怎么想的。既然你们非要杀了付先生不可，何必再给他做这么一身上好料子的衣裳呢？这得花多少钱呀，岂不是逼着付先生破费吗？付先生还有个孩子呀，将来的日子还长远呢，省下几个钱留给孩子不好吗？唉，刘万明哪儿知道呢，这料子钱却是马凯旋自掏的腰包。

马凯旋就在付浩声面前跪下了。他微微抬起头，一双泪眼怯怯地看着付浩声：这个人是我最信任最知心的朋友加兄长，可是今天我却要……杀……他。

付浩声微微欠身，目光空空地看着马凯旋：这个人是我最真诚的朋友加兄弟，今天他却要……杀我。

十九年前，付浩声救助了马凯旋，二人撮土为香，义结金兰，相见恨晚，彼此之间，肝胆相照。那一年，付浩声二十岁，马凯旋十九岁。十九年过去，却是这般场面……

马凯旋悲声苦叹：“大哥呀，你就不能回头吗？事情虽然到了千万之绝境，你若此刻转身，说句回头话，毕竟还有一个商量呀！”

付浩声断然摇头：“放歌兄弟，不必再多费口舌了。付某虽是一个下九流的伶人，却也知道死得其所的道理。”

付浩声便朝马凯旋拱手致意，向他投下最后重重的一瞥：“把我忘了吧！”说罢，转身大步向前走去了。

（行文至此，谈歌伤感莫名。后人作歌咏叹之：夕阳渐渐西下，一幅伤感图画，猛回头，看到了你流泪的脸颊，晚风吹乱了你忧伤的头发，飘散了你我经历的铅华，即将被黑暗抹杀。从此阴阳两界，海角天涯，痛在永远，如何愈合伤疤？往事被鲜血冲刷，如何放下牵挂？自己的刀子刺进自己的胸口，何必再拔。诺言不过一句话，该忘就忘了吧！就此算了吧，伤口总会结成疤。背叛虽然是一刹那，却让所有记忆都瞬间崩塌。就此把悲伤放下，就此把泪水开闸，生死爱恨，困兽挣扎，枪声响起，总会有人倒下……）

马凯旋兀自追出门去，望着付浩声的背影，踉跄了几步，又扑通跪倒。他高喊一声：“付大哥，走好！”喊罢这一句，便勾头到地，泣不成声了。

付浩声听到马凯旋悲号，兀自站住，却终于没回头去看，稍有迟疑，又径直向前走了。

季钧和梅可心赶上来，扶起马凯旋。三人用呆呆的目光望着付浩声一路走向了刑场。

路旁观看的人有特务有警察还有当地的住户，多是泪眼相送，沉痛无语。之前本来是秘密执行枪决，但马凯旋临时改变了决定，既然付浩声是保定名人，就不能无声无息地消失。季钧也同意，应该让付先生走得热闹些。于是，保定站便放开了禁忌。

突然有人有路旁大喊了一声："付先生，唱一段吧！"

付浩声坦然笑了，他左右拱手致意，望了望夕阳，便高声唱了起来：

昔日有个三大贤，
弟兄们结义在桃园……

（唉！此时再听付浩声唱这段戏迷们耳熟能详的二黄唱腔，或是只有马凯旋能凄然想到昔日永年雪地中兄弟结拜的场景……果然是，弃我去者昨日之日不可留，乱我心者今日之日多烦忧……）

付浩声步步坚实，他似走在他熟悉的舞台上，耳边似有锣鼓喧天？

一路上，观者如堵，喝彩不断。付浩声面带微笑，连连拱手。

时维十月，序属初秋。刑场设在泰和看押所一公里外的训练场。训练场为保密局保定站专用，原是保定陆军学校靶场，四周皆是成行的白杨树，据说是当年军校开办时植下的树苗，而今已高大参天。果然十年树木。付浩声走到刑场中央，但听凉风萧瑟，只见落叶飘飘。他缓缓转回身，爽然赞道："好一块清静之地呀！"

付浩声淡然看着面前十余支黑洞洞的枪口，再次抬眼望了望夕阳，微微笑了："在此送付某上路，不亦快哉！"

排子枪响了，左右几株参天的白杨似乎感到触目惊心，又一阵落叶飘飘而下。

……

保定……再无付浩声……

［《保定往事》记载：付浩声遇害的消息传到北平时，傅作义将军正在会客吃饭，他当即扔了筷子，一时泪流满面，长长哀叹了一声："傅某无能，没有救得下付先生呀……"叹罢，情绪一时不能自控，即离席而去。《中国戏曲传说》一书，收入《付浩声先生舞台生

涯概要》一文（作者：石忠义）。文中叙述：付浩声死后，傅作义如五雷轰顶，痛心疾首。之后多年，一旦提及付浩声遇害之事，傅作义一概摆手长叹："说不得，说不得！"]

付浩声的丧事

付浩声的丧事当然要办。

可是……该怎么办？谁……来办？保定梨园界都觉得这丧事不好办，或者办不了。毕竟，付老板可是被保密局处死的人呀。

市井坊间谁都没有想到，付老板的丧事竟办得轰动一时。

众所周知付浩声先生是被保密局杀害的。换言之，保密局是借马凯旋之手杀了付浩声。众人皆知付浩声与马凯旋是金兰兄弟。即使付浩声真是共党，也只是与马凯旋政见不同，二人义气仍然。奉公守节则义废，付浩声只能死在讲原则的马凯旋手上。但付浩声之死给马凯旋带来了万分痛苦。他所能补救的措施，便是出面为付浩声治丧。季钧、曹正汉、梅可心等人对付浩声则十分景仰，也坚持出面为付浩声治丧。

若马凯旋、季钧等人出面治丧，就等于保密局保定站出面给付浩声治丧。这很让街人惊讶，更让得到举报的上峰愤怒非常。南京保密局当即给北平站发电报，着令顾也正站长出面制止这件事，并严肃查处马凯旋为共党分子张目的责任。但南京保密局想错了，顾也正站长却坚决不肯蹚这"浑水"。顾也正深知马凯旋与付浩声的交情（况且他与付浩声交情也相当不错），他绝对不会跑到保定找骂。顾也正敷衍塞责，死活就是不肯出面。

南京催急了，发电催促。顾也正回电八个字："事有必至，理有固然。"

南京再催电。顾也正再回八个字："理无常是，事无常非。"

南京鞭长莫及，只能暂时作罢，且恨恨地记下马凯旋这笔账了。但南京方面决没有想到的是，最终主持为付浩声治丧的人，竟然不是马凯旋，而是保定代市长冯慕云。冯慕云竟然丝毫不避讳，他要亲自主持。这样一来，马凯旋的作用倒在其次了。

《保定传说》署名新茂的文章记述：冯慕云自幼喜欢戏曲（高阳乃戏曲之乡，冯慕云耳濡目染，自然而然），是个超级票友。有资料记载：他“每天不听戏，好似丢了魂儿”（与薛大头或有一拼）。付浩声成名之时，冯慕云正在家乡养伤，十分仰慕，特意去保定拜识付浩声。由此，二人多有来往，即有了场面上的忘年交情。民国十六年（1927）春，冯慕云在家乡组织反对北洋政府活动，一次到保定联络同党，被人举告，遭警察追捕，于保定街中负伤后侥幸逃脱。冯慕云一路逃到付浩声的剧团，付浩声掩护了冯慕云。冯慕云任保定代市长后，与付浩声走动频繁，并引为知己。付浩声被捕后，冯慕云也曾设法营救，但他虽为代市长，却有职无权。无论是党通局还是保密局，都不买他的账。得知付浩声被保密局杀害后，冯慕云悲痛万分，众目睽睽之下，竟全家举孝。

坊间传闻，冯慕云没能援救付浩声，实属无能无力。付浩声的后事，冯代市长若不办得铺张些，就会有闲话，怪他冯慕云忘恩负义。冯代市长是个有里有面儿的人呀！缘于冯代市长堂皇出面，付浩声还不曾出殡，这事儿就已经搞大了。

国民党保定党部书记长岳阳明，与冯慕云是老相识了。岳阳明怀着爱护冯代市长“羽毛”的心情，试图从中阻挠。岳阳明却没料到，他倍加小心地才说了两句，一向好脾气的冯慕云竟然大发雷霆。

冯慕云朝着岳阳明拍桌子瞪眼吼道：“老岳呀，你真是个糊涂虫呀！付浩声是不是共产党还两说呢。保不齐还是党通局和保密局联手制造的冤案呢！”

岳阳明从没见过冯慕云这样发脾气，他怔忪了一下，继又争辩道：“冯市长，据我所知，付浩声可是画了押的呀。”

冯慕云哼了一声：“画押？画押还不容易吗？你还不知道保密局吗？哼！死人都能画押。你岳书记长进去两天试试，照样也得画押。保密局里屈打成招的事儿还少吗？”

岳阳明苦劝道：“冯市长呀，你这样一个身份去主持，不合适呀！”

冯慕云讥讽地说：“有什么不合适？全保定都知道我跟付浩声私交甚厚。人都死了，冯某人就不会有通共的嫌疑了吧？话说回来，我要是真不出面，那可就真不合适了！”

二人正争论间，马凯旋敲门进来了。

岳阳明忙对马凯旋道：“马站长，你赶紧劝劝冯市长吧。付浩声的事儿的确太敏感了，冯市长若出面治丧，真是要自找麻烦的啊！”

马凯旋皱眉问道：“岳书记长，冯市长找什么麻烦了？”

岳阳明摊开双手说道：“冯市长要为付浩声主持治丧呀！”

马凯旋讥讽地说道：“岳书记长，你说这人都没了，总得有人替他收尸吧？马某与付浩声是结拜兄弟，无论付浩声是否为共党，我跟他交情很厚，保定人人皆知。这治丧的事儿，冯市长出面，我也得出面。我若不出面，道义上说不过去。是否违反纪律，书记长看着办吧。”说罢，仰脸望着天花板，不再说话。

岳阳明无奈地摇摇头，耸耸肩，泄气地走了。

冯慕云不仅出面主持付浩声的丧事，还包揽了丧事的全部费用。事后有好事者粗略计算，冯慕云共出了四千多大洋，十多根金条。这已近乎冯慕云多年清廉为官的大半积蓄。

马凯旋当然格外重视付浩声的丧事，特意礼聘直隶进士李河明老先生①，为付浩声“点主”。这是保定梨园行内从来没有过的风光事，可算得付浩声身后殊荣了。

[“点主”：源自清代惯例，出殡前，重金请有功名的人，在灵牌的王字上“点主”，即加上一点。此乃保定周遭旧习俗。人死以后，儿孙们要为之制作、书写“牌位”和“灵牌”。“牌位”用于日后祭祀供奉。父母“牌位”放在一个木质带套的座子里，俗叫“神主楼”。传说源于《二十四孝》中“丁兰刻水重行孝”的故事。“灵

---

① 字清渊，直隶交河人。

牌”是标志死者灵柩，并随灵柩一起埋葬。特别禁忌“灵牌”和“牌位”放在一处或互相见面。“牌位”上书写亡人姓氏名讳一行字，必须取合“生老苦病死”五字中的“生”或“老”。“神主”的“主”字一定要落在这两个字上。“生”字最吉，“老”字次之。也就是说这一行字的字数必须是六或七、十一、十二、十六、十七字，余可类推。“点主”是官宾事中一项重要仪式。其过程如下：将“主官”事先安排在邻居家中，假称“公馆”。孝子列队由赞礼人带领，鼓乐细吹细打（多是慢节奏），到“公馆”门前乐奏三遍。“主官”出门行上路礼，预先安排数人扮作“八抬大轿”状，两侧举着“肃静回避’牌和芭蕉扇、四面彩旗，鸣锣开道，缓缓前行。“主官”文质彬彬、慢条斯理。孝子五步一叩，十步一拜，炮声噼啪，鼓乐伴行。后有一人烧纸，一人撒五谷杂粮并“纸钱”，叫作“打散钱”。十字路口安排一名“贫苦百姓”拦轿“告状”。回到灵前，乐人三次“报鼓”；厨师用一张红纸包一方块猪肉献给“主官”叫作“献印”，“三官”均给赏钱；厨师领赏之后要说，“祝老爷高升再高升”等吉利话。然后“点主”。因牌位上诸字均已写妥，只余“神”字缺最后一竖。“主”字先不写一点，行“点主”礼时，由“主官”用毛笔蘸上朱砂红完成。赞礼人拖长声音高喊：“通一神”，“主官”便补写“神”字一竖；接着高喊，“点主”，再补写“主”字一点，统称“通神点主”。行“点主”礼，目的在于借助“官威”点化亡灵。使其在阴间有体面、显神通，保佑后人。上述一些迷信虚妄、故弄玄虚的繁文缛节。而今渐已废弃，但悼念祭奠、磕头烧纸、穿白戴孝仍是保定葬事主体。说多了，赶紧打住！]

上午大殓已毕，下午三时起灵。盛殓付浩声的是一口枣木棺材，装殓颜若兰的却是一口楠木棺材。某参与治丧者事后讲述，因了颜若兰已被烧得面目全非，经保定东郊广庵寺两个尼姑细心整容，再做道场法事后入殓。保定风俗有个讲究，若伤残之人装殓入棺，用楠木棺材为上佳。楠者，难也。只此一个风马牛般的讲究，冯慕云又要多破费了。

起灵前全体公祭，由冯慕云主祭。之后，穆柏枫、马凯旋、季钧、梅氏三姐妹、曹正汉、葛云梁、李天曼等付浩声生前亲朋好友引领送葬队伍，一路悲悲戚戚赴保定西郊一亩泉公墓。

《保定往事》记载：付浩声夫妇的殡仪极为讲究，付浩声为六十四人大杠，颜若兰为三十二人大杠。付云雁披麻戴孝，顶丧架灵。最具特色的却是请动了“吹破天”的唢呐班子。保定丧仪惯例，必有一队吹唢呐的吹歌手伴随灵棺，在去墓地的途中，沿路吹奏且不能停歇，还要讲究吹得亮、响得远。谁也没有想到，付浩声发丧竟然请动了保定久负盛名的“吹破天”唢呐班。

“吹破天”唢呐班的班主名叫崔大临，绰号叫“吹破天”，久了，崔大临的真名反倒埋没了。“吹破天”唢呐班一概都是他亲授的徒弟。传说崔大临自小进入唢呐行当，能吹奏一百多种曲调，已是高级专家。几十年下来，崔大临吹奏唢呐已成特技，还能吹出种种名堂。比如，他能吹奏出一家人叽叽喳喳的对话声，有小孩子的哭闹声，有老人的哭丧声；还能吹奏出牛马猪羊各种家畜的哀号声。保定城当年几乎所有红白事，都要重金聘请崔大临吹奏唢呐。多年辛苦积累下来，崔大临已有了丰厚家底儿，便歇手不干了。若有红白之事上门邀请，他则派遣徒弟们去应付。付浩声发丧，如六十四人大杠之类，有钱人都可做到，不算新鲜。也不知谁给马凯旋出主意，邀请歇了多年的“吹破天”出山吹奏。此举便不同凡响了，好比已退隐的“名伶”，被人邀出来再义演一场，难度太大。马凯旋竟然不知深浅地上门去请了。不承想呢，“吹破天”听说是为付浩声老板发丧，请他老人家再吹奏一回，竟然十分兴奋，当即答应“再作冯妇”，竭诚出山奉献。保定看热闹的闲人自来就多，但听说“吹破天”要带着徒弟们吹奏唢呐发送付浩声，行了行了！就冲着“吹破天”出场，也得看看付浩声出殡。

如此一来，保定城万人空巷，与付家不相干的人，也都随着灵柩走了很远，为的就是且看且听“吹破天”沿路吹奏唢呐的夺人风采。多年后，人们仍然津津乐道，“吹破天”那回可真是卖了力气。他带着六个徒弟，吹动了满城的悲伤。阵阵秋风之中，唢呐声如泣如诉，如扯如锯，气涌血奔，直抵心头。保定周遭，一时泪飞如雨。

保定戏迷多，平日里只能在戏园子看名伶在台上表演，很少有机会看到名伶真面目。缘由付浩声乃保定河北梆子一代宗师，还兼职梨园公会会长。他夫妇二人发丧，不但全体武生、武行都去送殡；而且所有生、旦、净、丑的名伶，管事、场面、衣箱各方面的稍有些头脸的人物全到齐了。或可以说，梨园行内，为付先生送殡义不容辞，且有荣辱与共的味道。因此，送殡的队伍除了名流、亲戚以外，竟是一次保定梨园界的便装集体大游行。

戏迷们如何肯放过这个机会，约定同好一并去看，指指点点，这是谁，那是谁，敢情他们在台下是这样儿呀！尤其刚回到保定的同人剧场经理薛永春，更是招人眼球。但见这位当年让演员们喊爸爸就给钱的传奇票友，胖胖的黑脸蛋上两颗乌溜溜乱转的大眼睛，眸含春水清波流盼。他身着戏装粉墨登场，一手举香，一手拿块紫色大手帕，招摇过市，一路反串《玉堂春》《荒山泪》等精彩唱段。路见熟人，更是眉目传情，且挥舞手帕频频致意。这哪儿像送殡呢，分明是卖弄自家演技么。这类街头表演平时难得一见，市民们怎能不趋之若鹜呢？

下午四点五十分到达一亩泉公墓。再次举行全体告别公祭。冯慕云退后，由穆柏枫先生上前主祭。五点三十分葬礼完毕。

《保定时报》报道：付浩声葬礼之日，天空阴云，有微风，无扬尘。（时光跳踯，1953年冬天，因保定市规划修水渠，一亩泉公墓动迁。经政府批准，付浩声夫妇墓地迁至保定烈士陵园……）

付浩声轰轰烈烈地唱了一辈子戏，死后出殡也是轰动一时，称他为空前绝后的一代宗师，真是当之无愧了。

付浩声的唱腔在保定余音绕梁，绵绵不绝。

呜呼哀哉，付浩声在秋风中萧萧远去了。

呜呼哀哉，保定再无付浩声。

“袁波”特派员被捕

真是苦戏连台招人痛。中共保定地下组织在毫无准备的情况下，再次遭到了重大破坏。

《保定纪事》记述：民国三十七年（1948）十月十一日晚九时，保密局北平站发紧急电文知会保定站，北平站逮捕了潜伏在北平警备司令部的中共情报员耿杰。耿杰时任国军北平警备司令部中校作战参谋。据其被捕后交代，三年前他被共党策反，上线是保定站电讯组长严之虹，严之虹是潜伏多年的共党谍报员。负责耿杰与严之虹联系的交通员，名叫甄广宁，也在保定站潜伏。另告：昨天上午，一个名叫袁波的中共特派员，已通过耿杰与甄广宁的安排，潜入了保定市区，袁波负有中共重要使命。北平站即命令保定站：立即对袁波、严之虹、甄广宁三人实施抓捕。

马凯旋看过电文险险晕倒，什么？严之虹竟然是中共潜伏在军统多年的情报员？严之虹（即嫣红）自抗战开始，就在军统保定站效命，跟随马凯旋鞍前马后出生入死，她怎么会是共党的卧底呢？更让马凯旋头重脚轻的是，经顾也正提议，季钧力荐，马凯旋同意，招募到保定站的甄广宁，竟然也是共党？甄广宁到底是进保密局之后被策反，抑或之前就是共党派入的卧底呢？马凯旋感觉智商受到了空前的挑战：保密局变成了商业局？星期一变成了星期八？马凯旋顾不及多想，立刻命令逮捕严之虹，并布置对袁波和甄广宁的抓捕。

对不住读者，线头儿着实太乱，待谈歌逐一厘清：先说，北平保定，数百里之遥，严之虹如何被耿杰出卖？翻检史料，起底这个事件，其中竟然有一段拍案惊奇的故事。

抗战胜利后，严之虹曾以保定站机要员的身份，跟随保定站代站长顾也正去北平开会，其间的酒会上，严之虹结识了一个名叫耿杰的国民党军官。耿杰时任阎锡山下属史泽波部队的少校作战参谋。此人年轻英俊，军校毕业，有谈吐、有礼貌、更有仪表，几天接触下来，耿杰喜欢上了严之虹。组织上听了严之虹的汇报，令其与之“周旋”。于是，会还没散，二人便“闪恋”了。应该说，此时的严之虹对耿杰是有好感的。但严之虹明白，自己是带着任务与耿杰相恋的。耿杰此时正在找关系调北平警备司令部。本着“千年等一回”的精神，耿杰与严之虹相爱之后，调动之心更迫切。不承想呢，未及成行，耿杰于民国三十四年（1945）十月随史泽波参加了上党战役。战果大大出乎国军意料，耿少校随史泽波将军被共军俘虏了。部队审讯耿杰时，了解了耿杰一些情况，当即将耿杰移押到晋察冀敌工部。敌工部秘密审讯了耿杰，详细了解耿杰的情况，发现此人思想比较进步。研究之后，即秘密释放了耿杰。耿杰便到北平警备司令部报到，仍任作战参谋。中共党组织随即命令严之虹继续策反耿杰。严之虹便去了几趟北平，主动与耿杰约会。花前月下，男欢女爱，耿杰很快被策反，成了中共情报员。因工作关系，他常来保定出差，负责与他联络的是甄广宁。

但凡检讨一些重大失败，百密一疏是个屡见不鲜的原因。中共晋察冀敌工部忽略了一个大问题。谁也不会想到，这个耿杰竟是个冒名顶替的“水货”。假耿杰真名叫汤化龙，山西解良人，民国二十四年（1935）秋天，汤化龙报考山西军校，考前找到了军校负责招生的老乡吴玉前①，拜托吴玉前关照。吴玉前非常“好意思”地收了汤化龙的贿赂，满口答应尽量帮忙。但是，汤化龙还是落榜了。汤化龙心灰意冷，怏怏收拾行李，准备返乡。他万万没有想到，吴玉前竟兴冲冲地赶来找他了。吴玉前说运城一个名叫耿杰的考生，虽然考中了，却突然暴病死了。吴玉前说汤化龙的机会来了（据汤化龙后来交代，吴玉前讲耿杰是喝酒闹出了心脏病。也有史家怀疑耿杰为汤化龙所害。谈歌分析，依汤化龙的性格，他未必有胆量下这个狠手。读者可自行“烧脑”猜测）。具

---

① 又名吴向前，山西侯马人，曾任军统太原站副站长，1950年在潜逃中被捕，同年被太原市人民政府枪毙。

体办法是吴玉前帮助汤化龙顶替耿杰，李代桃僵进军校。吴玉前告诉汤化龙，他对耿杰的底细了解得一清二楚。耿杰是独子，父母早年见背，汤化龙冒名顶替断无人追究。汤化龙万分感谢，入学后，再次重金酬谢了吴玉前（追加投资）。汤化龙却也没想到，耿杰的社会关系里，还有一个名叫林凤祥的表哥（老吴疏忽了），竟给汤化龙找了一个大麻烦。

林凤祥在南京警察局供职，前几天到北平出差，无意间听说失联多年的表弟耿杰，竟在北平警备司令部供职，当即兴冲冲地来串亲戚。耿杰护送特派员袁波到保定，刚刚返回北平。躲避不及，只得硬起头皮接见这位天上掉下来的“林哥哥”。多年不见，“耿杰”敷衍搪塞一番，希望能侥幸蒙混过去。谁知林表哥却是个细心人，跟耿杰表弟见面后，亲热交谈了几句，便发现表弟被“替换”了。他怀疑这个“假耿杰”是个江湖骗子。林凤祥不动声色，嘻嘻哈哈，照常吃饭喝酒。分手之后，林凤祥便到有关部门举告了此事。“耿杰”却误认为糊弄过去了。他与林凤祥分手后，便到澡堂洗了个热水澡。搓澡师傅正在给他一丝不苟地搓背呢，但见一伙便衣闯了进来，赤身裸体的“耿杰”毫无悬念地被捕了。

若说么，事情到了这一步，严之虹仍然有惊无险。一则，耿杰冒名顶替，虽然缺德，但罪不至死。自己冒名顶替不假，那是想报效党国呀，作个弊怎么了？且自己已为党国辛苦工作这么多年了，这种陈年烂账算个事么？你们现在才找我说这破事，时差有问题呀。而且即使保密局找到严之虹，她完全也能自圆其说。谁知道耿杰是被假冒的呀？最多我严之虹属于上当受骗。二则，就算怀疑假耿杰是共党，钟响磬鸣，瓜田李下，严之虹似乎难脱干系。如果“耿杰”一概背着牛头不认账，你们有证据吗？自己背的牛头是自家买的，怎么了？凭什么说我是共党？难道我脸上写着字儿呢？你们才共党呢！特务们本来就是有枣没枣三竿子，连蒙带诈罢了。若这般无凭无据，也只能作罢。

可是，这些可能都不存在了。假耿杰虽然能说会道，相貌堂堂，却如艺人陈佩斯所调侃那样，“你长得一表人材，怎么能当叛徒呢？”唉，对不起读者，假耿杰却是个银样镴枪头，中看不中用的尿货，刚挨了几下打，就尿了裤子，倾筐倒箧般全交代了。由此，严之虹的中共卧底身份彻底暴露。

（关于严之虹，谈歌总有个疑问，这个严之虹，真是当年钱如雪的跟包儿嫣红吗？翻检有关钱如雪的文章，出现过嫣红或胭脂红这个名字，其他文章中概不见嫣红或胭脂红出现。但是，嫣红这个名字却并非作者凭空捏造，有据可查，嫣红应该就是保密局的严之虹。谈歌在《大舞台》的创作谈中写了，构思此书时，曾考虑嫣红这个人物是否出场。思考再三，终于还是写了她。谈歌是依据民国野史与民间传说写成了这个人物。我们大都有这种阅读经验，读史时，常常会感觉到一种历史质感的缺憾，而民间的传说却逐渐丰富着这种历史的质感。20世纪80年代谈歌当记者，曾到保定市河北梆子剧团采访，当时剧团正演出一部新戏《地下交通站》，该剧描写抗战时期，中共保定地下党员智送情报的故事。其中女主角名叫闫虹。剧作者吴庚是一位老同志，中华人民共和国成立后，数易其稿创作了这部戏。吴先生说，闫虹的原型即是革命烈士嫣红同志。并强调说，嫣红即是严之虹。戏中闫虹出场时有一段唱腔，介绍了自己的身世。唱词如下：

闫虹我本是个穷苦出身，
幼年间痛失了父母双亲。
无奈何我只得沿街讨饭，
后曾在戏班子活命安身。
饱尝了人世间苦辣酸辛，
苦难中懂得了阶级仇恨。
参加了共产党找到光明，
干革命我愿意奋斗终身……

这几句唱词概括叙述了闫虹的人生经历，与严之虹的经历大体吻合。这或许能够证明闫虹这个人物，其原型应该是严之虹。谈歌信笔抄来记在这里，采信与否，读者见仁见智。）

假耿杰“慷慨”地出卖了严之虹，甄广宁也就被“卖一赠一”地出卖了。顺理成章，刚刚到保定的中共联络员袁波，也被耿杰“捆绑”式出卖了。概括整个耿杰叛变事件，更像是一次当代商业的“组团”出售。

且说特派员袁波的来历。随着东北解放战争临近尾声，国共两党在华北战场拉开了决战的架式。中共保定市委于1948年九月下旬接到上级指示，组织保定地下武装力量，择时在城中进行武装暴动，配合解放军攻城顺利解放保定。但暴动在秘密组织过程中却出了意外。因谢士炎案子的余震未息，保密局正继续深挖，一个名叫陈帆的联络员被捕后叛变，供出了保定砖瓦场准备组织武装暴动的消息，以及参与暴动的重要组织成员。负责暴动的赵希臣等人被捕。（中华人民共和国成立之后，真相大白。这个名叫陈帆的联络员并没有叛变，这些同志被捕，竟是另有复杂原因。后边就要说到。）袁波特派员紧急来到保定，其任务就是重新组织武装暴动。

袁波特派员这次保定之行，由耿杰和甄广宁负责护送。谁也没想到，因了耿杰突然被捕叛变，袁波的行踪也随之暴露。保定站接到北平站密电后五分钟内，逮捕了正在值班的严之虹。再三十分钟后，季钧带人闯入保定东关的“欣然旅社”，抓捕了刚刚钻进被窝儿的袁波。

马凯旋当即趁热打铁，提审袁波。马凯旋在审讯室见到袁波时，又一次瞠目结舌——这个化名“袁波”的中共特派员，竟然是梅立春的丈夫孙徐鑫。

孙徐鑫既然是共党，那他的妻子梅立春呢？也必定有重大嫌疑呀。这……可能吗？马凯旋再次惊出了一身冷汗。

所谓每临大事有静气，马凯旋错愕之后十分冷静了，他没有立刻对梅立春采取措施，却严密封锁了“袁波”被捕的消息。他悄然找来吴数，要他秘密监控梅立春。

马凯旋暂时顾不上审讯孙徐鑫，将其秘密关押了之后，马凯旋亲自带队去抓捕甄广宁。

我们或许有这种经验：比如，你带着老婆（或丈夫）、孩子兴冲冲去了超市，血拼般东挑西选采购完了，临了付款，却被收银员发现有一张百元假币，被当场没收了。恼火不？再比如，你谨遵医嘱，吃了几个月的进口新药，却一点儿不管用。再到医院去问，你吃的竟是假药。生气不？保定站对于甄广宁，登时有了如同用了假币、吃了假药之后懊恼沮丧又抓狂的心态。甄广宁这个冒充江湖好汉混进保密局的共党卧底，真让保密局丢尽了脸面，伤透了自尊，侮辱了智商。抓捕甄广宁，就是为挽回保定站的面子，一雪前耻。于是乎，保定站抓捕甄广宁有着冲天干劲儿，以马凯旋、季钧为甚，以梅可心为最甚。

梅可心接到抓捕甄广宁的命令时，正与曹正汉和几个手下在办公室吃夜宵，听说甄广宁是共党，梅可心立时惊得目瞪口呆如五雷轰顶。这个让她爱慕、让她钟情、让她时常心乱神迷、让她一日不见如隔三秋的男人，竟然是共党卧底？梅可心猛地站起身，抬手掀了饭桌，怒吼一声："走！我要亲手抓住这个王八蛋！"

梅可心大步流星走出去，曹正汉与几个手下惶惶地跟出来。梅可心匆匆走到门口，猛地停住了。但见她身子晃了晃，一口鲜血如雨箭般喷了出来，继而突然向前扑去……一头栽到地上了。

曹正汉急忙上前，扶起梅可心，但见梅可心双眼紧闭，伸手去探，已然气若游丝。

曹正汉心头慌得紧，转身大喊一声："快叫汽车，送医院！"

甄广宁住在行动队的马厩值班室。他的日常工作是负责管理行动队的马匹和自行车。

（读者千万别误认为当年国民党军统或保密局出入都是汽车、摩托车，清一水儿的机械化。那是电影电视剧为场面热闹而编造的情节。翻检史料，保密局普通特务执行任务有马骑，就算不错，有辆自行车骑，更算不错，多数情况是"腿儿着"。这绝非特务们推崇竹杖芒鞋轻胜马的工作境界，实在因经济条件限制。谈歌查阅中华人民共和国成立前敌伪档案，1947 年前，保密局保定站仅有汽车一辆，为提高办公效率，1948 年撤离保定前，经北平站顾也正特批，又增加三辆吉普车。特务们出门办差，仍是骑马或骑自行车。马匹，仍是保密局的重要交通工具。)

行动队的马厩就在保密局隔壁的院子里，抓捕甄广宁应该是笼中捉鸟手到擒来。但是手到了，却擒不来，今晚甄广宁不在马厩。值班的特务说，甄广宁去草料场拉马料了。

保密局保定站的草料场在原军校操演场后边，位于保定东门外。按说，特务们应在此守株待兔，耐心等甄广宁回来，再实施抓捕行动。可是特务们却等不及了。一则，他们太想早些抓获甄广宁了；二则，他们担心甄广宁或许听到了风声，会逃之夭夭。于是，特务们匆匆赶去了草料场。

谈歌查阅过存放于保定档案馆的敌伪档案，原保密局保定站特务李发明①，参加过此次抓捕甄广宁的行动。此人在中华人民共和国成立后被捕，他的交代材料详尽写了这次抓捕行动的过程。李发明交代：为抓捕行动万无一失，站长马凯旋亲自布置，由季钧副站长带人在草料场外围设伏，马凯旋带人冲进草料场抓人。暗夜中，一张疏而不漏的大网悄然张开。甄广宁就是长了翅膀，也难逃脱了。但是，特务们匆忙间却忽略了与甄广宁形影不离的“玉米地”——一只猴子。

这只机灵的猴子，或是有了危险的感应，斜刺里蹿过去挠了冲在最前边的特务，登时与几个特务扑扭在了一处。甄广宁此时已装好了一车黑豆（马料），见势不妙，猛地扬鞭，马车一路狂奔，特务们急忙向两旁躲闪。甄广宁乘势冲出了草料场，“玉米地”也三跑两蹿上了马车。埋伏在草料场外的特务们，纷纷骑上自行车尾随追赶。

甄广宁一手扬鞭，一手掏出短刀，割开了几只麻包。黑暗之中，

---

① 保定容城人。

但听黑豆四下哗哗散开去，道路上登时撒满了。骑车追在前边的几个特务，先后被满地的黑豆滑倒了。后边的特务干脆丢下自行车，跑步追赶，却也一路滑得东倒西歪。

“玉米地”连连从麻袋里掏了黑豆抛撒出去，暗夜之中漫天飞豆，如雨似箭若流星。追在前边的几个特务，刚刚跌倒爬起来，又先后被击倒了，后边的特务一时望而却步。

端的是撒豆成兵啊！

待特务们跌跌撞撞终于追上了那辆马车，车上竟然不见了甄广宁和“玉米地”。黑灯瞎火，四野茫茫，甄广宁和“玉米地”肯定是中途下车逃走了。

季钧见状，切齿叹息：“这个共匪仍如当年一般狡诈逼人，可惜不能为党国所用啊！”当即命令特务们四下搜索。

马凯旋随后赶来，他望了望道路两旁，但听丛生的杂草灌木在残秋的夜风中萧萧作响。他摆了摆手：“算了吧，这野天野地，摸着黑瞎找一通，必定事倍功半。”便让特务们停止了搜索。

季钧走过来：“站长，我们……”

马凯旋颓然叹道：“季钧啊，甄广宁给予的教训太过深刻。此人是你、我、顾也正三人举贤破格招募到军统保定站的呀。保定站如此不惜礼下于人，招贤纳士，其结果竟然是开门揖盗，请进来了一个鱼目混珠的共党卧底，说出去岂不让人笑掉大牙。保定站颜面何存？保密局肝胆何施？”

季钧摇头叹息：“万万没有想到呢，大奸若忠，甄广宁如是。若传扬出去，肯定让人骂保密局有眼无珠了。真是丢人现眼呀！”

马凯旋跺脚恨道：“何止一个甄广宁让保定站丢人现眼，萧家广、卫德义、严之虹，还有一个眼下还不清不楚的梅立春呢！”

马凯旋的声音兀自激愤起来：“我身为一站之长，用度着国家薪水，竟然稀里糊涂养活了这么多共党卧底？我不是废物是什么？岂止是尸位素餐，简直就是误党误国呀！纵教掬尽三江水，难洗马某满面羞啊！”

季钧忙劝道："站长不要过于自责，等抓住了甄广宁……"

马凯旋平静了一下情绪，点点头："季副站长说的是，跑了甄广宁，一只小虾而已。咱们肯定要逮几条大鱼露露脸儿了。"

季钧看看马凯旋，怔了半晌："站长，梅立春怎么样了？"

马凯旋说："我已命令吴数，安排了监控措施。"

"有什么情况吗？"

"目前还没有发现什么。"

"站长，梅立春……可能是共党吗？"

"你说呢？"

"我觉得梅立春……没什么可疑的地方呀。"

"她丈夫是共党，她脱得了干系吗？"

"大家都知道，他们夫妻关系并不好呀。"

马凯旋哼了一声："季副站长，我们不能总是一厢情愿地想问题了。"

季钧突然想起来，顿足道："哎呀！如果梅立春有共党嫌疑，我们上报的'立功名单'，可就不能再让电讯科发了呀！"

马凯旋冷笑："放心吧，我已将名单交警备司令部情报处去发了。我让吴数交给电讯室的是份假名单，如果梅立春是共党，她必定要将这份假名单传到匪区，那样的话，必定会给匪区造成混乱。"

"如此说，这回还真是塞翁失马，因祸得福了？"

"且看她梅立春如何表演下边的戏吧，但愿她演得精彩。回去吧！"

梅立春尽在马凯旋完全掌控之中。换言之，梅立春已处在极度危险之中。梅立春已得知了严之虹被捕的消息。严之虹的直接上线是梅立春，梅立春应该立即"回家"（撤离）。但梅立春却不肯走，她还有一个相当紧急而重要的任务——拿到保定站上报北平站的"立功名单"——中共叛徒名单、在根据地潜伏的特务名单。

梅立春决定冒险赌一回，她自信不会赌输。她多年来了解并相信严之虹，她相信严之虹的革命意志是坚强的。即使重刑之下，她也决不会叛变投敌。

梅立春果然赌赢了，严之虹没有叛变。严之虹于刑讯时咬舌自尽了。

[严之虹壮烈牺牲了。这一个从旧剧团走出来的共产党员，最后时刻以崇高的革命气节向特务们证明：真正的共产党员是不怕死的。《保定英烈传》收入严之虹词条：严之虹（1921—1948 年），中共党员，多年在隐蔽战线工作，后因被叛徒出卖，1948 年牺牲……词条表述不多，但已让严之虹青史留名。]

但梅立春最终还是赌输了。“袁波”特派员叛变了。仍被马凯旋蒙在鼓里的梅立春哪里知道，被抓的特派员“袁波”，竟然是她的丈夫孙馀鑫。池鱼之殃，即在眼前。

孙馀鑫的确叛变了。写到这里，谈歌十分感慨。阅读近代史，大概都会有这种经验，诸如李大钊、蔡和森、江竹筠等无数先烈，面对敌人的屠刀，或放声大笑或从容不迫，其壮丽人生已盖棺定论。而一些颇有社会影响，“人气指数”很高的英雄，一些经受过残酷斗争考验，有着众多粉丝拥趸的好汉，却出人意料地走到了自己的反面：变节反水，屈膝投降，出卖同志。真让人瞠目结舌。诚如白居易诗云：试玉要烧三日满，辨材须待七年期。向使当初身便死，一生真伪复谁知？识人难矣！行文至此，兀自想起保定作家任明先生的一句真知灼见：“时穷节乃见，英雄与王八蛋之间，只有一步之遥。”

不幸之中的万幸，孙馀鑫并没掌握更多的机密。因了当时中共地下组织十分严密，遭受了无数挫折的共产党人，已在无数烈士们的血泊中，在国民党凶残的屠刀下，日益学得聪明起来了。但凡在敌占区隐身工作的中共党员，大多是上下单线纵向联系，非紧急情况，绝不发生横向联系。若无特殊需要，即使亲情相守，彼此也不会知道对方的中共身份。举凡赵元初与梅三娘恋人之间便是如此；梅立春与梅天凤姐妹之间还是如此；梅立春与孙馀鑫夫妻多年，也同样如此。

由此推演，叛变的孙馀鑫，对于保密局来说，有效作用并不太多。事实上也是这样。孙馀鑫叛变后对马凯旋直率坦言，梅立春是不是共产党，他不好确定。

尽管孙馀鑫的“油水”还达不到保定站的期望值，但对凭空抓来孙馀鑫这么一张“好牌”，马凯旋无论如何都是喜出望外的。如何打好孙馀鑫这张“牌”？马凯旋颇是费了一番心思。

马凯旋深知，保定站潜伏着这么多共党卧底，北平站也绝不会是清水一潭，共党卧底也必定多多。由此去想，“耿杰”供出严之虹、甄广宁、“袁波”三人的消息，共党必定能在第一时间得知，也必定会在第一时间采取应对措施，切断与这些人的所有联系。再由此推想开去，严之虹与孙馀鑫就变成了“明牌”。其利用价值，就会大打折扣。

马凯旋当然知道，世上没有完全不可用之废材。如何利用孙馀鑫争取“利润最大化”？如何让孙馀鑫这根“破劈柴”卖出“红木”的价格？马凯旋与季钧精心策划了一个方案。这是一个既能识破梅立春的真实身份，又能抓捕更多中共保定地下组织成员的可行方案。

马凯旋命令梅立春给北平站发电：“共匪”特派员“袁波”已在保定落网，不日将被押往北平站受审。马凯旋料定，这个消息必定会被梅立春报告其上线。“袁波”身负中共河北省委重要使命，保定共党决不会放弃这个机会，必定会在途中劫持囚车。

不出马凯旋所料，梅立春第一时间将这个紧急情况报告给了杨昆平。杨昆平当即决定，他亲自率领敌工部行动队去劫囚车。

一切尽在马凯旋掌控之中，中共地下党组织的这次劫囚车的行动，十分“顺利”，杨昆平率领的中共地下武装二十余人，在保定到北平的必经之路漕河镇设伏，“成功伏击”了从保定站开往北平的囚车。袁波特派员被顺利“营救”。

让杨昆平揪心的是，被“营救”出的袁波特派员之前已经昏迷不醒了，杨昆平当即将袁特派员就近送到了中共徐水县委的一个地下联络站——对外是一家诊所。医生赶忙介入治疗，袁特派员却一直处于“昏迷”状态，杨昆平就没能对上接头暗语。因为城内仍有紧急事情要杨昆平处理，杨昆平便匆匆赶回了保定。杨昆平后来深刻检讨此事，因为他没能及时与特派员对上接头暗语这个致命疏忽，给中共保定地下组织带来了更大的危险。

百密一疏的糟糕效应再次出现。杨昆平走后，袁特派员终于“苏醒”了。袁特派员当即命令杨昆平派来守护他的交通员杨智，要他立刻回城通知保定特委，就地在徐水县召开紧急会议，他要马上传达省委有关保定武装暴动的重要指示。

杨智奉命进城去找杨昆平了。读者可以展开想象，袁特派员看着杨智匆匆离去的背影，心中必定有了那种好戏就要开场（阴谋即将得逞）的欢喜。(《保定人物》记载，杨智，男，1918 年生，河北保定满城县人，1942 年参加中国共产党，曾任村民兵队长、县大队侦察员、敌工部锄奸队员、城工部交通员……)

唉，袁特派员空欢喜了。杨智却是一个有着多年工作经验的地下交通员。袁特派员迫不及待地要求立刻就地在徐水县召开紧急会议，显得过分“突兀”了，杨智心中隐隐有了些不安。杨智回到城里，把对袁特派员的怀疑如实报告给了杨昆平。对敌斗争经验丰富的杨昆平顿时警觉了，他认为袁特派员这个要求很不“常规”。他当即电话通知梅立春去趟徐水县，以接头人的身份，当面考察袁波特派员。

梅立春则没想到，当她放下了电话，表情悠闲地走出保定站，却发现身后竟然有了“尾巴”。她心下一惊，莫非她已被马凯旋怀疑了？或是严之虹那儿出了问题？她一时来不及多想，在街中转了两圈儿，甩掉了尾随的特务，便匆匆赶往了徐水县。

梅立春见到袁特派员时，登时惊讶了。她万万没有想到，这个“袁特派员”竟然是分别多年的丈夫孙馀鑫。孙馀鑫也没有想到，他多年来日夜盼望的妻子，竟然就是接头人。夫妻久别又重逢，激情必定占上风，梅立春动情地扑上去，抱住了孙馀鑫。

长思久念的情感如干柴烈火般按压不住，烈火熊熊燃烧，理智常常瞬间化为灰烬。

孙馀鑫紧紧抱着梅立春："立春呀立春，真没想到呢，你也是我们的同志呀。"

梅立春感到脸上热热的，是积蓄了多年的眼泪在流在淌，她颤声说道："馀鑫呀，我真没有想到呢！"

孙馀鑫悲声道："立春呀，我无时无刻都在想你呀。"

梅立春被拥在孙馀鑫的怀里，泣声问道："打起黄莺儿。"

孙馀鑫怔了怔答道："东吴万里船。"

（前边说过，当年中共地下组织的接头暗语，大都在细微之处加密。对接的暗语，常常是风马牛的句式。比如"野火烧不尽"，对方肯定不会答"春风吹又生"。或是月涌大江流，或是昨天下雨了。一概是天上一脚地上一脚的对话形式，让人匪夷所思，而且随时更新。孙馀鑫使用的接头暗语，仅过了两天，即已作废。为什么？因为甄广宁是"袁波"此次保定之行的临时交通员，甄广宁负责孙馀鑫与保定特委之间的联系，由保定特委更新联络暗语，再由甄广宁转告孙馀鑫。而正被追捕的甄广宁没能再与孙馀鑫联系，就没能将新暗语告诉孙馀鑫，孙馀鑫只能使用甄广宁原先给他的联系暗语。马凯旋千算万算终归失算，他没想到，中共地下组织的联系暗语，竟然会两天一变。这联络暗号，都赶上当今菜市场的价格表了，一天一变呀。马站长功亏一篑。）

梅立春以为孙馀鑫没听明白，她又大声说了一遍："打起黄莺儿。"

孙馀鑫却转移了话题："立春呀，别再伤感了。说说你这些年的情况吧。"

梅立春登时怔了。新的接头暗号，孙馀鑫竟然不知道？她脑袋蒙蒙地推开孙馀鑫，用陌生的目光打量着这个自己朝思暮想的男人，梅立春已然明白，孙馀鑫不是自己人。干脆说，孙馀鑫已经叛变了。

孙馀鑫望着发呆的梅立春，疑惑地问道："你怎么了？你在想什么呢？"

（发呆这件事儿，干得好叫深沉，干得更好叫思想家。）

梅立春冷声问道："负责你行程的交通员呢？"

孙馀鑫怔了一下，随即笑道："你说甄广宁呀，他刚刚走了。"

梅立春目光如炬："刚刚走？他没交代给你什么？"

孙馀鑫再次上前抱住了梅立春，笑道："立春呀……"

梅立春猛地推开孙馀鑫，冷眼看着他："馀鑫，你是……叛徒！"

"你胡说什么呀？我是特派员啊！"

"你现在不是了。"

"我是！"

"你是叛徒！"

孙馀鑫摊开双手："哎呀，我怎么会是叛徒呢？"

"我说'打起黄莺儿'？"

"我回答了，东吴万里船。"

"这是作废的暗语，回答新的接头暗语。"

孙馀鑫张口结舌了："新的？我……或是受刑太重……头疼得紧，忘记了新暗语……"

"你不是头疼，你这两天根本就没见到甄广宁，所以你不知道新的接头暗语。对吗？"

"我……"

梅立春哼了一声："你还想说什么？"她冷冷的目光盯着孙馀鑫，她深深爱过眼前这个男人。这个男人曾让她魂不守舍；这个男人曾让她朝思暮想；这个男人曾让她敬佩敬重；这个男人曾多次冒死越过日军封锁线，冒死给游击队运送物资；这个男人曾在日寇的刺刀下威武不屈，保护过负伤的游击队员……可眼前呢？这个男人竟然变成软骨头了，变得卑微更没有了自尊，变得让她切齿痛恨……心中对孙馀鑫的失望感，一时间潮水般淹没了梅立春。她不禁摇头长叹一声："我做梦也不会想到，堂堂七尺的孙馀鑫叛变了。你怎么会叛变呢？"

"我……"

梅立春感觉心中的愤怒已经长出了“牙齿”，瞬间咬得她五脏六腑阵阵生疼。她切齿摇头：“馀鑫呀，你不要再说了。你就是叛徒！是你出卖了严之虹。我太大意了。果真是呢，今生夫妻，前世冤家呀！”

孙馀鑫慌张地说：“立春听我说，我可……没出卖你呀！”

梅立春哼了一声：“那是因为你根本就不知道我的真实身份！”说罢，她转身就要出门。

孙馀鑫使劲儿咳嗽了两声。四个特务持枪闯进来，围住了梅立春，其中一个上前给梅立春戴上了手铐。

梅立春冷眼看了看一脸尴尬的孙馀鑫，走出门去了。

一个特务在门外吹了声口哨，暗处里便开过来一辆卡车，孙馀鑫和四个特务押着梅立春上了车。卡车刚刚发动，四周突然出现了十几个人影，飞快包围了汽车。为首的一个大个子举枪喊道：“我们是中共地下游击队，缴枪不杀！”

话音未落，几个持枪的汉子已经纵身跳上汽车，逼住了四个特务。又有两个汉子从驾驶室揪出了司机。转瞬之间，这群人完全控制了这辆卡车。为首的大个子命令特务打开了梅立春的手铐。

大个子走上前笑道：“你是梅立春同志吧？”便热情地伸出手来。

梅立春与大个子握了握手：“我是梅立春，你们是……”

大个子爽朗笑道：“叫我老秦吧。我们是敌工部锄奸队的，甄广宁同志通知我们来救你，还差点儿没赶上。”

“甄广宁？他在哪儿？”

“甄广宁同志被叛徒出卖，正遭敌人追捕呢。”

老秦抬手看了看表：“我想么，他现在应该已经安全出城了。”

梅立春点头：“出城了就好。”

老秦道：“立春同志，此地不可久留，我们快走吧！”

“去哪儿？”梅立春左右看了看。秋夜朦胧，四野清凉。

老秦道：“我们去找杨昆平同志吧，他一直为你担心呢。”

梅立春迟疑了一下：“你们……找杨昆平同志？”

老秦点点头，郑重说道："立春同志，第一，保密局你是回不去了，我们把你交给杨书记，他自会安排你的去处。第二，我们有紧急情况要当面向杨书记汇报呢。快走吧！"

"你们不知道杨书记在哪儿吗？"

"因袁波叛变，杨书记转移了住处，我们一时找不到他。"大个子皱眉。

"可我也找不到他呀。"

"立春同志，不要再啰唆了……"

"老秦啊，杨昆平的住处么，我的确不能告诉你们。"

"为什么？你什么意思？"

梅立春讥讽地笑了："我的意思很简单，因为你们是保密局的特务。我怎么能把特务们带到杨昆平那里去呢？"

老秦登时愣住了："你……"

"我说得不对吗？"

老秦的脸上登时没有了热情，目光立刻变得凶狠，他摇头冷笑："梅立春，你他娘的识相些，快带我们去找杨昆平！"

梅立春没有理会老秦，只淡然说了一句："行了，带我回保密局吧。"

后来才知道，"老秦"这出折子戏，是马凯旋为"袁波"这个头牌主角安排的整出大戏中，精心导演的一个串场。只因梅立春这个"观众"过于挑剔，看出了破绽，"老秦"便演砸了。但这个剧本设计了一些"彩头"，当属马凯旋"构思巧妙"，仍可圈可点。

马凯旋大体是这样一个思路：利用"袁波"特派员的重要身份，先给近水楼台的梅立春设计了一份顺水推舟的电文，再给正为与"袁波"失联而忧心如焚的杨昆平设计了一个"劫囚车"的陷阱，从而让"袁波"华丽转身回到共党内部，以省委特派员的身份，聚集保定共党头面人物开会，保密局从而围堵"抓捕"。

构思虽然巧妙，但马凯旋仍然担心"袁波"被共党识破，更担心杨昆平万一不到场，马凯旋便安排了"老秦"这个后续手段。如果共党接头人识破了“袁波”，“老秦”便冒充共党地下武装突然露面，当即营救共党接头人，共党接头人于情急之下，不辨真伪，必定带着“老秦”去见杨昆平，便能出其不意将杨昆平逮捕。情节若如此发展，马凯旋的这个剧本便有了完美的结局。

可马凯旋没有想到，共党派去的接头人竟然是梅立春，而且特务经验丰富的梅立春先识破了孙馀鑫的叛徒身份，继而识破了由“老秦”主演的这场折子戏。难为马凯旋精心设计，辛苦构思，梅立春将马凯旋的行动扳回到了“开端”。

马凯旋白忙了。

梅立春被押到了保定站，季钧在门前冷脸迎过来。二人的目光对接了，彼此一时皆无语。季钧转身走了。

梅立春立即被送到泰和看押所收监了。

梅立春是共党的消息登时在保定站传开，一片哗然。葛云梁满脸惊愕：“梅立春……也是共党？她隐藏得也太深了点儿吧？连我这老江湖都被蒙骗了呀！”

李天曼讪笑：“画虎难画骨，老葛呀，接着往下看吧，让你更傻眼的事还在后边呢。”

葛云梁惊讶：“你是说……还要出大事儿？”

曹正汉听了消息，匆匆来找马凯旋，惊诧质疑：“梅立春怎么会是共党呢？站长肯定弄错了！”

马凯旋一脸淡然说道：“证据确凿。”

“确凿？”

“千真万确！”

曹正汉摇头咂舌：“真是……做梦也想不到呀。”

马凯旋关切地问：“正汉呀，可心怎么样了？”

曹正汉叹气：“唉！还在医院躺着呢。甄广宁出事儿，她受刺激太大了。”

“关心则乱，钟情则伤。你多去陪陪她吧。梅立春的事，暂时别告诉她。”

“明白。”

“对了，梅天凤什么反应？”

“天凤应该还不知道呢，她带着杂戏班子到外埠演出去了。”

“哦，你回去吧。”

马凯旋很担心。梅天凤一旦知道了梅立春的事，会怎样痛苦呢？梅家姐妹感情深厚，依梅立春的性格，必不能回头。梅天凤要怎样接受这个结果呢？

马凯旋暗自叹息了片刻，便打电话给季钧，让他把孙馀鑫带来谈话。缘由顾也正清晨来电，着令保定站速送孙馀鑫回北平。孙馀鑫在北平为共党工作多年，人地皆熟。北平站将利用其优长，顺势侦破北平共党地下组织。

片刻工夫儿，孙馀鑫跟着季钧来了。落座寒暄两句，便进入正题。马凯旋首先赞扬了孙先生迷途知返，弃暗投明，为识时务之俊杰。希望先生再接再厉，继续为党国事业努力工作。马凯旋最后说：“孙先生在保定的事情已经办完，可以回北平向顾站长报到了。”

孙馀鑫当即向马凯旋表示了感谢，有的没的一番赞美之词过后，他提出一个要求，想再见见梅立春。

马凯旋摆摆手拒绝了孙馀鑫：“孙先生暂时还不能见梅立春。我与季副站长商量过，梅立春受共党之毒过深，让她闭门思过几天为好。再则，保定共党已得知孙先生投靠党国，孙先生若在保定多停留一天，便会多一分危险。我与季副站长已商定，即刻派人送孙先生回北平。”

“这么急？”孙馀鑫惊讶。

季钧讪笑：“孙先生在共党多年，想必知道共党的手段，他们对所谓的‘叛徒’从不手软。出于对孙先生的安全考虑，我们才慎重决定送孙先生尽快离开保定。”

孙馀鑫赶忙起身拱手：“我没想到呢，二位长官对孙某这种从共产党阵营投降过来的人，竟会如此以礼相待，关爱有加。真让孙某感喟未名啊！”

马凯旋微微笑了："孙先生客气了。古人讲，君子之过如日月之食焉。孙先生虽一度误入歧途，但能够在关键时刻幡然醒悟，回头是岸，乃孙先生之幸事，更是党国事业之幸事。更鉴于孙先生弃暗投明之后，为保密局保定站做了诸多有效工作，当属有功之人。我们自然要以礼相待么。"

中华人民共和国成立后，保密局保定站若干潜伏特务被捕后不约而同交代，马凯旋在保密局保定站多次开诚布公地讲过：他马凯旋不喜欢叛徒，无论什么样的叛徒。他鄙视一切临危变节之人。他热情款待中共叛徒，完全出于政治需要，与他个人好恶绝对无关。马凯旋还不止一次在保定站会议上提醒众人：保定站诸同志，切要真诚热情与共党叛徒交流交往，不可寸步怠慢。我们须用一种三顾茅庐求贤若渴的表面态度，努力营造出"党国热烈欢迎中共分子弃暗投明"的政治气氛。如此这般，才会有更多共党分子归降。

孙徐鑫前脚走了，马凯旋后脚给北平站发电：一、中共特派员袁波弃暗投明后，已被保定站派员护送回北平站；二、保定站中共潜伏重要特工梅立春落网，即日将其押往北平站，抑或在保定审讯。央请电示。

发完电报，马凯旋长长出了一口气。他认为梅立春应是潜伏在保定站的中共王牌特工，随着梅立春落网，中共于保定站的卧底应该被彻底铲除干净了。

郭子路"出手"

马凯旋过于自信抑或过于乐观了。真正的王牌习惯在危急状态下横空出世。就在保密局感觉"耿杰"一案可暂告一段落的时候，中共保定地下组织的反击行动，竟然在马凯旋猝不及防之际悄然开始了。

郭子路作为中共保定地下组织的首选"杀手"，接到了杨昆平的紧急命令：一、立即除掉孙徐鑫，目的是消除北平地下组织的威胁；二、不惜代价营救梅立春。

郭子路先办第一件。

郭子路已知孙馀鑫被特务一路护送回北平，立即沿途跟踪，想在途中除掉叛徒孙馀鑫。《保定传说》记载：郭子路在徐水县拦截了护送孙馀鑫的汽车。不承想竟是一辆空车。郭子路拔枪顶在司机的脑门上，本想守口如瓶的司机当下白了脸，赶紧说了实情。他是被保定站花钱从某车行雇来的司机。他的任务就是吸引共党耳目，若无事，车开到涿县就立刻返程，回保定站拿钱走人。孙馀鑫哪儿去了？司机一无所知。郭子路当即判断，孙馀鑫肯定乘火车回北平了。

追！

读者或认为这事儿太悬了，郭子路追火车？追得上吗？就算你是飞毛腿，可谁知道孙馀鑫坐哪趟车呀？读者有所不知，一则，当年保定开往北平的火车，每天只有一趟。若如时下这么多车次，郭子路就是想破脑袋，他也猜不到孙馀鑫乘坐了哪趟火车。二则，当年火车并非时下的速度。那年月若有高铁，郭子路除非开着飞机追。《保定志》记载：当年保定至北平的火车，平均时速为二十五公里到三十公里，而且站站停。比牛车快点儿？有限！

郭子路在新城县站（今高碑店市）追上了孙馀鑫乘坐的火车。

郭子路扒上火车，很快找到了孙馀鑫乘坐的包厢，当即杀死了孙馀鑫和两个陪同特务。完成了这项任务，郭子路还有第二项任务——营救梅立春。他当即跳车，匆匆赶回保定。

郭子路却漏掉了另一个陪同特务张汉杰（河北曲阳县张庄人）。张汉杰上车前吃坏了肚子，正稀里哗啦一趟趟跑厕所呢，他捂着肚子回包厢时，正看到郭子路杀人。张汉杰立即吓得魂飞魄散，肚子登时也不疼了，赶紧跳车跑了。唉，郭子路疏忽了，他没想到竟然还有一个特务。后果可想而知，张汉杰已暗中看到了郭子路，必定回去报告，郭子路必定暴露。

不待张汉杰赶回保定站，郭子路已抢先到了保定。他摸进泰和看押所，打昏了三个看守，救出了梅立春。

郭子路要送梅立春连夜出城，可梅立春却不肯走。郭子路急道：

“立春同志，是杨书记命令我送你出城的呀！”

梅立春摆摆手：“子路同志，我真的还不能走呢。由于我的疏忽，前天犯了一个严重错误，要赶紧更正。”梅立春便说了假名单的事。

郭子路倒吸一口冷气，他当然明白，这份假名单将会给根据地造成多大的麻烦。

郭子路说道：“这样，我去把消息转告杨昆平，你赶紧出城。”

梅立春摇头：“不行，老杨同志手边没电台，他把情报送到根据地，最快也需要三四天时间，这三四天带来的损失，不可估量。”

“那……联系甄广宁同志。”

“甄广宁联系不上。”

郭子路皱眉问：“你还有紧急联系方式和地点吗？”

“我只单线联系西大街‘杏林’药铺。”

“找他们想想办法？”

梅立春断然摆手：“不行，孙馀鑫来保定应该在这个交通站歇过脚，这个交通站肯定被马凯旋破坏了。即使没被破坏，也必定有特务在里边张网等着咱们呢。”

“那……”

“得赶紧想办法找电台，给家里发报。”

“电台？电报局肯定不行，马凯旋必定设了埋伏。”

“我想闯一闯警备司令部的情报处。你看怎样？”

郭子路想了想：“也是个办法，不过，情报处戒备森严，而且我们已暴露了身份，不容易进去。”

“那就杀个回马枪，回保定站，用保定站的电台发电报。”

“这办法可行，保密局知道你被救走，必定倾巢出动，在全城搜捕我们。保密局必定空虚，我们正好乘虚而入。”

“就这样，走！”

在梅立春与郭子路商量如何给根据地发报的时候，马凯旋正为梅立春被一蒙面人劫走而暴跳如雷。戒备森严的泰和看押所，在外人看来如龙潭虎穴，共党竟然来去了无痕，如履平地般救走梅立春，轻松如探囊取物。什么戒备森严？什么龙潭虎穴？简直形同虚设，如聋子的耳朵。她梅立春如此轻松出入，她这是……回娘家呢？

被打昏的看守们，醒来向马凯旋报告，闯进看押所救走梅立春的蒙面人，疑似郭子路。

马凯旋吃了一惊，却坚决不肯相信，郭子路也是共党？这如同弄混了裁缝和厨子的身份，断无可能！疑似？你们看准了吗？是否把西瓜看成了冬瓜？但五个小时之后，马凯旋不得不相信了。护送孙馀鑫的张汉杰一瘸一拐回来了。

张汉杰满头大汗，向马凯旋报告，郭子路于中途上了火车，杀死了孙馀鑫和两个护送的特工。

郭子路是共党？裁缝一直穿着厨子的马甲？一个冬瓜混在了西瓜堆里？剃个秃瓢儿拎着一串儿佛珠就混进寺庙当了住持？马凯旋的精神一时恍惚近乎崩溃，呆呆地看着季钧。

季钧吃错药一般连连摇头："想不到，真是想不到呢，郭子路怎么会……"

马凯旋怒不可遏，当即命令保密局全体出动，全城搜捕梅立春与郭子路。随后，他亲自带人去抓捕任雪儿。郭子路是共党，任雪儿跑得了干系吗？"来无影"这一对夫妻，必定全是共党。

"被共党"的任雪儿，正要吃午饭，刚刚拿起筷子，就稀里糊涂地被捕了，被五花大绑带到了保密局审讯室。如狼似虎的各种刑具逐一摆在面前（这是要玩真的了），任雪儿不敢再拖延，当即请求马凯旋给南京保密局发报，要求证明她的清白。

南京即刻回电，任雪儿同志绝无共党嫌疑。

马凯旋犹豫了，一则南京言之凿凿；二则任雪儿态度坦然。或许任雪儿真不知道郭子路的共党身份，二人竟然是一对同床异梦的夫妻。

马凯旋皱眉问："任雪儿，你真的不知道郭子路的共党身份吗？"

任雪儿摇头，痛苦地说道："马站长，若说我听到丈夫是共党的消息时，或如晴天霹雳，一点儿也不夸张。我与郭子路是夫妻不假，我们夫妻是‘来无影’也不假，我们夫妻恩爱相敬如宾更不假，可郭子路……他大奸若忠数年如一日，蒙骗的我好苦啊！眼下这情况突如其来，我也无话可说。站长逮捕我，我完全理解，钟响磬鸣也好，城门失火也罢，我肯定有了共党嫌疑。即使毛局长证明了我的清白，我也要央请马站长按保密局的制度审查甄别我，任雪儿毫无怨言！”

马凯旋突然说：“任雪儿，如果……我现在命令你，立即抓捕郭子路归案，你肯去吗？”

任雪儿斩钉截铁：“当然义不容辞，夫妻感情决不能超乎国家利益。”

马凯旋略有迟疑：“你们夫妻感情一直很好，为人称道。我担心……”

任雪儿的口气冷若冰霜：“我会亲手杀了郭子路！”

马凯旋亲自上前给任雪儿松绑，当即命令：“任雪儿同志，我命令你即刻抓捕郭子路！”

任雪儿答应一声，大步流星地走出门去了。

季钧望着任雪儿的背影，皱眉道：“站长，你放心任雪儿？他们毕竟是夫妻呀。”

马凯旋口气坚定地说道：“任雪儿这对夫妻与梅立春那对夫妻大不一样。你我都看过任雪儿的档案，没有任何疑点。再则，适才她态度真诚，而且有毛局长担保，我们完全可以信任她。”

季钧点头：“站长说的是。”

马凯旋道：“季副站长，你与吴数立刻分头知会党通局、警察局、警备司令部情报处，请求他们全力配合全城戒严，搜捕共党要犯郭子路与梅立春。行动吧！”

“是！”

黎明时下雪了。时近深秋，落叶季节竟然落雪？真个是天道自然也无常。

但看飘飘扬扬的雪花漫天飞舞。郭子路、梅立春顶着雪花儿，悄然走进保定站的院子，果然如他们所料，保定站倾巢而出，院内空无一人。

二人刚要走进电讯室，却见任雪儿闪身出来，带着几个手下挡住了他们的去路。

果然是知夫莫如妻，任雪儿于第一时间找到了郭子路。

（读书至此，读者或奇怪，任雪儿能掐会算？她怎么会在保密局院中蹲坑儿设埋伏呢？谈歌也奇怪，但没有揭秘资料，内情不得而知。）

任雪儿目光复杂地看着郭子路。她兀自回想这些年坎坎坷坷，夫妻二人风风雨雨走到今天，却要枪口相向？任雪儿不禁泪流满面。她做梦也没有想到，与她同床共枕、同甘共苦、同生共死、同仇敌忾十余年亲密无间的郭子路，竟然是个共产党。思想至此，任雪儿心中的仇恨如波涛汹涌，恨不得立刻淹没郭子路。她突然仰天笑了起来："果然是一日不见，如隔三秋。你郭子路竟然是共党？"

郭子路怔了怔："雪儿……"

"亏你还叫得出我的名字，我们算什么？"

"我们是夫妻。"

"错！现在我们是仇敌！梅立春是你的同党！"

任雪儿仇恨的目光看了看郭子路身旁的梅立春。

梅立春一脸平静。

"说得不错，她是我的同志。"郭子路点头。

"你的同志？那我算什么？告诉我，我算什么？曾经的同志？哈哈哈……"

任雪儿笑得满脸是泪。她能听到自己的笑声嘶哑而悲怆，如裂帛，如断刀。倏忽间，任雪儿的笑声像被砍断的树干一样戛然而止。

她怒吼道："郭子路，你为什么背叛党国？"

郭子路淡然说道："我从没有背叛，我一直就是共产党。"

"党国待你可谓不薄。"

“党国视百姓如草芥，郭某视党国如寇仇!”

“共党给了你什么好处?”

“没有好处，只有信仰。”

“你……”

“雪儿，你有你的信仰，我有我的信仰。信仰二字，你我都知道分量。”

任雪儿稍稍沉默，黯然叹道：“郭子路，我们结婚多少年了?”

“差两天十三年整。”

“你骗了我十三年。”

“我也后悔过，不应该把你带到我的婚姻里来……”

“你毁了我一生……”

“我……”

“你欠我太多……”

雪悄然停了，阴冷的天气逐渐晴朗。任雪儿悲痛欲绝地站在郭子路面前，她抬眼望着渐渐放晴的天空，痴痴出神，喃喃低语：“郭子路，梅立春，你们知道吗?雪是死了的雨，我是活着的鬼啊!”

梅立春冷眼旁观，但见任雪儿一双泪眼面对郭子路。

梅立春暗自叹息，此时的任雪儿，心中当如墙倒屋塌，情感已如一片废墟。

梅立春知道这种猜测绝不会偏差，数小时前，她面对孙馀鑫之时也是同样的感受。

郭子路也落泪了，往事不堪……

任雪儿的目光过去何等悉心何等热烈，此刻却如此陌生如此苍白，更充溢着浓烈的仇恨。

梅立春在一旁默然无语，她看看痛苦万分的任雪儿，再看看泪流满面的郭子路，这两人不是流泪，是内心流血，她相信，对于过去诸多美好感情而言，这二人彼此只剩下了空空的躯壳，如同她与孙馀鑫那样恩断情绝。

任雪儿看看左右的手下，怒声吼道：“你们都一边儿看着，谁也不要动手，我今天要亲自杀了郭子路！”

几个手下迅速四下退去。

任雪儿话音未落，就率先开枪了。

郭子路也同时开枪了。

郭子路边开枪边低声道：“立春同志，快去！”

梅立春匆忙间认真叮嘱了一句：“小心！”说罢，便大步流星地走进了电讯室。她进门先缴了一个机要员的佩枪，之后用枪逼住了屋里的人。电讯员们怔怔地看着梅立春。这个梅立春，还是那个和蔼可亲的梅主任吗？

梅立春淡然笑道：“对不起诸位了，我要发报。你们暂时谁也不能走出去。”说罢，即坐在了电台前……

保密局的院子里，郭子路与任雪儿激烈地对射。

两个不世出的顶尖杀手，曾一同出生入死，一同锄奸铲恶，一同做下无数惊天大案，堪称黄金搭档，今日却反目成仇。

激烈的枪声终于停下了——任雪儿的子弹打光了，郭子路的子弹也打光了。

任雪儿闪身站出来，怒声喝道：“郭子路，现身吧。我们今日徒手见个高低，拼个死活！”

郭子路闪身出来，淡然笑道：“也好，我们多年不曾交手了，此刻就见个输赢。”

任雪儿看着郭子路：“你有把握赢我？”

“动手吧！片刻即见分晓。”

任雪儿冷笑道：“你果然自信呢。”话音未落，她闪电般拔出短刀掷向郭子路。

倏忽间一个身影电光般闪过，截住了任雪儿的飞刀。但见梅立春已走出了电讯室，她两只手指夹着任雪儿的短刀。

梅立春鄙视了任雪儿一眼，将短刀扔到地上，淡然说道：“任雪儿名不虚传，下手够狠。”

任雪儿冷笑道：“梅立春，身手果然不同凡响。”

梅立春低声对郭子路说道："郭子路，你快去通知老杨。"

郭子路皱眉："我……"

"快走!"

郭子路重重地看了梅立春一眼。

任雪儿大喝一声："郭子路，哪里走!"

手中闪电般又有了一只短刀，不及扔出，梅立春飞脚踢起一块石子，石子击中了任雪儿的手腕。任雪儿手中的短刀落到了雪地里。

说时迟那时快，郭子路纵身一跃，翻出了院墙，倏忽间没了踪影。

任雪儿捂着手腕，冷笑一声："梅主任好手段。来人!"

四下里的特务们冲上来，持枪围住了梅立春。

梅立春面色如常，她已经给"老家"发完了电报，告知了那份名单是假的。她此时已经了无遗憾，心境十分安详。

梅立春自十二年前被赵元初派到军统潜伏那天起，就已经做好了随时被捕的准备。对于一个时刻准备牺牲的情报员，梅立春必定不会惊惶失措。

任雪儿走上前，目光有些复杂地看着梅立春，她兀自摇摇头，轻声叹了口气："真看不出呢，一向受人尊敬的梅主任，真实身份竟然是共党。"说罢，掏出手铐，"咔嚓"给梅立春戴了。

梅立春淡然自若地说道："走吧。"

梅立春之死

梅立春被捕的消息上报了北平站。顾也正考虑到马凯旋、季钧等人与梅立春一向关系密切，顾也正没有让保定站审讯梅立春，也没有要求将梅立春押到北平审讯，而是派了沈淑晖到保定审讯梅立春。

季钧对此大为不满："站长呀，这顾也正也太不讲情面了，他当初在保定站坐冷板凳的时候，站长待他可不薄呀，给他擦了多少回屁股呀？他这才高升了几天呀，就端上架子了，派了个沈淑晖来审梅立春，这分明是不信任咱们呀。”

马凯旋笑了：“季副站长，你别误会，顾站长也是好意呀。”

“好意？怎么个好意？”

“你想想么，咱们与梅立春共事多年，等于是让共党在咱们眼皮子下面猖狂活动了多年。这种灯下黑的糟糕情况，顾也正岂能不知道，他料定保密局系统对此必定会飞短流长。他若着令将梅立春押去北平审讯，又担心伤了保定站的自尊；若让我们审讯，咱们若审不出个一二三，众口铄金，我们还得背上个‘解脱’共党的嫌疑？顾也正派沈淑晖来审，只为让咱们置身事外，不容我们对审理情况置喙，确是煞费了一番苦心，为咱们着想呀。”

季钧却仍然不屑：“哼！如此说，顾也正还真是好意了？那他干吗非找个沈淑晖来主审呢？什么意思？谁都知道这个沈淑晖是他没登记的‘准太太’，这女人刁钻刻薄，岂不是要咱们难看吗？”

马凯旋摇头：“季副站长还是不知底细呀，你只知沈淑晖是顾也正枕边人，这不假。可是你却不知道，这二人也是同床异梦。”

“哦？”季钧怔了下。

“沈淑晖水性杨花，更是个攀高枝儿的主儿，她苦于跟上边巴结不上，这才与顾也正暂时结盟。顾也正不呆不傻，必定看得清楚。”马凯旋停顿了下，继续说道，“说起来，顾也正曾与梅立春共事多年，知之甚深，必定明白这是块极难啃动的骨头。他派好大喜功的沈淑晖到保定主审，或是沈淑晖还没动身，顾也正就已料到了审讯结果。你我冷眼旁观吧。”

马凯旋分析得很对，好大喜功的沈淑晖遇到了一块难啃的骨头。或者说，梅立春根本就不是一块骨头，而是一块生铁。

沈淑晖对梅立春当算熟识。抗战时期，沈淑晖到保定搞情报，与梅立春交往过多次。在沈淑晖的印象中，梅立春虽是个身怀绝技的奇女子，但骨子里却很文弱，是个性格很安静的女人。审讯开始，沈淑晖并没有对梅立春动刑。她相信，自己能说服这个女人。

沈淑晖笑道：“立春呀，我做梦也想不到呀，咱们竟以这种方式在这种场合重新见面了。”

梅立春点头：“是啊，我也没想到，会在这种场合见到沈上校。”

残秋的阳光从窗外缕缕漫进来，松软地扑在了梅立春和沈淑晖的脸上。两个女人都洋溢着成熟的颜色。

“立春呀，回想抗战时期，我们配合得很不错。我想，这次么，我们也应该配合得很好。”

“配合？此一时也彼一时也，沈上校怕是要失望了。”

“我知道，你在保定站一向表现不错。”

“那是因为你们不知道我是共产党，现在你们知道了，我就不再遮掩了。至于我之前的‘表现不错’，你们权当报纸副刊的小说去读吧。”

“看来，你不想跟我谈什么了？”

“我与沈上校之间真没有什么好谈的。”

碰了钉子的沈淑晖让季钧出面审问梅立春。她知道季钧与梅立春关系一向不错，她让季钧告诉梅立春，如果梅立春能提供保定地下组织的名单，沈淑晖以“人格”保证梅立春无事，保证护送梅立春离开保定。

季钧如实转达了沈淑晖的意思。

梅立春听罢哂笑了：“季副站长，你相信沈上校会有什么人格吗？”

季钧迟疑了一下：“我想，沈淑晖说话应该是算数的。”

梅立春摇头笑了：“季副站长，我们相处这么多年了，你该知道我是个不想说就不会说的性格。你转告沈上校，她甭费事了，敬酒我也吃完了，上罚酒吧！”

季钧茫然地点点头：“我知道你的性格。”

不必详述，梅立春肯定受了诸多酷刑，但她什么也没有说。中华人民共和国成立后，据监狱的看守交代，梅立春只是很平静地对沈淑晖说了一句，“你想知道的，我都知道，但是我不能告诉你”。除此，再无话了。

无计可施的沈淑晖很奇怪，她疑惑地问马凯旋："我真不明白了，梅立春不过是个演杂戏的出身，一个再平常不过的江湖艺人，为何能如此顽固？"

马凯旋点头道："沈上校说得是。我也不大明白，梅立春为何如此冥顽不化。"

马凯旋当然是敷衍之词，心里却明白无误，似沈淑晖这般投机钻营的政客，岂能理解梅立春这类人物。从江湖艺人到钢铁战士，只因拥有了一件东西：共产主义的信仰。茫茫人世间，无论我信仰什么，只要我是真正"相信"了，我就是这个星球上最坚硬的人，是坚钢不可夺其志的人，是超过钻石硬度百倍千倍的人。也正是因为这个信仰。梅立春才能一个从江湖艺人，勇敢转身成为共产党员。梅立春将会成为永久的传奇人物。

梅可心奉了沈淑晖的命令来劝说梅立春。梅可心内心的痛苦不可掩饰，姐妹见面，她当即流泪劝说："大姐呀，事情可以退到最后一步么，你发个声明，退出共产党，不就行了么！"

梅立春微微笑了："可心呀，你说行吗？"

"行呀行呀！"

"真的不行！"

"为什么不行？"

"因为我不能那样做！"

"大姐呀，投降了吧，你就依了妹子这句话行吗？"

梅立春淡然笑了："小妹呀，大姐不是那样的性格啊。无论任何人，如果为了换取活命，而出卖信仰，出卖灵魂，这还是人吗？岂不成了行尸走肉，猪狗不如了吗？"

"大姐……"

"小妹不要再说了，若有空，去嘱咐天凤一句，不要让她来看我了。她若看到我现在这个邋遢样子，她会难受的。你走吧。"

"大姐……"

梅立春闭上了眼睛。

梅可心已然心如刀割，一路痛哭着出去了。

沈淑晖听罢梅可心泣不成声的汇报，无奈地摇摇头，顿时沉默了。

沈淑晖很失望很沮丧地回北平站复命了。马凯旋与季钧几个人送沈淑晖上了火车。

马凯旋诚恳地说道："沈上校此行辛苦，保定站深表谢意。"

沈淑晖讪笑："马站长内心是笑话我沈淑晖无功而返吧？"

马凯旋忙摆手："岂敢岂敢。沈上校千万不要误会。"

沈淑晖斜眼看看马凯旋，意味深长地说道："马站长，保定站棘手之事颇多呀！先是处决了一个'名满天下'的付浩声，现在又逮捕了一个'有口皆碑'的梅立春。这二人当然非比寻常，只以私情而言，一个是你感情深厚的金兰'兄弟'，一个是你多年关爱有加的'部下'，推想马站长此时心态，或是五味杂陈了吧？"

马凯旋淡然笑道："多谢沈上校关心了。总是天高海阔，马某如人饮水，冷暖自知。"

沈淑晖愤然一笑："再见。"转身上车去了。

季钧盯着沈淑晖上车了，转身劝解马凯旋："站长呀，你不要与这个疯泼女人一般见识啊。什么东西么！"

马凯旋长叹一声："季钧呀，沈淑晖真是说到我的痛处了。付大哥当年于风雪之中救我性命，确是我情如骨肉的兄长。梅立春则是我多年同生共死的老部下，更是老同学、老朋友。他们却都与我离心离德……你真以为我是个铁石心肠吗……"话说到此，马凯旋不禁哽咽吞声了。

季钧一时也哑口无言了。

中华人民共和国成立后，泰和看押所的看守张汉强①被捕后交代，梅立春拘押期间得了疟疾，马凯旋自知中医疗效慢，当即找西医为她治疗。梅立春则说："减轻一下痛苦就可以了，若是要治愈，

① 张汉杰的胞弟，因核准了血债，被枪毙。

就不必了。”

马凯旋则坚持治疗，用药之后，梅立春的病情减轻了。马凯旋特意买了些时令水果，前来看望。他只身进了牢房，与梅立春对面坐了。

“立春啊，睡眠还好吗？”马凯旋关切地问道。

“谢站长惦记了，受刑之后，身体自然疲惫，但睡得却踏实多了。却看站长神色疲倦，或是近来休息不好？”

“不瞒你说，我睡眠一直不大好，或是因为你们的存在，我才睡得不踏实，因为我不知道我的敌人什么时候醒着。”马凯旋颔首苦笑。

“站长说得很直爽。”梅立春不禁也笑了。

马凯旋看着梅立春，皱眉轻叹一声：“立春本佳人，奈何做共匪？”

梅立春摇头讪笑：“站长用典巧妙，却是说错了。对于天下百姓而言，你们的国民党才是祸国殃民的匪类，货真价实！”

马凯旋一时无言，四下打量了一下监室：“立春啊，不想走出这个地方吗？”

梅立春笑道：“站长说得含混了，走出去或是走不出去，有什么区别吗？”

“马某愚钝，听不明白什么意思，还望立春坦言相告。”

“记得当年抗战之时，站长曾说过一句话，于日本人的铁蹄之下，人人都是亡国奴，哪里都是监狱，哪里都是刑场。借用站长当年的‘不易之论’，而今也是同样。在你们国民党坚决与中国老百姓为敌的时下，放眼中国，哪里都是监狱，同样哪里都是刑场。梅立春出去或不出去，能有什么区别吗？”

“你……讲得过于苛刻了。”

“事实的确如此。”

马凯旋沉默片刻，旋即笑道：“立春呀，记得民国二十九年，因突然遇到了鲁汉，也就是鱼郎中，我一时激愤难奈之下，不再装瘫子，李峰也不再装哑巴了？”

“记得。”

“你见到后大为吃惊。你当时说过，若换作你，一个月也假装不了。现在看来，却是你欺骗了马某多年啊。我装瘫子、李峰装哑巴若跟你比起来，真是小巫见大巫，你要困难多了呀。”

梅立春肃然点头：“马站长说得不错。我能潜入你们心脏里工作，而且多年不曾暴露，的确是件比较困难的事情。”

“不妨仔细说说。”

“平心而论，你们的特务力量，超过了你们的军事力量。换句话讲，因为有你与季钧这样强劲的人物存在，确实给我的工作带来了诸多麻烦。”

“立春过奖了。”

“我说的是实话，我还没有说完。”

“继续。”

“但是。我们的工作，从来没有因为你们的强劲存在，而望之却步。我梅立春即是一例。对吗？”

“立春呀，你是冰山一角的性格，深藏不露。可是……”

“你怀疑过我吗？”

“怀疑过。”

“什么时候。”

“虞世通事件之后。”

“哦？之前呢？”

“之前么，我也实话实说吧。我始终认为你是一个坚定的三民主义者。但是，当季钧对我说了他与你商量如何除掉虞世通的前前后后时，我就开始怀疑你了。所谓在‘曲阳茶楼’虞世通与共党接头，连梅可心都怀疑其中有诈，而你梅立春更是魔术高手，你怎么就会看不出呢？换言之，如果没有你从中巧言令色推波助澜，季钧断不会最终下决心除掉虞世通。再有，张占贵是你推荐给我去大发车行当眼线的，由他暗中监视虞世通，自然你要张占贵说什么，他就说什么了。虞世通死后，张占贵便神秘失踪了。我当时猜测，他的失踪必定与你有关。可惜了虞世通，至死也不知道这是怎么回事。”

“对我们而言，虞世通血债累累，必须除掉。”

“别忘了，虞世通也是个抗日英雄呀！”

“我不否认虞世通在抗战期间，出生入死，从不亏大节，确是个大英雄。但是，他杀了太多的共产党员，他必须以死偿还！所谓血债血偿，如此而已。”

马凯旋一时无语，良久问道：“立春啊，我们共事这么多年，你对我有什么看法吗？”

“说不上有什么看法，你是我的敌人。但你我之间没有私仇，抛开截然不同的政治观点，你为人还是很好的，有原则、有气节、有个人魅力，也有处事能力。但无论怎么讲，你的确又是失败的人。”

“哦？说来听听？”

“马站长曾是个治病救人的医生，后来又是个抗击日寇的国家军人，再后来就是个彻头彻尾的国民党特务。但你不是政客，你与顾也正等人最大的区别是，你不圆滑、不平庸、不附庸，你跟他们的处世态度截然不同，温良恭俭让，你皆求完美，但你的人生最终不会完美，因为你所追从的制度已经腐朽不堪了。对吗？”

马凯旋皱眉：“我在你眼里……就是这样的吗？”

“是的，就是这样。我一直敬佩你的敬业精神。但是，你最终要为你们这个腐朽制度去殉葬！”

“如果真的殉葬，我会毫不犹豫。”

“我相信，因为你是个忠诚的人。”

“你也是。”

“可以问你一句吗？”

“但并无妨。”

“你是不是有些厌倦了？”

“为什么这么说？你或是看出什么了？”

“只说眼下吧，你抓捕了我，我却看不出你有多么愉快。这只能说明你内心的工作目标，已不再那么神圣。”

“是的。你的目光真的十分透彻，我的确有些厌倦了。我厌倦了无谓的内部争斗，尔虞我诈；我厌倦了官场上的贪污腐化，卖弄国恩。”

“我相信，马站长说的是心里话，或说是肺腑之言。”

马凯旋摆摆手：“还是说说你吧，比如说，你落到了今天这个地步，明白些说，到了死亡的地步，你有什么感慨？”

梅立春粲然笑道：“真没有什么感慨。我加入中国共产党的时候，就准备好了牺牲。我知道自己的命运。”

马凯旋点头：“立春，听你说这话，我突然想起了一个人。”

“哪个？”

“《史记》里的石乞。”

“我读书不精，《史记》读得浮皮潦草，当年时常被徐老师训斥，至今想来惶惶惭愧。站长说来听听。”

“石乞做了俘虏之后说，‘如果我们成功了，就是卿相；如果失败了，就该当被人煮了。这就是我的命运’。于是，他始终不肯说出白公胜埋葬之地。石乞最终被叶公煮了。我感觉这个故事与你有些相似，都是视死如归。”

梅立春微微笑了：“我听懂了，这故事讲的是命运。”

马凯旋稍稍皱眉：“立春，你相信命运吗？”

“站长说说看。”

“我始终相信，无论我们做什么，未来都已经事先决定了。”

“站长讲的宿命论，我从不相信。我相信选择。每个人的未来，都是自己选择的。”

“我们应该是一样的，我也有自己的选择。”

梅立春摇头笑了：“不一样。站长选择的是党国之事业，我选择的是民众之理想。”

马凯旋怅惘地站起身，点了点头：“我承认，你梅立春是个有理想的人。无论怎样，凡有远大理想的人都是我应该尊敬的，因为我也是有理想的人。尊敬有理想的人，就是尊敬我自己。”

马凯旋说的很谨慎、很郑重、很庄严，他感觉喉头渐渐有些发紧，转过身去时，眼泪已流淌下来。

马凯旋与梅立春相处多年，他一向尊重眼前这个冷静、热情、胆大、心细、激情……拥有诸多优长而不同寻常的女子。他曾推断，这个不寻常的女子将来必定会有一番不同寻常的成就，却从不曾想过，这个不寻常的女子，竟然是今天这样一个不寻常的结局。果真是造化弄人。

梅立春爽朗笑道：“站长如此说了，或许在站长眼里，我梅立春乃是一个无情之人？”

马凯旋悄然挥去了眼泪，背对着梅立春仰头笑了：“错了啊，我从付大哥那里，从你梅立春这里，或是明白了一个道理。”

“站长明白什么了？”

“我曾经一向以为，不恐惧死亡的人，一概都是无情之人。但我从你们身上，我知道自己错了。”

“哦？”

“世间真正有情之人，才更不怕死。”马凯旋顿了顿，继续说下去，“因为心中有了情，才可以将死亡放下，放得干干净净，了无牵挂。”

梅立春点点头：“谢谢站长能这样看我。”

“你还有什么要对我说的吗？换个说法，你还有什么需要我帮忙的吗？具体地说，我能帮你做点儿什么吗？”

“不需要什么了。”

“你是一个坚强的人。”

“站长还是说错了，其实我的性格并不坚强，但我还是坚强了！我们之间的确没有什么可说的了，或是还有一句，我有些累了，如果有可能，我想歇一歇。刑讯逼供就不必了，我不怕疼，保密局所有刑具，我自知都能应付得了，我只是嫌麻烦了。”

“知道了，我走了。”马凯旋走出牢房。

“三哥啊，就不必再来了。”

马凯旋身子微微一颤，兀自站住了，他并没回头："你刚刚喊我什么？"

"我喊你三哥呀。"

"我听到了，只是想……再听一遍。"

"我们立场不同，身份不同，简言之，我们不共戴天。但，你还是我过去的三哥。"

"……明白了。"

马凯旋听得心头阵阵发颤，毅然大步走出了牢门。他非常想回过头去，再看梅立春一眼，但他终于没有回头。他知道，梅立春死意已决。

季钧正在牢房外边等马凯旋，快步迎过来问："怎么样？"

马凯旋摇摇头："还能怎么样？"

"站长是说……"

马凯旋顿了顿，对季钧说："不必再动刑了。"

"这……"

"没有用，徒费力气。临大节，不可夺也，梅立春者。"

"明白了。"

马凯旋后来说，其实若按照他的本意，即无限期关押梅立春。他不仅没有使用先斩后奏的权力，更没有请示北平站处死梅立春。顾也正与梅立春也有同学之谊，顾也正于保定任职期间，与梅立春相处得很融洽。马凯旋料定，在梅立春的生死问题上，顾也正也会装聋作哑拖延搪塞。但是马凯旋没想到，在国民党部队撤离保定之时，南京来电，着令立即处决梅立春。

马凯旋深感意外，当即找来季钧，皱眉问道："季副站长，我不会猜错，要求执行梅立春死刑，是你请示了毛局长？"

"是的。"季钧并不讳言。

"你为什么这么做？"

"如果不杀掉梅立春，上峰得知后追究下来，站长如何交代？付先生的事儿，站长已经犯了一回大忌，如果这次再……"

“但是，你背着我请示毛局长，没有摆正位置，我很不高兴。”马凯旋沉下脸来。

“即使站长不高兴，我也要这么做。并非属下多事，属下的确是为站长着想。”季钧一脸真诚地说道。

“我……知道你是为了我好……你去吧。”马凯旋颓丧地说道。

民国三十七年（1948）十月二十九日清晨，即付浩声被处决之后第二十三天，梅立春于保定南关河坡上，被国民党保密局保定站杀害。

《保定时报》描述当时情景：“……行至南关大桥，梅立春不作一声，面色如常，唯扬眉环视两旁诸人一周，即俯首就刑。观者一时如堵……”

关于梅立春就义，还有一个说法，与《保定时报》记者所写不同。中华人民共和国成立后，据看押梅立春的狱卒交待：……那天早上，遍体鳞伤的梅立春走出了泰和看押所，她留给狱友们最后的话是：“解放军就要进城了，保定就要成为咱们穷人的天下了。无论我们是生是死，我们都是胜利者！”说罢，即唱起了国际歌，缓缓走向刑场。饮弹洒血，壮烈就义。

到底哪个说法儿是梅立春真实的最后呢？

抑或两个说法儿都是真实的梅立春。

谈歌在2001年度文学期刊《时代文艺》四月号上，读过一篇回忆梅立春的文章《风雨如磐中的梅立春》，文章中的确有狱卒提供的这句话。谈歌保存了这期杂志，时常翻阅，每每读到这句话，心中便有了滚烫的感觉。梅立春，一个壮怀激烈的女子，一个为信仰而生的女子。

时人莫之许也，却从另一个角度称赞梅立春：是真正的“眉颦春山，眼含秋水”，眉目间楚云缭绕，总有一缕淡淡哀怨，却自有慑人心魄的风情，这确是一个让人心疼到了心碎地步的奇女子。

“其实我的性格并不坚强，但是，我还是坚强了！”这铿锵作响的遗言，洋溢着这位奇女子的超然与淡定。

（一个真正的革命者，或许很大的悲哀就是看不到自己的胜利？谈歌幼年时看过电影《烈火中永生》，影片中的特务头子徐鹏飞，在杀害许云峰之时，说过一番话，大概意思是：“恭喜许先生了，共产党就要胜利了，国军正在节节败退。可是许先生最大的悲哀，就是一个胜利者看不到自己的胜利。”谈歌试想过，梅立春或是这种心态，却又细想，梅立春绝不会是这般心态。）

梅立春，旧时代从保定杂戏社走出来的一个年轻女子，一个花儿一样的柔弱女子，面对死亡，却有着钢铁般坚强的意志。

钢铁是怎样炼成的？需要多少焦炭？需要多高温度？需要多少时间？换言之，人生在世，需要多少精神？需要多少气魄？需要多少力量？总之，人生之钢铁如何炼成？

熊熊烈火之中，矿石可以百炼成钢；人生信仰之火，人生情感之火，也同样可以熊熊燃烧，也同样可以把一个平凡的民间女子炼成钢铁之身。

国际悲歌歌一曲，狂飙为我从天落。

记住她：梅立春！

梅立春最后做的一件事，是写了一封家书。梅立春自然明白，自己不会活着出去了。

她拜托同一牢房一个名叫程黛琴的年轻姑娘，若能侥幸活着出去，请她将这封家书交给进城的解放军，再转交给她的家人。

程黛琴是保定师范的学生，因上街游行，被保密局以共党嫌犯的罪名抓进来了。

程姑娘当即含泪答应了。

谈歌曾在保定市革命博物馆见到过梅立春写的这封家书。谈歌很惊讶梅立春竟写的一手好字，“二王”风骨跃然纸上。继而想到梅立春毕业于育德中学，且是个品学兼优的学生，这一手好字也就不足为奇了。

谈歌将这封家书抄录如下：

爹娘在上：

女儿立春问候了。

女儿的死期将至，却仍有几件事情放不下。

女儿不愿欠人家的钱物，人死账不烂。账要爹娘替女儿还清。

女儿就没有人间憾事了。

账目如下：

欠上台村老凤家清酱一瓶；

欠同村王庆有姑爷棉花二斤；

欠城中“清风客栈”的打尖饭钱一元五角；

欠乡亲刘春儿枣儿面一斤。

以上账目望二老一定替女儿还了，越早越好，免得人家惦记。

女儿又上：

或是账目有误，二老还账之前，还要查实账目，不要还错了人家。

再，万分感谢我在狱中结识的程姑娘，给爹娘带去女儿最后这封信。

万安！

女儿立春叩拜

民国三十七年秋上

梅立春写完这封信之后的第二天，便被执行枪决了。

梅立春被杀的第七天，梅天凤带着杂戏社回到了保定。她听梅可心说了梅立春被杀的消息，如五雷轰顶，登时“瓷”住了。梅天凤后来回忆，她当时做梦也不会想到，大姐竟然是自己的同志。

梅可心带着梅天凤去了梅立春的坟前，梅天凤扑跪在坟前，放声哭号，昏厥过去了……

梅天凤醒来后，切齿恨道："马凯旋……"

梅可心摇头流泪："二姐，不能错怪马凯旋，他并不想杀大姐，却是季钧暗中请示了毛人凤局长，毛局长亲自下令，这才……"

梅天凤指天发誓："我梅天凤从此与保密局不共戴天，我一定要报仇雪恨！"

梅可心看着梅天凤愤怒的表情，无端感觉很恐怖："二姐呀，莫非你……也是共党？"

梅天凤冷笑一声："你看我像吗？你是不是还想把二姐也抓进去呢？"

梅可心登时结舌，一时无言以对了。

梅天凤狠狠瞪了梅可心一眼，转身扬长去了。

梅可心站立在风中，明天就是立冬节气，她感到了一阵彻骨的孤单与寒冷……

[为方便读者阅读，行文至此，谈歌"剧透"梅立春之后的情节：

保密局没有来得及全部处决掉泰和看押所里的嫌犯，保定就解放了。程黛琴活着走出了泰和看押所，梅立春的家信被程黛琴带出来了。梅立春生前不会预料到，这封家信竟是个一波三折的命运。

程黛琴将信交给了进城的解放军，解放军将此信转交给了保定市委，接收人是市委副秘书长迟家川。按说，迟家川应将这封信交给梅立春的妹妹梅天凤，就算完事，却被迟家川耽搁了。一则，梅立春的信中也没有写什么太过要紧的事儿，就是几笔账么。二则，迟家川刚调到保定工作，与梅天凤并不熟悉，城市刚刚解放，事务繁忙，迟家川应接不暇，一时将这封信忘记了。三则，迟家川仅在保定工作了一个多月，就奉调北平了。临走，由于秘书疏忽，将这封信一并打包，带到了北平。迟家川到北平后，工作更加繁忙，直到 1949 年底，迟家川翻检材料时，才重新发现了这封信。他当即将此信挂号寄回保定市委组织部，并附信道歉。1950 年初，保定市委组织部接到迟家川寄来的梅立春的这封信，新任组织部部长并不了解梅立春的情况，于是批示，暂将这封信交给干部处存档。待市里革命博物馆落成后，此信可作为烈士遗物展览。

保定市革命博物馆于1951年筹建，1952年竣工，梅立春这封信便送来陈列。后有领导看罢说话了，梅立春同志这封家信，反映了一个共产党员不拿群众一针一线的优良作风。但这毕竟是个人家庭琐事，不必在此陈列，还是交给烈士家属保存为妥。

于是，博物馆将此信转交给了梅立春的妹妹梅天凤。梅天凤已于1952年初奉调省冶金厅工作。她读过了这封信，皱眉苦思良久，之后她按组织程序先去了市委办公室，呈上此信。市委几个同志反复读后，却不得其解。梅天凤急了："哎呀，快去公安局报案吧。这是梅立春同志送出的最后一份情报呀！"市委两个同志听得紧张，当即与梅天凤去公安局报案了。

多年后，梅天凤写文章感慨回忆此事："大姐在生命最后关头写这样一封信，必有重要原因。可惜，这封信虽被人带出来了，但在转交过程中，那些同志却都粗心马虎了。大姐信中所写'爹娘二老'，本意就是指组织。我娘早已牺牲，大姐写'爹娘'，除却暗示组织之外还能指什么呢？后边写到四笔欠账，一概都是隐语。'欠上台村老凤家'一句，上台村刘姓是大姓，我协助公安局去调查，上台村根本没有叫老凤的人，大姐应该暗指一个名叫刘凤或者刘枫的人。'欠同村王庆有姑爷'一句，孙家庄确有一个名叫王庆有的人，他姑爷名叫乔木山，可乔木山与棉花有什么关系呢？乔木山是个卖酒的贩子，大姐应该暗指一个名叫乔九（音同）的人。'欠城里客栈的打尖钱'一句，应该是'尖'的谐音'奸'，大姐绝不会欠客栈里的饭钱。'欠刘春儿枣儿面'一句，公安局详细问过刘春儿，刘春儿却说，他从没借给过梅立春枣儿面。那大姐是什么意思呢？枣儿面在保定周遭是穷人家过年的细粮，即枣儿去核儿晒干后，在碾子上加工成面粉状，逢年过节将其掺在荞麦或玉米面里，当细粮吃，也称细面。这一句，应暗指一个'细'字。这几句话联系起来，大姐是告诉组织，'刘凤'与'乔九'是国民党潜伏下来的奸细。大姐在信里嘱咐组织，要尽快解决这两个奸细，‘越早越好’，她或是担心自己判断有误，最后还叮嘱组织要‘查实账目’。而且，大姐已看出程黛琴是国民党特务，如果程黛琴把这封信带出去，程必定要潜伏。大姐在这封信上写了要感谢程黛琴，意思就是让组织审查程黛琴。大姐真是个机警心细的人呀!”

程黛琴绝对不会想到，她为梅立春带出的这封信，竟如同给自己带来一道催命符。

梅天凤会同公安局，最终研究破译了梅立春那封信，认定梅立春是在生命的最后，为组织指认奸细。那两个名字的确如梅立春所指，一个名叫刘丰，一个叫乔万九。刘丰曾是中共保定城工部的交通员，1934年被捕后叛变，被中华复兴社特务处（军统的前身）派遣回来在中共内部做卧底。抗战胜利后，刘丰的任务是收集解放区的经济情报，他的身份是中共保定市委交通站长，中华人民共和国成立后在市公安局档案科任科长。乔万九是他发展的下线，中华人民共和国成立前是中共保定市委第三交通站联络员。中华人民共和国成立前夕，刘丰接受的命令是“深睡”（不暴露，继续潜伏），乔万九接受刘丰的命令也是“深睡”。国民党部队于保定撤逃前一个多月，中共保定地下组织召集会议，准备组织砖瓦场武装暴动，配合解放军进城。事关重大，刘丰会后向保密局传递了这个情报，导致暴动失败。当时保定特委怀疑，是组织暴动的交通员陈帆于暴动之前被捕叛变，致使暴动失败。梅立春应是在被捕之后，仔细回忆分析了这件事的全过程。刘丰参加了那次会议，刘丰的联络员是乔万九，问题应该是出在了这两个人身上，绝对不会是陈帆，因为陈帆并不知道赵希臣等几个暴动组织者的情况，而刘丰却是组织暴动的具体参与者。梅立春经过缜密分析，最终认定这两个人是国民党打入中共内部的特务。

刘丰与乔万九，这两个穿了多年马甲的特务，同时被捕受审，交待了他们卧底的过程。二人于1953年秋天被处决。

陈帆的叛徒帽子同时被摘掉，被追认烈士称号。

程黛琴因为被保密局抓捕过，又带出了梅立春烈士的这信，被视为党的积极分子。她由此潜伏下来，在保定第一中学任教员，而且她表现突出，即将被发展入党。她万万没有想到因梅立春这封信，刘丰、乔万九被捕。因梅立春在信中感谢了程黛琴，公安局再次提审刘丰，审问程黛琴的问题。刘丰“熬”不住了，最后供出程黛琴是他的下线。程黛琴被捕后，交待了她原名李娇月，程黛琴是李娇月的姑表姐，其一家已在抗战中全部遇难，李娇月便冒名顶替了程黛琴的身份。她是保密局的外围人员，她的潜伏由保密局精心安排，将她安排与梅立春同住一间牢房，既为监视，也为取得梅立春信任。于是，李娇月被判处有期徒刑十五年。第二年，因调查出李娇月在保密局执行任务时，有人命在身。最终，李娇月被枪毙。

梅立春的那封“家信”，几经周折，最终以革命文物的身份，陈列在保定市革命博物馆。

梅立春在天之灵，可安矣。]

沈淑晖之死

毛人凤主持召开了保密局平津地区的工作会议。在会上着令平津周边所有保密局单位，于近期安排潜伏工作，并当场宣布保密局副局长齐家轩为平津督察，主持保密局平津周遭所有要务。马凯旋、卢南星代表保定站参加了会议。沈淑晖与卢南星等人先后在会上激昂表态，愿意留下潜伏。

毛人凤听得欣然，当场表扬了沈淑晖、卢南星等人的积极态度。

会议刚结束，卢南星就没了踪影（“饭桶”人物必定找饭局去了）。马凯旋也不管他，刚刚要走，却接到了顾也正的电话，请马凯旋去北平站喝酒。

马凯旋讪笑道：“顾站长并非找马某喝酒吧？莫非仍要商量两地联手做生意的事情？”他接着电话，扭头去看窗外。正值霜降节气，但见一场大雪突如其来，落得正欢，天地间一片银光。

顾也正笑道：“马站长就不要取笑顾某了，大战在即，性命堪忧，我哪儿还有做生意的心思。一则，下雪天儿，喝酒天儿，与朋友赏雪喝酒，不亦乐乎？二则，说正格的，我想跟你聊聊北平站的一些麻烦事儿，让你出个主意。好了，我马上派车去接你。”

顾也正真遇到了麻烦事儿。他本来已安排好了潜伏人员，决定让沈淑晖随自己一同撤走。但是出乎顾也正意料，沈淑晖却坚持留下潜伏，而且在保密局工作会议上，不经顾也正同意，竟率先表态了。

这就太让顾也正为难了。他当然知道，沈淑晖一向威望不高，她若留下，许多人必定不想干了。因为沈淑晖与其他同事相处，多是蛮横无理，同事很怵她，手下更怕她，谁能与她合作呢？会议休息时，顾也正私下请示，要求沈淑晖跟他同时撤走。此事不知怎么的被沈淑晖知道了，便与顾也正吵闹起来，认定这是顾也正拦阻她的仕途。顾也正被沈淑晖纠缠得头疼，想找马凯旋来商量这件事。

顾也正在办公室摆了酒菜，虚席坐候马凯旋。桌上的留声机，正唱着梅兰芳的“贵妃醉酒”。优美的唱段绕梁，伴着窗外的雪景，顾也正却是糟糕的心境。

马凯旋却没来。派去接人的特务回来报告：马凯旋已开车出了北平，顶风冒雪回保定了。顾也正登时恼了，你急着回去投胎呀？当即打电话，命令行动队去追，一定要把马凯旋“押”回来。

马凯旋行至保定途中被北平站的特务们追上了。无奈，他只能怏怏地被“押”了回来。他进了顾也正办公室。看着顾也正，正盯着一桌子酒菜满脸不高兴。

马凯旋不禁笑了：“顾站长啊，有你这样请客的吗？岂不成了牛不喝水强按头么！”

顾也正摆手，让几个特务退下，抬眼也看着马凯旋，哼了一声：“北平站顾站长请下属保定站马站长喝酒，保定站站长竟敢不来，马站长的架子也太大了吧？做事一向温良恭俭让的马站长，今天为何变得不知礼数了呢？”

马凯旋忙摆手：“顾站长错怪了，还请理解属下，眼下事务过多，都拉不开枪栓了呢，实在没闲心喝酒呀！”

顾也正瞪了马凯旋一眼，却又哈哈笑了：“行了行了，马站长，既来之，则安之。快请坐吧！”

马凯旋与顾也正对面坐下。顾也正喊来站里的厨子把菜热了，二人便举杯对饮。

几杯酒喝下去，顾也正讪笑道：“马站长隔岸观火，顾某性急，学不成当年刘琦公子‘温文尔雅’上楼抽梯。只好不讲礼数，效仿萧何月下追韩信了。”

马凯旋撇嘴苦笑：“扯呢？也没顾站长这么追韩信的么，就差五花大绑了。”

顾也正哼了一声：“我也真想不到呀，马站长竟然跟顾某生分了，不想替我出谋划策了？”

马凯旋摆手笑了：“顾站长，并非属下不想出主意，实在是这个主意出不得呀。”

顾也正一脸诧异：“我还不曾讲什么事情，你怎么就知道出不得主意呢？”

马凯旋放低了声音：“顾站长一定是找我商量潜伏的事，而且还是沈上校去留的问题。站长拿不定主意了？”

顾也正怔了一下，随即点点头，举杯称赞：“马站长果然是个厉害角色。戴老板当年讲过，马凯旋若生在古代，定是周瑜一般的人物啊。来，我敬你这个周瑜一杯。”

马凯旋举杯喝了，放下了酒杯，苦笑摆手：“什么周瑜不周瑜呀，我若真是个周瑜，也得被顾站长派兵押解这一出气死了。就不要取笑马某了。那就说说吧，顾站长想如何说服沈上校。”

顾也正开口骂道：“唉，说服个屁呀！这娘儿们就是不肯走呀。我留下的潜伏队伍，人员精心挑选，布局十分合理，这娘儿们非得留下来，什么意思？她就是想当站长么！她要当了站长，必定散了人心。昨天的会上，你也听到了，她冷锅冒热气，当众表态要留下潜伏，毛局长一表扬，这消息便传出去了。昨天晚上，就他妈的有人向我交辞呈了。”

马凯旋哂笑道：“沈上校果然巾帼英雄，不让须眉呢。”

顾也正撇撇嘴：“就她？还巾帼不让须眉？狗屁么，她就是个官迷罢了。你来之前还跟我吵呢，还振振有词地说什么，眼下党国危难，正是疾风知劲草的时节，她理所当然要挺身而出。你听听这套词儿，都是从委员长那儿抄来的。”

马凯旋点点头，缓缓问道：“顾站长或是担心，沈上校若留下，与杨沿海、裴寂革几个不和睦？”

顾也正挥手做了个驱赶动作：“肯定不和睦！要是和睦才是活见鬼了呢。我不妨说得再直白些吧，若不是我顾也正给她撑腰，北平站哪个买她的账呢？这个女人呀，真是个不知深浅，没到过黄河呀！”

马凯旋笑道：“顾站长只想到其一，不曾想到其二。”

顾也正盯着马凯旋问：“马站长，仔细讲讲门道？”

马凯旋却连连摇头摆手：“不好讲，不好讲啊。”

顾也正怔了怔，当即起身，朝马凯旋深深鞠了一躬，声音有些发颤：“马站长啊，顾某是真心求教啊，你我二人不仅是徐飞扬先生门下同窗，更是多年的至交，当年顾某在保定站走背运，承蒙马站长多次援手，搭救顾某，顾某没齿不忘。我这才离开保定站几年，你我为何就生分了呢？你为何这般着三不着两地推诿呢？”

马凯旋一时怔了，想起与顾也正共事几年的情感，心头倏忽热了，急忙起身搀了顾也正：“顾站长啊，你要折马某的寿呢！快坐么。唉！那我就如实说了吧。”

顾也正重新坐了，仔细看着马凯旋。

马凯旋低声问道：“顾站长知道马某在保密局最敬佩谁吗？”

“当然是戴先生了。”

马凯旋摇头：“戴先生对我有恩，但他是我的上峰，我对他只有敬重而已。”

“那会是谁呢？”

"我最敬佩你老顾。"

"我……哈哈，老马呀，你又要拿我开心找乐了。"

"别笑，且听我说说原因。"

"说来听听。"

"一则，我之所以敬佩你，是因为你老顾做事大都还能出于公心。看看你这家当，便知你为官还算清廉。"

"你说的是，我老顾从不拿昧心钱。"

"这倒未必。官场敛财谁都有，站长不露是高手。"

"你看你看，马站长……"顾也正不好意思地笑了。

"不说笑了。二则，我之所以敬佩你，是因为你老顾从来都是工作第一，不甘人后。"

"继续说。"

"三则，我之所以敬佩你，是因为你我是一样的人。敬佩你，也就是敬佩我。"

顾也正笑了："这最后一句么，你老马说的倒是实话。"

马凯旋忽然低声说道："顾站长，你一定要听，那我可就说了？"

"快说吧。"

"如果换作我，就会尽快找个由头儿杀了沈主任。"

顾也正听得惊了脸："杀了她？……为何？"

窗外的雪落得越发急迫，寒风也暴戾地怒吼起来。

马凯旋皱眉道："顾站长细想呢，沈上校这种性格极容易出祸事，且很难掌控。杨沿海虽天性聪明，但毕竟历练不够，少不更事，遇乱则慌。顾站长前脚走了，北平站便是山中无老虎的场面，做主的必定是沈淑晖。沈淑晖向来争强好胜，且刻薄寡恩，那杨沿海等人的日子还好的了吗？北平站便再无宁日。"马凯旋打住话头，盯着顾也正。

顾也正怔怔地看着马凯旋，一言不发。

马凯旋继续说道："再有，依我近年观察，沈上校性格中却有见风使舵的一面，共党但有什么招降纳叛的优厚条件，沈淑晖真敢率部投敌了呀。真若到了那一步，上峰必定说你顾站长任人唯亲，必定要责罚你的失察之过。与其此人使你惴惴不安，莫如除掉省事。杀了沈淑晖，你自然免了所有后顾之忧。你便顺理成章地任命杨沿海为潜伏站长，将裴寂革几个交由杨沿海指挥，恶人你先做下了，杨沿海便是做了好人。且杨沿海为人宽厚，定会善待手下，顾站长还会担心离开后的事情吗？”

马凯旋端起酒杯，自饮了一个。

顾也正闷闷地“嗯”了一声，皱眉沉思不语。

马凯旋轻声叹道：“我当然知道，站长一向宠爱沈主任。”

顾也正点头叹道：“唉，当年如果郑局长允许，我就娶她了。”

马凯旋目光如炬：“情人与同事，这是两档子事，不能笼统处置。顾站长聪明一世，总不能因一个情人难舍，而给北平站的潜伏人员留下后患吧？”

顾也正皱眉：“老马呀，你刚才说沈淑晖有投敌的可能，夸张些了吧？”

“有件事么，顾站长或许还不知道。”

“什么事？”

“沈上校前夫丁仁承，顾站长应该记得。”

“当然记得。”

“东北有情报说，四平战役之前，调任保密局长春站站长的丁仁承，已跟随曾泽生附逆了呢。”

“……此事我还真不知道，或是疏忽了？”

“顾站长试想，丁仁承背叛党国，当前正为共党积极效力，必定一心取悦共党，若他与沈主任再联系上，难免旧情复发，横生枝节。到那时……”马凯旋突然停住，硬硬的目光看着顾也正。

顾也正摇摇头，黯然长叹：“可时下……沈淑晖并无过错啊。我如何下得去狠手呀……”说到这里，再无一句话了。

马凯旋怔了怔，即笑了：“顾站长，刚刚我们只是饮酒，什么话也没有讲。马某若是讲了什么，也是醉话。顾站长不必耿耿于怀。”

（算我白说了，沈淑晖什么样，你顾也正心里没个数吗？）说罢，独自饮了一杯酒，就起身告辞。

顾也正忙起身拦住马凯旋："慢！"他在屋中踱了几步，沉思片刻，终于点头，"马站长，顾某明白应该如何做了。"

马凯旋皱眉："站长，此事若做，还须做得密实些。"

"如何做？你说。"

马凯旋凑近，与顾也正细语了几句。顾也正点点头，哦了一声："明白，你安心再住两日，看我如何处置这块烫手的山芋。"

马凯旋看看窗外，漫天雪花狂舞，缓缓点头："好，下雪天留客，马某就再叨扰两日了。"说罢，出门去了。

第二天傍晚下班，顾也正预先从"得月楼"叫了一桌酒菜，打电话请沈淑晖来他办公室喝酒。沈淑晖颠颠儿地来了，看顾也正心情不错，便又说了让她留下潜伏的事。顾也正哈哈大笑，当即点头答应了。沈淑晖听得高兴，便在酒桌上撒娇使媚，奉承着顾也正喝酒。

几杯酒下去，顾也正醉眼斜看着沈淑晖。沈淑晖喝过几杯酒，脸上已有了桃花的颜色。她偏头看着顾也正，一脸媚笑。顾也正一时抵挡不住沈淑晖的目光，念及沈淑晖的种种好处，心下兀自酸楚起来，便僵僵地扭过脸，虚乎着目光去看窗外。

及近立冬节气，漫天的落叶，在不曾融化的雪地上痛苦滚动，发着脆脆的金属般声响，撞了顾也正个满眼满耳。

顾也正心下一硬，收回了目光，他干干地咳了一声，狠心说道："沈主任，如果我要你死，你能死吗？"

沈淑晖觉得顾也正在开玩笑，嘻嘻笑道："站长要我死，我能不死吗？坚决执行命令。"

"当真？"

"当真。我生是你的人，死是你的鬼么！"

沈淑晖嘻嘻笑着凑近了，款款倚上了顾也正的肩膀。

顾也正点了点头，"说得好！"就冷了目光，大喊一声，

“来人!”

两个特务推门走进来。其中一个特务手里端着一个盘子，上边放着一个药瓶和一条白绫。特务将盘子放在桌上，二人立正站了。

沈淑晖登时酒醒了大半。她惶惶地推开顾也正，疑惑不解地看着两个特务。

顾也正皱眉道：“沈上校，这是一瓶毒药和一条自缢的绫子，你任选一样吧。”

沈淑晖大惊失色，当即呼喊起来：“站长啊，你喝醉了？为什么要我死？”

顾也正冷笑道：“不为什么。你刚刚说过的，我要你死，你便去死么。”

沈淑晖怔了怔，突然破口大骂起来：“站长告诉我，是不是马凯旋那个王八蛋说什么了？你一定听了那个王八蛋的坏话了……”骂着，就热泪盈眶了。

顾也正霍地站起，大步走出去了。沈淑晖急忙要跟出去，却被两个特务持枪拦住了。

“滚开！让我出去!”沈淑晖吼道。

“沈上校，不要为难我们。”一个特务皱眉道。

沈淑晖的目光渐渐变得悲哀无力，瞄着桌上的毒药瓶和白绫，喃喃自语：“这到底是怎么回事啊……”

一个特务冷声说道：“沈上校自己动手？还是要我们帮忙？”

沈淑晖嘶哑着声音喊道：“你们告诉我，这是为什么啊？”

两个特务虎着脸，并不搭话。

沈淑晖自知求生已然无路，她埋头痛哭了一会儿，就上吊死了。

两个特务验过之后，即给沈淑晖收了尸首。刚要抬出去，马凯旋闪身进来，干咳了两声：“二位，你们还走的了吗？”

两个特务相互看看，其中一个苦笑道：“马站长，我们事先料到了这个结果，只是我们的家人……”

马凯旋点头：“我都知道，顾站长已经安排好了，你们都是

‘烈士’待遇，除加倍给予两位的家属抚恤金外，两位的家人概由政府供养。你们放心去吧。我看着两位。”说罢，马凯旋深深向二人鞠了一躬。

两个特务便分喝了那瓶毒药。

第二天清晨，北平站传出消息，沈上校昨夜“暴病”而亡。

顾也正厚葬了沈淑晖。马凯旋参加了沈淑晖的葬礼后，就要回保定。不料临行前却接到了新任保密局平津督察齐家轩的电话，要找马凯旋谈话。

齐家轩在北平警备司令部办公，马凯旋匆匆赶去了。

马凯旋满腹狐疑地走进齐家轩办公室。齐家轩正在接电话，抬手示意马凯旋坐了。

马凯旋四下打量。齐家轩的办公室窗明几净，竟然还十分简洁，办公桌上除却文件和电话，没有闲杂摆设。墙上只有一幅立轴“风雨竹”。余下空空，并无装饰。马凯旋暗自点头赞许，看得出齐家轩是个喜欢清静独处的儒雅之士，且作风严谨，性格干练。

齐家轩挂了电话，与马凯旋相对坐了。齐家轩微笑道：“虽与马站长初次见面，但马站长少年英雄，在保密局有口皆碑，齐某心仪已久了。”

马凯旋忙道：“长官错爱了。但请训教。”

“马站长家乡何地？”

“完县。”

“我是唐县人。自古完、唐二县是一家，咱们算是乡亲了。”

“长官说的是。”

齐家轩兀自摆手，赧然笑了：“对不起，齐某不善客套，寒暄几句就没词儿了。我们就开门见山吧。”

齐家轩便讲了调马凯旋到北平站，任副站长的想法。

马凯旋皱眉：“调北平站？顾站长知道吗？”

齐家轩郑重点头：“前天我已就此事与顾站长沟通过了，他非常同意。”

马凯旋不禁摇头笑了：“真看不出，顾站长如此嘴严呢，我与他形影不离待了两天，他硬是半点儿口风也没透，连个顺水人情也不肯做呀。”

齐家轩笑道：“顾站长很赏识马站长的才干，称赞了你许多。他还向我建议，如果他撤离，推荐你接任北平站站长，并建议上峰晋升你的军衔。”

马凯旋淡定地说道：“齐长官和顾站长的好意，属下心领了，可属下仍想留在保定。”

齐家轩有些错愕：“马站长，北平站是个更大的舞台，你为什么不想来呢？我知道，你为人耿直，这些年对上峰多有得罪之处，以致在保定这么个地方委屈了多年。你心中若有些怨气，也应属人之常情，但此次却是个仕途机会，马站长不可意气用事呀。”

马凯旋摆手说道：“长官误会了，属下并没有怨气，长官或有所不知，属下于保定站仍有许多未了心结。”

齐家轩疑惑地看着马凯旋：“不知马站长有什么心结？”

马凯旋皱眉叹道：“不瞒长官，保定站乃是马某一盘没有下完的棋。属下复职后这两年来，保定站与保定的共党分子多次交锋，属下多有失利，一直耿耿于怀。目前属下已掌握了保定共党的一些线索，即将收网。若是属下此时奉调离开，换了别人，或是要重打锣鼓，难免功亏一篑，若是那样一个结果，属下便是辜负了党国多年的栽培。”

雪后的阳光十分温和，悠然坦荡地漫进窗子，照在马凯旋的脸上。马凯旋的表情淡定自若。

齐家轩认真听了，沉吟片刻，点头叹道：“许多人对我讲过，马凯旋心属党国，别无私念，今日见识了。齐某佩服，自愧弗如！”

马凯旋忙欠身道：“长官错爱谬奖了，属下惴惴不安。”

齐家轩称赞道：“马站长正人君子，称得上梅有奇香，竹无俗韵呀！”

马凯旋抬眼看看墙上那幅“风雨竹”，哂然笑道：“属下冒昧问一问，长官喜欢竹子？”

齐家轩点头：“是的。我喜欢竹子的气节。”

马凯旋笑了笑：“长官本是行武之人，想不到竟也有文人雅士的心态？”

齐家轩笑道：“我也是读书人出身，骨子里喜欢中国文人作派，久闻马站长乃徐公飞扬先生的得意弟子，饱读诗书，满腹经纶，也当是文人情怀。”

马凯旋摆手：“此是误传了。我从不欣赏文人，我喜欢书生。”

“书生？”齐家轩一脸狐疑。

马凯旋笑道：“齐长官，实话实说，属下确是喜欢书生。或者说，属下就是一介书生。”

齐家轩皱眉：“古人说过，百无一用是书生。”

马凯旋微微摇头：“属下与长官理解或有不同。”

“愿闻其详。”

“徐飞扬先生曾讲过，举凡春秋以降，读书人大体就是两种，一种叫作文人，一种叫作书生。书生意气何以？说白了，就是认死理儿，平时不惹事，有事不怕事，奉节守义，关键当口，敢于破门而出，敢于临危受命，敢于飞蛾扑火。徐先生此番言语，可谓不易之论，马某一直铭记。若举例，如保定书生马长江，当街举刀杀敌。长官想必听说过。”

齐家轩黯然点头：“我听说过马长江之事，此公直面日寇刺刀，昂首赴死，确是书生气十足。”

马凯旋讥讽道：“而文人呢？遍查经典，多见胆小怕事，自扫门前雪者多多。平日里，舞文弄墨，争抢风头，唯恐不能语出惊人。遇事呢？高呼我宁死，却湖边怕水凉。无耻之徒屡见不鲜。观中国千年历史，但逢内乱，便有人归罪于武人。若依徐先生说法，莫如归罪于文人。中国文人无行，从无立场，若在一处不得志，往往群集他处，朋比结党，营己私利，煽风点火，教猱升木，造出种种是非，尽挑拨离间之能事，久而久之，挑动他们的主子打起仗来，导致天下大乱。文人，祸之始也。”

齐家轩听得阵阵发呆，倏然怔住：“马站长呀，徐先生这番宏论，真乃高屋建瓴，别具一格。齐某听来，如醍醐灌顶啊！”

马凯旋继续说道：“十几年前，大概是民国二十四年吧，丁文江先生曾在《大公报》发表过一篇诗作，直把中国的无聊文人骂尽、骂臭，属下至今记忆犹新。‘竹似伪君子，外坚却中空。成群能蔽日，独立不禁风。根细成攒穴，腰柔惯鞠躬……’后两句我一时记不起了。”说到这里，马凯旋急忙欠身道：“对不住，属下一时孟浪，在长官面前忘乎所以，出言无状。失态了，失态了！”［此诗确为民国时期地质学家丁文江（江苏泰兴人，1887—1936年）所作，被林语堂认为“妙喻而深”，抢先发表在《人世间》第38期。谈歌感慨，丁文江如此厌恶竹子，与民族心理感情相去甚远。原诗为：“竹似伪君子，外坚中却空。成群能蔽日，独立不禁风。根细成攒穴，腰柔惯鞠躬。文人多爱此，声气想相同。”发表在《大公报》上时为“外坚却中空”，有两字颠倒之差。读者可考据正误。］

齐家轩摆手笑道：“马站长客气了。”

二人又说了几句闲话，齐家轩低声问道：“保定的‘水’抓了吗？”

抗战前的中共地下组织中，有五个很令军统头疼的知名情报员，代号分别为金、木、水、火、土。其中“金”“木”“火”分别被军统或日军特高课先后抓捕处决，抗战后，只剩下“水”“土”。前一个月，南京保密局破获了南京一起共党谍报案，其中一人是“土”。“土”被捕后叛变，交待“水”现为保定共党重要负责人之一，其公开身份是保定一家饭馆的掌柜。保密局负责情报的齐家轩十分重视，为保密起见，他绕过保密局北平站，直接给保定站打电话，将这个情报知会了站长马凯旋。

马凯旋答道：“还没有。”

齐家轩微微皱眉：“为什么？”

马凯旋以肯定的口气说道：“属下分析，‘水’应该是一个死硬分子，不容易策反，重刑之下，或也难开口招供。若想利用这个线索扩大斩获，我与保定副站长季钧同志反复商量，我们准备在‘水’身边安插一个或两个我们的人。”

“说来听听。”齐家轩顿时有了兴趣。

“有情报说，‘水’即将从天津接他的老婆到保定。据我们掌握的情况，‘水’的妻子原是中共天津地下组织交通员，前年已被天津站秘密逮捕并处决。‘水’从天津接来的这个所谓老婆，应该是‘水’的上级为其安排的助手。这个女人与‘水’并不认识，没有见过面，这就给了我们机会。”

“我听明白了，你是说冒名顶替？”齐家轩颔首笑了。

“是的。我想花钱找道上的人帮忙，于天津到保定途中，神不知鬼不觉地将这个女人换掉。”

“此计甚妙。”齐家轩点头称赞。

“再则，还要将护送这个女人的中共天津交通站，找一个非政治理由端掉，一个活口也不留。这样的话，才能保证咱们的人真正安全。”

“你想找谁冒名顶替呢？”

“属下认真想过，‘望日莲’行吗？”

“行，‘望日莲’是南京抗战训练班出来的，抗战时期曾经在天津卧底。当属保密局中的精英人物，能够完成任务。”

“那属下回保定之后，即刻实施这个计划。”

“我可以让‘狼’暗中策应你完成这个计划。”

“狼？”

马凯旋惊讶了一下，南京保密局在北平、天津、保定有许多特工属南京保密局直线联系。这个代号“狼”的特工，马凯旋早有耳闻，是当年戴笠在保定布下的眼线。想不到，这人还在保定。

“‘狼’是直属南京保密局的特工，你知道此人吗？”

“有耳闻，不曾见过。”

齐家轩皱眉道：“‘狼’么，我也没见过真面目，不过，‘狼’

会暗中帮助你的。如此一个偷梁换柱之计，共党万难提防。‘水’这一条鱼，必会引来一群鱼儿入网！马站长还有什么要求，但可开口。”

“没有任何要求。长官若没有什么事，属下便回去了。”

齐家轩依依不舍地站起身（或是想说，别走了，晚上咱俩喝点儿），目光重重地落在了马凯旋肩头。他意犹未尽地点了点头：“马站长，于党国危难之际，你处变不惊，心无旁骛，依然有条不紊地努力工作，可谓难能可贵。”

马凯旋坦然笑道：“常思奋不顾身，当殉国家之急。职责所在，如此而已。”

齐家轩称赞一句：“奋不顾身！说得好！马站长乃党国真正的战士，齐某相见恨晚，佩服之至。保重吧！”说罢，伸出双手。

马凯旋与齐家轩紧紧握手，他一时被齐家轩诚恳的态度感染，心情微微激动，声音有些涩重：“彼此彼此，齐长官保重！”

马凯旋准备“撤离”

民国三十七年（1948）十一月五日，解放军开始围攻保定城。

解放军某部孙毅司令员此前曾给保定守军师长刘化南写信，奉劝其投降。但刘化南冥顽不化，自矜保定城有坚固的城防工事，信心满满。放言背城借一，拒绝投降。

（此一时彼一时，仅隔几个月，刘化南即在北平随傅作义参加了和平起义。唉，早知如此，何必当初。中华人民共和国成立后，刘化南历任解放军第四野战军独立团41师师长；山西省人民政府参事室副主任；山西政协第五届委员。1983年去世。）

马凯旋匆匆赶回保定，喘息未定，迅即安排对保定共党的最后清剿，并启动撤退计划。

（唉，高楼大厦将倾，添砖加瓦何益？谈歌写到这里，读者必定早看出了，马凯旋是一个极端负责的性格。什么叫极端负责，就是负责范畴中的上品、极品、神品。就是不后退、不要命、不投降、不认输、不怕苦、不怕死、不顾一切、专心致志、聚精会神、一往无前、死磕到底。极端负责的人，是世界上最可怕的人，他们为了目的不择手段。在他们的精神世界中，只有坚定的决心和意志。他们或许会有刹那的厌倦，会有一瞬间的软弱。但请放心，在对手还没有捕捉到他们这种微弱的心态变化时，他们早已瞬间“超强纠错”。

马凯旋就是个能够自觉自愿对自己随时随地超强纠错的人。他心中只有一个目标：为党国尽忠，死而后已。真是可惜了，马凯旋的耿耿忠心，已于事无补，丝毫影响不了国民党政府已如山呼海啸般的崩塌。）

马凯旋正忙呢，齐家轩的电话就追着屁股打过来了。

齐督察告知马凯旋，北平站近日收到了数封举报保定站副站长卢南星的匿名信，毛人凤局长也收到了同样的举报信，反对卢南星任保定站潜伏站长。齐家轩认真研究了举报内容，为潜伏工作计，齐家轩着令马凯旋重新提供潜伏站长人选，并尽快上报。

马凯旋只得暂且停下手里的活儿，让季钧找卢南星过来开会。季钧出去了一会儿，快快回来报告，卢南星已喝得酩酊大醉，吐得昏天黑地，一塌糊涂，躺在家里根本起不来了。

马凯旋皱眉叹息：“唉！有如此饕餮之徒尸位素餐，党国才会屡屡误事啊。”

缘于卢南星在北平的潜伏工作会上，自告奋勇，当众激昂表态率先潜伏，当场得到了毛人凤的激赏。齐家轩也同意卢南星做保定站潜伏站长。马凯旋也乐得将这项任务交给卢南星。卢南星到保定站近两年，一直热衷于吃喝玩乐，不务正业，好容易想干点儿正经事儿了，却冒出来了数封举报信。

齐家轩告诉了马凯旋这些举报信的内容：信中多是举报卢南星缺德少才，酒囊饭袋，保密局若任命如此庸才为保定站潜伏站长，当属蜀国无大将。而且此人一向贪婪无度，必定要利用潜伏的机会，安插亲信，借机敛财。

扯淡么！时局已到了惶惶不可终日的艰难关口，卢南星还能怎样安插亲信？卢南星还能如何借机发财？谁这样无中生有，背后恶整卢站长。举报信最后还编造语言，恶意讥讽卢副站长：“卢副站长哪儿哪儿都行，就有两样不行，这也不行，那也不行。”

（卢南星作为保密局失败的典型，简直太成功了。）

季钧听马凯旋说了举报信的内容，愤愤地说：“卢南星虽然一向不务正业，但也不至于这样无能吧。查！谁写的举报信？”

马凯旋却冷笑：“还查什么？数封举报信，都是卢南星他自己写的。”

季钧愕然：“他……自己告自己？”

“错不了。”

“这……也……太无耻了吧？”

马凯旋叹息：“为了躲避潜伏任务，老卢也算是费尽心机了。”

季钧恨道：“站长得向齐督察告发呀，不能让姓卢的得逞啊。”

马凯旋厌恶地摆摆手，表情像驱赶苍蝇：“算了算了，何必强人所难呢。”

季钧骂道：“这姓卢的什么变得呀，太他妈的……”

马凯旋拦了季钧，问道：“先不说卢南星了，‘水’掌柜的‘妻子’在路上了吗？”

季钧点头：“‘望日莲’已经进入角色。”

“但愿这两天能见成效。”

“站长放心，一切都按照预定计划进行，没有丝毫破绽，共党万难察觉。”

“看‘望日莲’如何行动了。”

“站长担心‘望日莲’？”

“我不是这个意思。‘望日莲’非寻常角色，抗战期间多次命悬一线，皆能化险为夷，逃出生天，足见其能力超乎常人。她在保密局的声誉不是白来的，我很放心。只是杨昆平这等人物也都是硬角色，你我都见识过。‘望日莲’的渗透任务，并不轻松呀！”

季钧皱眉："站长说的是。"

马凯旋又问："我去北平多天，保定共党有什么大动静？"

"这些日子很消停，共党或有什么新打算，不见动静呢。"

"给梅天凤准备的那个'坑'，挖好了吗？"

"已经挖好，但愿她这次不会跳下去，就可排除嫌疑了。只是……"季钧有些犹豫。

"只是什么？"

"站长，咱们这么做……是不是有点儿过于阴损了。"

马凯旋摆手长叹一声："你知道的，以我与梅天凤的交情，我也不愿这样做，更不愿看到那样的结果。时局如此不堪，谁还愿节外生枝？但梅立春事件之后，梅天凤以往诸多可疑之处，却又让我重新纠结了。"

季钧叹道："站长说的是呢，梅天凤的共党嫌疑，并非一天两天了，我们就是抓不到她的把柄。看她如何通过这次'考试'吧。"说到这里，季钧忽又想起："还有一件事，最近梅天凤的车行与党通局多有联系，卓英久还请梅天凤吃过饭，站长知道这事吗？"

马凯旋看了看季钧，疑惑道："党通局？他们与梅天凤有什么生意可做呢？"

季钧纳闷儿："我也奇怪呢，卓英久能做什么生意？"

马凯旋摆手："算了，且不说这个了。再说说卢南星的烂事儿吧，你想让谁接替他潜伏？"

季钧没有吭声。

马凯旋沉吟片刻："你做潜伏站长如何？"

季钧仍然没吭声，转身看着窗外。窗外没头没脑的寒风时而缓和时而尖利，跌跌撞撞在枯树间穿行，似有满腹不平之事，无处诉说。

马凯旋淡然笑了："季钧呀，你我共事多年了，一路枪林弹雨走到今天，也算是生死患难的交情了，现在就你我二人说话，你心里想什么，尽管直说吧。"

“站长，我不想留下潜伏。”

“哦，知道了。”

季钧讪笑：“站长恕我直言了，潜伏？怎么潜伏？发个小电报？打个小冷枪？探查个小情报？偷听个小道消息？这些小把戏，最多给共党找点儿小麻烦，根本无关大局。什么发扬踔厉，什么等待光复，这种近乎疯颠的大话谁能相信？反正我不信。”

马凯旋叹息：“季钧呀，想不到呢，你的信念也动摇了。”

季钧恨道：“管什么用？说明白些，潜伏就是送死。站长，现在没有外人，我就再说句心里的话，党国到了这般地步，似你这种无双国士的性格，谁还欣赏？那些谄佞奸徒却永远旱涝保收。真让人想起了那句老辈子的童谣，‘直如弦，死道边；曲如钩，反封侯’。季某早已经心灰意冷，只想退职，当个商人算了。”

“退职？”马凯旋皱眉。

“是的。这是真心话，我现在感觉心神俱疲。潜伏的事儿么，就别想着我了。”

“……好吧，我不勉强你。”

“谢谢站长理解属下。”

“还是我留下来吧。”

“站长留下？”

“是的。困兽犹斗。”

“站长……”

“时下党国危难，马某只得如此。困兽犹斗，别无选择。”

“站长……想做一只困兽？”

马凯旋“扑哧”苦笑道：“除此之外，我还能做什么？你说呢？”

季钧一脸哀戚：“站长……”

马凯旋表情渐渐凝重了，他看着风天风地的窗外，声音突然变得沙哑：“季钧呀，党国危难之际，总要有人奋不顾身。我不能强求你干什么，我只能要求我自己，不能退缩！”

季钧怔怔的目光，看着满脸凄迷表情的马凯旋，他哀伤地说道：“站长如此想法，真是……”（唉！季钧能说什么呢？端的是敬其才，惜其识，悲其遇。）季钧深深知道，对于马凯旋来说，最为悲惨的并不是党国失败的结局，而是这个结局从根本上已无法改变。尽管马凯旋打起了一百二十分的精神，尽管马凯旋奋不顾身不惜孤注一掷。

马凯旋的目光一时凝固在窗外，院子里几株杨柳，叶子即要落尽，片片落叶被阵阵寒风吹走，却仍有干枯的树叶随风飘落，接连不断，赴死一般义无反顾。马凯旋看得心头一阵凄怆，泪水渐渐蓄了满眶，近要夺眶而出之时，却被他强忍了回去。

门外任雪儿喊：“报告。”

马凯旋收起脸上的悲凉之色，肃声说道：“进来。”

任雪儿与曹正汉几个人匆匆走进来。

马凯旋看看他们：“诸位准备好潜伏了吗？”

曹正汉说：“报告站长，我们已经准备完毕，只是……”

马凯旋皱眉：“只是什么？”

曹正汉苦着脸道：“只是找不到卢副站长了，我们还不知道具体任务呢。”

马凯旋咳嗽了一声：“好了，我现在宣布，卢副站长不再担任潜伏站长了，潜伏站长由我担任，近日将由我向诸位布置具体工作。”

曹正汉笑了：“这下好了，谁愿意跟着卢副站长呢。那不就是饭桶一个么。”

马凯旋皱眉：“曹正汉，不允许背后议论同志，更不允许背后议论长官。”

“是！”

季钧皱眉：“卢副站长那里……我还去找……”

马凯旋摆手苦笑道：“不必再找了，由他去吧。”他看看曹正汉和任雪儿几个，笑道：“我昨夜独自喝了两杯，想不到呢，酒后颓废之情，竟然不可抑制，兀自吟诗一首，念给你们听听如何？”

曹正汉笑道：“站长必是豪情万丈，我们洗耳恭听。”

马凯旋仰头吟道："国民事业随流水，正值当年若落晖。苍茫独立无端处，夜半惊风凉我衣。"马凯旋吟罢，茫然四顾。

众人听得怔住，皆默然无语。

任雪儿感慨："站长这诗太苍凉了些……"

马凯旋转过身去，看着窗外。窗外忽然又有了零星雪花飘落。他兀自叹道："一个国家，如果没了肯为它舍弃生命的人，那么，这个国家就离灭亡不远了啊。"

屋内好一阵无语。

马凯旋开颜笑道："诸位，人生短促，失败与成功不是最重要的，人生最重要的，乃在于坚持心志及努力。对吗？"

任雪儿点点头，动情地说道："站长说得恳切激昂，国事亦然，个人亦然。"

马凯旋打量着众人，脸上的悲哀颜色没有了，人们常见的那种肃杀之气又恢复如初。他用沉沉的语气说道："季副站长，潜伏名单，换掉卢南星，其余人员不变。此事不再讨论。通知吴数，由他亲自发报北平站，抄发南京。"

季钧点头："知道了。"

马凯旋对曹正汉、任雪儿几个说道："你们都下去吧。"

众人即转身出去了。

马凯旋问季钧："昨天抓捕的三个共党嫌犯，审讯的如何了？"

"嘴硬得很。"

"不要希望共党能多些孙馀鑫。"

"今晚我再亲自审审。"

"杀了吧，你亲自去干这个脏活儿吧。"

"不审了？"

"已审了一夜，以他们饱满的精神状态，确系共党无疑，而且是冥顽不化的共党分子，审不出什么了。此时从速杀人，并非草率行事。保定不日城破，按照总裁最新命令，不能给共党留下过多的干部人才。杀了吧。"

“今早还抓了两个共党嫌犯，也……”

“一并杀了。”

“是！”

“下班了，走吧。”

二人走出办公室，天近黄昏，风停了，雪却落得急了。

季钧开车先走了。

马凯旋上车想了想，让司机径直去了“梅记车行”。

他想去看看梅天凤。

夜探“粥掌柜”

“梅记车行”的门房忙着去通报了。

马凯旋撑着伞站在门前。他四下打量，“梅记车行”门前的马灯忽闪亮着，车行显得十分冷清。解放军已围城数日，车行自然没了生意。

梅立春死后，马凯旋一直躲避梅天凤，他不知如何就梅立春的事与梅天凤对话。但他知道，回避无济于事，最终他还是要面对梅天凤。此行并非鬼使神差，他准备了一道题，如果梅天凤答得不好，那么……马凯旋不愿再想下去了。他想的是在梅天凤“答题”之前，先说说梅立春。

梅天凤迎出来，讥讽地问道：“马站长大雪天儿到此，是否来抓共党呀？”

马凯旋摆手笑道：“天凤，我今天来没别的意思，只是想请你吃个饭。”

梅天凤摇头哂笑：“吃饭？我敢去吗？不定哪句说错了，被保密局抓了把柄，那就得吃牢饭了。”

“天凤呀，吃饭就是个由头儿，我只是想跟你说说话。”

“没别的意思？”

“绝无其他内容。”

“你请我？”

“是呀。”

“就是说说话吗？”

“就是想说说心里话。”

“那好吧，我心里也有些话想跟马站长说说了。”

“那，上车吧。”

“……还是走走吧。”

马凯旋撑着伞，为梅天凤遮挡着雪花儿，二人漫步向街中走去，汽车尾随在他们身后。街上雪花儿飞舞得忙乱，行人却稀落。

马凯旋兀自说道：“天凤，我很希望一直这样走，同你走到天亮，再走到天黑……”

梅天凤看了看马凯旋：“马站长说得是，如果没有战争，没有……”

马凯旋尴尬地叹口气：“还是我开个头儿吧，立春的事儿……”

马凯旋不想再躲闪了。

梅天凤目光如炬盯着马凯旋：“今天我有点糊涂了，我面对的是马站长呢？还是三哥呢？”

马凯旋兀自摇头：“天凤，我不知道如何对你说……”

梅天凤的声音变得低沉：“可心都跟我讲了，最遗憾的是，我没能见大姐最后一面……”声音登时哽咽，泪就落下来了。

马凯旋埋下头：“对不起，这件事我无能为力，立春是共党，证据确凿……”

梅天凤埋下头：“我大概知道了一些，季钧打电话给毛人凤，毛人凤给保定站下的命令。换句话说，季钧就是个催命鬼，否则，大姐不会这么快就……”

“季钧我担心会……”

“我恨季钧。我不隐瞒，我不管大姐是不是共党，季钧欠了我梅家一条人命，我记下了这笔账，他迟早……”

“天凤，听我说……”

“我不听！”

“天凤……”

“我不听！”梅天凤突然怒吼起来。

马凯旋顿了顿：“我并非为季钧开脱，立春是我的朋友，她却是党国的敌人，我不想让她死，可……”

梅天凤摆摆手，顿时矮了声音：“我……不想再说这件事了。”

“我是说……”

梅天凤突然扬手打飞了马凯旋手中的雨伞，再次怒声吼道：“我不想再说！我不想再说我大姐！你听清楚了吗？马站长！”梅天凤愤怒的吼声在街中阵阵炸响。

跟在他们身后的汽车上跳下来惊慌的司机，马凯旋摆摆手，司机悄然退回车上。

马凯旋默不作声，目光无力地看着满脸愤怒的梅天凤。

两个人呆呆地站在雪地里。

像是过了一百年，梅天凤擦了擦眼泪，或是刚刚的怒吼，用尽了力气，弱弱地说道：“不说这事了，三哥，咱们吃饭去吧。”

马凯旋拣起雨伞，轻声说道：“好，吃饭去。”

“刚才我激动了。”梅天凤摇了摇头。

马凯旋叹了口气：“我理解。我想你应该痛打我一顿，你心里或许能好受些。”

“不提这事了，好么三哥？”梅天凤的声音疲惫极了。

“不提了。”

二人默默又走了一会儿，不觉间走到了紫石街。

马凯旋抬头看着一家饭馆，门上的灯笼晃来晃去，映照着字号“粥掌柜”。

马凯旋笑了笑：“就这家吧。”

梅天凤皱眉看了看字号：“三哥今天请吃饭，就请我喝粥？”

“看样子你真没来吃过，这饭馆的掌柜姓周，这里的粥不错，必是取个谐音，便做了字号。但也有各种酒菜，本地风味十足，我吃过两次了。”（《保定风物》一书，记载了民国年间诸多饭馆的俏皮字号：如东大街有馅饼店，字号“天上掉”；再如秀水街一家专营狗肉的店，字号“挂羊头”；“粥掌柜”也算一例。）

梅天凤狐疑：“真看不出。进去看看吧。”

二人拾阶而上。一个瘦小的伙计拎着马灯缓缓地迎上来，拣一张临窗的桌子引二人坐了。

店面不大也不小，摆了十几张餐桌，每张桌上都点着一只马灯，显得饭馆还算亮堂，只是没有食客。

掌柜的匆匆走过来，昏暗的灯光映着满脸笑容：“马长官光临小店，蓬荜生辉呀。”

马凯旋笑问了一句：“周掌柜，今天生意为何冷清了？马某出门没看皇历呀，平日里你这里总是座无虚席呀。”

周掌柜欠身笑道：“回马长官的话，开店么，就是个劳神。晴一天阴一天，热一顿冷一顿的，也没个准信儿。勤行么，自古这样。没客人么，着急；客人多了，忙不过来也着急。不瞒马长官，中午来了好几桌，我忙得恨不能长出十双手呢。”

马凯旋四下环顾：“周掌柜是得找个帮手了，这店里就你和一个伙计，一个厨子，食客一多，你真转不开磨呀！”

周掌柜笑道：“有劳马长官惦记，我老婆明天就来了，搭个帮手，我就能省点儿劲了。”

马凯旋呵呵笑了：“老板娘来了，好呀！周掌柜便能轻松些了。”

说笑了几句，周掌柜忙去了。

梅天凤笑道：“三哥跟这儿还真熟呀！”

马凯旋诧异：“天凤不认识周掌柜？”

梅天凤讪道：“我都没来这里吃过，怎么会认识他。”

马凯旋笑道：“我来这儿吃过两回，厨子的手艺真不错，你点菜吧，有一道溜肝尖，味道上佳。”

梅天凤抬眼看看墙上的菜牌子：“那我今天要大快朵颐了，三哥可别心疼。”

马凯旋笑了：“看来你今天是铁定宰我了？”

“三哥自愿引颈受戮，不关我的钱袋儿。”梅天凤笑了。

“我引狼入室，咎由自取，任你宰割吧。”马凯旋淡雅一笑。

梅天凤点了两个冷拼，两个热炒，一壶酒。伙计干涩的嗓音传给了厨房。但听厨房内刀勺案板响了一通，片刻工夫，冷拼热炒和一壶烫好的酒端上，香气扑鼻而来。

马凯旋赶忙欠身斟了酒，递与梅天凤。二人举杯对饮了。三杯过后，梅天凤淡淡地问道：“三哥今天找我吃饭，不光说大姐的事吧？”

马凯旋点头：“听说你把车行的运输队借给了卓英久？”

“你知道了？”

“唉，一条裤子两条腿，保密局盯着党通局，党通局盯着保密局，悠悠已久了。”

梅天凤放下筷子：“我抹不开面子么。卓英久说运输战略物资，更让我无言以对了。”

马凯旋手中的酒杯硬声蹾在桌上：“狗屁战略物资，他们运走的都是从保定搜罗的古玩玉器，说不定还有那只青铜鼎呢。”

梅天凤皱眉，叹了口气：“唉！我猜到了。”

马凯旋摇头：“或民脂民膏，或历史文物，被肉食者们以国家名义，堂而皇之运走，谁知将来会落在何处？让人心有不甘呀！”

梅天凤意味深长地问道：“三哥这样愤世嫉俗，是否要引我说些什么呀？”她脸上带着一丝诡秘的表情，于昏暗灯光衬托下，她的目光熠熠发亮。

伙计过来续水，两个人不再说了。待伙计转身走了，马凯旋伸出食指，微微摆了摆，皱眉道：“妹子别乱猜，我发几句牢骚罢了。”

梅天凤讥笑：“三哥身为党国官员，这样议论有些危险了。”

马凯旋诧异：“发几句牢骚就有危险么？那你只当我什么也没说。喝酒！”

又说了一会儿闲话，梅天凤说吃好了。马凯旋喊来伙计结账，他边付账边苦笑：“我这站长的月薪，还真抵不住几顿饭钱呢。米珠薪桂的年月，让人尴尬呀!”

梅天凤叹道：“我也不好过呢，保定被围城了，杂戏没处演，车行没生意。手里有几个辛苦积攒下的小钱，也都毛得不是钱了。”

马凯旋摇头：“唉！政府滥发钞票，就是抢钱呀。前些日子，南京来人，我请吃饭，人家告诉我，八年抗战期间，政府发行纸币十万多亿。抗战前一年，一百元法币在保定能买两头牛，过了六年，只能买两只鸡，可是今年呢，还能买点儿什么?”

梅天凤点头：“我知道，只能买半盒火柴。”她又摆摆手：“三哥呀，咱不说这些不对心思的话了。张木匠遇到了李铁匠，有些理儿是说不透的。”

马凯旋慨然叹道：“党国江山呀，就毁在了那帮贪污腐化的东西们手里。回天无力了呢!”

梅天凤讪笑道：“三哥话说到此，我要饶舌一句了，这末路功名，三哥还要之何用？正如这滥发的纸币，还有何价值?”

马凯旋诧异了一下，旋即笑道：“天凤此话何意呢?”

梅天凤摇头笑道：“天凤说说而已。三哥入耳，不必入心。”

马凯旋心绪复杂地叹了口气：“我又怎能不入心呢？夜深人静之时，时常扪心自问，是我变了，还是党国变了？你不必提醒我什么，你刚才说得好，张木匠遇到了李铁匠，虽是一家人，但有些话的确说不透彻呢。”

梅天凤讥笑道：“看来三哥的确放不下呀。”

马凯旋点头：“你说得是，身陷其中，何谈置身事外？不必多说了，我眼下境况你肯定了然于胸。我已是不可自拔了。”

“三哥往下如何办呢?”

“唉！尽人事，听天命吧。”

梅天凤表情木然。她多年后回忆，就是在那一刻，她断然决定放弃对马凯旋的争取工作。面对这个国民党的死硬分子，她已彻底绝望。

二人走出饭店，车仍停在门口。

雪已悄然停了，路面有些滑，车灯照在上边，反光的刺眼。司机惶惶地迎上来，悄声报告：“站长，刚才吴秘书来过，说南京有急电给站长。他看站长正吃饭，没好进去打搅，让我转告站长。”

马凯旋点点头：“知道了。”

司机打开车门，马凯旋对梅天凤说：“天凤，上车。”

“不用，三哥去忙公务吧。”

“顺路，我送你一截。”

梅天凤摆手：“真不用，我想再独自走走。”

马凯旋笑道：“踏雪寻梅？你天凤即是梅么。”

梅天凤摇头笑道：“三哥岂不知，试灯无意思，踏雪无心情。一路闲走而已。”

马凯旋点头：“说得是，从来人心如庭院，庭院深深深几许？”

“伤感了？”梅天凤笑道。

马凯旋略微怔了怔，旋即笑起来：“天凤，有好多年了，心里一直藏着两句诗，一直想念给你听，却一直没好意思念出来，看着今夜的雪景，突然又想念了。你想听吗？”不待梅天凤回答，便吟咏道：“山有木兮木有枝，心悦君兮君不知。”

“就这两句？”

“只此两句。”

梅天凤粲然笑道：“听不大懂，但也听出了大概意思。”

马凯旋略有羞涩地淡雅一笑：“我念得明白，想必天凤也听得明白。走了。”

梅天凤看马凯旋上车，马凯旋微微有了些驼背。马凯旋抬手示意，汽车开走了。

梅天凤的目光追着汽车，她暗自屈指一算，马凯旋今年四十岁了。蹉跎岁月催人老呀。梅天凤心中有几丝苍凉的东西渐渐漫上来。

梅天凤走出几步，倏忽回头去望“粥掌柜”，她内心一时猜疑不定了，难不成马凯旋在这里发现了什么？

“粥掌柜”有所察觉吗？

卢南星之死

历来封建统治者，必定会随时铲除心异之士或立场动摇者。危急关头，更不手软。卢南星没有想到，他竟然不幸上了民国三十七年（1948）保密局年底的暗杀名单。

世间无论任何一个组织，总要有一个核心。这个核心，即是外在的风格，内在的魂魄。推而想之，戴笠应该是军统的核心，戴笠死了，其在军统局的风格与精神，必定是树倒猢狲散的局面。卢南星就是其中一只失魂落魄找不着北的猢狲。

唉！何止卢南星找不着北了，军统局改名保密局后，却是换汤不换药，其精神主导状态逐渐日薄西山，虚应故事了。只说内部争斗，已无是非对错。同意的只是为同意而同意；反对的只是为反对而反对。各怀鬼胎结党营私，已成为保密局的主旋律。卢南星这类吃饱混天黑，不负责任的干部，不是一个，而是成群。马凯旋这类人物已属凤毛麟角，古董一般的存在。抛开国民党大势已去的前提，势如一盘散沙的国民党保密局，其内部溃烂程度已不可逆转。这应是保密局失败的另一个缘由。

卢南星，一个资深老军统，竟使用写匿名信举报自己的恶劣办法，摆脱了秘密潜伏的任务。他为自己如何在国民党的败局中抽身，精心安排好了一切。什么党国利益，什么三民主义，什么总裁，全是浑蛋扯淡王八蛋，统统滚一边去。“人不为己天诛地灭”才是卢南星至高无上的人生信条。

卢南星整日得过且过，当了和尚不撞钟，深得人生三昧，但他忘了以万变应万变的人生道理。以不变应万变的都是大人物，你卢南星不是大人物，就得万变。说白了，你得长眼。如果你不长眼，就真要惹麻烦。

卢南星的灾难来了。

吴数交给马凯旋一封南京保密局直接发来的电文，这是封催命的急电，电文是一份暗杀名单。卢南星“名列前茅”。卢南星因何获罪，至今没有能让谈歌采信的证人证言。遍查史料，大概有两种说法：一是卢南星贪污了军饷，被人举报，上峰震怒，杀无赦；二是卢南星挪用了保密局用于紧急状态的储备资金。两种说法都与钱有关，谈歌都不相信。以卢南星的地位和资历，即使有贪污问题，他只要不把南京城卖给中共地下组织，不把蒋介石的美式装备全部倒卖给解放军，绝不至于被枪毙。查阅史料可知，国民党官员皆贪污，乃公认事实。假若卢南星因贪污被治罪，那必定有一帮同案犯被牵扯进来。可见卢南星案子的蹊跷。

《保定往事》一书收录《卢南星被杀的真相》一文，该文揭秘了卢南星的死因：卢南星从北平开会回来，邀了几个对前途绝望的保定军政官员，聚在保定望湖春饭庄吃了一顿饭。酒酣耳热之际，卢南星口无遮拦，"幽默"了一句："诸位谁有路子？跟共党接触一下，咱们也得找条退路呀！"

卢南星真是喝多了，昏了头，公共场所竟敢与人商量这种大逆不道的事儿。岂不知人心隔肚皮，参加饭局的人堆儿里，绝非都是反对党国的，别看平常私下跟你发个小牢骚，那也是套你的话儿。政治这东西无孔不入。饭后迅即被人密告。毛人凤当即认定卢南星几个有叛变的迹象，认定卢南星是打着吃饭的幌子"秘密组织谋反"。

多年来在饭桌上一直吃得风生水起的卢南星，绝没想到这顿阳间饭算是吃到头了。

倘若这篇文章叙述的情况真实可信，那么卢南星就是在"不年不节"的时间，找了一家"不大不小"的饭店，喊了一群"不三不四"的哥们儿，组织了一场"不清不楚"的饭局，说了一堆"不痛不痒"的酒话，于是"不明不白"地输了个"干干净净"。

一个也不能少。那天一起吃饭的保定警备司令部军法处处长高见、作战处中校参谋苑奇才、情报处长梁乡平、保定警察局副局长贺胜……共计十四人，都被认定有投共倾向，包括告密的那位，也一体其中。

这是个什么道理？告密也有罪？端的是想要别人的命的同时也要了自己的命。

紧急电示保定站的暗杀名单，季钧看出，名单上十四个人中，多与乔运典交好，但名单中没有乔运典。季钧松了口气，对马凯旋苦笑："我好担心乔先生呢。"

马凯旋摇摇头："司马氏欲解决曹爽，必先解决曹氏外围。"

季钧怔了一下，旋即摆手："不会的，乔长官毕竟……"

马凯旋叹道："但愿我杞人忧天了。"

或马凯旋碍于跟卢南星相处了两年的情面，他没插手这次行动，他命令季钧布置此次暗杀任务。

季钧召集行动组及所有外勤人员开会。他没有宣布暗杀名单，却把名单分别写了十四张纸条。他命令众人，今晚分成十四个行动小组，每组摸到纸条，迅速行动。他目光生冷，环顾众人，再次强调："诸位，此次行动，不问青红皂白，拿到纸条后，无论写的是谁，无论是什么样的身份，上峰即认定此人已自绝于政府，自绝于领袖，包藏祸心外结共党与党国为敌。一律除掉！"

屋内空气肃然。

季钧看看众人："还有什么问题？"

葛云梁疑惑道："季副站长，如此行动，如果撞到被杀者是熟人怎么办呀？他若问我们杀他的理由，我们当然要说他投共，可有什么证据吗？总要给他们一个辩白的机会才对……"

李天曼暗中扯了葛云梁一把，不让他再说。

众人面面相觑，都没说话。

"行动吧！"季钧没有理会葛云梁，率先摸了一张纸条，打开看过，起身走了出去。

任雪儿摸到的是卢南星。

卢南星梦中醒来，看到任雪儿站在床前，惊讶之后登时恼了："任雪儿，你怎么进来的？"

任雪儿笑道："属下怕扰了卢副站长好梦，没好意思敲门。"

“找我什么事？”

“奉上峰命令，请卢副站长走一趟。”

“现在？”

“是的。”

“什么事儿？这么急？”

“属下不好说。”

“不能等到天亮吗？”

任雪儿摇摇头：“军令如山。”

卢南星瞬间明白了什么，点点头：“好的，我跟你走。”

卢南星穿好衣服，随任雪儿走出房间，却又站住，皱眉道：“我的家人……”

“卢副站长想说什么？”

“我为党国奋斗了多年，央请放过他们……”

任雪儿粲然笑道：“上峰有令，卢副站长的家眷，保密局会妥善安置。”

卢南星狐疑的目光看看任雪儿：“如此最好，我拿几件衣服。”

任雪儿欠身道：“请便。”

卢南星转身往里屋走，任雪儿闪电般拔枪。枪响了，卢南星应声仰倒，死鱼般的目光，定格在天花板上。呜呼！卢南星！当年投笔从戎，加入国民党特工队伍，出入枪林弹雨毫发无损，最终却毁于一场饭局。

任雪儿走过去，看了看已经身亡的卢南星，当即立正，行了个庄严的军礼，之后愤然叹道：“卢副站长，我接到的命令，是格杀勿论，勿怪啊！”说罢，她俯下身为卢南星抚上了没有闭上的眼睛。

窗外大夜如墨……

乔运典之死

大概比较一下，马凯旋应是卢南星的反义词，二人是截然不同的两个“频道”。作为正统国民党基层干部，马凯旋谨遵党国思想，掌握团体服从组织，以主义领导，以理智运用，以精神接纳，以纪律维系，工作雷厉风行，崇尚愈挫愈勇。面临国民党兵败如山倒的局面，马凯旋仍然能坚守岗位，恪守职责。

按照马凯旋的命令，季钧派人盯住了“粥掌柜”，凡出入“粥掌柜”多次的人，都被保密局密切监视起来。“望日莲”效率很高，刚到保定两天，便给季钧传出了消息，保定东大街“新时照相馆”经理刘景春，正在洗印军事照片。“望日莲”要求：在不惊动“粥掌柜”的情况下，对刘景春实施抓捕。

季钧有些犯难了，这个刘景春是保定守军刘化南师长的叔伯表侄子（叔伯表侄子是个什么亲戚，读者自己掰扯），而且这表叔侄二人关系很好。刘景春这么个背景很让季钧棘手，眼下刘化南为保定守军最高长官，如果惹恼了他，事情就有了麻烦。

马凯旋则冷笑道：“抓！就算他是蒋总裁的表侄子，也得抓！”

刘景春当夜被密捕。“新时照相馆”被查封，暗室搜出了胶卷。照片洗出之后，尽是些保定城防的图片。碉堡、战壕、炮兵阵地等一目了然。

马凯旋看过信然点头：“这应该是“粥掌柜”准备送到城外的情报。”

季钧点头称赞：“‘望日莲’果然厉害。”

“梅天凤有什么动作？”

“暂时还看不出什么，除了那次她跟站长去过“粥掌柜”，她没再去过。”

“刘景春招了没有？”

“嘴硬得很呀！”

“我去审审他。”

马凯旋亲自审问刘景春。他看了看遍体鳞伤的刘景春，淡然说道：“刘经理，我们知道，你与刘化南师长是亲戚，不便多加为难。我只问刘经理三个问题，说清楚了，立刻释放你。”

刘景春点头：“你……问吧。”

马凯旋问道："第一，你的上线是谁？第二，照片送给谁？第三，你的同伙是谁？刘经理若不肯说，就只好吃苦头了，刘师长也保不了你。"

刘景春摇摇头："你问的……我都不知道。"

马凯旋正在审，吴数匆匆进来报告，城防刘化南师长来了。

马凯旋只得回办公室接待。

刘化南捶着桌子气呼呼质问："马站长，你们抓了刘景春？别跟我说你不知道！"

马凯旋淡然回答："此事我知道，而且就是我下令抓的。"

刘化南怔了一下，冷笑了："仅凭几张照片？"

马凯旋摆摆手："刘师长说错了，不是几张，而是二十四张，一概是保定城防的照片，全部涉及军事机密。所以说，刘景春是共党情报员无疑。"

"马站长搞错了，那些照片是我让他照的。"

"刘师长这个说法儿么？马某糊涂了。"

"你怎么个糊涂？"

"军事照片，能让人随便拍照？"

"刘景春是本师长的亲戚，我信得过他。"刘化南"哼"了一声。

"刘师长，事关保定城防的安全，马某不在乎谁的亲戚。"马凯旋冷冷说道。

"你……"

"刘师长，实话实说，我对你这位表侄没有成见，对刘师长更不敢有成见。马某如此行事，只是为了党国的事业。时下，共军兵临城下，城内的共党一定会里应外合。我身为保密局保定站站长，如果睁一只眼闭一只眼，就是渎职！"

刘化南听得不耐烦，摆了摆手："我不跟你啰唆了，你的直接上司是谁？"

"保密局北平站站长，顾也正将军。"

“我给顾站长挂电话。”

“请。”

刘化南当下给顾也正打通了电话。

顾也正听了几句，便要马凯旋接电话。马凯旋接了电话，顾也正命令马凯旋立刻放人。马凯旋当即答应放人。

刘化南看着马凯旋放下电话，即点头笑了：“马站长，我可以把人领走了？”

“当然可以，但还要办个手续。”

刘师长皱眉：“真他妈啰唆，多长时间？”

“半小时吧。”

“不行！最多十分钟。本师长军务繁忙，没工夫儿在这儿跟你们磨牙扯淡。”

“至少要一刻钟时间。”

“快点儿吧！”

马凯旋走出办公室，告诉季钧，一刻钟内要弄出情况来。

一刻钟之后，奄奄一息的刘景春被放出来了。

刘化南看看刘景春，指着马凯旋的鼻子怒吼道：“马站长，你们保密局是阎王殿呀？我侄子到你们这儿才半天儿呀，怎么就变得比死人多一口气儿了呢？”

马凯旋欠身说道：“实在对不住，我们只能按规矩办事。”

刘化南咬牙“哼”了一声，当即让手下把刘景春抬上汽车，悻悻走了。

刘景春终于没能活了，他被抬进医院时，突然被身后的冷枪打死了，凶手逃之夭夭。这当然是马凯旋安排的。(《保定往事》记载：刘景春，男，山西运城人。1912 年生，保定二师毕业，1938 年加入中共，1948 年牺牲。)

刘化南火冒三丈，立时打电话质问顾也正。顾也正随后打电话问询马凯旋。

马凯旋说：“报告顾站长，凡属坐实的共党分子，能从保定站出去的，除去中共叛徒，就是死尸！”

顾也正称赞一句：“马站长说得好。刘化南那里我解释吧。”

马凯旋与季钧刚要歇口气儿，没有想到接到南京电话，给马凯旋布置了一个特殊任务：立刻密裁乔运典。

马凯旋听得惶恐：“局座，杀……乔运典将军……”

话筒传出的声音很响，季钧一旁听得真切，登时也呆住了。

电话那头的声音冷冷地说道：“乔运典最近由上海回了保定，已有风声传到了我这里，乔运典此次回保定，是准备联系旧部，叛变党国，向共党投降。此风绝非向壁虚构，空穴来风。杀他，也不是我能做主的。明白吗？”

马凯旋为难地说：“局座，乔将军是位高权重的人物，按照程序，此事应由北平站处理。”

电话那边讥讽地说：“马站长，大行不顾细谨的道理你自然知道吧。党国危难之际，没有什么常规程序可言。而且乔已是赋闲之人，秘密除掉不会引发什么舆情，执行吧。我明白告诉你，杀他是总裁的指令。我想，就不必我再从南京找杀手，替你们保定站干这个活儿了吧？”

马凯旋顿时哑然。

电话那边意味深长地说道：“再有，马站长啊，我希望你亲自去执行这个任务。”

“……是！”

电话那边又说道：“还有任务交待。局里掌握，保定站的李天曼、葛云梁，都是乔的死党，近年来一直有人举报，此二人在附逆期间迫害抗日志士，血债累累。你立即派人将二人押送南京受审，但有反抗，就地处决。”

马凯旋惊讶：“局座，这二人当年都是被戴局长策反的，是有功的呀！而且对策反人员的政策，一概既往不咎……”

“实话告诉你吧，人家都举报到何长官那里了。举报者说，他当年被汉奸葛云梁百般欺辱，而汉奸葛云梁抗战胜利后，不仅没有受到制裁，还在乔运典的庇护下与老婆李天曼同在保密局任职了。举报者说，这夫妻二人都有投共的嫌疑。何长官很愤怒，直接打电话给我，命令保密局立刻严肃查处。”

“谁举报的？”

“告诉你也没什么，于是强，知道此人吧？”

“属下知道，此人是个药商，曾在保定经商，后来去了重庆，之后又去了南京，属下耳闻此人在南京做生意很火爆。”

电话那头不无醋意地笑道：“何止火爆呢，他还跟美国人交了朋友，美国人都出面替他喊冤呢。”

“这都猴年马月的事儿了，于是强……”

“唉，我也没办法。何长官有令，将葛云梁、李天曼押至南京受审，如不方便，你就地处决了吧。”

马凯旋颓丧地放下了电话。

季钧摇头长叹：“果然不出站长所料啊！”

“不知道乔长官是否有了心理准备。”

“站长……派谁去？”

马凯旋灰然叹了口气：“……我去吧。”

“你亲自去？”

“是的。这是命令。”

“李天曼和葛云梁怎么办？”

“你相信这二人通共吗？”

“不可能！根本不可能！他们疯了吗？怎么会如此操切行事？”季钧恨恨地嚷起来。

“上峰指鹿为马，属下不容置喙！”马凯旋摇头叹息。

“唉，我去处理这二人吧。”

马凯旋摆手：“你不必去。”

“我派任雪儿去吧。”

“不行！……你派曹正汉去吧。”

“曹正汉？”

“曹王汉与葛云梁私交甚笃。或押送南京，或就地正法，由他全权处置吧。”马凯旋意味深长地说道。

“嗯……明白了。”

“你去忙吧，我想一个人待会儿。”

季钧点头出去了。马凯旋颓丧地坐在了椅子上。

他实在想不通呀，党国这是怎么了？面对军心涣散、民心丧尽的局面，败相毕露的高层不是奋起抵抗，而是穷凶极恶地反过手来，先于内部疯狂地剪除异己，公报私仇。乔运典乃国民党中坚分子，他怎么会通共呢？他或是有些绝望彷徨的情绪罢了。肉眼凡胎，哪个又是铁打的？乔运典此次回保定，只是要处理一下保定的生意，找几个熟人吃个饭自是情理之中。他若知道，上峰将以“联系旧部，叛党叛国’的借口，以党国叛徒的名义，将他铲除，会作何感想呢？

马凯旋草草吃罢午饭，挨过了乔运典午休时间。马凯旋没有坐车，却是顶着凛冽的寒风，先到街中买了两盒点心，之后步行去了乔运典的宅第。

由保定站到乔运典的宅第，仅隔两条街，步行不过两刻钟，而马凯旋五味杂陈，似乎走过了几十年。

马凯旋二十三岁时，乔运典派龙成立发展了他。之后，马凯旋以复兴社外围交通员的身份，步入复兴社，成为职业特工。而今马凯旋已成为保密局的中坚分子，乔运典失宠后则告别了特工生涯，退而经商过上了赋闲的日子。似乔运典这样一个置身事外，且早已过了气候的“边缘化”人物，高层为何不肯放过？果然是人生如棋局步步为营，局中人从来生死难测。乔运典想到这个结果了吗？

闻听马凯旋来访，乔运典显得格外高兴。他亲自到街门迎了：“放歌呀，谢谢你来看我啊。果然是人情冷暖世态炎凉呢，我这里，野鬼都不上门了呀。”

马凯旋将两盒点心交与下人，赶忙上前深鞠一躬：“老师一向可好？”

马凯旋蓦然发现，仅几个月不见，之前身材高大“挺拔”的乔运典，竟然有了些“佝偻”，步态也有些“迟缓”，两鬓也开始“花白”，过去脸上那种不近情理的倨傲和变化多端的“乖戾”，也悄然不见了。果然时光无敌，他想象中的那个“白衣少年”乔运典，已经远去无痕了，马凯旋心中顿时生出几许英雄迟暮的酸楚。

马凯旋随乔运典进了客厅，便在乔运典下首坐了。乔运典让下人给马凯旋沏茶。乔运典告诉马凯旋，此茶是沈醉从云南给他寄来的陈年普洱。

马凯旋呷了一口，连连称赞好茶。乔运典哈哈笑了，马凯旋听出其笑声好似威严如故，却有九分空洞了。

马凯旋心里叹服，乔运典虽没了在位时那般威仪，但这种人天生就是领袖，久已习惯指挥别人。即使他随随便便地坐在任何地方，仍然有一种令人不敢轻犯的威严。

一番闲话说过，马凯旋旁敲侧击问道：“时下局势不稳，很多人都计划去香港或台湾，老师有何打算？也想去吗？”

乔运典颔首不语，端起茶杯，轻呷了一口，才漫不经心地答道：“蜂拥而去那两个弹丸之地，靠什么过活？我一介草民，鬓毛不觉白毵毵，一事无成百不堪。我这把老骨头就随遇而安了吧。”说罢话头一转：“倒是放歌你呀，也该考虑一下自家退路了。总这样打打杀杀，也不是个人生下场么。以我为教训吧，之前干过太多伤天害理的事情，在军统也曾是个令人不可小视的人物。人么，春风得意之时多是‘目不见睫’，结果怎样？旦则号泣行，夜即悲吟坐，徒有弃杖之精神，政府则弃我如敝履。想我这般下场，果然如是。半世功名一鸡肋，平生道路九羊肠。你都看见了，我还得自己讨生活。”

马凯旋道：“恕学生直言不讳，时下风传老师与共党……”

乔运典摆摆手，打断了马凯旋，讪讽地笑了笑：“我倒是想投奔人家，可人家能要我吗？退一步两步说，我自知这些年，手上沾了共党过多的鲜血。就算人家网开一面，我能有脸投奔过去吗？”

“老师这话应与上峰讲讲。”

“放歌呀，你为人练达，处事却还显稚嫩啊。有些话可讲不可做，有些话能做不能说。”

“学生愚钝，听不大明白。”

“知道什么叫作越抹越黑吗？”

“老师指教。”

乔运典呵呵笑道：“所谓人在局中身不由己，言语也不由己啊。举个粗俗的例子吧。先说，什么话可讲不可做。比如，愤怒之下突爆粗口，骂×娘可以，可我真能×他娘吗？我若真这样做了，我二人必定刀枪相见了。你说是不是这么个道理，话糙理不糙么！哈哈！”

马凯旋一时听得怔了，他心目中一直尊严不可冒犯的乔运典，竟能说出如此不堪入耳的恶俗比喻，万万没有想到呢。

乔运典似乎猜透了马凯旋心中的尴尬，连忙摆摆手，自我解嘲道：“言语无状，且过分不堪，粗俗了粗俗了，不堪入耳呀！”

马凯旋避开乔运典的目光，埋头叹道：“值此危难之际，党国内部却仍是互相猜忌，真让人齿冷呀！”

乔运典忽然笑道：“想起了一件旧事。当年你枪决黄山明之前，我曾给你打过电话，为他求情，你还记得吗？”

“学生记得。”

“其实，那是上峰找的我。”

马凯旋登时错愕：“上峰为何不直接找我呢？再则，上峰下一道手谕就解决了，何必绕这么大个弯子呢。”

乔运典讥讽地笑了：“所谓义不正则词不严，理不直则气不壮罢了。你枪毙黄山明，出于公心，合于公愤。他们怎么好意思直接找你呢，只好由我以你老师的身份出面了。事过境迁，我今天说句实话，当时我对黄山明贪赃枉法，也很是气恼，但还不至于想杀他。我记得你当时借用管子的一句话答复我，‘使能之谓师，听信之谓长’。对吗？”

“学生似乎说过。”

“管子的原话应该是：使能之谓明，听信之谓圣。”

“老师说的是原文，学生当年在校读书时，多是囫囵吞枣，有愧了。”

“你当时讲了这番话，我听了很是气恼。而今日想来，却是惶惶然而惭愧呀。”

“老师如此说，学生更加惴惴不安了。”

“事不经己不知深浅啊。想我乔某，曾为党国出生入死多年，时下却落个被小人猜忌构陷的下场。继而说到咱们的蒋总统，真是何为明？何谓圣呢？联想起你当年的话，我更觉羞愤交加，愈加体会深刻了啊！”乔运典连连摇头叹息。

“老师如是说，必有心得。”马凯旋忙欠身说道。

乔运典哂笑：“遥想当年，我也是‘五四运动’的热情参与者，积极响应打倒‘孔家店’。而今年纪大了么，却又对孔夫子顶礼膜拜了。子曰：年四十而见恶焉，其终也已。意思是说，人到了四十岁的年纪还被人厌恶，这辈子就混不出成就了。你记得这话吗？”

“学生记得，这是《论语·阳货》一节的话。”

乔运典点头笑了：“乔某已年逾五十，让人厌恶，也是理所当然了。既不以‘时也，命也，运也’的老套说服个人，也不以个人性情来解释命运，那就是天地既不因尧舜而存，也不因桀纣而亡的道理了。谁又能在此国难之际担保自家安全？或信奉因果报应？反过来说，这种结果又与天命何干，与机缘何涉，呜呼哀哉！草长莺飞，故国之春已暮，剪纸招魂，他乡之鬼尤新。”说到这里，目光冷冷地看着马凯旋。

马凯旋急忙起立躬身：“老师何出此言？”

乔运典用重重的鼻音“哼”了一声：“你说呢？”说罢，一脸讥讽地看着马凯旋。

乔运典情绪激愤无状，马凯旋一时不知道说些什么好了。

乔运典却又笑了：“放歌呀，坐吧。我给你讲个故事。”

马凯旋欠身，重新落座：“老师请讲。”

乔运典的表情沉静下来：“当年有位老先生，讳称鸿臣。鸿臣在一个大户人家做管事，却经常被东家责骂，无论大房、二房、三房，还是少爷、小姐，对其一概是任意驱使。天底下或是没有这等受气的管事，但鸿臣则一概逆来顺受。后来，老东家死了，少东家当家，鸿臣先生便辞工走了。少东家这才发现，他们的家产已经被鸿臣暗中洗劫一空。”说到这里，乔运典笑了：“我想告诉你的是，这位鸿臣先生，就是我曾祖父。”

窗外的冬阳软弱，罩不住漫天漫地的风声，寒风不时掠过窗子，弄出些硬硬的碎响，听得让人心乱。

马凯旋静静地听着，他一时搞不明白，乔运典为什么要讲这个所谓的‘故事”？或是想让他听出些什么味道？

乔运典突然转了话题：“放歌呀，还记得我当年枪毙龙成立、胡景山的事吗？”

“永生难忘。”

“知道我为什么要杀他们吗？”

“学生至今疑惑不解，斗胆冒犯一句，或是老师与他们有什么个人恩怨，比如……”

乔运典摇头哂笑：“你是想说金小叶吧？”

“学生觉得，似乎有她的缘由？”

“你想错了。”

“哦？’

“我杀龙成立并非为了一个女人，杀胡景山也绝非个人私怨。”

“学生愿闻其详。”

“唉，我杀他们，只为了灭口。”乔运典摇头叹了口气。

“灭口？”马凯旋惊讶极了，张开嘴，一时竟没合上。

“你不会知道的，我杀他二人之时，心中也很有几分不舍，他们毕竟是我的学生呀。但是，为了保护一个秘密，一个已被他二人知晓的秘密，我不得不杀了他们。”

“什么秘密？”马凯旋脱口问道。

“为保护一个朋友，换句话说，为了保护这个朋友不能示人的真实身份。”

“什么朋友？”

“我只能说到这里。”

“学生孟浪多嘴，无心之言，老师见谅。”

乔运典苍凉的目光投向北风萧萧的窗外，怅然若失地叹道：“放歌啊，这才是我杀龙成立、胡景山的真相呀。”

马凯旋默然无语。

“知道金小叶的后来吗？”

“听说她后来不知去向了。”

“我知道她的去向。”

“她去哪儿了？”

“我送她回老家了。”

“回老家了？”

“说得直白些，她死了。”

“死了？”

“被我秘密处死了。”

“什么？”

马凯旋惊愣了，呆望着乔运典，一时不好再问。

乔运典脸上露出厌恶的表情，他缓缓说道：“金小叶罪不至死，但我还是要杀了她。杀她只是为了还龙成立一个公道。当年，金小叶在戴笠和我面前，多次讲过龙成立的坏话，着实令人厌烦。细论起来，当年她落魄无望之时，是龙成立收留了她，即使一饭之恩，也应怀有感激之心，何况龙成立对她确实不薄。而她呢，却要假我之手除掉龙成立而后快，歹毒啊！我不杀她，龙成立地下何安？”

马凯旋听得心下“怦怦”乱跳，目光茫然地看着乔运典。此时此刻，他才深刻地明白了乔运典，他以往过于小视了乔运典。乔运典绝非一般男人胸怀，其心境阴森宽阔，其意志果绝凶狠。

乔运典突然皱眉问道：“放歌，想过自己的下场吗？”

“我？”

“我昨夜读《韩非子》，联想到了你，‘若此臣者，不畏重诛，不利重赏；不可以罚禁也，不可以赏使也。此谓之无益之臣，吾所少而去之也'，你何尝不是呢？你多年宵衣旰食，任劳任怨，已做到了无私无畏，赏不可使，罚不可禁，达到了不惜肝脑涂地的境界。上司如何指使你，你这种人对上司何益之有？必定是除之而后快。在国民党这个体制中，权力自上而下委派，蒋先生是这个权力的源头，我等各位只是他的'臣工'，这天下是蒋先生的，我们当官不过是一个职业，比贩夫走卒优越些的职业，政府整饬官风是必要的，但是有一个适度，因为蒋先生知道或多或少要给他手下点儿甜头儿。他很明白，但凡弄得大家一个个都是武官不怕死，文官不爱钱了，蒋先生还能坐得稳他总裁的位置吗？”乔运典或是说得累了，说到这里就不再说了。

马凯旋听得愀然作色，他看着突然默不作声的乔运典，心中暗自感慨，作为一个老国民党员，一个曾对三民主义无比信仰，曾为之出生入死的老国民党员，竟然说出这番言语，心头必是一片惶恐，其人生思绪必定也失了分寸，杂乱而无章法了。

马凯旋起身告辞。

乔运典也随之起身，讥笑道：“放歌，你来我这里，必是还有些话要说，为什么不说呢？你总不能说，你就只是为了给我送两盒子点心来的吧？”

马凯旋看看乔运典，张了张嘴想说什么，说出来的却是：“老师保重！”话音未落，马凯旋已感觉到，自己这句话透出了万分的虚伪与无奈。

“嗯嗯，你也保重吧！”

马凯旋向乔运典深鞠一躬，转身就走。

乔运典没有礼送，却倏地掏出枪，指着马凯旋：“放歌，你为何不开枪呢？”

马凯旋登时明白，乔运典在官场多年，南京政府里必定有许多朋友，毛人凤要杀他的事情，他如何能不知道呢。马凯旋没有转身，他背对着乔运典，艰难地摇摇头：“学生下不了手。”

乔运典鄙薄地问道："你平日的胆量呢？你杀了与你有金兰情感的付浩声，杀了与你私交甚笃的梅立春，今日再杀一个对你有师生之谊的乔运典，也无非是枪口下多一具尸体罢了，你有何下不去手的呢？"

马凯旋沉沉一叹："学生杀他们固然心痛，但确有理由。付大哥受共党多年蛊惑，中毒过深，再不回头；梅立春确属共党坚定分子，不可悔改，理应处决。可对老师……学生并非没有胆量，老师的确是冤枉的呀！"

乔运典冷笑一声："你不杀我，一样有人来杀我！"

"我……"

"我情愿让你动手。我这是实话呀！"

马凯旋皱眉说道："今天来找老师的，可以是保密局任何一个人。"

"可偏偏是你。"

"是的，偏偏是我。"

"不是偏偏，而是必须让你来，你这样做了，他才开心些。对吗？"

马凯旋没有回答。

乔运典讥讽地笑道："你还是开枪吧，否则，你不好交差。穷途末路，虽然你心下不忍，但也要勉尽人意也。"

马凯旋摇头："我做不了这件事。我已经在很多事情上对不起朋友们了，不好再对不住老师……"

乔运典突然放了几枪，子弹穿透了马凯旋脚下的地板。

马凯旋一动不动。

乔运典讪讪地笑道："戏要唱足，至少要让人看到有搏斗的迹象。"

"老师可以杀了我。"

乔运典的口气突然松软下来："放歌呀，你不杀我，自然会再派别人来，你刚说过，保密局可以派任何一个人过来。"

“我……”

“放歌呀，老夫不想死在别人手里呀。”乔运典哀叹了一声。

“我也不想杀自己的老师呀……”马凯旋突然想哭。

乔运典点了点头，转身喊了一声：“都出来吧。”

马凯旋转身去看，书房里走出来三个中年男人。

马凯旋怔住了，他当然认得这三个“老军统”：高子立，曾任天津站副站长；李俊夫，抗战时期曾任军统北平督察专员；邱雁文，曾任北平站副站长。这三人当年都是军统系统中显赫一时的精英人物。

三人向马凯旋点头致意。

乔运典干涩地笑了笑：“放歌没想到吧，他们都在我这里。你不知道的是，他们也都在毛人凤的名单上，都得死。卢南星本来也应该在我这里，可他有些信不过我，所以先死了。”

“卢南星？他们十四个人都解决了呀？”马凯旋疑惑不解。

“蒋总裁还有一份暗杀名单，或者说，蒋总裁手上不只几份暗杀名单，你不知道，我也不知道的。凡写在这张纸上的名字，都得死。有道是，宁栽在屎上，不能栽在纸上。想不到呢，我乔某这个老军统，终了，也栽在了蒋总裁一张擦屁股纸上。”

马凯旋错愕，瞬间无语。

乔运典淡然笑道：“放歌呀，即使你不肯下手，我们也躲不过这兔未死狗先烹的一劫。索性就卖个人情给你吧。”

马凯旋仍然不答话。

乔运典颓然摇头，扬手扔了手枪，灰然叹道：“放歌呀，其实我们都输了。从内心说，我们未必怕输掉党国，我们怕的是输掉自己。而现在呢，我们都输掉了自己。”说罢，他回头看看高子立三人，仰头笑了：“诸位，牵犬东门，岂可得乎？华亭鹤唳，岂可复闻乎？”

马凯旋终于欠身说道：“老师，学生告辞了。”

“不送。”乔运典冷冷地道。

马凯旋沉重的步子迈出了乔宅，走到了街中。他突然感觉自己是在一步一步地丈量着乔运典最后的时间。他心中一阵感喟未名。他知道，即使自己此次不杀乔运典，乔运典也躲不过的，这种脏活儿总有人来干，乔运典不会活着离开保定。他适才想提醒乔运典，可是提醒又能怎样呢？

马凯旋情绪低落地站到街中之时，已然夕阳西下。果真是风不入夕呢，嚣张了一天的寒风渐渐弱小了，一片火烧云于寒风中显得伶俜无依。

马凯旋看到街中有个年轻女子背对着他，女子身穿浅绿色碎红花的丝绸棉衣，这颜色给一片灰白的隆冬季节平添了几多风韵。马凯旋或然觉得这女子身形很熟悉，正在猜测，那女子却回过头来，一双楚楚动人的大眼睛笑望着马凯旋。

马凯旋稍一愣怔，皱眉问道："余小姐……"问话瞬间，马凯旋已全然明白了，余晚秋是来"监工"的。

余晚秋淡然一笑，低声问道："马站长终究没有动手？"

马凯旋内心惊讶，他竟然没想到，余晚秋竟会奉命监视密裁乔运典。马凯旋一直觉得余晚秋的身份是个谜。以上次她奉命勾引自己的情节判断，余晚秋应该是乔运典的"嫡系"。她何时又变成了上峰手中的"牌"呢？

马凯旋笑了："没想到上峰派余小姐前来督战。"

"是的。"余晚秋直言不讳。

"马某愚钝，至今不识余小姐庐山真面目。"

"我们应该很熟悉了。"

"余小姐到底是什么身份？"

"我是'狼'。"余晚秋坦然说道。

"你……是'狼'？"马凯旋惊讶了，一直神秘莫测的"狼"，竟是余晚秋。

马凯旋的目光顿时变得陌生了，他重新打量了余晚秋一眼，欠身说道："久闻其名，未见其人，殊不知竟是保密局中的王牌人物。大隐隐于市，余小姐行事总是不同凡响。恕之前马某多有不恭。"

“马站长客气了。”余晚秋看着马凯旋，伸眉一笑：“上峰已料定马站长念及与乔运典的师生之谊，不会完成这次任务。”

“的确。”

“既然马站长不肯做，总要有人来做。”

“比如余小姐。”

“是的。”

“敢问余小姐，杀乔将军或师出有名？”

“我想上峰已经告知了马站长，乔将军通敌，总裁震怒。”

“再问余小姐，这种捕风捉影的密报可信吗？说句难听的话，党国何时变得这般不自信，或是站在了八公山上？又或是说处处疑人偷斧了呢？”

“总裁一贯主张，宁可错杀，绝不错放。”

马凯旋点头：“的确是这样。”

“党国危急之时刻，更是如此。马站长妇人之仁了。”

“多谢余小姐提醒，马某告辞了。”

“且慢，还有一件事。”

“请讲。”

“‘水’的事儿，保定站不必再插手了。”

“哦？”

“我得到了情报，共党对你们在‘粥掌柜’周围的监控，已经有所察觉了。‘水’还是移交给我吧。”

“我还没有接到命令。”

余晚秋笑了：“我此刻正在向马站长传达齐家轩督察的命令。”她的声音突然变得严肃了，“或今明两天，我即派人逮捕‘水’与‘望日莲’，捣毁‘粥掌柜’这个共党据点。之后，‘水’和‘望日莲’即被关进保定第三看押所。马站长撤走之前，需要亲自安排一场暴狱，由‘望日莲’组织，‘水’必须当场击毙。之后，‘望日莲’可顺利打入共党内部。同时打入共党内部的还有保定站的车晓义，请马站长悉心保护。”

“马某知道了。”马凯旋心里再次惊讶，保定站的车晓义竟然是余晚秋的手下。

“马站长还要为车晓义安排一次为共党立功的机会。”

“明白。”

马凯旋心里却不明白，跟随季钧多年，一向听话老实的车晓义，什么时候成了“狼”的手下？季钧果真一点儿蛛丝马迹都没看出来吗？

“告辞！”马凯旋转身就走。

余晚秋笑道：“马站长不想阻止我对乔运典执行命令吗？”

马凯旋站住了，皱眉问：“余小姐何出此言？”

“你的目光里有怨气闪烁。”

“想过，闪念而已。”

“那你为什么不阻止我呢？是不敢吗？”

“并非不敢，只是没有理由。”马凯旋微微冷笑。

“我正揣摩马站长刚才说话的意思，党国真的好像站在了八公山上，处处草木皆兵了吗？”余晚秋讪笑。

马凯旋摇头叹道：“余小姐，杀人当须证据确凿。同室操戈之时，更要慎之又慎。除却万般无奈，更忌动辄疑人偷斧。手起刀落之时，外人看得干脆利落，风光旖旎，其实难副啊。但有水落石出，杀人者多是后悔莫及！望你三思。”说罢，目光重重地看了看余晚秋，便转身去了。

余晚秋的目光一路追着马凯旋远去的背影，她心中一时涌上来诸多复杂思绪。自上次她奉命“勾引”马凯旋失败之后，她对这个外表并不温暖的男人，竟突然有了一种异样温暖的感觉。她悠悠叹了口气，不觉之间，她竟有些出神了。

天色向晚，但见夕阳渐渐隐退了，暮色如潮水般涌上来。

余晚秋扬一扬手，几个便衣汉子从路旁闪身出来。悄然去了乔运典的宅第。

（民国三十七年十一月十一日《保定时报》第一版报眼位置刊发

消息：本市紫石街12号院，昨夜发生血案。住户乔运典被人枪杀于家中，包括用人有二，客人有三，一并被枪杀。警察局勘查现场后分析此案，为一伙窃贼闯入乔家抢劫，乔率用人及客人与之搏斗，皆被杀身亡。当局正在调查此案，追拿凶手。

谈歌感慨，乔运典竟是这么个下场。端的是，正笑他人命不长，哪知自己归来丧。唉，细想人生一世，若漫漫长途，正如一首歌中所唱："花开花落，日暮日出，多少孤独辛苦，多少山重水复。或在风口浪尖，或临悬崖山谷，或有灯红酒绿，或是餐风宿露，追逐二字，谁不在乎？多少险途，多少埋伏？欠下的，最终付出，或鲜血，或头颅……"

有分教：华亭鹤唳讵可闻，上蔡苍鹰何足道。

乔运典当然不会投降共产党，乔运典是坚定的国民党右派。乔运典不能活下去的唯一理由：他知道的太多了。交出权力并不算完，你得交出脑袋领导才放心。而且，乔运典不想去台湾，或许，这才是真正的理由。乔运典作为一个知识分子，也具有优柔寡断、当决不决、首鼠两端、感情用事、华而不实的通病，最后关头，也只能作"华亭鹤东门犬"之叹了。)

曹正汉"徇情"私放

按照时间推算，应该是马凯旋坐在乔运典家的客厅里，款款喝茶聊天儿的时候，葛云梁与李天曼正匆忙收拾着行李。曹正汉在电话里转述了马凯旋的命令，要求他们夫妻立即收拾行装，去南京领命。曹正汉特意强调了一句，此去就不用再回来了。

事起突兀，猝不及防，葛云梁放下电话，赶忙收拾行李。李天曼看着葛云梁往箱子里装细软的惶惶样子，不觉摇头笑了："老葛呀，我跟了你这些年，可好像还没有看透你呢。"

葛云梁边捆箱子边笑道："天曼呀，你说什么呢？"

"你积攒了这么多钱，两辈子也用不完的。"

葛云梁笑道："我说天曼，这鬼世道，只有钱最实在呀！"

“我知道，所以我才不懂。”

“你不懂什么？”

“我们辛苦这些年，挣了钱本该享福了，可是你向来吝啬，一直积攒。为什么呀？你活着就是为了攒钱吗？”

葛云梁终于收拾完了，他挥手擦着汗，笑眯眯地看着李天曼：“本来我也搞不懂，为什么人年纪越大越贪财，你不会怀疑我要把钱带到棺材里去吧？”

松软的冬阳如清水般漫进窗来，映着李天曼一脸的疑惑：“老葛呀，我真弄不明白你。”

“我之前也弄不明白我为什么财迷，我现在弄明白了，为什么年纪越大越贪财。”

“为什么？”

“只因为年纪大了，才看破了这倒霉的世界，才知道这世上没任何东西比钱更让人放心。你懂了吗？”

“我还是不懂。”李天曼摇头苦笑。

“天曼呀，你会懂的。”

“老葛呀，其实我不是怕你贪心。我曾对你说过，一个男人贪财好色，绝不是毛病。男人么。”

“那你……怕什么？”

“我是怕你黑心啊。”李天曼长叹一声。

“看你这话说得。”

“我担心将来你除了钱，连我也不认了呀。”说着，李天曼眼睛蒙了泪。唉，这个看似冰冷无情、心毒手辣的女人，葛云梁却是她的最爱，她已把所有的情感，都给了葛云梁。她还没有想过葛云梁将来会怎么样对她。

葛云梁呵呵笑道：“天曼呀，你说什么呢？我怎么能不认你呀，你是我老婆呀！”继而又疑惑道：“天曼，这回让咱们去南京，会是什么要紧的差事呢？你事先没听到点儿什么？”

李天曼皱眉摇头：“不知道呢。我感觉有点儿怪怪的。”

葛云梁看看表："咱们走吧，曹正汉肯定等急了呢。"

二人拎着箱子走出街门，街中的风已小了。门前停着辆卡车，曹正汉倚着汽车等着，左右站着几个特工。

曹正汉迎上来，看看葛云梁手里提着的箱子，皱皱眉头讪笑道："老葛呀，你家值钱东西太多了吧，这半天才收拾完。"

葛云梁嘿嘿笑道："曹兄弟，破袄不怕穿，破家却怕搬，穷日子真麻烦呀，多收拾了一会儿。"他抬头看看天："时间不早了，咱们走吧。"

曹正汉"扑哧"笑了："看你着急的样子，赶着去投胎呀？"

葛云梁哈哈笑道："赶路么，赶早不赶晚呀。"

李天曼却听出了什么，皱眉问道："曹正汉，你是什么意思呀？"

曹正汉没说话，一招手，左右几个特务围上来，当即给李天曼和葛云梁戴了手铐。

葛云梁大惊失色："曹兄弟，这是怎么回事？"

李天曼勃然怒道："曹正汉，你给我们说清楚！"

曹正汉没说话，接过特务递上的钥匙，转身上了汽车。特务们押着李天曼、葛云梁也上了车。

葛云梁怒吼道："曹正汉，你想绑票呀？我待你可不薄呀！你怎么能对我黑心呢……"汽车在葛云梁一路怒吼声中，一直开出了城西门才停住。李天曼和葛云梁被推下车来。

曹正汉走到二人面前，似笑非笑地看着他们。

葛云梁恼怒道："老曹，这是怎么回事？你真想绑票？"

李天曼鹰一般的目光盯着曹正汉，冷笑道："怎么，是绑票还是要我们的命？"

曹正汉没说话，摆摆手，特务们四下里散了。

曹正汉皱眉看着二人："好了，我就不瞒两位了。"便讲了于是强告状，毛人凤传达何长官命令，要秘密押送他们到南京受审，或就地处决。

葛云梁听罢大惊失色，隆冬天气，额头上登时冒出了层层热汗，顿足喊道："这算怎么回事呀！"是呀，本想着调南京任职，谁知道南京竟然是一只张开的网。葛云梁登时心惊肉跳。

李天曼咬牙切齿骂道："姓于的真是个王八蛋呀！做梦也想不到，一个药贩子竟有这么大的道行。"

葛云梁惶惶地看着曹正汉："曹兄弟，你可不能……"

曹正汉轻轻摇头："我真有点儿后悔告诉你们这些了。"

葛云梁苦着脸问："你是想押我们去南京，还是就地杀了我们？"

李天曼不说话，虚乎着目光看着西天。太阳像一颗煮散了的鸡蛋黄，混浊一片，即将软塌塌地落山了。

曹正汉不再说话，手里转动着两只健身铁球，两只铁球发出清脆的响声，很悦耳。曹正汉脸上没表情，淡然地看着路旁的树林。有一队沿城墙巡逻的士兵走过来，破败的官道被踩踏得一片乱响，让人听得心慌。

曹正汉走近前，一手转着铁球，一手掏出钥匙，先后打开了两人的手铐，扬手扔了。他拍了拍葛云梁的肩膀，嘻嘻笑道："老葛呀，你聪明一世糊涂一时，我要真想杀你们两口子，何苦跟你们说那么多废话呢？"

葛云梁与李天曼面面相觑。

葛云梁抖了抖双手，疑惑道："正汉兄弟，你不杀我们？那马站长和季副站长……"

曹正汉苦笑："马站长若想杀你们，何苦派我来呢。让我想么，一呢，他们二位也不相信你们通共；二呢，他们或是想到我与你老葛的交情还算不错，就索性卖个人情给我了。当然，南京那边真要一路追查下来，我老曹就是那个顶雷的了。不说了，你们快走吧。"不待葛云梁说话，曹正汉又掏出一叠银圆，递给葛云梁："金圆券银圆券连手纸都不如了，银圆我也没积攒下几个，实在拿不出手，算是个意思吧。"

葛云梁怔了一下，哂笑道："老和尚不爱财，多多益善。"伸手接过，装进了衣兜里。

李天曼看着曹正汉，曹正汉脸色如常。李天曼皱眉问道："正汉兄弟，你放了我们，你担得了这个责任吗？我二人可是何长官点名的要犯呀。南京那边真要追查下来，你如何……"

葛云梁也摇头："这事……"

曹正汉苦苦一笑："老葛，大嫂呀，只要你二人不再回保定，不再与保密局的人有联系，现在党国危难，毛局长手忙脚乱，还能有心思追查你们的下落？其实……"他说到这里，不再说。

李天曼怔了一下："你似乎还有话？"

曹正汉点点头，目光里流露出一丝茫然："其实，我本想杀了你们的呢。"说着话，他握紧了两只铁球，再伸开手掌，葛云梁与李天曼都登时惊了脸。曹正汉手里的铁球，已经被握扁了。老天爷，这是多么大的力道呢。

李天曼与葛云梁或是都想过，如果谁动念头想徒手干掉曹正汉，那么，这个人不是天神般勇猛就是笨到了猪的最高境界。

李天曼皱眉问："正汉兄弟，你为何又改变了主意？"

曹正汉扬手，但见两只被捏扁的铁球画了一道弧线，飞进了路旁的枯草丛中。

曹正汉摇头叹道："一么，老葛当年过分整治了于是强，或有错，但没罪。你们当年弃暗投明，曾受过戴局长的表彰。这几年，你们在保密局也都是上过功劳簿的，说你们是汉奸余孽，老天爷也得喊冤。二么，我和老葛是多年的兄弟，我杀你们，虽不违命令，却悖了人情天理。放你们，合了人情天理，却是违了命令。两难之下，怎么个取舍，我就只能在人情上找齐了。好了，咱们不说这些了。你们快走吧。车么，你们就不要坐了，太招眼。"说罢，招招手，但看路旁的树林里，一个特工牵出两匹马来。

曹正汉皱眉看看远处："两位，再往前走不出一里地，就有围城的共军了。你们沿着城墙往北再往西，就能绕开共军，直接奔山里了，到了山里，你们找地方住一宿，明天再找路吧。"

葛云梁眼里含了泪："曹兄弟呀……"

李天曼长叹一声："正汉兄弟，我记住了你这个大人情。"

曹正汉抱拳笑道："两位一路顺风！"

葛云梁和李天曼同时抱拳说道："谢了。"说罢，葛云梁在鞍上拴好了箱子，二人翻身上马，各自扬鞭催马，飞奔去了。

（鱼儿脱去金丝网，摇头摆尾不回来。这二人后来的故事颇为精彩，曹正汉则因为此事，后来被人整治得也很精彩。种种热闹，此处不剧透，后边详叙。）

夕阳西下，大片大片的暮色涌上来。曹正汉看着葛云梁和李天曼渐行渐远，才收回目光，转身要回保密局，却又站下了。他看到季钧站在暮色中，双手插在裤兜里，身后跟着十几个特务。

季钧皱眉，似笑非笑地问道："李天曼、葛云梁走了？"

曹正汉点头："他们没反抗，奉命去了南京。"

季钧皱眉："老曹呀，我给你的命令是押送二人去南京。你为什么不押送？"

曹正汉立正敬礼："属下办事考虑不周，请季副站长责罚。"

季钧讥笑道："老曹，咱俩可是老同学呀，我知道你办事一向严谨，这次怎么疏忽了？嗯？说说么！"

曹正汉"哼"了一声，皱眉道："季副站长，咱们既然是老同学，彼此说话就不要夹枪带棒了，有话直说。"

季钧上前拍了拍曹正汉肩膀，哈哈笑道："算了算了，你这人真不识逗，还当真了，赶紧跟我走吧。"

"去哪儿？"

季钧跺脚骂道："他娘的，有人在咱们碗里抢食呀，砸了紫石街的'粥掌柜'。这个共党窝点儿咱们盯很久了，谁他娘的这么不讲究呀？"说罢转身，踩着满地的暮色匆匆走了。

曹正汉赶紧带着手下追着季钧去了。

"红旗特务"

梅天凤多年后讲述，民国三十七年（1948）十一月初，她接到了中共保定敌工部一道命令，要她配合曹正汉，搞到保密局潜伏特务的名单。

（国民党由保定撤逃前，中共保定敌工部得到了一个情报，即保密局保定站有一份潜伏特务名单。这份情报是打入敌人内部的同志传出的。这样一来，就吊起了敌工部的胃口，当即给梅天凤下达任务，要她配合潜伏在保密局保定站的曹正汉，力争拿到这份名单。但保定特委和敌工部都没有料到，这份所谓的潜伏名单，却是马凯旋为保定中共地下组织故布的疑兵阵。后边详说。）

梅天凤立刻通知了曹正汉，不惜代价，要在马凯旋撤逃之前，搞到潜伏特务的名单。

此时的情况半明半暗，梅天凤只知道马凯旋准备撤逃，却不知道，马凯旋的抓捕目标，正在悄然向她移动“定位”。十一月上旬，保密局保定站对城内的中共地下组织，展开最后的剿灭行动。尽管马凯旋几度失手，但面对已经破败不堪的党国事业，马凯旋却依然坚持在穷途末路之时以求一逞。他命令季钧“引爆”在梅天凤身边安排的一个“红旗特务”。

这个特务名叫卜建勋。

（所谓“红旗特务”多由年轻的特务担纲出演，伪装进步，以期接近中共地下组织。卜建勋，真名李英杰，河北高阳人，1945 年加入国民党军统。1950 年春天被捕，后被处决。）

昨天晚上，卜建勋被几个特务“追捕”，胳膊上中了一枪，他跌跌撞撞“慌不择路”跑进了“梅记车行”。梅天凤见状，急忙让车行的伙计把卜建勋藏到仓库里。并非梅天凤莽撞，她认识卜建勋，这个卜建勋是保定师范的学生，曾在街中游行，两次被警察局关押过，是个进步青年。她刚藏好了卜建勋，几个特务就冲进了车行，说话就要搜查，其中却有个特务认识梅天凤，知道梅经理是马站长“要好的朋友”，几个特务耳语了几句，急忙退了出来。梅天凤急忙让伙计从街中请来医生，给卜建勋处理了伤口。梅天凤便让卜建勋暂时在车行养伤，过几天再把他送出城去。卜建勋登时“感激万分”。

梅天凤太大意了，这个卜建勋竟是个“红旗特务”。梅天凤前脚走了，卜建勋便偷偷溜出车行，直接去保定站报告了季钧。这个卜建勋，就是马凯旋和季钧给梅天凤挖好的“坑”。唉，梅天凤高低还是跳下去了。

至此，梅天凤的中共身份，完全暴露。

季钧接到报告，吃了一惊，急忙向马凯旋报告。

马凯旋怔了一下，摇头叹道：“其实，我早该想到。”

季钧皱眉：“站长若是碍于情面，我带人去逮捕梅天凤。”

马凯旋摆摆手：“不必，我跟你一起去。”

马凯旋与季钧去了“梅记车行”，却扑了个空。二人即带人匆匆去了“梅氏杂戏魔术社”。到了街门前，马凯旋命令特务们两下里站了，监视来往行人，此门只许进不许出。

马凯旋和季钧抬脚进门，迎头却碰上了刚要出门的梅天凤。她长长的头发整齐拢起，挽了一个漂亮的蝴蝶结，十分夺目。

梅天凤笑道：“今天刮什么风儿呀，把你们二位吹来了。”

马凯旋看着梅天凤，淡淡问道：“天凤，这是要去哪儿呀？”

季钧干笑一声：“梅经理行色匆匆，有要紧的事儿吧？”

梅天凤的笑容消失了，冷声问了句：“两位，今儿的神色不对呀。”

马凯旋“哼”了一声：“的确不对啊！”

季钧扔掉手中的烟头儿，舔了舔了嘴唇上的烟末，使劲“噗”在地上，掏枪对着梅天凤，皱眉道：“天凤呀，我实在想不出，你怎么也是共党呢？”

“我是共党？”梅天凤惊讶，“你们这是唱的哪一出呀？”

季钧“哼”了一声：“你就是共党！”

梅天凤冷笑：“证据呢？”

“当然有证据。”马凯旋冷冷说道，“天凤，屋里说话吧！”

梅天凤“哼”了一声，随马凯旋走进屋去。

季钧转身喊了一声，卜建勋由街门走进来，随季钧走进屋里。

卜建勋笑道："梅经理，想不到吧，我们又见面了。"

梅天凤看了看卜建勋，淡然说道："这样的人，也能指证我？"说着话，提起桌上的茶壶，倒了杯茶，优雅地端起呷了一口。

季钧冷笑一声："梅天凤，你不能假装说不认识这人吧？"

梅天凤放下茶杯，点点头："当然认得，昨天我还救过他呢。"

季钧愣怔了，他没想到梅天凤会坦然承认。

马凯旋淡定的目光看看卜建勋："你说说吧。"转身对梅天凤道："天凤，你且听着。"

卜建勋掏出一张纸，高声念道："前天上午八点三十五分，梅天凤离开车行到了邮局，打了一个电话；九点十五分，在福海茶楼与一个戴鸭舌帽的男子密谈十分钟，后分手；九点三十分，去了城外，与一个中年男人密谈……"

梅天凤用鄙视的目光看着卜建勋，讥笑道："马站长派你跟踪我？"

卜建勋继续念道："晚七点十分，梅天凤到街中，先后与两个可疑的路人谈话……"

马凯旋摆手道："行了。"

季钧抬抬下巴示意，卜建勋赶忙退出去了。

马凯旋叹道："天凤呀，还是亮明你的真实身份吧。"

梅天凤转身看着窗外，院子里静悄悄的。疲惫的阳光钻进窗子，却不再刺目。

梅天凤的声音十分淡定："请问三哥马站长，我们认识多少年了？"

"自育德中学。"

梅天凤转过身来："再问季副站长，我们认识多少年了？"

"民国二十六年（1937年），也十多年了呢。"

梅天凤"哼"了一声，嘴角显出一丝戏谑的笑容："好，就从民国二十六年（1937年）说起，你们二位用自己的眼睛看过我吗？"

马凯旋听得发怔，与季钧面面相觑。

季钧疑惑道："怎么？我……我们没用眼睛看过你？"

梅天凤冷笑一声："哼，你们一直用复兴社的眼睛看我，用军统的眼睛看我，用保密局的眼睛看我，不是吗？"

季钧忙说："梅天凤……"

梅天凤摆手笑道："就仅凭我救了个卜建勋，你们就非要让我承认我梅天凤是共产党，是吗？"

季钧不耐烦了："梅天凤，你本来就是共党！"

梅天凤向窗外看看，摇头笑了："共党，我是共党？窗外这个人又是什么党呢？"

马凯旋与季钧不由自主向窗外看去，窗外无人。瞬间即逝之际，梅天凤已经起脚踢翻了季钧与马凯旋，闪电般夺了季钧的枪，又拔了马凯旋的佩枪。

梅天凤双手持枪，顶住了他二人额头，冷声道："蹲在地上，别动！"

马凯旋摇头苦笑："真怪我们大意了，忘了你是梅天凤。"

季钧怒道："这就更证明你是共产党了。"

梅天凤冷笑一声："你们说说证据。"

马凯旋说："你要自证清白。"

梅天凤皱眉道："什么？自证清白？"

季钧恨恨地问："那你说说清楚，你为什么要救卜建勋？"

马凯旋讪笑道："天凤呀，我了解你们共党，卜建勋伪装成你们所谓的'进步青年'，才被你保护了。再直白些说吧，这是你们的软肋。"

梅天凤不屑地问道："请问两位，当年付浩声先生曾在日本人的刺刀底下掩护过你们，莫非也是付先生的软肋了？付先生是国民党吗？"

季钧摇头："梅天凤，你不要再狡辩了。事情昭然若揭，你没有什么好说的了。"

梅天凤朝季钧“呸”了一口唾沫，枪口点着季钧的脑袋：“季副站长，你如果这样说，我没有什么好解释的了。你们真是人拉着不走，鬼拉着却跑得欢呀!”说到这里，她的声音突然变得凶狠起来：“那好吧，我梅天凤今天真就当一回共党，现在就杀了你们两个王八蛋灭口，尸体就扔进我车行后院的仓库里，先用王水化了你们，再用石灰埋了你们，鬼都不会知道。你们信不信？”

马凯旋与季钧面面相觑，愀然作色，他们相信梅天凤完全做的出来。

梅天凤厉声再问道：“说！你们信不信？”

马凯旋点头：“信。”

季钧沮丧地说：“既然落到了你手上，就算是天意了。随你处置吧。”

梅天凤冷冷地笑了：“我要真那么干，我可就真是共党了。”

“……你不杀我们？”季钧疑惑。

梅天凤讥讽地说：“我也真是纳闷儿了。你们为什么非要认定我是共党呢？就凭卜建勋？一个年轻的后生，就因为游行了一回，被你们的手下追杀，我看着这后生可怜，便救下了。这怎么了？想想这些年，你们保密局抓了多少无辜的孩子？我早就看不过眼了。老实对你们说，我救下的学生不止一个两个。谁知道呢，这次我瞎了眼，竟然救了一个冒牌的特务。”她摇头苦笑了。

马凯旋道：“天凤……”

梅立春怒气冲冲地说道：“闭嘴！我告诉你们，你们不顾情面，杀了我大姐，我并非不想报复你们，我没有报复你们，就证明我不是共党。不然，依着我有仇必报的性子，你们两个还能活到今天吗？只说现在，我弄死你们，如同弄死两只捏在我手里的臭虫，还需要大费什么周折吗？”

马凯旋急忙道：“天凤……”

梅天凤怒道：“你少废话。”

季钧赶紧说：“天凤呀……”

梅天凤抄起桌上的茶水，扬手泼了季钧满脸，破口骂道：“季钧，你就是个浑蛋王八蛋，你拍着良心说说，我大姐对你如何？不薄吧？好，就算她是共党，也并非所有共党都要杀掉吧。你个王八蛋催命鬼似的，背着马凯旋给狗屁毛人凤打电话，一定要置我大姐于死地。你这个王八蛋还有一点儿人味吗？你知道吗，我早想杀你了，我现在就把你打成筛子！”说着，手枪硬硬地顶在了季钧的太阳穴上。

季钧的太阳穴被枪口戳得生疼，他脸色苍白，冷汗冒出来，恐慌地看着梅天凤：“天凤……”他的舌头一时像被绊住了。

马凯旋忙说：“天凤且慢，此事季钧并非……”

“闭嘴！”梅天凤的声音变得尖利刺耳：“我问你马凯旋，你杀害付先生，也是这么干的吧？硬说他是共产党，之后就硬逼着他承认是共产党，先是疑人偷斧，然后屈打成招！这就是你们保密局的浑蛋套路。马凯旋，付先生对你多大的恩情呀，你不思报恩，却要了他的性命。你还是人吗？你就是个狼心狗肺的王八蛋呀！”

提到付浩声，马凯旋五内俱乱，登时无语。

起风了，院子里几棵枣树的枝条萧萧作响。云层逐渐加厚，太阳被掩住了，天地间变得阴暗。

梅天凤叹了口气，声音颓然变得格外沮丧：“算了，既然你们认定我是共党，我梅天凤也无话可说了。我还有事要办，片刻就回来，随你们处置。”说罢，扬手将两只枪扔给了马凯旋和季钧，转身出门走了。

多年后，梅天凤回忆这个情节：救卜建勋这件事，是一个严重错误，她违反了地下工作纪律。猝不及防之时，马凯旋与季钧突然出现在她面前，她心头一震。她从事地下工作以来，这是最冒险的一次，也是她距离死亡最近的一次。如果她有片刻犹豫，思维稍有混乱，马凯旋和季钧必定开枪。只是马凯旋和季钧的思维被她说得一时“乱套”了，她才能意外“翻盘”，逃过一劫。

梅天凤并不在乎此刻死去，但她不能死。她还有一个重要的任务没有完成：曹正汉还没有拿到马凯旋的潜伏名单。

马凯旋站起身，盯着梅天凤扬长而去的背影，愣愣地出神。

一个特务惶惶地跑进来报告："报告站长，梅天凤要上街。"

马凯旋无力地摆摆手："放她走。"

特务答应一声，转身去了。

季钧一脸吃不准的表情："站长，梅天凤能是……共党吗？"

马凯旋叹道："梅天凤的确是共党。你想想看，李天曼在咖啡馆抓捕共党接头人未果，万元之由剧场被共党协助出逃，萧家广暴露前两个小时匆匆与她会面，等等。这每件事情都出现过梅天凤的影子，也就是说，梅天凤总是偶然被牵扯进来，可这一次次巧合真的都是偶然吗？但她总能自证清白，我们怀疑她，却没有办法指证她。"

"那……现在？"

马凯旋双手一摊："咱们没有证据啊。她只是出于同情藏匿了一个被追杀的学生么，许多市民都可能会这么做。卜建勋那些追踪记录，也不算证据，太过勉强。梅天凤是个生意人，交往的人多，也属正常。"

季钧皱眉："梅天凤若是共党，她刚才匆匆出去，肯定是去跟同党联系了。"

马凯旋坚定地说："无论怎么说，梅天凤肯定就是共党。我总感觉她目光背后，还有一双眼睛，倏忽闪烁，扑朔迷离。我一直看不清楚，但我能想得出，那应该是一双老辣特工的眼睛。"

季钧怀疑："可是……说不通呀，如果她是共党，刚才为什么不杀我们？这已自证了她的清白。"

马凯旋皱眉思索："我也说不清楚，她为什么不杀咱们呢？依她的身手，刚才应该是她'灭口'的最佳时机啊！"

"站长，我冒昧说一句，梅天凤应该没有问题。"

马凯旋摇头："如果她没有问题，那么就是我有问题了。"

"站长，她一个女人……"

马凯旋冷笑："谁要低估女人的智力，谁就会输得一塌糊涂。别忘了萧家广、梅立春的教训！"

季钧皱眉说："站长，还是……不能抓她。她刚才说得很对，她今天完全可以神不知鬼不觉地弄死咱们，如果咱们再抓她……要真抓错了，今后我们面都不能见了啊！"

马凯旋说："你说得对，刚才她匆匆出去，必是联系同党，卜建勋不是讲梅天凤要送他出城吗？"说到这里，他顿足恨道："这个卜建勋呀，也太沉不住气了。"

季钧皱眉："那怎么办？"

马凯旋想了想："再看看吧。"

二人走出来，但听街中人声鼎沸，顺着街道向前看去，莲池大街一片混乱，门前几个特务正在议论什么。

马凯旋皱眉问道："出什么事儿了？"

一个特务赶忙上前："报告站长，育德中学的学生们上街游行，与警察们发生了冲突，警备司令部派兵弹压，听说几个学生被当场击毙，多人负伤。还有几个警察被误伤了。"

季钧愤懑地说："怎么能在街上杀学生呢？有点儿过分了！"

马凯旋摇头叹气："伍子胥讲过，所以倒行逆施，皆因日暮途穷。时下政府所作所为，概是如此啊！"

季钧皱眉问："要不要去看看？"

马凯旋摆摆手："算了，财匮而令虐，所以失其民也。世道人心，任凭风浪起吧。"

季钧叹了口气："党国真是大势去了呀！"就别过头去，不再说话。

马凯旋似乎言犹未尽，继而说道："季钧呀，育德中学是我的母校。当年的学子们温良恭俭让，何等气象，今日却视政府如寇仇。孰无父母？孰无兄弟？孰无儿女？孰无亲友？几条鲜活的生命，生也何罪，死也何辜。如此悲剧，所为何来。政府若无底线，民主即是专制，自由必是暴民，如此而已。不说了不说了，多说无益。回吧，准备晚上行动。”

保定站昨夜得到情报，今天晚上保定中共地下组织将在水井胡同聚集开会，商定配合共军攻城事宜。季钧的手下事先侦察，但凡胡同里有共党嫌疑的宅院，门前都被特务用粉笔画了记号。季钧今夜亲自带领行动队，按记号挨门抓捕。

季钧万万没有想到，画记号不如没记号。他兴冲冲地带人赶到水井胡同，打着手电筒满世界照，特务们目瞪口呆，胡同里所有的宅门上，都有粉笔画的记号。难不成把水井胡同的所有居民都抓来？

季钧垂头丧气地回来，报告了马凯旋。

马凯旋却大笑起来：“妙！真妙呀！”

季钧恨道：“一定有内鬼。”

马凯旋问：“行动之前，此事还有谁知道？”

马凯旋复职后，重新规定了保定站的行动纪律，为防止泄密，每次行动之前，由站长或副站长集中参加行动的人员到达指定地点，行动前一分钟，再由站长或副站长交待具体任务。

季钧挠了挠头皮：“也没谁知道呀？”

“你的副官呢？”

“车晓义？他给我跑腿儿，当然知道了。”

“内鬼就是车晓义。”

“可能吗？”

季钧倍感疑惑，鞍前马后跟了他多年的车晓义，会是内鬼？

“就是车晓义。”马凯旋坚定不移的目光逼视着季钧。

季钧张张嘴，放弃了为自己副官辩护几句的想法。他舔了舔嘴唇：“我立刻抓他。”即转身要走。

“先留着他吧，还有一步好棋呢。”马凯旋含蓄地笑了。

“好棋？”季钧疑惑不解。

“算了，我还是给你说了实情吧。”马凯旋告诉季钧，车晓义乃是“狼”为保定共党安排的一枚棋子。今晚行动“失败”，就是车晓义送给保定共党的“投名状”。只是马凯旋也没想到，车晓义没通知开会的共党撤离，却用了全部画记号这个鱼目混珠的办法，掩护了参加会议的共党。

季钧使劲挠着头皮，心里兀自冒出一层冷汗。车晓义跟了他多年，一向老实听话，真是想不到，此人竟是“狼”安在保定站的眼线。

甄广宁出城

《保定志》记载：保密局保定站于中华人民共和国成立前夕，疯狂抓捕保定中共地下组织成员，保定地下组织频遭破坏，损失严重。但保密局却万万没有想到，在最后的两次抓捕行动中，保定中共地下组织却让保密局保定站损兵折将，从此威风不在。

若刨根问底，源于保定女子师范学校①学生朱媛媛。朱媛缓因参加了两次学生游行，被混进学校冒充学生的特务举告，季钧便派人抓了。严刑拷打之下，朱缓缓挨不过，只得承认自己是中共党员（中华人民共和国成立后，经中共保定市委组织部调查确认，朱媛媛只是个进步学生，连党的外围力量都算不上）。季钧如获至宝，抓紧突审，殊料手下立功心切，把人给弄死了。

季钧并不知道，他抓捕朱媛媛之时，已开始引发蝴蝶效应。

朱媛媛是保定警备司令部后勤处处长朱文德的侄女。朱文德得知凶信如五雷轰顶。朱文德的大哥过世早，独女朱媛媛从小由朱文德抚养，视如己出，落得这样一个悲惨下场，朱文德如何向家人交待。朱文德本来就看不惯保密局嚣张行事，这一下更恨得心中冒血。恨归恨，朱文德位卑言轻，奈何不得保密局。

朱文德一直是保定中共地下组织的策反对象。杨昆平得知情况后，即借机行事，制订了一个大胆的计划，他亲自与朱文德会面，一番言语，终于策反了怒火中烧的朱文德。杨昆平继而请朱文德想办法，从速购买一批武器弹药，反击保密局嚣张的抓捕行动。

朱文德万分乐意保定地下组织为自己出这口恶气。他断然拒绝

---

① 现为保定第十七中学。

了杨昆平提供的费用，而是慷慨地自掏腰包，贿赂了军需参谋牛久成等人，随意立了个名目，便从军需仓库提出五十支美式冲锋枪和数千发子弹，及美式手雷等，悉数交给了杨昆平。

保密局上哪知道这些呀。当天夜里，保密局两个气势汹汹的抓捕小组，遭到了猝不及防的猛烈打击。负责到东大街抓人的一组，共二十三人，遭遇伏击，当场毙命二十一个，余下的两个，只跑回来了个任雪儿，另一个于途中丧命；负责在西大街和南大街抓人的一组，共计三十人，同样被打得溃不成军，侥幸活下来只有包括季钧在内的十余人。

这是“前所未有”的事，保密局自保定建站以来，从来没有遇到过如此“重创”，即使在残酷的抗战期间，也不曾于一次战斗中，就遭受如此惨重的损失。

（保密局保定站的力量由此一蹶不振了。曾几何时，在保定城内似推土机一般任意碾压的保密局，竟变成了不堪一击的稀泥软蛋。）

季钧狼狈不堪地跑回来，惶惶地向马凯旋汇报了。马凯旋瞠目结舌，他做一万个梦也不会想到，保定中共地下组织竟然配备了如此强大的火力（这真是弯道超车呀）。共党从哪儿弄来了这批精良的美式武器？绝非神助，必有内奸。

保密局迅速展开调查，任雪儿很快弄清了底细，竟是警备司令部后勤处处长朱文德，串通了军需参谋牛久成，从军需仓库提走了一批精良武器和弹药，资助了共党。

逆天呀！值此党国危难之际，竟然还有这种吃里扒外、唯恐党国不快点儿倒台的内贼。马凯旋勃然大怒，立即派人抓捕朱文德，却扑了个空。朱文德向共党提交武器之后，便不知去向（马站长别东找西找了，朱处长全家已被杨昆平转移出城了。谈歌手头的资料显示，中华人民共和国成立后，朱文德曾任保定水务局副科长，数年后调回原籍江苏无锡，之后情况谈歌不详）。

只抓住了没跑路的牛久成。

奇怪了呢，牛久成却满不在乎，一点儿没有跑路的意思，他好像从来就没做过“亏心事儿”，无论半夜鬼叫门还是保密局叫门，他都不怕开门。他一脸坦然地告诉前来逮捕他的任雪儿，所有情况要同马凯旋站长私下说，他还有更重要的情况汇报。

光天化日之下做贼而不心虚？马凯旋感觉此事很“蹊跷”，当即让任雪儿将牛久成押到他的办公室。牛久成神经兮兮的样子，先请马站长屏退他人，才悄声告诉马凯旋，朱文德并非从军需仓库私自提取武器弹药，而是拿着警备司令部的批条。他牛久成是按章办事，没有违反任何规定，官司打到委员长那里，他也不会输。说罢，牛久成掏出司令部的批条，出示给马凯旋。

马凯旋看罢，登时哑然。

此事竟是被批准的？牛久成坦率地告诉马凯旋，条子是刘化南师长的副官邱海涛批的。至于邱海涛副官收了朱文德多少贿赂，牛久成说不得而知。

马凯旋瞬间傻了。并非马凯旋不敢抓邱副官——正在气头上，马站长敢把邱副官他爹他娘连同丈母娘也一块抓来。而是邱副官今天一早去了北平，他奉命先行与傅作义将军联系，接洽刘化南所部到北平后的安置事宜。

牛久成又向马凯旋进一步揭秘：这种事情由来已久，早就不是秘密了。刘化南师长倒卖军火已上瘾成癖，军需仓库现贮藏着数百斤真金白银，大都是倒卖军火所得。牛久成告诉马凯旋，他能提供藏匿地点，保密局可以搜查为名，起取这批金银。牛久成的条件只有一条，与马凯旋五五分账。

马凯旋哂然一笑：“牛参谋为什么要找马某？”

牛久成很自信地笑道：“我猜测，保密局保定站已安排了潜伏人员，当然需要钱，没钱谁潜伏呀？再则，我想马站长也不会视金钱如粪土吧。”

“这事可以商量。”马凯旋点头笑了。

“成交？”牛久成笑了。

“成交！”马凯旋爽快答应了。

好事从来不宜迟。当天夜里，按照牛久成提供的地点，保密局保定站以搜查共党为名，马凯旋亲自带人搜查了军需仓库，起走了这批真金白银。

金银押回保定站，牛久成晃了晃大脑袋，呵呵笑道："马站长，咱们五五分账吧。"

马凯旋抬腿，掸了掸裤角上的灰土，讪讪笑道："老牛啊，我要不想分账呢？"

牛久成脸色大变，惊讶道："马站长……想独吞？"

马凯旋坦然点头："是的。"

牛久成当即跳脚怒吼起来："马凯旋，人们都说你是个讲信用的君子，我才跟你做这个买卖的。想不到呀，你竟然是个言而无信的伪君子！'

马凯旋哂笑道："我马凯旋讲信用？牛参谋呀，所谓市井坊间之语不可信呢，马某并不是君子啊！"

牛久成气得浑身哆嗦，说不出话了："马凯旋……"

马凯旋讥讽地说道："老牛呀，你这回真找错人了，与虎谋皮的买卖从来做不得。你想与我瓜分党国的利益，我只能杀了你。来人啊！"

牛久成杀猪般嚎叫着，迅即被几个特务拖出去了。

马凯旋正在入心入耳地"欣赏"牛久成"高音儿"嚎叫，桌上的电话铃却急急地响起来。马凯旋接电话时，看了看窗外，雪虽然停了，但天空却依然阴沉。

电话竟是"狼"打来的，"狼"告诉了一个让马凯旋大出意外的消息：中午的时候，一伙身份不明的人，抢劫了"梅氏杂戏魔术社"，抢劫大概持续了五分钟。梅天凤被当场打伤，已送到了保定医院。

马凯旋大惑不解，"梅氏杂戏魔术社"怎么会被抢劫了呢？一帮穷兮兮的杂戏艺人有什么好抢的？"狼"又告诉马凯旋，此消息由"狼"安排在梅天凤身边的"眼线"提供。眼线认为梅天凤有共党嫌疑，其“梅记车行”或藏匿了共党武装分子。“狼”要求马凯旋以保密局公开身份，追查此事的真相，查清梅天凤是否共党地下头目，查清“梅记车行”是否有共党武装分子。

马凯旋暗自佩服，“狼”果然了得，竟然神不知鬼不觉地在梅天凤身旁安插了眼线，这眼线会是谁呢？他来不及多想，先匆匆于街中买了束鲜花，赶往了医院。

梅天凤躺在病房里，梅可心正在与梅天凤说话，看到马凯旋进来，梅天凤讪笑道：“马站长还怀疑我吗？你是不是很疑惑？梅天凤为什么不跑呢？”说罢闭上眼睛，不再搭理马凯旋。

马凯旋看看梅天凤，把鲜花插进桌上的花瓶，赔笑道：“天凤呀，还真生气了？”他的确很疑惑，梅天凤为什么不跑呢？再有，抢劫“梅氏杂戏魔术社”的是一伙什么人呢？有无可能是梅天凤为了制造混乱，转移保密局的视线，从而自导自演的一场闹剧呢？可制造这场闹剧又是为了什么呢？

梅可心给梅天凤掖了掖被子，讥讽地笑道：“二姐，我也听说了。不怪马站长怀疑你，换谁也得怀疑你。谁让你管闲事呢，你救什么学生呀？那些学生都是亲共分子。得！这下说不清了吧。你今后得长点儿记性了！”

梅天凤睁开眼瞪着梅可心：“你是没尝过被人冤枉的滋味，要是平白无故也给你扣个共党帽子，你会怎么想？哼，你梅可心现在是站着说话不腰疼！”

梅可心笑道：“算啦算啦，我们马站长对二姐你可是一往情深呢。换人试试，就凭你乱管闲事儿，也早抓你八回了。”

梅天凤冷笑：“一往情深？我梅天凤就是个下九流的艺人，可高攀不起党国的官员呢。”

马凯旋面带尴尬地看着梅天凤，看着这个时不时能让他心中防范的围墙“塌陷”的女人。马凯旋此时感觉，自己心中正在“自动修复”又要坍塌的围墙。他感觉到了来自梅天凤的威胁，这是一种他说不清楚来自什么角度的威胁。他不愿细想，可又不能不想，天凤呀，你并非只是有共党嫌疑，你就是共党。马凯旋欠身笑道："天凤呀，那天的事么，的确有些突发无状，我也太过草率。再说声对不起了。'

梅天凤讪笑道："马站长呀，你可是火眼金睛呀，再仔细看看我梅天凤，我到底哪儿长得像共党了呢？"

马凯旋干涩地笑笑："天凤呀，干我们这一行的，必定是万人烦呀。没办法，职责所在。"他赶快转了话题："说说中午的事儿吧，是些什么人抢劫你们？你认识这伙劫匪吗？或者说，你之前在什么地方见过他们？或者见过其中的哪个？"

"什么人？我搞不清楚。之前我一个也没见过。"

"抢劫持续了多长时间？"

"大概有一两分钟？我头上挨了一棍子，什么都不知道了，醒过来就躺在医院里了。"

"应该是五分钟吧。"

"你怎么知道是五分钟？你当时在现场？"

"天凤说笑了。"

"我真记不清了。不是报警了吗？马站长去警察局问问吧。"梅天凤又闭上了眼睛。

马凯旋尴尬地起身笑道："天凤呀，那我先走了。你安心养病，过两天再来看你。"

梅可心也起身说道："二姐，我也回了，还有好多事呢。"

梅天凤抬了抬手："都回吧，大夫说我不要紧。都别过来看我了，过几天就出院了。"

马凯旋和梅可心一前一后走出了病房。

梅可心笑道："站长不怀疑我二姐了？"

马凯旋紧坚定地摇头："我不能骗你。我还是怀疑她。"

梅可心讥笑道："那你还不赶快抓她呀！"

马凯旋苦笑："抓？证据呢？"

梅可心哂笑："蒋总裁有令，宁可错杀一千，绝不放过一个。抓就抓了，杀就杀了。站长还顾忌什么呀。”

马凯旋摇头：“换作别人应该是这样。我却不能这样对你二姐啊！可她的确……”他沉吟了一下摆摆手：“先不说了吧。”

梅可心疑惑了：“莫非二姐真的是……”

马凯旋不想与梅可心深谈梅天凤了，他看了一眼梅可心，转移了话题：“可心呀，我很欣赏你今天的装束。”

梅可心怔了：“站长喜欢？”她有些诧异，马凯旋从来不对女人及女人服装评头论足。

“你这裙子紧身合体，纽扣儿不多，却恰到好处。”

天空依旧灰蒙蒙的，在这样一个无精打采的天气里，却兴致勃勃地讨论女人服装这种亮丽话题，梅可心感觉马凯旋有些滑稽。

梅可心笑了：“站长真有眼力，这是今年新流行的款式。向来以庄重严谨著称的保密局，给女下属发放这样的制服，也算是别开生面了。”

“三枚扣子在后边，或是装饰，却别有用意。”

“其中一颗是毒药。”

“听说是毛局长的秘书设计的？”

“让我猜么，毛局长的秘书应该是个时尚女性。”

“猜错了，局座的秘书是男性。”

“男性懂得女性流行服装？很少见。让我很好奇，但有机会，我一定得见见这位懂女人服装的大秘书。”

“待有机会吧。我们这个行当……谁知道明天在什么地方呢？”

“站长这话有些味道呀，是天各一方的意思？还是阴阳两隔的意思呢？”

马凯旋笑了：“我没这么悲观吧，我的意思是说，人们经常尴尬的是，不能与喜欢的人在一起。”

梅可心认真看着马凯旋：“我总想问站长呢，站长一直很喜欢我二姐吗？”

马凯旋怔了一下，旋即笑了：“可心呀，怎么想起问这个了。”

“请站长回答。”

“不好说呢，你二姐现在是这么个情况，直白了说，她若……唉，真是不好说呢。”

“站长别含糊其词。”

“好女人谁都喜欢。”

“好女人？漂亮女人？”

“是呀！”

梅可心伸眉一笑：“那什么样的女人算漂亮？”

“那……我就闲扯几句吧。”马凯旋笑道，“曾听人说过，希腊女人的鼻子，瑞士女人的手，法国女人的曲线，西班牙女人的步态，斯堪的那维亚女人的腿。大概就这些吧。”

梅可心摇头苦笑：“我二姐么，大概都够不上这些。”

马凯旋摆手：“你这话说错了，你二姐比这些要美丽得多。”说罢，怅然叹道：“出其东门，有女如云。虽则如云，匪我思存。缟衣綦巾，聊乐我员。”

梅可心听得暗自发笑，眯起眼睛歪了头看着马凯旋。

“比如……”马凯旋似乎还没回过神来，继续悠然说道：“你二姐的眼神，是我见过的女人所没有的。”

梅可心嘴角微微上扬，挑衅地问道：“我也没有吗？”

马凯旋模棱两可地笑笑：“可心呀，我这个年龄与你议论这些，很尴尬的，就此打住吧。”

梅可心点头：“站长，我听明白了，其实你一直……”

马凯旋摆摆手：“不乱于心，不困于情。好了可心，我今天话说多了，我们不说这些了。”马凯旋或是意识到自己把话题扯远了，他转身喊道：“曹正汉、车晓义！”

站在门外的曹正汉、车晓义前后跑过来，曹正汉上前问道：“站长有什么吩咐？”

马凯旋脸上瞬间没有了笑容：“增加人手，看护梅天凤。人若走失了，唯你们是问！”

"是！"

"是！"

"大声点儿！"马凯旋厉声说道。

"是！"二人同时大声喊道。

马凯旋匆匆转身走了。

车晓义与曹正汉面面相觑。

梅可心看着马凯旋的背影，兀自叹了口气，也怏怏走了。

梅可心赶回住处，想着先收拾一下行李。前两天，马凯旋已通知保定站全体，及时打点行装，准备随时撤离。保定站早就人心惶惶了，谁都明白，撤离就是个自我安慰自找台阶的说法，撤离的真实含义——撤逃。

一字之差，天壤之别。

梅可心开锁进了门，不觉一愣，旋即呵呵笑道："甄广宁，你给我出来！"

甄广宁笑嘻嘻地由里屋闪身出来："可心呀，都知道你能听声儿，怎么连人也听出来了？"

"你身上有烟草气味。"

"抽烟的人多着呢。"

"你跟别人不一样，我熟悉你抽烟的味道。"

"你是个细心人。"

"门锁着，你怎么进来的？"

"窗子。"

"窗子？看不出呀，你甄广宁入室行窃也是个好手呢！"梅可心说着话，已腾身而起，凌空向甄广宁踢出一脚，张口骂道："甄广宁，你这个党国的叛徒！还敢跑到我这儿来？"

甄广宁闪身躲过，挥拳招架，皱眉嚷嚷："你说错了，我本来就不是你们党国的人！"

瞬间即逝，屋中一片狼藉，二人已经过了十几招。

梅可心突然停手，打量着甄广宁，点头笑道："你还行呀！"话音未落，倏地掏出枪来。

甄广宁也同时掏出了枪。

枪口对着枪口。

梅可心虎着脸："说！你跑到我这儿干什么来了？"

甄广宁讪笑："刚才我在街上被保密局追得急，一时慌不择路，跑进来躲躲么。"

"你不怕我杀了你？"

"我想过，你还不至于。"

"甄广宁呀，你整天心里都瞎想些什么呢？你是共匪！保密局通缉的要犯！我凭什么不能杀你？"梅可心恨恨地嚷道。

"那我就先杀了你！"甄广宁黑了脸。

梅可心"哼"了一声："好啊，你开枪呀！"

"你开枪呀！"

"你开枪呀！"

甄广宁颓然垂了枪口："还是你开枪吧，我下不了手。"

梅可心怒吼："不敢开枪？你是孬种！"

甄广宁泄气地摇头："我是孬种我认了，你……开枪吧！"

梅可心怔了怔，也颓丧地垂下枪口，她歪头看着甄广宁："甄广宁，还记得你亲过我一回吗？我当时说什么了？"

"你说，再没有下一次了。"

"你记得？"

"这辈子都不会忘了。"

二人一时无话，对峙的目光重叠在一起，渐渐融化了。

梅可心扬手扔了枪，大声骂道："甄广宁，你个王八蛋，我说的是假话，你听不懂吗？"就猛地扑上来，抱住了甄广宁。

甄广宁猝不及防，脑子里登时一片空白："……可心！"

梅可心低头扎进了甄广宁的怀里，声音软软地说着："你这个王八蛋呀，怎么说来就来了，我刚才还以为是做梦呢。"

甄广宁的声音像蚊子飞："想你了……"

“真的假的?”梅可心感觉脸上滚烫，像着了火。

“真的。”甄广宁感觉嗓子发堵。

“假的。”

“真的呀!”

“想让我……帮你?”

“……想让你送我出城。”

“行!”

“我就知道你行。”

“你想怎么谢我?”

“你想让我怎么谢?”

“你怎么谢也还不了这个人情。除非……”

“除非什么?”

“除非……”

“你说么。”

“除非让我嫁给你!”

甄广宁怔住了，张张嘴却说不出话来。

梅可心猛地推开了甄广宁，挥手擦了擦眼泪，哈哈大笑起来：“甄广宁啊甄广宁，看把你吓得这个㞞样呀。你也不想想，我一个堂堂保密局的特工，怎么能嫁给你这个货真价实的共党呢?”

甄广宁头蒙蒙地看着梅可心，一时回不过神儿来。

“我等一下就回来。”梅可心笑笑，大步出门走了。

一会儿的工夫，听到门外汽车响，梅可心推门进来，笑道：“走吧，共党。”

甄广宁随梅可心走出屋来，看到了一辆轿车停放在街门前。

梅可心笑道：“你这共党若想出城，就得委屈一下了。”说着话，上前打开了后备箱：“躺进去吧。”

甄广宁摇摇头，傻傻地笑了：“可心呀，我要躺进去，岂不真得任你宰割了，如果你……”

梅可心恼了，踹了甄广宁一脚：“少他娘废话！走不走吧?”

“我走我走！”甄广宁赶紧躺进了后备箱。

汽车行至城北门，被拦下了。暮色中但见几个检查行人车辆的士兵端着枪走过来。

梅可心摇下车窗出示了证件，冷眼看看眼前的士兵，讥讽地笑道：“还检查，别他娘的耽误了公事。”

带班是个大胡子，认识梅可心，上前赔笑问道：“这天儿都要黑了，梅长官这是要去哪儿呀？”

梅可心嘿嘿笑道：“你凑近些，我告诉你。”

大胡子的脑袋凑到了车窗前，梅可心扬手给了他一个耳光，怒声吼道：“你他娘问得着吗？姑奶奶出城执行任务，若耽搁了，上峰是枪毙我呢，还是枪毙你呢？说！谁让你问这个的？不说我今天弄死你！”

大胡子像被烫了一下，捂着脸连连摆手：“哎呀姑奶奶，你这肝火也太旺了点儿，我们可没招没惹你呀！赶紧放行！谁敢检查你梅长官呀。你连日本鬼子都敢成群儿的活埋，弄死我还不得像捏死只臭虫呀。你走好，一路顺风！”

梅可心扬着眉毛“哼”了一声：“你哪儿那么多废话呀，走了！”汽车一路扬尘出了城门。

到了城外，梅可心把车开进一家字号“双惠”的客栈。

眼看国共双方就要在保定开战，客栈的生意十分冷淡。见梅可心与甄广宁走进来，掌柜的赶忙提了马灯，满脸堆笑迎上来。

梅可心要了一间客房，带着甄广宁进了屋间。梅可心一脚关上门，急不可耐地抱住了甄广宁。

“可心……”

“别说话！”梅可心吹了灯，摸索着匆匆脱衣服。

甄广宁猛地抱紧了梅可心，两个人突然像中弹一般，倒在了床上……

唉，多少年了，向来无拘无束嬉笑怒骂的梅可心，似乎永远也不会被爱带累，为爱羁绊。可谁能知道，梅可心内心世界里却有一个甄广宁让她日思夜想，让她如饥似渴。她认定了甄广宁是她此生的真爱，这是一个勇敢无畏的男人，此时也是这样，梅可心很快就在这个摄魂夺魄的男人裹挟之下，变成了暴风雨中心的一叶小舟，身不由己地把自己交给了已化成了暴风骤雨的甄广宁。

梅可心两眼看着甄广宁洞开的嘴巴、凹陷的眼睛，感觉甄广宁倏忽变成了一根钉子，由她的肋骨之间钻了进去，似乎已经刺透了她的心脏。梅可心感觉到了阵阵莫名的激动，她为这种等候了多年的激动稍稍感觉到了一丝羞涩。她扭开头，不敢再与甄广宁的目光对接，她试图驱逐这种羞涩感，但是她没有力量，她的心脏不断流失着热烈的血。她知道自己身体里的力量正在土崩瓦解，更知道甄广宁身上巨大的生命力量正在爽然释放。这两下里的力量合在一处轰隆震响，登时化为没有了形状的齑粉，这是她的第一次……

一切都结束了的时候，彼此探索着对方的身体，很快，梅可心像一个长途跋涉过度而疲倦了的旅客，酣畅入睡。她或是进入了又一个美妙的世界……

……

甄广宁点燃一支烟，深深吸了一口："可心呀，我们为什么会这样？"

梅可心笑道："为什么？你傻呀，还能为什么，我们愿意呀！"

甄广宁皱眉道："可心呀，可我的身份……"

梅可心捂住了甄广宁的嘴："我管你什么身份呢，反正我都跟你睡过觉了，我现在跟你没有楚河汉界了。"

甄广宁皱眉："怎么没有？可心，楚河汉界抹不去的。在战场上，我们就是你死我活……"

梅可心腾身骑在了甄广宁的身上，高声嚷道："你烦不烦呀，我不管你是共党还是什么党，我就是喜欢你！"

甄广宁登时无语，猛地拥住了梅可心。

房间里的冰冷空气再次被激情烧着了，梅可心的呼吸再次急促起来，她试图屏住，可她根本做不到……

再次醒来的时候，梅可心回味着甄广宁的胡须在她胸前刮擦的奇妙感觉，回味着甄广宁刚才讲的两个笑话，两个并不好笑的笑话，竟让她笑个不停，笑得热泪盈眶。她深深知道，这是她多年来最美好的时刻。

吃早饭的时候，甄广宁用瓷瓷的目光看着梅可心，脸上的微笑也瓷瓷地固定了。他似乎不经意碰了碰梅可心的手，眼神变得缠绵：“可心啊，我真的喜欢你……”

梅可心丢了手里的筷子，扑上来抱住甄广宁。

甄广宁抚摸着梅可心柔软的肩膀：“可心呀，这可是……”

梅可心的嘴唇贴着甄广宁的肩头，轻声说道：“我什么都明白……”

梅可心开车将甄广宁送到了大道上，梅可心深情地看着甄广宁：“甄广宁，我只能送你到这里了。前边就是匪区，是你们的地盘了。”

“可心，你跟我一起走吧。”

“甄广宁，你这个共党又瞎想什么呢？我是保密局的人呀！”梅可心仰天大笑起来，一时笑得花枝乱颤。

“可心……”

“快走吧！”梅可心突然收了笑，冷下脸，掏出枪对准了甄广宁，“快走啊！”

甄广宁张张嘴，摇头叹了口气，转身走了。

梅可心望着甄广宁的背影一路渐渐小了，登时感觉到了那种痛彻心肺的怅然若失。她心中悄然保存了多年的那团滚烫情感，或如甄广宁背影般渐渐绝尘而去。她当然明白，此非告别，而是绝别。她很渴望这是做梦，她感觉也像一场梦。倏忽间，泪水似断线的珠子扑落下来。她深深知道，甄广宁是她此生唯一的一次爱情了。她却仍然不敢置信，孤傲独行了多年的她，如何竟会这样不管不顾、不惧生死、死心塌地、宗教信仰般爱上了甄广宁，爱上了一个货真价实的共党。

逆天呢！梅可心知道，她这场有头没尾的爱情，即将随着自己为之服务多年的政府轰然垮台，也泥沙俱下一同毁灭了。她甚至听到了内心世界里那道精神堤坝阵阵崩塌的声响。

梅可心挥手擦了眼泪，断然回身上车，毅然调转车头，决然向城里驶去了。

此时的梅可心，已心如止水。

（梅可心此时绝对想不到，她生命中还埋伏着一个让她重拾爱情的日子。后边再说。）

进城的时候，梅可心抬头看看，天空开始阴云密布，纷纷扬扬的雪花飘落下来。

之后再无“来无影”

民国三十七年（1948 年）十一月二十日，心绪复杂的马凯旋一早起来，即清理文件，准备随着国民党的部队突围出城。

本来已做好了潜伏准备的马凯旋，昨夜突然接了齐家轩的电话。齐家轩着令马凯旋与季钧随国军撤至北平，另有任用。关于保定站潜伏人员，齐家轩则另派人担任保定站潜伏站长。

马凯旋清理了文件后，便独自去了保定第三看押所。

（除去抗战期间日军曾在保定设置监狱之外。保定于民国时期并无监狱，多是名之“看押所”或“反省所”，而行监狱之实。重犯则押到北平监狱或天津监狱服刑。若涉及重大机密要犯，则要押至南京老虎桥监狱。）

马凯旋到第三看押所，是执行“狼”的指令，在安排保密局保定站的最后一次行动。马凯旋单独提审“望日莲”。

“望日莲”带到，马凯旋挥手屏去看守，起身递给了“望日莲”一支烟，为她点燃。

“望日莲”吸了口烟，优雅地吐了两个烟圈儿。她斜眼看着袅袅飘散的烟圈儿，笑道：“马站长亲自到此，必有重大动作。”

马凯旋没有寒暄，脸上没有表情，当即向“望日莲”传达“狼”的指令：情报显示，保定共党组织，近日要在第三看押所组织暴狱。“狼”决定将计就计，着令“望日莲”积极参与越狱，出狱后乘势打入共党内部。因有“水”的关系，共党会忽略对“望日莲”的审查，由此达到“望日莲”安全潜伏的目的。

“望日莲”又徐徐吐了两个烟圈儿，皱眉问：“马站长不想借机杀人吗？”

马凯旋点头：“当然要杀。所有在押政治犯，于你们‘越狱’后、我们撤离前一体处决。为确保你的安全，‘水’是重点处决对象。此行动还会有一石二鸟的效果，我们将伏击歼灭前来接应暴狱的共党武装分子。”

“望日莲”阴阴地笑了：“计划很妙。越狱后，请马站长记住我的名字。”

马凯旋点头：“我记住了，白玉贤同志。”说罢，起身走了。

不能不说，这是一个歹毒的计划。

《保定往事》记载：……当时中共保定特委担心敌人在逃跑之前，对我党被捕的同志下毒手。为营救这些同志，特委主要领导决定，派敌工部赵晓得（一说赵小山）混入保定第三看押所，秘密组织暴狱。由于操之过急，赵晓得秘密联络狱友时，不慎走漏消息，被冒充为“在押嫌犯”的特务得知。于是，这次暴狱便被敌人利用。保密局乘势让“望日莲”等几个潜伏特务，与我们几个同志“成功越狱”，对余下的同志，全部枪杀。更为惨痛的是，郭子路带领十余个行动队员，前去接应越狱的同志，却中了敌人的埋伏。郭子路等同志全部牺牲。郭子路同志身中数弹……谈歌不忍“详细摘录”这个情节。

（行文至此，谈歌笔下相当伤感。向来出手如电，目标精准，手段敏捷，技艺超人，从不浪费一个动作，更不浪费一丝力气，令所有对手胆寒的“来无影”——郭子路，竟然是这样一个“阴沟里翻大船”的结局。中华人民共和国成立后，杨昆平多次回忆此事，仍然痛苦难当，为当年决策“暴狱”行动追悔莫及，为郭子路惋惜不已。《保定人物》记载：郭子路，男，革命烈士，河北保定人，1911年生，燕京大学毕业，1930年加入中国共产党，长期从事党的地下工作，1948年牺牲。郭子路外公程天赐，为保定民国时期著名武术家孙禄堂的入室弟子，擅长太极、八卦掌。郭子路得其真传，并发扬光大，多年与人交手，从未落下风，时有“保定第一掌”之赞誉。后人有诗悼之：

郭氏有豪侠，
厉马登高急。
敏捷若猴猿，
勇悍竞虎狮。
名编抗战史，
何曾顾家私？
英雄赴难去，
视死当如归。)

当晚，任雪儿在保密局值班。午夜时，她想睡一会儿，她洗了把脸，掏出镜子照了照。这镜子是当年郭子路给她买的，她本想扔掉，却还是留下了。她已经把镜子擦了好几遍，似乎想把郭子路的痕迹全部擦净。她用手指细细地梳着头发，她感觉自己的手又凉又麻，盯着镜子里的自己。她眼睛里有了些湿湿的泪水，因有泪水，她闪亮的眼睛更加动人。她笑一笑，似乎郭子路仍旧站在她身后，模糊的身影像云又像雾，一时好像十分透明，却转瞬即逝。

郭子路曾夸奖任雪儿的眼睛，说她的眼睛能让他欲仙欲死。唉，她曾经那么招他喜欢。而现在，这双眼睛却让人恐怖，任雪儿已经红了眼睛，她仍要追杀郭子路。

此时，她还不知道郭子路或是就在她照镜子之前，已中弹身亡。

许多天过去了，任雪儿仍在感情的困境里挣扎，而这个困境的前提，更由党国的困境引发并加剧。党国正在迅速蜕化到公众的对立面，政治空气极端恶化，政治道德迅速堕落，政府从上到下，所有力量都丧失了理性与伦理的约束，飞快地滑向黑暗的深渊。然而，众人陷入肮脏的泥沼之时，仍像野兽一样“互相撕咬”，直到这个政权完全失去判断是非善恶的能力。任雪儿感觉头顶充斥着邪恶的气息，她甚至能听到国家被裹挟在这罪恶之中，九牛不回地走向不可挽救的最后崩溃。

任雪儿合衣躺在长椅上，正要合上眼睛，门被敲响了。

任雪儿想驱赶一下困意，点了一支烟，起身去开门。

季钧与曹正汉匆匆走进来。

“有事？”任雪儿疑问。

“雪儿，半小时前第三看押所暴狱，郭子路带人劫狱时……死了。因中弹过多，尸体一时难以识别，站长让你过去辨认一下。”季钧的声音平静、低沉、明确、简洁。很明显，他要快速向任雪儿转述这件事情，不能拖沓。

“死了？”任雪儿手一颤，手里的香烟落在了桌上。她登时一阵头晕，身体前倾，感觉四面墙壁向她压迫过来，她伸手扶住了桌子。

季钧赶忙走上前，拣了桌上的烟，摁灭在烟缸里。

“死了！”任雪儿凄然笑了，突然仰头喊了一声，“郭，子，路，死，了，啊！”这是本能的呼喊，痛苦、仇恨、愤怒……难以释怀。她的身体在剧烈的颤抖，积蓄了多日的泪水，决堤般从任雪儿的眼睛里奔涌而下，顺着她好看的脸颊滴落在她洁白的衬衫上。

季钧、曹正汉相视无语，默默地看着这个悲痛欲绝的女人。她或是要先哭干了泪水，然后哭空了心，再哭飞了魂魄。

任雪儿终于不再哭了，她挥手擦擦泪水，涩涩地问：“谁打死了他？他没有留下什么话吗？”

季钧摇头：“这个么……我们不知道，我俩都不在现场。”

“你们撒谎，至少没说出真相。”

“我们真的不知道呀！”曹正汉摊开双手。

任雪儿微微皱眉，身体晃了晃，突然抓住桌角弯了腰，剧烈地呕吐起来，一摊鲜红的血被吐了出来。

季钧、曹正汉赶忙上前，搀扶任雪儿。任雪儿猛力推开他们，突然直起身子，手中已闪电般有了一支手枪，枪口指着季钧：“告诉我，谁杀了他？”

季钧皱眉摇头："雪儿，我刚说过了，我们真的不在现场。"他看了看曹正汉。

曹正汉黯然说道："郭子路带人劫狱，被埋伏的国军包围了，他应该是……死于乱枪之中……站长让我们来知会一声，若你不去辨认，站长问尸体怎么处理？"

任雪儿点点头，抬手揩了嘴角的血，口气执着而坚定地问道："你们说，作为一个顽固的共党分子，郭子路是不是死得其所？"

季钧愣怔了一下："是。"

"作为夫妻，我是不是应该跟他埋在一起。"

"这个……是。"

任雪儿面带微笑，轻声说道："有劳两位了。"她抬手将枪口顶在了自己的太阳穴上。

"你……"季钧登时慌了。

曹正汉大喊一声："任雪儿，不要做蠢事！"

任雪儿浅浅一笑，便闭上了眼睛。

"不要！"曹正汉几乎与季钧同时大喊一声，扑上前去。

迟了，任雪儿扣动了扳机。

曹正汉眼前一片桃花四溅，曹正汉转过身，闭紧了双眼。

唉，任雪儿竟死于郭子路之死。或许，人生对于任雪儿来说，只要郭子路活着。任雪儿即使天天与之浴血拼命，也会活得丰富精彩，但世间若没有了郭子路，任雪儿的人生，必是空空如也。唉，这对冤家夫妻，果然是同年同月同日死啊！

郭子路与任雪儿决裂，任雪儿必定要与郭子路同归于尽。曾几何时，夫妻二人一个宁愿为另一个去死，且无怨无悔。而此时，其中一个要与另一个同归于尽，却依然无怨无悔。这是什么？爱情？似乎又不是，更像是冤家。

黎明的时候，天空仍然雾蒙蒙的，太阳无影无踪，似被浓郁的雾霾吞噬干净了。这等恶劣的天气，恰似马凯旋此时沮丧晦暗的心情。他刚接了医院换班特务打来的电话，梅天凤不见了。

马凯旋与季钧匆匆赶到了医院，昨晚值班的四个特工被打死了三个，另外一个不知去向。这人或是内鬼？怎么这么多内鬼呀？马凯旋突然想骂人。不是骂别人，而是骂自己。

马凯旋悻悻然回了保密局，他走进院子时，站住了，回头看了看一脸沮丧地跟在他身后的季钧，马凯旋苍白无力地笑笑："季钧，梅天凤聪明呀！"

季钧慨然点头："那天我们怀疑的没有错，梅天凤当时之所以没有杀我们，她用的是缓兵之计，因为她还有事情没办完呢。"

马凯旋抬眼望望灰蒙蒙的天空："你说得是，梅天凤躲进医院，只是为了她办事进出方便。我们那几个值班的特工，对于梅天凤来说，简直形同虚设。"

"她办完了什么事情？"

"应该是我们的潜伏名单。"

"潜伏名单？她拿到手了？"季钧惊讶。

马凯旋笑了："季钧呀，喜欢看《蒋干盗书》这出戏吗？"

"站长的意思是……"

马凯旋突然挥挥手，肃然说道："季副站长，立刻通知保定站全体干员，紧急集合，我亲自点名。撤离之前，没有我的命令，谁也不许迈出大门一步！"

季钧疑问："为什么？"

马凯旋目光冷峻："撤离之前，要保证所有人在我视线之内。季副站长，共军破城在即，我们不能再出任何问题了。"

季钧转身去了。

尖利的哨声响起。不一会儿，保定站干员在院子里集合了。

马凯旋站在石阶上，凛冽的寒风扑面而来，他并不为之所动，接过季钧递上的花名册，开始逐一点名。

除去外出执行任务，或因病请假的，只有秘书吴数没有到场。马凯旋立刻让文书陆城去找。不一刻，陆城匆匆跑回来，惊慌地报告马凯旋，吴数在办公室上吊自杀了。

马凯旋听得愣住了。

季钧跺脚骂道："胆小鬼呀!"他匆匆带人去了吴数的办公室，一会儿工夫便回来了，递给马凯旋一张纸，低声道："吴数的绝命书。"马凯旋却没有接，对季钧说道："季副站长，念给大家听。"

季钧接过，看看一脸木然表情的马凯旋，随即展开吴数的遗书，大声读起来："如此国家，如此社会，如此自身，如此无能为力矣!保定驴肉火烧，乃世界美食之一。我喜欢……"

马凯旋呆呆地听罢，摇头长叹一声："吴度飞绝非胆小怕事之人，他乃是彻底绝望了啊。试想，若连驴肉火烧都留恋不舍，可见吴度飞恋世之深切。唉!自古皆有死，莫不饮恨而吞声。吴度飞跟随我十余年了，骥不称其力，称其德也。度飞呀……"马凯旋声音顿时哽咽，一时泪如雨下。

众人听得心如刀割，一个个愀然变色，作声不得。

季钧低声问道："吴数或可按殉职处理。比照局里的规定，给他家多发些抚恤金。"

马凯旋点头："好的。"

"我下来就办。"

马凯旋擦了擦脸上的泪水："要快办。我们在此撑不了几天了。你带人去装殓吴数吧，我也去送他一程。"说罢，他抬头看看暗得浓重了的天色，一派雪象。

季钧又道："请站长训话。"

马凯旋摇头："我无话可训了。故人零落，夜半唏嘘。革命数年，奋不顾身，前仆后继，如何几近无立锥之地?令人忽动出世之想呢!"

季钧听得呆若木鸡。

数月后，马凯旋于供述中追忆这个桥段："季钧读罢吴数之绝命书，众人一时情绪低落，怆然而涕下。阵阵寒风凌空吹过，众人用哀伤的目光四下望去，似寻觅吴度飞不散之阴魂，却只见天气阴沉，益增伤痛。如此悲凉情景，非笔墨能形容万一……"

“潜伏者”各安天命

民国三十七年（1948）十一月二十一日凌晨，华北剿总再次来电，着令所有驻保定国民党军政人员迅速撤往北平。

保密局北平站同时来电，着令保定站除潜伏人员外，余下人员一概随国军撤往北平。另告，接替马凯旋潜伏站长职务的“火鸟”站长，不日抵保。马凯旋当即召集开会，宣布了北平站的命令。之后给保定警备司令部打电话，询问保密局保定站的撤离序列。警备司令部当即答复了。

马凯旋万万没有想到，警备司令的这个答复，如同三九天把他扔进了冰窖。保定国民党军政撤离人员序列之中，竟然没有保密局保定站。难不成忘了？这百十号人都被警备司令部忘了？嗯？［《保定文史资料第2辑》收录了国民党原第三十二师师长刘化南《1948年国军在保定的军事行动》一文，文中描述国民党1948年十一月下旬“保定撤退”序列：之一，保定警备司令部人员及其卫队、勤杂人员；之二，保定行政专员公署及所辖各县党部和各县流亡政府人员；之三，党通局保定站一体及河北省保定保安团残部及省政府留守人员；之四，保定警察局人员和中学学生及商民各色人等；之五，三十二师的主力部队，八百一十六团为掩护部队。从撤退序列看出，在这个自上而下有次序的战略撤退中，的确没有国民党保密局保定站。］

季钧顿足恨道：“天大的笑话啊！撤离序列竟然没我们。把我们当‘破烂儿’了？弃如敝屣了？可悲呀！我们为党国作鹰犬多年，竟然落得如此下场。”

马凯旋苦笑：“季副站长，城破在即，多说无益。我们落花有意，人家流水无情，我们自己走，今晚子夜行动。”他抬手看看表，“还有点儿时间，我去看看李峰。或许是此生最后一面了。”

“我随站长去，也好久不见李峰了。”

“那一起去吧。你让陆城拿点儿钱。”

“我叫上曹正汉、车晓义吧，都是老交情了，一同告个别吧。”

“不用喊他们，这二人另有公干。”马凯旋意味深长地笑了。

“明白了。我去开车。”

“不坐车了，不远，咱们走路去吧。”

李峰残废后退伍，住在保定猫耳胡同，开了一个杂货铺。

猫耳胡同是一条窄仄的巷子，若刮风便见尘土飞扬，若下雨必是满街泥泞。这里居住的都是贫苦市民或小商贩，可谓典型的城市贫民区。衣不蔽体的孩子们满街嬉闹，鸡鸭猫狗到处拉尿，许多门前挂晒着衣服或尿布。马凯旋带着季钧几个走进胡同，先听到了一对夫妇凶凶地吵架，又听到两处婴儿的啼哭，间或有狗吠声。再往前走，看到一个推车卖包子的小贩正吆喝：“刚出锅的热包子喽！”

马凯旋想起李峰爱吃包子，就让季钧去买几斤包子。

季钧买了三斤包子，包子却没有一点儿热乎气儿。他皱眉问：“这是刚出锅的吗？冰凉呀！”

卖包子的讪讪笑道：“先生，这大冷天儿，能热乎吗？别说包子了，你脱光了，在街上站一会儿试试？”

季钧当即火了：“你怎么说话的？”

马凯旋忙上前拦了季钧：“算了算了。”

季钧走出几步仍然生气：“这世道完蛋了，连个卖包子的都敢张嘴胡说了。”

说话间便到了李峰的杂货铺。李峰却没在，门也没锁，想必没走远。马凯旋抬眼看着门前“李记杂货”的招牌，已显破旧，这招牌还是开业时马凯旋题的。马凯旋顿觉惭愧，两年来他忙于公务，极少来此。马凯旋几个次第而入，四下细看，铺子里货物还算多样，油、盐、酱、醋、酒、鸡蛋、咸蛋、虾皮、酱菜、冰糖、香烟、茶叶、火柴、针线、刀剪、铁丝、钉子、草纸种种，只是铺子里气味浑浊。再上眼打量，杂货铺过于低矮，几乎伸手就能摸到房梁，光线阴暗，墙上泥粉有些剥落，于西墙贴着一张“关夫子夜观春秋”的木刻图画。铺子往里走，挂着一块满是补丁的布帘子。挑帘去看，横着一张木床，整齐叠着一床被褥，应是李峰睡觉的地方。

但听到门外响起爽朗的笑声：“我就解个手儿的工夫，贵客就临门了，怎么也没听见喜鹊叫呢。”

马凯旋转身去看，但见李峰拄着拐进来了，身后跟着铺子里的伙计李去年。马凯旋曾听李峰说过，李去年当年也是国军，抗战期间被日本人的炮弹炸掉了一只胳膊，退伍后就没了生计，沿街乞讨。“李记杂货”开张那天，李去年上门要饭，李峰看这人还老实，便留下当了伙计。

李峰进门笑道：“站长呀，你们怎么来了？哎呀，也没个地方坐呢。伙计，赶紧泡茶呀！”

马凯旋看看衣着邋遢的李峰，一阵莫名的酸楚泛上心头。他摆手笑道：“别弄茶了，我们几个路过这里，正好顺便过来看看你。待不住呢。”

季约赶忙把包子递给李峰，笑道：“凉的，热热再吃。”

李峰笑道：“哎呀，季副站长，还是你想着我呀！”赶紧接过，放在柜上了。

马凯旋笑道：“李峰呀，买卖如何？红火吗？”

李峰笑道：“还行吧还行吧，谢谢站长惦记了。”

“街面上没人来捣乱吧？”

“都知道保密局罩着我，谁敢呀？”李峰呵呵笑了。

马凯旋摇摇头：“唉，说起来真是惭愧，我本该时常过来看看，可总顾不上呀。”他看着笑眯眯站在面前的李峰，眼里一时发热，不觉压低了声音：“李峰呀，我来告诉你一声，我就要走了，今后就不能照顾你了。你自己保重呀！”

李峰听得愣了，旋即笑道：“站长呀，你是做大事的，你放心走吧。不必惦记我这个废人了。这些年，我真给你添累赘了啊……”他一时声音哽咽，头转向一边，泪就淌了下来，又伸袖子匆匆擦了擦。

马凯旋忙摆手，仰头笑了："哎呀，你这是怎么说话呢？是我连累了你呀！"

"站长可别这样说……"

"我早想给你找个女人，可一直也没……"马凯旋愧疚地摇摇头。

李峰苦笑了："站长呀，就我这样子，若找个女人进门，岂不是祸害了人家吗！"

扯过几句闲话，马凯旋看看身旁的陆洪城，陆洪城赶忙打开提包，取出两封银圆，双手递给了马凯旋。马凯旋接过，递给李峰笑道："钱不多，可别笑话我小气。你留着补贴日子吧。"

李峰连忙摆手："不行不行，这可不行！站长呀，我知道你是个清官，你的日子也难过呢。"

马凯旋把钱放到了柜上："我总比你好过么！"继而凄然笑道："你别起疑心呢，这钱是我工作之余，给人看病挣来的，干净。我孤身一人，自个儿吃饱，全家不饿。你今后的日子要比我苦呀！收下吧，听话！"

"那就谢过站长了！"

又说了几句闲话，马凯旋便拱手告辞。走出了胡同，马凯旋再回头，但见李峰被李去年搀着，笔直地站在胡同口，雕塑般给马凯旋行着军礼。

（黯然销魂者，唯别而已矣！）

马凯旋心中登时凄怆至极。他知道，此一别，彼此怕是不能再见了。他不忍再看，急忙回敬了一个军礼，转身疾走如奔似逃。破烂的街道被他踩踏的惶惶疾响。

人生到此，天道宁论?!

夕阳西下，满街萧萧落叶。

（马凯旋走后的傍晚，李峰对李去年苦笑道："我在军统多年，手上有日本鬼子的血，更有共产党的血。破城在即，马站长走了。

我这个残废军人，是不是也该走了？你到街中叫几个菜，我想喝点儿酒了。”李去年匆匆去街里买了下酒菜回来，李峰已经服毒自尽了。马凯旋送给李峰的银圆，悉数放在柜上，自然是留给李去年的了。)

马凯旋从李峰那里出来，径直去了付浩声的墓地。

时维十月，序属初冬。青冢黄昏暗路，暮色苍茫之时，人在冷风之中，马凯旋伫立在付浩声坟前，慨然长叹：“大哥呀，天冷了，起风了，我也要走了，共党就要来了。满目仓皇辞庙者，不见龙山落帽人。”叹罢，即跪拜在地，叩头如捣。

季钧几个看得眼酸心痛，束手侍立，默不作声。

阵阵寒风呼啸而过，付浩声墓前的荒草似羞若愧，也顿然矮下身去了。马凯旋仰天长吟：“昔年种柳，依依汉南，今看遥落，凄怆江潭，树犹如此，人何以堪？”吟罢，即放声大哭。

(端的是：试望平原，蔓草萦骨，拱木敛魂。)

马凯旋心中怅怅地回到保密局，已然夜灯初上。他正要安排今晚的撤离行动，却突然接到了北平站的紧急电文。北平站督令马凯旋，撤离之前，保定站迅即执行北平站密谋已久的“天谴行动”。

季钧诧异地看着电文：“这都要走了，怎么还派活儿呀？‘天谴行动’是什么任务？”

马凯旋切齿：“就是投毒！”

季钧惊讶：“啊……”

马凯旋皱眉说道：“你知道的，当年日本人制作烈性毒药，曾在冀中多次投放试验，从而制造了多起无人区惨案。日军不及大面积使用，就投降了。留下大批烈性毒药，封存在警备区军用仓库。”

季钧点头：“我知道这事，难道……”

“我曾几次建议销毁，上峰均未采纳。我此刻恍然大悟，他们早想好今天会派上用场。”

季钧咧嘴了：“那老百姓岂不……”

马凯旋“哼”了一声，给顾也正打电话。向来唯上峰命令是从的马凯旋，第一次破例质疑并反对上峰的命令。他在电话里直言不讳地反对“天谴行动”，他向顾也正呼吁，两党之争，不可殃及民众。

顾也正无奈地告诉马凯旋，这并不是他的主意，这是上峰的命令。

马凯旋愤怒地说道：“老顾呀，这是个不要脸的命令！在毒死共党之前，会先毒死老百姓的！保定百姓何辜？党国面目何存？”说罢摔了电话，默然坐下，仰望天花板。

季钧突然一拳砸在墙壁上，再一脚踢翻了椅子，破口大骂：“王八蛋！用日本鬼子的毒药对付共党，已经够损了，还不在乎毒死老百姓，什么民生主义？什么民权主义？什么什么，都是狗屁！都是不要脸的下三滥！党国活见鬼了，党国该死呢！”

马凯旋听得惊讶，呆呆地看着季钧。

马凯旋抬手捂住眼睛，摇头叹道：“当我们望向无底深渊时，无底深渊也回望着我们，而且无底深渊也在嘲笑我们呀！”

季钧怒气未消：“站长，你真想执行这个丧尽天良的行动？”

马凯旋摇头：“坚决不！”

季钧恨道：“他们绝对不会只让我们……”

马凯旋点头：“我知道，这个恶毒行动，我们不做，也会有人实施。比如‘狼’。”

“狼？”季钧皱眉。

马凯旋忽地站起身：“一定会是这样的。那就让‘狼’去执行这个丧尽天良的行动吧，我们准备撤离了！”

[史料记载了保定解放的进程：民国三十七年（1948）十一月十三日晚，解放军攻打保定的战斗全面打响。十七日，傅作义出动主力向保定运动，接应刘化南北逃。二十二日深夜，国民党部队从北门撤逃。关于这个问题，专家有争论，莫衷一是。综合大概，有两种观点：其一，“放走说”。解放军放走国民党保定驻军，为给北平傅作义增加包袱。其二，“无奈说”。当时围攻保定的解放军，并非

正规部队。所以，不是放走了刘化南，而是挡不住刘化南部队撤逃，“放走”当属无奈之举。无论怎样，刘化南的部队“顺利”撤逃了。]

民国三十七年（1948）十一月二十二日深夜，除已潜伏的特工，保定站集合所有干员，尾随刘化南的部队出城。马凯旋万万没有想到，他集合了队伍，正要动身，却突然又接到了电文，并非督促执行“天谴计划”，却是一道出乎所有人意料的命令：着令马凯旋率领保密局保定站所有特工，全部留在保定潜伏，之后由“狼”统一指挥调遣。

（或如五雷轰顶，马凯旋的人生道路再次出现了拐点，北平的大门向保密局保定站彻底关闭。马凯旋和他的同事们，必须留在解放军的“口袋”里了。）

马凯旋看罢电文，恰似当头挨了一闷棍。好比说，餐桌摆上了，饺子包好了，水也烧开了，就是不让你下锅了。马凯旋觉得突如其来的这道命令，不仅意外而且滑稽。马凯旋突然很想笑，喉咙里却又像是突然堵了一块又脏又湿的抹布，笑不出来。这是拿保定站当了儿戏呀！你若恼恨马凯旋，可让马凯旋只身留下，听命于“狼”的调遣，我马凯旋无话可说。但你命令保定站所有特工，全部留下潜伏，那保定站真就等同棋盘上的“弃子”了。

马凯旋表情肃然地站在院子里，目光环视着准备出发的特工们。

他突然感觉浑身莫名乏力，他努力抬高了声音：“诸位，刚才接到上峰急电，着令保定站全体，就地执行潜伏任务，准备迎接国军不日反攻。诸位切记，我们都是党国精英，党国不会忘记我们；诸位手上都沾满了共党的鲜血，共党也不会忘记我们！我们已经站在了同一条船上，谁都没有退路，只能舍死向前！”

事起突兀，特务们登时怔了。

马凯旋停顿了一下：“诸位，军令如山。大家稍候片刻，我与季副站长立即商议，将潜伏人员区域重新规划。”

特务们醒悟过来，情绪大乱，议论纷纷，院子里一片嘈杂。马凯旋听而不闻，将手里的电文塞给了季钧，转身回了办公室。季钧匆匆看过电文，惶恐地跟了进去。

季钧用力关上门，愤怒地咆哮："肯定是顾也正的意见。他凭什么让我们都留下？凭什么让我们听从'狼'的调遣？凭什么？"他将电报摔在桌上，拍得咚咚作响，好像愤怒地拍打着顾也正的脑袋。

马凯旋冷冷地笑了："季副站长，你说错了，这绝不是顾也正的意见，这是有人在报复我马凯旋，是马某连累了大家呀……不说这些了，你赶快把潜伏人员的组成配置重新调整。"

季钧看看淡定如常的马凯旋，摇头叹了口气，颓然坐下，将人员名单重新划分，片刻工夫，起身递给马凯旋："站长请过目。"

马凯旋接过名单大概看了，掏出钢笔勾抹了两处，交还给季钧，苦笑一声："尺蠖之屈，以求信也；龙蛇之蛰，以存身也。之后很长的日子，我们也就是这般活法儿了！"

季钧看出了马凯旋心情已糟糕透顶，便劝解道："唉！站长呀，我们暂且委屈一时吧，国军很快就能打回来。蒋总统说得好呢，共产党打下江山却坐不了江山。一帮泥腿子能坐朝廷？当年李自成怎么样，只当了十八天的皇上，最后还不是一败涂地。"

"嘁！你真这样看？"

"难不成，站长……"

马凯旋讥讽地说道："若私下说一句大不敬的话，蒋总统若不是为给我们壮胆打气，完全就是疯癫之语。共党绝不会是李自成。党国却真像李自成啊！"马凯旋不再说，猛地伸手推开了窗子。逼人的冷风立时呼呼涌进来，暗夜中的天空，风云滚滚，或是一场寒流将至。

马凯旋把衣领竖起来，双手插在及踝风衣的口袋里，缓缓回过头，硬硬的目光看着有些不知所措的季钧，冷冷说了一句："季副站长，按照名单，去通知大家，各自小心潜伏吧！"

"潜伏者"名单

民国三十七年（1948）十一月二十二日深夜，盘踞保定三年多的国民党部队，仓皇弃城北逃了。

翌日清晨，暖暖的冬阳升起之时，人民解放军列队入城。中共保定特委领导组织群众夹道欢迎。但看保定街道，一时锣鼓震天响，市民人头攒动，民主进步人士诸如穆柏枫等笑逐颜开，不约而同走上街头，兴高采烈地汇入欢迎队伍之中。最新流行歌曲《解放区的天》，一时声浪滚滚，在保定大街小巷唱得此起彼伏。

果然是解放区的天呀，万里晴空似人们的心情一般爽朗舒展。端的是光天化日之下耳目一新。“梅氏杂戏魔术社”的艺人们衣着新装，与多家戏社聚拢倡议，集结整队一体而出，接连数天在街头巷尾摆场子义演，庆祝保定解放。“梅氏杂戏魔术社”经理梅天凤却没有参加演出。梅天凤已公开了她共产党员身份，她奉命接管并改造国民党保定警察局。

梅天凤心中一块悬了多天的大石头终于落地。曹正汉不负众望，终于在马凯旋撤逃之前，拿到了保密局的潜伏名单，圆满完成了上级交给的这个很有难度，之前很没把握完成的光荣任务。光荣的身后，永远站着危险与辛苦。其中复杂难度，多是一言难尽。

为行文简洁，谈歌扼要叙述曹正汉获取名单的艰辛过程：最为困难的是时间上要拿捏分寸。拿早了，敌人若有变化，曹正汉等于白忙了。拿到了，还不能让敌人发现，若被发现，马凯旋必定亡羊补牢，更换潜伏人员，拿到的名单便如一张废纸。这是件太困难的事儿，绝对不像时下影视剧的情节，顺手儿掏出烟盒大小的微型照相机，偷拍一下完事。那时哪儿有那种照相机？除非曹正汉同志穿越了，掏出手机就能拍照。曹正汉没“穿越”技术，更没手机。他与车晓义“偶遇”了押送文件的特务，车晓义“见机行事”，花言巧语将特务拉到酒馆灌醉了，曹正汉匆匆打开特务的公文包，偷出名单。车晓义“纠缠着”酩酊大醉的特务，曹正汉就近跑到保定新世界照相馆（现保定西大街人民照相馆），掏出手枪，以党国机密为由，厉声命令伙计回避，由经理亲自拍照洗印，并要求其守口如瓶。经理被唬得脸白，频频点头，立马拍照洗成胶卷，惶惶交给了曹正汉。曹正汉迅速将名单送回特务的公文包。之后，曹正汉第一时间将胶卷送到了南大街交通站。如此来回匆忙奔跑，曹正汉肯定心率加速，变成曹正“汗”。

南大街交通站接到曹正汉送来的胶卷，于第一时间转给交通员甄广宁。甄广宁迅即送到了城外的敌工部。敌工部立刻洗印出来，这份潜伏名单竟然用密码写成。（名单用密码？奇怪。）敌工部当即组织人力破解这份名单。

曹正汉哪儿知道，他费尽心机拿到的名单，共计潜伏特务二十一人，他和梅天凤竟也名列其中。也就是说，他和梅天凤都成了国民党的潜伏特务。（梅天凤多年后回忆，马凯旋的这份名单，就是给窃取情报的曹正汉准备的，这也就是马凯旋搞清了曹正汉中共身份，却不抓捕的理由。马凯旋暗中命令车晓义积极“配合”，让曹正汉“蒋干盗书”，将名单交给保定中共组织。为了证实名单的真实性，其中当然要有几个货真价实的国民党特务。这般鱼龙混杂，只是为了给接手保定的共产党制造麻烦。这件事过后看是小儿科，当时真是谍中谍，计中计。）

名单破译后，敌工部深感事情重大，当即上报新任市工委副书记杨昆平。杨昆平高度重视，着令逐一秘密审查名单上所有人。在澄清真相之前，对名单上所有人，予以秘密监控。（剧透一句：杨昆平做戏呢。真相是，杨昆平看过名单之后，不在意地笑了：“敌人的反间计而已。蒋干盗书么，太过拙劣。”却也有不同意见，副局长张少东说：“这份名单来之不易，我们不能遽然下结论。梅天凤、曹正汉的名字，毕竟写在上面了。不能轻易排除他们的嫌疑。”杨昆平戏谑地笑道：“这几个同志久经考验，能有什么嫌疑？不过是敌人以假乱真离间我们罢了。我杨昆平的名字，当年也上过敌人的自首名单，国民党捉刀代笔为我写的悔过书，还登了报纸。莫非我也是叛徒了？”

马凯旋与“狼”绞尽脑汁策划的这个企图搞乱保定共党的计划，被杨昆平四两拨千斤——轻而易举地粉碎了。高手过招，比的是智商。马凯旋与“狼”自以为是，想学“周公瑾”，让曹正汉“盗书”，岂知杨昆平不是“曹孟德”，而是“诸葛亮”。只是杨昆平没有想到，“文革”初期，这件事被重新翻出来，梅天凤、曹正汉被打成了军统特务，杨昆平背上了“包庇军统特务”的罪名，很是吃了一番苦头。后话，此处不说。）

《保定志》记载：1948 年十二月六日，保定市人民政府成立，李泽民任市长。同日成立保定公安局。局长是杨昆平（市委副书记兼）。市委配备干部进入公安局。梅天凤、甄广宁、曹正汉、车晓义等调入公安局，梅天凤任侦察科长。一些旧警察经审查后留用。

（年轻读者别奇怪，因为解放初期，城市的公安力量相对薄弱，加之缺乏城市治安管理经验，所以留用了许多旧警察。不仅保定如是，全国各地的旧警察被留用的很多。读者可查阅史料。）

保定公安局成立大会在大舞台剧场召开，杨昆平主持会议，市委书记张庆春作总结讲话。张书记在讲话中强调：“保定乃北方重镇，北平的南大门，是近代史上一个重要的城市，地理位置和社会环境，都非常复杂。国民党在此盘踞多年，其特务潜伏具有天然条件和历史条件，他们必然要处心积虑地搞破坏活动。保定公安局一定要依靠群众，织成天罗地网，给国民党特务以有力打击。根据中央指示精神，为了更有力搞好锄奸反特的运动，除个别同志因工作需要外，原保定地下组织的同志暂不公开党员身份。”

民国三十七年（1948）岁末，刚解放的保定仍是一个乌烟瘴气的城市。杀人及绑架案件时有发生，烟土依旧在黑市上交易往来，小偷们还是成群结伙明目张胆地在街中作案，妓女仍然理直气壮地在街头拉客。解放军战士总有失踪。更严重的是，个别干部进城后，开始“腐化”。例如，一个驻守北关名叫赵开发的连长，暗中接受了一个商人的两根金条，私放了商人当特务的弟弟。（后这个特务被捕，交代出赵开发，赵开发被执行枪决。）查阅《保定史料》，截至 1948 年底，保定公安局破获了两起在自来水厂与街中水井投毒案件（即马凯旋与“狼”接到的任务），击毙国民党潜伏特务十余名，侦破了十二月五日发生在小集街、菜市街、税务角等三处的爆炸事件，共抓捕了制造爆炸事件的九名特务。十二月十三日，保定面粉厂和保定火车站的部分工人，被特务分子煽动起来，接连两天在军管会门前集会，要求政府增发口粮。几个混入工人队伍里的国民党潜伏特务，乘机高呼反动口号还打乱枪，制造混乱气氛。公安人员现场抓捕了隐藏在工人中的五名特务，并当众揭露了国民党特务的阴谋，骚乱方得以平息。

在这样一个背景下，保定市人民政府迅即着手整饬城市秩序，抓捕镇压国民党潜伏特务和现行反革命分子的同时，对一些横行市井的地痞流氓也进行了镇压或改造。

比如李志青——见缝插针说几句李志青。李志青，即李二愣。李二愣并不“愣”。中华人民共和国成立前夕，李二愣深知自己民愤太大，留在城里，共产党断不会轻饶他。跟随国民党撤逃，人家肯定不带他玩。他赶忙带上老婆孩子跑到城外于家庄“猫冬”了，可仅“猫”了十几天，他又溜进城了。之所以进城，只因了他媳妇看他落魄，瞅个机会，席卷了家中细软，带上孩子跑路了。李二愣心上疼得紧，一是舍不得细软，二是舍不得媳妇，便慌张着进城找寻。李二愣找了几天，老婆孩子的影儿也没找到，倒找了一肚子火气。那天傍晚，他闷酒喝高了任性，在街中寻衅打架，即被群众扭送到了公安局治安科。治安科值班的警察认出此人就是汉奸流氓李志青（李二愣），当下就将其关押了。如此说，李二愣基本属于自投罗网。

李二愣被关了两天，就大吵大闹要求放他出去。

“老子是反正的，不是汉奸！政府可以做证。赶紧放了老子！”

“你说的是哪个政府？”

李二愣理直气壮：“民国政府啊！”

看守抱着胳膊，手中抖着监房的钥匙，笑呵呵地说：“李二愣，你那可是老皇历了，而今是人民政府了。你想出去，你得问问人民群众答不答应。”

李二愣听得愣怔，一脸茫然：“什么民？什么众？我不认识这俩人呀！”

看守大声说道：“人民群众就是老百姓。明白了吗？”

“哦，明白了。”

看守讥讽地说：“李二愣啊，像你这样当过汉奸的地痞流氓，如果人民政府不抓，老百姓能同意吗？街上的老百姓都恨杀你了，你说说，该不该抓你呢？”

“该抓，该抓。哎呀！是不是要枪毙我呀？”

“那得看你能不能立功了。”

“怎么才算立功？”

“揭发跟你一样的坏蛋呀！”

揭发？这还不容易吗。李二愣总算是看着亮光了，他抱着立功宽大的想法，本着“死道友不死贫道”、有一个算一个的心态，倾箱倒箧般地交待了郭子桥等人的下落。于是，在李二愣这个“损友”的热情“举荐”下，郭子桥等十余名国民党残渣余孽陆续落网。

李二愣在关押期间，闹出了笑话。李二愣竟然“积极要求”参加共产党。看守骂他胡思乱想，李二愣感觉自尊很受伤，强烈要求见“长官”，他要当面表达参加共产党的急迫心情。看守讥笑道：“领导没空儿听你扯，共产党能要你这样的吗？你撒泡尿自己照照么。”

李二愣不服气：“国民党我都参加过，怎么共产党就不让我参加了？我真心实意想参加呀！”他弄不明白，自己这么积极要求，竟然被共产党拒之门外。想当年咱加入国民党容易着呢。

“别扯淡了，你没条件。”

“你说说，什么条件？不就是要东西么，我名下有两处房子呢，当进门礼还不行吗？”

写到这里，谈歌不禁哑然失笑，历史及历史人物的性格，向来丰富多彩，所衍生出的情节、细节、人物语言以及行为方式有其普遍性，更有特殊性，既有规律可循，又常常出人意料。就求生、讨好、力图减轻罪责等方面来说，李二愣的行为，反映出某一类反面人物的真实心理。如此身份还妄想加入中国共产党，是此类街头地痞不谙政治的独特行为。

[《保定公安志》记载：1949 年三月，李志青（李二愣）与郭子桥等被以汉奸罪处以死刑。核准时，保定人民法院考虑到李二愣检举他人，有立功表现，且认罪服罪，改判无期徒刑，押到满城监狱劳动改造。李二愣在狱中表现一贯积极，后减刑为十五年有期徒刑。“文革”初期，李二愣一案无人过问，直到 1978 年，李二愣被释放出狱。李二愣此时已六十八岁。李二愣出狱后，投奔其同宗侄子李岳。李岳原在酱菜厂上班，退休后，自己开办了酱菜作坊，李二愣便在作坊打杂。1983 年，李二愣病故。街邻一概称赞李二愣是个和蔼可亲的老汉，经常义务打扫街道卫生。谈歌写到此处，感慨万千，始信社会主义制度下，人真的是可以改造的呀。]

这天一早，杨昆平与市主管领导在公安局研究敌特情况，梅天凤照常列席。会议结束时，已过了食堂午饭时间。梅天凤想去街中吃些东西，她走出公安局大门，身后有人喊她。

梅天凤回过头看，却是曹正汉：“有事儿呀，老曹？”

曹正汉刚刚吃过饭，抹抹嘴笑道：“梅科长，关于我的工作，我想提个要求，行吗？”

梅天凤笑了：“说么。”

曹正汉挠挠头皮：“我不想在侦察科干了。”

“为啥？”梅天凤皱眉疑问。

“我想调到食堂，随便干点儿什么都行。”

梅天凤皱眉：“老曹呀老曹，你满脑子整天都想些什么呢？”

曹正汉不好意思地笑了：“梅科长，谁都知道我饭量大，饿怕了。现在解放了，我想找个能吃饱饭的营生。”

梅天凤“扑哧”笑了，旋即点点头：“我听懂了。行，我向领导反映你这个情况。现在不行，许多工作你熟悉，我正用你呢！”

“我就是说说么，你记着这件事就行了。”

“老曹啊，那几个越狱的同志，你抽时间看望一下。聊聊天儿，听他们还有什么情况反映，或许对我们的工作有帮助。”

“我看过，白玉贤同志身体虚弱，还在医院住着。”

“杨局长有指示，要求我们尽快通过天津党组织，联系白玉贤同志的家人。昨天一早，我已经派人去天津了。”

“好呀，若联系上了，她家人过来照顾她，就方便多了。”

梅天凤笑道：“先这样吧。”转身要走，曹正汉又喊住她。

曹正汉悄声说道：“我发现季钧了。”

梅天凤惊讶：“季钧？他……没离开保定？”

“他还在保定，昨天我在街中看到他背影了。”

“背影？你不会看错吗？”

“看错？绝不会！我俩是同学，我在保密局跟了他几年，彼此太熟悉了。我跟踪他走了一条街，似乎被他发现了，这人太狡猾，高低被他甩了。”曹正汉沮丧地说。

梅天凤点了点头：“看样子，保密局留下的潜伏特务，比我们估计的要多啊。”

“那份敌特潜伏名单上的人，都抓捕了吗？”

“挺复杂，上级正在研究。”

“哦，那我先走了。”

“及时通气。”梅天凤看着曹正汉的背影，心里有点紧张了。适才说到季钧，她不由想到了梅可心，季钧留下潜伏了，梅可心也很可能留下了。梅可心会躲藏在哪儿呢？

梅天凤在街中吃过饭，心里仍然想着梅可心，回到了“梅氏杂戏魔术社”，进了自己的房间，刚要合衣躺下歇息，霍玉珍推门进来了。

霍玉珍惊讶了一下：“哎呀，你回来了，我说给你收拾一下屋子呢。”

梅天凤起身笑道：“玉珍呀，我正要找你。”

“有事？梅经理……不，得改口了，得叫你梅科长了。”

梅天凤笑道：“玉珍呀，张宗民的堂弟来了封信，说想来保定找个事儿做，我不好推辞，让他在社里干点事儿吧。”

霍玉珍摇头苦笑："梅科长，咱们社里……你是不是……"

"多一事不如少一事，你想说这句吧？"

"是呢。"

"我知道，社里的人已经够多了，可我想推辞这事儿，也张不开嘴呀。我跟张宗民毕竟是朋友，他堂弟的事我能袖手旁观吗？"说着话，梅天凤拉开抽屉，拿出一封信，递给霍玉珍，"这个张宗信我也没见过，谁知道他能干点儿什么呢？"

霍玉珍接过信，笑道："我不认字儿。"又皱眉问道，"让他干点儿什么呢？"

"你先想想么。"

霍玉珍揣起信，点点头："那行吧。你歇着，我走了。"

"去忙吧。"梅天凤看着霍玉珍的背影，暗自点点头。这封信交给了霍玉珍，她相信必定有特务上钩，她只是还猜不透上钩的"鱼儿"会是些什么角色。梅天凤耳边依稀有人咯咯地笑起来，抬眼去看，梅可心竟然推门进来了，再细看，梅可心却闪身不见了，却是一阵寒风掠过，倏忽间吹开了房门。梅天凤笑了，她刚才出神了。

她起身关了房门，不禁又想起了季钧，如果季钧留下来潜伏，那么潜伏特务比她预先想的还要多。似保定这样一个城市，如果没有更大的阴谋，国民党为何要留下这么多潜伏特务呢？季钧果真在保定城内吗？会不会是曹正汉看错了呢？

梅天凤陷入了深思。

没有"荆轲"的刺杀

曹正汉相信自己没看错。昨天傍晚，他的确在街中发现了季钧。

季钧潜伏后的公开身份，是保定"天时古董店"的经理，改名李士增。店铺不大，两个潜伏特务给他当"伙计"。"李经理"穿一件灰布长衫，戴一副平光眼镜，完全一副生意人的打扮了。昨天下午，季钧接到马凯旋的命令，去与南京来的张特派员会面，接受新任务。会面地点在北关"恒祥布店"。

季钧匆匆出门，真是冤家路窄，竟然在街中看到了曹正汉，曹正汉分明也看到了他。季钧登时吓出了一身冷汗，接连拐了两条胡同，借着浓郁的暮色才算甩掉了曹正汉。季钧一路上惊魂不定，很是恼怒马凯旋，当初既然发现了曹正汉是共党卧底，就应该杀了他呀，潜伏人员就能少几分危险。干吗非留着曹正汉唱“蒋干盗书”？真当你马凯旋是周公瑾呀？

眼看着保定转瞬间易手，季钧心情格外沮丧。他在保定工作了十余年，熟悉这个城市的大街小巷。而此刻，他却感觉这个城市太陌生了。他一边惶惶赶路，一边警觉地四下观察。街中正刮着冷风，树枝上残存的枯叶，不时被呼啸而过的寒风席卷到半空，再狠狠地抛落到地上，那些昔日枝头上生机勃勃的璀璨，从坠落的瞬间，便成为了垃圾。季钧由此联想到自己，就像是这垃圾般的枯叶，或被街人扫走，填进灶火里烧掉。

季钧想起当年与日军周旋时，曾一度十分狼狈、东躲西藏之时，戏作过一副对联自嘲：“鸟困笼中关羽不能张飞；人生在世八戒还需悟空。”事过境迁，季钧再次身临其境却又不知其境何境了。

季钧此时绝对不再相信上峰那些发扬踔厉之类“没营养”的漂亮话儿了。季钧对特派员将要安排的什么“新任务”，根本没有热心更不抱信心。什么“新任务”？无非是搞个小破坏、小爆炸、行个刺、投个毒，顶个什么用呀。老实歇几天能死呀？适才让曹正汉跟踪了一段路，季钧的心更如惊弓之鸟一般，惶恐不安了。

（谈歌翻检史料，中华人民共和国成立初期，国民党特务潜伏，除去搞些杀人放火这等扰乱社会秩序的小动作，大的动作几乎没有，想要弯道超车那就是个笑话。北平最大的特务案件，即袭击天安门，当属于最惊心动魄的事件了。据一些特务交代，他们最大的任务就是潜伏，等待时机，困守职责，苦撑待变。特务们的潜伏，最理想的状态，即混入新中国的政府部门，循序渐进，图谋混入更高的岗位与部门。再就是厂矿企业，同样也是尽量混入要害岗位，摆脱釜底游鱼的生存状态，以图将来搞破坏行动时方便行事。绝非似时下诸多影视剧描写的那样，困兽犹斗，动辄要炸毁城市，或组织大规模武装，以图对抗新政权。他们不仅没有力量这样做，甚至于这样的事情，他们想也不敢想，也没地方“抄作业”。而新政权的任务，则是要把潜伏的特务逐个挖出来。这应该就是中华人民共和国成立初期镇压反革命运动的由来。)

季钧赶到“恒祥布店”时，特派员张复一正阴冷着一张脸等他。前几天，季钧见过这位张特派员一面，总觉得这人阴阳怪气、遇事没啥主意，还满脑子正确答案，见人就端着个大架子，怎么看也着实不着调。

马凯旋皱眉问季钧：“怎么来这么晚？”

季钧揩了一把额头的冷汗：“别提了，半路遇到曹正汉了，转了两条街，才算甩了。”

张特派员看看季钧：“真甩了吗？要是甩不掉，把尾巴引到这儿来，可就有大麻烦了。”

季钧听着别扭，想反驳两句，马凯旋碰了他一下，他咽了口唾沫，勉强忍了。

张特派员向马凯旋和季钧传达“狼”的命令。“狼”命令马凯旋与季钧组织力量，元旦当天在保定搞一次刺杀行动。具体细节，由马凯旋布置。

季钧斜眼看了看马凯旋。马凯旋现在的位置有些尴尬，奉命潜伏后，保定站已经被划分成几个小组，名义上归马凯旋指挥，实则全由“狼”操控。而“狼”一直很神秘，除马凯旋外，保定站所有人都没有见过其真面目。季钧听马凯旋说过，这位南京来的张特派员，也没见过“狼”，只是由“狼”派人与特派员联系。这只“狼”到底是个什么神秘人呢？

张特派员传达了命令，便匆匆走了。

季钧一肚子牢骚：“站长，怎么谁都可以对咱们指手画脚呀？这个牛气哄哄的张复一，算是哪个庙里的和尚呀？”

马凯旋苦笑道：“张特派员是毛局长派来给‘狼’当副手的。你也替他想想呀，由暂时‘太平吉祥’的南京城跑到保定这么个险象环生的匪区，怕是这位特派员比咱们还闹心呀。不扯这个了，先说任务吧。”

“具体刺杀对象。”

“保定军管会主任孙毅。”

季钧听得一怔：“这行动……可行吗？”

马凯旋苦笑：“你这句话，我也问过特派员了。他说‘狼’已得到内线情报，共党保定军管会主任孙毅，将在元旦上午，视察西大街商铺。届时可让我们的人化装成商家，寻机刺杀。‘狼’说上峰有过严厉指令，要求保定潜伏的同志们，搞出点儿大动静来，给困守于北平的傅作义打打气。我想，这次行动的意义，或是上峰想让我们在保定演一次荆轲刺秦王吧？”

季钧登时气笑了：“真敢想呀，咱们这堆人里，你看谁长得像‘荆轲’呀？”

马凯旋一时无语。

季钧摇头哼了一声：“站长啊，眼下这种情形，如此莽撞行动，就是以卵击石呀。”

马凯旋忙摆摆手：“季钧呀，不说泄气话了。疾风知劲草的时节，你我都是过河的卒子，只得舍命向前了。”

季钧疑问：“共党政府机关里，还有多少我们潜伏的同志？恐怕不多了吧。”

马凯旋皱眉点头：“的确所剩无几了。不仅是保定，就全局而言，党国在共党的内部，也算苦心经营了近二十年，什么卧底呀、策反呀，用共党的话说，都是纸糊的老虎，何曾见过大成效？先是戴局长，又是郑局长，再是毛局长，这项工作向来都是勉强装饰，虚有其表。不揭破还能敷衍一时，揭破了一文不值。”

季钧唉声叹气：“如站长所说，明知无望也要舍命向前了。”

马凯旋看看季钧：“不管像不像，我们还是要挑选一个‘荆轲’。”

季钧白了马凯旋一眼："谁能演'荆轲'？"

（站长有没有搞错？眼下咱党国这块风雨飘摇的破地儿，能长出"荆轲"那样的庄稼吗？）

马凯旋道："梅可心他们在后院等着呢，咱们去跟他们说说吧。"

马凯旋与季钧去了后院。后院的房子，是一间空闲的仓库，中间摆了个火盆，围坐着梅可心等十几个潜伏特工正在烤火。见马凯旋和季钧进来，众人站起来。

马凯旋摆摆手："都坐吧。"

马凯旋看看众人，干咳了两声，宣布了刺杀孙毅的任务及具体行动方案。马凯旋说，元旦上午，孙毅在西大街视察之时，先由特工于西大街东口制造爆炸。混乱之中，担任刺杀任务的特工近身行刺。

季钧环顾众人："谁想担任刺杀任务？"

众人一时都不作声。

梅可心左右看看，站起来笑道："既然没人争抢，那就派我去吧。"

马凯旋摇头："你是熟面孔，街中许多人必定认识你，你不能担当刺杀任务。"

梅可心刚要说话，身旁的陆城缓缓站起："站长，将刺杀任务交给我吧。"

马凯旋看着瘦弱的陆城，犹豫道："陆城，你一直是做内勤的呀。"

抗战时期，陆城一直做联络员。抗战后，一直在吴数手下当文书。在马凯旋的记忆中，陆城从未参加过战斗。

陆城似乎看出了马凯旋的心思，淡然笑道："我是一直做内勤，但总想出外勤，站长一直没有给我机会呀。"

季钧看看陆城："陆城同志，你曾是乔运典将军的手下吧？"

陆城点头笑道："季副站长记得呢。民国二十五年（1936）春天，乔将军到保定组织'青抗军'，我即参加了。之后一直跟着季副站长。”

季钧皱眉：“你一直做文案，打过枪吗？”

陆城笑道：“在保定站参加过多次训练。”

马凯旋面无表情地问道：“你想怎么做？”

“刚才听站长说，此次刺杀任务有两项，一个爆炸，一个刺杀。爆炸需要技术，难些。刺杀相对容易些，我做容易的吧。”

马凯旋听得皱眉，冷笑一声：“容易？这是去送死！懂吗？”

“我不畏死，死奈我何？”陆城不觉间提高了声音，屋子有了嗡嗡的回声。

马凯旋听得炸耳，登时哑了。

陆城给他的印象，一向小心翼翼，说话和气，此时却突然变成怒目金刚，他硬声说道：“站长，所谓潜伏者，就应是死士，就应是玉石俱焚。铲共，暗杀，就是潜伏者首要任务。这任务就是以暗杀多少共党为标准，陆某既然潜伏，就不怕杀人。婆婆妈妈儿女情长还做什么潜伏？做潜伏就是要飞蛾扑火！”

屋里平添了浓烈的杀气。

马凯旋沉吟了片刻，问道：“陆城啊，你不要找个帮手吗？”

陆城摇头说道：“秦舞阳失败之例在前，人多容易分散心术。不如我一人行刺专注。”

马凯旋缓缓点头，起身说道：“陆城，你去准备吧。我会选派几个本领高强的同志，在现场支援你。”

陆城立正敬礼：“站长，属下先去了。”但见陆城转身大步走了。

马凯旋知道，陆城心中已经拔枪，且子弹已经上膛。

枪上膛，心自横。无论成败，天纵豪气就在这一瞬间。

马凯旋表情郑重地送至门口，望着陆城的身影消失在暗夜里，不觉慨然长叹：“陆城，你真是一只装在布袋里的锥子呀，只是你的锥尖显现得太晚了些呀。马某愚钝，发现得也太晚了啊……”说到这里，声音一时哽咽，两眼泪水，几乎夺眶而出。

梅可心起身道：“站长，既然陆城担当刺杀任务，爆炸任务就交给我吧。”

马凯旋点头：“好的。悉心准备吧。”

“是！”

马凯旋看看众人：“各自回吧，待行动之前，我与季副站长再联系诸位。”

众人起身，从后门鱼贯走了。

季钧见马凯旋呆呆望着门外，走近前叹道：“站长呀，适才陆城虽精神可嘉，但容我说句泄气话，一个荆轲挽救不了燕国，一百个陆城也救不了党国。”

马凯旋似乎没听见。

季钧继续叹道：“因为天变了啊。今天来的路上，我看到两个共军士兵，搀扶一位老婆婆过马路，我不禁想起了两个月前，国军几个伤兵在街中吃霸王餐，还打伤了店主一家的丑事儿。我瞬间明白了一个事实，党国真的回不来了啊。”

马凯旋看着季钧，目光渐渐黯淡下来了，怅然点头：“人心向背，党国的确做了太多失民心的事啊！”说罢再也无话。

季钧沉默了片刻：“那……我先走了，再联系吧。”

季钧怏怏地出门，夜色渐深。他拦了一辆人力车，碾着浓浓的夜色走了。

季钧感觉很累。

南茂才之死

傍晚时分。“梅氏杂戏魔术社”的艺人李天才刚要关门，却快步走进来一个中年汉子。李天才撒眼去看，这汉子面容黢黑消瘦，却目光如锥。短衣打扮，灰布褡裢搭在肩上，一脸风尘，似走了很远的路。李天才上前迎住，欠身笑道：“先生，你要看杂戏看魔术得等明天了。我们没有夜场。”

瘦脸汉子拱手笑道：“先生，我不是来看杂戏的，我来找人。”

“请问你找哪位？”

“南雨鸾。”

“南雨鸾？”

汉子欠身道：“她是我堂妹，听说她在这儿搭班儿。”

李天才诧异了一下：“你堂妹？”他不觉又上下打量了汉子两眼：“先生怎么称呼？”

“在下南茂才。”

李天才摇头哂笑：“南先生，你这都哪年的皇历了？你堂妹早不在这儿了。”

南茂才怔了：“怎么，她……不在这儿了？”

李天才揶揄道：“南班主‘翅膀硬了’，一年前另开了字号。”

“她的班子在哪儿？”

“她的班子在南大街。不过么，这几天她应该不在，我昨天在街上瞎听了一耳朵，说去外县演出了。”

“去哪儿演出了？”

“这个我还真不知道。”

南茂才脸上现出了失望的表情，转而又问道：“兄弟，我能不能见见梅班主？”

李天才摇头笑了：“我们梅班主现在是公家人了，场面上应酬多，她太忙，怕是不好见你呀。”

正在此时，梅天凤与曹正汉说着话从街中回来。梅天凤见到李天才与中年汉子说话，走过来问：“天才，来客人了？”

李天才忙笑道：“梅科长，你回来巧了，这位是南雨鸾的堂兄，南……茂才，来找南雨鸾。”

梅天凤听了，赶忙朝南茂才拱手笑道：“久闻南先生大名，我就是梅天凤，是南班主的朋友，听说南班主这些日子到外县演出了，算算日子么，这两天应该就回来了。”

曹正汉奇怪地看看梅天凤，刚要说话，却被梅天凤悄悄扒拉了一下，拦住了。

南茂才哦了一声：“是这样啊。”

梅天凤转身对李天才道："天才呀，带南先生到客房去歇息吧。"

南茂才忙摆手："谢过梅经理，不敢劳烦了。我已在城中的客栈住下了。告辞。"说罢，深揖一礼，转身走了。

曹正汉望着南茂才的背影道："这人行止利落，抬腿生风，应是个行当中人！"

梅天凤点头笑了："你果然眼亮，这个南茂才入杂戏行当之前，本是江南有名的拳师，当年颇有些名声呢。"

一旁的李天才惊讶地张大了嘴："拳师？若梅科长不说，还真看不出呢。"便转身走了。

曹正汉不解地问："咱们刚才在街中分明见到了南雨鸾的跟包儿呀，她肯定回来了，你怎么那么对南茂才说呢？"

梅天凤笑了："这个南茂才，咱们从没见过，只听他自说自话是南雨鸾的堂兄。南雨鸾愿见不愿见呢？咱们不好多事儿呀。还是他自己去找吧。"

曹正汉点头笑了："嗯嗯，还是你明白。对了，听街人说南雨鸾前些天结婚了，怎么也没告诉咱们一声儿？这喜酒也没请咱们喝呀，她这也显得太没人情了。"

"我听说了，或是人家不愿张扬吧。新郎官是干什么的？"

"听说是个走街串巷的江湖游医，叫章什么来着？"

"游医？"梅天凤奇怪地摇头笑了，"想不出呢。"

"萝卜青菜各有所爱么。我回了哈。"曹正汉转身走了。

霍玉珍款款走出来，迎住梅天凤："梅科长回来了。"

梅天凤笑道："玉珍姐，以后没人的时候，你还是喊我天凤吧。你一口一个梅科长，叫的我怪不自在呢。"

"那好，没人的时候，我还叫你天凤。天凤呀，那个张宗信下午来了。"

"哦，给他安排事儿了吗？"梅天凤怔了一下，笑了。

"按你的吩咐，我先让他在社里打杂儿了。对了，他还没睡呢，你见见他不？"

“改日吧，我先不见他了。”

霍玉珍面带难色：“另外呢，张宗信说……”

“说什么？”

“他说还有两个沾亲带故的老乡，也是生计没着落，他想一块带过来，怕你不高兴，让我跟你商量商量。你看呀，咱们做好事儿倒招来麻烦了。”

“那就一块带过来吧，都先在社里打杂儿吧。”

“那开销可就大了……”

“一只羊是赶，几只羊也是放。让他们来吧。”

“知道了。”霍玉珍转身走了。

梅天凤盯着霍玉珍的背影，暗自笑了笑，也转身回屋了。

月升人定，一夜无话……

翌日清晨，静谧的保定城悄然起雾了，淡淡的雾气似怀着诸多心事，在街道上缓缓弥漫滚动。梅天凤走出街门，想去街中的小吃摊上吃早点。她前几天听人说起，东大街角有处老豆腐摊儿，味道很好。

她走到东大街，雾气朦胧中，见影影绰绰一群人围着吵吵嚷嚷。走近了看，却是公安局一个名叫苏树申的留用警察，鼻子淌着血，正跟卖老豆腐的摊贩争辩着。梅天凤认识这个摊贩，这人名叫杨来宝。

梅天凤听了几句听明白了，苏树申刚才吃老豆腐，杨来宝只给苏树申盛了半碗，苏树申说：“我花了一碗的钱，你凭什么只给半碗？”杨来宝讥笑说，你个国民党臭警察，给你吃半碗就不错了。苏树申骂了句“奸商”，竟被杨来宝扑上来扇了两个大耳光。

（逆天呀？如此横行霸道，城管也不管管？对不起，那时城管还没有呢。）

杨来宝和苏树申其实很熟，两人一同做过多年巡警，杨来宝也跟苏树申一同留用了。杨来宝却旧警察习气不改，留用没两天呢，竟勒索街中小商贩，就被苏树申举告了，后来，杨来宝就被除名了。

杨来宝应该一直记恨在心。街人悄声告诉梅天凤，杨来宝老婆的表哥，是政府的副秘书长，杨来宝有靠山，不然怎敢这般横行霸道。梅天凤听了暗自生气，分开众人走上前，看了看苏树申。

苏树申忙欠身："梅科长。"

杨来宝看到梅天凤，神色惊讶了一下，旋即却满不在乎道："梅科长也来吃老豆腐？"

梅天凤没搭理杨来宝，冷冷地问苏树申："吃老豆腐给钱了吗？"

"给了。"

"少给了？"

"没有。"

梅天凤再看看杨来宝："苏树申给钱了吗？"

"给了。现在解放了，谁敢不给钱。"

"少给了？"

"没有。新社会了，谁敢少给钱。"

梅天凤火了："那你凭什么只给他盛半碗？你奸商呀？还敢打人，你土匪呀？"

杨来宝满脸不服气，一手叉着腰，一手指着苏树申："他……骂人了。"

梅天凤冷冷地说道："他骂人？你只给他半碗，他能不骂你吗？换作我，就不是光骂你了。"转身喊道，"苏树申！"

"在！"

"听着，你过去当的是国民党警察，现在当的是人民警察。人民警察是保护老百姓的，但人民警察也不能被坏人欺负。明白吗？"

"明白。"

"他打了你几个耳光？"

"……两个。"

"去，也打他两个耳光！多打一个算占便宜。"

苏树申愣怔了，满脸疑惑地看看愤怒的梅天凤。

"打他！"梅天凤怒吼一声。

苏树申当即壮起胆子，上前打了杨来宝两个响亮的耳光。

杨来宝登时被打蒙了，回过神儿来才瞪眼怒骂：“梅天凤，你有什么了不起……”骂着就抄案板上的菜刀，刚举起，梅天凤扬手一巴掌，杨来宝“哎哟”一声倒在地上了。（梅科长不骂人，梅科长动手能力强。）梅天凤掏出手铐，上前给杨来宝戴上了，嘿嘿讥笑道：“杨来宝，还敢动刀？你扰乱市场，强买强卖，另找个地方说话吧！”转身对苏树申说：“你把他押到治安科去。”

猛听到有人喊道：“住手！”

围观的闻声赶忙两旁闪开，但见一个身穿制服的中年男人，踱着方步走过来。这男人身材很高，而且敦实，眉宇间透着威严，他就是市政府副秘书长梁占义。梅天凤听过两次梁占义作报告，梁占义声音雄浑，字正腔圆，很像是当过老师的样子。

梁占义冷眼打量梅天凤，闷声问道：“你是梅天凤？”

“我是梅天凤。”

“怎么回事，为什么铐人？”

梅天凤哼了一声：“梁副秘书长，你家这个亲戚欺行霸市，人家买一碗老豆腐，他只给人家半碗，还满嘴污言秽语。我得替梁副秘书长管管你家这个奸商亲戚，不然的话，他将来怕是要给你闯大祸的。”

梁占义一时无语，沉吟了一下，看看杨来宝：“你跟他们去一趟吧，说明一下情况。”说罢，转身走了。

梅天凤端起桌上的半碗老豆腐，递给了苏树申：“拿着去，打官司就是个证据。”梅天凤转身走了。

梅天凤进了办公室，早点没吃，却生了一肚子气，她想喝点水。刚刚抄起暖水瓶，猛听得一阵脚步响，曹正汉噔噔噔地跑进来，满脸惊慌：“梅科长，出事了！”

梅天凤听得一惊，放下暖水瓶：“怎么回事？”

“南茂才被人杀了，在兴隆客栈。”

“啊？”

“我刚接到巡警报告，说是兴隆客栈报案，昨晚住下的房客南茂才被人杀了。巡警已封锁了客栈。”

“南雨鸾知道了吗？”

“我派巡警去通知了。”

“走，咱们去兴隆客栈。”

梅天凤一路猜测，想不透是谁杀害了南茂才。特务？特务为什么要对南茂才下毒手呢？南茂才身手不凡，取他的性命，并不是件容易事，凶手必定不是寻常人物。凶手会是谁呢？南茂才的真实身份又是什么呢？

晨雾非但没有散去，反而聚集得更浓厚了，浓浓的雾气漫天涌动，街道显得十分诡秘。雾气朦胧之中，但见几个巡警守在兴隆客栈门口，当即向梅天凤、曹正汉点头致意。

梅天凤进了客栈，去了南茂才的房间，看见两个警察正在勘查现场，围着南茂才来回转圈儿，细心观察，不时在本子上记着。南茂才坐在椅子上，头仰着，目光定格在天花板上，嘴巴微微张着，似有许多话讲。他胸前被刺中了一刀，嘴角溢出的血迹已干涸了，呈酱紫色。屋中并没有打斗过的痕迹，很可能是熟人作案，南茂才应是在毫无提防的状态下被杀的。梅天凤看得明白，南茂才是被淬有剧毒的利刃杀死，凶手冷酷而且果断。梅天凤再次四下打量，桌上有两杯冷茶，一杯应是南茂才自己的，另一杯应是客人的。客人会是谁呢？梅天凤若有所思，又看看曹正汉，便走出了房间。曹正汉忙随她出来了。

巡警正在门外盘问客栈的掌柜，隆冬天气，掌柜的却满头大汗。他惶惶地摆手：“我真不知道谁来过……”

梅天凤刚听掌柜的说了几句，忽听到一阵匆忙的脚步声。梅天凤转身看，南雨鸾来了，她身后跟着两个跟包儿。南雨鸾用哀伤的目光看了看梅天凤、曹正汉，就进客栈了。不一刻，客栈里传出了南雨鸾号啕哭声。

曹正汉看着雾气蒙蒙的街道，皱眉对梅天凤道：“科长呀，待南雨鸾出来，你是不是跟她谈谈线索？”

“好吧。”

“我去看看街邻或许有什么线索？”

“去吧。”

梅天凤站在客栈门前等了一会儿，南雨鸾走出来了。南雨鸾泪眼婆娑，面色苍白，像是刚大病了一场。

梅天凤迎上两步：“雨鸾。”

“梅科长……多天不见了。”南雨鸾欠身致意。

梅天凤皱眉道：“我一早听到了这件凶事，很意外。”

南雨鸾悲切说道：“堂兄千里迢迢而来，怎么会遭了毒手呢？或是堂兄得罪了人？不然就是朝着我来的？”说到这里，南雨鸾突然捂住胸口，很难受的样子。

梅天凤关心道：“病了？”

南雨鸾摇头：“前些天在台上不慎失足跌了，受了点儿轻伤。”

梅天凤关切道：“伤筋动骨一百天呢，你要好生歇息。”

“多谢梅科长惦记，咱们这行当，跌打损伤是常有的事儿。不碍什么。”

“令兄遭遇不幸，雨鸾节哀顺变。”

“不瞒梅科长，我已经心神俱乱。”

“冒昧问一句，你在保定有什么仇人吗？”

“梅科长应该知道，我来保定几年了，从来小心，只以魔术为生计，从不跟人结怨。”

“再冒昧问一句，你当初为何到保定立身呢？”

“不怕梅科长笑话，当年家乡的杂戏班子散摊了，我一路卖艺北上，本想去北平，走到保定，却懒了腿脚，便入了‘梅氏杂戏魔术社’。之后，你都知道的。”

“明白。”

南雨鸾还要说什么，却看车晓义匆匆飞跑过来，向梅天凤报告：“梅科长，有紧急情况！”

南雨鸾忙说道："梅科长，你先忙公务，我们改日再谈。"

"那好，雨鸾若有什么事需要我帮忙，言语一声。"

南雨鸾欠身道："那先谢过了。"便转身走了。

梅天凤目送着南雨鸾远远去了，她眉头微微锁了，刚才听到南雨鸾的悲切之声，她感觉有点儿夸张，脸上的悲伤表情也有些演戏的味道。

梅天凤转身问车晓义："什么情况？"

"西大街储蓄所被抢了。"

"你说什么？"梅天凤登时惊了。

梅天凤"被捕"

《保定史志》记载：民国三十七年（1948）十二月二十九日，保定发生了一件大案。之前几乎没有任何征兆，位于保定西大街的中国人民银行储蓄所被抢劫了。

银行职员还原现场情况：早上八点开门，两个商号的会计和几个市民进来，排队办理业务。不多时，竟然闯进来一个醉汉，这醉汉先后与办理业务的群众和银行职员寻衅争吵，后来就发生了撕扯。正在纠缠，进来了五个巡警，询问了几句，说要带回局里问话，便将这个醉汉与两名来办理业务的顾客及两名银行职员带走了，并以调查赃款赃物为由，连钱款和实物也带走了。银行负责人感觉奇怪，即打电话给公安局核实情况，公安局告知没有派巡警去银行出警。银行负责人当即醒悟，立刻报案了。

（三天后，两名职员被杀，两名顾客同时被杀。尸体被扔在西城外的河滩上。）

经统计，此次被抢货币共一千七百三十五元；所抢实物，计小米两百斤、面粉三百斤、白布三匹。被三辆马车悉数拉走了。

[年轻读者会奇怪，银行如何会有粮食和布匹呢？谈歌介绍一下1948年保定的银行情况。《保定市志》记载：经中共中央批准，民国三十七年（1948）十二月一日，在华北银行、北海银行、西北农

民银行的基础上，于石家庄成立了中国人民银行。行长为南汉宸。之后，中国人民银行冀中分行营业处在保定成立东城储蓄所和西大街储蓄所，同日公布了活期储蓄存款与定期储蓄存款的暂行章程。其中定期储蓄分为整存整付、零存整付、整存零付、存本付息四种，每种分货币储蓄和折实储蓄。货币储蓄本金的存取与利息均以货币计算；折实储蓄以货币折合成实物存入，提取时以实物折成货币付给。实物以“标准实物单位”计算，一个实物单位包括：面粉一市斤、小米一市斤、布一市尺，三种定量物价，以《保定日报》当天公布的物价为准。存取款项，均以前一日价格计算。读者千万不要误以为一千多块钱是个小数目，当时保定的小米八分钱一斤，面粉一角二分一斤。用心算算，一千块钱得买多少东西，那真是个大钱呀。]

梅天凤赶到时，杨昆平已经带人勘查了现场。据街前群众提供的线索，共有五个巡警把人和东西押走的，这五个巡警是分乘三辆马车来的。毋庸置疑，五个巡警是国民党潜伏特务装扮。现场分析，至少有十名敌特分子参加了行动。

有没有“内鬼”里应外合？经银行内部排查，一个负责打扫卫生，名叫刘兰芝的职员失踪了，刘兰芝是满城县城关镇人。公安局当即追查这个人，却是个冒名顶替的。

第二天，有人把从银行抢劫的钱给公安局寄回了一百元。当然，并非想收买谁，而是嚣张的敌特分子对公安局的嘲弄。

元旦这天，银行抢劫案的侦破还没有重大突破，公安局却有了另外的收获。

1949 年元旦（农历腊月初三，星期六），《人民日报》发表了毛主席《将革命进行到底》的新年献词。

元旦早上，鲜润的太阳从东山升起，西大街各家商铺先后开门。到上午九时许，西大街熙熙攘攘，行人如织，逐渐热闹起来。人群中出现了陆城，他身后跟着四个支援他的特务。预先埋伏在周边的公安人员当即收网抓捕，陆城开枪拒捕，被当场击毙，跟在他身后的两个特务缴械投降，另外两个开枪抵抗时被击毙。化装成农妇的梅可心，正带着几个特务在街角安置炸药。听到枪声，梅可心情知不妙，当即扔下炸药，混入人群中跑了。余下几个特务却慌不择路，四下乱撞，先后被公安人员抓捕。

（行文至此，剧透一句：孙毅主任视察西大街商铺，本是杨昆平放出去的一个假消息，借以探查公安局内部有无敌特卧底，此举果然奏效。杨昆平由此锁定了在公安局卧底的国民党特务。）

连续几天，梅天凤审讯了在西大街抓捕的特务，却没有关于银行抢劫案的线索。这天早上，梅天凤带着一身寒气，刚走进办公室，曹正汉就打来电话说，清晨抓住了一个国民党的“高级特务”。

梅天凤疑问：“高级特务？什么身份？”

曹正汉笑道：“经两个被捕的特务指认，此人是从南京来的保密局特派员，名叫张复一。”

“张复一？在哪儿抓的？”梅天凤问。

“呵！这家伙当时正在东大街的粥摊上吃早点，我们站在他身边的时候，他嘴里正忙着吃烧饼呢，一点儿反抗都没有，嘴里嚼着烧饼就被抓了。”曹正汉在电话里哈哈笑了。

梅天凤的目光投向窗外，但看雾气开始流散，天色渐渐明朗。晕晕沉沉的太阳却似乎还没有睡醒，一副懒洋洋消极怠工的样子，挂在东边的天上。

梅天凤笑了：“老曹，你等着我，我去见见这个喜欢吃烧饼的‘高级特务’。”

曹正汉笑道：“天凤呀，你也爱吃烧饼，你得好好审这个张复一，听听他吃烧饼的体会与心得呀。”

梅天凤笑了：“我更爱吃饺子。审完了，我请你吃饺子吧。”

曹正汉尴尬地说：“我可吃得多，你请不起呢。”

梅天凤笑：“不怕你吃呀，谁家过年不吃顿饺子呢。快过年了呀。”

曹正汉笑了：“我都快忙忘了，真是快过年了呢。”

（1949年1月22日，傅作义在《关于北平和平解放协议书》上签字，并发表文告，宣布自即日起停战。1月31日，北平宣告和平解放。国民党驻北平守军撤离市区，开拔至城外接受解放军改编。史料记载：自1948年11月29日至1949年1月31日，历时六十四天的平津战役宣告结束。2月3日，解放军进入北平。消息传来，保定市民一片欢腾，北平无战事了呀！）

1949年正月初六，满街的鞭炮声迎来了保定“马日”的清晨①。“天时古董店”开门了。季钧正在柜上埋头写账，一个穿灰布棉袍戴黑礼帽的男人走进来，拱手微笑道：“李经理恭喜发财！”

季钧放下笔，抬头看来人，忙走出柜台，拱手笑道：“章先生牛年吉祥！”

“我要的那幅画到了吗？”

“早到了，正等你鉴定真伪呢。屋里请。”便转头示意伙计在门外望风。

来人正是马凯旋。

季钧与马凯旋进了里屋，相对坐了。季钧给马凯旋倒了杯茶，皱眉问道：“我听说，北平站的几个行动小组，春节期间相继被共党抓捕，真的假的？”

马凯旋点头：“情况属实。诸多同志被捕，一些不坚定分子先后叛变，加剧了这场灾难。傅作义举城附逆，或在预料之中。万万没有想到，顾也正也反水了。保密局在平津两地潜伏的同志，多被顾出卖，余下的群龙无首，现处于惊弓之鸟的失措状态。顾祸虽尚未殃及保定，但我们的情况也越来越困难了。保险起见，我昨夜关闭了两个联络站。”

“站长做得好。”

---

① 保定传统风俗：正月初一为鸡日，初二为狗日，初三为猪日，初四为羊日，初五为牛日，初六为马日，初七为人日。即合了民间所谓女娲创造万物，先造六畜后造人之说。

“你这里如何？”

季钧的目光黯淡下来：“自元旦刺杀孙毅的行动失败，同志们的情绪都很低落。”

“关于孙毅的那个情报不实，‘狼’过分相信那个内线了。”

“损失太大了，陆城与两个支援的同志当场被杀，其余的都被捕了。梅可心还算机灵，跑出来了。”季钧皱着眉头，干干地搓着两只手。

“可惜了陆城呀！”马凯旋叹惜不已。

“‘狼’和张复一是猪脑子呀？简直是乱指挥！”季钧恨恨地骂道。

“总结起来，张特派员真有些冒失了。但‘狼’策划抢劫了共党西大街银行储蓄所。总算对毛局长有个交代了。”

“这件事震动的确不小！”

“张特派员前些天被捕了？”

“我听说了，想不到呢。”

“共产党效率太高，民众多被赤化，眼睛太多。”马凯旋目光突然警觉起来，兀自四下看了看。

“站长放心，张复一没来过这里。”

“这还好。毛局长来电，再次强调，时局危艰，苦撑待变，我们还要有大的行动。”

“苦撑待变？大的行动？”季钧不屑地笑了笑，“站长与我说这话，无异于两个秃子讨论梳子的功能问题。”

“季钧，情绪太低落了吧？”马凯旋的口气有些不满。

季钧摆手：“开句玩笑而已。站长今日找我，有何指示？”

马凯旋站起身，一只手撑着桌角，弯下腰，盯着季钧的脸，郑重说道：“传达毛局长指示，国军撤离保定仓促，军令部一批重要档案不慎遗落在保定，档案装在十余只木箱里，木箱贴着‘军令部督察’的封条。毛局长命令我们，尽快安全起运送到南京。”

季钧听罢撇撇嘴：“我不大相信，党国都到了全线溃败的地步，还有什么重要档案能留在保定？不可思议。”

马凯旋重新落座，严肃说道：“季钧，此事不容怀疑。‘狼’昨天告诉我，这就是保定站全体留下潜伏的理由。‘狼’及其小组为完成这个任务，也全部潜伏了。”

“如何行动？”季钧顿时严肃起来。

“‘狼’已查明，这批档案藏匿在大舞台剧场，具体位置尚不清楚，我们分头寻找。”

“明白。”

“再有，梅天凤太了解我们了，她是我们安全潜伏的最大威胁，要利用那份被曹正汉窃走的名单，尽快治梅天凤于死地。‘狼’分析了，梅天凤若是被共党逼急了，依其暴烈性子，或还能为我们所用。到时，由你出面策反此人。”

“梅天凤能被策反？”季钧摇头看着马凯旋，目光很是疑惑。

（这似乎仍是一个与“秃子讨论梳子”的话题。）

“曹正汉‘盗书’之时，就埋下今天的伏笔了。”马凯旋笑了。

“但愿梅天凤真能掉进去，‘望日莲’也就保险了。”

“除了梅天凤，还有一个甄广宁，对我们也是个很大的威胁。”

“也要策反他吗？”

“不！‘狼’决定除掉甄广宁。此人在保密局卧底多年，熟知我们的情况，若不及时除掉，就会有大麻烦。此事由‘狼’亲自安排。你负责打探甄广宁的活动规律。”

“明白。我有一个建议。”

“讲。”

“请站长转告‘狼’，张特派员被捕，很难预料后果，他一旦撑不住，我们打入共党内部的‘卧底’很可能暴露。潜伏不易，若无特殊需要，内线同志或应及早撤离。请‘狼’多多体恤。”

“‘狼’已经做了安排。”

“如此最好。”

“我先走了。”

“站长保重。”

季钧从窗子里看着马凯旋匆匆汇入街中的人流，他当然知道，马凯旋已经着手对梅天凤采取行动了。马凯旋这个针对梅天凤的反间计，只是整个潜伏任务的一部分，不仅要在共党自相残害的状况下，保护“狼”与马凯旋的安全，更要在共党真假难辨的混乱中，使更多的潜伏者借机混入共党的要害部门。

季钧却想不到，梅天凤已在暗中怀疑到了马凯旋针对她的这个恶毒计划。

保密局特派员张复一被捕后，咬牙抗了几天，终于熬不住了，昨天夜里彻底“撂”了，悉数交待了他所知道的情况，供出了潜伏在保定市区的“火龙”（即季钧），及潜伏在徐水县的“火蛇”“火虫”。

让审讯的干警绝对想不到的是，张复一最后供出了潜伏在公安局的“恐龙”——梅天凤。审讯人员当即将审讯情况上报杨昆平。杨昆平大吃一惊，昨天一早，他已派梅天凤带人去满城县抓捕特务了。张复一的口供不能全信，但也不能不信呀。杨昆平当即派车晓义，迅速带人去满城县寻找梅天凤。杨昆平亲自指示车晓义：一旦找到梅天凤，立刻逮捕，必须活口，即待审讯。

按照时间推算，或是在车晓义带人匆匆去满城的途中，一个可疑的疤脸汉子，在保定街中被公安局的侦察员发现并追踪。这疤脸竟然去了“梅氏杂戏魔术社”，他悄悄进了梅天凤的房间。侦察员不想打草惊蛇，要继续跟踪，没料到，疤脸竟被霍玉珍发现了。他刚从梅天凤的房间溜出来，便被霍玉珍带着几个艺人抓住了。霍玉珍检查梅天凤的房间，发现了疤脸汉子偷偷放进来一封信。

这信竟然是写给“恐龙”的，要“恐龙”按计划行事。梅天凤当真是“恐龙”？

疤脸当即被押到公安局审讯，他却死也不肯开口。

不开口不要紧，有那封信为证。疤脸汉子是特务无疑。

公安局的领导感觉情况严重，张少东副局长建议，立刻上报保定市委领导。

市委领导读了那封送给梅天凤的信，却并不相信，认为这是敌人的反间计。张庆春书记笑问张少东："少东同志，如果梅天凤是国民党潜伏特务，那我们是什么？仔细审讯这个特务，一定要让他说实话。"

而想不到的事情发生了，疤脸特务被审讯时，突然气绝身亡。尸检证明，这特务之前服了特制的毒药，乃毒发身亡（这种毒药是当年戴笠主管军统局时的发明，类似定时炸弹，定时毒性发作，若无解药，登时毙命）。区区一个送信的特务能如此顽固不化不怕死？副局长张少东认为，如果说这是敌人的反间计，可是反间计也不至于搭上人命吧？张少东进一步推断，此人是"死间"。

（唉，什么"死"间"活"间的，后来才知道全都搞错了。这疤脸汉子并非特务，而是"狼"花钱从外地雇用的一个混混儿，预付了一半定金。临行前，"狼"给这混混儿服用了"定时毒药"，"狼"告诉混混儿，给"恐龙"送信后，如若被捕，一句话也不要说，只要坚持两天，必定有人搭救。这混混儿被关在公安局，还傻乎乎地盼着有人来搭救，再去找"狼"要另一半酬金，这……只能去找阎王爷讨要了。）

杨昆平立即召开公安局干部会议分析案情。谁也想不到，杨昆平在会上竟然转变了态度，他基本认定，梅天凤就是代号"恐龙"的国民党潜伏特务。证据之一，特务给梅天凤送信，信中称其"恐龙"；证据之二，被捕的保密局特派员张复一，供认梅天凤就是"恐龙"。张复一还交代，南茂才也是保密局特务。南茂才与梅天凤接头后，梅天凤担心南茂才暴露她的"恐龙"身份，当即杀人灭口。另有补充证据，杨昆平接到侦察科报告，南茂才被杀现场，留有一块手帕，经霍玉珍及"梅氏杂戏魔术社"的艺人辨认，确属梅天凤所用之物。

案情分析会么，必定是畅所欲言，众人先后发言。有人惊讶，认为梅天凤隐藏得太深了，应立刻逮捕。更有人反对说，梅天凤绝对不会是特务，多年来，梅天凤同志在对敌斗争中，英勇顽强，对党忠心耿耿，是经受过考验的好同志。张复一的指认未必可信。现场所留的手帕，以及特务送的信，都是敌人栽赃陷害。

杨昆平最后作总结发言。他郑重说道：“同志们，我也不愿意怀疑梅天凤，我与她是多年出生入死的战友，若怀疑她是特务，岂不是也怀疑我自己吗？可种种证据表明，梅天凤就是混入我们队伍里的敌特分子。时下，我们由暗处转到了明处，敌人则从地上转入地下。斗争环境变了，斗争程度更加复杂，同志们一定要提高警惕。中央领导说过，我们的同志，从枪林弹雨中走过来，不会被带枪的敌人打倒，怕是要被敌人的糖衣炮弹打倒呢。就在前几天，刚刚解放的张家口，就发生了一个干部私吞公款并与敌特勾结的案子。此人是我的一个老战友，他坐过敌人的牢房，受过敌人的严刑拷打，但是他都挺过来了。想不到呢，行百里者半九十。他却栽倒在了胜利之时。真是令人痛惜呀。不必详说了，种种证据表明，梅天凤就是国民党特务。”

副局长张少东插话说：“昆平书记的话很深刻。就算梅天凤历史上没有问题，难保她近期没有被敌特拉拢下水啊。”

治安科长李立群附合道：“张局长所言极是。”（李立群，河南安阳人，他于清风店战役负伤，出院后，被分配到保定工作。剧透一句：这个“李立群”却是“狼”安排到公安局的特务。后边再说。）

杨昆平又皱眉说道：“还有一件事，我可以告诉大家，民国三十六年，（读者莫误会，杨昆平绝非“民国范儿”，张口闭口“民国”。时年新中国尚未建立，杨昆平还不以公元纪事。）梅天凤参加解放区整风期间，就有人揭发她与特务暗中来往。当时只因证据不足，不了了之。今天看来，当年的揭发并非捕风捉影，当属空穴来风呀。”

张少东插话：“我查过档案，当年萧家广、卫德义二人与梅天凤同时暴露，为什么梅天凤活下来了，而那两个同志却牺牲了？其中疑点多多。可否这样怀疑，梅天凤出卖了萧家广与卫德义？”

杨昆平点头：“少东同志说的有道理，种种线索表明，或许那个时候，梅天凤就暗中投靠了保密局。”

局长、副局长都这样说了，别人还能说什么？

正在开会，满城传来了消息，梅天凤已在满城县调查完案件，正在返回保定的途中。杨昆平当即说："看来车晓义同志扑空了。梅天凤但在保定露面，立刻秘密逮捕。"

梅天凤却一点不知情呢。她风尘仆仆地从满城县赶回保定，刚走进公安局，就被捕了。傍晚，杨昆平亲自审讯梅天凤，李立群陪审，车晓义记录。想不到，刚问了几句，就谈僵了。

梅天凤诘问："杨局长，只凭敌人送来的一封信，就认定我是特务？就认定我梅天凤是什么'恐龙'？你们是不是太幼稚了？一块留在南茂才被杀现场的手帕，就算是我的，就能怀疑我是杀人凶手？"

杨昆平与李立群面面相觑，一时无言以对。

梅天凤皱眉道："我真的不理解了，这样对待我，组织上是不是太过草率？"

李立群"哼"了一声："梅天凤，你说得很感人，但我们都知道，骗子的话么，一向都很让人感动。"

杨昆平摇头："梅天凤，认定你是特务，我很遗憾。"

梅天凤"哼"了一声："我也遗憾呢。"

杨昆平不想再说，喊人进来，命令秘密看押梅天凤，明天继续审问。杨昆平厉声说道："没有我的命令，不准任何人见梅天凤！"

但是，半夜时分，还是有人来看望梅天凤了。

谁来了？杨昆平。

杨昆平在黑暗中走进关押梅天凤的房间。

梅天凤惊讶道："杨书记，你怎么来了？"

"嘘！我还是不大放心呢。"

"按照我们预先的计划，杨书记还有什么不放心吗？"

"你想呀，我们原来的计划，是根据南茂才被杀现场发现的那块手帕逮捕你。可是突然来了一个近乎送上门的'保密局特派员'供出了你，再来了一个特务送信给你。这说明什么？说明敌人急于陷害你，敌人必定会有更大的动作。"

“我也仔细想过，敌人在保定这样一个城市，潜伏了这么多特务，实在出乎了我们的预计。敌人一定还有什么我们不知道的秘密。他们急于对我下手，或是怀疑我掌握了他们的什么秘密？”

“市委领导也是这样考虑。所以，上级要求我们尽快侦破敌人的秘密。”

“会是什么秘密呢？”梅天凤皱眉。

“目前还没一点儿线索。先说眼下吧，我还是有些担心，我们这次顺水推舟，敌人会不会有所怀疑呢？”

“我仔细考虑过，我们这次行动很缜密，敌人不可能识破。”

“天凤呀，这件事必须做得跟真的一样，否则骗不过敌人的。”

“如果我接触不到‘狼’或者‘恐龙’，就必定接触不到敌人的秘密。应该怎么办？”

“你视情定夺。”

“我出去之后，先做什么？”

“这正是我来告诉你的。北平已和平解放，顾也正也随傅作义起义了，他也是你的老熟人了，你‘逃’出去之后，要迅速赶到北平，找到顾也正，核实保密局在保定潜伏的特务名单。”

“好，我先去找顾也正。”

杨昆平笑道：“你可不能大摇大摆地去呀。顾也正随傅作义起义之后，毛人凤怒不可遏，已经悬赏取他的性命。顾也正现被北平公安局严加保护，不能随便见人呢。”

梅天凤疑惑：“那……”

杨昆平从兜里掏出一封信，递给梅天凤：“你到北平后，先打电话给公安局的薛仲平同志，你把这封介绍信交给他，由他帮你联系顾也正。”

梅天凤接过信：“知道了。还有一件事，我想利用霍玉珍，甄别出潜伏在杂戏社里的特务。杨书记暂且不要对杂戏社有什么行动。”

“需要多长时间？”

“用不了多久，很快就会见分晓。”

“好吧。你现在就要孤军作战了，一定要保护好自己。”

“杨书记放心吧。”

“好，你休息一会吧，天亮时我让人把门打开，你‘逃’出去，先去我家吧。”

（梅天凤多年后回忆，这一场“苦肉计”，就是为潜入我们内部的潜伏特务演出的专场。保定刚刚解放，敌人派了诸多特务，以各种身份打入了我们内部，一时真假难辨。杨昆平与梅天凤秘密商议，借敌人企图搞乱我们之机，将计就计，起底“内奸”。）

破晓前，天空总是灰色的，沉睡中的城市还没有完全苏醒。早春季节，保定城好像一幅淡淡的水墨丹青，所有的颜色，都融入了破晓前这一片灰蒙蒙之中。保定公安局院内突然加强了“警戒”。

因为黎明前，梅天凤“逃跑”了。

杨昆平勃然大怒：“梅天凤说跑就跑了？嗯？你们都是吃干饭的？昨天晚上谁当值？关禁闭！”

公安局在城内展开了紧急搜捕。

略查史料便可知道，中华人民共和国成立后的城市治安工作很容易做了。国民党无可比拟的是，共产党有了深入群众发动群众这个“法宝”，这也是国民党特务在大陆很难存活的一个基本缘由。在偌大一个保定市，搜捕一个梅天凤，不出一天两天，必定能够找到。今天却奇怪了，搜捕了整整一天，公安局恨不能眼睛里伸出手来，就是抓不到梅天凤。难不成她插上翅膀飞了？

肯定搜不到呀，梅天凤躲到了杨昆平家里，公安局绝不会来搜查领导家的，而且杨昆平已亲自开车送梅天凤出城了。

向晚时分，公安局治安科长李立群在搜捕梅天凤无果后，走到南大街，左右看看，便径直去了大旗杆南边的“好面馆”。

这是一家不大起眼的面馆，已开了两代。老掌柜名叫曲老根，共有四个儿子。抗战中，曲老根和三个儿子被日军的炮弹炸死了，小儿子由四宝当了掌柜。面馆很简陋，两张餐桌几条板凳已经破旧不堪，看不出原来的颜色了。

李立群进门之前，有个中年汉子在这里吃过了。这汉子吃了一个半红薯面的菜合子，喝了大半碗菜汤。汉子衣着不算华贵，但剪裁得很好，头上戴着一顶黑色礼帽，压到了眉毛，吃饭的时候也没有摘下，似乎不愿意让人看到他的真实面目。

李立群进来时，汉子刚刚走了。

李立君四下打量，看到临窗的桌上还留着半碗菜汤，半个红薯面菜合子。一双筷子并拢，放在了碗的左边。李立群的瞳孔收缩了。这是接头暗号。一双并拢的筷子表示：事情开始了。

掌柜的曲四宝欢欢儿地迎上来，欠身笑问："先生吃点什么？"

李立群笑道："来碗羊汤荞麦鱼儿。"随即低声问："刚才的客人几时走的？"

"与你前后脚。"曲四宝左右看看。

"是个什么样的人？"

"一个穿着很体面的汉子，脸没看清楚，给了我一块钱，没让找零。我收拾桌子，知道是自己人。"

"知道了。这几天你眼睛要睁大些。再有，你告诉'狼'，梅天凤已经逃走。"

"明白。"

"我这儿已准备好了，请示'狼'，何时铲除甄广平？"

"我天黑就去请示。"

"若有紧急情况，在门外挂出减价的牌牌儿，我另设法联系你。"

"记住了。"曲四宝转身向灶房喊道，"羊汤荞麦鱼儿一碗。"

顾也正"幡然转身"

保定公安局全力追捕梅天凤的时候，梅天凤已在保定东去十五里的漕河火车站悄然上车，去了北平。车到北平时，天色暮霭浓郁已然向晚。梅天凤顶着料峭的寒风，匆匆赶到了北平公安局，打电话找薛仲平。不料，薛仲平竟出差了。梅天凤很沮丧，只好先找客栈歇了。

梅天凤耐住性子等了两天，薛仲平才回来。梅天凤匆匆去见薛仲平，薛仲平看了梅天凤的介绍信，请梅天凤在会客室坐了，给梅天凤倒了杯热水，便打电话联系顾也正。梅天凤双手捂着热热的水杯，望着北风呼啸的窗外，一时有些出神了。她想象不出，顾也正现在是个什么样子？这个近乎“顽固不化”的国民党特务，怎么会幡然醒悟“起义”了呢？

［查阅史料，顾也正本该去南京。他参加北平和平起义，却是个前赶后错的寸劲儿。

1949年1月22日下午，傅作义与中共谈判代表接洽后，晚上迅即召见国民党驻北平师旅以上长官，以及党通局、保密局副站长以上干部。傅作义通报了和平起义的决定，通报之后知会在座诸位，去留随意。凡愿意走的，次日用专机送他们回南京。散会时已是深夜，傅作义挥别众人，却单独留下顾也正谈话。顾也正在北平期间，与傅作义相处甚笃，日渐有了交情。

傅作义没寒暄，单刀直入问了一句：“顾兄也想回南京吗？”

顾也正苦笑点头：“傅总司令，我还能去哪儿呢？我是共产党的死敌啊。’

傅作义起身望着窗外厚重的寒夜：“听傅某一句劝，顾兄若走，也不宜去南京，或出国或香港，均可选择。”

“傅总司令此话何意？”顾也正皱眉问。

“最后关头，作为朋友，傅某不再瞒顾兄了。”傅作义目光重重地看了顾也正一眼，起身走到办公桌前，拉开抽屉取出一封信，递给顾也正。

顾也正迟疑地接过，打开看了，登时满头大汗。此信是毛人凤写给傅作义的密信，毛人凤要求傅作义监视顾也正，顾或有投共嫌疑，若有不轨，当即处决。

顾也正将信还给傅作义，揩了一把头上的冷汗，喃喃道：“想不到呀，毛人凤竟然怀疑我是共党。”

傅作义苦笑道：“顾兄，国民党向来如此，杯弓蛇影惯了，疑人偷斧的事情便多了。你我朋友一场，可说句实话，你想如何?”

顾也正呆了一刻，起身说道：“多谢总司令指点迷津，顾某愿意随你一同起义。”

“兹事体大，顾兄或再慎重考虑……”

顾也正断然摆手：“不必，顾某愿追随傅总司令鞍前马后。”

“好!”傅作义击掌称赞。

当夜，顾也正在北平保密局召开科长以上干部会议，除却杨沿海、裴寂革几个不愿留下，其余人等跟随傅作义一体起义了。

行文见缝插针，交代一下裴寂革的结局。或许谁也没想到，裴寂革竟然是一名中共党员。

《保定人物》记载：裴寂革（1911—1950 年），河北唐县人，1931 年毕业于保定育德中学，后留校任物理教员。1935 年参加中国共产党，1936 年奉河北省委命令，打入军统组织，之后一直从事地下工作，为党获取了许多重要情报。

1949 年初，裴寂革奉命继续潜伏，随国民党撤逃台湾。到台后，他奉上级命令担任蔡孝乾（蔡孝乾时任台湾中共地下组织主要领导人）与陈宝仓之间的联络员。1950 年 2 月 2 日，蔡孝乾被捕叛变，供出了吴石将军。蒋介石震怒下令逮捕吴石将军，涉捕陈宝仓中将及联络员裴寂革若干人等。1950 年 6 月至 7 月，“吴石案”所涉二百余人被国民党特别军事法庭先后判处死刑，裴寂革于 7 月 8 日在台北马场町刑场上英勇就义。

台湾报纸报道时，还配发了一张裴寂革被押赴刑场的照片，裴寂革身穿白衬衫，脚穿马靴，两手反绑，表情自然，面露微笑。报道称“裴犯形象英武，大义凛然，死前毫无惧色”。唉，如此英雄人物，可惜了。网上传有裴寂革生前诗歌数首，摘录一首如下：

身破方知守初心，
义高谁笑丈夫贫。
拼将一死酬知己，
把剑高歌望鬼门。

(……英雄气概，跃然纸上。)]

顾也正接了薛仲平的电话，匆匆赶来见梅天凤。梅天凤起身迎了，但见顾也正满面红光神采奕奕，身穿灰布制服，完全一副共产党干部的打扮。

顾也正惊讶地笑道："天凤姑娘，想不到是你来找我。"

梅天凤哂然一笑："顾先生，久违了。"

"你是共产党……"

"你没想到?"

顾也正尴尬地一笑，摇摇头后又点点头："真没想到，却也在情理之中啊。快请坐。"

二人相对坐了，寒暄几句，顾也正先说了他起义的前后经过，之后感慨万千："天凤呀，说句实话，我这样一个手上沾着共产党鲜血的国民党特务，跟着傅将军起义，也算是冒险一赌，先冷汗三身又热汗三身呀。万万没有想到，共产党真的不计前嫌，真正是宽宏大量啊!"

梅天凤点头称赞："顾先生弃暗投明，识时务知大体，让人佩服。我此次来，是有公事相求。"

"别客气，天凤请讲。"

梅天凤便说了来意。

顾也正听了皱眉："保定站的潜伏名单，马凯旋并没有报给我。前后报给我的两份名单，都是假的。"

"为什么?"梅天凤惊讶。

"马凯旋或另有深意。"

"为啥?为遮人耳目?"

顾也正摇摇头："不止如此。马凯旋行事，一向精密计算，他此举用心良苦，或是为我考虑。他担心这个名单一旦外泄，顾某必有嫌疑。于是，保定站的潜伏名单，直接报告了毛人凤。"

梅天凤点了点头："原来如此。"

顾也正继续说道："还有一事。据我所知，按照原来拟定的部署，保定不会有这么多潜伏人员。仅我知道，保密局留在保定的潜伏特工，远远超过了既定人数。不止有保定站全体，还有其他人员，如南京保密局直属行动组，也留在了保定。”

“你说的……是‘狼’吗？”

“是的。”

“此人公开身份是什么？”

“公开身份？我不清楚。只听说此人原是乔运典下属。我从没见过此人。”

“还有‘恐龙’，顾先生知道多少情况？”

顾也正摇头：“我只听说过这个代号。我猜测，此人与‘狼’相似，都是保密局总部的直属特工。”

“派这么多特务在保定潜伏，有什么具体任务？”

“我一无所知。”

竟然是这样一个结果，梅天凤有些失望，怏怏起身告辞。

顾也正送梅天凤出来，走出很远，才挥手告别，转身走了。

梅天凤又走出几步，兀自回头，望着顾也正的背影，梅天凤顿生感慨，如果马凯旋也像顾也正一样弃暗投明，那该多好。但她十分清楚，马凯旋必定顽固到底。

唉！人生么，切莫说什么前定或天定，更多时候，人为也！

[行文至此，且说几句顾也正的结局。顾也正追随傅作义和平起义后，暂时留在傅作义身边工作。1949 年 8 月，顾也正随同傅作义、邓宝珊到绥远，促成和平起义。其间配合公安人员，粉碎毛人凤派遣保密局特务对傅作义的暗杀行动，顾也正也起到了一些作用，受到傅作义的表扬。随傅作义回北平后，顾也正奉调北平公安局协助工作，在之后的反特运动中，顾也正做了一些有益的工作。1951 年春天，顾也正调北京民政局任参议员。这年秋天，顾也正经人介绍，与北京商业局会计杜小春女士结婚。婚后第二年，杜小春生了一个儿子。

1954 年 1 月，顾也正请假，陪妻子回江苏泰兴岳父家探亲。不承想却遭遇了匪夷所思的长江断流。史载：1954年1月13日（农历腊月初九，星期三）下午四时许，江苏泰兴的天色，一片苍黄，长江水突然枯竭断流，江中航轮一概搁浅。此景骇然，犹如鬼怪作祟。顾也正一家五口（包括岳父岳母）闻讯也来至江边，观赏这一奇观，沿江居民纷纷下江拾取江中遗物或捉鱼。顾也正一家看得惊奇，也兴冲冲地随着人们下到江底捉鱼，一时乐不知返。殊料两个多小时后，江水如骤然发怒，汹涌而下。众人惊骇之下，急速上岸，顾也正一家五口却不及上来，俱身葬江中。顾也正时年四十三岁。

（顾也正这样一个结局，让人嗟叹。阴阳两界，一步之遥，毫无征兆，殊能预料？）]

梅天凤悄然回了保定。按预先约定，她在保定北大街“梁记裁缝铺”与杨昆平见面了。这里是杨昆平当年使用过的地下交通站，裁缝梁孝阳师傅，是杨昆平直接领导的地下交通员。

这里会面，绝对保密。

梅天凤汇报了与顾也正见面的情况。杨昆平听过后，稍加思索，即指示梅天凤继续逃亡。杨昆平估计，敌人很快就会联系梅天凤。他还告诉梅天凤，最近几天，国民党潜伏特务活动猖獗，大舞台剧场频频有特务出没，大舞台经理韩起和昨天夜里遭绑架。杨昆平要求梅天凤，尽快摸清敌人对大舞台或有什么阴谋。

梅天凤点头答应。

二人谈话结束时，杨昆平的表情突然变得凝重悲伤：“天凤啊……”

梅天凤心下生疑：“杨书记，还有事？”

杨昆平沉痛地点点头，他告知了梅天凤一个不幸的消息：梅天凤去北平的那天晚上，甄广宁牺牲了。唉，一向谨慎的甄广宁竟然死于暗杀。

《保定传说》记载：中华人民共和国成立后，甄广宁奉调公安局治安科，因带着“玉米地”工作不方便，便把“玉米地”送到了“梅氏杂戏魔术社”，由杂耍艺人李天才带着演出。偶尔得闲，甄广宁便去看望“玉米地”。那天晚上，“玉米地”随李天才去大舞台演出。甄广宁下班后，赶去大舞台看戏。开戏前，甄广宁先去后台看“玉米地”，却被埋伏在后台的三个特务枪杀了。“玉米地”扑上前与三个特务搏斗，将其中一个抓了个满脸花，“玉米地”一条腿中枪受伤，三个特务仓皇跑了。

写到这里，谈歌感慨，身手敏捷且精明过人的甄广宁，竟是这样一个结果。真是可惜了。

[《保定人物》记载，甄广宁，河北永年县人，1913 年生，1929 年加入中国共产党，牺牲时年仅三十五岁。其短暂的一生，多为党从事隐蔽战线工作，数次打入敌人内部，不畏艰险，敢于斗争，从不退缩，做出了杰出贡献，在中共保定党史上，甄广宁烈士将永远被人们记住。后保定诗人吴大可（1930—1997 年，清苑县人，著有《大可诗草》等）赋诗悼之：

神筝一冲保定城，
妖魔鬼怪几堪惊。
忠于人民忠于党，
堂堂正正甄广宁。]

甄广宁牺牲第三天，被葬入保定西郊烈士墓地。

甄广宁入葬那天黄昏，有人看到“玉米地”拖着一条伤腿，蹒跚到了甄广宁坟前，倚着墓碑盘腿坐了，之后引颈长啼，整整一夜，啼声悲凉无限，似向主人告别，又似要在一夜之间，将满腔的悲愤哭尽。暗暗长夜，在“玉米地”的悲啼声中，被一片一片撕碎了。

这一夜漫长，直是寸寸难挨，“玉米地”悲啼得周遭居民的心如刀绞、如锯扯，大悲大恸之间，似过了一百年的光景。

及到天亮，“玉米地”的悲啼声才渐渐停歇。曹正汉一夜心悬不定，起了个大早匆匆赶去了西郊烈士墓地。但见“玉米地”已在甄广宁墓前气绝身亡。曹正汉伤痛不已，请示了上级，将“玉米地”盛殓了，葬在了甄广宁墓旁。

[后保定书画家、诗人贾瑞增（1936 年至今，河北满城县人，

著有《伏枥集》《人生悟语》等）赋诗赞曰：

此猿应是齐天圣，
亦英亦勇亦忠诚。
一夜悲声啼不住，
万众景仰甄英雄。

写到这里，谈歌不觉击节长叹。保定那些精彩纷呈的民间传说之中，由此增加了一个“玉米地”。]

梅天凤听杨昆平说罢，一时如五雷轰顶。

杨昆平悲叹一声：“甄广宁同志……可惜了。”

梅天凤痛苦地埋下头，凄然落泪：“广宁呀……”

窗外无声，大夜如墨……

曹正汉“被捕”

夜深人不定。梅天凤蹑足潜踪住进了保定东城“瑞祥”旅社，刚要合衣躺下，忽听店家敲门，说有人给她送来一张字条，搁在了柜上。

梅天凤便到柜前，取了字条，上边写着：到“凤鸣”旅社见面。

“凤鸣”旅社在“瑞祥”旅社的街对面。隔街相望，或是取你“凤鸣”我“瑞祥”之意。梅天凤知道，现在必定有一双或两双眼睛于暗处盯着自己，这家“瑞祥”旅社，或许就是特务的联络据点。梅天凤没犹豫，径直去了“凤鸣”旅社。

“凤鸣”旅社的一个细眉毛伙计开门迎了，寡着一张长脸不说话，引梅天凤去了一个房间。伙计轻轻敲了敲门，便转身走了。

季钧笑呵呵地开门迎出来。

梅天凤怔了一下，惊讶道：“你……”

“没想到？”

“真是没想到，我以为季副站长早就逃之夭夭了呢。”梅天凤讥笑了一声。

“请进来说话吧。”季钧却不介意。

梅天凤进了房间，二人相对坐了。梅天凤四下打量，这是个里外套房，里间门关着。两扇窗子，挂上了厚厚的棉帘。屋中央有一个很大的火盆。火盆周遭围了四只凳子，或是刚刚还有人烤火。烤火的人或许就在里间屋。

季钧嘲讽地问道：“天凤，眼下的日子很难过吧？”

“怎么讲？”梅天凤伸手烤火，斜眼看着季钧。

季钧嘲讽地笑道：“这还用说么，你现在百口莫辩，已走投无路。你的同志们正在全城追捕你。说不准什么时候，你梅天凤就成了同志的枪下之鬼了。”

梅天凤张了张嘴，却没有说话。

季钧用揶揄的口气笑道：“怎么，不想说些什么吗？”

梅天凤摇头问道：“季副站长，就凭你们区区几个特务，以为能得逞吗？”

季钧摆手笑道：“天凤，今天不说我，只说你。”

梅天凤愤然站起，恨恨说道：“说我？拜你们保密局所赐，我现在闹得人不是人，鬼不是鬼！你得意了吧。”

季钧摊开双手：“天凤啊，实在是国党看中了你的才能，才有心招募，共举大事呀。看过《水浒传》吧？梁山泊看中了卢俊义，才一步一步逼得卢俊义上了梁山。我们也是如此的初衷啊！”

“我？我是卢俊义吗？”

“你说呢？”

“我……或许是吧，唉。”梅天凤颓然坐下，点头叹息。

“这就是了。天凤你呀，真是个悲剧呀。”季钧双手摊开，一副爱莫能助的表情。

梅天凤兀自摇摇头，黯然无语。

季钧哂笑道：“天凤呀，若说这世间最伤人心的事么，并非被人当街打耳光或莫名痛骂，而是街中的飞短流长，上级怀疑你的眼神，同志拒绝你的表情。举凡无端遭受过这种屈辱的人，都会感到深深的绝望无助。天凤，你现在就算浑身是嘴，也说不清楚了。人生苦短，你精明干练年富力强，何苦非在共党这一棵树上吊死呢？”

梅天凤点了点头：“无论我多么恨你们，你说的道理或是不错。”

“眼下共党四处抓你。你除了投靠我们，别无出路。”

“我被你们陷害到这步田地，还能相信你们吗？再说了，似你们老鼠一般躲躲藏藏，能有什么指望？”梅天凤不屑地看着季钧，“哼”了一声。

“天凤，共党此时虽甚嚣尘上，但肯定不会长久。国军暂避一时，很快就会反攻。良禽择良木而栖，君子择明主而侍。你此时投诚过来，正合时宜呀！明白吗？”

“我……现在心里很乱，容我考虑一下如何。”

“好，我们有耐心。只是，共党可没有耐心呀。”

“……下次怎么见面？”

“等我通知。”

“好的，我先回去了。”梅天凤起身告辞。

季钧送走了梅天凤。梅可心闪身从屋内走出来，身后跟着三个特工。

“你们都听到了，可信吗？”季钧问梅可心。

“派人跟上了吗？”梅可心皱眉问。

“派了两个人，昼夜盯着。”

“我总感觉哪儿不对。”梅可心摇头。

“你听出什么破绽了？”梅可心疑惑地说，“破绽么，倒还没有。只是……似乎太容易了呢，依我二姐的性子，她不容易被说动呀。”

季钧讪笑道：“不是被我说动了，而是她走投无路了，我们只是给她指了一条生路罢了。”

梅可心笑道：“那么，甄广宁也应该策反过来才是呀。”

“甄广宁么，用不着了，他已经死了。”季钧摆摆手。

梅可心听得心下大颤，惶然盯着季钧：“死……了？”

季钧得意地笑道：“还没对你说呢，前几天在大舞台，姓甄的被咱们的人杀了。”

“谁……干的？”

“‘狼’的手下，听说是‘狼’的副官张家亮带人干的……可心，你怎么了？”季钧突然发现梅可心脸色苍白极了。

“没事儿，我忽然有些头晕……”

季钧狐疑地看看梅可心：“你脸色不好，要不，一会马站长来了，让他给你看看？”

“我没事。马站长来了，先吩咐任务吧。”

梅可心话音未落，马凯旋推门进来了。

马凯旋看看屋里的人，点头道：“诸位辛苦了。”

众人纷纷答道：“站长辛苦！”

马凯旋问季钧：“跟梅天凤谈的效果如何？”

季钧笑道：“不出站长所料，梅天凤现在在共党那里有口难辩，她已感觉自己无路可走了，我看出她已经动摇了信念。”

马凯旋点点头：“算是个意外收获。这个反间计，本想让共党乱了方寸起内讧，借其手除掉梅天凤与曹正汉，不承想，梅天凤竟能逃出生天。杨昆平看似聪明，实则愚蠢，刚唱完了‘蒋干盗书’，又唱‘天水关’，逼反了一个‘女姜维’呀。”

季钧问：“站长，梅天凤已有投诚意向，我下一步该如何行动？”

马凯旋笑道：“我想么，目前梅天凤对共党仍抱有幻想，还要共党再逼逼她，她才能最后下决心。‘狼’已经安排‘望日莲’有所行动，不日便见效果。哦，先不说梅天凤的事了，眼下要紧的任务是要迅即起出那批档案，运往南京。上峰又电催了多次，‘狼’也沉不住气了。”

季钧皱眉：“唉，我们去过几次大舞台了，并没找到呀。冒险绑了那个韩经理，也没问出个所以然。大家都没什么信心了。”

季钧此言一出，众人七嘴八舌地议论起来。

“季副站长说的是，我们腿都跑断了，就差耗子窝也进去翻翻了，影儿都没见着呀！”

“或许根本就没有这批档案，那么重要的东西，国军撤离为什么不带走呢？”

“会不会上峰记忆有误呀？”

“去了十几趟，共党公安都盯上我们了，那天……”

马凯旋听得心乱，摆手说道：“一定有！诸位，上峰将保定站与‘狼’全部留下，就是为了起运这批档案。我可以告诉大家，‘狼’已经找到了大舞台剧场结构图，我想就这两天，会找到档案存放的位置。”

众人不再说话。

马凯旋看了看几个精神不振作的特工，口气稍稍严厉了：“诸位，不要嫌马某啰唆，我们都是由地上转入地下的党国特工，不仅要完成这次起运档案的任务，将来还有更多、更艰巨、更危险的任务等着我们。按照蒋总统讲话精神，我总结归纳，潜伏特工应具备七个方面的条件。”他四下看看众人。

众人静静地听着。

“第一，梦想。我们必须有配合国军反攻大陆的梦想。一个人，一个集体，一个国家，如果没有梦想，就没有了动力。这是前提。第二，胆量。这我不必多讲了，没胆儿的吃不了咱们这碗饭。第三，技能。诸位必须掌握一门技能，否则，我们就没有吃饭的本领。第四，头脑。我们要时时刻刻保持头脑清楚。否则，我们很容易被捕。第五，外表。我们要注意掩护自己。第六，结果。我们必须要做有成效的工作。第七，也就是最后一个，坚持。我们一定要坚持信念，不怕困难。坚持长期潜伏，等待国军反攻之时，我们都是党国的功臣！我曾说过多次，今日强调一遍：诸位都是党国精英，党国不会忘记我们；诸位手上都沾满了共党的鲜血，共党更不会饶过我们。我们没有退路，只有舍死向前！”马凯旋声情并茂，讲得动人动心动感情。

“站长讲得高瞻远瞩，属下定会铭记！”季钧带头回答。

马凯旋转身问梅可心：“可心啊，你……你怎么了？”

但见梅可心两手扶着墙，呕吐起来。

梅可心无力地摆摆手："站长，我没事……"

马凯旋凑到近前："我给你看看……"

梅可心突然愤怒了："我说了，我没事！"

马凯旋尴尬地笑道："好好，可心真是要强的性子啊。"后转身对季钧说道："你还要紧紧盯住梅天凤。"

"她的确很危险，现在保定公安局都在找她。"

"你要派人暗中保护她。"

"明白。"

马凯旋看看众人："散了吧。"

众人悄然走出旅社，借着夜色，星散而去。

季钧路上仍想着梅天凤的事，梅天凤虽然那样表态了，但季钧心中还是忐忑。梅天凤真能被策反吗？或如梅可心感觉的"哪儿不对"？但共党公安已在保定周遭撒开大网，全力抓捕梅天凤。难不成梅天凤对共党还抱有什么幻想吗？

梅天凤已经悄然回到"瑞祥旅社"，她和衣躺下了。她此时也在盘算季钧，她知道季钧对她并非完全相信，她之所以刻意表现出犹豫，或许能稍稍打消季钧些许怀疑。之前她与杨昆平分析，敌人最初的想法是，用反间计置梅天凤于死地，这算得上一个完美计划，其中每个细节都精心设计且细密安排，以期梅天凤的战友与上级，逐步坚定地怀疑梅天凤是保密局潜伏特务，从而达到借刀杀人的目的。但梅天凤与杨昆平都没想到，敌人却突然改变初衷，竟想借机策反梅天凤，这会是马凯旋与"狼"的真实想法吗？

梅天凤一时有些困倦，正想入睡，蒙眬之中，忽听有人敲门。她问了一声，却是店里的伙计。梅天凤起身打开门，伙计满脸惊恐，李立群从伙计身后闪身出来，手枪指着梅天凤。

李立群摇头示意，伙计仓皇去了。

李立群讥讽地笑道："真行啊，居然敢用真名实姓登记住宿？居然还敢住在这城里的繁华之处？梅天凤，你胆子也太大了些吧？"说着话，他小心地走进屋来，四下掠视，抬了抬下巴，示意梅天凤坐下。他也在对面坐下，手枪始终瞄着梅天凤。

梅天凤淡然笑道："李科长好辛苦，半夜三更还亲自来抓梅某?"

"全市都在抓你。"

"李科长相信我是特务?"

"我也觉得这事有些奇怪。"

"说说看?"

"我并不相信你梅天凤是国民党特务，但领导认定了你是特务，你就只能是特务了。大家也就不好再说什么了。"

"李科长真的相信我不是特务吗?"

"明摆着，假如你是特务，你必定逃之夭夭，绝对不会继续藏匿在保定，你之所以在保定滞留，想干什么呢?必定是为了找机会洗清自己。你之所以选择在繁华地方住下，只是为了让公安发现你，从而找到你。对吗?"

"李科长说完了吗?"

"你现在跟我走，我暂时不会报告领导。我会亲自弄清楚这件事，还你梅天凤一个清白，还你梅科长一个公道。"

梅天凤满脸微笑地看着李立群，却没有说话。

李立群站起身："走吧。"

"李科长说了半天，其实就说了一句话，你来抓捕梅天凤。"

李立群讪笑道："职责所在，不敢稍有懈怠。"

"我若不走呢?"

"我现在就打死你!"李立群晃了晃手枪。

梅天凤摇头："不一定。"

"我知道你的身手，但你总不会快过子弹。"

"我是说，枪若没打开保险，必定打不死我。"

"你……"李立群发现手里的枪果然没有打开保险。

"或是你不善用枪?或是情势紧急掏枪太快?总之你没有打开保险。我既然发现你没打开保险，你还能有机会打开吗?"梅天凤哂笑。

李立群冷笑一声："梅天凤，你觉得我打不开吗？"

"你不能！"

李立群瞬间打开保险："我为什么不……"话没说完，便哎呀一声躺在了地上——梅天凤已经抬腿。这是一招旋风腿。李立群虽也精熟拳脚，他也很想接下梅天凤这一招，但彼此功夫高下立现，李立群只能躺在地上了。

梅天凤刚要夺门出去，房门却倏地被推开，曹正汉闪身进来了。

"老曹？"梅天凤惊讶了。

"你快走！"

"老曹……"

曹正汉挥掌推开窗子："你快……"他却愣住了。夜色朦胧中，但见窗外站着一群公安干警，端枪瞄着梅天凤、曹正汉。

再听一阵脚步响，几个公安干警端着枪走进门来。

李立群狼狈地爬起来，气恼地拍打着身上的灰土（干净人儿），冷眼看了看曹正汉："真看不出呢，你老曹还是梅天凤的同党呀，都带走！"

梅天凤与曹正汉被李立群押到公安局时，已是东方既白。

刚起床的杨昆平当即审讯梅天凤。

李立群和车晓义奉命审讯曹正汉。

李立群气愤地说："曹正汉，原来你也是特务。"

曹正汉怒声吼道："老子当特务也是被你们逼的！"

车晓义摇头叹道："老曹呀，你可是把我们骗得好苦啊！快说实话吧，除了梅天凤，还有谁是你们的同党？"

曹正汉骂道："同党个屁！你们都瞎了狗眼！"

从黎明审到中午，再审到黄昏，曹正汉除了怒吼就是乱骂，没能审出个结果。杨昆平走进来，皱眉看了看曹正汉，摆手让李立群与车晓义出去了，让人端饭进来。

杨昆平挥手退去看守，看着狼吞虎咽的曹正汉，低声笑了："行！正汉同志，很像那么回事么。"

“杨书记，我怕演不好呢。”曹正汉吃完，抹了抹嘴，腼腆地笑了。

杨昆平手指贴着嘴唇“嘘”了一声，悄声道：“正汉同志，这场戏你还得继续往下演呢。”

杨昆平告诉曹正汉，局里决定，公安局近期将张复一等国民党特务十余人及梅天凤、曹正汉，押送满城看守所。潜伏在公安局的国民党特务，届时必定通风报信，敌人必定要拦劫囚车营救张复一。梅天凤、曹正汉会与张复一一起被敌人劫走，可以就此打入敌特内部。

……

三十多年过去，即 1985 年 8 月，曹正汉接受《保定日报》记者袁竹采访时，回忆这件事，曹正汉笑道，这本是一次计中计的反特行动。梅天凤、曹正汉借机打入敌特组织，随后里应外合，将潜伏在保定的国民党特务一网打尽。计划很周密，但因为一个突如其来的情况，杨昆平断然取消了这次行动。

所谓“重要档案”乃黄金珠宝

1949 年二月二十六日，星期六（农历正月二十九）。这一天，中共中央公布了内战战犯名单，蒋介石父子均赫然在列。

是夜北风寒，万里冷云厚。北方早春无春色，气温骤然降到零下十五度。天灰蒙蒙亮时，大舞台门前先后来了两辆胶轮马车，赶车的都是解放军战士。马车在冻得硬梆梆的路面上停下，第一辆马车的车篷帘子掀开，四个解放军跳下车，为首的是个干部模样，他警觉地左右看了看，迈步走上结冰的石阶，抬手敲响了大舞台剧场的大门。

因为剧场经理韩起和前几日遭绑架，至今下落不明，更因为前些天甄广宁在大舞台被特务袭击牺牲，并发现有些可疑的人总在大舞台剧场出没，公安局最近派了数名警察在大舞台剧场昼夜值班。今天值班的是治安科副科长金福林。金副科长搓着双手迎出来，为首的解放军干部向老金出示了公安局开具的介绍信。介绍信证明，这位解放军是驻军某部侦察科长丁野生，奉命带人到大舞台搜查国民党之前埋藏的炸药。

时值解放军正于保定周遭搜缴国民党藏匿的武器弹药，老金自然知道这个情况。当即收了介绍信，打开剧场大门，丁科长带着几个战士进了大舞台。一个小时之后，丁科长和几个战士接连抬出了十五个木箱，分别搬上了两辆马车。老金看得呆住了，“我的个老天爷，这么多炸药呀？”向丁野生说了声，“同志们辛苦了！”

丁野生向金副科长挥手告别。俯仰之间，但看两辆马车碾着硬梆梆的路面扬长而去。金副科长此时并不知道，这位丁野生科长，竟是国民党保密局保定站站长马凯旋冒名。

再一个小时后，杨昆平召开公安局紧急会议，他拍着桌子怒声质问：“治安科是如何值班的？就在我们的眼皮子底下，竟然让敌特分子大摇大摆地进了大舞台，挖开了地下室，从容不迫地搬走了十五个箱子。”箱子里到底装了什么东西？公安局一无所知。金副科长收到的那封介绍信当然是假的。但这封假介绍信上的公章，比较保定公安局的真公章，竟然像模像样。信笺么，也无从判断，保定刚解放，政府办公经费捉襟见肘，公安局出具的各类证明的纸张，没钱统一印刷，一概从文具店购买，并无特殊标志，这才让敌特分子钻了空子。杨昆平命令，尽快在城内找到这个刻印章的人。

当公安局正在全城寻找刻印章的嫌疑人的时候，驻军打来电话通报，昨天半夜，位于北大街的军需仓库，被人从墙外凿洞潜入，盗走了三十余套解放军军服。杨昆平当下明白了，化装去大舞台抬走箱子的特务，必是穿着被盗的军服的。可是，特务们为什么不多不少盗窃三十余套军服呢？

就在杨昆平疑惑之时，马凯旋正在城外东郊大李庄高声怒吼。

马凯旋根据“狼”提供的大舞台建构图，冒险带着几个特务化装进城，终于找到了隐秘在大舞台后面的地下室。然而他们找到的不是什么重要档案，而是十五箱价值不菲的黄金珠宝。木箱上确有

“国民党军令督察”的封条。

马凯旋愤怒之下，当即致电南京，质疑这批黄金珠宝是不是所谓的档案？南京很快回电，说这批黄金珠宝，就是之前所说的重要档案，乃是几位长官当年交与乔运典托管的私人物品。让马凯旋不惜代价，迅即将这批黄金珠宝运往南京。马凯旋当即复电，共军已封锁交通，目前这批黄金珠宝绝无可能安全运抵南京，只能待时机而后动。不及回电，马凯旋恨恨地静默了电台。

马凯旋怒火万丈，他至此彻底明白，一定是在保定站即将撤离之际，上峰才得知这批黄金珠宝的下落，为起运这批黄金珠宝，仓促间，竟然借口搜寻国家重要档案，着令保定站全体特工潜伏，还搭上了“狼”及手下的特工。说白了，为了保护这批大人物的黄金珠宝，不惜以牺牲这些特工的性命为代价。这些党国的潜伏特工变成什么了？变成了为大人物看家护院的“私人雇工”？

季钧跺脚破口大骂起来：“王八蛋啊！就为了他们这点儿东西，就把咱们保定站全体留下了？把咱们当成什么了？”

马凯旋“哼”了一声：“你是想说，我们这些党国战士，转眼便成为某些长官看家护院的私人家丁了吧。”

季钧悲哀地摇头说：“可不是么！站长啊，在那些王八蛋长官的眼里，黄金珠宝，远比下属的生命重要！早知如此，这些扎手的东西，不如永远埋在大舞台，留给共产党呢。弄出来倒惹上麻烦了，还得冒死运到南京去？”

马凯旋哂然笑道：“莫非我们真得不惜性命，给他们送到南京？”

季钧冷笑：“站长，爱谁去谁去，我是肯定不去！”

马凯旋苦脸叹道：“真成了天大的笑话。长官们为一己之私，竟然置诸多同志的生命于不顾。容我发句牢骚，这样的党国若不亡，天理不容啊！”

季钧兀自疑惑：“这批黄金珠宝到底是怎么个来路？果真是上边的长官交乔运典托管的？”

马凯旋摇摇头：“所谓乔运典托管，纯属胡扯。我猜想，这批东西，或是乔运典拿出来保命的。上峰执意派‘狼’杀了乔运典。但乔运典买命的这批东西，却不肯放手，但上峰并不知道乔运典将这些黄金珠宝藏匿到哪儿了。当‘狼’探知这批东西可能藏匿在保定时，国军即将撤离，‘狼’却还没探查到具体藏匿地点，这才是将我们全体留下潜伏的真正理由啊！”

“‘狼’知情吗？”

“我猜想么，‘狼’也被蒙在鼓里了，也不会知道这批重要档案竟然是黄金珠宝。”

“站长，你想怎么处置？”

马凯旋苦笑一声：“我当不得家呀！‘狼’自会派人来起运。眼下运不走，‘狼’必是想找个安全地点暂时藏匿。”

“狼”当天便得知了马凯旋已在大舞台得手的消息。黄昏时，“狼”派来了八个特工，协助马凯旋隐藏档案。马凯旋当即带着梅可心连同八个特工，将十五箱档案装上两辆马车出城，运到了城北徐水县境内八里铺。梅可心后来回忆，这个地点是马凯旋独自选择的，“狼”并不知情，季钧也不知情。

马凯旋带着梅可心与“狼”的八个手下在八里铺山下刨坑。数九时节，天寒地冻，刨坑是件辛苦的事，众人用了近一夜的工夫，都磨出了两手血泡，一个深坑才挖好，再将十五只木箱悉数埋了，这才动身回保定，此时天已经灰灰亮了。马凯旋担心被人盯上，没有原路返回，而是取道满城县回保定城。两辆马车前后行至满城县碾子沟时，马凯旋命令停车，让随行的八个特工下车。

八个特工不知就里，茫然下车。四下打量，但见晨光之下，碾子沟了无人迹，景色萧瑟，一片灰凉冬景。有人小心问：“马站长，还有事？”

马凯旋嘿嘿冷笑：“诸位，知道今天的事情要保密吗？”

有人率先谄笑：“当然知道。”

“你们能保密吗？”

八个人异口同声回答：“能！”

马凯旋满意地点点头，爽声笑道："说得好！我也能！"话音未落，他手中的冲锋枪便吼叫起来，八个特工应声倒地。眼看着八个大活人倏忽间变成了死鬼，梅可心惊骇万分："站长……你这是为什么？"

马凯旋摇头长叹一声："我也是不得已呀。那十五箱财宝，都是上峰的私人财物，但凡这八人心怀不轨，之后再来盗窃，我们将来如何向上峰交代呢？"

梅可心冷笑一声："说得好！那为何不将我一并杀了灭口，站长岂不是更安心？"

马凯旋听得一怔，他看着梅可心，目光变得哀伤了，凄然叹了一声，摇摇头："可心呀，你说的这是什么话？难道我连你也信不过吗？苍天在上啊！"

梅可心心中倏忽一热，点了点头，叹了口气："对不住站长，怪我多疑了。"

马凯旋苍凉地说道："可心呀，这八个人都是'狼'的手下，我杀他们，只是为了不让'狼'知道这埋藏地点。唉！我还不知道如何向'狼'交代呢。"

"可这……也太残酷了，他们毕竟是……"

"从古至今，大多数的秘密都是用人命垫底的。"

"站长说得是！"

"可心呀，你千万记死了八里铺那个地方。记住了那十五箱黄金珠宝。"

梅可心茫然地点点头，皱眉看着马凯旋，她一时弄不明白，马凯旋为什么一定要让她记住藏匿黄金珠宝的地方呢。这藏匿地点季钧知道吗？

"可心还记得从刘化南仓库里，弄出的那堆黄金和银圆吗？"

"记得呀！"

"除去一部分用作了潜伏人员的活动经费，大多也都埋在了八里铺。你一定要记死那个地方！"马凯旋口气很硬地又重复了一遍。

梅可心听得狐疑："站长……为什么告诉我这些呢？"

马凯旋沉默良久后说道："可心呀，这地方或许是……你日后活命的筹码呀！"

"站长什么意思？"

"不说了，两辆车，你赶一辆，我赶一辆。走吧。"

马凯旋劫"囚车"

公元1949年3月2日清晨。此时节，南方已然草长莺飞，春意盎然。保定却还是倒春寒天气，北风依然凛冽。保定公安局院内停着五辆由马车改造的囚车，张复一等十余名国民党特务，及梅天凤、曹正汉正陆续上车，他们将被押往保定西郊满城看守所。①

敌特在保定公安局的卧底，业已将情报传出。马凯旋与"狼"接到情报后，当即安排行动，紧急集结数十名潜伏特务，迅速赶往了囚车必经之路满城县大庄，于山道周遭悄然埋伏，准备劫囚车。

"狼"与马凯旋并不知道，保定公安局已改变了行动计划。或许"狼"与马凯旋正在满城大庄山道上设伏的时候，保定公安局正在召集紧急会议。

1998年出版的《保定故事》，将保定公安局这段反特档案解密，文摘如下：梅天凤、曹正汉随张复一等被捕的特务被押解上了囚车，尚未出发，市委得到情报，"狼"与马凯旋已调动了众多潜伏特务，计五十余人，欲在途中劫囚车。此事若与之前保定军需仓库被盗事件联系，敌人必定会伪装成解放军劫囚车。面对出现的新情况，杨昆平等领导考虑到梅天凤与曹正汉的安全，当即撤销梅天凤、曹正汉打入敌特内部的计划，改为提前收网。为蒙蔽敌人，张复一等特务被重新关押，另派公安战士装扮成被捕的特务上了囚车。与此同

---

① 保定西郊满城看守所，即中华人民共和国成立初期保定公安局关押改造敌特分子的拘押地，后改名为保定"太行监狱"。许多没获死刑的敌特分子及获刑十年以上的犯罪分子，皆在此劳动改造。多次被评为国家模范监狱。

时，保定驻军迅速在满城大庄一带埋伏。为便于现场识别，驻军派出的部队，一律身着便装。也就是说，只要当场有解放军装束的人出现，即可认定为敌特分子，予以当场击毙。

原行动计划撤销后，杨昆平召开公安局干部会议，杨昆平在会上通报，即将在满城大庄一带，展开围歼国民党敌特分子的军事行动。会议尚未结束，李立群掩饰住内心的恐慌，悄然溜出会场，匆匆赶往“好面馆”传递新情报。共党的变化也太快了，李立群也算蛮拼的，张复一、梅天凤等被押往满城看守所的消息，他刚于两小时之前传送出去，怎么共党行动又撤销了呢？而又另给“狼”与马凯旋织了一张大网，或许此时“狼”与马凯旋，已经带人“惬意”地步入了共军的包围圈？

李立群一路走得满头热汗，挑门帘儿进了“好面馆”，却又当即冒出了一头冷汗。迎接他的不是掌柜曲四宝，而是坐在凳子上的梅天凤，曹正汉站在旁边。

李立群登时傻眼了。

曹正汉走上前，乐呵呵说道：“没想到吧，李科长。”说罢，招了招手，曲四宝被两个公安战士从厨房里推搡出来。曲四宝一脸沮丧地看着李立群。

梅天凤笑道：“李科长，曲掌柜，二位该亮出真实身份了吧？”

李立群、曲四宝面面相觑。

梅天凤点了点头，即站起身：“哦？不愿说？那走吧，到公安局细说吧。”

多年后，梅天凤回忆，能及早揭露李立群和曲四宝的真实身份，是上级重视内查外调的成果。中华人民共和国成立初期，保定公安局的组织工作，始终是内紧外松的状态，对一些由外调入公安局的同志，及一些必须证明身份的人，一概秘密进行了内查外调。李立群原在部队接到保定公安局的外调函后，很快回复：“……我部侦察科长李立群同志，于清风店战役中负伤，伤愈后奉调保定公安局。赴任途中，被国民党特务杀害。时任保定公安局治安科长李立群，当属冒名顶替……”调查李立群的同时，对其经常接触的曲四宝也进行了调查。很快查明，“好面馆”老掌柜曲老根共有三个儿子，大儿子与三儿子于抗战中参加八路军，先后牺牲。曲老根去世后，“好面馆”由曲老根二儿子曲二宝经营，国民党撤逃保定之前，保密局特务杀害了曲二宝，派出特务梁才（河北曲阳人，“狼”手下联络员），冒充子虚乌有的曲四宝，做李立群与“狼”之间的联络员。为防止意外，李立群交付“曲四宝”的情报，多是口头。偶有纸条，“曲四宝”阅后“付丙”，凭其超强记忆向“狼”口头转述。

“狼”自以为手下潜伏得计，却没有料到，杨昆平为麻痹潜伏敌特分子，以求一网打尽，对潜伏在公安局的敌特分子，采用了“欲擒故纵”的策略，直到逮捕李立群、“曲四宝”之时，对潜伏在公安局的其他敌特分子，仍没有决定收网。

“狼”与马凯旋对此时的外界变化还一无所知，他们信心满满地带人在满城大庄山道上左右埋伏了。他们做梦也不会想到，五辆囚车上，押解的不是犯人，而是化装的公安战士。他们周围，已悄然包抄上来了解放军驻军部队。

此次战斗不必详述，谈歌引述《保定往事》记载：“1949 年 3 月 2 日清晨，潜伏在保定市内的五十余名国民党特务，企图于满城大庄拦截公安局押解被捕敌特分子的车辆，特务们竟然自作聪明地装扮成解放军的模样，却被身着便装的解放军围歼了……”

让人遗憾的是，马凯旋与“狼”几个特务竟然逃走了。

马凯旋后来说，这次逃脱实属侥幸，缘于盗窃的军装不够用。之前“狼”派人盗窃军需仓库，原计划盗窃上百套解放军军服，但负责行动的特务组长撬仓库门时，因用力过猛，肩膀竟脱臼了，疼痛难忍挨不住，几个特务只匆匆盗了三十余套，特务组长便命令提前收工了。此次拦劫囚车，马凯旋与“狼”共集结出动潜伏特务五十余人，原想一律化装为解放军，因为军装不够，马凯旋与“狼”和几个随从则穿了便装，让化装成解放军的特务冲在前边。战斗打响后，特务们却没想到，包抄上来的解放军竟然都身穿便衣，对他们这些“解放军”猛攻起来。自家埋伏的阵地，反而成了人家的狩猎场，等于一群不知死活的“羊”，竟然埋伏了一群“下山虎”，他们身上的军装，竟然成了攻击的活靶子。马凯旋与“狼”见势不妙，急忙趁乱跑了。

战斗结束后，杨昆平亲自提审几个被俘的特务，想了解大舞台剧场被搬走的十五只木箱里边，到底装的什么。但这些特务竟然一概不知。

稍有收获的是，侦察科仅用了两天时间，便找到了为“丁野生”刻印章的人。此人名叫何万金，常年在保定城隍庙前代写书信并刻字。可何万金此时却不能说话了——何万金自杀了。经公安局尸检，何万金是被杀之后，凶手伪装了其自杀现场。据何万金老婆交待，曾有一个年轻漂亮的女人，找何万金刻过印章。这个年轻漂亮的女人会是谁呢？或是梁才交代的“狼”？

梁才（曲四宝）仅被提审一次，便彻底交代了，他从没见过“狼”的真实面目，他每次向“狼”传送情报，“狼”一概都临时指派特务与他接洽。梁才只是通过对“狼”行事风格的间接猜测，“狼”似乎是一个女人。

应该没有什么疑问了，如果找到这个让何万金刻印章的神秘女人，就能找到“狼”。或者说，这个神秘的女人就是“狼”？尽快在保定城内翻找出这个神秘的年轻女人，应该不是问题。

梅天凤一早进了办公室，便召集侦察科全体警员开会，研究搜捕找何万金刻印章的神秘女人。正在策划搜捕手段，杨昆平却打来电话，要梅天凤过去。梅天凤认为杨昆平要听汇报，便匆匆去了杨昆平办公室，没想到，刚张嘴开个头儿，就被杨昆平摆手打断了。

杨昆平满脸严肃地说道：“天凤同志，先放下这个神秘女人。立即逮捕我们已掌握的全部敌特分子！”

梅天凤疑惑不解：“杨局长，不是说再放放长线，待他们……”

“不再等了，立即收网！”

“为什么？”

“执行命令。至于为什么，下来我会告诉你。”

“是!”

“为保密起见，行动人员为清一色部队转业的公安干警，留用警员概不参加，此次行动由你单独指挥！明白吗?”

“明白!”

提前“收网”

梅天凤回了“梅氏杂戏魔术社”，霍玉珍正在院子里浇花儿，抬头见梅天凤进来，呵呵笑道：“天凤，今天怎么得闲了?”

梅天凤点头笑道：“得空回来看看，张宗信在吗?”

“在呢?”

“你喊他来见我。对了，还有他那两个老乡。”

霍玉珍赶忙放下喷壶，起身去了后院，片刻工夫带着三个中年汉子来了。

梅天凤打量了这三人一眼，不待霍玉珍开口，便指着其中一个汉子淡然说道：“你是张宗信?”

那个男子笑道：“梅科长好眼力，我是张宗信。”

“他二人是你老乡?”

“是的，多谢梅科长收留。”

“不用谢，今天得重新找个地方收留你们了。”梅天凤笑了笑，高喊一声：“带走吧!”

话音未落，门外大步走进来十几个公安干警，上前绑了张宗信三人。

张宗信惊叫道：“为什么抓我们?”

梅天凤笑道：“到了新地方再说为什么吧。”

张宗信三人被押走了。

霍玉珍惊得目瞪口呆：“天凤……这是怎么回事儿呀?”

梅天凤笑了笑，拿起喷壶耐心地浇着花儿，之后坐在了院子里的青石案上：“玉珍呀，别再揣着明白装糊涂了，都说了吧。”

霍玉珍张口结舌："你让我……说什么呀？"

梅天凤讥讽的目光打量着霍玉珍："玉珍，你当内鬼几年了？我都快等得没耐性了。坐下说吧。坐呀！"

霍玉珍怔了怔，便颓然在梅天凤对面坐下："你……怎么发现的？"

梅天凤收了笑容："简单说吧，你当年遭人绑架，我就发现了问题。一、绑票么，从来都是爱护'票'的，因为'票'是他们手里的银子呀，绑匪怎么会狠打你呢？我很疑惑，而且你受伤很重，你去了医院几次？我都知道。二、你原本是个很世外的人，之后，你开始关心起时局了，或许你过于关心了，我开始怀疑你暗中当了国民党特务。"

"你知道绑架我的是谁吗？"霍玉珍哀叹了一声。

"起初不知道，我曾经怀疑过马凯旋。现在知道了，是'狼'吧？我想，你没见过'狼'，是'狼'派人跟你联系。对吗？"

"是的，就是这个冒名'张宗信'的人与我联系。可我还是想不明白，这个'张宗信'也没什么破绽呀？"

"玉珍呀，我跟你说明白了吧，本来就没有'张宗信'这么个人，是我编造了这么个名字，只是想引你们上钩。我又写了封信，给你看了。你不认字，但你肯定会把信交给你的上线，你们认定这个'张宗信'一时半会来不了，于是，你们借机派了一个特务冒名顶替'张宗信'，潜伏到我身边，再找借口，又派了两个特务过来。对吗？"

霍玉珍听得呆住了，继而叹道："天凤呀，你真是太聪明了。"

梅天凤沉吟了一下，皱眉问道："玉珍啊，你进梅家班二十多年了吧？"

"二十三年了，那时你还小呢。"

"你自进了梅家班，一直勤勤恳恳，我娘也一直夸你是个老实人，你何苦走得这么远呢？真是一步错，步步错了。你若早回头，也不至于闹到今天这个结果呀。"梅天凤兀自摇头叹了口气。

霍玉珍的眼泪流了下来："天凤呀，我没出息呀！他们打我，吓唬我，我忍不过，真害怕呀！"

梅天凤略有伤感地点点头："我明白。可是……玉珍呀，你现在说什么都已经迟了呀，你手上有了血债，大舞台刺杀甄广宁的特务，是你领到后台的吧？"

"天凤……"

梅天凤抬眼示意，站在街门的几个干警走过来。

梅天凤站起身："带走吧！"说罢，率先走出了街门。

抓捕了霍玉珍，不及审讯，梅天凤迅即在办公室集合行动人员，让曹正汉打电话通知车晓义过来开会。

车晓义兴冲冲地来了。梅天凤看了他一眼，喊人给他戴上了手铐。

车晓义满脸惊讶："梅科长，这是为什么呀？"

曹正汉瞠目结舌："梅科长，老车……"

梅天凤讥讽地说道："老曹呀，我现在可以告诉你了，车晓义这个保密局的'卧底'真是很辛苦呀。为了打入我们内部，取得我们的信任，他与你一起费尽心机盗取了保密局的潜伏名单。可你老曹知道他之前的来历吗？"

曹正汉瞠目结舌："老车他不是……赵元初同……"

车晓义嚷道："梅科长，我一直是跟赵元初同志单线联系的，老赵同志牺牲后，我与组织失去了联系，这也不能怪我呀！"

梅天凤"扑哧"笑了："看把你急的，我还没说到这儿呢，你却先说了。那我就明白告诉你吧，赵元初同志牺牲前，已经将他所有单线联系的同志，以及他秘密发展的下线，逐一向保定特委领导汇报了，可惜，这里边并没有你的名字。你是在国民党撤逃之前，受了马凯旋指令，打入我们内部的。不是吗？"

车晓义一时听得糊涂了。

梅天凤突然怒吼一声："说！"

车晓义惊得怔了一下，随后泄气地点点头："我是奉命潜伏的，但我不跟马站长联系。”

曹正汉怒视着车晓义：“原来你是特务……”

梅天凤摆手拦了曹正汉：“车晓义，你不受马凯旋指挥吗？”

“我不跟他联系。我们不是一条线的。”

梅天凤皱眉问道：“你是‘恐龙’？”

车晓义摇头：“我不是‘恐龙’。”

“‘恐龙’在哪儿？”

“我不知道。”

“你是‘狼’？”

“我不是‘狼’。‘狼’领导我，但我从没见过他。”

“那你们怎么联系？”

“大多是他的直接手下联系我，我只认识其中一个。”

“哪个？”

“张家亮。”

“张家亮？干什么的？”

“‘狼’的副官。”

梅天凤摆摆手：“先关起来！”

两个干警押走了车晓义。

“立刻逮捕白玉贤！”梅天凤对众人说道。

白玉贤是在医院的病床上被捕的，押回公安局后，梅天凤当即审讯。

白玉贤一脸不屑的表情：“你们说我是特务？搞没搞错？”

梅天凤冷笑：“你说说看，你是什么身份？”

白玉贤“哼”了一声：“我什么身份？我是‘水’的妻子！是天津中共地下组织派我过来，协助‘水’的工作。难道不对吗？”

“‘水’的真名叫什么？”

“这个我不知道。我与‘水’是假扮夫妻，不能相互打听对方情况，这是组织纪律。你们应该懂的。”

梅天凤笑了，起身走到白玉贤面前说道：“那我来告诉吧。

‘水’，也就是‘粥掌柜’的掌柜。他的真名叫周昌义。你来到‘粥掌柜’之后，周昌义同志凭着多年地下工作经验观察你，逐渐对你产生了怀疑。之后他将你的疑点，告知了敌工部。周昌义同志被捕后，你或是发现周昌义已开始怀疑你的身份，为了你继续潜伏，你们借暴狱之名，杀害了周昌义同志。老周同志牺牲后，我们便与天津特委联系，调查你的情况。调查结果证明，周昌义同志的怀疑是对的，你的确是打入我们内部的保密局特务。你冒名顶替混入‘粥掌柜’的同时，为了消除你可能暴露的蛛丝马迹，保密局串通了天津黑社会，以市井纷争的借口，杀害了我们天津特委交通站的所有同志。不是吗？”梅天凤愤怒地看着白玉贤。

白玉贤听得怔了。

梅天凤恨恨地说：“怎么？还是不想说你的真实身份？那我继续替你说。你的真名叫王琢。曾用名张轸、白晓云、白玉贤。祖籍山东历城，民国三年生人，济南女子中学毕业。民国二十五年加入国民党，民国二十六年三月，你参加南京电讯训练班，学习期间被戴笠看中，引荐你加入复兴社。之后你曾被派往徐州、上海、杭州等地的军统组织，从事情报工作，代号‘望日莲’。民国二十八年九月，被派往军统天津站，先后任行动组长、电讯主任，数次参加袭击日军行动，成为军统天津站赫赫有名的女杀手。数次行动中，你曾五次负伤，仍能坚持完成任务，曾受到戴笠两次表彰。”

“三次表彰。”白玉贤纠正。

“哦，我记忆有误。”

“简单说，你此次被派往保定，是由保密局平津督察齐家轩推荐。”

“还有什么？”

（除了“背台词”，你还有“即兴”的吗？）

“你还想听什么？”

“看来你们对我的情况已经了如指掌了。不容易啊！”白玉贤点点头，声音里仍有一种傲气。

“若不了解你的身份，我们没有理由逮捕你。”

白玉贤淡然笑道：“我低估了你们。”

“说吧，谁是‘恐龙’？”

“恐龙？”

白玉贤稍稍怔了一下，随即摇头：“我没听明白你说什么。”

“说吧，抢劫西大街银行储蓄所、东大街商铺，是谁指使的？”

“你们认为是‘恐龙’吗？”

“你说呢？”梅天凤不动声色。

“可惜，你找不到‘恐龙’。”

“找到你也行。”

“找我？”

“对！”

“你可以抓到我，却抓不到‘恐龙’。”白玉贤稳稳地笑了。

“总会找到的。”梅天凤自信得目光飞扬。

意外在这个时候发生了，只见白玉贤突然抽搐了一下，便歪倒了，嘴角溢出一缕鲜血。服毒！梅天凤醒悟过来，急忙上前摸摸白玉贤鼻孔，已经没了呼吸。掰开她的嘴巴，白玉贤竟是咬碎了嘴里的毒牙。

梅天凤正沮丧地跺脚，杨昆平走进来了，他上前看了看，讥讽道：“又一个甘愿为国民党‘殉葬’的顽固反动分子。抬走吧！”他转身走了出去。

梅天凤跟了出来，杨昆平正站在门口等她。

杨昆平道：“此次收网，要严格保密。”

“我已经反复叮嘱了参加行动的同志。”

“好。”

“我还是不明白，为什么要提前收网呢？”

“因为有紧急任务。”杨昆平笑了。

“什么任务？”

“保卫首长！”

“保卫首长？”梅天凤惊讶。

杨昆平告诉梅天凤，省委紧急通知，中央诸多领导同志，近期将要经过保定。市委研究决定，之前必须“清洁”保定的政治环境，其中措施之一，对已掌握的国民党特务分子立即逮捕。这就是提前收网的原因。杨昆平很忧虑，中央领导同志将要途经保定，保定却仍有大量潜伏特务没有肃清，如何保证中央领导同志的安全，这个突如其来的情况，不能不使杨昆平领导下的保定公安局绷紧了神经。

梅可心“落网”

《保定市志》记载：1949 年三月中旬，保定敌工部截获并破译了敌特电报，国民党潜伏特务预谋在党中央领导前往北平的途中，实施刺杀行动。中共河北省委对这个敌情高度重视，省委书记林铁指示河北省公安厅，一定要保证中央领导在途中的安全。

若换位站在敌人的角度思考，也必定会想到，北平和平解放后，位于西柏坡的中共中央一定要迁往北平，国民党特务必定会有所动作。南京电令北平与保定周遭的潜伏特务，迅速拟定计划，届时实施刺杀行动，并委任南京保密局行动处长李莫林为此次行动特派员，代号“大风”，潜往北平与保定，坐镇指挥此次刺杀行动。

翻阅史料，李莫林是“后军统”时期的显赫人物，与齐家轩一时瑜亮。李莫林颇有些传奇经历，他幼年念过私塾，因家道中落，便学了裁缝。坊间传说，李莫林手艺精湛，却性格暴躁，因为一件衣服款式与人起了争执，暴怒之下，竟用剪刀刺伤了对方，而后背井离乡，走街串巷以为人剪裁衣服为生。后考入黄埔军校六期，临近毕业却与人斗殴，险些出了人命，后被开除学籍。之后重操旧业，在南京开了个裁缝店，后在街中遇到了同学戴笠，戴笠正在扩充复兴社队伍，便将李莫林拉入复兴社，“李裁缝”由此转行当了“李特务”。

李莫林脾气急躁，人缘不好，但其精明强干，在军统干得十分出色。抗战期间奉命潜入上海刺杀李士群，因叛徒出卖被捕入狱，在狱中受尽酷刑，却始终坚贞不屈。后戴笠重金贿赂丁默村，丁默村暗中将其保释。李莫林归来，声名鹊起，一度成为军统当红角色，黄埔军校竟破天荒为其补发了六期肄业证。戴笠之后郑介民执掌军统，李莫林却受了排挤，一度心情晦暗，想调出保密局。后毛人凤上台，李莫林梅开二度，再次风光，出任保密局行动处处长。此次被派往北平、保定，坐镇指挥刺杀中共首脑行动，可见毛人凤对此次行动高度重视的赌徒心态。

（以事后的眼光去看，国民党保密局精心布局的这次刺杀行动，筹划时便是空中楼阁，无从执行。试想，当年由西柏坡往北平的路线，一概是解放军连绵不绝的军营，特务们休说近身行刺，解放军戒严之下，他们岂能靠前半步，根本无从下手。）

从西柏坡通往北平，途经石家庄、定县、保定、涿州。共产党的军警会在哪个地方重点布防保卫呢？国民党的特务会在哪个地方伺机行刺呢？无论保卫还是刺杀，敌我双方共同问题的关键所在，即关键人物会在哪个地点休息？石家庄不在考虑之列，西柏坡距离石家庄很近。李莫林分析后判断，休息地点会在保定。而中共河北省公安厅则认为会在定县。

而定县的警备力量，相对保定太过薄弱。敌特分子很可能在定县动手。至于保定与涿州，河北省公安厅认为，保定是河北省委驻地，保卫力量强大，敌特不可能在保定采取行动。涿州则距离北平太近，且驻军很多，敌特分子根本混不进去。通盘分析之后，公安厅最后决定，保卫力量重点部署在定县，由杨昆平到定县坐镇指挥。

梅天凤参加了省公安厅会议，她的意见却与公安厅的最后决定相左。梅天凤认为，保定是进入北平的必经之路，即使不在保定休息，也要穿城而过，敌人在保定采取行动的可能性最大。她的理由有两条：一、保定虽是省委驻地，警戒力量强大。这一点也容易造成我们麻痹大意，而敌人很可能出于灯下黑考虑，冒险在保定采取行动。二、保定的敌特分子尚未肃清。他们以各种身份掩护，活动仍然猖獗。敌人若在保定动手，“狼”与马凯旋必然调动所有潜伏特务，以最大可能给予武装支持。

梅天凤的意见，被河北公安厅领导当场否决了。公安厅领导说，保定驻军防卫森严，若到保定暂住，警备力量必定更加到位，敌人必定知难而退。即使敌特分子胆敢以卵击石，稍有动作，也会被一举拿获。

敌人果然寸木岑楼，知难而退吗？唉！真理有时真的就在少数人手里。事后证明，梅天凤是正确的，李莫林已决定在保定城内展开刺杀行动。李莫林命名此次行动代号“荆轲”。

（又是“荆轲”？引述之前季钧讲过的一句话，国民党这块风雨飘摇的破地儿，能长出“荆轲”那样的庄稼吗？）

梅天凤因为保留意见，没有被派去定县，留在保定公安局值班。梅天凤想不到，这次如同坐“冷板凳”的值班任务，竟然让她“冷锅”冒热气，立了个大功。

完全出乎河北省公安厅意料，中共中央一行由十一辆小汽车和十辆卡车组成的车队，于3月23日上午从西柏坡出发，天黑之前，悄然在名不见经传的唐县东淑闾村住下了。第二天上午，即24日，车队继续向保定行进。

此时，李莫林以北平药材商人的身份，已在保定住了三天，通过情报，他确定了关键人物一行于23日由西柏坡出发了。李莫林当即召集会议，具体安排“荆轲”行动如下：关键人物一行进入保定后，由马凯旋带枪手混入市民欢迎队伍，寻找机会舍命刺杀。若此击不能成功，则由“狼”侦察落实关键人物一行在保定的确切住处。之后，集结保密局在保定所有潜伏特工组成敢死队，由李莫林率队指挥，发动“自杀式”攻击。

《中共中央移驻西柏坡前后》记述：中央的车队于三月二十四日中午到达保定城西门外广场，冀中区党委书记兼冀中军区政委林铁、冀中军区司令员兼保定军管会主任孙毅等已经在此迎候。车队进入保定城中，向冀中军区大院驶去……

（1949年7月，恢复河北省建制后，冀中军区改为“省委大院”。几经沧桑，而今为保定“十方商贸城”。)

马凯旋后来说，他带着五名枪手混入夹道欢迎的群众之中，伺机行刺。他万万没有想到，他竟能如此近距离地看到这些首脑人物，一行车辆开的速度很慢。马凯旋颇感惊讶，类似这等首脑人物上街，为安全考虑，车辆速度应该一律很快。但因为这一行车辆目标太大，许多市民都跑来瞧稀罕看热闹（莫说保定人少见多怪，那时的汽车少呀，不似现在，你就是堵上二十四小时，一百八十辆车堵出去一百八十里地，也没人当稀罕看你）。马凯旋很奇怪，为何没有警察上前疏理交通呢？以至于这一行车辆竟然开得如此之慢，以至于他能清晰地看到中共首脑坐在汽车里的怡然神态，但见他们微笑着，频频向街道两旁的欢迎群众招手致意。

拥挤在人群中的马凯旋，心中顿生感慨，若是国民党首脑乘坐汽车，老百姓唯恐避之不及，哪个还敢向前凑着看热闹呢。真的是耳闻欢声笑语，眼见世道人心。

马凯旋后来回忆，他带着五名枪手混杂在人群中，竟都没能上前行刺。一则，人群中公安便衣多多，上下左右似有无数只眼睛紧盯着他们。他们若稍有异常，定被当场逮捕。二则，他们内心深处，彻底被这阵势震慑了，他和五个枪手的手脚，竟然好像鬼使神差般被凭空捆绑了，根本动弹不得。马凯旋事后怅然长叹，他当时心中只有两个字：气魄！

这是何等的气魄！

这是共产党的气魄！

群众们一路簇拥追赶着看热闹，马凯旋和五个特务拥在人群中，眼睁睁看着一行车辆，缓缓地开进了冀中区党委大院。

精心准备“以求一逞”的李莫林万万没有想到，代号“荆轲”的刺杀行动，至此全部落空。南京也绝不会想到，被寄予厚望的“荆轲”行动尚未展开呢，诸多参与行动的特工行踪，便已进入了保定公安局的侦察视线，李莫林即将面临灭顶之灾。

这段时间，公安局已连续接到群众举报，纷纷反映这几天，一些平时不大走动的人，开始莫名活跃了。保定公安局迅即在全城展开搜捕行动。这几天的日子或如“平湖秋月”，水面风平浪静，水下却云谲波诡，出乎意料的事情在各色人等中间发生太多。

梅天凤也没有想到，她竟然意外发现了一群集结待命的敌特分子的线索。说来有些搞笑，梅天凤的线索，竟是由一个烧饼引出的。而始作烧饼者，李莫林也。

李莫林与马凯旋与“狼”之间的联络员，是一个名叫孙也众（徐水遂城人）的潜伏特务，孙也众的掩护身份是保定西大街“孙记驴肉铺”的掌柜。孙也众每天负责向马凯旋向“狼”传达李莫林的命令，命令的传达方式比较烦琐：由孙也众派出一个名叫陶秋生（孙也众的表弟）的外围联络员，扮作驴肉铺的伙计，以送外卖的方式，向东大街帽子胡同的“喜来客栈”的掌柜姜大旺传递，再由姜大旺选派亲信向马凯旋和“狼”转递。

（后来据孙也众交代，如此传达命令或传递情报的复杂程序，并非李莫林发明创造，而是从不露面的“狼”之力行主张，只为一旦有环节出现问题，可立即切断与下线联系，以保护上线特工安全。唉！如此绕弯子兜圈子的工作方式，加密是加密了，可你就不怕耽误事儿吗？季钧曾为此发牢骚戏谑，所谓特工，就是“特”别能误“工”。如此烦琐节奏，国民党特工的办事效率……还能有效率吗？）

陶秋生每天不定时在姜大旺的“喜来客栈”门前“叫卖”，姜大旺一旦听到陶秋生的叫卖声，便出来接受命令，命令就是一张纸条，夹在烧饼里。

这天早上到偏晌时，姜大旺已陆续在“喜来客栈”集结了十多个潜伏特务，荷枪实弹等待行动命令。因为他们都藏匿在客栈里，街中发生了什么情况他们一概不知道，决定他们命运的只能是陶秋生送来的那个烧饼。假若他们发现目标人物已离开保定，他们必然会紧急撤离疏散，其命运就不会是后来那样了。

下午四点多钟，孙也众派陶秋生给姜大旺送情报，情报照旧夹在一个烧饼里。姜大旺接过烧饼时，突然从街中蹿出一条黑狗，那狗或是饿极了，扑上去就咬了那烧饼，猝不及防之下，姜大旺和陶秋生都蒙了，醒悟过来后，那黑狗叼着烧饼已跑出十几步远了。二人同时大叫一声，撒开腿狂追那条黑狗，沮丧！两个人四条腿，竟然追不上那条黑狗的四条腿。引得一街人看热闹。有人见了陶秋生丢在街中的那篮子烧饼，摇头讪笑："这伙计太傻，为一个烧饼，值当吗？"

真是太傻了呀，扔下一篮子烧饼，去追一只烧饼？肯定缺心眼儿！街人哪儿能知道，狗嘴里那只烧饼，装着天大的秘密呢。没能追上那条饿狗的姜大旺简直要捶胸顿足了，他惶惶地问陶秋生："快说！是什么命令呀？你没看看吗？"

陶秋生也快急死了，跺脚道："我哪儿知道呀？我就是个送信儿的。再说了，我就是看了也是白看，我不认识字呀！"

（国民党不搞扫盲教育，自食恶果呀！）

姜大旺强迫自己冷静下来，他让陶秋生赶紧回去，问问孙也众到底是什么命令。

陶秋生惶惶地去了。姜大旺回了客栈，按住心中的慌乱，继续耐心待命。

就在这个时候，来此巡逻的梅天凤在街中听说了"傻子追烧饼"的笑话。梅天凤却没笑，直觉提醒她，一个外卖的伙计，能扔下一篮子烧饼，又同客栈的掌柜共同追赶一只已经入了狗嘴的烧饼，那应该是只什么烧饼呢？梅天凤盯上了"喜来客栈"，当即派一同巡街的警察迅速回局里请求支援。

此时姜大旺的客栈里，特务们已等得不耐烦，眼看着天色向晚，跑回去向孙也众问询"命令详情"的陶秋生仍然不见人影儿，姜大旺只得在一片吵嚷声中，给特务们安排晚饭。就在特务们聚到一起吃晚饭的时候，梅天凤带着十几个公安干警破门而入。姜大旺和十几个刚刚吃了半截儿饭的国民党特务，当即举手投降。

梅天凤逐一审视这些落网的敌特面孔，她大感意外的是，"一丈青"竟然混迹在其中。梅天凤后来才搞清楚，抗战胜利后，"一丈青”竟被乔瑞霖高薪聘用。乔运典失势后，乔瑞霖悻悻离开军令部，“一丈青”又被保密局毛人凤私下招募，留于南京保密局行动处听用。“一丈青”此行专程陪同李莫林，秘密到保定参加“荆轲”行动。梅天凤得知这些情节之后，真是“大跌眼镜”。

随后出现了一个更搞笑的情节，使得这场意外的抓捕行动，有了一个完满的结局。那个送情报的陶秋生竟是个“菜鸟”，又颠颠儿地跑了回来，他来给姜大旺传达孙也众传达的命令，也就是被那条饿狗叼走的命令，命令姜大旺立即解散队伍，各自散去继续潜伏。这个文盲伙计绝对想不到，等待他的不是姜大旺，而是梅天凤。他一路辛苦奔跑，却是赶着自投罗网来了。

审讯很顺利，姜大旺交代了“上线”孙也众。梅天凤立刻派人抓捕了孙也众。孙也众交代了李莫林的藏身地点——东大街“好运客栈”，还交代了在西城外李庄车马店，季钧已集结队伍等待命令。十万火急，梅天凤顾不得向上级汇报，当即命令曹正汉带人去抓捕季钧，她则去东大街“好运客栈”抓捕李莫林。

梅天凤带人赶到“好运客栈”时已近午夜。李莫林正带着两个随从惶惶出来，双方当即交火，李莫林和一个随从被当场击毙，另一个随从则缴枪被捕。这个随从后来交代，因为“一丈青”半夜未归，生性多疑的李莫林担心有变，便要转移往所，另找家客栈。谁知出门就撞上了梅天凤，当下彻底转移——去找阎王爷“住店”了。[《军统人物》记载：李莫林（1903—1949），湖北黄石人，黄埔军校六期肄业，曾任国民党军统局办公室副主任、国民党北平行辕情报处少将处长、国民党保密局行动处处长。1949 年三月在保定拒捕被击毙。]

曹正汉带人赶到了城西李庄车马店，里边已经响起了枪声。曹正汉心说不好，急忙带人冲进去，夜色中却见梅可心带人匆匆冲出大门，被公安干警开枪堵住去路，一场交火下来，几个特务被当场击毙，余下的特务举手投降。梅可心见大势已去，便举枪自杀，枪里却没了子弹，梅可心当即被捕。却不见季钧的影子，曹正汉带人进车马店搜查，发现房间角落里有三具尸体，经被捕的敌特分子指认，这三人是“狼”派来的，刚才被梅可心私自处决了。之前曹正汉听到的枪声由此而来。

曹正汉哑然失笑，内讧？

(曹正汉后来才得知事情原委。季钧奉命在李庄车马店集结特工，组成敢死队，时刻听李莫林调动。等到将近午夜，仍没等到李莫林的命令，季钧等得心焦，便留下梅可心带队待命，季钧便进城去打探消息。季钧前脚走了，却来了“狼”的三个手下，“狼”等不到李莫林的指令，也担心情况有变，让手下通知梅可心带队转移到城北张村待命。梅可心随口问一句这三人的姓名，为首的自称“狼”的副官张家亮。

梅可心怔了一下，讪笑道：“张家亮？张副官？是你带人在大舞台打死了甄广宁？”

张家亮很是自得地笑了：“是啊，活该那个共党短命，撞在我们枪口上了。”

“张副官带谁去的？”

“他们俩。”张家亮看看身边的两个特务。

“就你们三个？”梅可心疑问。

张家亮笑道：“梅组长，不会有假。我们三人总一起行动。”

梅可心哦了一声，冷冷地笑了：“你们今天算是凑齐了！”当即拔枪，打死了张家亮三人。

在场的特务们都吓毛了。

梅可心四下环顾：“我只处决这三人，与旁人无关。”

特务们一头雾水，这三位怎么得罪梅可心了？昨晚上跟姑奶奶打麻将，欠账没还？

谈歌感慨，此事不言自明，梅可心杀这三人，只是为了安抚甄广宁在天之灵。如此国民党，果真是有组织，无纪律。焉能不败？

有分教：张家亮有必伸之理，梅可心无不报之仇。)

曹正汉将梅可心等十余名敌特分子押到公安局。梅可心被带进审讯室。

梅天凤站起身，双手握拳抵着审讯桌。

梅可心表情愤怒，昂首直立看着梅天凤。

两个干警走过来，大声喝道："老实点儿！"

梅可心冷笑了一声："你们没资格跟我这样讲话。"

梅天凤摆摆手，两个干警退到一旁。梅天凤笑道："姐妹相见，竟是分外眼红。可心一向可好？"

梅可心冷笑一声："现在更好，我做了二姐的阶下囚。"

梅天凤指了指屋中的凳子："坐下说吧。"

梅可心坐下了。梅天凤皱眉说道："可心呀，回头是岸，投降吧！"

梅可心笑道："投降？二姐，你看错了可心。既然落到你们手里，杀剐存留，悉听尊便。"

梅天凤"哼"了一声："梅可心，你以为我们不会杀你吗？"

梅可心嘲谑地笑了："你梅天凤有何不敢呢？一个梅可心在你眼里有什么份量。"

梅天凤抬高了声音："梅可心，你在保密局效力多年，杀人如麻，草菅人命，多少爱国人士死在你们保密局？想想你犯下的罪恶吧，你梅可心欠了我们多少血债？实属血债累累！"

梅可心傲然笑了："我杀人如麻？我草菅人命？我血债累累？我梅可心为政府效力尽忠，有什么不对？我倒要问问二姐，如果不是你们共产党作乱，这普天之下，何来生灵涂炭呢？"

梅天凤冷冷说道："收起你这套蒋介石的说辞吧！生灵涂炭？那全都是国民党反动派作孽。政府？你们是什么政府？是坚决与老百姓为敌的政府！旧账不算，只说抗战胜利后，你们在保定为非作歹，杀了多少人？且不说你们杀害了我们多少同志，更有多少无辜百姓冤死在你们保密局？你们所谓的政府，是大奸大恶之政府，破坏这个国家的，正是你们十恶不赦的国民党政府！"

梅可心仰头不语了。

梅天凤走上前，拍拍梅可心的肩膀，低低叹了口气：“可心呀，国民党作恶多端气数已尽。你到了这个地步，还不知罪孽深重？咱娘和大姐若地下有知，会作何感想呢？”她的声音突然哽咽，转过身去了。

梅可心听得心头凄然，声音有些苍凉了，“二姐呀，我这辈子，很少低头，我自知杀人太多，早就准备下地狱了。你别再问我什么了，我不想再对你说什么了，……换别人来审我吧”。梅可心随即闭上眼睛，入定了一般。

曹正汉匆匆走进来，走到梅天凤跟前，附耳说道：“南雨鸾找你，很着急的样子，说要报案。”

梅天凤怔了一下：“报案？什么案子？”

“她说只能对你讲，信不过别人。我让她在会议室等着呢。”

“好，我这就过去。”梅天凤目光重重地看了看梅可心，长叹一声，走出了审讯室。

梅天凤猜不到南雨鸾报什么案。

“掌柜”终于显身

南雨鸾看到梅天凤进来，惶惶地站起身，脚下一急，险些摔倒。梅天凤忙上前扶她重新坐下。她看着满脸惊恐的南雨鸾，“雨鸾别慌，慢慢说。”

南雨鸾气喘着说：“梅科长，快去抓我丈夫，他是特务……”

“你丈夫？”

“是的，他是特务，我刚刚知道……他是特务……保密局的特务呀……”南雨鸾急得一时有些语无伦次。

“保密局的特务？”梅天凤惊讶了。

南雨鸾着急得直摆手，一时紧张得说不出话了。

“雨鸾，你别急，慢慢说。”梅天凤给她端过来一杯水。

南雨鸾喝了口水，镇定了一下情绪，长长叹了口气，对梅天凤详细说了她与特务丈夫的来龙去脉。

保定解放后，南雨鸾便带着杂戏班子去县里演出，那天在唐县演出时，冰天雪地路很滑，南雨鸾不慎摔折了腿。恰巧遇到了一个走乡串村的游医，名叫章培叶，颇有些手段，当下就给南雨鸾接骨捏好了。接下来二人交往了几天，南雨鸾觉得章培叶知书达理，心下渐生了爱慕，章培叶或也感觉彼此情投意合，二人就搬到一起住了，却还没到人民政府登记。南雨鸾渐渐发现，章培叶行为举止有些奇怪。比如，章培叶似乎总戴着一张人皮面具，睡觉时也不肯摘下。昨天傍晚时，章培叶匆匆赶回来了，面色紧张，还带回来四个人。章培叶或是疏忽了，竟然摘下了面具洗脸，南雨鸾这才吃惊地发现，自己的丈夫章培叶，竟然是保密局保定站站长马凯旋。

“马凯旋？”梅天凤听罢大吃了一惊，呆呆地看着南雨鸾。

南雨鸾点头：“就是他！我以前见过他，就是马凯旋！”

“你接着说。”

南雨鸾点点头，继续说下去。

昨天夜里，马凯旋发现南雨鸾看到了他的真面目，便冷冷地对南雨鸾说：“你既然发现了，就得保密！”南雨鸾吓得连连点头：“是，是，我保密，可我害怕呀。”马凯旋叹道：“南雨鸾，一夜夫妻百日恩，我不想杀你，但你不要逼我。”南雨鸾流着泪苦劝道：“我都是你的人了，我还能说什么？可你们变不了天的，听我一句劝，你快去自首吧，请求政府宽大……”马凯旋恼怒地叱喝一声：“闭嘴！”马凯旋让手下人捆了南雨鸾，用毛巾塞住她的嘴，把她关到了偏房里。南雨鸾隐约听马凯旋对手下说：“收拾行装……明天一早出城，我们去易县、完县的山里，暂且避避风头。”向来精明的马凯旋却忘记了，南雨鸾是个杂戏演员，通晓缩骨之术。挨到后半夜，南雨鸾听着马凯旋和手下都睡熟了，便悄然解脱了绑绳，惶惶地跑到公安局报案了。

南雨鸾一口气说完了。梅天凤却听得愣怔了，她再次质疑：“章培叶真是马凯旋？雨鸾，你不会认错吧？”

“梅科长，千真万确就是马凯旋呀！”但看南雨鸾的表情，恨不能赌咒发誓了。

梅天凤霍地站起："雨鸾啊，你现在就带我们去抓马凯旋！"

梅天凤当即让南雨鸾领路，她带着一队干警匆匆跟着赶往南雨鸾的家。

此时天光大亮。真是差一点呀！南雨鸾领着梅天凤赶到时，马凯旋正带人出来，四下张望，见南雨鸾和梅天凤一行公安干警跑过来，马凯旋慌忙退回院子。梅天凤率先冲进院子，马凯旋和手下便开枪了，火力相当密集，两名干警先后负伤倒地，梅天凤一时占不到上风，带人退了出来。

干警们将院子围住，梅天凤高声喊道："马凯旋，投降吧！你们被包围了！"

院子里的枪声逐渐稀落下来，特务们的子弹应该快打完了。梅天凤刚要带人再冲进去，猛听到几声巨响，院墙顿时被炸塌了。

梅天凤恨得跺脚，真没想到，这几个特务怎么带着炸药呢？她顶着飞扬的尘土，带头冲进院子，但见三间屋子都炸塌了，满院子燃起熊熊大火。街邻们纷纷赶来，端盆拎桶帮着救火。火扑灭之后，干警们找到了五具尸体，已经烧得面目全非。五具尸体都有煤油烧过的气味，或是说，爆炸之前特务们已经往身上浇了煤油？只为不让人们认出他们的本来面目？

南雨鸾认不出哪具尸体是马凯旋了，但她坚持说，马凯旋共带回来四个特务，加上马凯旋，共是五个人。也就是说，马凯旋就在其中。

马凯旋自杀了？依着马凯旋的性格，他会自杀吗？梅天凤深感疑惑，特务们为什么要选择爆炸的方式自杀？只为留下五具被烧焦的尸体吗？

可能吗？答案或是，可能只是为了给人看。给谁看？给梅天凤看？梅天凤派干警将五具尸体拉到医院解剖了。

梅天凤看了解剖结果：五名死者，除去一概烧得面目全非，呼吸道和鼻腔内都没有发现灼伤和烟灰，确定为死后焚尸。花费这么大气力杀人，是为了掩护什么吗？

梅天凤兀自笑了：“金蝉脱壳。”她知道，五具尸体里绝对没有马凯旋。

马凯旋还没有死，梅天凤自然要继续追捕。梅天凤相信，马凯旋还在保定。梅天凤接连审讯被捕的特务们，寻找马凯旋的线索，几天都没怎么合眼，困得当紧。这天吃过晚饭，她就在办公室和衣躺下了。刚要睡着，又被杨昆平的电话喊了起来。杨昆平在电话里只说了三个字：“来一下。”

梅天凤精神一振，匆匆赶到了杨昆平办公室，进门就沙哑着嗓子问：“什么任务？”

杨昆平笑了：“没任务。”

梅天凤顿时泄气了，摇头苦笑：“没任务？我说领导呀，你也应该体恤体恤下情呀，我可好几天都没怎么合眼了。”说罢，转身就走。

杨昆平忙喊住她，呵呵笑道：“别走呀！我告诉你一件事儿，你肯定就睡不着了。”

“什么事儿？”

杨昆平起身给梅天凤倒了碗水，眉开眼笑地说道：“我刚刚审讯过‘一丈青’，‘一丈青’说出了一个秘密，真是个天大的秘密啊！”

“什么天大的秘密？”梅天凤疑惑地接过水碗。

“她揭开了日本人的一个秘密。”

“日本人的秘密？”

“你知道保定最大的汉奸是谁吗？”

“不就是车士行、赵至孝、冯大正这几个大坏蛋吗？”梅天凤笑了，端起碗喝水。

杨昆平摆手：“不对。”

梅天凤茫然不解：“不对？怎么不对？”

“还有一个‘掌柜’。”

梅天凤笑了：“掌柜？不就是苑金华吗？抗战胜利后，他潜逃途中被击毙了呀！”

“他是被谁击毙的？”

“胡景山与龙成立啊。”

“谁在背后指使？”

“背后指使？谁？”

“乔运典，是他派龙成立和胡景山劫杀的苑金华。”

“合理呀。当时乔运典任职国民党军令部督察专员，惩治汉奸，也是他工作的应有之义呀。”

梅天凤释然地笑了，低头又喝了口水。

“可是，乔运典并非真正的幕后主使。龙成立他们杀的这个苑金华也并非真正的‘掌柜’。”

“哦？”

“苑金华只是‘掌柜’的手下，代号‘伙计’。”

“那……真正的‘掌柜’呢？”

“真正的‘掌柜’，是穆柏枫。”

“穆柏枫……穆专员？”梅天凤惊得站起身，顿时愣怔了。手里的水碗失手扔在桌上，滚到了地上，跌破了。

杨昆平稳稳地点头：“对，就是穆柏枫。”他起身拿了墙角的扫帚和簸箕，清扫了梅天凤跌破的水碗，肃然说道：“穆柏枫才是真正的幕后主使。穆柏枫暗中策划，由乔运典出面，指使龙成立他们杀了苑金华这个假‘掌柜’灭口。这么做，就是为了真戏假唱李代桃僵。穆柏枫这个真正的‘掌柜’，随后代号‘行云’，摇身一变成了国民党的高级特工。”

梅天凤仍然惊讶：“也就是说，死去的苑金华是‘掌柜’的替身？真正的‘掌柜’穆柏枫则借尸还魂，安然无恙地继续潜伏。穆柏枫也……太狡猾了。可他……怎么会是汉奸呢？而且是保定最大的汉奸？”

杨昆平点头：“对！穆柏枫这个‘掌柜’，就是保定最大的汉奸。‘一丈青’供认，穆柏枫早年在东京留学时加入黑龙会。回国后，暗中为日本收集中国经济与军事情报，后来成为日本陆军总部情报员，代号‘掌柜’。苑金华是他的第一手下，代号‘伙计’。车士行、韩雨石几个臭名昭著的汉奸，也全在他的麾下。为了蒙骗保定百姓，穆柏枫一直把自己装扮成高调反日的民主人士，以‘不坠青云之志’的崇高外表，招摇过市。善良的老百姓哪里知道，穆柏枫与日本人狼狈为奸，唱着一出双簧戏呢。”

梅天凤恨恨地擂了下桌子：“真是个王八蛋呀！”

杨昆平点头：“这个十恶不赦之徒，在保定沦陷后，却摆出姿态，坚决不肯出任维持会会长，山口佯装‘恼羞成怒’，派特高课抓了穆柏枫一家，关入监狱。当时，我们十分关心穆柏枫的安危，我曾派郭子路同志冒险去监狱侦察，想寻找机会解救穆柏枫出来。郭子路在监狱却找不到穆柏枫的踪影。现在想来，或许在郭子路辛苦寻找的时候，穆柏枫正坐在日军特高课的客厅里，与山口这些日本鬼子把酒言欢呢！”杨昆平感愤之间，兀自提高了声音。

梅天凤皱眉问：“穆柏枫的汉奸身份，军统知道吗？”

“这应该是军统当年的高度机密，综合分析‘一丈青’交代的情况，当年乔运典查清了穆柏枫的真实身份之后，却不让军统保定站除掉他，而是无中生有地散布穆柏枫有亲共倾向，如此鱼目混珠，目的是引诱我们去接近团结穆柏枫，从而让穆柏枫给我们制造麻烦。”

“军统局也是王八蛋，他们干的这是祸国殃民的事儿呀！”

“之前已经查明，经穆柏枫介绍送到我党抗日队伍里的人中，掺杂了诸多日本间谍，但我们并没有寻根溯源，只认为是我们的甄别工作马虎，却没有怀疑是穆柏枫从中作祟。李天曼反共之后，曾直接向戴笠汇报了她对穆柏枫身份的怀疑。但戴笠却让李天曼保密，并令其暗中保护穆柏枫。戴笠死后，郑介民、毛人凤先后派人继续暗中保护穆柏枫，以致国民党撤离保定前夕，为了让穆柏枫得以继续安全潜伏，竟然命令马凯旋除掉李天曼灭口。或是马凯旋实在看不公了，才派曹正汉演了一场‘华容道’，放走了李天曼与葛云梁。”

梅天凤顿足恨道："国民党养奸成患，真是可恶至极啊！"

杨昆平讥讽地笑了："戴笠之流'以邻为壑'，利用穆柏枫给我党找麻烦，自以为得计，却不承想搬起石头也会砸了自家脚。郑介民掌控军统后开始甄别，陆续查出了穆柏枫数年来推荐给军统的所谓特工人才，竟然也混有十几名日本间谍，一度惹得蒋介石愤怒，破口大骂军统局是瞎子。据说这也是军统局改名保密局的重要原因之一。"

梅天凤长叹一声："无怪乎当年徐先生对穆柏枫'皮里阳秋'，想必徐先生对此贼早有防备呢。"

"徐先生防备穆柏枫？"杨昆平疑问。

梅天凤点头："是的，虽事隔多年，我依然记得清楚，当初徐先生脱身出城找到我的时候，曾细心叮嘱，不让把他出城的消息告知穆柏枫。我当时浑然不解，此时才恍然明白了，徐先生对此贼胸藏褒贬，深有戒意啊！"

杨昆平赞叹一句："徐先生人中龙凤，洞若观火啊。"

（此处再提徐飞扬，令人肃穆仰止。先生之迹，永永在斯，先生之风，山高水长……）

梅天凤切齿说道："可恨呀可恨！穆柏枫总是装扮出一副悲天悯人的姿态，真是个大奸若忠，欺以其方啊！"

杨昆平长叹一声："你一定还记得，抗战初期，日寇在保定进行黑暗屠杀，诸多抗日志士与其家属神秘失踪，一概都是穆柏枫暗中向山口一郎献计献策；季钧策反安学瑞也是受了穆柏枫的蛊惑，安学瑞、徐小明谋害赵元初同志，也是穆柏枫通过车士行指点了徐小明与安学瑞。那天夜里，张宗民、唐行一带队消灭安学瑞、徐小明的队伍，也都在他的策划之中。记得那天夜里，我很是奇怪，张宗民他们在保定城内闹出了那么大的动静，为什么没有招惹出日伪军呢？"

梅天凤疑惑："那天夜里我也很奇怪，日伪军都像是睡死了。"

杨昆平恨道："穆柏枫就是要利用赵元初之死，挑动抗日组织之间的内斗！”

“如此说，日军屠杀城内会讲英语的先生们，也必是此贼提供的名单了。”

“是的，‘一丈青’交待了这件事的始末。的确是穆柏枫在幕后操纵。”

“外表忠厚，实为奸宄。穆柏枫真是一个骇人的例子呀！”

“‘一丈青’还交代，穆柏枫为掩护自己，曾一度刻意化装，弄出一张刀疤脸，在苑金华手下面前显身，以至于除了‘伙计’苑金华，那些知道‘掌柜’的汉奸们，从没见过他的真面目。苑金华的老婆张美英偶然在家中撞见了丈夫与穆柏枫接头，穆柏枫唯恐自己的真面目被张美英说出去，当即举枪，逼着苑金华掐死了一直相亲相爱的张美英。其实张美英就是个铁杆汉奸，穆柏枫却也不放心呢。”

“张美英这个坏女人固然该死，可穆柏枫也太毒辣了呀！”

“更有甚者，你记得他女儿穆小羽失踪一案吗？”

“记得呀，怎么回事？”

“据‘一丈青’交待，穆小羽竟是被穆柏枫杀害的。”

“为什么？”梅天凤惊讶。

“穆小羽偶然间发现了他父亲是汉奸的秘密，被穆柏枫残忍灭口了。”

“虎毒不食子，这真是个十恶不赦的毒虫……”

杨昆平感慨道：“识人察人难矣，我曾与此贼有过接洽，多见其温文尔雅，多听其饯饯之辞，感觉如沐春风，而今觉悟，此贼真是巧言令色，欺以其方啊！”

“这个天杀的啊！”梅天凤一拳砸在桌上，切齿骂道。

“抗战胜利后，穆柏枫的好友冈村宁次成了蒋介石的座上宾，冈村宁次通过何应钦、汤恩伯在蒋介石面前讲情，戴笠不再追究穆柏枫的汉奸罪，并私下任命穆柏枫为军统高级情报员，此时，穆柏枫的日本情报组织被美国中央情报局收罗，穆柏枫又被美国中央情报局暗中任命为情报员，此人又成了双面间谍。可恨啊！”

“我一直认为在保定潜伏的敌特分子，都是国民党的残渣余孽。想不到美国中央情报局也在暗中活动。如此复杂局面，真让人惕然心惊啊。”梅天凤兀自皱眉摇头。

“这次穆柏枫现形，是一个大收获。顾也正为帮助我们打击保定的敌特分子，之前委托北平公安局寄来了一些材料，我仔细看过，其中有一个关于胡景山的情节，令我生疑。胡景山被处死前，曾急于告诉顾也正一个秘密，而顾也正匆忙之间却没有听清，胡景山便被杀了。现在想来，这个秘密应该是关于穆柏枫的。我推测，龙成立、胡景山抓捕苑金华之后，并没有立即处决，审讯后，得知穆柏枫才是‘掌柜’。他们知道了这个秘密，却没有声张，为的是日后要挟乔运典。而胡景山的手下，却有乔运典的卧底。乔运典得知了这个消息，为了保护穆柏枫，才对这二人起了杀心，即为了让‘掌柜’转身变为‘行云’，继续在暗中隐藏。”

“明白了，乔运典当年决然处死了龙成立胡景山，所有理由都是‘借口’，其真正目的，就是为了掩护穆柏枫。”

“对!”

梅天凤突然醒悟过来，急忙起身说道：“那快别说了，赶快抓捕此贼啊！我亲自去!”

杨昆平摆手笑了：“你进门之前，我已经亲自带人逮捕了穆柏枫。你猜不出呢，此贼是怎样一番拙劣表演，竟然对我大吵大嚷，自诩是抗日英雄呀。”

“真是个无耻之徒!”

“政府必定要审判他，枪决是肯定的了。市井坊间有言，正义或许迟到，但不会缺席!”杨昆平笑了。

“枪决真是便宜了这个奸贼，真该剥皮实草，以儆效尤!”

杨昆平看看表，笑道：“天凤呀，把你喊来，就是为了让你尽早知道这个消息。不说了，你快回去歇了吧。”

梅天凤扬眉笑了：“歇什么歇呀？我都不困了呀。我得上街去打点儿酒，找几个同志喝两杯了，杨局长抓捕了穆柏枫这个大汉奸，真值得庆贺一下呀！”说罢，起身匆匆走了。

（行文至此，说几句穆柏枫的最终结果。1949年8月25日上午9时，河北临时高等法院开庭终审穆柏枫卖国案，以汉奸卖国罪判决穆柏枫死刑。穆柏枫被押赴保定南河坡刑场，正午十二点要执行时，穆柏枫却突然向监场的法官报告，他有重大情况要交代。于是，监场法官当即请示高等法院，答复是暂不执行穆柏枫死刑，押回死监待审。看热闹的老百姓失望，一哄而散。后来的情节比较滑稽，穆柏枫被押回死监后，法院当即派人来要新的口供，穆柏枫却推托说，他一时记不清楚了，要容他再仔细想想。法院感觉被穆柏枫捉弄了，当晚向河北省委汇报了此事。省委领导十分愤怒，当即下令："已经审结的案子，不必重议。汉奸穆柏枫要立刻执行死刑，不得迟缓！"法场上刚让你忽悠了一回，现在又来？穆柏枫当晚在保定看押所被执行枪决。执行穆柏枫死刑的执法队长名叫洪智和，河北高阳县人。洪队长后来回忆此事，那天穆柏枫从刑场被押回来后，洪队长以为暂不执行了，当晚他就去六和剧场看戏了。戏散了便去了后台，邀经理薛永春喝酒——二人是老乡。酒刚刚摆上，洪智和就被法院的人紧急叫走，去执行穆柏枫的死刑。穆柏枫似乎没料到，法院竟然不肯让他活到天亮，他声嘶力竭地喊着："我要见……"洪智和一挥手，行刑队员上前用抹布堵了穆柏枫的嘴，穆柏枫顿时似一摊烂泥般瘫软了，他被两个行刑队员拖出死牢，弄到监狱的后院，枪毙了。

神秘了多年的"掌柜"，终于得到了报应。多年后，洪智和先生回忆，当时由于天黑，执行穆柏枫死刑的两个队员没有打中要害，穆柏枫中枪倒地后，身体仍在抽搐，洪智和随即上前，朝穆柏枫的头部补了一枪。谈歌是唯物论者，写到这里，谈歌且唯神论一回，凡是卖国求荣者，最终会得到报应。穆柏枫如是。

枪毙了穆柏枫，洪智和再无睡意，他又去了城中的六和剧场，敲开薛永春的门，两个老乡继续喝上了。）

谁是“恐龙”

公安局近期收获很大。根据被捕的敌特分子交代的情况，马凯旋精心安排的几个潜伏据点相继被端掉，其中包括季钧的“天和古董店”。梅天凤亲自带人去抓季钧，却扑空了。季钧和两个伙计都不在店里，梅天凤只抓住一个值更的老汉。经审查老汉不是特务，老汉是被季钧临时从街中雇用来的，老汉说李经理（季钧）带着两个伙计去外埠办货了。

公安局再次细致地审讯了姜大旺和孙也众，姜大旺又交代了一个重要情况：李莫林为完成“荆轲”行动，启动了已在保定潜伏很久的“恐龙”。

“恐龙”是谁？公安局综合分析敌情，或是在马凯旋与“狼”的背后，还藏匿着一个沉默无语的人。这个人就是“恐龙”？

公安局整理了“恐龙”的资料。代号：恐龙。真实姓名：不详。性别：不详。身份：国民党保密局直属特工。案底：无记录。行踪：保定周遭。

这份资料简直就是一份空白纸。

就在公安局研究如何搜捕“恐龙”的时候，满城县公安局打来电话，当地群众提供线索，有三辆可疑的马车，出现在去往涞源县的山路上。根据保定公安局的协查通报，很像在抢劫保定西大街银行现场出现过的那三辆马车，满城县公安局已经派人尾随盯上了。杨昆平立即派曹正汉率领抓捕队伍，连夜赶往涞源县。

曹正汉带队赶到涞源地界，会合了满城县公安局正一路跟踪的干警，追上了那三辆马车，当即扣押，并抓捕了车上的五名特务。殊料返回途中遇到了大雨，一口气下了近一天两夜（那年月保定雨水多，不似现在干旱）。曹正汉带着成了落汤鸡的队伍滞留途中。

雨停之时正值半夜，曹正汉正要下令起程，月光下但见山道上过来了一队人影，待近了些细看，曹正汉顿时惊得六神无主了，竟然是一前一后四个穿道袍的汉子，赶着四具僵尸匆匆走来，但看他们走到马车前二话不说，径直将五名特务拉下车，推入那四具僵尸之间。干警们惊得瞠目结舌，呆呆地看着这五个特务也如僵尸一般，被那四个穿道袍的汉子一路赶着走了。月光之下，山野如银如洗，干警们一时如梦如幻……

干警们沮丧地押着三辆马车回了保定，曹正汉心有余悸地向杨昆平报告了前后经过。

杨昆平皱眉："僵尸？"

（此处再提僵尸案，不禁想起当年梅三娘揭破僵尸疑案。）

梅天凤摇头冷笑一声："当年从山夫妇为虎作伥，帮着日本人布下僵尸疑阵，抢走了张宗民的军火。今天又见僵尸拦马车抢特务，分明是敌特分子捣鬼么！老曹啊老曹，我不说别人只说你，且不说你枉长了这么大的个子，你也在党多年了，共产党员要带头破除封建迷信你也忘了？你是不是也被吓得当场尿了？"

曹正汉脸一红，尴尬地说："唉！我当时真的晕头转向了，我长这么大，还是头一回遇到僵尸走路呀！"

杨昆平点头："天凤所言极是，这就是敌特分子捣鬼。你们遇到的所谓'赶僵尸'，就是敌特分子利用你们'怪力乱神'的迷信心理，借机劫走了被捕的特务。"

在三天后，五名在曹正汉手中被"僵尸"劫走的国民党特务，在察哈尔涞源县接头时被捕（1952 年之前，今河北省涞源县隶属察哈尔省管辖）。经涞源县公安局审讯，五名特务交待，他们参与了抢劫保定西大街储蓄所的行动。涞源县公安局迅即电话通知了保定公安局，杨昆平在电话里表示感谢，请求涞源县公安局将这五名特务押送保定接受审讯。让梅天凤失望的是，这五名特务中，没有马凯旋。但是梅天凤直觉，马凯旋落网的日子已经不远了。

《保定志》记载：1949 年 8 月 1 日，建立河北省，保定为省会城市。

为向保定成为省会城市献礼，保定公安局按照市委的要求，深入工厂、街道，宣传组织群众，开展"揭发检举敌特分子"的活动，并提出宣传口号，对敌特分子“活人要落实到人头，死人要落实到坟头”。由此，揭发检举敌特分子的活动，在群众中掀起了高潮。

在此次清查敌特的活动中，梅天凤与侦察科的干警们广泛收集线索，全力追捕马凯旋等在逃的敌特分子。梅天凤综合多条线索分析判断，马凯旋仍在保定藏匿。梅天凤认为，马凯旋若想在保定长期隐身，他必定已改名换姓，或者冒用了他人的名字。

如何找到马凯旋？

梅天凤推断，季钧是马凯旋的直接下属，季钧应该距离马凯旋很近，若能找到季钧，马凯旋必然显形。且季钧身边有手下，目标相对较大，搜捕季钧相对容易。梅天凤便将搜捕季钧作为当务之急。

侦察科不断接到群众举报，季钧的行踪很快进入了侦察科的视线。季钧化名李士增（谈歌窃笑，有新鲜的吗？这名字都快叫烂了！行文至此，谈歌很替国民党保密局的智商羞愧，重新起个名字果真那么难吗？），现在保定东大街“乡亲客栈”任经理。

梅天凤却没有急于抓捕“李士增”。她耐心地等着马凯旋与“李士增”联系。梅天凤亲自布控，在“乡亲客栈”附近的几家商铺安插了便衣干警，就近观察“李士增”的行动。可一连几天过去，“李士增”除了去过两回“乡亲客栈”街对面的保定人民医院外，并没有异常行动。保定人民医院与“乡亲客栈”隔街相望，“李士增”去医院干什么？或是就近看病吗？若不是看病，便是去找人。找谁呢？

季钧最大可能是去找马凯旋。

如此推断，马凯旋或匿名躲藏在保定人民医院？

梅天凤迅即派曹正汉带人调查，保定人民医院近期增加了哪些四十岁上下的男性医生、护士或勤杂人员。

曹正汉调查一天后向梅天凤报告，保定人民医院新来了一名四十岁左右的内科门诊医生，名叫辛德浩，天津人，讲一口流利的天津话。辛德浩单身一人，住在医院的单身职工宿舍。辛德浩医术颇高，每天上班，总是患者盈门。外县偶尔有上门央请辛医生出诊的患者家属，经医院批准后，辛德浩便出诊，从不辞辛劳。

梅天凤仔细看了辛德浩的照片，点头笑了："这个'辛德浩'我不认识，我却认识他这双眼睛。或者说，我认识他的目光。抓吧，不会错的！"

梅天凤晚了一步，辛德浩没来上班。宿舍里也没人。医院领导说，辛医生请假回天津了。

曹正汉疑心："难道……他发现什么了吗？"

梅天凤自信地笑了："不会。目前我们广泛发动群众检举揭发，敌特分子已如惊弓之鸟，我想，他或是外出与同伙联系去了？他的宿舍很整洁，没有仓皇出走的迹象。我相信，不久他就会回来的。"

"抓李士增吗？"

"不行！我们如果现在抓了'李士增'，那个'辛医生'必定不会露面了。"

果然不出梅天凤所料，过了几天，辛德浩又回医院上班了。

这天傍晚辛德浩医生的门诊室，来了一个女性"患者"。"患者"是梅天凤。

梅天凤先自报了家门，然后讪笑道："我今天不是来看病，只是想跟辛医生聊聊天。"

辛德浩皱眉道："梅同志，现在是上班时间呀，我还有很多患者在外面等着，我们不好聊天的。"

梅天凤点头称是："辛医生说得对。那我就换个理由，我找辛医生是要了解些情况，也可说是例行公务。"

辛德浩笑了："既然如此，梅同志请说吧。"

"辛医生一口天津话讲得很地道。辛医生的名字也很有讲究。或说是意味深长？"

"梅同志什么意思？"

"辛德浩？是否含有'心中怀德付浩声'的意思呢？"

"梅同志……"辛德浩皱了皱眉头。

"哦，说笑了。我们可以进入正题了吗？"

“请讲吧。”

辛德浩表情稍稍有些急躁了，他下意识抬手看了看表。

梅天凤笑道：“为这场谈话，我预先准备了三个话题。”

“哦？”

“我先请教第一个问题。”

“请讲。”

梅天凤皱眉道：“辛医生，若想从根本上改变一个人的脸，最好使用什么方法？”

辛德浩笑道：“梅同志怎么想起问这个？”

“我只是问问。”

“我的学科不是皮肤科，我说不大好。梅同志到底想说什么？”

“我想问问面具的事。”

“面具？”

“‘面具’就是换一张脸，这样理解对吗？”

“对，换了脸等于换了一个人。通俗的说法是这样。”

“我想问辛医生，脸的什么地方是不能换的呢？”

“这个么……或许是口音？身材？体型？表情？等等一些‘什么’？我有点儿盲人摸象了，一时说不大好。”

梅天凤摇头笑了：“辛医生说得不对，这些都能改变，只有一样东西改变不了。”

辛德浩诧异：“哪样东西？”

“目光。”

“目光？”

“对，目光！一个人的目光是不能改变的。比如说，你辛医生，过去可能讲保定话，你现在又换成了天津话，或者另外什么方言，你一概讲得精彩地道，真假难辨。外人识别不出来，即使你的一些旧相识，也不会听出来，因为你学得太像了。可是你的目光呢？尽管你刻意掩饰，但熟识你的老朋友，还是能看出来的。此谓洞察！对吗？”

“梅同志说的目光？”辛德浩下意识地摸了摸眼镜。

“目光不能戴面具。”

“目光出卖了我？”辛德浩苦笑，笑得很肤浅。

“我应该说对了，目光不能戴面具。你此时的目光与当年的‘目光’是重叠的。不瞒你说，之前看到你的照片，我还没有完全的把握，而此时，我与你的目光对接，我便有了十分把握，你面具的背后是马凯旋医生的脸。”

“哦……”

“我现在应该叫你马凯旋医生，或许我也可以叫你一声马三哥。对吗？”

辛德浩怔了一下，长长吁出一口气，颓然仰靠在椅子上：“该来的迟早要来的。天凤呀，你终究还是找到我了。”

“是的。”

马凯旋埋下头，抬手扯去了假面，重新抬起头时，阳光正穿过云层从窗子扑落进来，映在他的脸上。这张脸仍是那张美男子的脸，仍然能让怀春女子心旌旗摇。但无论谁在与他的目光对接的瞬间，都会感觉到那种冷酷的光芒。

马凯旋皱眉道：“我还是很好奇，你是怎么找到我的？在这个六万人口的城市，加之近来新增人口万余人，将近八万人口的市区，每天人头攒动的城市里，找到一个人并非一件容易事。而且我已经改头换面。”

“我也有一个疑问。”

“你说。”

“你为什么总要扮作医生呢？”

“并非师心自用，除此之外我别无所长。再者说，三十六计之瞒天过海，也是讲熟视无睹、常见不疑的道理。或许我有些刻舟求剑了啊！”

“因为你总是当行出色，你才容易露出马脚。”

马凯旋点头：“百密一疏，我的确大意了。”

“你此时很沮丧？”

“也不全是，你找到我，我就解脱了。每天都用另一张面孔生活，我感觉很累。我也知道我的兄弟一直在找我。”

“兄弟？”

“回想当年于紫石街同和轩饭庄结拜的兄弟。大都中途凋零，只剩下你我两个了。”马凯旋凄然笑道。

“是的。”梅天凤黯然点头。

“你没想过我已经死了吗？”

“我相信你没死。”

“为什么？”

“南雨鸾院中你伪装的自杀现场，或是你过于匆忙，经不起推敲。”

“我想到了，的确匆忙了。我当时忽略了对手是你。”

“我问第二个问题。”

“讲。”

“谁是‘恐龙’？”

“我不知道，这个人一直隐藏得很深，是南京直接指挥的高级特工。”

“你们是一个组织吗？”

“当然是一个组织，但却是两条线，‘恐龙’是暗线。我分析过，上峰一直不肯让我撤离保定，是为了牺牲我这条‘明线’。上峰应该有两个目的。其一，银行抢劫案之后，你们急于破案。上峰留下我，是为了危急时刻，由我鱼目混珠，从而保住‘恐龙’。”

“其二呢？”

“为保住我的上峰。”

“你的上峰是谁？”

“我唯一的回答，就是我不回答这个问题。”

“你的上峰是‘恐龙’吗？”

“或是，或者不是。这等于没说。”

“哦。最后一个问题，你想到这一天了吗？我刚进门的时候，看你精神状态不大好。”

“你的目光很准确。”

“为什么？”

“说句怪力乱神的话吧，这几天我右眼皮总是跳，情绪糟糕透顶。现在反而心里踏实了。”说到这里，马凯旋站起身，伸出双手：“戴上吧。”

梅天凤摆手笑道：“不忙。三哥先看病吧，今天应该是三哥最后一次门诊了，我在门外等你。”

马凯旋点头：“好的。”

梅天凤起身走出门诊室，她走到门口的时候，听到马凯旋平静地喊了一声：“下一个。”马凯旋的声音的确很平静，是那种如释重负的平静，梅天凤微微笑了。

梅天凤站在门诊室外边，看了看混在候诊患者中的两个便衣干警，两个干警都用目光告诉梅天凤，患者中没有可疑分子。

梅天凤走到人民医院的门口，隔街望着“乡亲客栈”。

末伏刚刚过去，保定的天气还是很热，这几天热得格外厉害，一点儿风也没有，好像老天在“下火”。而梅天凤站在烈日之下却气定神闲，似乎进入了清凉门。

梅天凤看到“乡亲客栈”门前人来人往，一个卖烟的小贩倚着树干乘凉，一个推车卖西瓜的汉子，则在炎日下高声叫卖。梅天凤知道，便衣干警们已悄然包围了“乡亲客栈”，抓捕“李士增”的行动片刻就要开始。她已看到一副农民打扮的曹正汉，挥了挥手里的草帽，大步走进了客栈大门。

曹正汉站在柜台前，皱眉问那个瘦削脸伙计：“我再问一句，掌柜的回来了吗？”

那伙计不耐烦地看了一眼：“我都说几遍了？没回来！”

曹正汉用力挥着草帽扇着凉儿，撇撇嘴讪笑道：“你这伙计脾气好大呀，你们掌柜的牌桌上输了钱，也不能躲着赖账呀！我今天就在这儿等他了，我等到他明年正月十五，看他回来不回来！”说着话，就扯过一把凳子坐在柜台前。

瘦脸伙计口气硬了：“我说你这人……”

说话间，一个脸色黝黑的年轻汉子背着筐走进客栈，他像去地里收庄稼的样子，但眼下还不是收割的季节呀，而且他的筐里空空如也。再看他脚下，一双旧鞋露出的新袜子暴露了此人绝对不是农民。曹正汉暗自窃笑，赵玉书呀，你小子还嫩呀！

赵玉书刚从部队转业到侦察科，这是他第一次参加抓捕行动。他四下寻望，目光很锐利也很焦躁。径直穿堂而过，往里面走去。瘦削脸伙计抬头发现了，忙喊了一声：“我说这位兄弟，你找人呀，还是住店呀？”

赵玉书没搭话，竟然就地坐下了。

谁会坐在过道里呀？显然，赵玉书成心要挡着别人的去路。

瘦脸伙计走过来，苦笑道：“兄弟呀，这儿是客栈，不是庄稼地！”

正在说话，院子里款款走出来一个中年妇女，这女人打扮得很入时，脸上涂了厚厚的胭脂，却没能遮掩住脸上的几颗麻子。麻脸女人被赵玉书挡了路，她看看赵玉书，粗粗的声音问道：“你这是干什么？”

赵玉书抬起头，奇怪的目光盯着麻脸女人，这女人粗壮的声音怎么像在灶火里烧过似的呢？赵玉书不禁笑了，黝黑的脸上突然出现了笑容，好似乌云中出现了好看的阳光。

麻脸女人或是被赵玉书看得不好意思了，转身对伙计说道：“甭跟他废话，你去街上找个巡警来，看他走不走……”话音未落，麻脸女人突然出拳了。

这一拳非常快，赵玉书没有料到。但他身子一歪，还是躲过了这一拳，他想笑，这个驴嗓子的女人竟敢偷袭他？但他还没笑出声来呢，麻脸女人已腾身跃起，凌空重重地踢出一脚，赵玉书已跌落到丈外。

麻脸女人哈哈笑道："就你这两下儿，也敢到这儿来捣乱？哈哈……"麻脸女人的笑声戛然停了，像被突然折断的树干，麻脸女人惊惶地看到，曹正汉正笑吟吟地用枪对着她。"李掌柜，你终于肯露面了？"

只听一阵匆匆的脚步声，一群便衣干警冲进来了，那个瘦削脸伙计当即被摁倒在地，干警们又刮风般冲进院里去了。

赵玉书尴尬地站起身，拍拍身上的灰土，咧嘴骂道："你这个臭女人还真敢踢我呀！"

曹正汉大步上前，伸手拽下麻脸女人的头发，连带人皮面具也一同扯了下来，正是季钧。

赵玉书登时张大了嘴，惊讶道："你……是个男的呀！"

曹正汉摇头看着季钧，咧嘴咂舌："哎呀！季副站长，你说你这是什么扮相呀？"

季钧看看曹正汉，苦笑道："老曹呀，你都盯了我几天了？不嫌累呀？怎么才动手呀？"

曹正汉先给季钧戴了手铐，才点头笑道："老同学，咱们彼此彼此，你是弄得男不男女不女，我呢，弄得没白天没黑夜。这下行了，总算收工了。"他转身看看，几个客栈的"伙计"举着手，从院子里被押出来了。

曹正汉对刚才街中卖西瓜的汉子说道："老赵呀，把他们都带走！你得留下几个人，再打扫打扫，看看这黑店里还藏着什么呢？"

曹正汉信步走出"乡亲客栈"，隔街望着对面的人民医院，他举起草帽，用力挥了挥，通知梅天凤，他这里已经收工。

梅天凤也正在收工。

马凯旋看完最后一个病人，起身走出门诊室，挂出"暂时停诊"的牌子，朝刚刚走过来的梅天凤伸出双手："戴上吧！"

梅天凤掏出手铐，表情肃然地给马凯旋戴上了。几个干警拥着马凯旋走出医院。

此时夕阳正在西下，树上蝉声一片，满街散金落晖。

稆春平

公安局抓紧审讯马凯旋期间，一个年轻的农村妇女找到公安局，要求面见梅天凤。值班室问了情况，这个妇女名叫稆春平，保定西郊稆家村人，自报家门说是马凯旋的弟子。值班室电话打给梅天凤，问见不见。

梅天凤倏地记起，抗战期间，马凯旋曾在稆家村训练过“兄弟社”的人。她记得马凯旋说过，他在稆家村收过弟子，而且是父女二人。

梅天凤去了值班室。

稆春平见了梅天凤就跪下磕头。梅天凤赶忙扶起稆春平：“春平呀，现在是新社会，不兴这个礼儿了。起来坐下说话。”

稆春平与梅天凤面对面坐下。稆春平抚了抚衣角，浅浅一笑，语气平静地说道：“我知道你是梅科长，我还打听过，梅科长跟马医生是磕头的交情吧？”

梅天凤没接稆春平的话头儿，径直问道：“春平，你找我有什么事儿吗？”

“我想问问，是不是要枪毙马医生呀？”

“春平呀，这些事情你不要打听。我也想问你，你怎么知道我们抓捕了马凯旋呢？”

“这个么，我也不能告诉你，我只能跟你说，你们公安局也有我相熟的人。”

梅天凤笑了笑，没再追问，刚才几句话，她已看出眼前这个农村妇女是见过些世面的。从见面到现在，稆春平一直不卑不亢。有些话说得虽显突兀，却并不过分。梅天凤端起水杯递给稆春平：“好吧，春平你接着说。”

稆春平欠身接了水杯：“梅科长，我来找你，是想求你件事。”

“你说。”

“马医生犯了罪，政府枪毙他，可他的医术要留下呀！我想见见他。”

“为什么？”

“他是我师傅。”

“这我知道，我还知道你爹也是马凯旋的弟子呢。”

稆春平叹了口气：“唉，本来么，这事该我爹来的，可我爹……”

“你爹怎么了？”

“我爹被日本人杀了。”

“对不起春平，我不知道你爹的事。”梅天凤心下顿时伤感，欠意地说道。

稆春平继续说：“梅科长，你得帮着我见见师傅，我得求他把肚子里的秘方全说出来。当年他一个方子救了稆家村周遭几百号人呀。他的秘方能给老百姓造福呀！师傅是‘反革命’，这我知道。我向师傅求教，绝不是要反革命，我是想当面向师傅求教医术，医术不会‘反革命’吧？我这样说，梅科长不会反对吧？”稆春平用哀求的目光看着梅天凤。

稆春平说得入情入理，梅天凤一时尴尬，不知如何答对。她想了想便笑道：“春平呀，你大老远赶来，必定累了，你先去歇了，这件事我得请示上级呀。”

梅天凤就此事去请示杨昆平，杨昆平听了断然摇头：“不行！”

梅天凤笑道：“领导先别说不行呢，听我先给你说说这个稆春平吧。”梅天凤如实转述了稆春平那番话。

杨昆平听罢一时沉默了。

梅天凤感慨地说道：“我了解一些情况，稆春平的父亲稆家梁先生，是个乡村郎中，参加了抗日游击队，被日本鬼子抓住杀害了。稆春平也多次掩护过抗日游击队的伤员呢。”

杨昆平终于点点头：“天凤呀，稆春平的理由很说得过去。那就让她跟马凯旋见见面吧。但是，一定要严格控制他们的谈话范围与内容，防止马凯旋借机向稆春平宣传灌输反革命思想。明白吗？”

梅天凤点头："明白！"

梅天凤便带着稆春平去了公安局看押所。梅天凤让稆春平在会见室等候，新来的看守郭宝领着梅天凤去见了马凯旋。

（插话一句，郭宝是留用人员。保定解放初期，看押所和临时监狱的管理人员一时配制不齐整，一些旧社会的看守，经审查，如无大问题，一概留用了。）

马凯旋见了郭宝，兀自笑了："郭宝呀，真让你说着了，监狱这地方，谁也说不准会进来几回呢。你还会朝我身上撒尿吗？"

郭宝尴尬地摆手笑笑："马医生……不，马……我都不知道称呼您什么好了。那还是称呼您马站长吧。您别提那档子事儿了。我爹都狠狠打过我了。我能不长记性吗？再说，当年您开恩没杀我，我……"

马凯旋摆手笑了："不说这事儿了。"

郭宝朝梅天凤点点头，便躬身退了出去。

梅天凤没有寒暄，开门见山地向马凯旋讲了稆春平要求与其见面的事。随后讲了马凯旋与稆春平见面谈话的范围和规定。梅天凤却没想到，她白讲了，杨昆平也多虑了，马凯旋拒绝与稆春平见面。

马凯旋皱眉说道："还是不见面为好。以我现在的身份，如果见面，将来对稆春平并非好事。请你转告她，若有什么医术上的问题，请她逐一写出来，我用书面回答吧。"

梅天凤将马凯旋的态度如实告诉了稆春平。

稆春平听了，哀叹道："梅科长，求你再去告诉师父，我只求见他一面。我知道他是'反革命'。但是他毕竟是医生，是他教我如何治病救人的。"

梅天凤略加思考，便把稆春平的话向马凯旋转述了。

马凯旋听罢，稍加思索，却仍然摇头："稆春平这份心意，我知道了。还是不要见了。我希望她好好学习，做个有用的人。"沉吟了一下，又说道："请代我叮嘱稆春平一句，她悟性很好，只是缺乏了些耐性。做医生首先要有耐性，但凡急躁，必有碍心智，殆误患者。

切记吧！”

梅天凤把马凯旋的话转告给了稆春平。稆春平听罢，愣怔了一下，点头笑道：“知徒莫如师呀。师傅当年就说过我耐性不好，再请梅科长转告我师傅，我的耐性现在好多了。去年秋天我去山里采药，为了等一只‘山蒙花’[1] 开苞，梅科长猜猜我等了多久？”

“你等了多久？”

“我等了整整五天。”

梅天凤笑了：“我猜你等那花儿开了，小心摘下来，就别在头上了。”

“梅科长猜错了。待那朵‘山蒙花’开了，我就走了。”

梅天凤疑惑：“你等了五天，就是为了看那花儿开的一瞬间吗？”

稆春平稳稳地点了点头。

梅天凤也点了点头，她也是个有耐性的人，她听明白了稆春平的意思。

“梅科长，这算是有耐性了吗？”

“春平呀，你虽然没有把那朵花儿摘下来，但你目的一定达到了。作为医生，你一定不是为了看那花儿开的一瞬间。”

“是的。我等了五天，就是为了观察‘山蒙花’能够镇痛止咳的药理何在。”

梅天凤慨然叹道：“我好像明白了，马医生为什么重视你。他对我说过，他早看出你是个好医生的材料呀！”

“师傅真的这么说过？”

“真的。”

稆春平愉快地笑了，随即皱眉问道：“梅科长，我能问一句么，师傅的罪过必须死吗？”

梅天凤无言以对。

---

① 山蒙花：俗称“山娘娘”。保定西部山中的一种野草，秋季草尖开黄花，草根泛红色，晒干研成末口服，镇痛止咳。佐丁香入药，和胃行气健脾。

"梅科长不好说?"

"春平啊，我不能说!"

稆春平点点头，便向梅天凤告辞。梅天凤送稆春平走出了看押所，到了街中。

稆春平向梅天凤挥手告别，又走出十几步，但见她转过身来，朝着看押所门口方向跪下了，重重地磕了三个头。之后缓缓站起身，神情安静地一路走了。梅天凤心下明白，稆春平此一跪拜，即是诀别。

梅天凤猜度，稆春平一定会在心中某个最深的角落里，将马凯旋这个名字雪藏了，雪藏到任何人、任何岁月，谁也无法触及的距离。

梅天凤兀自想起付浩声的两句唱词:

那男儿豪情天纵，这女子情有独钟……

(稆春平继承了马凯旋的医术，后传给了儿子姜永刚。稆春平于1965年突发心脏病去世，姜永刚1965年高中毕业，主动回稆家村当了一名赤脚医生，之后培养本村青年稆大洪也当了赤脚医生。此事当即被《保定日报》记者采访，记者写道:"……稆家村确实做到了，小病不出村……"由此，稆家村的赤脚医生成了县里的样板。稆大洪被送到部队的医院去培训，后又被保送上了大学。因为稆大洪是村支书的侄子，有贫下中农提意见，说稆大洪是"走后门"。时逢1973年，全国正开展批林批孔运动，捎带脚儿批判"走后门"，县革委会当即追究，稆大洪就被退学处理了。稆大洪回稆家村继续当赤脚医生。"文化大革命"后，稆家村实行联产承包责任制，姜永刚被县医院录用为公职医生，全家搬进了县城。姜永刚走后不久，稆大洪将承包的土地长年租给了同宗兄弟种，举家到保定开诊所了。由此，稆家村再无医生。)

马凯旋最后的"话"

稆春平走后，马凯旋凭记忆抄写了父亲马浮白留下的诸多验方和偏方，并抄录马凯旋自己多年临床的验方，请梅天凤转呈人民政府。

梅天凤后来回忆，马凯旋抄写的秘方和验方呈报后，有些同志当即向上级反映意见，考虑到马凯旋是个医药人才，建议留他一条性命，在看押所做些医疗服务工作。但更多同志则坚决反对，马凯旋在保密局经营多年，血债累累，不杀不足以平民愤。两种意见截然相反，一时相持不下。

杨昆平随即找了梅天凤，杨昆平说，马凯旋上交的秘方和验方，很受各医院欢迎。杨昆平让梅天凤再跟马凯旋谈谈，希望马凯旋再多上交些秘方和验方。

梅天凤当即提审马凯旋，略略寒暄几句，梅天凤颇为艰难地说道："我就开门见山吧。我们有些同志，建议留下你的性命，但更多的同志却坚持处决你。我想呢，你若能再交出些秘方验方，或是……"

马凯旋用奇怪的目光看着梅天凤："你们误会了，无论我知道的秘方，还是我的临床验方，我没有一点保留，全部抄写呈交了。你不相信？"

梅天凤皱眉，疑问道："再没有了？"

马凯旋喟然叹道："天凤呀，我已不再穿着盔甲！"

梅天凤听得心中一怔，随即点了点头："三哥应该卸甲了！"

马凯旋摇头笑道："我之所以交出那些秘方验方，并非为了立功保命，我只是不想让这些东西随我长眠于地下。这些东西还是留下来，为百姓造福吧。至于我个人，作恶多端，百死莫赎。我手上沾的鲜血太多了！唉，千古艰难唯一死，我还是去死吧！这样，对那些在我手上死去的人们也是一个交待。天凤，请代我谢谢你们的领导了！"

梅天凤黯然，一时无语。

马凯旋随之淡然摆手："就不说这些了吧？你若还有耐心，彼此说点儿别的好吗？"

“……三哥想说什么呢？”

“你相信共产主义多少年了？”

梅天凤怔了一下：“如果我没猜错，当年三哥也这样问过大姐吧？”

“是的，我问过立春。”马凯旋黯然点头。

（此处再提梅立春，谈歌悲怆无语，斯人去矣，清水听音。）

梅天凤皱眉：“三哥问这个是什么意思呢？”

“其实也没什么，我尊重你们对自己信仰的忠诚，虽然我不认同你们的信仰。”

“我也同样不认同你们的信仰。”

“是啊！但凡我们这个行当的出类拔萃者，都是透明的。”

（透明？马站长八卦了，从古到今，但凡干这行的，大白天儿都身在云里雾中，影影绰绰。还透啥明呀？）

梅天凤没有回答，她皱眉看着马凯旋，一时不知道马凯旋往下想说什么。

马凯旋淡然问道：“天凤，国共两党已见胜负，不必赘言。若究其根源，你认为我们国民党败在了何处？比如说，徐蚌战场和东北战场，国军连连失利，真是我们败北的最终原因吗？这些天我总在思考这个问题。”

梅天凤哂笑道：“或许你有什么新的想法儿？”

马凯旋肃然说道：“只说长春战役，其结果之前谁能预料？共军以十万部队围困十万国军。驻守长春的六十军和新七军，怎么就能一枪不放临阵倒戈了呢？由此想开去，昔日秦王朝之灭亡，难道真是天意吗？老天真是忍无可忍，才有了大泽乡那一场暴雨，从而阻断了那一队苦力的行程吗？再说得简洁些，真的是大泽乡那场暴雨，冲塌了秦王朝？秦王朝为何不知道在大雨之中，追杀大泽乡这只可能颠覆秦王朝的‘蝴蝶’呢？换到当下的话讲，如果能控制了临阵倒戈的长春部队，就能挽救国民党政府吗？”

不待梅天凤回答，马凯旋断然摇头：“肯定不能！”说到这里，马凯旋仰头望看牢房屋顶，但见几只苍蝇飞来飞去，似乎在追逐着什么。

马凯旋摇头笑了：“天凤呀，我记得在育德中学念书时，徐飞扬先生曾在课堂慨然提问，果真是一场大雨，冲塌了秦王朝的天下吗？徐先生此问，可引申到东北战场，果真如国防部检讨所言，因为六十军和新七军临阵倒戈，最终掘倒了国民党政府的统治根基吗？”

梅天凤不知道马凯旋为什么要说这些，她疑惑地看着情绪渐渐激动的马凯旋。

马凯旋摇头哂笑：“国防部这般强词夺理，也过于牵强附会。他们自己也明白，党国已如一头不堪重负的骆驼，六十军和新七军，不过是压垮这头骆驼的最后一根稻草罢了。我曾想过也说过，政治从没有对错只有胜负。此时想来，这真是糊涂之论呀！以我亲历亲为，委身其间多年看来，党国之错，错之大焉，负之亦大焉矣。岂还能以镜鉴之曰，大好头颅，谁人斫之？可谓执迷不悟，浑蛋之至！”

梅天凤皱眉说道：“我读书不多，却也读过几本，记得书上有过这般说道，原文么，我记不住了，大概意思或是一人发难，王朝覆没。为什么？因为不施仁政而已，攻守双方形势，必会随之发生变化。是吗？”

马凯旋点头：“是的。这是贾谊的话，一夫作难而七庙隳，身死人手为天下笑，何也？仁义不施而攻守之势异也。”

梅天凤点头：“三哥学问好。”

马凯旋摇头苦笑：“我信奉三民主义至今，可时下三民主义已变了味道。真实情况蒋总统也承认，三民主义当作了口头禅而已。他更承认，党国在精神上、在行动上，都渐渐趋于腐化堕落。腐败内容和实情，真是光怪陆离，蒋总统或能想象？”

梅天凤讥讽笑道：“怎好想象，国民党如此难堪的结局，它竟也有过一个辉煌的开始呢？”

“说得是。被你们关押的这些天，身子不自由，心却自由了，我天马行空想了很多，似乎想透了一个问题。”

“哦。三哥说来听听？”

“我就姑妄言之了。且说一个国家的建立，一个政权的巩固，需要诸多社会要件，或如理论、道德、法律、军队、警察、市场种种。而在这诸多要件之中，核心要件只能是道德，军队可以重新招兵买马，法律可以不断完善，市场可以启动繁荣，但若道德一旦崩塌，诸要件便会相继随之崩塌。或说道德一旦失效，社会钟表必定停摆。对吗？”

“继续说。”

“由此引申出了第二个问题，道德在什么时候崩塌？于道德这个核心，也有诸多要件组成，或如宗法、文化、传承、民俗、种族、血统种种，但道德之核心要件，却只是两个字罢了。”

“哪两个字？”

“是、非。”

“哦？”

“我们可以试想一下，如果这两个字没有了，也就等同说，这个国家就没有了是非对错之‘界限’，政府必定无法无天、无从限制，民众必定放任自流、无从教化，官员必定寡廉鲜耻无从约束，从而做出让天下人‘目瞪口呆’的种种丑事，不以为耻反以为荣必然大行其道，我等瞠乎其后，这样的国家还能如何救赎？”马凯旋说到这里，声音突然变得愤怒：“党国就是这样完蛋的啊！”

“三哥知其然也深知所以然！”梅天凤点了点头。

“知党国基业隳于何人？败于何事？消于何年？歇于何地？不独令观者感慨涕零，亦可惩创人心，为末世之一救矣！当年蒋先生总说要鉴古知今，而党国何曾汲取教训？或如杜牧所说，秦人不暇自哀，而后人哀之；后人哀之而不鉴之，亦使后人而复哀后人也。唉，不再说这些了，直说得通身冷汗淋漓，或又如乱箭穿心。”

“三哥痛定思痛，难能可贵。”

“你知道我杀过多少无罪之人吗？”

“差不多知道。”

“一共二十六个人。”

“包括付大哥？”

“……是的。”

“后悔过吗？”

“唉……想我一生追求独善其身，殊料却有了百死莫赎之‘罪孽’。事到如今，已然悔之不及了！”马凯旋哀声长叹。

梅天凤看着马凯旋，心中渐渐五味杂陈。

唉，眼前这个男人，这个曾让她一度视若兄长的男人，这个在抗日战场上从未退缩过的男人，这个男人并不是善男信女，却也不是丧尽天良的恶魔。险象环生你死我活的各种斗争，使其亲情渐渐远去，使其孑然一身倍感孤单，难为他竟能反思自己的所作所为，很多人因他而死去，他却背负着罪恶活到现在。他上交秘方验方，并非为了救赎自己的生命，或只是为了救赎自己的灵魂？

梅天凤良久无语，最终声音干涩地问了一句：“三哥还想再见谁吗？”

“还能见谁呢？”

“比如……南雨鸾。”

马凯旋愣怔了一下，摇头苦笑道：“还是算了吧。她必定恨透我了。不说一日夫妻百日恩的老话了。夫妻但若反目，向来视作寇仇啊！”

“话也不好这样说，她见过我，也问及过你的事儿，我看得出来，她为你……还是很伤感的。”

“那……我给她写封信，可以吗？”

“当然可以，我们会转交给她的。”

“谢了。”

“你还想说什么吗？”

“没什么好说的了。”

“那好，今天……”

马凯旋却又问了一句："天凤，你怎么理解忠诚这两个字？换句话说，忠诚的极致是什么？"

梅天凤看着马凯旋，沉吟了一下："忠诚，我理解应该是最大的热情。对吗？"

马凯旋摇头："不是！"

"那应该是什么？"

"忠诚的极致是无情。"

"三哥这样说？"

"这话不是我说的，是你们共产党人说的，不过，发此宏论者，却是个外国共产党人。他的名字也十分响亮，捷尔任斯基。"

"我记下了。"

"我很欣赏他这句话，也一直很欣赏他这个人。"

"三哥或是看得通达了？"

"通达说不上，这两天我却总能想起一个人。"

"谁？"

"唐行一，唐品直。不出户，知天下，不窥牖，见天道。我枉虚名为其师，他的确比我智慧，比我通达呀！他若能看到我此时'楚囚南冠'的境地，却不知道他会说些什么呀！"

"我听说唐先生一直在完县经商，却听说他妻子……"梅天凤欲言又止。

马凯旋疑问："他妻子怎么了？"

梅天凤皱眉道："坊间传说唐先生的妻子最近染上了赌瘾，嗜赌如命，把唐先生辛苦挣下的家业，都输了个干净呢。"

马凯旋怔了一下，旋即摇头，意味深长地笑了笑："内情未必如此，唐品直或是另有所想呢。"

梅天凤诧异："什么意思？"

马凯旋哂笑道："依唐品直的干练性情，他如何管不住自己的妻子呢？抑或是唐品直一味纵容吧。可他为什么要这样做呢？内中曲折，他人就不得而知了。"

梅天凤点头："唐先生心机向来高深，或是别有隐情了。"

(此时再提唐行一，谈歌也恍如隔世。)

梅天凤看看马凯旋，马凯旋或是有些累了，目光有些倦怠。

梅天凤道："今天就问到这里吧。却还有一件事，我再问一遍，大舞台被你们盗走的那十几只木箱在哪儿？里边都装了什么？三哥现在能回答了吗？"

"此事你们已经审过多遍了，我不会说的。"

"三哥不说，我们就不知道了吗？"

"这是个秘密，我想过，你们肯定会知道的。因为之后会有人告诉你们的。相信我的话。"

"什么意思？"

"我只说到这里。"

梅天凤不再问，转身喊进两个看守说道："带回去吧！"

马凯旋缓缓站起身，被两个看守带出了审讯室。

又过了两天，马凯旋被执行枪决。

他被押到刑场，左右看看，对行刑的干警说道："我想唱两句戏文，允许吗？"继而笑道："不许可就算了。"

行刑的干警听得呆了一下，他执行过许多死刑犯，从没有听有谁提过这种要求，他回头看看行刑队长。

队长也很诧异："要死的人了还想着戏文？"想了想，揶揄地笑了："他想唱就唱两句吧！"

马凯旋便仰头唱了起来：昔日有个刘关张，弟兄们结义真豪强……

(唉，此时再唱这耳熟能详的一折，付浩声若在地下听到，作何感想呢？)

季钧与马凯旋同一天被执行枪决。

刑前，曹正汉获准去送季钧上路。曹正汉带去了一瓶酒。

季钧酒足饭饱，抹抹嘴朝曹正汉笑道："老曹，咱们是老同学，你是大力士，其实我的力气也不弱。当年在郑州无线电训练班，我就想着与你比试比试。后来一直没顾上。我知道赢不了你，但我想过，如果我用两只手，应该能赢了你一只手。以后没机会了，现在试试如何？”

曹正汉撇嘴笑道：“季钧呀，你两只手也不行呀。来吧！”

曹正汉和季钧最后掰了一次手腕。季钧输了。

曹正汉笑道：“季钧，你永远赢不了我呀。”

季钧拱手点头：“你这大力士果然名不虚传。输给你，我今生服了。”

曹正汉说了最后一句话：“季钧呀，一路走好吧。”

（多年后，谈歌就这个情节采访曹正汉。谈歌问，对季钧这样一个即将被枪决的人，你们是老同学，为什么掰手腕一定要赢他呢？他岂不是更有人生的失败感了吗？

曹正汉点头：“是的，他必须有失败感。因为他走错了路。其实那天两只手掰我一只手，我赢得很吃力，但我必须赢他。说得政治一些，国共两党，从无谦让。）

梅天凤没有去刑场。她回到办公室，曹正汉随后进来了。

曹正汉沉默了一下：“马凯旋今天被枪毙了。”

梅天凤点头：“知道了，他罪大恶极。”

曹正汉叹了一声：“我时常想起打日本鬼子的事儿，就跟昨天似的。”

梅天凤看了曹正汉一眼：“老曹……我想跟你说句……犯错误的话呢。”

曹正汉看着梅天凤：“你说。”

梅天凤长叹一声，眼里就有了泪光：“我……真是不想……”

曹正汉喟然说道：“你不用再说了，我懂的……”

（旧情成追忆，说来也惘然。）

二人再无话。

当日《保定日报》发布消息：昨日，国民党潜伏特务马凯旋、季钧、李小平、张志、林继业、张丽娜等六人，罪大恶极，在保定被执行枪决。

这则短消息后边，中共保定市委宣传部长兼报社社长路一亲自写了短评：《坚决镇压一切反革命特务分子》。

很简单的一条消息，给马凯旋、季钧等人画上了句号。“精神”上得到了解脱的马凯旋和季钧，最终也在“肉体”上得到了解脱。

记住这两个有资格被记住的名字：

马凯旋。终年四十岁。

季钧。终年三十六岁。

消息里却没有梅可心的名字。

梅可心没有死。

(梅可心即将生产，于是被继续关押。之后，梅可心在监狱里生下了一个男孩儿。看守让梅可心给孩子起个名字。梅可心则说，日后谁家带走谁家起名字吧，我起名字怕要给孩子带来晦气呢。梅可心继而苦笑：“一个死刑犯更难过的事儿，莫过于再生下一个孩子了。”梅可心的孩子四个月后，便被带出了监狱，经梅可心同意，交给了曹正汉抚养。

镇压反革命运动开始后，按照条例，梅可心哺乳期过后，要被执行枪决，但是，梅可心交代了保密局潜伏特务从大舞台盗走的十五箱黄金珠宝，还有保密局从刘化南军需仓库里起走的大批黄金和银圆，埋藏在城西八里铺。梅可心此举被认定有功，被改判无期徒刑。

梅可心一并交代，这个秘密是马凯旋告诉她的。深知共产党政策的马凯旋，之前曾暗示梅可心，倘若被捕，这个秘密可让她保全性命。梅可心说，这应该是马凯旋送给她的一个人情。

梅可心接到判决书时上诉说：“我供出这批黄金珠宝，并非为了立功保命，而是不愿意这批东西长眠地下。我有受死的勇气，却没有坐牢的耐性。我希望你们维持我的死刑。”

梅可心的上诉被驳回。

梅可心的孩子被曹正汉起名叫曹长青。

“文化大革命”初期，曹正汉被批斗，曹长青才知道自己的生身母亲仍在监狱服刑。1968年曹长青初中毕业后下乡，1972年曹长青选调回城在保定机械厂当工人，次年结婚生子。

1978年秋天，曹长青才与母亲梅可心见面。

此是后话，这里按下不说。）

马凯旋被枪决后，因其没有家人认领，《保定日报》广而告之，尸体被唐行一认领走了。

唐行一那天只身进城，经过街中时，许多街人认出已残疾了的唐医生。诸多熟人招手示意，唐行一却一概视而不见，但看唐行一举止昂然，表情凝重默默无语。他身穿的青布衣已洗成灰白颜色，一只空空的衣袖束在腰间。唐行一径直去了东大街“长生堂”棺材铺，订了一口槐木棺材，又托棺材铺掌柜，上街雇了一辆马车和几个抬棺的汉子，赶着马车去了看押所，将马凯旋的尸体装殓了，拉往了完县马家庄。马车赶进马家祖坟时，得到消息的马家族人竟然拦了马车，不准马凯旋入祖坟。外姓多是围观看热闹，无人靠前。其境况惶惶然。唐行一却是满脸无所谓的表情。他没有与马家族人争执，淡然点头，指挥雇用来的汉子们，调转车身，径直去了百丈岩，一天一夜后赶到了，将马凯旋的棺材埋在了百丈岩山中。

唐行一祭典事毕，像是完成了一个心愿，满脸淡定地走下了百丈岩。

唐行一不等走到山下，却径自站住了。如同梦境一般，但见草绳般扭曲的山道上，一个头戴诸葛巾的白须老道士拦住了他的去路。老道士单手打揖：“无量观。可是唐施主品直阁下？”

唐行一怔住，愕然间肃礼问道：“红尘唐行一，请问道长尊号？”

老道士点头：“贫道乌有。”

“拜见乌有道长。”

“贫道冒犯了，唐施主见谅。”

乌有道士伸展了目光看看马凯旋的坟头，目光稍稍跳动了一下，随即归于平淡。他点了点头，转身走了。

乌有道士走出几步，唐行一倏忽感觉内心随着乌有道士的脚步，不离不弃，岁月似乎被远远地拉长了。唐行一猛然惊醒过来，惊讶地叫了一声："师爷!"

乌有道长缓缓回过身来。

唐行一后退半步，深深一躬："世传师爷已归道山，不承想而今尚游戏人间耶？师爷绝非平白无故路遇徒孙，或有教诲？央请示下。"

乌有道士稍有愣怔，随即长叹一声："贫道只想知会唐施主，那只命运多舛的青铜鼎，已安然回归大慈阁了。梅施主三娘，地下或可以心安矣!"

唐行一心下悸然："青铜鼎送回大慈阁了？"

（此处再提梅三娘，谈歌心下凄怆不知所言。唉！一如春花秋月风吹去，遥想三娘当年……）

乌有道士哂笑道："唐施主意欲何为？"

唐行一只手打揖："徒孙愚钝，渴望道长指点迷津。"

乌有道士点头笑了，随口吟道："不国不共不道佛，不伦不类不消磨，登堂从来不入室，不二法门不随和。"

唐行一听得一时间懵懵懂懂，只觉得乌有道长这四句诗，竟字字入耳，直抵心头。忽如醍醐灌顶，忽又虚无缥缈。俯仰之际，但看乌有道士飘然走了，渐渐小了身影。

唐行一木呆呆默立片刻，转身寻了另一条山道，扬长去了。

唐行一为马凯旋落葬的事情，很快在坊间传开，便有群众向公安局举报了，言称有人为反革命分子收尸下葬。保定公安局为此也有争论，有人说唐行一在中华人民共和国成立前曾经为国民党办事，分明敌特分子无疑，唐行一处理反革命的后事，就是同情反革命。同情反革命，当然就是反革命，应该立即抓捕反革命分子唐行一归案。

（这真是"要命"的逻辑推理。）

杨昆平在会上听取了汇报，讥讽地笑道："人民群众的革命警惕性是值得肯定的。但是，提高警惕不能‘神经过敏’。由此推想唐行一是反革命，就太武断了。唐行一先生是保定赫赫有名的医生，也是赫赫有名的抗日英雄。他出面给马凯旋下葬，只因马凯旋是他的老师呀。伦理道德，我们共产党是要讲的。比如我大哥杨伯叙，就是天津的大汉奸。他被枪毙之后，还是我去收的尸呀。怎么，我也是反革命了？”

与会者哑口无言。

此事便作罢。

（谁也想不到，这件事在“文化大革命”时期又被翻腾了出来。时任河北省副省长的杨昆平，因此被造反派揪斗，被勒令交代当年包庇反革命分子马凯旋与唐行一的罪行。此是后话，按下不提。）

“恐龙”和“狼”现身

1949年9月初，北平上下忙于中华人民共和国成立前的诸多准备工作。保定市一些民间文艺团体，也频频赶往北平演出。“梅氏杂戏魔术社”也应邀去北平演出，梅天凤获杨昆平批准，也随团去北平参加演出。

（哎呀，梅天凤国家干部身份，怎么还能掺和私营活动呀？杨昆平还批准了？老铁们别愤然，剧透一句，梅天凤没去北平，却悄然去了南京。）

梅天凤前脚刚走，保定公安局接到了北平公安局的协查电报，因北平一起敌特“纵火案件”与保定潜伏的敌特分子有所关联，要求保定公安局协同破案。另据北平公安局逮捕的敌特分子交代，潜伏于保定的保密局特务“恐龙”，正在策划一次重大破坏行动，代号“焰火”。近期，台湾保密局与北平潜伏的敌特分子电报来往频繁。综合已截获的敌特电报分析，北平公安局认为被捕特务所交代的情况，当属真实。“恐龙”很有可能在中华人民共和国成立前实施“焰火”行动，借以制造国际影响。期望保定公安局尽快抓获“恐龙”。

杨昆平等局领导认真研究了北平公安局的电报，随后在保定城内撒网，再次搜捕神秘的“恐龙”。与此同时，重新提审被抓捕的敌特分子，从新的口供中查找有关“恐龙”的线索。十几天过去了，却仍没找到“恐龙”的蛛丝马迹。

九月十五日上午，杨昆平召集侦察科及参加搜捕“恐龙”的干警开会，杨昆平听了大家的汇报，杨昆平说：“被捕的诸多特务都没见过‘恐龙’。特务们甚至不知道‘恐龙’是否真实存在。再加上那个一直隐藏的‘狼’，应该是敌特‘焰火’行动的主要角色。”

正在开会，梅天凤风尘仆仆地回来了。众人起身欢迎。杨昆平笑道：“梅科长此去北平演出，台上台下或多有‘收获’？”

梅天凤立正报告：“报告局长，此次‘演出’当算成功！”

杨昆平会意，当即宣布散会，留下梅天凤谈话。

杨昆平倒了杯水递给梅天凤，笑道：“这一趟南京也够你辛苦了。你性子也太急了，歇口气儿再过来么。”

梅天凤起身接过水杯喝了两口，抹抹嘴说道：“心里有事，歇不了。情况怎么样？”

杨昆平简要讲了这十几天对“恐龙”的搜捕情况，重点说了敌特的“焰火”计划。说罢问梅天凤：“说说你这趟的收获吧。”

梅天凤笑道：“局长，我在去南京的路上想透了一个问题。‘狼’和最近突然冒出的‘恐龙’，我们一直认为他们隐藏得很深，甚至没人见过他们。他们为何如此神秘？但凡我们换个思路去想，其实他们应该就在我们的视线之内。甚至我们与他们还非常熟识。这就是瞒天过海的效应，所谓备周则意怠，常见则不疑。我们熟视无睹罢了。”

梅天凤说罢，掏出两张照片，先递给了杨昆平其中一张。

杨昆平接过，却是一个年轻女子的照片：“她是谁？”

“南雨鸾。”

“南雨鸾？”杨昆平惊讶了。

“对，这照片上的女子才是真正的南雨鸾。”说着话，又将第二张照片递给杨昆平，“而这个与我们相识多年的‘南雨鸾’，却是个冒名顶替的。我带去这张‘南雨鸾’的照片，经南京公安局查阅‘军统南通训练班’名录与照片，此人名叫那兰春，那兰春之前是江南著名魔术师‘抄天手’尹小培的弟子。”

杨昆平看着照片，点头笑道：“我说么，一个保密局特务，怎么会有那么高超的魔术技巧呢？原来她还真是门里出身呢。你继续说。”

“那兰春进入军统之后，代号‘狼’，抗战爆发后，她先后发展了许多杂戏艺人加入了军统，那兰春率领这些艺人在江苏、上海、杭州等地执行任务，曾刺杀过当地多名日寇汉奸头面人物，那兰春多次被军统表彰，谓之‘当行出色’的人物，后因派系斗争，那兰春很快被排斥出局，抗战胜利后被发落到乔运典麾下，乔运典失势后，那兰春想重回军统，却遭郑介民排斥。郑介民之后，她却深得毛人凤器重。”

杨昆平又看着那兰春的照片，点头笑道：“真是个跳来跳去的女人呢。她跟南茂才有什么关系？南茂才又是个什么身份？”

“按照之前既定的调查对象，我到南京先调查了南茂才。经过调查，南茂才基本可以排除敌特嫌疑。”

“哦？”

“南茂才本是扬州一家武馆的拳师，这个情况我也大概知道，当年我在梅家班随我娘去扬州，就听说过此人的名头。经调查，南茂才因与馆主起了冲突，后改行到杂戏班子当了高跷演员。抗战爆发后，他所在的杂戏班子解散，南茂才流离失所，曾先后在多个杂戏班打零工糊口。基本可以认定，南茂才是个单纯江湖艺人的身份。”

“如此说，南茂才与那兰春没有任何关系。那兰春为何冒名顶替南雨鸾呢？”

“我在调查南茂才的过程中，在南京‘百花杂戏团’找到了一个名叫张辰的杂戏艺人。偶然得知，张辰是南茂才的同门师弟，南雨鸾竟也是张辰的同门师妹。我把带去的南雨鸾的照片让张辰看过，张辰当即说此人不是南雨鸾。张辰告诉我，当年南雨鸾所在的‘青云杂戏社’，于抗战胜利前夕，突然遭到日军集体屠杀，南雨鸾也在其中。综合分析，此事绝非日军所为，而是戴笠让杂戏艺人出身的那兰春，冒名顶替南雨鸾，下令集体灭口‘青云杂戏社’，为保证那兰春的绝对安全。”

“分析得有道理。”

“抗战胜利后，南茂才重回杂戏班子，偶然一次搭班演出，他遇到师弟张辰，闲谈中，南茂才听张辰说起，师妹南雨鸾或许还活着，有同行去北平演出，途经保定时，曾在当地报纸上看到过南雨鸾的消息。南茂才当时在杂戏班子颇不得志，听到这个消息，当即兴冲冲北上投奔南雨鸾。我回想南茂才刚到保定时的情景，应该是南茂才的突然出现，引起了那兰春的惊慌，那兰春担心被南茂才揭穿其冒名顶替的假身份，才冒险下手杀了南茂才。”

“可是，那兰春为什么要举报马凯旋呢？”

“那兰春告发马凯旋，只是为了迷惑我们，也是她未雨绸缪的策略，不仅能让我们将追捕视线全部集中到马凯旋身上，更为了让我们打消对她的怀疑。如此一石二鸟，她才能安全大胆地准备‘焰火’行动。现在可以断定，那兰春的‘南家班’，就是潜伏特务藏身的据点，利用‘南家班’这块招牌掩护这个据点，那兰春便可在此聚集力量。我审问马凯旋时，马凯旋说过，他是保密局在保定的‘明线’，抛出他是为了掩护‘恐龙’这条暗线和他的上峰。他的上峰会是谁呢？我判断就是‘恐龙’。换句话说，就是那兰春。”

“丢卒保车？那‘恐龙’与‘狼’是什么关系？”

梅天凤说：“这个问题一直困扰我，昨天在路上，我突然解开了这个谜团。杨局长有小名吗？”

杨昆平笑了：“当然有啊，我有两个小名呢。老娘给我取名长水，老娘说，我出生那年，家乡干旱。我爹因为我小时候体弱，给我取名铁汉。杨铁汉这个名字我还真用过几年呢。你问这个？”

“杨昆平、杨长水、杨铁汉是一个人，对吗？”

杨昆平点头：“你是说，‘恐龙’与‘狼’是同一个人？”

“好比说杨局长回家乡，见到老娘你是儿子杨长水或杨铁汉；在公安局，你则是局长杨昆平。我的意思是说，两个名字，两个角色。却是同一个人。”

“有道理。‘狼’在军统局代号‘狼’，而后在保密局，则代号‘恐龙’。”

梅天凤皱眉道：“我党建国在即，那兰春肯定会有所动作。我分析，就是所谓的‘焰火’行动。”

“抓捕这个‘南雨鸾’吧！”杨昆平把照片递给梅天凤。

梅天凤接过照片笑道：“‘狼’和‘恐龙’应该显形了。”

就在杨昆平和梅天凤决定抓捕那兰春的时候，那兰春端然坐在大舞台剧场后台化妆。

这是一场“南家班”之前与大舞台剧场签订了合同的演出。“南家班”近两年已在保定有了名声，“南雨鸾”也成了报纸与电台的追逐对象。这场下午三点开演的杂戏，票已经卖出九成。这是一般杂戏班子少有的盛况。开演时间快到了，“南雨鸾”清晰地听到了观众入场的嘈杂声，她已想到开演后，记者们举着相机争相拍照的境况。“南雨鸾”很享受这种被记者追逐的快乐，她有时遐想，当年如果不去报考军统训练班，而是仍在杂戏班子，而今是否比“南雨鸾”境况更精彩些呢？她暗自有些喜欢“南雨鸾”这个名字了，但她终归哀叹，自己不是“南雨鸾”，自己是“狼”。

她一直以“狼”的身份努力工作，她的“恐龙”身份已沉睡了两年，她感觉早已迷失了这个身份，她近乎忘记了“恐龙”就是“狼”。两个月前她被突然唤醒时，她竟然感觉“恐龙”已倦怠了的活力重新潮水般漫卷了身体。却同时感觉到内心有一丝颤抖，她当然明白，任何一个“被唤醒者”，面临的最大可能就是牺牲。她按照上峰的要求，去报社发一个“寻人启事”。那天，她的脚步不疾不徐，心里却是一路狂奔。

那兰春的这则寻人启事，是上峰通知保密局直属的潜伏特工迅速集结的暗语。这是一则不到紧急情况，不可使用的寻人启事。那兰春发完“启事”，便着手准备“焰火”行动。短短两个月，人员和武器炸药，她都已准备完毕，行动的具体时间也已定下。现在距离九月三十日还有短短几天时间，那兰春正忙于“清理院落”——着令手下清除所有遗留问题，重点清除那些即将或已暴露的同伙。确保这短短几天的绝对安全，从而安全实施“焰火”行动。

那兰春化妆完毕时，执行“清理院落”的三个手下跑到后台，沮丧地报告，目标失踪了。那兰春顿时愤怒了。目标是潜伏在保定煤厂的特工，近期情绪异常，两次召集都没露面，那兰春担心此人或向公安自首。此人知道她是“狼”，所以必须清除。可这么点事儿，三个手下竟没有办好。这三个向来身手敏捷的手下，尤其是这个瘦瘦的组长，过去多么精明强干呀，最近怎么变得如此愚蠢笨拙了呢？

那兰春以和蔼可亲的表情看着瘦子组长：“为什么失手了？”

瘦子皱眉道：“我们盯得很紧，可还是让他跑了。要是……”

那兰春微微笑了：“我知道你的意思，你想让‘狼’亲自出马。但是‘狼’从不需要自己动手，而是要你们这些‘狼’的手下去‘清理院落’。你们却办不好，你这个组长是怎么当的呢？你想过吗……”说着话，那兰春已转到了瘦子身后，她突然闪电般出手，手中的丝巾勒住了瘦子的脖子，瘦子恐怖地鼓起眼睛，两腿奋力蹬地，挣扎了几下，随后像只空布袋，瘫缩在地上，一动不动了。

那兰春将丝巾丢在瘦子的脸上，平静地看着另外两个特工，平淡的口气像在问他们吃饭了没有：“你们还行吗？”

两个特务脸色焦黄，赶忙说道：“行，我们行……”

“去吧。”

两个特工匆匆走了。

那兰春招招手，后台跑过来两个杂戏班子的跟包儿，那兰春斜了一眼地上的瘦子：“把他装进戏箱，夜里扔到街中的井里吧。”

两个跟包儿惶惶点头，拖起瘦子的尸体去了道具间。

开演的铃声急急地响起来了。“南雨鸾”款款走上台去。

走到台上的“南雨鸾”似换了个人，倏忽变得青春焕发，神采奕奕。她满脸欢快的表情，款款走到台口，即向热烈的观众们深深鞠躬。立时招来一片热烈的掌声。

梅天凤在剧场外听到了开演的铃声，她指挥着数十名干警包围了剧场，十几名便衣干警悄然进了后台。

梅天凤带着两个便衣干警走进剧场时，“南家班”已演出了多半场。“南雨鸾”正带着助手表演“大变活人”。梅天凤和两个便衣悄然走到了前排的一侧，他们倚着墙看台上的表演。坐在前排的观众中的熟人看到了梅天凤，便欲起身让座，却被梅天凤轻轻摆手制止了。

台上的“南雨鸾”看到了梅天凤，她对接住梅天凤的目光，微微笑了。梅天凤却看出“南雨鸾”笑得十分疲惫。

梅天凤后来说，她当时在台下看得出神，她知道这是最后一次看“南雨鸾”的表演了，她看得很用心、很专注，她发现“南雨鸾”的手彩果然精湛。看到入神处，她几乎分辨不出在台上表演的是那兰春还是“南雨鸾”了。她醒过神之时，“南家班”的表演已到了尾声。“南雨鸾”表演完了最后的压轴节目。

梅天凤兀自鼓了几下掌，“南雨鸾”照例走到台口向观众鞠躬致谢，又面向梅天凤鞠躬致意。随后“南家班”全体站在“南雨鸾”左右，目送观众退场。几个瞅准机会欲上台采访拍照的记者，却被几个便衣干警悄然拦下，耳语几句，记者们顿时满脸惊讶，赶忙匆匆退场了。

观众已全部退场，梅天凤这些特殊观众仍然在场。“南家班”要回后台卸妆，可他们却回不到后台了，十几个公安干警大步走上舞台，持枪围住了他们。

“南雨鸾”惊讶地四下看看，把目光定格在梅天凤身上。

曹正汉匆匆从台侧下来，走到梅天凤跟前，低声道：“‘南家班’无一漏网。后台五个杂工已全被控制；开演前两个外出的也被抓了；

戏箱里有一个死的，说是刚被南雨鸾勒死的。”

梅天凤低声道：“你带人再检查一遍，不可马虎！”

曹正汉答应一声，转身去了。

梅天凤信步走上台，看看不知所措的“南雨鸾”，讥讽地笑道：“‘恐龙’的节目演完了？”

“南雨鸾”听得一怔，随即笑了：“‘恐龙’？我听不明白梅科长说什么呢？”

梅天凤笑道：“听不明白？我若喊你‘那兰春’，想必你能听得明白吧？你我都是明白人，咱们还用兜圈子吗？”

“南雨鸾”又是一怔，沉吟良久，喟然长叹：“我听明白了。”说罢，满脸的惶恐竟然归于了平淡。她安静的目光看着梅天凤：“你们是怎么看破的？”

梅天凤没理会“南雨鸾”，她看看台上满脸惶恐的十几个“南家班”的杂戏艺人，摇头笑道“诸位杂戏艺人，台上拿手好戏，技艺精彩纷呈，谁能想出，各位真实身份，竟全是保密局潜伏特工。真让人大跌眼镜呀！”

曹正汉匆匆从后台出来，走到梅天凤跟前，低声道：“又检查了一遍，的确没人了。”

梅天凤点头：“都带走吧！”转身看看“南雨鸾”，“你留下，彼此说说话吧。”

曹正汉带着十几个干警，押走了“南家班”众人。

舞台上只剩下了梅天凤和“南雨鸾”。台侧远远站着几个便衣干警，望着站在台上的两个女人。

梅天凤摇头笑道：“‘狼’？‘恐龙’？那兰春？南雨鸾？对了，还有余晚秋。我叫你什么好呢？你现在台上，我若再喊你一声‘南雨鸾’？或是对逝者不敬，那还是叫你那兰春吧。”

“你们到底是怎么看破的？不方便说吗？”

“那兰春，你我都是变魔术出身，魔术界常说的一句话，你看到得越多，就越容易被骗。”说着话，她拿起桌上的扑克牌，熟练地洗过，抽出了一张老K，抬手向那兰春展示："你能知道下一张会变出什么吗？"

那兰春淡然笑道："梅天凤，你我都是门里中人，这点技巧还用拆吗？依你刚才的手势，K后边当然是J，而且是黑桃J。"

梅天凤扬眉笑道："是吗？上眼！"，只见她一只手抬起，闪电般一晃，手里的牌倏地变成了梅花A。手再一晃，梅花A变成了红桃A。舞台上一张张飞来飞去的扑克牌，一时铺天盖地，眩晕了那兰春的目光。那兰春看得呆住，她摇头叹了口气："梅天凤，你不愧为梅三娘的女儿。我心服口服了。"

"见笑了。"

"你还没回答我，你们是怎么发现我的？"

梅天凤笑道："说来话长，我只说事实吧。你叫那兰春，江南'抄天手'尹小培的入室弟子。你跟着乔运典时，曾化名'余晚秋'，你加入军统后，代号'狼'；在保密局，你代号'恐龙'。你的'南家班'成员，都是一伙潜伏的国民党保密局特工，这些艺人身份的特工，大多是你当年发展的'尹家班'同人。对吗？"

那兰春缓缓点头，似沉浸在对往事的回忆中："不错。'余晚秋''狼''恐龙'都是我。'南家班'是保密局直属特工行动组。"

"那兰春，你很坦率。我们换个地方说吧。"

梅天凤招手示意，站在台侧的几个便衣干警走过来，押着那兰春走出大舞台剧场。

杨昆平当即亲自提审那兰春，那兰春交代了"焰火"行动的全部细节。按照台湾保密局指令，"南家班"于本月三十日借进北平演出的机会，将近一吨TNT炸药伪装成演出道具，带上保定往北平的火车，定时在北平火车站引爆，以期制造国际影响，这就是所谓的"焰火'行动。行动计划所用TNT炸药，都是由国民党部队撤逃保定时留下，一直藏匿于"南家班"的仓库。

杨昆平问完重要情况，与梅天凤耳语几句，便起身走了。

梅天凤继续审讯。面对倾筐倒箧的那兰春，梅天凤觉得应该说点别的什么了。梅天凤后来回忆，她很想探究一下这个国民党女特工的真实心态。

梅天凤道：“那兰春，你还想说些什么？”

那兰春笑道：“我还想问一句，除了南茂才，除了你们在南京发现了的我的档案，我还有什么破绽引起了你们的怀疑？”

“马凯旋诈死。”

“马凯旋诈死？”

“我那天跟你去抓捕马凯旋，你家却发生了爆炸，这场爆炸是你与马凯旋预先设计的。现场留下了五具烧焦的尸体，你虽没当场指认马凯旋在其中，但你的目的，是要给我们制造一个马凯旋自杀身亡的现场。其实，这种鱼目混珠的做法，显得愚笨了。”

“说得是。我们这个设计不太明智。事前也想过，但凡有破绽，便会弄巧成拙。可当时情况紧急，马凯旋已无路可走，我们只好冒险一试了。”

“你们的现场做得粗糙了，你们忘记了一个细节，那五具尸体都是被杀之后，再泼上煤油烧焦的。”

“你的意思……”

“很简单，那五具辨认不清的尸体，口腔都是干净的。杀人之后再焚尸，过程应该从容不迫，所以，我怀疑你参与了此事。”

“你很细心。”

“我是变魔术出身，很注意细节。”

“细节？”

“你还忽略了一个细节。你没想到，我会调查马凯旋当天中午的吃饭情况，他吃过一盘松子炒白菜。松子一类的干果，不容易消化。那五具尸体被解剖之后，都没有发现松子。也证明了那五具尸体里并没有马凯旋。”

“你太细致了。”那兰春点头称赞。

“成功有时与细致无关呢。”梅天凤忽然别有意味地笑了。

“什么意思？”

“那兰春，你们以求一逞的‘焰火’计划，不可谓不细致，但你们没有成功，不过是你们灭亡前猖狂一跳罢了。”说到这里，梅天凤安静的目光看着那兰春：“你是个聪明人，明知不可为，就该早些收手。”

那兰春点头说道：“你说得是，之前已有人劝过我了。”

“谁？”

“马凯旋。”

梅天凤略一皱眉：“他何时劝过你？”

那兰春淡然笑道：“他被枪毙之前，给我写过一封信。”

“这我知道，看押所的同志转交给你的。本来还想让你们夫妻见最后一面，可马凯旋拒绝了。他只给你写了那封信。”

“你知道信的内容吗？”

“我那几天没去看押所，所以没看到。我听看押所的同志说起过，好像是一首诗？”

“是一首有隐语的诗。”

“隐语？”

那兰春吟诵道：“就车不遇伤心路，从此梦中辗转时。去无收成地何苦，回春妙手天怜之。”

梅天凤听罢点头：“难为他一片苦心了，他是喜欢你的。”

那兰春摇头：“诗的表面意思是这样，其实不然。”

“这诗另有内涵？”

“说白了，这是一首藏文诗。择出第一句第一个字，第二句第二个字，第三句第三个字，如此类推，马凯旋告诉我了四个字：就、此、收、手。”

“……他是个聪明人，你也聪明呢。”

“我笨，他聪明呀！”

“你为什么没收手呢？”

“是啊，我没有。”

“你很自负。”

“我并非自负，只是感觉我那兰春已变成了一支射出的‘箭’，箭本身控制不了自身的飞行速度，惯性使然罢了。”

“或许……是这样。”

“还是马凯旋说得对啊！”

“他说什么了？”

“共产党已是赢家了，无论国民党再做什么，都于事无补了。……提个要求可以吗？”

“你说。”

“我被枪毙后，若有可能，我愿意跟老马埋在一起。”

“我理解，你们是夫妻。”

“我不是这个意思。我之前有过丈夫，在抗战中牺牲了。我跟马凯旋只是因为任务住在一起了，说来你可能不信，我们住在一起，却没有那种寻常的夫妻关系。我很爱马凯旋，只从个人品质而论，我佩服他是个少有的男人，换句话讲，他是我见过的少有的正人君子。”

“正人君子？”

“是的。你不知道，当年我曾奉命勾引他。醉酒之时，他竟还能坐怀不乱，慎独行笃，诚然君子。或许从那时候，我就深深爱上他了，我想与他死同穴。”

“这个……”

“如果为难，只当我没说。”

“……我尽力。”

那兰春起身向梅天凤深深鞠了一躬：“那就多谢梅科长了！”

“不客气。”

梅天凤转身说道：“带走吧！”

两个干警走进来。

那兰春长起身形，坦然向外走去。

“那兰春。”梅天凤却喊了一声。

那兰春回过头来，没说话，目光似乎问，还有什么事吗？

梅天凤笑道："你的魔术的确很精彩。看得出，你的确得了尹小培师傅的真传。"

那兰春摇头笑了："梅科长客气了。我不如你，今天在舞台上我已领教过了。你的确胜我很多，那兰春甘拜下风。"

梅天凤诚恳地说道："纸牌不是你的强项。我说的是手彩，你是顶尖的。我绝非敷衍奉承之词，你那兰春可谓当行出色。"

"非常感谢梅科长能这样说！谢谢了！"那兰春再次朝梅天凤深鞠一躬，转身走出了审讯室。

保密局的"焰火"计划，随着"恐龙"被捕而流产。那兰春于当月被执行枪决。

那兰春的后事由唐行一出面料理——以料理"师娘那兰春后事"的名义。唐行一依旧雇用了一辆马车一干人，将那兰春的棺材拉到百丈岩，与马凯旋埋在了一处。

1949 年 10 月 1 日，中国共产党在北京天安门隆重集会。中共中央委员会主席毛泽东在天安门宣布：中华人民共和国于今日宣告成立，此时间为 1949 年 10 月 1 日下午 3 时。

1949 年 10 月 1 日傍晚时分，梅天凤收听了广播之后，信步走出办公室，去大舞台观看保定艺人们的庆祝演出，她快步走到街中，只见满街欢快的人们载歌载舞，只听喜庆的鞭炮声激烈悦耳。

金色的秋阳之下，一个名叫宋春玉①的年轻记者，正在街头采访得"忙碌"。她偶尔发现了站在路边微笑的梅天凤，当即举起相机，抓拍了一张。这张照片上，飒爽英姿的梅天凤笑得十分灿烂，背景也格外亮丽——背景即是大舞台剧场。

---

① 宋春玉，女，曾任《保定日报》记者部主任。1986 年，宋春玉举办《宋春玉"那时间"个人摄影展》，梅天凤这张老照片，赫然其中，十分夺目。

后　话

《大舞台》写完了。

书中的人物和情节，发生的那些“时间”，非常特殊。因此便有了那些特殊的人物和际遇，催生了这部长篇小说。这是一个荣誉至上、英雄辈出的年代。人们懂得，人生若不追求荣誉，等同猪狗。浪漫与激情、铁与血、情与仇、生与死、爱与恨，或温柔敦厚，或凶残暴力，构成了此书的全部故事。

本书人物繁杂，不能逐一摅论，却有几个人物，还要交代结果。

乌有道长

遍查保定档案馆及诸多有关史料，乌有道长却无下落。

（乌有？或许就没有这个人？这位庞眉皓发的老道士，或是马凯旋的父亲马浮白？或与马浮白没有任何关系。是与不是，读者自己考据。道家之学，是中国文化中极神秘的部分，至今也多有这样的“异人”。他们或是蜗居一隅，却能量极大，或是当地声名远播的人士，虽隔千山万水，但慕名而来请教吉凶福祸的芸芸众生，多到摩肩接踵。）

2003 年 7 月 11 日，保定市街头巷议，竟然有一则故事被传得沸沸扬扬：话说保定秀水小区，这天傍晚，来了一个白须白眉的老道士，自称乌有道长，一路打听东大街秀水胡同马氏诊所的旧址。有两位八一岁的老人，正在小区空场纳凉，看到这位道长，登时惊呆了，不敢置一词。天爷呀！此人竟是当年名噪一时的马浮白医生。但见马医生超然一笑，即在当街驻足与两位攀谈，说起当年之事，如数家珍。两位老者听得入港出神，发了愣怔，俯仰之间，但见乌有道长已扬长而去。两位老者回过神来，赶忙去追，哪里还有踪影呢？

(或如古人所言：世传先生已归道山，今尚尔游戏人间耶。)

此事至今被保定人传得有鼻子有眼。作为亲历者的两位老者，一位名叫李玉（1919 年生），一位名叫周亮臣（1921 年生）。面对记者采访，两位老者信誓旦旦，说他们的确见到了马浮白医生，断不会认错，当年他们十几岁，曾找马浮白医生看过病。2009 年谈歌构思此书期间，曾专门采访此事，周亮臣老人时已过世，李玉老人则郑重地告诉谈歌，他的确见到了乌有道长。

真有这种事吗？随手举一个例子：

(真伪不知，报上找来的。聊备一格。)

1990 年 9 月 9 日，南美洲委内瑞拉卡拉加机场的控制塔，值班人员突然发现一架早已经淘汰了的“道格拉斯”型客机降临机场，而机场的雷达事先根本未发现这架飞机。机场人员惊讶地问飞行员：“这儿是委内瑞拉，你们从何处来的？”飞行员更惊讶，“天啊，我们是泛美航空公司 914 号班机，由纽约飞往佛罗里达州的，怎么会飞到你们这里？误差了两千多公里呀！”飞行员立即拿出飞行日记给机场人员看，该机的确于 1955 年 7 月 2 日起飞，已时隔 35 年。机场人员吃惊道：“这不可能，你们编故事呢？”

后经电传查证，914 号班机确实在 1955 年 7 月 2 日从纽约起飞，飞往佛罗里达，中途突然失联，一直找不到。机上五十多名乘客，全部被赔偿了死亡保险金。当这些乘客各自回到美国的家中，他们的家人目瞪口呆，孩子们都老了，他们却仍如当年一样年轻。美国警方会同科学家认真检查了全部乘客的身份证和身体。最终认定，这不是闹剧，而是事实。

这么离奇到底是怎么回事儿呢？有科学家认为，宇宙中存在着一个巨大的“时间隧道”，时间隧道里的时间运动方式，和我们人类所感知的方式完全不同，有时它是静止的，有时却是高速运动的，人类一旦进入其中，就会丢失时间，在生命史上出现一段漫长的空白。还有科学家认为，时间隧道实际上就是宇宙中存在的“反物质世界”，当正物质与反物质接近到一定程度，产生的压力就会把它们再分开，人们的神秘失踪就是正、反两大物质体系产生引力场时，局部弯曲所造成的“速灭”现象。而当速灭现象消失之后，引力场又会恢复原来的状态，失踪的人也即重现了。

如何解释“时间隧道”这个谜团？乌有道长——马浮白老人，是否进入过时间隧道？

杨昆平

中华人民共和国成立初期，杨昆平先回家接出了患病的妻子陈秀枝。

（杨昆平的父亲杨大海，在抗战期间任县抗战委员会粮秣主任，被日寇杀害后，杨昆平其母也同时遇害。）

中华人民共和国成立初期，干部们离婚再娶的情况很多，坊间为此传出了许多闲话与笑话。杨昆平或是听得不高兴了，在一次会议结束时，他就这个问题多说了几句：“老话讲，贵易友富易妻。就是说这人身份若变了，就要换朋友，有钱了，就要换老婆。同志们大多是从老区出来的，媳妇么，肯定大都没啥文化，有的还是小脚儿，不如城里的大学生新鲜好看呀。可大家别忘了，咱们出来搞革命，媳妇儿可是给咱们照看家呢。现在把人家甩了，是不是有点儿不仗义了？我今天表个态，我不会换老婆。当着大家的面，我今天讲句迷信话，我杨昆平若喜新厌旧，天打雷劈！”

陈秀枝吃晚饭时对杨昆平说：“昆平呀，你在会上发毒誓的事儿，我都听说了。你可别这样呀！我没文化，比你大五岁，还小脚。你就快跟我离了吧。你再找一个女学生。也拿得出手呢。”

杨昆平笑呵呵地看着妻子说："秀枝呀，你说啥呢？什么叫'拿得出手'呀？又不是走亲戚，得蒸大馒头，挣个脸上光彩。这么多年了，我在外边忙革命，你在家里替我伺候老人，替我尽孝。秀枝呀，真是辛苦你了呢。我以水代酒，敬你一碗吧。"

陈秀枝慌乱地说："你……这是干什么呀？"

杨昆平认真地说："秀枝你坐好，我真得谢谢你呀。"

陈秀枝手足无措地坐好，杨昆平深深给她鞠了一躬。

杨昆平诚恳地说："秀枝呀，以后莫再说这件事了。"

陈秀枝默默地擦眼泪："那就委屈你了呀……昆平……"

陈秀枝身体不好，大院里看到杨昆平每天回来给老婆做饭。许多人都知道，杨昆平每天晚上都要给老婆洗脚。惹得市委大院里的妇女们好生羡慕，"看看人家杨书记"。

1952 年 12 月，杨昆平调任河北省冶金局副局长。（这年察哈尔省、热河省撤销，归并河北省。）1953 年 5 月，杨昆平调任重工业部龙烟钢铁公司党委副书记，兼任龙烟铁矿党委书记（龙烟钢铁公司后改名宣化钢铁公司，龙烟铁矿即后来的庞家堡铁矿）。那真是一个风起云涌的年代。真的是"新的时间"开始了，大家都处于历史、经济、文化、人口的巨变之中。因为矿石很紧张，国家钢铁企业纷纷上马。龙烟铁矿从河北各地招了一大批矿工。当地驻军成建制转业了一个"工人团"去建设矿山。

杨昆平在欢迎大会上讲："同志们，新中国成立了，我们需要钢铁。我不知道现在全国能生产多少钢铁，但肯定是不多，肯定太少。有人讥笑我们，说咱们中国一年生产的钢铁，还不够每家每户打一把菜刀的。这让我们脸红呀。钢铁需要什么？矿石。这就是钢铁的'粮食'。我们就是给钢铁'搞粮食'的人。"

杨昆平到任后，做的第一件工作，就是组织党政干部带头下井采矿。龙烟铁矿创造了当年全国最高的矿石产量。杨昆平受到河北省政府的表扬，在表彰大会上被戴上了光荣花。

当时有记者给杨昆平照了一张戴着光荣花的照片，登在了《人民日报》上（照片现存于“龙烟铁矿展览馆”）。照片上，杨昆平笑得灿烂无比，背景是沸腾的矿山，阳光明媚，春风骀荡……

谁也没有料到，波澜壮阔的社会主义建设，竟然遇到了三年困难时期，国家压缩经济，龙烟钢铁公司下马。杨昆平调任河北省冶金厅厅长。

“文化大革命”开始时，已提拔为河北省副省长的杨昆平，被打倒、被游街、被批斗，带头批斗他的，竟是他的女儿杨树苗和养女阳海英。殊料，杨昆平竟主动在报纸上发表检讨书，而且检讨得很“深刻”。他说自己是“老干部遇到了新问题”。欢迎革命小将向他开炮，他不怕“引火上身”。

1968 年春天，他作为老干部代表，第一批被结合为河北省宣钢革委会副主任。

“文化大革命”中，他积极参加“批林批孔”运动。到各地介绍经验，讲自己如何跟上继续革命的形势，如何从思想上完成从民主革命到社会主义革命的自我改造。1973 年，杨昆平调到南方某市革委会任副主任。临走前，他却与养女阳海英发生了一场争论。

杨昆平反对“火箭式”的干部，他认为阳海英升得太快了，他认为干部还是要一个台阶一个台阶地上来才好。

阳海英则认真地说：“爸，尽管你落实了干部政策，但是你们这代人，大多思想境界还停留在民主革命阶段，或者说，你们不适应这个社会阶段，或者说，你们对这场亿万人民起来的运动有抵触。如果说，解放战争是进行所有制改造的武装斗争，而‘文化大革命’，就是改造我们民族性格，提高我们民族素质的一场文化斗争。”

杨昆平摇头不解：“海英呀，你讲得过于严重了吧？”

二人不欢而散，由此反目。

“文化大革命”后，杨昆平被任命为省委副书记。养女阳海英则在市委书记的位置上，被逮捕，被开除党籍，后被判刑入狱。女儿杨树苗（“文化大革命”中下乡后选调回城）也在保定钢铁厂车间主任兼副书记的位置上被撤职，下放农场劳动。

时过境迁，谁也没有想到，杨昆平竟然开始为阳海英等一些年轻干部鸣不平。他认为，有诸多年轻干部并不是帮派分子，处理上有失“政治公允”，对“文化大革命”中所谓的“造反派出身”的干部要一分为二地看待。

1982年春天，他从领导岗位转到“顾问”的位置。他继续讲应该如何正确对待“文化大革命”中提拔的年轻干部问题，他在省委召开的一次会上说：“我这样说，肯定会有瓜田李下的嫌疑，大家会说我的养女阳海英就是一个帮派分子，我女儿杨树苗就是造反派。我之所以提出这个问题，在于我们现在的干部做法有了毛病，人民不好监督，为什么老百姓不高兴？现在的干部，说到‘干净’二字，恐怕是不好说的。当年这些人的作风呢，包括杨树苗和阳海英，她们一个是我女儿，一个是我养女，我能用党籍担保，至少她们在经济上是干净的。”

杨昆平的言论，被上级领导指责为政治上糊涂。1984年，因为阳海英和杨树苗的“文化大革命”问题，基层仍有强烈反映。杨昆平便从顾问的位置上退了下来。

1990年初，杨昆平给当地政府领导写信，“请示”去看看养女阳海英。当地领导当即批示，“人之常情，当然要去看么”。1990年春天，他到监狱看望阳海英，并没有责备阳海英。他说：“海英啊，我今天来看你，是有三句话要说，第一句，当年我们有过争论，现在看来，真理似乎在你这一边。”

阳海英笑道：“爸呀，你想说什么呢？”

杨昆平说：“因为社会还需要观察。第二句话，共产党人是有理想的。如果真如你自己说的，你是一个真正的共产党员，你为这理想而受了些委屈，是不应该埋怨命运的。”

阳海英点头称是。

杨昆平说：“第三句话，你还年轻，出狱后，还能做些事情。保重身体。”

父女二人由此和解。

杨昆平是出了名的喜欢“闭门思过”。有一次某个他当年的下属，现在的上级来省里视察，想来看望他，他却婉拒了。他笑道：“我挺好的，正在闭门思过，不耽误领导时间。”

杨昆平却又是出了名的“开门见山”。1990年春天，在一次给大学生讲大课时，杨昆平当场对几个递条子的同学给予了态度极其“强烈”的答复：

（以下根据录音整理）

“……写条子的同学，请你们动动自己的脑子，不要认为外国人讲得都对。对老一代革命家，我们要尊重。尊重他们，就是尊重我们的历史。我很反感当代一些青年人没有脑子，你们都是读书人，应该明白一些起码的道理呀。我听说过一句明白话，是一位有头脑且头脑明白的前人讲过的：消灭一个民族，首先要消灭它的历史。一个没有了历史的民族，是可悲的。这句话很是意味深长。我今天再次亮明观点，我坚决反对用西方的价值观来按图索骥我们的国家、我们的历史、我们的前辈。我且打个比方吧，假如我的某个列祖列宗做得不好，有毛病，我当然要认真检讨，要深刻反思。但终归是我的祖宗，我绝对不许可我的街坊四邻跑到我家，坐在我家的客厅里，指手画脚污蔑他们。无论祖宗们做得有什么不对，我也有我的自尊。如果我跟着他们一起痛骂我的祖宗，我又成了一个什么东西？我还担得起我的姓氏吗？大家想想看，我说的是不是这么一个道理。同学们，我希望你们自强不息，但这个自强不息有一个前提，那就是自尊。国家的自尊，民族的自尊。我今天不想再多讲了。我很激动，我很少这样激动……”

杨昆平于1992年病故。终年八十三岁。

杨昆平与陈秀枝生育一子一女。儿子杨小山少年时，被日军炮火炸死。女儿杨树苗“文化大革命”初下乡，三年后回城进入保定炼钢厂当工人，后提拔为车间支部书记兼车间主任，“文化大革命”

后被撤职，到农场改造两年，回厂后当炼钢工人。早已退休。

谈歌曾想去采访杨树苗，却被婉言谢绝了。唉，或是往事不堪回首，谈歌怏怏作罢。

陈秀枝女士于1996年去世，终年九十岁。

阳海英

阳光明牺牲后，于秀芹挺着大肚子躲到了乡下。三个月后她生下一个女孩儿，取名阳海英。1946年，于秀芹病故。党组织便将小海英托付给了满城县的堡垒户李大群抚养。1950年，李大群病故，梅天凤便收养了八岁的小海英。

之前梅天凤已经收养了付云雁，杨昆平看梅天凤带着两个孩子辛苦，便接走收养了阳海英。阳海英便在新中国“红旗下”成长起来了。

1959年，阳海英十七岁高中毕业后便参加工作了。阳海英长着细高挑儿的个子，模样很好看，很多人说她该去当电影演员，可她却当了小学老师。后因她教学能力强，1962年调到中学任老师。同年加入中国共产党，任校团委书记。阳海英一直从事语文教学，曾在报纸上发表教学心得《不能让“德、智、体”流于形式》，文章忧虑学生死读书的问题，一度引起社会关注。

1965年春节刚过，阳海英的一篇关于教育改革的文章《教育目的只是分数吗?》，发表在省报上，文章言辞激烈，配合了当时的形势，报社还加了“评论员”的按语，这下就轰动了，阳海英被调到了市教育局，任教研组长，再一个月，又被选为共青团市委副书记。这一年，阳海英与教育局同事张越北恋爱结婚，次年生下一子，取名张东明。

1966年，“文化大革命”开始了。阳海英一生完孩子，便加入市教育局井冈山造反兵团，她张贴了“大字报”，批判原市委领导与教育局领导的言论。她的毛笔字写得好，语言犀利，被群众围观注目，用现在的话讲，一夜之间，就拥趸了无数粉丝，顺理成章地被推举为教育局的“造反司令”。她还带头造了养父杨昆平和养母梅天凤的反，亲手给杨昆平和梅天凤戴了“高帽子”游街。

1967年，她坚决执行“要文斗不要武斗”的最高指示，带领一派群众组织向“支左”的军代表缴械，并在1968年全市“三结合”代表大会上讲话，做了《我们都是来自五湖四海的革命群众》的专题报告。报告中，她做了深刻的自我批评，检讨自己的“派性”问题，被军代表认定“深受广大革命群众拥戴”。当年被选举为市教育局革命委员会副主任。

(教委主任由军代表乔大成担任)

1969年调任市革委会副主任，主管全市教育工作。1970年调任团省委书记兼省教育厅革命委员会副主任。1974年调回市委任常务书记。这一年，因与丈夫张越北的“观点”不同，夫妻矛盾升级，阳海英闹出了离婚的问题。

一时间群众纷纷议论。此事也被市委班子里的人利用，写匿名信到省里，说：“阳海英生活不检点，长期住单身宿舍，不回家”，被群众指责为‘女陈世美’，在领导干部中影响很坏……”

省革委会派人调查此事，并找到了阳海英的养父杨昆平调查。杨昆平反对这种诬告。他很认真地说：“这是有些别有用心的人在诋毁阳海英同志，我以阳海英同志养父的身份，更以一个老共产党员的身份证明，绝无此事。这只是阳海英同志的家庭问题。”

阳海英私下却被杨昆平严肃批评，“你是一个领导干部，工作第一，婚姻的矛盾还是先放一放么”。阳海英接受了杨昆平的批评，向组织写了一份检查，不再提离婚的事情。

1975年因《评水浒》运动表现出色（曾在报纸上发表文章，《走资派何时不再走?》引起热评），被调到东北某市任市委常委第一书记。赴任前，她设了一场家宴，请了老朋友、老同学和几个亲戚。她在饭桌上讲：“我当这个干部，是群众的推荐，组织上的信任，既然是推荐，是信任，那么，我就要把事情干好，如果找我办什么个人的事情，我肯定是不能办的。请大家支持我，支持我把党的事业干好。我以茶代酒，先干一杯。”

乔大成此时已经调任省计委主任，临别送她一句话：“少发言，多做事。”

阳海英后来说，她听得出，乔大成对她颇为担忧。

阳海英调到东北某市，她决定先在该市搞两个水库，她后来说，搞水库绝对不是搞什么唯生产力论。水是农业的命脉，没有水，怎么学大寨呢。她还带着秘书背着行李，去水库工地蹲点。1976 年 12 月 3 日，一个天上飘着小雪花儿的日子，阳海英从水库的工地上被押回市里审查，后以帮派分子的罪名被捕入狱。次年，阳海英在狱中签字与张越北离婚。儿子张东明（后改名阳东明）判给阳海英。阳东明由杨昆平代为抚养。

1981 年春天，阳海英被“指控”定为帮派分子，“民愤极大”，判了无期徒刑。阳海英获刑后，坚持学习、锻炼身体，精神状态较好。阳海英少年时很喜欢古体诗，而且她的古体诗写得很有些水平。1992 年之后，她时常化名在报刊上发表古体诗歌。

时过境迁，一些老同事、老领导对阳海英的仇恨渐渐淡薄了些。1993 年夏天，两个已退下来的老领导（名字此处不提）聚会时提及阳海英，并提到了她在报纸上发表的古体诗，都认为她是个“才女”，而且阳海英毕竟是老领导杨昆平同志的养女。于是，二人便相约来监狱看望她，谈话当中，两个老领导都承认在当年特定的时期，对阳海英的判决重了些，希望她认真改造，争取减刑出狱，两个老领导都肯定她是“有才华”的人，将来还能有一番“个人事业”。

阳海英却认真地说：“承蒙你们夸奖了。我没有什么才华，我有自知之明。说到底，我只是个常人，常人都会犯错误。但是，我的错误绝对不是你们强加给我的那些‘反动罪行’。我绝对不会是什么‘帮派’的党羽，众所周知，我与他们都不认识，一点儿私交都没有，怎么会是党羽呢？“文化大革命”中，我是被历史的潮流推到了当时的位置，作为一个共产党员，我当然要尽职尽责、尽心尽力。之后我也知道，我们当时的队伍里，有很多人会在‘文化大革命’

结束后低头认罪，他们一定会痛哭流涕，也一定会幡然悔悟来揭发我。这在我的意料之中。历史从来都会在一定的时间内，甩下一些人，也可以称其为历史的泡沫。因为他们是泡沫，所以，他们不配历史赋予他们的责任，他们也担当不起这份光荣。就在多年之前，人民公社早已解散，大多国有企业早已被私有化。大面积的党内官僚腐化堕落，一些新贵们再次骑在了人民的头上作威作福。无数先烈献身创建的共和国，早已悄然变质。公然反对我们新中国成立后的成绩，公然否定开创共和国的先驱，或者说，公然反对社会主义制度，已经蔚然成风。这并不意外。我相信，有些人脱离了群众的监督，一定会腐败，他们的‘子女’也会堕落、会疯狂，我会看到他们被人民抛弃。我身体很好，我也愿意把历史给我的牢房坐穿，我也许能看到有些人的灭亡，看到那些人最后的挣扎，看到人民会起来反抗他们，即使我看不到那一天，但我相信后人会看到的。”

两个老领导听罢，面面相觑，先是尴尬，再是震怒，随即拂袖而去。

二人回去之后，即向现任领导严肃建议，要严格控制阳海英的“文化大革命”言行。现任领导听罢，便下令宣传部门，对阳海英要“严加看管，不许媒体采访。对其诗歌创作，不许再发表。化名也不行!”

1996 年，阳海英整理多年写成的诗歌，用毛笔抄出，由阳东明出面，自费印刷了一本诗集《追命吟》。共印刷了二百册，赠给了一些老朋友。个别“老朋友”接到后，读完立即上交了，并“举报”阳海英私自印刷“非法出版物”，属于“扫黄打非”之列。

主管宣传的副书记郝振国却很开明，他说：“第一，阳海英没有去卖这些书。第二，她在书上已经注明，纯属个人文学创作学习资料。供朋友们商榷之用。这怎么能说人家是非法出版呢？第三，这本诗集我读过了，多是一些吟风咏月，抒情感怀之作，没有政治问题。希望同志们不要小题大做，更不要草木皆兵，上纲上线是‘文革’的遗风，希望同志们不要再搞‘文革’那些做法了。”

阳海英知道“被人举报”后不禁苦笑，嘱咐阳东明将剩下的一百多册书，卖了废纸。可是这本诗集还是流传了出去，甚至有冒名阳海英的字帖在古物市场上出现，本市第一场拍卖会上，竟有了阳海英书法的“赝品”。阳海英听说后又是苦笑：“想不到呢，老了老了，竟要靠卖字为生呢。真可改陆游的两句诗呢，少有壮志行天下，老落监守学填词。”

后由“玉良画廊”的池玉良先生出资，收购阳海英的书法，阳东明与阳海英商量后，同意了，由于池玉良的宣传推介，阳海英的作品便被炒作起来，一时洛阳纸贵。阳海英打趣说，“我没有工资，却有了收益。”

（曾有一家出版社托池玉良捎话给阳海英，出版社想出她的书法集，但考虑到政治上的原因，要求作者化名。阳海英拒绝了。）

池玉良曾私下说过，“文化大革命”中，阳海英曾经帮助过他。1968年，池玉良初中毕业，因为父母病残，按照政策，没有上山下乡。因其有画画的特长，分配到电影院当美工，画电影海报（画样板戏），后因为电影院主任（工宣队队长）对其有意见，借口其出身不好，并说池玉良画的不行，有损样板戏的光辉形象，便把池玉良从美工组调到电影院烧锅炉。后来阳海英发现电影院的海报风格变了，便亲自出面把池玉良调到报社当美工。由此，池玉良的特长得到发挥。池玉良感慨地说：“如果没有阳大姐，我的画画就得放下了呀。”后来，池玉良的画参加了省级、全国的美术展览，很是有了些名气，“文化大革命”后，他考入美术学院，后到国外深造，在国外开办“玉良画廊”，挣了一笔钱，回国后自己又开了画廊。资金非常雄厚，他的画现在大都标价在百万之上，却供不应求。

池玉良对人讲，阳大姐的字确实不错，他现在炒她的书法，当然是有商业目的的。但是，他更敬重她的为人。池玉明回忆说：“阳大姐不贪呢，当年我给她送过礼，不多，四瓶香油，是我从乡下赶集买来的。我听人说，她常常吃开水煮白菜。我就把香油送去了。她笑道：‘小池呀，香油好吃呢，只是我买不起呢。这样吧，你拿来了，我就留下两瓶，正好过年给养父母送过去，四瓶呢，我也买不起呢。’于是，她留了两瓶，并按粮食局的议价给了我钱，可钱不够，差一角钱，她翻遍了抽屉，也找不出一角钱来。她脸上有些尴尬了，不好意思地说：‘这样吧，明天下班我再给你钱呀，欠你一角钱。’”

1998 年秋天，阳海英患了风湿性心脏病，儿子阳东明申请其保外就医。她出狱第一件事，就让阳东明带她去杨昆平、陈秀枝的墓地祭拜。她对阳东明怅然叹道：“我跟你姥爷、姥姥分别时间太长了。他们把我带大，视若己出，我不孝啊。”“昔年种柳，依依汉南，今看摇落，凄怆江潭，树犹如此，人何以堪。”说罢，就重跪下，默默地流泪哀悼。

阳海英保外就医后，中学同学魏素雅（时任保定市副市长）前来看望她，二人中学时是好朋友，魏素雅说话很直接，她说：“海英啊，每个人内心都有一个时钟，我感觉你的时钟还定格在过去。你与新时代的强烈脱节感，以及你引人注目的言行，很容易被纳入‘文革思想回潮’的典型症候群，同时也会引发人们警惕‘左’的思想。但是，海英你又是‘文化大革命’中的弄潮儿，你们整体上是‘40 后’‘50 后’，你们并非对‘文化大革命’真相隔膜，你们恰恰又是‘文化大革命’的亲历者与见证者。”

阳海英笑道：“素雅啊，你是个直爽人，但你这种说法还是一塌糊涂，你说‘50 后’是‘文化大革命’的积极参与者，最怀念‘文化大革命’，你这是没动脑子呀。比如 1950 年出生的，算最大的‘50 后’了吧，‘文化大革命’开始的时候，他们刚刚十六岁，还在上初中，能有什么‘成熟’的政治思想呢？‘文化大革命’中的红卫兵，还是以大专院校学生为主，部分是高中生。这些人在改革开放时期却成了权力中心。不是么？不能把‘文化大革命’的账算在‘50 后’的身上么。”

“你怎么看你自己？”魏素雅皱眉问。

阳海英笑道：“我是‘40 后’，‘文化大革命’开始时，我们已经是青年，而且积极投入了，应该被称作‘文革遗民’才对。”

1999年秋天，阳海英减刑释放。她去复查身体，却发现得了癌症，她没有住院，就在家休息，经常写写字，偶尔也画画。

2008年秋天，阳海英病重，乔大成听说了，便打电话给阳东明，想去探望阳海英。（乔大成中年丧妻，一直没有再婚。）阳海英想了想，摇头对阳东明说：“乔伯伯见到我这副样子，会难受的。还是不见了吧。”

阳东明问及母亲对乔大成的情感，阳海英怔了怔，叹息道：“孩子呀，妈妈又不是木头人儿，我怎么会感觉不到呢？我后来那个处境，怎么好再给你乔伯伯找麻烦呢。讲句俗话吧，我和你乔伯伯这辈子大概是有缘无分呀。”

阳海英2009年一月去世，终年六十七岁。

或许与她生前因癌症吃了过多中药有关，去世时，她面色如常，鲜活如初。

付云雁

付云雁是付浩声与颜若兰的女儿。一直由梅天凤抚养。

（见缝插针，讲几句梅天凤的婚姻。梅天凤或是因为工作繁忙，中华人民共和国成立后还是单身。1951年，杨昆平出面，撮合她与自己的老战友朱文明谈对象——朱文明的妻子在中华人民共和国成立前夕牺牲了。梅天凤与朱文明谈了两次，双方都很满意。本来定于1951年底举办婚礼，可朱文明却在工作中突然心脏病发作，去世了。再一年，由省里领导出面，给梅天凤介绍农业厅的崔敬民。二人见面交谈后，梅天凤挺满意。正要定下婚期，崔敬民临时出差到新疆，中途车祸去世。之后梅天凤摇头苦笑：“我从不迷信，这次真迷信了，我就是个单身的命，真是克夫呢。”由此，梅天凤拒绝谈对象了。唉！过去是“喜欢一个人”！现在还是“喜欢一个人”！）

1953年，十六岁的付云雁初中毕业，梅天凤征求她的意见，是继续读书，还是参加工作？付云雁说，她要响应国家大炼钢铁的号召，报名去宣化龙烟铁矿当矿工。梅天凤非常同意，亲自把她送到了龙烟铁矿。时任龙烟钢铁公司领导的杨昆平十分高兴，为此写了一篇文章《知识分子的新风尚》，发表在了报纸上，表扬了付云雁。

（读者别惊讶，那时初中生就算知识分子。）

当时女矿工很少，能下坑采矿的女知识分子更是绝无仅有，付云雁由此出名。

1956年秋天，付云雁参加工作三年了，正值她十九岁生日这天，她参加了坑道大修，坑道突然冒顶，付云雁被砸倒在坑道里，经抢救后，生命脱险，一条腿却落下了残疾。

付云雁出院后，还要下坑，领导没有批准（有劳保条例：坑道采矿工人，连续工作三年后必须轮岗——矽肺是采矿工的职业病）。她被调到“坑上”，先是在统计科做统计，第二年提拔为统计科副科长，同月入党，并担任了矿山的团委副书记。

矿党委书记杨昆平在当年的矿工表彰大会上讲：“要从有文化的青年人中，多提拔一些像付云雁这样的年轻干部，这对改造我们现行的干部体制是一种有益的尝试，对反对官僚主义，抵制衙门作风，是一种有益的探索。”

但干部“身份”的付云雁一直没有脱产，仍然到选矿工厂参加劳动。这期间，付云雁被青年矿工梁石虎看中了。梁石虎便偷偷对领班的团支书吴占山说了心事。

吴占山听完便“哈哈”笑道：“这有啥呢，自由恋爱么。说起来，石虎你是保定完县人，付云雁也是在保定长大的，你们还是老乡呢。‘老乡搞对象，肯定日子长’呀。”

吴占山便找付云雁提亲。付云雁听罢怔了，随即笑了，“梁石虎呀？他啥时动了我的心思呢？我已经是个残疾人了呀，承蒙他还看得起我。占山你别管了，我找石虎说吧”。

那天干活儿时，付云雁便在工地上找到了梁石虎，笑道：“你想跟我谈恋爱？”

梁石虎的脸“腾”地就红了：“我是个矿工，你嫌弃么？”

付云雁笑了："我是个残疾人，你嫌弃我吗？"

梁石虎也"嘿嘿"笑了："那就算是……两相情愿了？"

付云雁想了想说："只是么，我现在还不想找婆家呢。石虎呀，咱们相处这几个月，我看得出你是个实在人，干活儿肯出力，更是个老实厚道人呢。你要真愿意了，我们再相处一段时间，再商量这件事吧。你说呢？"

石虎高兴了："真的呀，云雁，就是说你同意跟我好了？"

付云雁脸一红，点头笑了。

二人就算谈成了。

转眼就到了三年困难时期，付云雁和梁石虎正准备结婚呢，没想到，国家压缩经济"空气"，龙烟钢铁公司下马了，一些干部职工被"下放"回乡。梁石虎也在下放名单里。付云雁却不在下放名单上，她找到领导，要求随梁石虎一同下放。

矿山领导不同意，认为付云雁身体有残疾，还是"留守"在矿上。但付云雁坚持自己随梁石虎下放，领导们研究后，便折中了一个方案，矿山党委联系完县县委组织部，商调付云雁到完县妇联工作。

这天，付云雁从矿上开会回宿舍，发现有人跟着她。回头一看，是梁石虎。

付云雁笑道："石虎呀，有事？"

梁石虎脸红红地埋着头说："云雁呀，我来跟你……说个事儿呢。"

原来，梁石虎父母听说梁石虎要下放，就在村里给他提了门亲。梁家父母在信中说，人家付云雁是干部，是公家人，你攀得上吗？你下放了，就是农民了。你快死了这心思吧。梁石虎想想也是这个理儿，而且他很孝敬，就答应了。可……心里又放不下付云雁。

（锅里？碗里？纠结！）

付云雁听完，顿时怔住了。她后来回忆，当时心里难受极了，她又不好告诉梁石虎，她也要调到完县工作了——这是组织上正在安排的事。她坚持组织原则，没有对梁石虎讲。可谁知道梁石虎急性子，把下放的事儿先告诉家里了。唉！如果不是梁家父母见缝插针搞了这么一出，付云雁就是梁家的媳妇了。

付云雁皱眉问："石虎呀，那你是啥意思呢？"

梁石虎闷了好一刻，低头说："爹娘说得对呢，云雁呀，你不下放，还是国家的干部，我下放了，就是一个普通社员了，我攀不上呢。"

付云雁听了就沉默了，良久叹息道："石虎呀，若说句迷信话，咱们好像真没缘分呢。攀上攀不上的，都是闲话了，我只是想找个男人过日子。说起来我现在还在矿上，其实我……不说了吧。既然你这样说，那我们就算了吧。"

梁石虎点点头，便神色默然地走了。远远望着梁石虎的背影，付云雁就落泪了，她低低叹了口气。

梁石虎下放回乡后，就娶了媳妇，之后不久，却听说付云雁也调到了完县妇联。梁石虎气得直跺脚，暗暗骂付云雁嘴太紧了。

梅天凤后来也批评付云雁："孩子呀，你这嘴也太紧了。"

付云雁皱眉说："娘呀，组织上还没定下的事，我怎么好跟他讲呢？"

梅天凤无奈叹气："你这性格太倔强了，真是像你爹娘呀。"

付云雁在完县妇联工作了两年，1964 年被派到孙家村搞"四清"运动，兼任孙家村的副村支书。因为与省委工作组意见不一致，被批评有"右倾"思想，也是"四不清"干部。

1966 年，付云雁在妇联写检查时，"文化大革命"开始了。付云雁就不写检查了，她开始积极写大字报，批评县委县政府的官僚主义作风。县委领导班子研究决定，把付云雁送交孙家村，召开社员大会，批判付云雁。付云雁的村副支书职务，也被社员大会撤掉了。之后，付云雁被县委定为"混进党和政府里的坏人"，挨村进行批斗。搞笑的是，没过几天，县委领导班子的主要成员，也都被造反派"打倒"了，县委书记和县长，也跟着付云雁挨村批斗。

军代表接管了县委之后，认定付云雁是党的“好干部”，决定保护付云雁，让她回孙家村参加选举。于是，她被选为孙家村党支部书记，两年后，她还被选为县革委会副主任。

1970年，付云雁到市里介绍学习毛主席著作的经验，被地区革委会提名推荐，调任市革委会副主任。她仍然挣工分，只是去省里开会的路费由省里报销，每月市政府财政局给其补助三十元。同年，由军代表解志高做媒，三十四岁的付云雁与三十岁的省报记者董良友结婚。

（之后二人生下一女，取名董小麦。1988年，董小麦考上了师范学院，1992年毕业后在保定中学当语文老师。）

1974年“批林批孔”运动开始，付云雁表现很突出，带领社员学习小靳庄经验，被提为市革委会副主任，主管农业。被推选为全国学大寨代表。1977年，付云雁认真揭批“帮派分子”阳海英，被上级表扬。翌年，她却被群众揭发出了问题，认为她在“文化大革命”中是犯了错误的，属于“突击”入党，属于“直升飞机”干部。付云雁愤怒辩解：“我是‘文化大革命’前的党员，‘文化大革命’前的干部，怎么会是‘文革突击入党’的呢？”但她百口莫辩，之后，她“被”参加了省委的“学习班”。1980年春天，参加了近一年学习班的付云雁，主动辞去了职务。组织上决定保留其县级领导待遇，到市妇联工作。工资定为副科级待遇。

解散人民公社那年，付云雁下乡调研，遇到了孙家村的支部书记孙海旺。

孙海旺皱着眉头诉苦说：“云雁呀，我不是不执行上级的决定，现在生产队分财产闹纠纷呢。十几头牲口，因为分不均衡，要杀了吃肉。队里的一台拖拉机，也要拆了当废铁分了……”

付云雁用心听着，却不吭气。

孙海旺长叹一声：“云雁呀，现在解散生产队，口号是治懒人。懒人么，可以教育，可如果解散了公社和生产队，这人心就散了呀。你能不能向上级反映一下，我知道，你现在工作也不顺当，要不……”

付云雁皱眉问了一句：“现在社员们什么意见？”

“多数人不同意解散么。”

“确实？”

“我调查了，一户户落实了。”

付云雁终于点头：“我向上级反映这件事。”

付云雁第二天便直接去市委找了张涛书记。张涛对付云雁印象很好，见面就对她说：“我反对造反派，但你付云雁不是造反派，我了解你的历史，你在‘文化大革命’前就是矿山的劳动模范。说吧，你反映什么事儿？”

（张书记了解情况有误，付云雁在矿山只当过先进生产者。）

张涛听完付云雁的反映，思忖了许久，他终于点头：“我向上级反映。”

张涛找到省委反映了孙家村的情况：“我们反对大呼隆，反对一刀切。现在要求一律解散，不是也成了一刀切了么。我建议保留孙家村人民公社。”

省委领导同意这个建议，向上层领导反映了孙家村人民公社不解散的要求。坊间传闻，上层领导由此研究决定，同意孙家村人民公社继续保留。由此，孙家村成了全国为数不多的“集体劳动，按劳分配”的人民公社。

1985 年春节，付云雁坚持不在市里居住了，她要回孙家村参加劳动。她没有让车送，坐长途汽车到了完县，孤孤单单地往孙家村走。路过梁家庄的时候，她倏地想到了梁石虎，二人多年没见了，付云雁心底却始终存留着一份别样的情感。她站在梁家庄村口徘徊了一会儿，终于还是转身走了。

1988 年秋天，付云雁曾去狱中探望阳海英，对自己当年“揭发批判”阳海英的事情表示歉意。阳海英一笑，却并不在意，她只是担忧地说：“云雁，像你这些代表工农的干部下台之后，就不会有人再替农民与工人说话了呀。”付云雁听了默然不语。

付云雁一直认真参加孙家村农业劳动，社员们很认同她，仍然选她当了村里的支部书记。报纸上也表扬过她。董良友仍然在报社当记者，待付云雁非常好，星期天、节假日都回孙家村，付云雁对别人说，董良友与她真是患难与共，生活中，大小事情都让着她，从不抱怨。

有一阵子，她情绪不好，过年的时候跟董良友争辩，竟然把碗砸了，董良友看了她一眼，就默然走出去，坐在院子里抽着烟，慢条斯理地说："云雁呀，我一直觉得你是个挺坚强的人呀，这几年怎么了呢？想想看，你虽身处新时代，心是不是还留在当年原地踏步呢？你是不是觉得不适应了呢？"

付云雁回忆说，那天她听了董良友的话，就从屋里出来了，认真地检讨说："良友呀，我不应该发脾气的，你说得很对，我心理肯定是有问题了，我性子太好强，过去的事儿总也放不下，真是要改一改了。今天是我不对呢，你快回屋吧。院里太冷，别冻着了。"

过了些日子，付云雁感慨地对董良友说："老董呀，我过去脾气不好，让你受了不少委屈，我对不起你。思来想去，我苦干了这些年，就收获了你这一份真情呀。"

1991 年冬天，付云雁因家庭琐事，与回来探家的女儿董小麦吵架，她是个烈性子，竟然一时想不开，当下服了农药身亡。时年五十五岁。

（唉，付云雁争强好胜了一辈子，最后竟是这样一个结果？让人无语凝噎。）

付云雁火化后，骨灰就埋在了孙家村的"社员公墓"。那天出殡之后，人们都散尽了。傍晚时，有人看到，暮色中走来了一个外村的中年男人，径直去了公墓，在付云雁的坟前叩了几个头，低低的声音哭了一阵子，便起身走了。

有人认识，那人是梁家庄的梁石虎。

真的是：曲未终，人已散。

唉！人间但有真情，又岂在朝朝暮暮？

颜若仙

抗战爆发后，付浩强、颜若仙夫妇带着儿子付小强南下避难，途中付浩强病死。颜若仙母子二人辗转去了重庆。其中艰苦，自不必说。之后，颜若仙辗转回到了北平。颜若仙在北平结识了一个“票友”张嘉轩。

张嘉轩是个大商人，做纺织生意，也是个“超级”票友。这年，张嘉轩刚刚丧妻，看戏时见到了颜若仙，搭眼上去，怦然心动，非常爱慕。之后但凡颜若仙演出，张嘉轩必去捧场。经人撮合，二人便结婚了。二人结婚后，付小强也被张嘉轩改名为张小仙。

张嘉轩在政府里有靠山，生意当然做得风生水起。于是，张嘉轩的太太颜若仙当然要在北平唱得大红大紫。颜若仙正年轻，一副好嗓子当然也“唱惊了”北平城。行家说，颜若仙前景不可限量。

唉！可惜好景不长。张嘉轩因为生意，时常往返香港。见异思迁的“爱情”效应便出现了，张嘉轩在香港结识并爱上了一个当红的电影明星（名字不提）。这位明星很新潮，要求明媒正娶，坚决不肯做二房。张嘉轩便只好跟颜若仙离婚，并登报声明。

颜若仙这一段姻缘草草收场。没有了张嘉轩捧场，颜若仙的名头渐渐跌落下来了。

（据说是这位电影明星肚量小，容不下颜若仙。不许张嘉轩与颜若仙再有丝毫来往。）

北平一些艺人多是势利眼，对颜若仙母子便有了冷落，有甚者还落井下石趁机欺凌。颜若仙母子在北平的日子便混得有些吃力了。正值保定解放，颜若仙抱着“树挪死，人挪活”的念头，带着儿子回到了保定，并给儿子改回了名字付小强。

凭借付浩声之前的名望，经人介绍，颜若仙顺利加入了保定市“新月剧社”。

剧社班主刘景枫，是河北梆子小生名角，嗓子好，在保定也有名声。刘景枫的媳妇薛小梅是唱老生的，薛小梅与刘景枫是姑表亲

（薛小梅是刘景枫的表妹），中华人民共和国成立前夕，薛小梅带着孩子跟一个国民党军官跑路了。孤身一人的刘景枫看中了颜若仙。孤男寡女，花前月下，经人撮合，颜若仙便与刘景枫结婚了。第二年，颜若仙生了个儿子，起名刘小先。

（据说本来起名刘小仙，后经人劝，改成了刘小先。）

1954年公私合营，“新月剧社”并入“保定河北梆子三团”。颜若仙旧社会艺人的“习气”太重，工作作风不好（耍大牌之类），1959年在山区唐县阜平慰问演出时，颜若仙坚决不肯吃棒子面，嫌“刺嗓子”，让群众给她找白面；嫌井水太苦，“噎嗓子”，让老乡去山里找泉水。一个老乡上山为她取水时，摔下沟底，终身残废了。

（什么毛病？不吃棒子面？不喝井水？在北平被张嘉轩“惯”出来的？）

群众反映强烈，问题反映到行署地委，地委常委宣传部长李岳责令剧团开批评会，让其检查思想，认真改过。颜若仙真害怕了，她在批评会上“痛哭流涕”深刻检查，才算“过关”了，之后才稍有收敛。

“文化大革命”开始，刘景枫因旧社会当“戏霸”的问题被群众批斗了几回，戴高帽子游了两次街，一时想不开，竟上吊死了。颜若仙也吃了“瓜落儿”，跟着挨斗，后又被群众揭出了与资本家张嘉轩的婚事，被认定是“资本家姨太太”，被“批斗”得更狠了，被赶下“革命舞台”，在剧团里打扫厕所。

后因颜若仙与工宣队队长段玉明“相好”（“文化大革命”开始后，按照“工人阶级领导一切……占领上层建筑”的最高指示，一些企业派出“毛泽东思想工人宣传队”去整改文艺团体），段玉明一直“保”颜若仙，只怕颜若仙便早早被“落实政策”了。被“落实政策”的颜若仙便风风火火到处去演“移植样板戏”了。颜若仙因表现积极，1968年“三结合”时，还当上了“保定河北梆子三团”革委会副主任。（段玉明队长留在剧团，当了剧团革委会主任。）她上台之后，便狠狠整了几个与她关系不好的演员，让他们坐“冷板凳”，不给上台演出的机会，让他们在剧团干杂务。

“文化大革命”后，颜若仙被免去领导职务，剧团演员们便揭发她在“文化大革命”中打压群众，她却控诉自己是受迫害，揭发控诉工宣队的段玉明霸占她。段玉明当然喊冤，死不承认。此事没有证据，颜若仙的控诉无效。段玉明只是被撤职，本着哪里来哪里去的归队原则，回企业继续当工人了（之后退休，谈歌也不知道此人现在什么情况）。颜若仙虽然没有被打成帮派分子，却在剧团被冷落，没有登台的机会了。1982 年秋天，颜若仙患癌症去世，终年七十二岁。

再说说颜若仙的儿子付小强与刘小先。颜若仙去世那年，付小强是半百的年纪，刘小先也三十岁了。

刘小先初中毕业后下乡，1973 年回城，被分配到保定市针织厂。因为会唱戏，在厂宣传队演节目。“文化大革命”后，厂宣传队解散，刘小先便考了河北艺校。毕业后，先是在县剧团当演员，在剧团搞了个对象，后来也没有结果。再后来剧团不景气，一直“晚婚”的刘小先便辞职下海去了深圳，说是去找他表姑薛小梅——薛小梅跟人跑了之后，在香港做生意发财了，当时正在深圳投资。刘小先走之前，跟颜若仙商量了。颜若仙当时已经病重，她支持儿子去找薛小梅，她说，“现在一切向钱看。挣钱才是大道理”。刘小先走后半年，颜若仙便去世了。刘小先回来“奔丧”几天后，便又回了深圳。坊间传说刘小先已在深圳娶妻生子，跟着表姑薛小梅搞房地产生意，做得风生水起。再之后……就不知下落了。

（唉！商海沉浮，屡见不鲜。昨日王者归，今天王八蛋。不提也罢。）

付小强结婚比较晚，或是喜欢一个人？或是喜欢一个人？总之三十出头了，还没成家。“四清”时期，他下乡进厂演《夺印》，还帮助基层企业文艺宣传队排练节目。期间结识了保定纺织厂女工谢秀雅，谢秀雅业余时间也喜欢唱河北梆子，听付小强唱《夺印》，二人都被“夺魂儿”了，或是都感觉“千年等一回”，一个月后两人结婚。后来生下一个儿子，取名付文。

夫妻二人过着平常日子。“文化大革命”中，付小强不积极，做了“观潮派”，基本没有登台演出过。“文化大革命”后一直在剧团干杂务，之后正常退休。

此处要说说付文了。

付文是个男孩儿，却长了个女孩儿模样，漂亮可爱。颜若仙当年曾夸奖说，付文天生是个“旦角”材料，而且肯定能唱红。但付文却没有从事戏曲，他大学没考上，考了个机械专科。毕业后，分配到保定第二机械厂，那几年，街中跳舞正热，付文竟然无师自通学会了跳“霹雳舞”，而且跳出了名堂。这年，付文二十岁。

付小强生气：“付文呀，你学机械的。整天跳舞算什么呀？跳舞跳得好，要饭要到老。”

可是付文不但不要饭，还天天有人请他吃饭。他天天带着一帮学生跳，什么三步、四步、拉丁、霹雳、印度舞，他样样行。一些思想解放的市领导也成了他的“学生”。

付文这人也真有点儿意思，有人评价他人长得“俊朗”，人“做”得也是左右逢源“八面灵光”。论其受欢迎程度，他自己都佩服自己。比如，当领导的不拿他当外人，不当领导的也跟他不见外；有钱的富豪他不得罪，没钱的穷朋友他也不难为；见了前辈他洗耳恭听，遇到同事他笑脸相迎；和男士们在一起，懂得阵阵脸红，和女士们在一起，句句骂得难听。

有一次付小强讥讽付文：“儿子，你也太表里不一了呀。”

付文笑：“爸，大艺人都这样。”

“大艺人？”

“您这都听不懂？就是大艺术家。”

付文还到北京“跳”过几回，之后果然“跳”成了“大艺术家”，年纪轻轻的就加入了国家舞蹈协会，很快又被选上了市政协委员，当上了省文联最年轻的副主席。由诸多企业家赞助，他在市里盖起了舞蹈剧院，请来各地的舞蹈家专场演出。有群众提意见，说付文的舞蹈太露，低级趣味。有领导却说，群众有些低级趣味没什么，无毒无害，和谐社会么，要一团和气。不要“再搞阶级斗争”那一套了。

付文被选为政协委员后，还出演了不少影视剧，这就更红了。坊间传说，付文上一回洗手间，也要有二十个保安站岗，不许别人进去。平常吃顿饭，也有人跟踪照相，发到网上去。圈粉无数。

（别不信，网上有图有真相。有人骂：这真是世间的无奈与感慨。）

付小强 1995 年去世，终年六十三岁。付小强生前却不肯和红极一时的儿子住一起。他经常感慨：“世事无常，福祸轮回，这真是个戏子时代呀！”

那年，付文按照市里的要求，要搞一出应景的歌舞剧。付文便要跳《付浩声》，登报征集写剧本。付文看中了一个剧本，很满意，找来作者，小心翼翼问报酬的事儿，作者名叫董小麦。付文笑道：“董作家，您可别狮子大开口，我可没多少钱。”

董小麦却笑道：“我不是作家，我只是个中学语文老师。我不收费。”

付文惊讶：“为什么？”

董小麦笑问：“付浩声是你什么人？”

付文骄傲地说：是我大爷爷。”

董小麦淡然一笑：“付浩声是我亲姥爷。”

“什么？”

“我妈是付云雁。”

“那……你妈是我亲姑姑的……你是我表妹？”

“肯定是的。希望你演出成功。”

董小麦扬长而去。付文目瞪口呆。

之后，付文多次恳请表妹出来吃饭，董小麦一概婉言谢绝了。

付文为演歌舞剧《付浩声》，拉来了很多赞助，不知什么原因，这台舞剧竟是胎死腹中，再没有了下文。有人骂，排什么舞剧？付文就是美其名曰，就是拉钱的！

付文很有“经济眼光”，他与市里的女常务市长关系密切，女常务市长经常带他出去演出。但凡上级领导或外宾来市里，付文定会出席。付文成了本市一张文化名片。坊间传说，付文是常务市长的面首。付文则大言不惭地说：“面首怎么了，现在面包多少钱一斤呢？你们试试呀？”

1995年国庆期间，在一次演出结束后，付文趁着这位市领导有兴致，便请领导批地，理由是他要盖艺术学校，为本市文艺发展提高品位。市领导很高兴，说这是“发展保定艺术的举措”，高兴的市领导很痛快地给批了十亩地，交给付文无偿使用。这年，付文三十一岁。

付文由此盖了一所艺术学校，却一直办得半死不活。这块地却一直被付文“用”着。十五年后，他以数亿元的价格卖给了地产商人。这所艺术学校由此关门大吉，付文则成了市里第一个“地王”。

吕兰芝

吕兰芝就是那年写报道、披露梅可心“活埋日伪”的那位记者。

吕兰芝，祖籍天津，1920年生人，天津南开大学毕业，先后在天津《大公报》、重庆《中央日报》当记者。1943年初，经同学张文星介绍，奔赴延安，入抗大学习，同年加入中国共产党。之后被派往晋察冀《抗战报》任战地记者。当年与张文星结婚，次年，生下一个儿子，取名张越北。

（《保定史话》记载：张文星（1919—1944年），江苏盐城人。延安抗日大学毕业，曾在《抗战报》当战地记者……）

张文星在前线采访，在一次战斗中英勇牺牲；半月后，吕兰芝也在前线采访时负伤，手术后失去了生育能力。儿子张越北一直在解放区的堡垒户家中寄养。中华人民共和国成立后，吕兰芝任保定地区行署宣传科科长。1958年秋天，经人撮合，吕兰芝与刚刚丧偶的省委副秘书长顾宝山结婚。

（顾宝山，1910 年生，河北唐山玉田人。1930 年参加革命，历任区长、县长、地区行署党组书记、省委副秘书长。）

1961 年，吕兰芝因“经济问题”被停职审查——吕兰芝借保定报社八百元公款长期不还，被群众检举有贪污嫌疑。后被调查认定，主要问题在顾宝山——顾宝山为实际借款人，吕兰芝只是代签字人。顾宝山由此被免职，在家长期告病休息。吕兰芝停职了一段时间后，被党内警告处理。来年改任市教育局副局长。

1965 年，吕兰芝的儿子张越北与同事阳海英恋爱。亲事定下之后，顾宝山、吕兰芝以“亲家”身份，来阳海英的养母梅天凤家串门儿。顾宝山后来曾回忆，梅天凤与吕兰芝在饭桌上有一段谈话，惹得吕兰芝很不愉快。

梅天凤说：“你在战争年代的表现我是见过的，你很勇敢。但是，在社会主义建设年代，你是否能跟上呢？当然，这个问题也包括我，你我都算旧社会过来的小知识分子。小知识分子的动摇性是个问题，基本属于旧社会留下来的‘剩菜剩饭’，需要在社会主义这个锅上加热，否则，吃下去就会闹肚子呢。”

顾宝山之后曾对几个战友皱眉讲，他当时听得脑袋“脸盆大”，感觉梅天凤“太左”，过于杯弓蛇影了。吕兰芝则在多个场合讥讽梅天凤“左倾机会主义”。

“文化大革命”开始，吕兰芝被打倒，翻出了历史旧账，即她当年在重庆《中央日报》发表文章，揭发梅可心活埋日军与伪军的事情。被革命群众定为“给日本鬼子喊冤叫屈”，是日本特务。被戴了高帽子游街示众，顾宝山则以“包庇日本特务”的罪名陪着。1967 年 3 月，再次游街示众后，顾宝山不堪受辱，回家后与吕兰芝大吵一架，之后上吊自杀。

1973 年春天，在五七干校劳动的吕兰芝被落实政策，任省教委副主任。

1981 年，吕兰芝利用职权，让两家校办工厂出材料，由顾宝山的老部下出面张罗，在保定给自己盖了一处别墅。

（现在再说“别墅”么，真是有点儿太“夸张”了，其实当时就是拆除了老房子，重新翻盖了一个四合院）

她的这些“腐化”做法被群众议论，《保定日报》一个年轻的女记者岳晓春为此写了内参，却遭到了吕兰芝的打击报复。

吕兰芝几次找市委省委，以老干部身份，更以顾宝山遗孀的身份，控告岳晓春迫害老干部及其家属，是典型的“文革造反派”。岳晓春被迫做了检查，之后调离记者岗位。

吕兰芝 1984 年退休。退下来之前，吕兰芝支持张越北和阳海英的孩子们下海做生意，并为他们找路子。

1938 年春节前，省里召开老干部座谈茶话会，梅天凤在会上与吕兰芝见面了，二人谈话很不愉快。梅天凤直言不讳地说：“你吕兰芝的骨子里早已经不是共产党的干部了。”

吕兰芝辩解说：“老梅呀，你对我是有误会的。我们这些老家伙，当年提着脑袋干革命，谁想到能活下来呀。我不就是修了修小院子么，一个破记者就敢说三道四，就敢在报纸上讽刺挖苦我？这不是典型的资产阶级自由化么。现在不兴‘文化大革命’了。他们想当造反派也没有机会了。”

梅天凤摆手说：“老吕呀，自从 1961 年你的经济问题被揭发出来之后，我就感觉你已经变质了。那次的事儿，大家心知肚明，就是顾宝山替你挡了一枪，我了解顾宝山，他是个老革命，本分、老实、厚道，他没有那个胆量去弄那么些钱。他出面替你顶雷，先不说你不像一个合格的妻子，老话讲，妻贤夫祸少么；至少你不是一个真正的共产党员，或者说，你就是毛主席当年指出的‘同路人’。当年老书记因为曾经是你的老上级，只是处理了顾宝山，不再追究你，就是给你留了一个面子。老书记这个做法，是出于爱护你的目的，这件事给他在‘文化大革命’初期，造成了很大的被动。其实，你早已经不称职了，早已不适合再当领导干部了。1981 年的别墅事件，那个名叫岳晓春的记者在报纸上点了你的名字，你报复她，利用你的权力，给报社施压，把岳晓春调离记者岗位，可是，你能调离一个记者，你能调离所有的记者吗？你在顾问委员的名誉下，为自己谋了多少私利呢？你家的张越北，还有那个顾天迈、顾天和，替你出面搞了多少呢？头上三尺有神明。你扪心自问，不惭愧吗？你没感觉你早已变质了吗？”

吕兰芝很生气，愤怒地站起身，手哆嗦着指着梅天凤嚷道：“梅天凤，你干女儿在‘文化大革命’中犯了错误，你是不是对此有些仇恨呀？你在这里报复我，这也是人性问题。”

梅天凤冷笑：“吕兰芝呀吕兰芝，你小看我了，我只是作为你一个老相识，才最后对你说这番话的。当年我在育德中学，我的老师徐飞扬先生曾让我们背诵柳宗元的《蝜蝂传》，我至今记的其中的句子，‘蝜蝂者，善负小虫也……其背甚涩，物积因不散，卒踬仆不能起……又好上高，极其力不已，至坠地死。今世之嗜取者，遇货不避，以厚其室，不知为己累也，唯恐其不积……苟能起，又不艾……其名人也，而智则小虫也。亦足哀夫！’这是一篇寓言小品，借小虫蝜蝂事，讽刺做官者贪得无厌至死不悟。你大学毕业，当然应该读过的。你刚刚说人性，人性大多是贪婪的，所以说，只有党性才能控制你所说的人性。”

吕兰芝跺脚吼道：“梅天凤，你是典型的‘文化大革命’……”

梅天凤摆摆手打断吕兰芝：“请让我说完。天塌不下来。”

梅天凤继续说道：“我常常想，抛开共产党员的立场不讲，只讲人生智慧，人生不过百年，假设人生一世只需十袋米，有些人却为二十袋米烦恼，有的为三十袋米痛苦，有的为四十袋米犯罪，有的为五十袋米走向刑场。何苦呢？难道他们真的不知道，太多的人穷尽一生，也只是为了那得以活下去的一袋米。追求与贪婪，咫尺天涯，却在方寸之间。”说到这里，梅天凤喟然长叹。

吕兰芝一时默然。

据有些与会者事后回忆，当时会场上的气氛顿时冷了，落针可闻。

梅天凤顿了顿，冷眼看了看吕兰芝，讥笑道：“我梅天凤参加革命几十年，还没有同某个相识或同事闹到绝交的地步。想不到呢，跟你却是第一个呢。对了，你不说我还真忘记了，咱们还曾经是亲家呢，当然，我们早已经没有这个亲家关系了。从此之后，桥归桥，路归路，我梅天凤与你割席绝交，再不来往。”说罢，梅天凤便把杯中的茶水当众泼了一地，起身离席走了。

1992年，顾宝山之子顾天力调任南方某省副省长。

1993年，做地产生意的张越北移民加拿大。

1997年，吕兰芝也取得了加拿大国籍。未及动身，竟突发脑溢血在家中去世——终年七十七岁。

吕兰芝身后一片“殊荣”，一些省市的领导都现身葬礼，北京一些要员也匆匆赶来奔丧。一位省委老领导在葬礼上“话中有话”地感慨道：“老吕身后风光旖旎，真是养了几个好儿子呀。人这一辈子呀，不是看干得好不好，而是得说养得好不好呢。”

（老领导呀，您几个意思？）

唐行一

民国三十四年（1945）秋天，唐行一退伍后便去了完县，他在县城西街开了一家“唐记药店”。过了些日子，左邻右舍都知道了唐行一还没成家。于是热心人“上赶着”给唐行一说媒拉纤。先后说了几家，却都嫌弃唐行一“残疾”——少只胳膊，一概吹了。

事情拖拉了小一年光景，保定“大成药店”的王掌柜却独具慧眼，愿将女儿王淑娴（一说王玉仙）嫁给唐行一。唐行一同意相亲。唐行一后来说，他之所以欣然同意，一则两家都是药商；二则，唐行一也想着自己完县的生意，将来在保定有个发展。

（是做生意呢？还是娶媳妇儿？糊涂了！）

媒人选了个吉祥的日子，陪唐行一到保定相亲。那天，唐行一穿戴一新走出家门，药店的车把式早已套好了胶轮马车候在门前。唐行一刚要抬腿上车，忽听到背后有个女人的声音怯怯地喊他：“唐行一？”

唐行一听着有几分耳熟，回头去看，不觉呆了。但见街中站着个衣衫褴褛、满脸脏兮兮叫花子般的女人，表情似痴似颠，呆呆傻傻的目光看着唐行一。

唐行一搭眼看了，心跳得急了，忙上前两步，再仔细打量了几眼，脑袋顿时“嗡”的一声，犹如面盆般大小了。他张大了嘴，舌头却像“绊住”了，说不出话。天哪，这女人竟是李翠玉！

唉！岁月蹉跎且无痕，他几乎将这个女人忘得一干二净了。

李翠玉抢上两步，扑通跪在了唐行一脚下，放声号啕起来。

唐行一忙拉起她，吃惊地问道：“哎呀！翠玉啊，真是你吗？”

李翠玉抬头哭喊：“莫非你真不认了？不是我还能是哪个？”

“你……怎么这样了？”

李翠玉突然暴吼起来：“你个天杀的没良心的……唐行一啊！你害苦了我呀……”就一屁股坐在了地上，放声痛哭了。

在李翠玉时断时续的哭诉声中，唐行一总算听明白了，他当年跑路之后，李翠玉“改嫁”到完县北河口村，给一家姓庞的富裕中农做了二房。抗战开始，日本人占了完县，姓庞的被日本人抓去当民夫，后被枪杀了。李翠玉孩子还没来得及生下一个，就被庞家轰出了门。回娘家？李大财主早死了，两个兄弟也都容不得李翠玉。无家可归的李翠玉只得四处流浪。那年，李翠玉流浪到定县，偶尔在街中听人说了两句，说唐行一在唐县涞源一带当了土匪，李翠玉听得激动，径直去了唐县山里，辛苦找了几个月，却没能找到。李翠玉不死心，她相信唐行一还活着，她仍然四处乞讨寻找唐行一。这一找就是“铁鞋洞穿”的十多年光景，李翠玉万万没有想到，她竟在完县街中撞见了唐行一。

（行文至此，谈歌也潸然泪下，老铁们说说，这是个什么样的倔强女子啊？）

李翠玉终于哭诉完了，抹了把眼泪，凶凶地盯着唐行一问：“你说吧，咱俩怎么办？”

唐行一苦着脸说：“翠玉呀，你别‘咱俩咱俩’的，我哪儿知道怎么办呢？要不？你……你……还是回去吧。”

李翠玉眼睛一瞪：“回去？唐行一，你也不怕风大闪了舌头？我凭什么回去？你让我回哪儿去？我辛苦找了你十多年，今天找到你了，我就不走了。你也别怪我当初跟着我爹去衙门告你，谁家的女儿不向着爹啊？你更别怪我当初没等你，那是我爹匆匆逼着我改嫁了。冤家，我今天就是不走了！”

唐行一听得发怔，连连点头：“说得是说得是呢，真是冤家呀！”

李翠玉又号啕起来：“冤家呀……”

街中围观的人越来越多，唐行一看着不是事儿，忙喊过来两个伙计，把李翠玉架到屋里去了。媒人在一旁早等得着急，赶忙过来催促：“唐先生，咱们快赶路吧！”

唐行一苦笑着摇头：“就算了吧，这门亲事推了吧！”

“为什么？就为刚才那个疯婆子？”

“这疯婆子是来讨账的呀！”唐行一怅然叹气，转身进屋了。

李翠玉就留下来了（唉，唐行一呀，既然遇到了老冤家，你就娶了吧！谁说新欢不是旧爱）。接下来的情节顺理成章，李翠玉和唐行一破镜重圆。第二年，李翠玉生下个大胖小子，取了个名字：唐可以。

唐行一感慨莫名：“翠玉呀翠玉，咱们还真是一对冤家呢，合该有了‘离散’这一劫呀！”

李翠玉皱眉：“唐品直，你怎么个意思呀？”

唐行一讪笑道：“你想么，当初我们结婚两年，你竟然没生下一儿半女；后来你改嫁庞家，也没生养，这才让人家赶了出来。你我破镜重圆，你转年就生了一个唐可以，你说说，咱俩是不是冤家？”

李翠玉飞红了脸：“真是冤家呀！我找人算过命呢。算命先生说你命太硬，我若不遭些苦楚，你若不受点伤害，咱俩就不会圆满呢。”说得伤感，便扯住了唐行一那只空空的衣袖。

唐行一点头，一声长叹：“唉！或是如此！”

家里添丁进口，外边买卖兴隆。唐行一又在望都县、唐县、清苑县开了三家分号。

摸不着边际的日子流水般过去。唐行一成了完县赫赫有名的富商，被选为完县商会会长。他没想到，哥哥唐行大让儿子找他来了。这些年，唐行大已破产，家里的土地也让大地主兼并了，逐年落魄成了贫雇农。耳闻唐行一发达了，唐行大两口子便想来攀附，因为过去对唐行一太过歹毒，就不好意思过来当面求告（还算要脸），便让儿子来找唐行一（还是不要脸）。唐行一听罢，二话没说，当即给了侄子一大笔钱，让他带回去给哥嫂重新购置田地。

日子仍旧匆匆忙忙"见天儿"过着，炮声隆隆之际，国民党一败涂地。唐行一却没随着"鸡飞狗跳的商贾们"向南迁移，仍留在完县经商。完县人民政府成立后，委任唐行一做了县参议员。唐行一愉快地上任了。有人气愤不过，便去县政府揭发唐行一，说他当年是国民党政府走狗，给国民党的完县商会当过会长，说他是国民党大特务马凯旋的弟子，肯定也是特务。县政府耐心解释，唐行一先生过去当商会会长，是身在曹营心在汉，而且唐行一在抗战期间，参加抗日队伍英勇杀敌，是有大功的。唐行一在解放战争时期，多次出资支持解放军。非但无过，而且有功。

人们这才恍然大悟，这个唐行一，硬是两面吃香呢。

1949 年开春，唐行一外出游医，一走就是三个月。谁也没想到，这期间，李翠玉竟然变卖了唐行一名下所有土地，还把完县、唐县、望都县、清苑县城里的店铺全都转让变现。李翠玉并非要搞什么重大投资，而是突然迷上了赌博，李翠玉豪赌了没两个月呢，便把唐行一多年辛苦挣下的家产输了个精光。人们都看傻了，唐行一若知道这个败家女人做出这种逆天的事，他还不得气得学了当年周公瑾——当场吐血而亡呀！

谁也没料到，唐行一两个月后回来，既没"吐血"也没"身亡"，竟然连脾气都没发，只是轻描淡写地笑道："财帛这东西，生不带来死不带去，输便输了么。"

娘呀，这是什么气度与胸怀呀？完县城里人都惊呆了。

唐行一回来没几天呢，或感觉一贫如洗没脸在完县待了，便说落叶归根，带着老婆孩子迁回了徐水县张家庄。央请哥哥唐行大腾了间草房，安置了李翠玉和儿子。唐行大夫妇此番则是热情款待了唐行一一家，坚持要他们全家住进新盖的大瓦房。唐行一却坚决推辞了。他笑道："多谢哥嫂关怀，我这人命贱，住草房惬意呀！"唐行大夫妇只得作罢。

唐行一搬家张家庄没一个月呢，他再次"离家游医"去了。有人看到，李翠玉领着孩子，不舍地送到了村口。

谁也没想到，唐行一这一去，竟然再也没有回来。

（放不下，一颗沙粒即是千山万壑，一滴水珠即是万千波涛；放下了，千山万壑只是一颗沙粒，万千波涛只是一滴水珠。唐行一心中无家，则四海为家。）

后来人们听说，唐行一游医去了易县，途中还收了个农家男孩儿做了徒弟，这徒弟名叫文素和。师徒二人走走停停，后在狼牙山脚下歇脚，在此开了一个诊所，挂出牌匾"唐氏诊所"。人们猜测，唐行一之所以在这里开诊所，就是因为这里采药方便。

梅天凤听说了此事，借到易县开会的机会，去看望唐行一，不承想却扑个了空，"唐氏诊所"只有文素和正在捣草药，文素和说师傅游医去了。君问归期未有期，梅天凤怏怏而回。

转年国庆节假期，梅天凤专程去了易县看望唐行一。唉，唐行一却进山采药了。又只见文素和在诊所捣药（感觉唐行一不是收了徒弟，而是找了个捣药的义工）。梅天凤四下打量，欣然笑道："素和呀，你们师徒果然选了个好地方，说句戏词儿么，真是个置身此境，尘虑概消呀。你师傅何时回来？"

文素和欠身回答："不知道。或三天或五天，十天八天的时候也有过。"

梅天凤摇头苦笑："两次拜访皆不遇，或是唐先生不愿见我呀！"

"师傅就是不愿意见你呢。"

"嗯？你怎么说话呢？"梅天凤顿时脸冷了。

文素和不卑不亢地笑道："客人莫急，师傅临出门说过，但凡有客人来，但凡客人感慨这句话时，就让我这样回答。"

"唐先生，能掐会算？"梅天凤听得哑然失笑。

"师傅就这样说的么。"

梅天凤点头叹道："所谓恬淡寂寞，虚无无为，此天地之平，道德之质也。唐行一，果然如是呀。"叹罢起身，怏怏离开了。走出很远，梅天凤兀自回头，但见狼牙山云雾缭绕，神秘而朦胧。在半遮半隐如梦似幻的阳光中，她倏忽想起了儿时就记住的那首诗：

松下问童子，
言师采药去，
只在此山中，
云深不知处。

唐行一真的如此？

再五年之后，梅天凤又来易县办事儿，心里终是放不下，兀自又去了一趟狼牙山。到了山下，却不见了"唐氏诊所"的踪影。梅天凤向当地村民打听，有人讲，公私合营之后，"唐氏诊所"归了县医院，唐医生在县医院当门诊医生，文素和在县医院当了司药。但唐医生只上了两天班，就辞职走了，之后不知去向。

据说有人见过唐行一，说唐行一在武夷山出家当了和尚；还有人说唐行一在北京白云观当了道士；更有人说唐行一跟着一位神秘的乌有道长云游去了。

莫衷一是。唐行一果真离开了保定？

中华人民共和国成立后，李翠玉家里已没了土地，更没有了店铺。划定阶级成分时，被划成了贫农。李翠玉识文断字且出身好，被县农业局招工当了会计。县城审核户口时，通知李翠玉，要核销唐行一的户口。李翠玉干脆利落地回答："销户吧，唐品直不会回来了。我这命里大概只有儿子，不会有丈夫了。"

日子刮风一般过着，李翠玉的儿子唐可以渐渐长大了，后考入保定一中。“文化大革命”开始后，唐可以回乡落户了。“文化大革命”结束后，唐可以考上河北大学，毕业后留校当了老师。其子唐正明也很有出息，研究生毕业后留在了上海工作。李翠玉 1970 年于完县农业局退休，1988 年去世。

唐行大夫妇因为购置土地过多，中华人民共和国成立后被划成了富农。因此就有了闲话，说唐行一鬼精，他当时已看透了天下大势，出钱让哥嫂购置土地，这是报复他哥嫂的阴毒一招。谈歌却不这么看。唐行一经过了太多坎坷，早已世事洞明人情练达了。如此境界，他岂能耿耿于哥嫂的旧账？他当年慷慨资助哥嫂，应属“存于心底”那一份亲情所致。

谈歌查过新编《徐水县志》，人物志中却无唐行一“词条”。他的儿子唐可以却有词条。

（唐可以退休前是徐水县政协副主席。谈歌细问过编辑县志的几位编辑，他们告诉谈歌，凡上人物志的人，或是副县级以上的干部，或是在徐水县境内有过影响的人物。谈歌暗忖：唐行一莫非没有“影响”么？）

唐可以的儿子唐响声先生曾经在保定市搞过房地产，钱挣了不少，近年成了一个挺有名的企业家。谈歌总想去采访一下，了解一下唐家的其他情况。可是这位唐董事长太忙。谈歌与他通过电话。唐董事长非常客气地说，暂时没有时间，下回再说。

谈歌听出是推托的意思了，只好作罢。

曹正汉和梅可心

中华人民共和国成立后，曹正汉一直在公安局工作，直到 1982 年退休。其间，曹正汉一直带着梅可心的儿子曹长青生活。曹长青初中毕业后下乡，后回城在保定机械厂上班。

曹正汉一直没结婚，知情人明白他在等梅可心，不知情的人总给他介绍对象。曹正汉曾在某小学作了一回革命传统教育报告，一位年轻女老师对他一见钟情，深爱上了曹正汉，一度着迷似的追求他。于是就有热心人张罗这事儿。曹正汉坚决不同意，从此拒绝再出去作报告。他说，“省得再招惹了女人”。

1950年秋天，经曹正汉多次申请，梅天凤签字同意，杨昆平批准，曹正汉被调到公安局食堂任管理员。曹正汉调动那天哂笑道：“老曹从此就在食堂入伙，可以随便吃饭了！”

谈歌采访过保定公安局退休的岳振兴先生，岳老曾在保定公安局当过食堂会计，他曾多次目睹曹正汉吃饭的景象，确实骇人。

曹正汉最爱吃炖肉。曹正汉曾对岳振兴说，吃炖肉时，一定要吃烙饼，肉香加面香才更香。曹正汉还说过，如果干吃肉，等于老鼠吃粮食，糟蹋东西了。岳振兴先生回忆说，1956年春节前，保定公安局开过表彰会之后集体聚餐，那年国家风调雨顺，老百姓买肉都不要肉票，单位聚餐是常事。曹正汉之前指挥着炊事员们张罗了几十桌酒菜，干警们吃得心满意足。聚餐散了之后，炊事员和食堂管理人员开始吃饭，岳老目睹了曹正汉吃肉的“盛况”。曹正汉那天来了兴致，自己动手犒劳自己。他炖了十斤肉，烙了五张大饼，约一斤面一张。但见曹正汉将五张烙饼“平摊”在餐桌上，又拿了十根剥皮洗净的大葱，蘸上保定的面酱，每张饼上放上两根，然后用勺子将十斤炖肉“分摊”在五张烙饼上，平均每张烙饼两斤肉。然后将烙饼席筒般卷起，尾部折叠。此时曹正汉已垂涎欲滴，当即抱住卷饼开吃。只见他“如狼似虎”吃得嘴角汩汩流淌。岳振兴回忆说，当时看曹正汉的吃相，即认定天下绝对没有任何食物有如此美味。片刻工夫，五张大饼十斤肉，已风卷残云般被扫荡一空，外加一斤老白干。围观的干警们，一个个瞠目结舌。曹正汉，超级饭桶呀！

曹正汉却是个绝对遵守纪律的人，那天他吃饱喝足之后，即席对炊事员们讲话：“今天聚餐，是个例外，聚餐么，大家可以放开肚皮吃好的。平日里吃饱就行，大家都是共产党的厨子，不能近水楼台搞特殊！”

曹正汉很节俭，吃饭只吃一个菜。米粒掉到了地上，他一定要捡起来吃掉。公安局食堂很大，曹正汉管理得很严，绝不允许厨师的家属来食堂吃饭。三年困难时期，曹正汉不许炊事员把食物带走。他说："老话讲，十年灾荒饿不死厨子。我们这个行当，就这么点儿好处。可是大家记住了，这是国家给我们的便利，不能借便利求私利。一个米粒儿也许不带出去！"

但凡来了战友和亲戚，曹正汉一概自己掏腰包，到外边的饭馆请吃饭。曹正汉曾说过，他的一个亲戚（名字没说），吃饱了喝好了却看不起他，戏谑说："正汉呀，你打了半辈子仗，最后就混成了一个管厨子的官儿？没出息呢。"可也是呀，一个食堂管理员，也真让亲戚看不起呢。因此说，亲戚这两个字，也时常透着势利呢。

梅可心于 1978 年 10 月被减刑释放。此时"文化大革命"已经结束。

梅可心出狱那天，天气晴朗。她走出保定监狱，梅天凤、曹正汉、曹长青已在监狱门口等候了。梅可心怔了一下，打量着这三个人，当即大步上前，颤颤地问了梅天凤一句："是二姐？"

"不是你二姐能是谁呀？"梅天凤呵呵笑起来。

"是正汉吗？"

"是呀，我就是老曹呀！"曹正汉哈哈笑。

"这个是……"

"我是你……儿子呀！"曹长青顿时眼睛湿了。

梅可心当即抱住了曹长青。

曹正汉与梅可心抱到了"一起"。

梅可心出狱后，曹正汉找到了刚复职的老战友，给梅可心安排了一个临时工，在保定五四路小学代教体育课。梅可心工作很认真，她代的体育课多次受到教育局表彰。两年后，学校看她年纪大了，便辞退了。此时，曹长青下海办了个小工厂，梅可心便去了儿子的工厂当了门卫。这期间，梅可心赶上了中国特异功能的民间热潮，她竟然一时成了保定市家喻户晓的知名人物。缘于那年夏天，梅可心和曹正汉外出旅游，盘山道上，众人正优哉游哉地走着，梅可心突然脸色大变，高声说道：“后边有辆汽车刹车失灵了，大家快躲开！”人们以为她开玩笑呢，梅可心先把曹正汉拉到路边，又急惶惶地去拉别人，众人逐一被她强拉到路边。有人很气恼，这老女人疯了？半分钟之后，果然一辆越野车冲下山来，呼啸而过。

一群游人目瞪口呆，有惊无险。

此事顿时传开，报社的记者赶来采访。梅可心推辞不过，当场表演了她的“听”功。她站在门外，能听出屋里坐了多少人。再如一个乐队演唱，她闭着眼睛能听出共有多少演员参加演出。梅可心一时被称为奇人。有很多记者慕名来采访，梅可心却一概谢绝了。她说，这就是一种天生的能力，绝对没有迷信色彩。如果一传再传难免以讹传讹，那就荒唐了。

到了20世纪90年代初，梅可心因身份特殊，和曹正汉都被保定新开区选为区政协委员。二人每逢开会，总是积极建言献策。梅可心的身份逐渐被人知晓，1992年，她被河北省杂戏团聘请为顾问。

人们十分羡慕，梅可心与曹正汉进入老年之后，相亲相爱，暗合了那句古诗：天意怜幽草，人间重晚晴。报社记者采访时引用了歌德的一句话：爱情在一俯仰之间应允的东西，也许辛苦一辈子也不能得到。曹正汉与梅可心得到了。

1997年香港回归后，保定市政协接待了一位香港来保定寻人的葛洪桥先生。葛先生想要拜见曹正汉先生。曹正汉当过保定市政协委员，政协的同志很容易就找到了他。

曹正汉并不认识这位央求拜见的葛洪桥先生。梅可心思忖半晌，猜测说：“会不会是葛云梁的孩子呀？”

果然被梅可心猜着了，葛洪桥见到曹正汉和梅可心，就跪下了，先重重磕了三个头，之后起身告诉曹正汉和梅可心，他是葛云梁和李天曼的儿子葛洪桥。葛洪桥叹道：“曹叔叔，我父亲葛云梁、我母亲李天曼多次对我说过，当年是曹叔叔冒险放走了他们，曹叔叔是我家的救命恩人啊！”

梅可心“呵呵”讪笑道：“正汉呀，你当年可是‘私买私放’呀。葛队长、李队长还算有良心呢。”

曹正汉上下打量着葛洪桥，笑道：“像！像啊！我说怎么一见你，就觉得有点脸熟呢。你长得可真像你爹呀！可心，你看这孩子，长得比老葛还帅气呢。洪桥呀，快说说你爹娘的情况。”

葛洪桥便哽咽了：“唉，他们都过世了……”

曹正汉和梅可心面面相觑，都愣怔了，曹正汉长叹一声：“知道了！”

葛洪桥对曹正汉、梅可心讲了葛云梁和李天曼离开保定后的情况。

那年，葛云梁、李天曼一路仓皇向南去了。若揣测二人当时的心态，当如漏网之鱼，唯恐保密局的人尾随追来。二人辗转去了广州，但仍担心毛人凤不会放过他们。便又辗转去了香港。他们想靠着葛云梁多年积攒的那些金条，在香港过个安稳日子。谁知道，他们到了香港，经银行验证才知道，葛云梁多年搜刮的金条，竟然大都是镀金的铜块。葛云梁当场差点儿背过气去。夫妻二人用剩下的真金条，在香港郊外置了一些闲地，搞起了养殖。

（时下香港无郊外更无闲地。）

夫妻二人都是精细人，又几年过去，他们的养殖业竟成了气候。这期间李天曼生了儿子葛洪桥。夫妻二人一直想带孩子回内地看看，但一直未能成行。他们自知当年做下的那些事情遭人忌恨，也不敢轻易冒险回来。“文化大革命”后，大陆的政策放开了，夫妻二人重新有了回内地看看的念头。

偏偏这时，李天曼却中风卧床了。李天曼笑道：“老葛呀，你就自己去吧，我这样子是不能陪你了。”葛云梁摇头叹道：“天曼呀，你这个样子，我怎么能离开呢？”

两年后，李天曼去世了，葛云梁办完李天曼的后事，便想举家回内地看看，谁也没想到，一向身体结实的葛云梁，刚买了机票，却突然病倒了，而且竟然一病不起了。葛云梁临终前将葛洪桥叫到床前叮嘱：“儿子呀，你一定要回内地看看，代我和你妈妈去看看你曹正汉叔叔，如果他还活着，你们就代我问候他。你这位曹叔叔够朋友，他当年冒着‘危险’放走了我和你妈妈呀！”

葛洪桥皱眉：“曹叔叔也是军统特务呀。”

葛云梁笑了：“你不知道，曹正汉是共产党。”

“共产党？”

“我很担心，前些年内地闹红卫兵，他放走我和你妈妈的事要被翻腾出来，会连累他呀！”

葛云梁不久后病逝。葛洪桥埋葬了父亲，便回内地寻找曹正汉。

曹正汉听罢摇头，热泪长流：“老葛呀，难为你还记得我老曹呀！”

梅可心也侧过身哭了。梅可心听曹正汉说过，“文化大革命”中曹正汉的确为这件事受了牵连，红卫兵说曹正汉放走国民党特务，也有了特务嫌疑。曹正汉被红卫兵打瘸了一条腿。

葛洪桥在保定大酒店摆了一桌酒宴，代表父亲母亲宴请曹正汉和梅可心。曹正汉、梅可心欣然赴宴。酒席间，葛洪桥借着三分酒意笑道：“听父亲母亲说起过，曹叔叔当年是个大力士。父亲两只手也掰不过曹叔叔一只手？真的吗？”

梅可心摆手笑道：“你曹叔叔当年还行，现在么，应该是马尾拎豆腐，提不起了呢。”

曹正汉却摆手笑道：“可心呀，你别拦着么，我猜小葛或是想试试我呢。”

葛洪桥笑道：“小侄是学体育的，曾当过举重运动员，今天很想领教一下曹叔叔的力量。”

梅可心皱眉笑道：“小葛呀，你想以少欺老？”

曹洪桥忙笑道：“小侄断无这个意思。就是早年听父母说得神乎其神，今天只想当面领略一下曹叔叔的风采。”

曹正汉笑道：“客随主便，摆个道儿吧！”

“那……掰个腕子？”

“好。”

“小侄有个条件。”

“说。”

“我两只手，掰曹叔叔一只手。”

众人都笑了，葛洪桥正值壮年，且当过举重教练员，竟然……

“好啊。”

曹正汉爽朗一笑，便伸出手来。

葛洪桥伸出两只手。

众人看着新鲜。

只听一声开始，葛洪桥迅即两手用力，脸色渐渐涨红了。

曹正汉却面不改色。

葛洪桥终于认输。

葛洪桥一揖到地：“父母所说果然不是虚言，曹叔叔天神般的力气啊！”

葛洪桥告辞，诚恳邀请曹正汉和梅可心去香港旅游。

梅可心和曹正汉晚年时常外出旅游。1998 年“五一”黄金周，曹长青请曹正汉和梅可心去南方，二人准备行囊，想上街买些东西，刚出门，就遇到一辆汽车刹车失灵，径直冲撞过来，曹正汉见状，箭步上前大喝一声，竟把这辆车推翻了。司机受了些轻伤，却避免了一场事故。曹正汉现场接受电视台采访，正在说话，忽然觉得心口疼，赶忙送到医院，车在途中，曹正汉已经没了呼吸。梅可心当即昏倒。

据说，曹正汉出门前已准备好了午饭，除去梅可心的饭，他给自己准备了三斤牛肉、三张大饼，还有一瓶老白干。后人遗憾，曹正汉亏了阳间最后一顿饭。

曹正汉终年八十四岁。

1999 年 3 月 3 日，梅可心早晨出去锻炼，回来路过早市，买了些蔬菜准备做饭，突然感觉有些累，便回屋去躺下了。谁知道，这一躺，再没醒来。

梅可心终年八十四岁。

说来让人慨叹，二人阳寿一样，梅可心走得安稳，曹正汉走得仓促。

或是天意？

鱼秀儿与赵大龙

谈歌一度很犹豫，写不写鱼秀儿这个人物呢？

严格说，鱼秀儿与此书没有关系，她只与赵家轩有关系。而赵家轩与此书也没有关系，他只与赵元初有关系。如果读者不感兴趣，此节可略去不读。如果有些兴趣，且先听谈歌讲讲赵家轩的故事。

赵家轩本来不叫赵家轩，叫赵大龙。他父亲就是赵元初。那年，赵大龙的父母刘秀巧与赵元初，在民国知名魔术艺人许敬豪的杂戏班里“搭班儿”，刘秀巧竟然与杂戏班里的魔术艺人童年和一见钟情，于是乎，天雷勾动地火，二人爱得如胶似漆，刘秀巧竟怀着身孕与童年和私奔了。

童年和老家是归绥（今呼和浩特）。他带着刘秀巧回了家乡，几个月后，刘秀巧便生下了一对双胞胎。取名童大龙和童小龙。刘秀巧很快就知道自己犯了一个人生“大错误”。童年和根本就不是过日子的人——辛苦干活儿都不行，吃喝嫖赌第一名。

哥俩长到十岁那年，刘秀巧病死了。

刘秀巧死之前知道童年和赌博输钱了想卖了童大龙和童二龙。刘秀巧便悄悄告诉兄弟二人，他们的亲爹名叫赵元初，听说现在发达了，在东北或天津一带，也是个唱戏法的。刘秀巧还嘱咐兄弟二人，出去之后把姓改回赵。兄弟二人偷偷跑出去找亲爹了。

兄弟二人一路先到了东北后又到了天津，找了两年多，也没有找到亲爹赵元初，哥俩商量了一下，准备到保定去找找。还没动身呢，却在天津街头和地痞们打架，兄弟二人跑散了。

赵大龙便一路流浪到了河北唐县，这年他十五岁，竟长成了一个虎背熊腰的大个子。在赵家庄给一个名叫赵万成的人打短工。赵万成是个光棍儿，看赵大龙很憨厚，就将赵大龙认了干儿子，指望赵大龙给他养老送终。

这一年，日本人的枪声在卢沟桥上炒豆子似的响起来了。赵万成看着时局不好，便掏干了家底，紧紧巴巴地给赵大龙娶了个媳妇。媳妇名叫张桂花，比赵大龙大两岁。隔年，张桂花毫不含糊地给赵大龙生了个儿子，取名赵进斗。赵进斗长到两岁，就能结结巴巴地学说话了。那天，赵进斗见到了赵万成，张口就脆生生叫了一声“爷”。赵万成顿时乐得哈哈大笑，笑声落地，赵万成就死了。村里人都说，赵万成打光棍儿苦了一辈子，到头儿听了声“爷”，落了个乐死，也算值了。

赵大龙埋了干爹，便去给村里的地主赵紫风家里扛活。

日军扬言几个月占领中国，政府当然要抵抗日军，便要扩充军队。各县都下来了壮丁指标，往各村摊派。赵家庄就摊上了赵紫风的大儿子赵家轩。赵紫风自然知道打仗的厉害，心下舍不得儿子入伍，就想出了个冒名顶替的法子，私下跟赵大龙商量，让赵大龙“冒名顶替”赵家轩出丁。赵紫风开出的条件还算“优厚”：第一，绝不让张桂花娘儿俩饿着；第二，给张桂花母子盖一处新房，外加三百块大洋。

赵大龙心中仔细盘算了下，觉得自己在家也是扛活出苦力。当了兵，若打不死，还能从军队里挣点饷钱回来。媳妇跟儿子也有人养着，还能得一处新房和三百块大洋。是“划得来”的一笔明账。就答应了。这年，赵大龙十七岁。

由此，十七岁的赵大龙就“冒名顶替”了赵家轩，当了正牌的国军。招兵的看赵家轩人高马大有力气，就让赵家轩当了炮兵。不是让赵家轩去开炮，而是让他用这一身的力气扛炮弹。扛炮弹是个力气活儿。赵家轩真是让国军给“重用”了。

赵家轩当了国军之后，先是跟日本人打了八年，后来又跟解放军打了三年。他竟然从枪子儿堆里钻出来，一步伤，一步血地从当炮兵开始，后来当班长、排长、连长，再然后就当营长。抗战胜利后，他揣着两根金条（咋来的？读者自己猜），到保定来找父亲、找兄弟，却不承想被“接收大员”黄山明的手下敲诈勒索，还被关押起来，后被一群江湖好汉救出，回到军队后继续干，后来当了团长。再后来……国军就被解放军打败了。赵家轩团长的队伍在福建也被打散了。再后来，他就稀里糊涂地跟着去了台湾。这一年，赵家轩二十九岁。

到了台湾之后，赵家轩升了副师长。升了副师长的赵家轩头脑也清醒了——“反攻大陆”就是蒋总统的一句“梦话”。暗自思量一番，觉得自己这辈子大概是回不去了，那天，他带着一个警卫进了一家酒馆，喝了个酩酊大醉。然后，由警卫搀着，跌跌撞撞地走到了海边。他朝着大陆的方向使劲“哭号”了几嗓子，先喊了赵元初和赵小龙几声，再喊了张桂花和赵进斗几声。再就由警卫搀着，踉踉跄跄地回去睡觉了。

第二天醒来，赵家轩揣着钱去了一趟窑子，“挑挑拣拣”地找了一个名叫李玉娟的河北籍女人，赎出来，接到家里。当天晚上，他喊来了几个河北同乡的老战友，鸡鸭鱼肉摆了一桌，热热闹闹喝了一顿喜酒，就算是结了婚。这时，赵家轩已经升上了正师长，少将军衔，工资也算高，他不想亏待了李玉娟，想摆摆阔，给玉娟找个“使唤人儿”。

那天，他到街上闲逛，见到一个女叫花子，模样还算清秀，打听了几句，就把这个叫花子领到家里，当了保姆。保姆名字叫鱼秀儿。赵家轩觉得这名字好听，听着很亲切。

行文至此，鱼秀儿的故事就算开始了。

鱼秀儿也是从大陆来的。她这年才十六岁，河北沧州人。她原是跟着母亲在一个姓陈的商人家里当用人，母亲病死之后，鱼秀儿被东家留下，当了“用二代”。

国军兵败台湾的时候，她跟着陈商人一家上了船，这时，她根本不知道自己要跟着人家去哪里。到了渡口，人群就拥挤起来，她被挤散了，找不到东家，匆忙之中就上错了船，稀里糊涂地到了台湾。找不到陈商人一家，她就只能在街头乞讨。她后来说，她做梦也没想到会遇到河北老乡赵家轩。

赵家轩此时心里应该是万念俱灰的，他不再做回乡的梦了。他料定自己这一生必定是孤魂野鬼了。他只想在军队里把差事做好，再向上升一级，升到军长以上，他就能把日子过得更好一些，他也就心满意足了。可是事情的发展并不像赵家轩所想。

赵家轩的最高上司是孙立人，一直跟蒋介石不睦，蒋介石找了个借口就把孙将军关押了，还借机把军队清洗了一回。赵家轩是孙立人将军的部下，自然也在清洗之列，就被退伍了。赵家轩想在军队混一辈子的梦想至此完全破灭。

赵家轩的退休金很少，比在军队差了许多。他带着两个女人，日子过得紧巴巴的。眼看着物价涨得厉害，赵家轩除了骂大街，一点办法也没有。一些也被清洗出军队的老战友常常到赵家轩家串门，都是一肚子牢骚，喝醉了，便破口大骂。渐渐这些战友也不来了，因为赵家轩的经济尴尬，日子过得捉襟见肘，早已管不起好酒好菜了。

如此又窘迫地过了两年，李玉娟得了一场伤寒，没钱住医院，就在家里躺着，请郎中看过，吃下去十几服药，也不见动静。郎中悄声告诉赵家轩，李玉娟不行了。

李玉娟当妓女时辛苦，累坏了身子。跟了赵家轩几年，也没能给他生下一男半女。李玉娟临死的时候，似乎心有不甘，她拉着赵家轩的手，一个劲儿哭："赵哥啊，玉娟对不住您啊。玉娟现在死了得好，家里少了一张嘴。玉娟不给你添累赘了。"

赵家轩气得大骂："这叫什么世道？老子流血拼命，提着脑袋跟你们干了多少年，到头来连老婆看病的钱也没有。"

玉娟接着说："赵哥啊，我也是河北人，我死了之后，求赵哥把我的骨灰先寄存着，如果有了机会，就把我带回去吧。我想回家呢。"

赵家轩点头："你放心。我一定带你回家。"说着，就哽咽了。

李玉娟死后，就火化了。赵家轩就将玉娟的骨灰放在了家里的窗台上。赵家轩有时不想出门，就枯坐在家里，看着李玉娟的骨灰，一阵阵发呆。鱼秀儿就在一旁小心地陪着他，一句话也不敢说。

(能说什么呢？没词儿！)。

日子越来越紧迫，物价飞涨得更凶了。那天，赵家轩早晨起来，提着篮子到市场上转了转，看到蔬菜价格贵得吓人，赵家轩心里生气，便扯着嗓子骂了几句大街，一扬手，扔了空篮子，就气呼呼地回到家里，就赶鱼秀儿走："鱼秀儿啊，老赵没出息啊，我都这样子了，还用什么保姆呢？你快走吧，趁年轻，寻一个好人家，也算是有了一个结果。"

鱼秀儿皱着眉头说："赵师长，我跟您这些年了，我不能走。您一年年的老了，我走了，谁伺候您呢？再说，鱼秀儿在这台湾举目无亲，我离开这里能去哪里住呢？赵师长，您是一个好人，鱼秀儿今生注定跟着您了。日子紧巴，我嘴巴便紧一些，少吃一口就是。您为什么要赶我呢……"说到这里，鱼秀儿心里一酸，就泣不成声了。

赵家轩叹息，摆手道："算了，算了，只怕是应了那句话，晴天不肯走，等到雨淋头。你不走就不走吧。再穷也不至于饿死么。只是……你跟着我，可要受苦了。"

鱼秀儿擦了擦眼泪："鱼秀儿就是受苦出身，鱼秀儿十岁就让婶子带出来给人家当用人，挨打挨骂都习惯了。天下只有享不了的福，没有受不了的苦。鱼秀儿不怕吃苦，只是赵师长您不要再赶我走了。"

赵家轩无可奈何地长叹了一声："唉，只是委屈了你哟。"

物价真是"不要脸了"，继续刮风般飞涨着，赵家轩的日子自然越来越"吃紧"。那天，鱼秀儿对赵家轩讲："赵师长，如果有一笔钱，我可以做些小生意。挣不挣钱的，养家糊口总能行的。"

赵家轩瞪了鱼秀儿一眼："我一个大男人，让你一个女人家养活？行了，行了，你就别梦想着做什么小生意了。容我想想办法。"

能有什么办法呢？赵家轩的退休金根本顶不住两个人的开销了。

赵家轩开始变卖家中的东西。先是穿不着的衣服，然后就是家具，最后，赵家轩摘下了带了多年的金壳手表。坐吃山空，渐渐地，家中的东西也变卖完了。赵家轩瞪着眼睛看着空空荡荡的家，苦笑着摇头：“老子给国军卖了多少年的命，到头来，落了个家徒四壁。”

赵家轩心下凄凉，又有了让鱼秀儿离开他的意思。那天，他苦笑着对鱼秀儿讲：“鱼秀儿啊，不是老赵赶你走。再待下去，你会陪我饿死的哟。你还是走吧。”

鱼秀儿盯着赵家轩，硬起一张脸，声音涩涩地说：“赵师长，您也是穷苦人出身，您还是打过仗的人，怎么就怕过穷日子呢？我不走。不走！你说过的，你不让我走。”

赵家轩盯着鱼秀儿，感慨地说：“鱼秀儿啊，这些年，你从来没有过上过好日子……”说到这里，赵家轩擂了一下桌子：“也罢，我老赵就舍下一张脸，讨些钱回来。”

鱼秀儿奇怪地问：“您从哪里讨钱呢？”

赵家轩嘿嘿笑道：“我老赵还有几个老部下，现在仍然在军队里混呢，他们的日子总会比我好过些。我这人面子短，总张不开嘴。今天就张一次吧。”

赵家轩开始写信——跟过去的老部下要钱，而且说好，不要台币，只要美元。

鱼秀儿奇怪地问：“您为什么不打电话呢？打电话的钱总还是有的。”

赵家轩苦笑：“如果打电话，我担心人家张口就拒绝我。老赵虽然没出息，可也脸皮儿薄啊，我怕脸上挂不住，还是写信吧。河北人讲话，有枣没枣打三竿子。”

信寄出去两天，没有动静。鱼秀儿在紧张的气氛中度过了两天。又过了几天，还是没有动静。那天，赵家轩出去了。不一会儿，就笑呵呵地回来了，把一叠钱硬硬地拍在了桌上，一共一万三千美元。

鱼秀儿惊讶道：“美元？您的老战友们真是慷慨，这么多？”

赵家轩哈哈大笑，把一万块钱装进了一个信封，递给了鱼秀儿：

“这是一万块钱，你先替我装好。装上呀!”

鱼秀儿就怯怯地装起了信封。

赵家轩拿起了余下的三千美元，起身，笑呵呵地说：“走，鱼秀儿，我今天带你去吃一回大饭店。”

鱼秀儿苦着脸说：“吃什么大饭店么？多费钱呢？我去街上采买些回来，我给您做就是了。”

赵家轩摇头不听，一把扯住鱼秀儿，就大步出了门，他坚持要去吃大饭店。二人一路“挑挑拣拣”进了台北最好的一家饭店。

赵家轩让鱼秀儿点菜，鱼秀儿就小心翼翼地点了几样小菜。赵家轩却不肯，他连连摆手，拿过菜单儿，哈哈笑着说：“不行！不行！你也太小气了么，吃高级饭店，就要有吃高级饭店的样子么。”他点了一大桌子。

鱼秀儿看着脑袋发蒙：“赵师长，吃得完么？

赵家轩凄惨一笑：“鱼秀儿啊，你跟我这些年，吃了不少苦头，老赵今天算是犒劳你了。”说罢，拿起筷子，“吃！快吃!”

吃罢了，赵家轩起身去结账，共花去一千多美元。赵家轩把装在信封里的三千美元摔在柜台上，对服务生讲：“这是三千块，不用找了。”说罢，推开店门，扬长而去。

服务生受宠若惊，追着赵家轩出了饭店大门，一个劲儿地问姓名。赵家轩并不回头，扬手哈哈笑了：“你不用客气，我老赵不会再来第二次了。”

鱼秀儿追在赵家轩身后，惊慌地嚷嚷着：“赵师长，您疯了？您真疯了？”

赵家轩停住脚，转过身来，眼睛一瞪，怒了：“谁疯了？你敢骂我？鱼秀儿啊，你胆子不小哇!”

鱼秀儿连忙摆手说：“我不是骂您，我只是搞不懂，您怎么把钱都白给人家了？”

赵家轩看着鱼秀儿一脸不解的样子，仰天大笑起来，笑得眼泪都出来了：“鱼秀儿啊，你真不明白么？你跟我过了这些年的苦日子，今天我要让你跟着我过一回富人的日子。享受一下有钱人的气派。怎么样？有点儿滋味吧？”

鱼秀儿的脸色苦了下来：“您这算是什么滋味呀？有米一锅，有柴一灶啊！赵师长啊，明天的日子怎么办呢？”

赵家轩的脸上收了笑容，板板铁铁地说：“我决定了，明天你走吧。”

鱼秀儿吃了一惊，眼睛就瞪大了：“赵师长，您怎么能说话不算数呢？您早讲好不再赶我走了……”说得急，眼泪也急得流下来了。

赵家轩摇摇头，别过身子，抬头看天。除了一轮大太阳悬在头顶，一丝云也没有。赵家轩低下头来，叹息了一声：“鱼秀儿呀，你真是一个老实人啊。你没看出来么？我已经把房子卖了。刚刚吃饭的钱，就是我卖房子的钱啊。战友们也都是没钱的。我有一个老部下，一直在病床上躺着，连请大夫的钱都拿不出来。唉！不提这些窝心的事情了。我今天就去老年公寓寄住了。我那点退休金也够用了。我刚刚给你那一个信封，装着一万美元，就是送给你的。我多少年不给你开工钱，这一万美元就算我给你的工钱吧。对了，你不是总想做个小生意么。这钱肯定够用了。你走吧。鱼秀儿啊，你再不走，老赵可是要骂人了。”

鱼秀儿怔怔地出神，她站在赵家轩对面，目光呆滞地看着赵家轩，一时不知道说什么好。

赵家轩突然“嘿嘿”地笑了：“真没想到哇，这世界上除了老年公寓，竟然没有我老赵一块睡觉的地方了。”说罢，他走到马路上，伸手拦了一辆出租车，他回头朝着鱼秀儿苦涩地笑了笑，就上了车。“咣当”一声关了车门，出租车就开走了。

鱼秀儿醒过来神来，紧追了几步，就不追了，她望着一溜烟远去的出租车，跺着脚，发狠似地喊道：“赵师长，您放心，我一定会把您接回来的。”

赵家轩从此就寄住在了老年公寓。

鱼秀儿则揣着一万美元，在街上跑了几天，看准了一个地方，一番讨价还价，租下一个临街的店铺。她添置了些器具，就开了一家小饭店。铺面不大，放了五张餐桌。鱼秀儿还找测字先生给取了一个店名：卢燕轩。

店门前还贴了一副对联，写得挺俏皮：

两个外埠倒霉客
一对稀里糊涂人

扯起一串鞭炮鸣放了一通，“卢燕轩”就算正式开张了。鱼秀儿没有雇工，一个人忙里忙外，好在铺面不大，她还能应付过来。“卢燕轩”只做家常饭，包饺子或者蒸包子。都是北方口味。一些从大陆过来的人，就成了这里的常客。小饭店就渐渐火爆起来了，每天到了饭口，五张餐桌都是满满的食客。每天还有百十份的外卖。

过了一个月，鱼秀儿就忙不过来了，就雇用了两个伙计；过了一年，“卢燕轩”又增加了米粉等许多南方的口味，店面就显得小了，鱼秀儿便又开了两家分号。由此，“卢燕轩”就在台北有了名气；三年过去，整个台湾就有了“卢燕轩”十家分号。

（写到这里，谈歌感慨，这三年，鱼秀儿一定是呕心沥血啊！）

日子就这样手忙脚乱地过来了。第四年的正月初一早晨，鱼秀儿穿了一身新衣，踩着满街的鞭炮声，一脸笑容地迈进了赵家轩寄住的老年公寓。她来给赵家轩拜年。

赵家轩看着神采奕奕的鱼秀儿，一时愣怔了，然后就哈哈笑道：“鱼秀儿啊，几年不见，你年轻了哟……”

鱼秀儿与赵家轩说说笑笑了一会儿，就带着赵家轩出来了。鱼秀儿包下了一辆车，拉着赵家轩来到了“卢燕轩”。

赵家轩里里外外仔细看了，满心欢喜地称赞着：“鱼秀儿，你真是行啊。想不到，我老赵实在是想不到啊。只是，你这‘卢燕轩’是什么意思呢？老赵没学问，看不懂。”

鱼秀儿的脸红了一下，笑道：“我也不大懂，是测字先生取的名字，说是‘水浒’上有一个叫卢俊义的人，他有个仆人叫燕青。这主仆二人生死同心。”

赵家轩笑了：“如此说，这卢俊义就是我，燕青就是你了？”

鱼秀儿笑道：“大概就是这么个意思。”

赵家轩摇头笑道：“嗯？这名字取得不好，先说，燕青是个男的么，你鱼秀儿是个女流么。比喻得不妥当。再有，老赵没文化，可是听说书先生讲过，这燕青最后扔下卢俊义，自己跑路了，显得不够义气么。你鱼秀儿可是一直惦记着我老赵呢。你比燕青强得多了。”

鱼秀儿不好意思起来：“我没文化也说不好呢，人家测字先生取的名字，大概就是这么个意思么。赵师长就莫挑剔了。”

赵家轩笑道：“鱼秀儿先生，你今天请我吃什么呢？”

鱼秀儿笑道：“我当然要请赵师长吃好的么。”她说了一个大饭店的名字。

赵家轩听罢，一劲儿摇头：“不行，不行，不去那么宰客的地方，就在你这里吃。”

鱼秀儿语气坚决地说：“不行！不行！今天我请客，赵师长您得听我的，客随主便么。”说着，就拉起赵家轩往外走。

赵家轩到底拗不过鱼秀儿，就随着鱼秀儿出来，鱼秀儿把赵家轩拉到台北一家高级饭店。进了门，满脸堆笑的服务生把他们领到一个包间里。

鱼秀儿便让赵家轩在上首坐了，呵呵笑道：“赵师长，您今天随便点菜，我再让您当一回富人。”

赵家轩怔了一下，就哈哈大笑起来：“哦，哦，是的，再当一回富人。”

赵家轩点了几碟小菜，要了一壶老酒。

鱼秀儿皱眉摇头：“赵师长，您怎么点这么少呢？不行，我再给您点几个特色菜。”说着，就伸手抢菜单。

赵家轩急忙拦了鱼秀儿，他盯着鱼秀儿，嘿嘿笑道：“鱼秀儿啊，富人有时也是这样子的啊。”

鱼秀儿坚定地摇头：“不行，我说过了，就再让您做一次富人。您别担心钱多钱少。”说着，就从包里掏出一张支票，“拍”在了餐桌上。

赵家轩盯着支票，愣怔了一下，微微笑道：“好，就再当一回富人。”

这一顿饭吃了五千多块钱。

赵家轩酒足饭饱，拍着肚子走出了饭店，就向鱼秀儿告辞，要回公寓。鱼秀儿却笑着拉住他，不让走。

赵家轩不解：“鱼秀儿啊，你还有什么节目呢？”

鱼秀儿不说话，拉着赵家轩去了“旧家”。

赵家轩站在旧家的门口，茫然不知所措：“鱼秀儿啊，这是……怎么回事儿啊？”

鱼秀儿笑道：“赵师长啊，我告诉您，我已经把房子又买回来了。您不要再去住老年公寓了。”

赵家轩“啊”了一声，就怔住了，他拉着鱼秀儿的手，眼睛里就有了泪光：“鱼秀儿啊，难为你一片心意了……”

鱼秀儿笑眯眯地看着赵家轩。

赵家轩感慨万千：“鱼秀儿啊，老赵做梦也想不到，想不到哇，我老赵晚年竟然得了你的救济啊……”说着，眼睛就悄然湿了。

鱼秀儿也含了泪：“赵师长，别这么讲，如果当年不是您……”

往事不堪回首，二人都哽咽了。

赵家轩重新回到了老房子，鱼秀儿还给他雇了一个保姆。赵家轩在老房子里住了半年，一场冬雨之后，他得了感冒，起初，他没有在意，之后，却总不见好，渐渐就重了。鱼秀儿要送他去医院，赵家轩坚决不去。

鱼秀儿着急上火，“卢燕轩”的生意也顾不上了，四处忙着给赵家轩请医生，中医西医看过多次，汤药丸药吃下去不少，赵家轩却不见一点儿起色。

赵家轩自知不久于人世，便苦笑说：“鱼秀儿啊，你不要瞎忙了。我知道我到日子了。老赵再托付你一件事吧。”

鱼秀儿含着泪点头：“赵师长，您莫要泄气么。一点小病，总会好起来的。有什么事情，您说，您只管说……”

赵家轩讲：“我死了之后，你如果有机会，就把我的骨灰弄回河北去，再把玉娟一并带回去，我当年答应过她的。我家在河北唐县赵家庄，我本名叫赵大龙，当年是顶替别人当的兵。我在赵家庄，还有个老婆，名叫张桂花，我还有个儿子，名叫赵进斗。如果你能让我的骨灰回到赵家庄，老赵就在地下给你作揖了。”

鱼秀儿听得满脸是泪，不住地点头：“赵师长，我答应了，答应了。您就放心吧。”

赵家轩讲完了，就微微笑了：“鱼秀儿啊，我再无什么心事了。”笑罢，他看着鱼秀儿：“你去睡吧。我累了，想睡觉了。”

第二天一早，鱼秀儿在雨声中醒了，她穿衣起来，帮着保姆给赵家轩做了早点，她走进赵家轩的卧室，喊他吃饭，赵家轩没有答应。鱼秀儿心下一紧，上前去摸，赵家轩已经没有了气息。

鱼秀儿腿一软，就跪在了赵家轩的床边，鱼秀儿泪流满面，喃喃道：“赵师长啊，我知道的，再有五天，就是您六十三岁的生日了。您怎么就急着走了呢？”

窗外的冬雨淅淅沥沥地落着，在鱼秀儿的哭声里，更加密集起来了。

这一年，鱼秀儿四十七岁。

赵家轩被火化了，鱼秀儿将他的骨灰盒和李玉娟的骨灰盒都放在了自己的床头。

铁打的日子，流水的情绪。不管是多么大的仇恨与过节，都会渐渐地风流云散。又过了几年，两岸的商人可以相互走动了。鱼秀儿女士便以在大陆投资的商家身份，带着几个随从到了大陆。此时的鱼秀儿女士，已经是台湾赫赫有名的饮食大王了。

第一站，鱼秀儿到了北京，受到了隆重接待。观光游览了几天之后，她便按照既定的行程，去了河北唐县。县里早已经通知了赵家庄的赵进斗一家。鱼秀儿女士由县里的领导陪伴着，去了赵家庄。正值春深季节，绿肥红瘦，沿途郁郁葱葱，风景十分可人，鱼秀儿却目光迷茫，心不在焉的样子。

一行人就在村外下了车，鱼秀儿抬眼张望，远远地就见到了一些人已经迎候在村口。县里陪同的人抬手指给鱼秀儿女士，其中的一个就是赵进斗。

鱼秀儿望过去，赵进斗已经是白发苍苍。鱼秀儿的心一下子跳得急了些，再走近，赵进斗脸上那憨厚的笑容，似有赵师长的模样。有风阵阵吹过来，赵师长那爽朗的笑声，竟似又在鱼秀儿耳边轰然砸响。鱼秀儿心中倏地一酸，热泪再也忍不住，扑簌簌地淌下来了。

张桂花早已死去多年了。出乎意料又在情理之中。赵进斗在前边惶惶不安地引着路，鱼秀儿步子涩涩地走进了赵进斗的家门。鱼秀儿四下打量，只见矮矮的土墙四五尺高，不泥不粉；低低的三间土屋，半瓦半茅；院子里打扫得干干净净，几株或是刚刚移栽的榆槐，吐着新枝；几棵粗壮的石榴树，花开得正烈。院墙处立着一排农具，擦拭得锃亮。几只土鸡略带惊慌的神色盯着鱼秀儿看，咯咯地叫着。鱼秀儿点了点头，浊浊的声音自言自语：“这就是赵师长的家么?”

进了屋，主宾对坐。赵进斗捧过一杯热茶，敬到鱼秀儿的手里，再怯怯地问一声：“我……我，应该叫您一声二娘吧?”

鱼秀儿怔了怔，摇了摇头，苦笑道：“你的二娘在这里。”就看一眼站在身边的随从，随从便将一个提包小心翼翼地递过来，鱼秀儿接过，打开提包，取出两个用黄缎子包裹严实的东西，再打开，竟是两个骨灰盒。酱紫色，在屋子亮着暗光。鱼秀儿细细地看过一眼，便端正地放在了桌上。

赵进斗懵懂地看着鱼秀儿。鱼秀儿缓缓站起身，目光稳稳地看了看赵进斗一家，突然，她的脸色冷下来，高声对赵进斗说：“进斗，给你爹和你二娘磕头吧。”

赵进斗怔了一下，就急忙地跪下，用力地磕头。他身后的儿孙们也跟着“扑通扑通”地跪倒，用力磕头。

鱼秀儿的目光一时有些迷离，她盯着桌上的骨灰盒，泪如雨下，哀哀地叹了一声：“赵师长啊，您到家了……孩子们给您磕头呢。您……都看到了吧？您都看……”她的声音就咽咽地涩住了，再也说不出一个字。

屋子里顿时哭声大作……

第二天清晨，田野里雾气蒙蒙，鱼秀儿穿着一身白衣，跟着赵进斗一家去了村外，赵进斗就把赵家轩和李玉娟的骨灰埋在了张桂花的墓地里。一块赶制出来的大理石碑，立在了墓前。碑上用隶书刻着：

父：赵大龙　母：张桂花　李玉娟之墓

碑文使用鲜明的绿漆描了，在雾气中，湿湿的十分打眼。

鱼秀儿很认真地在唐县考察了几天，最后，她给了赵进斗一些钱，嘱咐他在唐县开办一家食品加工厂，并留下了两个随从帮助他管理。

鱼秀儿办完了这件事，就走了，她说要回沧州看看，然后就回台湾了。临行前，她跟赵进斗商量了一下，带走了他的小儿子赵德顺。临走那天，天下着蒙蒙细雨。鱼秀儿又去赵大龙的墓上看了看。她站在墓前，先是深深鞠了一躬，独自站立了好一会儿。她转身要走的时候，身子突然晃了晃，她再忍不住，折身回来，趴在了赵大龙的墓前，苍老的手指，用力抓着潮湿的泥土，放声大哭起来：“赵师长啊，玉娟姐姐啊，鱼秀儿还会回来的。”

鱼秀儿凄迷的哭声，就在漫无边际的细雨中，弥漫开去。人们被她哭得心头发紧，大都心中一叹，这时的鱼秀儿女士，心中一定有着数不清的事情，纠缠在了一起啊。

鱼秀儿回到台湾之后，就把“卢燕轩”总店和全部的分店都交给了赵德顺，赵德顺成了“卢燕轩”的董事长兼总经理——《唐县县志》由此记载：赵家庄的赵德顺，是唐县第一个去台湾经商的农民。

第二年春天，鱼秀儿女士又回到了保定，当地政府热情款待之后，她就住在了保定。她在保定投资，开办了一个食品公司，主要经营赵进斗食品加工厂的产品。她还把赵进斗加工的产品，经销到了台湾。她忙得很，办公室的电话每天响不停。但每个月，鱼秀儿都要到赵大龙的坟上去看看。她并不要人陪，只一个人孤独地在墓前枯坐上一会儿。

如此又过了三年，鱼秀儿突然病倒了。呕吐不止，什么东西也吃不下。身体消瘦得很快。找了几家医院看过，最后确诊了，绝症。鱼秀儿就住进了保定第一医院。赵进斗不甘心，极力说服鱼秀儿转到北京住院。鱼秀儿淡淡地说："不用看了。白花钱呢。"然后，就倚在病床上，神色坦然地跟赵进斗商量她的后事。

赵进斗猜不准鱼秀儿的心思，结结巴巴地问："您……想在什么地方……"

鱼秀儿看着赵进斗，她突然感觉在赵进斗的脸上，无论从哪一个角度去看，都能找到一点赵师长的影子。只是，如果细看，却又没有赵师长的一点痕迹。她心中喟然一叹，却微微地笑了："你说呢？"

赵进斗摇头："我？我真是不知道的。"

鱼秀儿"哦"了一声，收了笑容，盯着赵进斗，再问一句："你再想想。"

赵进斗的脸色猛地涨红起来，嗫嚅道："您说过，您是沧州人……"

鱼秀儿看了赵进斗一眼，不再说话了，垂下头，随手抓起一张报纸，漫不经心地看着。病房里，一时静了下来，只听到鱼秀儿翻弄报纸的声响。

赵进斗尴尬地站在那里，时不时地搓着两只手，小心翼翼地看着鱼秀儿。

终于，鱼秀儿轻轻地叹了一口气，丢开手里的报纸，抬起头来，看着赵进斗，细声说道："进斗啊，你就在你父母和你二娘墓地旁边，埋了我就是了。”

赵进斗连连点头：“我记下了！记下了！”

鱼秀儿盯着赵进斗，又说：“还有，你立一块碑，刻上：赵大龙师长保姆鱼秀儿之墓。记住了？”

赵进斗使劲点头，似懂非懂地看着鱼秀儿。

鱼秀儿泪光晶莹地笑了：“记住就行了。就这样吧。你去吧，我有些累了。你厂里的事情多，不要总过来看我。”

赵进斗轻声答应着，轻手轻脚地退出去了。

又过了几天，鱼秀儿在保定第一医院里去世了。

鱼秀儿火化了之后，赵进斗带着家里人去给她下葬。按照鱼秀儿的遗嘱，赵进斗就把鱼秀儿葬在了赵大龙、张桂花、李玉娟的墓地旁边。撒了漫天的纸钱之后，赵进斗带着全家人跪在鱼秀儿的墓前，赵进斗的头，使劲儿拱着地，干涩地哭号着。田野里的风，一阵一阵地吹过来。赵进斗的哭声就化进了风里。

墓地上立起了一块两米高的大理石碑，上边同样用隶书刻着：

赵大龙师长保姆：鱼秀儿女士之墓

按照鱼秀儿的遗愿，碑文使用深黄色的漆描了，与赵大龙的碑文的颜色相映，别是一种感觉。鱼秀儿似乎留下了两个疑问：第一，她为什么坚持要在墓碑上写上保姆的身份？第二，她为什么要使用深黄颜色涂描她的碑文？后来，有人问过，赵进斗也说不清楚。既然赵进斗说不清楚，别人也就更不清楚了。但无论怎样，鱼秀儿也算得是一位奇女子了。

写到此处，谈歌已然唏嘘不已，兀自想起了赵大龙的父亲赵元初和弟弟赵小龙。

赵大龙知道父亲和弟弟的事情吗？唉，世间多少失联事，说多了都会泪崩……

鱼秀儿女士，是台湾到大陆投资的企业家。其事迹，曾刊登在保定市 2000 年出版的《保定人物志——企业家传记》中。书中记载：鱼秀儿，女，1934 年生，河北沧州人，少年时代到台湾。她创立了“卢燕轩”快餐，曾经被评为台湾十大美食之一……

《保定传说》记载：鱼秀儿是鱼悦然烈士之女。此记载却有争议，诸多时人莫之许也。

抛开争议，只细想这样一位女子，成就这样一番事业，其中酸甜苦辣，定是百般滋味。

张宗民与扈天明

1985年，抗日战争胜利四十周年之际。全国各媒体都做抗战的采访。已经退休的梅天凤偶然在报纸上发现了张宗民还活着的消息——张宗民竟然住在天津。

梅天凤大喜过望，《保定日报》的记者高珑珑也得知了消息，随梅天凤匆匆去了天津。梅天凤通过天津政协，在一个简陋的平房里，见到了卧病在床的张宗民。更让梅天凤喜出望外的是，她还见到了当年那个“小号兵”扈天明。

张宗民已卧病多年，见到梅天凤，眼睛竟突然睁大了，嘴角不住地颤抖着，支撑着用目光向梅天凤示意：“……天……凤？是你么？”

梅天凤顿时泪流满面：“张大哥，是我是我，梅天凤呀！”

张宗民无声地笑了，笑得如当年般顽皮，口齿竟也奇迹般清楚了：“天凤呀，自百丈岩匆匆一别，多年不见，一向安好？”

梅天凤连连点头：“好，好……”一时哽咽了。

张宗民竟然失踪了四十多年？说来好似听天书。扈天明告诉梅天凤，那年，张宗民和扈天明及两个警卫员下山，一路去了唐县县城，万万没有想到，他们在唐县街中吃饭时，猝不及防竟被日本人抓了当劳工。

（唉，抓劳工？神仙也难想到，这算怎么档子事儿呀？万恶的小日本呀！）

查阅历史：日本发动侵华战争之后，其国内出现劳动力严重不足的情况，特别是1941年太平洋战争爆发后，更多的日本青壮年投入侵略战场，其国内劳动力成为稀缺资源。为此，1942 年 11 月 27 日，日本内阁会议通过了《关于向国内移进华人劳工事项》，按照这个决定，侵华日军开始无代价地抓捕中国人，强行运入日本，从事重体力劳动。

张宗民几个就是在这个背景下被日军抓走的。他们被押送到日本北海道采石场砸石头。同时被抓去的警卫员张爱虎当年就病死在了采石场，尸骨不知下落。

1946 年 5 月，张宗民、扈天明及警卫员冯大顺登上了回国的轮船。他们在天津下船时，由于一时拥挤，张宗民和冯大顺竟然失足落水，张宗民被人救上岸来，冯大顺因不识水性，当即溺亡。张宗民或因哀伤冯大顺过度，由此病倒了。扈天明草草厝葬了冯大顺，便侍奉张宗民暂时在天津住下。过了一个多月，张宗民身体逐渐恢复，二人决定回保定，谁料刚走到杨村，就被国民党的部队抓了壮丁，二人只得“被”当了国军，到东北打仗了。解放长春的战役中，二人成了解放军战士。后参加了平津战役，张宗民因头部负伤便退伍了，后在天津落户。张宗民伤愈后留下了后遗症，时常头疼，日趋严重，竟然失忆了。当地政府将张宗民安置到了天津“荣军医院”，扈天明时常过来陪护。过了两年，扈天明由排长的职务转业到天津纺织厂。厂里给扈天明分了宿舍，扈天明便将张宗民接到宿舍来住了。扈天明没想到，张宗民住下后，竟然成植物人了，照吃照喝，就是一睡不醒，而且这一“睡”就是三十多年。

（上几辈子缺的觉，这下全都补齐了！）

1985 年 6 月，张宗民竟然睡醒了，而且清醒如初，记忆如潮水般奔涌上来，消息传开，惊动了当地报社、电视台记者，匆匆赶来采访，而这位当年英勇杀敌的英雄，只能躺在床上接受采访，这才有了梅天凤这次梦幻般的见面。

张宗民复杂的目光看着梅天凤，梅天凤简略读懂了张宗民的眼神，那就是“感慨万千”四个字。遥想当年，一群热血青年，于国家民族生死攸关之际，面对凶残的日寇，挺身而出，浴血奋战，经过那时间的生生死死，多少人前仆后继？或死于战火，或死于征途。活下来的人，终于看到了日寇被赶走的那时间。梅天凤绝对不会忘记，当年这个“死活纠缠着要娶她当老婆”的男人，在战场上是多么的威风凛凛。几十年过去了，刀光剑影远去了，“那时间”的朋友和敌人都远去了，“那时间”远去了。

张宗民轻轻呼喊着一个词：“百丈……岩……”

“什么？”梅天凤没听明白。

扈天明一旁笑道：“张司令又说百丈岩呢。”

梅天凤“哦”了一声，她听懂了，记忆的碎片纷至沓来，如大树飘零。她相信，张宗民此刻脑海中的记忆图象，必定似海潮般在百丈岩上乱石穿空……汹涌澎湃。

“百丈岩！”梅天凤硬硬的声音重复了一句。

“那是什么地方？”一旁的高珑珑记者好奇地问道。

扈天明缓缓说道：“百丈岩！那是张司令打过仗的地方。”或是往事萦绕，一时挥之不去，扈天明表情和蔼淡然，声音里却鼓涨起了肃杀之气。

“老张呀……百丈岩……”梅天凤的泪水再度落了下来。

梅天凤老了，张宗民老了，扈天明老了……都老了。

老去的英雄，纵使雄风不减，而缅怀前尘追念往事，又怎么能不感慨万千，潸然泪下？但看彼此或如积雪的满头白发，或如大江东去，雪浪千叠。从来豪情天纵，从来情有独钟，从来黄钟大吕，从来鼓角连营……

这一夜，梅天凤和扈天明商量，她要带张宗民和扈天明去百丈岩，再看一看那茂密的丛林、那高耸的悬崖，那里或许就是张宗民人生的最后归宿，张宗民的意识仍在那里停滞不前，或待时冲天？扈天明欣然同意。

梅天凤一双泪眼看着张宗民，爽声笑道：“张宗民，你还想娶我吗？”

张宗民的目光再次明亮了，他傻傻地笑了，却说不出话来。

梅天凤仰头笑道："那我就替你说了吧。天凤呀，我老张这一辈子呢，就是想娶你给我当老婆呀！对吗？"

张宗民的眼睛湿了，吃力地点头，再点头。

（真的是，红颜已老白发飘，心中还是你最好）

梅天凤霍地站起身，爽朗笑道："好！老张，咱们回家！"

梅天凤和扈天明带着张宗民踏上了回保定的火车。

梅天凤在车上做了一个无端由的梦，她梦到张宗民举着一颗红红的心脏和两只红红的眼睛，从她的身体穿了进去，一路留下了带着无数红色表情的液体，又钉子般穿透了她的魂魄，她那洞开的身体，她那热辣的脸颊，她那汹涌的情感，对接了张宗民那滚烫的皮肤，那夺魂慑魂的眼神，令她几乎发狂……梅天凤感觉茫然陌生，感觉极度兴奋，感觉自己一时身体酥软无处依附，片刻间天地空荡浑浊飘落……

梅天凤瞬间醒来，张宗民已在途中含笑过世了。

高处仍有蓝天、白云、阳光，远处仍有市声、人群、屋宇。天空辽阔，红尘依旧，却已不属于张宗民。世界距离张宗民越来越远……人生最后一刻，张宗民无比清醒，高珑珑后来说，张宗民留在世间的最后两个字是：天凤！

张宗民死后，埋在了百丈岩后北坡，坡上有一片灰色的树，这是一片死树，历经岁月，当年每被砍下一根枝条，就会长出一只眼睛，树死了，眼睛却睁着。远远看去，无数只凄绝惊心的眼睛傲慢地睁着望着。云儿匆匆飘过，茫然不知所措之际，但看死树们和漫山的绿草如茵浑然一体，平添了一种莫名的声势。

张宗民火化下葬时，山风悠悠地吹着，山下有一个放羊的男孩儿，赶着一群白云般的羊，那男孩儿唱着小曲儿，小曲儿在山中缭绕，梅天凤听着有些跑调儿的曲子，想到了张宗民那总是有些跑调儿的表情。

夕阳就要西沉，有一块很大很大的血红已在西天凝固，又渐渐地散漫化开去了，羊群被染成了金黄色，逶迤远去了。死树们在夕阳下显得分外冷静，梅天凤的心悠悠地颤了，她突然有了那种鲜活的感觉：生疼。

白发苍苍的扈天明坚持给张司令守墓。梅天凤只好依了他。梅天凤出面张罗，为扈天明办了在唐县的落户手续。按照政策，扈天明享受老干部退休待遇。之前，梅天凤坚持给扈天明做了一次身体检查，检查的结果，却让梅天凤大吃了一惊。并非扈天明身体有了什么病，而是谁也想不到的一个结果：扈天明竟然是一个女儿身。屈指算来，扈天明竟隐瞒了“真实性别”近五十年。

梅天凤惊讶地说：“天明呀，我要喊你一声妹子了，你得让我好好看看你呀！”说罢，她颤巍巍地捧起扈天明的脸庞，仔细端详着扈天明，扈天明在梅天凤的眼里，既熟悉又陌生，也许她本来没有这样瘦小，或是因为年迈，应该还有苦难的原因，身体因过早衰老而有些萎缩了，但是她那双眼睛依然如泉水般清澈，透过去，可以看到她年轻时动人的美丽。

梅天凤一时喟然长叹：“天明呀，你当年会是怎样一个被人忽略了的漂亮女子呢，你竟然远离粉黛，如此女扮男装度过了一生？”

扈天明看着梅天凤，目光里一时有了些羞涩，苍老的脸庞微微泛红了。她不好意思地对梅天凤说了自己的往事。

抗战爆发那年，扈天明十六岁，日军攻陷保定那天，她随着师傅和师兄逃出了保定，而在逃难的途中，师傅与师兄们被日军的炮弹炸死了。她女扮男装一路向西跑，途中遇到了张宗民，就参加了张宗民的队伍，当了号兵。她为了能在部队待下去，就一直这么女扮男装了。说到最后，扈天明对梅天凤说道：“天凤大姐，我有件事想求你。”

“你说。”

“张司令到死也不知道我是个女人，对不？”

“是啊。”

扈天明苦笑道：“大姐呀，我想说的是，这都一辈子了，大姐就还让我当个男的吧。这件事求大姐给我保密呀！”

梅天凤含泪摇头："不行，真是不行呢，天明呀，你委屈了一辈子了，岂能不恢复你的本来面目呢？不行，不行！"

扈天明难为情地笑道："天凤大姐，我这样想，也是为了给张司令守墓方便呀，张司令过去的一个号兵，给他守墓，入情入理。大姐想呢，若让人知道，是一个老女人给张司令守墓，对张司令的名节也不好啊！"

"这……"

"天凤大姐，天明就求你这一件事。真的求你了。"

梅天凤怔住了，扈天明竟是这样想的！梅天凤顿时感觉到眼前这个瘦小的女人，让她高山仰止了。

梅天凤下山前，又去张宗民的坟上祭拜了。扈天明在她身旁黯然肃立。梅天凤叹道："张大哥呀，我每年都会来看你，天明她每天都守着你。你不会寂寞！"

梅天凤下山走了，扈天明站在山上看着梅天凤远去了，看着梅天凤的车子渐行渐远，突然唱起了那段梅天凤熟悉的西河大鼓：

八月十五收秋忙，
忽听得山道上人声响，
抬起头来举目张望，
原来是抗日的队伍下了山岗，
头前走的是张司令，
高头大马呀赛关云长，
在后跟一匹大白马，
上坐着威风凛凛的参谋长。
参谋长，本姓唐，
神机妙算呀赛当年的诸葛亮。
……

这段扈天明自编自唱的鼓词，梅天凤当年多次听她唱过，今天听来，竟让她格外感动。她再也走不动了，停下车子，认真听着扈天明又唱了一遍，直听得她热血阵阵沸腾，直听得她热泪满面，直听得她……

梅天凤一双泪眼遥望着扈天明挥手的姿势，那姿势是一种远去的骄傲，穿过近五十年漫漫时光，仍能在她的挺拔的姿势上表现得淋漓尽致，鲜活如初。

掠过扈天明的肩膀，梅天凤又看到了那片苍劲的死树，灰灰的颜色，凄凉地逼迫了满眼，梅天凤知道这些死树还有一个学名：站干。此树，死后却仍有汁液，汁液一概呈血红色。

站干！一个傲慢而苍凉的名字。

扈天明——以山为邻，以坟为伴，顶天立地，孑然一生……

行文至此，谈歌感慨万千，比照如此一个神仙女子，任凭什么样的花前月下，也会黯然失色。畅想万物都有灵性，比照如此肝胆相照之女子，皎洁的月亮也会瞬间隐入云层，葱郁的树木也会顿时枯萎，浓艳的花儿也会倏忽谢落。

（扈天明生肖属鸡，由此推算，她应该是民国十年（1921）生人。扈天明于2002年去世，终年八十一岁。按照她生前遗嘱，她身后的骨灰，埋在了张宗民的墓侧，墓前立着一块小小的石碑，上边只刻了五个字：号兵扈天明。）

呜呼哀哉，来兮精魄，安兮英灵。长河为证，青山为证。

岂曰无声，河山即名！

附　记

断断续续、写写停停，三天打鱼两天晒网，历时多年，《大舞台》终于完稿。

人生很多时候，很无奈。回顾这些年，我总处于一种“匆匆忙忙”赶路的状态。从没能真正静下心完成一部书。写作或如厨子烹调，根据食材完成作品。此书原来掌握的材料不少，原计划到明年完稿，因编辑催得紧，只好作罢。一些材料只能割舍，便草草收场。或是本想精心做一道高端上档次的“佛跳墙”，却因为许多材料没能用上，将就做成了“坛烧八味”。

原稿有个题记，定稿时删掉了，此时思虑再三，还是决定放在后边，读者借此对谈歌当年开篇时的惶恐状态，或可了解一二：

“此书构思多年，终于动笔，估算得数载岁月，才能大概完稿。体裁明日小说，而检阅提纲及素材，应属三分史料、三分演义、三分访间传说、一分谈歌批注。如此风马牛‘捆绑’于一体，尚无前人写作经验借鉴，全书无贯穿始终之男女主角，也无传统套路之主线辅线；诸多人物蜂拥而至，冗杂不得剪裁；情节细碎摩肩接踵，繁密难能简化。谈歌无披阅N载之力，也无增删N次之能。率尔操觚，一路‘盲人摸象’写开去，布局必有失当，谋篇当然粗陋。脱稿之日，望读者不吝批评。”

截稿前，共用了十余天时间，粗粗校对了全书的错别字，其他难再推敲，更谈不上精雕细刻了，熟视无睹之错误必定不胜枚举。

得罪读者，求证读者！

谈歌鞠躬如仪！

完成此书，谈歌参阅了诸多资料，编目如下：

《保定市志》（保定市地方志编纂委员会编）

《保定军校风云谱》（作者：任牧辛）

《保定陆军军官学校史研究》（作者：王新哲）

《保定杂戏的形成》（作者：石桥）

《保定往事》（保定民研会编著）

《保定的镇反运动》（保定方志办编辑）

《保定河北梆子逸事》（作者：陈占鹏）

《马凯旋其人其事》（作者：冯云田）

《保定风物志》（保定民研会编著）

《保定抗战史话》（作者：董耀奎）

《梅氏魔术》（作者：贺文芳）

《梅天凤同志二三事》（作者：苑延平）

《梅三娘传奇》（作者：王国勇）

《保定掌故》（保定方志办收集整理）

《赵旺才与梅家班》（作者：程树之）

《付浩声的故事》（作者：石增群）

《河北杂戏二三事》（作者：岳惠民）

《中国风俗》（作者：胡朴安）

《菊坛旧闻录》（作者：丁秉燧）

《京剧的道白艺术》（作者：田均）

《保定往事》（保定文史办编著）

《中国戏曲史话》（作者：彭隆兴）

《保定文史资料选辑》（保定地方志办公室编）

《易水砚台》（河北易水砚有限公司编）

《保定文史资料选辑（第 3 辑至 27 辑）》（保定政协办公室编）

《中共中央移驻西柏坡前后》（中共河北省委党史研究室编）

在此一并鸣谢！

再次鞠躬如仪！

2021年9月23修订于保定“说雨轩”

图书在版编目（CIP）数据

大舞台 / 谈歌著．—北京：中国工人出版社，2022.12
ISBN 978-7-5008-8005-9

Ⅰ．①大…　Ⅱ．①谈…　Ⅲ．①长篇小说－中国－当代　Ⅳ．①I247.5

中国版本图书馆 CIP 数据核字（2022）第 252490 号

大舞台（上、中、下）

出 版 人	董　宽
责任编辑	宋　杨　李　骁
责任校对	赵贵芬
责任印制	黄　丽
出版发行	中国工人出版社
地　　址	北京市东城区鼓楼外大街45号　邮编：100120
网　　址	http://www.wp-china.com
电　　话	（010）62005043（总编室） （010）62005039（印制管理中心） （010）62379038（社科文艺分社）
发行热线	（010）82029051　62383056
经　　销	各地书店
印　　刷	三河市东方印刷有限公司
开　　本	880毫米×1230毫米　1/32
印　　张	56.125
字　　数	1650千字
版　　次	2022年12月第1版　2022年12月第1次印刷
定　　价	168.00元（全三册）